大地葵花

中国北方梨园弟子抗战的传奇史诗

叶雪松 著

山东画报出版社

图书在版编目（CIP）数据

大地葵花：中国北方梨园弟子抗战的传奇史诗／叶雪松著. --济南：山东画报出版社，2022.4
ISBN 978-7-5474-4166-4

Ⅰ.①大… Ⅱ.①叶… Ⅲ.①长篇小说—中国—当代 Ⅳ.①I247.5

中国版本图书馆CIP数据核字（2022）第038893号

DADI KUIHUA ZHONGGUO BEIFANG LIYUAN DIZI KANGZHAN DE CHUANQI SHISHI
大地葵花：中国北方梨园弟子抗战的传奇史诗
叶雪松 著

责任编辑 姜 辉
装帧设计 王 芳

出 版 人 李文波
主管单位 山东出版传媒股份有限公司
出版发行 山东画报出版社
　　　　　社　　址 济南市市中区舜耕路517号　邮编 250003
　　　　　电　　话 总编室（0531）82098472
　　　　　　　　　市场部（0531）82098479　82098476（传真）
　　　　　网　　址 http://www.hbcbs.com.cn
　　　　　电子信箱 hbcb@sdpress.com.cn
印　　刷 山东新华印务有限公司
规　　格 160毫米×230毫米　1/32
　　　　　14.25印张　3幅图　480千字
版　　次 2022年4月第1版
印　　次 2022年4月第1次印刷
书　　号 ISBN 978-7-5474-4166-4
定　　价 58.00元

如有印装质量问题，请与出版社总编室联系更换。

谨以此书

献给伟大的中国共产党和伟大的中国人民

目　录

楔子　　/ 1

第一部　乱世多别离　　/ 5

第二部　白山黑水情　　/ 145

第三部　葵花向阳生　　/ 301

跋　　/ 443

楔　子

茫茫林海，无垠雪野。

为了寻找当年东北抗联的残存遗迹，我曾数次出入大兴安岭的深山老林。二〇一九年岁尾，在莫尔道嘎林区，我通过当地作家老邢，结识了管理站站长关泽林。

莫尔道嘎，鄂伦春语为"白桦林生长的地方""驯鹿出没的地方"；蒙古语为"上马出征"之意。它位于大兴安岭西北麓的额尔古纳市境内，与俄罗斯隔河相望。这地方本身就带着神秘感，关泽林家的事，更像一块巨大的磁石，吸引着我一步步向他靠近。

老邢告诉我，关泽林是纯正的满族血统，他奶奶当年是和日本鬼子在哈尔滨战斗过的地下党。起初，他奶奶加入了国民党党专系统，后来有感于共产党人的坚定信念和不折不挠、舍生忘死的精神，秘密加入中国共产党，成为打入国民党和日伪组织的地下工作者。

我一听就来了兴趣。我姥姥是纯正的满族血统。虽然，我的汉族血统成分更多一些，但我从小就对满族感兴趣，更何况，他的奶奶是我党的一位曾经战斗在隐蔽战线上的老战士。

关泽林家是一个由木栅栏围成的大院。太阳在树梢上镶起一层金边的时候，我和老邢从车上下来。一条链子拴着的大黑狗"汪汪"叫着，木门开了。一个身材魁梧、红脸膛,和我年纪不相上下的大汉笑着迎了出来,伸出蒲扇般厚实温暖的大手紧紧地握住了我和老邢的手。

我们彼此做了介绍,关泽林紧紧地握住我的手说:"叶老师好!"

"叫我老叶吧!"我说。

关泽林掀起厚厚的棉门帘:"外头冷,快进屋!"

屋内装潢考究,热气扑脸,多种现代化的家用电器塞满各个角落,火炕上的方桌摆满了热腾腾的酒菜。关泽林将我和老邢拉到炕上,他那位贤惠端庄的妻子将我们面前的白瓷碗挨个倒满酒。聊了一会儿,我说:"老关,你奶奶真厉害。"

关泽林说:"叶老师,这酒够劲不?"

"够劲!"我点了点头。这酒像一条火龙一样在肋腹间飞腾,却又满齿留香,是我这个嗜酒的人从未喝过的。

"够劲吧!这酒是我奶奶传下来的方子酿的。"

"奶奶还会酿酒?"

关泽林说:"在我眼里,我奶奶是非常善良的老人,没有人会将这样一位老人同当年的地下情报员联系在一起。她活着的时候,看淡生死和名利,从未跟我们讲起过这些经历。这些,都是在她过世后,我听我父亲讲的。"

老邢说:"老关,你奶奶真是女中豪杰啊!是咱们满族的骄傲啊!"

关泽林说:"其实,我爷爷奶奶的故事,就能够让你们写成一部传奇大书了。咱这个可是原汁原味的,保准比电视剧里演的还精彩。"

我和老邢一时都忘了喝酒,一直听着关泽林的讲述。

"新中国成立后,经过组织上的允许,奶奶带着不满五岁的父亲回到家中。数十年来,奶奶由一个风华正茂的女子成了一个耄耋老人。没人知道,这个不言不语守了大半辈子寡的老人当年是国民党的高级特工,而后又成为我党的地下情报员!如果不是我父亲临终前说出了这个秘密,我到现在也不知道爷爷奶奶年轻时的经历。看看这个……"关泽林从身后的相册里拿出一张发黄的老照片，递给了我。

三个年轻的姑娘站在一起，她们穿着旗袍，身材高挑，眼睛明亮，露出幸福的微笑。

落款：民国十三年（1924）吉成社成立十八周年留念于哈尔滨

我惊呆了，这张近百年的照片似乎穿越了时空……

我问："老关，这三个漂亮的姑娘都是谁？"

"这位是我奶奶李欣苹。"关泽林指了指左边的那位，又分别指着中间和右边的那两位，"这是葵花奶奶和和卓奶奶。她们三姐妹，是当年哈尔滨吉成社的三个当家花旦。"

"吉成社是什么？"老邢问。

"吉成社是当时在哈尔滨以唱蹦蹦戏为生的戏班子。"老关说。

"蹦蹦戏？我还是头一次听说。"我说。

"蹦蹦戏前身是起源于河北滦县一带的对口莲花落。蹦蹦戏也是二人转的来源之一。咱们东北人有句话说二人转是'秧歌打底，莲花落镶边'，指的就是这种民间且歌且舞的说唱艺术。"关泽林见我满脸的疑惑，又说，"我姥爷就是当时哈尔滨吉成社的当家的，我姥爷、姥姥、爷爷、奶奶和另外两位奶奶的故事，都和蹦蹦戏有关。"

关泽林又将我和老邢碗里的酒满上，跟我们分别碰了一下："喝了这口酒，听我慢慢说……"

透过那张发黄的老照片，听着关泽林的讲述，我的脑海里缓缓浮现出一幅一百多年前的画面……

第一部

乱世多别离

第一章

初夏雨后的奉天城，空气中散发着泥土和青草的香味。

老北市的大观茶园里热闹非凡，闲暇的人每天坐到这儿喝茶、聊天、听书。

这些人中，有军政要员、富商巨贾，还有做生意的日本人。伙计拎着长嘴铜壶在人群中往来穿梭，不过，人们并未将目光盯在这位精明的小伙计身上，而是纷纷投在了台上俊俏的演员身上。刘兆才的大徒弟和四徒弟，扮演张君瑞的"莱阳梨"和扮成崔莺莺的"红牡丹"在台上唱得正欢。

张君瑞：最可恨崔老夫人赖婚事，
　　　　只害得一对鸳鸯不成双，
　　　　张君瑞想莺莺还把这文章作，
崔莺莺：崔莺莺想君瑞，咳，吃啥也不香，
　　　　这日莺莺清晨起，
　　　　叫来丫鬟小红娘，
　　　　快去快去你快快去，
　　　　我写封书信你捎到西厢！

……

刘兆才是山东沂州府薛庄镇白石屋村人，年轻时闯关东在哈尔滨落脚，光绪初年（1875）在傅家甸成立吉成社，专唱蹦蹦戏。刘兆才自幼师从蹦蹦戏名角孙鸣九，又融合了家乡的沂蒙老歌，使他的蹦蹦戏更具特色，生旦净末丑，样样精绝。孙鸣九辞世后，刘兆才继承了师父衣钵，从哈尔滨闯到了北京天桥，后又率班底回到奉天大观茶园，唱红了整个关东。刘兆才绰号"抓髻刘"，丑角是他的一绝。

此刻，刘兆才坐在后台单间里的一把太师椅上呷着茶。

门开了，三徒弟梅鼎华走了进来。

"师父，出事了。"

"啥事？"

"月竹不见了。这下一个节目，就是我和她的《苏岱赔妹》。这节骨眼儿上，二师兄回哈尔滨了，她也不知去向……"

"慌啥？再找找，也许她在化妆呢！你知道，她的妆都是一个人关在屋里自己弄的。"

"她没在屋里，整个戏园子找了个遍，也没找到她。"

"再找人替她就是了，让你小师妹演苏翠花，她的唱功不比月竹差，快去吧！"

"好嘞，师父！"

梅鼎华出去了。鼎华姓梅，艺名"梅花鹿"，男弟子中，除了二徒弟佟千安和大徒弟"莱阳梨"白晓华，就数他的戏唱得最好。他不仅戏唱得好，人长得也俊，戏班里的女弟子纷纷将爱慕的目光投向了他。可他却不屑一顾，他只对秦月竹感兴趣。刘兆才早看出来了，也没拦着，金童玉女，倒也般配。秦月竹艺名"黄英姑"，是刘兆才的五徒弟、台柱子。

几个男徒弟里，刘兆才最喜欢的就是二徒弟佟千安。他给佟千安起了个艺名叫"玉螃蟹"，也准备将衣钵传给他。昨晚，佟千安特意向他辞行，要回老家哈尔滨。尽管他万般不舍，可还是放佟千安走了。想起和佟千安在一起的一幕幕，刘兆才心里很不是滋味。佟千安十七岁在老北市场奇石斋当伙计，成了大观茶园的票友，迷上了蹦蹦戏，几次想拜他为师，都被他拒绝了。

为了拜他为师，佟千安就自己吊嗓子、练功底。在佟千安看来，蹦蹦戏比其他戏曲更有魅力。刘家班唱到哪里，佟千安就跟到哪里，最终把刘兆才的心焐热了，破例收了这个满族孩子当了徒弟。

因为佟千安扮相俊美，吸引了奉天营务处总办张锡銮手下的团长丁大麻子的四姨太朱小钰。佟千安怕惹祸上身，和师父商量着回哈尔滨，刘兆才答应了。佟千安给师父磕了头，揣着师父给的二十块大洋，挤上了北行的火车。

刘兆才正感叹佟千安的离去，秦月竹又不见了踪影。昨晚上还看到她了呢，这个时候她会去哪儿了？一种预感在心底骤然升起。

"会不会……"刘兆才在心底喃喃自语。

茶楼里的小伙计走了进来，将一封信递给他，几行娟秀的字迹映入眼帘：

师父：
　我找二师兄去了！
　这件事情不怨二师兄，他还不知情。
　生生死死，我都会跟他在一起，望师父成全。
　这些年的养育之恩，不敢有忘。请你老人家不要惦挂。
　　　　　　　　　　　　不孝弟子：秦月竹叩首
　　　　　　　　　　　光绪三十二年（1906）农历四月初八

想不到，这丫头竟然去追佟千安了。平时，刘兆才并未看出佟千安和她有什么特别的交往，他还听佟千安说过要喝梅鼎华和她的喜酒呢。也许正如她在信上说的，佟千安并不知情。

既然她选择了佟千安，那就祝福他们吧，但愿千安能对她好。刘兆才推开窗子，目光投向了外面的天空，两只白色的鸽子在他面前转了一圈，就不见了踪影。

刘兆才轻轻叹了一口气，有生之年，不知道还能不能再遇见他们。

此时，佟千安下了那列淡红色车厢的火车，回头看了一眼车站墙上那漂亮的鹅蛋形窗饰，走出哈尔滨火车站。看着南来北往的人群，感慨万千。鳞次栉比的洋房、笔直的大街、熙熙攘攘的人流……这才短短几年啊，这个城市已经让他眼花缭乱了。

佟家祖辈都是熟皮子的，打小他就跟着阿玛学会了这门好手艺，只是他心气却不在此。刘兆才在哈尔滨办吉成社，他宁可不吃饭，也要赶过去看。阿玛的巴掌管不住他那颗躁动的心。蹦蹦戏真好，他最羡慕的就是唱戏的这些演员，虽然不能享受富贵荣华，但在舞台上出将入相，也算过了把指点江山的瘾。当年，他和家人不辞而别，悄悄去了奉天拜刘兆才为师。

这些年中，他只回过两次家。父母在两三年前相继离世，他变卖了家中的房子又回到了奉天，没想到又和朱小钰有了瓜葛，三天两头给他送花打赏。朱小钰不可怕，可怕的是她的丈夫丁大麻子。丁大麻子已经听到了四姨太的传闻，秘密派人给他下了口头通牒，如果再听到四姨太和他有染的传闻，他丁大麻子就让他唱不成戏，折断他一条腿，将吉成社砸个稀巴烂。

佟千安想，让他唱不成戏折断他的腿他都不怕，他最怕的是给吉成社和师父招来麻烦。思前想后，佟千安决定回老家安身立命。此刻，他要办的事就是找个地方先安顿下来，抽时间给父母烧几沓纸钱。想到这些，他的心就豁然开朗起来。

这时，有人在身后轻轻地拍了他一下，回身一看，师妹秦月竹正笑吟吟地看着他呢！

"师妹，你……咋来了？"

"我咋就不能来？"秦月竹脸儿一红，看着脚尖。

佟千安顿觉心里一暖："你这样，师父知道吗？鼎华知道吗？"

秦月竹突然抬起头来，盯着佟千安的双眼："告诉他们，我还能出得来吗？师兄，你是不是急着赶我回去？"

佟千安从秦月竹手里抢过箱子："我没说赶你回去，只是你这样，师父、鼎华他们得多着急啊！还以为我把你给拐跑了呢！"

"拐跑了就拐跑了，我愿意！我给师父留了条子，说我跟你走了。鼎华……碍他啥事儿？"

"可你将来是鼎华的人啊！"

梅鼎华不止一次为秦月竹找佟千安讨过主意，佟千安告诉他，精诚所至，金石为开。在戏班子里，梅鼎华和秦月竹的关系虽未捅破，在众人看来却是板上钉钉的事儿。连师父都默认的事，竟然让秦月竹一句话给否了。这就是秦月竹出现在佟千安面前，佟千安吃惊的原因。

"谁说我是他的人？我又没答应嫁给他！这些年来，我的心一直在你身上。"

"你咋这么虎呢？就不怕跟我过苦巴苦业的日子？"

"跟着你，吃糠咽菜的生活也是甜的。"

佟千安这才笑了，指着一辆人力车："去傅家甸。"

坐在人力车上，佟千安仍劝她回去。秦月竹指着街道旁一尊手拿篮球的少年石头雕塑，说："你要再让我回去，我就一头撞死。"

佟千安知道秦月竹是铁了心要跟他。这是他做梦都不敢想的。论长相、论资历，他哪一点赶得上人家梅鼎华？可这便宜倒让他捡了。此刻，两人身挨着身坐在一起，佟千安感慨万千。

没想到，秦月竹的心居然在自己身上！

"鼎华师弟，我也没想到会这样，有朝一日再和你解释吧！"佟千安一边在心里嘀咕着，一边攥住了秦月竹春葱般白嫩的手。

秦月竹看着佟千安笑了笑，并没有将手抽出。

佟千安在傅家甸找了个破旧的院落租下，给父母上过坟后，两人过起了夫唱妇随的日子。结婚那天晚上,两人结合自身的经历,自编自导,唱了一小段儿。

  秦月竹:二月二龙抬头,
     哈尔滨的火车长春油,
     一天奔出六百里啊,
     追不上哥哥泪花流。
  佟千安:二月二龙抬头,
     夹起喇叭下滨江,
     哥哥拉着了妹妹的手啊,
     走着唱着到白头。
  ……

两人都唱哭了,参加婚礼的街坊四邻也哭了。

早上,佟千安睡了个回笼觉,将浑身上下的疲惫涤荡得干干净净。
一缕阳光透过窗户挤了进来,在秦月竹身上镀上了一层金黄。秦月竹并没有像往常那样坐在梳妆台前照着镜子,而是站在窗前呆呆地望着远处刚刚建成不久的圣·尼古拉大教堂那高高的穹顶,似乎在想着什么。窈窕的身影映在地板上,使她的身子更显修长。佟千安走过去,将一枝刚买的银色簪花戴在了妻子的头上。
婚后不久,在哈尔滨道外十四道街,佟千安又租了一个大户人家门口的老戏台,重新置办起了戏班,也叫吉成社。夫妻俩仍以唱戏为生,又招了几个男女徒弟。夫妻俩下力气教,徒弟们尽心学,没多久,也能登台了。几个月过去了,师父和梅鼎华并没找上门来,压在佟千安心头上的愧疚感也像春日里慢慢融化的冰雪一样消失了。
就在他们的生意芝麻开花节节高的时候,秦月竹歇演了。原来,她已经有了三个月的身孕。佟千安高兴得一蹦三尺高,让妻子在家安心养胎。

此时,看着比以前更加丰满、别有风韵的妻子,佟千安不由地将秦月竹搂了过来,轻轻地放在炕上。

"你就不怕伤了儿子?"秦月竹娇嗔地瞪了他一眼。

"来,让我听听!"佟千安这才嘿嘿地笑了,轻轻地将头依在秦月竹微微隆起的肚子上。

"傻样儿,就知道笑。"

"儿子在踢我呢!"佟千安说着,又想起了什么似的,"别老看那个大教堂,那地方闹凶煞。前些日子,那儿吊死了个年轻的女人。大伙都说,让那个神父给害死了。"

"哦,是吗?那女人真可怜。师哥,趁着今天没演出,带我出去透透气吧!老在家待着,闷死了。"秦月竹撒着娇。

佟千安说:"好。"

傅家甸是哈尔滨一个重要的行政区,规模相当于县。它原来叫傅家店。

光绪二十九年(1903)七月十四日,中东铁路全线正式通车,同时改松花江镇为哈尔滨市。当时,傅家店没被划入中东铁路附属地,但作为中东铁路附属地的近邻,无数的中外商贾跑来做买卖,大批穷苦百姓也涌来干"老博代"(俄语苦力),很快在周围形成了一个劳工居住区,各色商业店铺应运而生。日俄战争期间,傅家店已经显现出商业中心的迹象。特别是光绪三十一年(1905)《中日会议东三省事宜条约》中规定,要把哈尔滨辟为国际性商埠,这样,傅家店的治理就成为刻不容缓的事情。同年十月三十一日,清政府批准在傅家店设立滨江关道。光绪三十三年(1907),吉林将军达桂以哈尔滨附属地被俄国人渗透,华洋杂处,无以为治,奏设厅治为由,设立滨江厅同知。同年末,滨江厅知事何厚琦以傅家店的"店"字含义狭小,改"傅家店"为"傅家甸"。从此,傅家甸就代替了傅家店成为行政区划的名称。在佟千安和秦月竹落脚哈尔滨七年后的民国二年(1913)一月八日,滨江厅改为滨江县。

此时，正值光绪三十二年（1906）初秋时节。

佟千安陪着秦月竹走在傅家甸的码头上，看着松花江里往来穿梭的白帆。修铁路的劳工、走街串巷的剃头匠、流动的乡村乐师、码头上卖水果的小商贩，间或夹杂着金发碧眼的外国人，一切都是那么宁静而祥和。五年前，俄国人将中东铁路的铁轨铺到了哈尔滨，短短几年光景，这里就发生了翻天覆地的变化。几乎一夜之间，昔日的小渔村已经迎来了城市的曙光，绽放出五颜六色的斑斓。

在江边码头，夫妻俩在一个写着"出租独木舟"的漂亮白俄女孩面前停了下来。在她前面的一个平台上围着一大群人，一胖一瘦两个票友认识他们，向他们拱手打着招呼。

"佟先生，带太太出来散心啊！"胖子说。

"佟先生，这几天怎么没见太太登台？"瘦子说。

佟千安回礼："贱内近期身体不适，谢谢二位挂念。咦，怎么围了一大圈子人？"

胖子说："佟先生，你不知道，这是半个月一次的人市啊！"

"人市？什么意思？"佟千安不解地看着胖子。

瘦子说："佟先生，徐掌柜的话你没听懂？人市啊，就是卖人的地方啊！要不要买一两个回家当下人？三块银元宝就能领回家一个水灵灵的大姑娘，你信不？"

胖子瞪了瘦子一眼："曹先生，胡咧咧啥？没看见佟太太在这儿吗？"

瘦子这才知道语失，不好意思地笑了笑，拉着胖子走了。

佟千安看了看秦月竹："咱们去别的地方转转吧！"

秦月竹说："不，我就要过去看看。"

拗不过娇妻，佟千安只好带着她走了过去。一个四十岁上下身材矮胖的男人正在卖一个年轻姑娘。

姑娘长得还算周正，衣衫残破，头发蓬松得像堆乱草，抖动的双肩像一片寒风中的树叶。

男人大声说:"三块银元宝领回家做小老婆,多好啊!"

人群中一个人说:"三块银元宝?出不起啊!要是三块铜元宝,我就领回去。"

男人说:"三块铜元宝挠炕席也不卖给你!这样吧,你看看这麻袋里的,一块银元宝一个,是丑是俊,是老是少,看你的造化了。"

顺着男人手指的方向,佟千安和秦月竹发现,男人身后的墙角下,放着一排硕大的麻袋。那麻袋还在动着,每个麻袋嘴儿都系着一根红绳。

这人看了看,晃了晃脑袋,在众人的嘲笑声中走开了。

秦月竹说:"师哥,要不咱把那姑娘领回家吧!"

佟千安笑了笑:"你就不怕闲言碎语?"

秦月竹说:"不怕。"

秦月竹正要向姑娘走过去,一声婴儿的啼哭声从身边的麻袋里传出来,紧接着麻袋里传出一声女人的哀求:"各位好心人行行好,救救我怀里的孩子吧!她已经饿了好几天了。"

秦月竹看了看天走到了这个麻袋旁边,略微迟疑了一下,伸手解开了麻袋上的红绳。麻袋里露出一个怀抱婴儿的中年妇女,那妇女穿着还算齐整,但焦急的眼神里透着哀求,冲着秦月竹就跪下来。

"女菩萨,开开眼!求求你,救救这个孩子吧!"

秦月竹俯身看了看襁褓中的婴儿,那婴儿眨着一双好看的眼睛打量着她竟然停止了哭声。秦月竹说:"就她了!"

佟千安走到男人面前,将一块光绪银元宝递给他,在赎身契约上签下姓名,按了手押,领着女人和婴儿走到一旁的馄饨摊子上。女人轻轻地将馄饨汤吹凉,用汤匙将馄饨汤喂给婴儿。过了一会儿,让佟千安和秦月竹没想到的是,女人突然跪在他们面前,然后将孩子塞进了秦月竹的怀里说她去方便一下,就再也没回来。

佟千安找到人贩子,那个矮胖男人说:"这女人非要我将她和孩子卖了,一块银元宝就行。看样子是一个大户人家的下人,至于她是哪儿的,姓啥叫啥，我没细问。"

秦月竹说："师哥，这孩子好歹是条命，咱们就把她当自己的亲骨肉来养活吧。我娘说，养别人的孩子，自己的孩子也健康！师哥放心，我多唱几场啥都有了。"

佟千安说："胡说什么呢！我知道你的心。我想让那个女人留下来，没等我开口呢，人不见了。这女人不像孩子的母亲，倒像个奶妈或者佣人。怪事，她怎么啥也没交代就走了呢！"

秦月竹说："师哥，咱们是唱戏的，到时候孩子的父母说不定能找到咱们。"

两人拦了辆黄包车回到家中，秦月竹烧了锅水，准备给孩子洗澡。

"这孩子一见咱们就笑，命里注定和咱们有缘呢！"秦月竹解开婴儿身上的襁褓，大声说，"师哥，你快过来看。"

佟千安从厨房里跑了进来，秦月竹指着襁褓说："你看，这是什么？"

在婴儿的贴身肚兜上，绣着几朵盛开的颜色素雅的小花，上边缝着一个小布包，打开一看，有一封信和一只心型挂坠。让人惊讶的是，婴儿的后颈上有一块酷似葵花的胎记。

信上只写着一句话，没落款："婴儿生于光绪三十年（1904）腊月初三寅时。望有缘人善待她，给她一条活路，无路之人叩首。"

挂坠能打开，里面有一张年轻女子的半身黑白照片。照片中的女子青春俊秀，披着婚纱。能拍得起照片，绝不是普通百姓，更何况还披着婚纱。佟千安听说过，朱小钰在上海法国人开的照相馆拍过一张婚纱照片，心疼得丁大麻子直皱眉。

写信的人是谁？是刚刚消失的那个女人？挂坠里的年轻女子，可是这孩子的母亲？夫妻俩百思不得其解。佟千安在地上踱着步，口中喃喃自语："'更无柳絮因风起，唯有葵花向日倾'。咱家房前屋后开满了葵花，这孩子的后颈上有葵花胎记，干脆就叫葵花吧！"

在夫妻俩的悉心照料下，葵花很快就变得白胖了起来，秦月竹的肚子也在一天天隆起。十月怀胎，在一个冬日飘雪的清晨，秦月竹产下一个男婴，佟千安乐得合不拢嘴。满月后，夫妻俩抱着儿子去师祖庙进香，老法师赐名德本。秦月竹又报出葵花的生辰八字，让老法师给算上一卦。

老法师看后凝眉说："此女命贵持家，贞节纯真，温良恭俭，百里挑一；然命犯伤官，长大后恐有克夫之厄，加之又犯桃花煞，恐于夫家不利。俗话说得好，男犯羊刃必刑妻，女犯伤官主再嫁，更何况还命犯桃花劫呢？"

回到家里，秦月竹问佟千安可信老法师之言，佟千安说："我从不信卜卦算命那一套，等她长大了就嫁给德本，当咱们的儿媳妇。"秦月竹说："你倒心大，法师说起来怪吓人的，你就不怕到时候她真的命硬把咱们德本给克了？"佟千安说："当年，我刚生下不久，我阿玛抱着我让神算李铁嘴给我算命，李铁嘴说我长大后不是将就是相，你看看我现在，不过就是个唱戏的。"秦月竹说："人家说的倒也没错，你唱戏的时候，可不就是出了将就入了相？"夫妻俩相视一笑，很快将老法师之言抛于脑后。

光绪三十三年（1907）冬，秦月竹又生下一个闺女，夫妻俩给闺女起名佟云。

早上的天阴沉沉的，佟千安和秦月竹起来烧火做饭。今天，夫妻俩要带着徒弟们去木柴商李掌柜家唱堂会。李家添丁，儿媳生了个儿子。像往常一样，佟千安在做饭前都会看看对门屋里躺在炕上酣睡的葵花、德本和佟云。现在是宣统二年（1910）冬天，葵花六岁，德本四岁，佟云三岁，正是讨人稀罕的年龄，一天不亲亲他们，佟千安心里就像缺了什么似的。

"月竹，快过来！"佟千安的声音飘了过来。

秦月竹正在灶膛里烧火，推门走了进去："师哥，怎么了？"

"快看，孩子们怎么了？"

秦月竹低下头去，佟云和葵花的脸红得像苹果，浑身上下烧得像火炭。

葵花说："冷……"

德本睡得安稳，佟云在一旁哇哇地哭了起来。秦月竹摸了摸佟云，身上也烧得直烫手，对佟千安说："这俩孩子昨天还好好的，今天怎么都发起烧来了？走，咱们给孩子瞧瞧病去。"秦月竹紧接着她又嘀咕道，"李掌柜的堂会怎么办？"佟千安说："用不了多长时间咱们就回来了，先让几个徒弟去李家。"

秦月竹将德本抱到了徒弟住的厢房里，夫妻俩抱着葵花和佟云出了门。佟千安走得匆忙，在胡同拐角差点撞倒一个身穿和服的日本女人，女人的怀里也抱着一个孩子。

"对不起，佟先生、佟太太！"日本女人站住后，冲着佟千安和秦月竹轻轻点了一下头。

夫妻俩认识这个女人，是隔壁的日本商人宫崎柊梧的妻子仲春加代。加代不用出去做事，只需照顾他们的儿子阳太。因为来哈尔滨的时间长，加代的汉语说得挺流利。夫妻俩经常抱着孩子来听戏，加上两家只隔着一道墙，彼此很熟悉。柊梧和加代都非常谦和，没有住到外国人聚居的、生活条件相对优裕的道里，而是和许多中国居民一样，挤在道外以傅家甸为中心的中国人聚居区。比起大多数中国人居住的小屋子，宫崎家条件要好一些。柊梧来哈尔滨好几年了，在傅家甸东西大街路北租了一个门面，做着头油之类的小本生意。柊梧没那么贪心，他只是对这个"西瓜管够儿"的国度充满好奇，回想起妻子把一块红瓤再分成薄薄的几片给孩子的情景很是心酸，就写信敦促妻儿速来团聚吃瓜。

他们也是独门独院，两家的院子间还有一棵过墙的桃树。桃子熟了的时候，秦月竹就摘下最好的给加代送过去，加代也经常将柊梧带回来的西瓜切成一盘送过来。她的儿子阳太只比德本小两个月。

加代喜欢描眉，她经常画着略有弯度的细眉，浑身上下纤尘不染。她的家收拾得干干净净，让秦月竹觉得不可思议的是，宫崎的家里没有床，进屋就是整洁的地板。佟千安告诉秦月竹，那叫榻榻米，是日本人吃饭休息的地方。晚上在上面睡觉，白天把被褥收起，还可以在上面吃饭和进行各种活动。所以，进日本人的家，一定要脱鞋。秦月竹知道后就很少去宫崎家了。佟云出生的时候，柊梧和加代拎着礼物来喝过满月酒。没事的时候，秦月竹和加代隔着齐胸的墙交流着孩子们的成长故事。

秦月竹忙问："加代，你这是去哪儿？"

"阳太发高烧，我带他去看医生。你们这是……"加代的目光落在了秦月竹和佟千安怀里抱着的葵花和佟云身上。

佟千安说："我们的孩子也发高烧，带他们去看医生。"

秦月竹说："加代，我们一块去吧！"

他们来到道里街上的中医堂。中医堂里早就挤满了人，除去小孩，还有不同年龄段的成年人。他们也都发了烧，而且高烧不退，有的还咯了血。

一个同样抱着孩子的妇女说："坐堂先生说，这不是普通的发烧伤寒，是黑死病。"

"黑死病？"一个中年男人怔了一下。

"就是老鼠之间的传染病传到了人身上，会死人的。"另外一个老汉说。

这可怎么办？秦月竹和加代面面相觑，佟千安心里陡地一沉。轮到给葵花、佟云和阳太看病，先生说："孩子们的症状不是伤寒，是黑死病啊！我给你们开个解毒活血的方子。"

先生开了个方子，递给了佟千安。抓药的时候，佟千安摸了摸口袋，才知道走得匆忙忘带钱了。秦月竹让佟千安快回去取，加代说："佟先生、佟太太，我这儿有。"

"谢谢！"佟千安说。

服了药后，孩子们的病情并未见好转，仍旧发热、咳嗽，嗓子肿得水都喝不进去。很多人没挺下来死了，街上到处是拉着板车收尸的警察，躲在家里的居民们开始捕鼠灭鼠。佟千安从柊梧嘴里得知，两名捕旱獭的猎人从满洲里来到哈尔滨，住进一家钻井工具商店。不久，这两个人都染病而死，而且还传染了与其同住的另外四个人。瘟疫由此在哈尔滨蔓延开来。死亡像一只无形的大手，随时都会把人们抓走。

柊梧说："傅家甸人口非常密集，如果百斯笃（鼠疫的日语音译）不能扑灭，将成为一座死亡之城。"

就在佟千安和秦月竹急得团团转的时候，加代隔着墙说："佟先生、佟太太，抱上孩子，跟我们去防疫处消毒隔离吧！这种病是在人与人之间通过飞沫和呼吸传播的。"比起中国居民，日本人享有一定优待。佟千安和秦月竹抱着葵花和佟云，随同加代和柊梧去了傅家甸临时组建的防疫队。柊梧拿出护照，两家很快就得到了安排。病房里十个病人，其中六个中国人，两个俄国人，一个英国人，只有一个日本人。他们躺在各自的板床上，都很虚弱，一些人轻微咳嗽，另一些人呼吸窘迫。病房里的空气沉重而又压抑，那个叫武连德的医官拿着听诊器耐心地给几个孩子听诊。据说，他是新任命的天津陆军军医学堂副监督。

由于隔离防疫及时，在武连德的西医疗法治疗下，三个孩子像吐发新芽的枯草，总算顽强地活了下来。

第二章

接连下了几场透雨，松花江像条白色的绸带，唱着欢快的歌流向远方。

这里，成了孩子们的乐园。每天晌午，孩子们都会来到江边摸鱼游泳。大部分小伙伴只会搂狗刨，有的旱鸭子站在岸边上，眼巴巴地看着，只有干着急的份儿。打水仗是孩子们必玩的项目，一旦"战斗"打响，水里就会乱作一团，水花四溅，笑声不止。

德本一个猛子能扎几十米远，有时候突然在小伙伴们中间冒出头来，滑润黝黑的身子像条泥鳅。

这不，德本接受了阳太的挑战，比试水性。

因为前些年的黑死病，佟家和宫崎家为此结下了深厚的友谊，两家的来往多了起来，阳太和葵花、德本、佟云玩得很开心。现在是民国八年（1919），距离那个可恶的黑死病已经过去了九个年头。葵花十五岁，德本和阳太十三岁，佟云十二岁。跟他们一块玩的，还有一般大的和卓和小琴。

小伙伴们聚在岸边，看着这场惊心动魄的比赛。事先，按照石头剪子布的结果，阳太先下水。只见阳太一个猛子扎到了河里，在几十米远的地方冒出头来，一口气游到了江中央。江面有一里宽，阳太抹了抹脸上的水珠，向岸边上的小伙伴们挥手，然后又游了回来。让小伙伴们兴奋不已的是，阳太的嘴里居然还叼着一条江鱼。他得意地看着德本，德本明白阳太眼睛里的内容。这家伙在炫耀他的"战绩"，同时也在告诉他，别愣着了，该你了。

这时，一个打鱼的划着小船要到对岸去，德本坐船跟到了对岸。阳太不解，不是比试水性吗？怎么坐船去了对岸？打鱼的将船划到对岸后走了，德本站在船头，向对岸的小伙伴们挥了挥手，然后一个猛子扎到了水里。时间一点点过去了，大家找啊找，水面上波光粼粼，哪有德本的影子，小伙伴们窃窃私语，德本该不会出事了吧？要不然，怎么这么长时间没见他的影子？葵花和佟云咧着嘴儿哭出了声。

葵花冲着河面呼喊："德本……"

佟云也喊着："哥……"

包括阳太在内，都以为德本出事了，大家一齐呼喊着："德本……"

大家紧张地搜索着水面，又过去了半盏茶的工夫，水面上仍然看不到德本的影子。水的流速很快，会不会被卷进水底冲走了呢？

阳太紧张地盯着江面，突然觉得有什么东西在握着他的脚踝。难道是传说中的水鬼？德本坐着打鱼的船到对岸后，阳太一直站在岸边的水里。江床很陡，岸边的水没到了他的肩膀。

阳太正要喊，德本从水里突然冒出头来。大家都没想到的是，他的嘴里叼着一根长长的苇管。怪不得看不到德本的踪影，原来他一直潜在水里，而帮着他潜水的，竟然是这根苇管。

阳太摸了摸脑袋，红着脸说："德本哥，我输了！"

小伙伴们欢呼雀跃地跳了起来。

德本洋洋得意，葵花走过来说："德本，我也想学游泳，你教教我呗！"

德本说："女孩子家要安分守己，学这个干啥？游泳是男孩子的游戏。"

"谁说女孩不能游泳？我偏要学！"葵花说。

葵花这几天心情很糟。前几天，师父、师娘将她的身世告诉了她。

葵花从小就显现出与别的孩子不同的地方。她极少哭闹，宁可自己遭罪，也要照顾好弟弟、妹妹。佟千安和秦月竹赶场，葵花就在家照顾德本、佟云，俨然一个小大人。电闪雷鸣的暴雨之夜，德本、佟云都吓得钻到了她的怀里，她非但不哭，还静静地看着窗外的风雨闪电，听着雷声。孩子们在一起玩，德本有时候捉弄阳太，每次葵花都会护着阳太，阳太亲切地管葵花叫姐姐。

这些年，发生了很多事。先是黑死病的前两年，光绪驾崩，宣统登基；宣统三年（1911），南方又起了革命党，宣统皇帝宣布退位，孙中山被推举为中华民国首任临时大总统。这一切似乎并未对远在京城二千多里外的哈尔滨造成太大的影响，吉成社越开越火，唱戏的闲暇，夫妻俩最开心的就是带着几个孩子玩。

秦月竹和佟千安对葵花如同亲生，当年在襁褓里嗷嗷待哺的葵花，经过佟家暖衣饱食的滋养，像一棵抻开了腰身的白杨，出落得亭亭玉立。几天前，她刚满十五岁，夫妻俩将她的身世告诉了她。葵花惊讶地掉了两行热泪，看了看挂坠里的母亲，跪下来给夫妻俩叩头。

佟千安说："孩子，我们从未当你是外人。过几年，你就给我们当儿媳妇吧！"

葵花看了看一旁傻笑的德本懂事地点了点头。德本半夜起来尿尿，多半要葵花陪着。他也不懂媳妇是什么，与妹妹一起和葵花睡在炕上，叫葵花姐姐。没事的时候，佟千安就教他们几个唱戏。为了壮大戏班子，佟千安又收了几个徒弟。葵花的悟性最好，没多久就能独当一面，成了戏班里的台柱子。身段、动作、念白和神情，娉婷袅娜，如珠落玉，宛如天音，是吉成社一绝；尤其是那对丹凤眼，像春日里松花江里的江水一样清澈。佟千安给她起了个艺名叫"尚巧云"。

葵花躲到没人的地方抹眼泪。狠心的爹娘啊，你们既然给了我生命，为啥抛弃了我？葵花知道，她一定要坚强起来，才能让人瞧得起。所以，她也想学游泳，像男孩子一样在江中畅游。没想到，德本不教他，还摆起了架子。

"葵花姐，我来教你，行吗？"阳太走过来说。

佟云撇了撇嘴："就你能！"

葵花点了点头："好啊阳太！"

阳太拍了一下佟云说："小心让水鬼捉了去！"

阳太冲着佟云做了个鬼脸，一个猛子扎到了江里。葵花看着水面发呆，阳太突然从水里钻出来，一口水喷了佟云满脸，他的手里抓着一只大大的"嘎啦（河蚌）"，冲着她和佟云笑。

"阳太哥，让你坏！"佟云抹着脸上的水，捡起小石块砸向阳太。

"砸呀砸呀！"阳太笑着躲闪，将手里的"嘎啦"掰开，里面竟然有一颗银白色珍珠，他将珍珠抠出来捧到佟云面前，"送给你！"

"阳太哥，你可真有本事！"佟云说。

阳太向葵花招手："姐，别怕，跳进来！"

葵花在水边犹豫了片刻，她脱掉了鞋子，衣服也没脱，"扑通"一声跳进了水里。因为跳得急，她喝了两口江水，阳太一把拉住了她。德本在岸边看着哈哈大笑。在阳太的传授下，经过一段时间的训练，葵花渐渐熟悉了水性，也能和德本、阳太一样扎猛子，她也能潜入江底，摸上一只"嘎啦"。

　　柊梧的商店门口有一个白俄鞋匠，天天像看热闹一样扫视着路过的每一个行人。在他并拢的双腿上有一大块垫布，鞋在上面缝来缝去。他整天穿着破夹克，头戴旧鸭舌帽，手指头黑乎乎的。

　　佟千安坐在鞋匠前面的马扎上，看着鞋匠修补他的一只皮鞋。佟千安想看看宫崎柊梧，他的铺子在两个月前被砸了个稀巴烂。

　　柊梧开的是杂货铺，卖着头油、梳子等从日本国内进口来的小商品。两个月前，北京十几所大学的学生，为了反对政府在巴黎和会上签字，反对"二十一条"，力争青岛主权，爆发了一场声势浩大的游行。哈尔滨地区广大青年和各界群众迅速做出反应，青年学生走上街头，发传单、演话剧，组成救国十人团，劝导各界群众抵制日货，并对一些执迷不悟的商铺发出严厉警告。柊梧的杂货铺就在这场运动中被捣毁。

　　那些日子，柊梧见到佟千安都绕着走，加代和阳太也不来了，秦月竹不止一次听见柊梧呵斥阳太的声音。柊梧不让阳太来她家，让秦月竹感觉很不舒服，就佟千安抽空去看看柊梧。自从商店被砸，柊梧见到他似乎有些尴尬。

　　在佟千安旁边的长椅上有两个西装革履的客人，他们一边说话，一边喝茶。其中一个似乎是从南方来的，他说："从天津到哈尔滨，似乎经过三国的边界；奉天是中日相混，长春、哈尔滨又是中俄日三国的复版彩画。哈尔滨简直一大半是俄国化的生活了。"另一个人说："现在的哈尔滨其实是日本人的势力在横行。去年，日军就有小股部队开抵哈尔滨，攫取哈尔滨至长春的铁路管理权后才撤出。日本人得到中东路，哈尔滨就快变为日本的殖民地了，指不定会发生什么意想不到的事呢。"

　　那个南方口音的人又说："你在日本留学多年，对日本这个民族是怎么看的？比起我们来，人家似乎更文明。"

他对面的那个朋友说:"日本这个民族,知小礼而无大义,畏威而不怀德。日本人好鞠躬,看上去彬彬有礼,但很多人只是装模作样,他们的客气好像包着一层纸。"

佟千安听得云山雾罩,不明就里。这时,他看见了柊梧隔着玻璃向他再次尴尬地笑了笑。商铺的玻璃已经上好,看样子并未营业,只有他一个人在店里,佟千安向他摆了摆手。这时,鞋匠将鞋子递了过来,佟千安穿好后付了钱,抬腿进了柊梧的店。

"佟先生,怎么得闲到我这里来了?"柊梧迎了过来。

"我太太做了荠菜猪肉馄饨,想请宫崎先生过来品尝。"佟千安说。

柊梧想了想,正要张嘴婉拒,佟千安又说道:"还请宫崎先生不要推辞,来时一定要带上阳太和太太。我好长时间没看到阳太了。"佟千安也喜欢阳太,有一次,微醺的他问:"阳太,海是什么样子?"阳太眨眨眼,晃晃手里的酒瓶:"这里头的水就是海,但大海没有上面这个盖子。"

柊梧沉吟了片刻,点了点头:"谢谢佟先生。"

晚上,宫崎一家来了。宫崎手里拎着两瓶日本清酒,阳太很快就和德本、葵花和佟云打成了一片,孩子们的笑声在院子里飘了起来。宫崎西装革履,扎着领带,和佟千安喝茶;加代穿着一身漂亮的和服,脚踏木屐,跟秦月竹学包馄饨,两家之间的尴尬随着谈笑声烟消云散了。

加代说:"佟太太,谢谢你前几年教会了我包饺子,今天又教我包馄饨。想不到,荠菜也能作馅。"

秦月竹说:"野菜的味道其实更鲜美。"

很快,馄饨煮好了,摆上了酒菜,佟千安和柊梧一边喝酒,一边说话。

佟千安说:"宫崎先生,我们两家是生死之交啊!不过我一直不看好你们日本,当年你们的军队和俄国人决战,攻进了旅顺,历时三昼夜,杀光了旅顺男女老少。我的祖父当年就在旅顺给人熟皮子,要不是藏在一户人家的炕洞里,他也成为那两万多冤魂中的一个了。宫崎先生,你怎么看待这件事情?"

佟梧并不恼怒，而是说出自己的见解："对我们国家给贵国造成的灾难，身为日本人，我表示遗憾。不过，我想告诉佟先生的是，日本人也并不都是豺狼，有些行为是政府操纵的。我们普通国民面对自己的政府，有时候也无能为力。两个国家对峙，伤害的永远是我们这些普通民众。"

鞋摊旁两个男人的谈话在佟千安耳边回荡着，不过他又想，也许，佟梧的话是对的，于是说："宫崎先生说得对啊，我们普通百姓实在太渺小了"。

"我远涉重洋到哈尔滨做点小本生意，就是想将自己的日子过得好一点，可我的如意算盘打错了，事情并没有按我的预想发展，生意现在做不下去了，一家人的生活受到了严重的影响。我们成了人人喊打的过街老鼠，只有佟先生和太太还记得我们，给我们送来了温暖，让我们知道中国人的包容。感谢命运，让我们在中国结识了佟先生一家人。佟先生，我敬你！"

宫崎端起酒盅和佟千安碰了一下，扬脖将酒喝进了肚子里。

转眼，到了民国十三年（1924）。

吉成社后院内一棵干瘪的老槐树下，葵花在熟皮子。几年前，原来租的那个戏台的主家急用钱，佟千安就将这个一进的四合院买了下来。门口是雕梁画栋的戏台，唱戏专用；佟千安夫妻住正房，男徒弟们住在东厢房和倒座房，女弟子们住在西厢房；后院是一块可种植蔬菜的园子，葵花常在这儿种菜、熟皮子。

早春的阳光照在葵花苗条的身子上，她在刮一张狍子皮上的肉屑。一把牛角刮刀在她手里跳跃着。今天没唱戏，师弟、师妹们逛街去了，她就利用这个空当熟起了皮子。

这些年，国家仍旧动荡不安。虽说中华民国成立了，在东北，还是土匪起家的张作霖说了算。对这些，她和师兄弟们并不感兴趣。对他们来说，最要紧的是把戏唱好。

佟千安除了会唱戏，熟皮子的手艺也是一绝。松花江两岸森林茂密，野物众多，熟皮子是最吃香的行当。佟千安从未扔掉熟皮子的手艺，在他看来，一个人不可能唱一辈子戏，这也是一门安身立命的手艺，说不定啥时候就能派上用场。他把这个道理讲给儿子、闺女，还有他的那些徒弟们听，可大家并不理会，只有葵花说："阿玛，他们不学，我学。"佟千安就开心地笑了起来。虽然知道了自己的身世，葵花并没有改口，仍将师父、师娘当成自己的父母。

葵花戏唱得好，性情也泼辣，佟千安喜欢这个未来的儿媳妇。她手脚勤快、脑子活，没多久，就把这门手艺学到了手，经常利用演戏的空闲接些活。

今天这张皮子是师弟郑家佑送过来的。十几个弟子里，佟千安喜欢三个女徒弟、四个男徒弟，郑家佑是这四个男徒弟里的一位。郑家佑爱打猎，他买了一杆猎枪，跟着锡伯族猎户苏大炮学枪法。说来郑家佑也是个可怜人。三年前的一个冬夜，葵花给师娘送开水，在门口差点儿被一个软绵绵的东西绊倒，仔细一看，是一个冻晕的少年。她报告了师父和师娘，大家将少年抬进屋，师父拿雪为他搓身，少年这才苏醒过来。

少年叫郑家佑。他生下来刚满月，跟着爹娘由河南老家安阳辗转到了黑龙江。十岁那年，爹在香坊修铁路，被俄国人的马车轧死了，娘跟着一个剃头匠走了，十来岁的他只好到宽城大户朱百万家当半拉子伙计。他最喜欢听戏，吉成社去朱家唱戏，他就听入了迷。吉成社离开朱家后，他就悄悄找来要学戏，好几天没吃没喝，最后就晕倒在门外了。佟千安心一软，将他收下。郑家佑天资聪慧，很快成为吉成社的台柱子之一。在佟千安的几个男弟子里，郑家佑长得最俊秀，浓眉大眼，面色白皙，演过《长坂坡》里的赵子龙。他嗓音洪亮，师父给他起了个艺名叫"响九霄"。他对师父、师娘、师兄、师姐妹都掏心掏肺的好，尤其是对葵花，比对亲姐姐还亲。这不，他拿了这张狍子皮，对葵花说，这张狍子皮熟好了就送给她做个坎肩儿。

葵花想，她才不要呢，要让师父师娘知道了，非生她的气不可。她可是佟家未来的儿媳妇啊！前阵子，师娘跟她说要找个日子，把她和德本的婚事办了。一年前，师父出面，让她认极乐寺旁开烧锅（酒坊）的田大牙两口子为干佬（干爹干妈），说有了娘家，她出阁也就名正言顺了。

嫁人是一种什么样的感觉呢？想起德本，葵花的脸儿不由烫了起来。

一双手缓缓爬上了她的腰。是德本？不对啊，每次德本都是从后面悄悄捂住她的眼睛。她回过头，一双蛤蟆似的眼珠子正打量着她呢！

"姓许的，你要干啥？"葵花说着，那把牛角刮刀已经顶上了那个人的咽喉。

"君子动口不动手！干吗这么凶？"那人龇牙一乐，抿着硕大的鲶鱼嘴，将矮胖的身子往后退了两步。

"鲶鱼嘴"是滨江县参议许贺霖的少爷许世通。这家伙仗着父亲的权势，欺男霸女，坏事做尽。最近他常常到吉成社来听戏，几次指名点姓要听葵花的戏。想不到，今天追后院来了。

"快走，再不离开，我可喊人了！"葵花晃动着手里的刀子。

"干吗那么凶？我走就是。葵花，我打心里稀罕你。我这就回去让我爹找你师父提亲。"

"我有婚约了。"

"有婚约了？谁？"

"佟德本！"

"佟班主的儿子啊！我让我爹跟他们说，把那个婚约废了。给我们许家当少奶奶，不比当个戏子天天让人评头论足好啊！"

许世通嘴里一边嘀咕，一边往外走。因为走得急，差点被院子里的一块砖头绊个跟头。葵花"扑哧"一声笑了，正乐着呢，佟云穿着一袭白旗袍，手里捧着束丁香花，笑着走了过来："姐，啥事这么高兴？"

"没啥，刚才那个姓许的差点摔个仰八叉。"

"这家伙就是个公子哥儿,少和他打交道。"

"我没有。找我啥事?"

"阿玛找来了三友照相馆的师傅孙绪年,要给咱们一家人照相。你快收拾一下。"

"我这就收拾。"

这两年,佟云的身子也蹿了起来,原本就俊俏的瓜子脸也更加水灵了。几个姐妹里,葵花最喜欢佟云。为了让他们这些弟子识文断字,佟千安特意请来一位当过拔贡的先生。这些人里面,佟云学的最好,佟千安曾让她去道里俄国人开的盖涅罗佐娃第一女校读书,她说跟着先生就够用了。

佟千安觉得,只有让徒弟们都有学问,他的吉成社才能越开越红火。他不止一次在蹦蹦戏祖师李梦云的牌位前对徒弟们说:"古人云,读书人要修身、齐家、治国、平天下。依我看,这些并不全是读书人的事,咱们虽然是唱戏的,也要时时刻刻记着自己的祖宗、国家,不要忘记为人的根本,忘了自己的来处。咱们这个国家比世上所有的国家都要出色,这是生你养你的地方。"

二弟子关锦城问:"师父,俺们唱戏的最高境界是啥?"

佟千安想了想:"这个问题问得好!你们的师爷当年就跟弟子们讲过,唱戏的最高境界就是,看我非我,我爱我,我也非我;装谁像谁,谁装谁,谁就像谁。"

大家都不懂,佟千安又说:"唱戏就是做人,慢慢你们就懂了。这句话,你们一定要铭记在心。"

在佟千安的要求下,吉成社自编自演了许多爱国剧目,比如《挑滑车》《李陵碑》《穆桂英挂帅》等,深受观众喜爱。

葵花扮演过穆桂英,凭着《穆桂英挂帅》,红透整个哈尔滨。人们都想目睹穆桂英的飒爽英姿,更喜欢看她那对丹凤眼。"尚巧云"的身影不止一次出现在报纸和街头巷尾的海报上,可葵花却没照过一张戏装相。没想到，今天师父竟然请来了三友照相馆的师傅孙绪年给他们照相。

"照相？那得花多少钱啊？"葵花下意识地摸了摸脖子上的挂坠。师父和师娘告诉过她，挂坠里照片上的那个年轻女子是她的母亲。看来母亲不是普通的百姓，为啥不要她？她想不通。

在哈尔滨，三友照相馆名气最大，有数十名店员，机器都是从俄国进口的。吉成社十五年庆典，师父曾带着大伙到三友照相馆拍了张全家福，这会儿怎么又请到家里拍起照来了？

葵花问佟云："是不是师父有啥高兴的事了？"

佟云拉着葵花的手，笑了笑："别问那么多，把最漂亮的衣裳换上，到时候就知道了。"

和德本野马般的性情正好相反，妹妹佟云温婉恬静，说话也柔声细语。她不但戏唱得好，更写得一手娟秀的小楷，一杆纤细的狼毫在她手上挥洒自如。和母亲一样，也长得一副高高的身材，一张白白净净的瓜子脸，从里到外，散发着与众不同的韵味。

葵花和佟云相处得如同亲姊妹，小时候德本不懂事，老欺负她，佟云就会像小大人似的护着她。随着年龄的增长，她越发离不开佟云了，有什么心里话都愿意向她倾吐。佟云知道她是未来的嫂子，不止一次对她说："别怕，我哥欺负你，我饶不了他。"

葵花回到西厢房，换上了那件秦月竹给她订做的雪纺绸大红旗袍。秦月竹说过，雪纺绸没有光泽，穿在身上不俗不艳。

来到正房时人已经到齐，大家都换上了新衣裳。秦月竹拉着葵花的手："就差你了。今天是咱们吉成社十八周年，你师父高兴留个纪念。我以为昨晚告诉你了，瞧我这记性。"

厅堂内，面容清瘦、长袍马褂的孙绪年和两个伙计已经将电灯架好，正在调着那台进口的俄国相机。

孙绪年举起手势说："大家都自然点，笑一笑，看我手势。"大家都微笑了起来。孙绪年说："预备，拍！"拍完了这张，佟云说："阿玛，我想和葵花姐、和卓,我们姐仨儿照张合影。"

除了葵花和佟云,和卓是佟千安众多女弟子中他最中意的一个。佟云和葵花、和卓并称为吉成社"三小旦";林轩鹤、关锦城、赵金良、郑家佑被称为吉成社"四大丑"。

"一眨巴眼我就知道你想要啥!"佟千安慈爱地看着闺女,又转身看着孙绪年,"孙先生,给她们三姐妹来张合影。"

"好嘞!"

佟云和和卓微笑着分列葵花两旁,随着闪光灯一闪,三姐妹青春靓丽的身影聚拢在底片上。

这时,一个熟悉的声音飘了过来:"佟伯父,我想和佟云妹妹合一张影。"大家扭过脸去,阳太笑着走了进来。他身材挺拔,西装革履,已经是一个大小伙子了。宫崎家的生意现在已经有了好转,阳太就在店里帮着父亲送货进货。

"阳太,最近生意好吗?"佟千安问。

阳太点了点头:"马马虎虎。佟伯父,我想和佟云合一张影,行吗?"

"当然行啊!"佟千安拍了拍阳太的肩。他知道,在几个伙伴里,阳太和佟云最谈得来,一直把佟云当成自己的亲妹妹。

佟云走过来挽住阳太的胳膊,孙绪年给他俩照了相。阳太说:"我得走了,顾客还在等着我呢!佟云,相片洗出来时,给我送去。"

佟云说:"知道了,阳太哥!"

孙绪年照完了相,佟千安说:"大家散了吧!"众人散去,葵花要往外走,佟千安将她喊住:"葵花、德本,你们俩等会儿。"葵花看了看德本,不知道师父要他们留下来的用意。

"葵花、德本,把孙先生请来就是想为你俩拍张结婚照。"见葵花有些吃惊的样子,秦月竹又悄声说,"前阵子我不是说过,挑个日子把你俩的婚事办了吗?"

葵花脸儿一红,看了看一旁的德本。德本若无其事,正将一个瓜子儿皮吐到地上。

"就知道嗑瓜子儿！快成家了知道不？"秦月竹点了一下儿子的额头。

德本扭过脸看了一眼母亲，没吭声，有些害羞地看了看葵花，在孙绪年的指引下来到葵花身边，两人肩并肩地站在了一起。

孙绪年说："二位新人，别紧张，头往一块拢，露出自然的微笑。"

"啪！"闪光灯亮过，孙绪年说："好，再来张。"

又来了一张。

秦月竹说："孙先生，再来张西式的。"

"佟太太，我差点忘了。"孙绪年看着一边的伙计，"把礼服拿出来。"

两个伙计从箱子里拿出一套黑色的燕尾西装，又拿出一套洁白的婚纱，让德本和葵花分别换好。两人换好礼服走出来的时候，孙绪年挑起大拇指，对佟千安和秦月竹说："佟先生、佟太太，郎才女貌，天生一对啊！"

秦月竹和佟千安对视了一下，满意地点了点头。

葵花想不到，佟家对这门亲事如此重视。要知道，穿着洁白婚纱的西式婚礼，她只是远远地在水道街七十三号索菲娅大教堂外的广场上看过。她很羡慕俄国人的婚礼，更羡慕那披上洁白婚纱的美丽的俄国新娘。

让葵花高兴的是还有德本。换作以往，以德本的性格，早甩袖子走了。今天他不但没走，还和她配合得恰到好处。在拍婚纱照的时候，还替她整理了一下裙摆，冲着她调皮地挤了挤眼。想着自己就要和他过上夫唱妇随的日子，她的心里就慌慌的。

那会是种什么样的日子呢？

在两个伙计的帮助下，他们整理好了礼服和婚纱，紧挨着再次站在了一起。

孙绪年笑着举起了手势："预备，拍！"

闪光灯再次一闪，将他们年轻靓丽的影像定格。

第三章

八月里纺纱织布不停手，八月里蟋蟀檐下唱不休。八月，是美妙的时节。

这天，瓦蓝的天幕上飘着棉山般的云朵，鸟儿欢快地掠进云端。正是葵花盛开的季节，整个道外淹没在葵花的海洋里。德本和葵花的婚事正办得热火朝天。

拍完订婚照不到半年，佟千安就决定把儿子和葵花的婚事办了。秦月竹最后一次提醒："师哥，我再絮叨一遍，葵花八字伤官，命犯桃花，你真不怕她对德本不利？"佟千安说："我认定葵花了，子虚乌有的东西不要信。"秦月竹这才说："那好，听你的。"

葵花和德本的婚事早该办了，按年龄，葵花有点大了。几年前，秦月竹特意找人悄悄给看过，两个孩子只有在今年这一天结婚为六合，不犯说。

葵花没娘家，佟千安头一个月把她安置在极乐寺后开烧锅的干佬田大牙家里开剪。开剪也叫"纳彩"，是指男方在迎娶前的一个月，将结婚的日子提前通知女家，谓"送日子"。男方将给女方的彩布、衣物送往女家，谓"送嫁妆"；并请一位儿女双全的有福的妇女为姑娘裁衣，谓之"开剪"。这些，佟千安都办得毫无差池，田大牙和太太也担起了干爹、干妈的职责，给葵花"摘他哈"。

"摘他哈"是满族婚俗中的特殊仪式。女方在婚前一个月内，须择吉日举行"摘他哈"。"摘他哈"时，要先清扫室内外卫生，将祖宗板上的达妈妈（满族称高祖母）口袋中的索线取出，一头拴在祖宗板斜架上，一端扯在屋外祭祀用的柳树枝上；然后由萨满主持仪式，葵花和干佬一家人向祖先叩头，田大牙摘下按她生辰八字临时做成的"他哈补丁"扔在街头，以示她长命百岁，婚姻生活幸福美满。

　　田大牙和太太的认真细致，让葵花特感动。在田家的这些日子里，她还跟着田太太学会了吊皮袄。她俨然就是田家的闺女，是这个家的一分子。

　　早上，德本骑马带人前来迎娶，排场很大，感动得葵花在心里一个劲儿发誓，一定要全心全意做好佟家的儿媳。她给田太太留下一块十几斤重的离娘肉，坐在花轿里，看了看挂坠里那生死不明的母亲，不由得泪水盈满了眼眶。透过花轿的轿帘，葵花看到了站在门外迎亲的人群。德本骑着高头大马，礼帽马褂，十字披红，黑里透红棱角分明的脸膛上，露着幸福的微笑，比往日更显英俊。看着这个即将成为自己男人，长得人高马大的德本，葵花不由得脸热心跳。感谢老天爷，赐给她一个这么好的男人。

　　后面的马车上放着嫁妆，压包的是宫崎阳太。几天前，阳太找到葵花，请求压包，为他的葵花姐讨个吉利。

　　门口的喇叭吹得正欢。吹喇叭的她认识，是德本请来的鄂伦春人老二哥。

　　鞭炮声中花轿落地。第一关"劝性"，迎送亲队伍来到佟家大门前，暂不让葵花下轿，意思是扳一扳她当姑娘时的脾气，使婚后的生活更美满。

　　"劝性"过后，葵花头顶红色缎子盖头，上身穿红色缎子小袄，下身穿红色镏珠裙，在众人的赞叹声中从大红轿内探出头来。轿前红毡铺地，葵花背铜镜，右臂抱锡壶，左手攥着一个小银锭，一双蹬着红绣软鞋的脚踏在马兀子上，由娶亲送亲的女眷分别从两侧搀扶着慢慢下轿，顺着铺好的红毡入院。门口放着一个燃烧正旺的炭火盆，那红红的炭火，与葵花身上的红嫁衣相映生辉。

　　田大牙家的伙计张瑞麟、斜眼老黑和在太阳岛米娘久尔餐厅做一手好吃的俄式大菜的厨师铁法都来帮忙，关锦城、林轩鹤、赵金良、郑家佑等几个师兄弟更是忙得脚不沾地。

主婚人是德高望重的老萨满,正用那沙哑的声音高喊:"过火盆,红红火火。"葵花刚刚跨过火盆,主婚人又高声道:"射煞!"有人将祭桌上的弓箭递给十字披红的德本。德本接过,弯弓向天射一支,老萨满喊:"一射天狼。"德本向地射一支,老萨满又喊:"二射地妖。"德本又向轿前射一支,老萨满再喊:"三射红煞。"德本红光满面,和葵花行一跪三叩礼。洞房的门槛上放着一个涂着红漆的新马鞍,马鞍上放一只苹果。老萨满见葵花跨过马鞍,又扬脖喊:"过马鞍,平平安安。"见葵花跨过了马鞍,又喊,"新郎新娘,送入洞房。"

众人簇拥着德本和葵花进入由东厢房做成的洞房。吉成社放假三天,师妹和卓、小姑佟云,还有葵花的好姐妹小琴也在人群中穿梭着。和卓是街上酒鬼安松昆的闺女;小琴打小没了父母,和她没儿没女守寡多年的姨妈讷敏生活在一块。这几个姐妹里,只有小琴没学戏。和卓平时住在家里,只有演出时才聚到一起。

让葵花更高兴的是,阳太的父母也来参加他们的婚礼了。阳太下了车,立即和捞忙的人们一道,帮着端盘子布置席面。葵花在田家的时候,加代还特意赶过来送给她一套崭新的被面。这些年,他们和宫崎一家相处得像亲戚似的,葵花管柊梧叫叔,管加代叫婶。两家并没有因为搬家和国家的事而变得疏远,没事的时候,加代就会过来找秦月竹聊天、逛街,柊梧也会拿着本国的清酒过来和佟千安喝上一杯。他和妻子都是吉成社的发烧票友,夫妻俩都能唱一段他们喜欢的《大西厢》。葵花结婚,佟千安和秦月竹特意给宫崎一家下了请柬。

在柊梧和加代身边的是郑家佑和张瑞麟,他俩脖子上挂条白毛巾,端着盛菜的托盘。

张瑞麟碰了碰郑家佑:"看人家娶媳妇,着急了吧?"郑家佑说:"你才着急呢!"和卓和小琴高声喊道:"葵花姐,葵花姐,早生贵子!"葵花走到门口,掀起红盖头,露出花儿般漂亮的笑脸和一对俏皮的小虎牙,脆声声回应："知道了！"德本走过来用秤杆将葵花的红盖头挑下来，在众人的叫喊声中放到屋檐高处，寓意"称心如意""步步高升"。葵花的盖头被挑完，和卓过来用铜镜对着她照一下，然后将两面辟邪的铜镜挂在她的肩上。

葵花进入洞房坐在了南炕上，褥子下放着一把斧子，曰"坐福（斧）"。坐福得一个时辰，在"坐福"结束前，婆婆亲手给她开脸、梳头。"开脸"，就是用细线将她脸上的汗毛绞掉，表明她已经成为已婚妇女。"梳头"则是将她的姑娘发式改梳成"大拉翅"。秦月竹一边给她做着这些，一边叮嘱她好好过日子。

此时的葵花羞涩而又幸福，从现在起，她就是这个家的儿媳妇了。

"额涅！"葵花甜甜地叫了一声。

"哎——！"秦月竹高兴地应了一声。

坐完福，时近中午，庭院里的天地桌早摆好了，桌上供着神位和供品。德本和葵花开始"拜北斗"。拜北斗就是拜长白山、拜祖先。二人跪坐矮桌左右，和卓和佟云为他俩斟酒，二人换饮交杯酒三次。老萨满用满文念三节"阿查布密"（满族合卺歌）祝词歌：

"良辰开喜宴，佳日娶新人。持家饲的猪祭祀神仙，神赐其福，佳偶是成。神仙保佑此夫妇，福祉日增。白其发布黄其齿，白恙不生。九旬而健康，百岁修龄。年长岁永，享寿无穷。宜其家室，富贵恩荣。阖第得此吉祥，感戴神灵。"

老萨满每念完一节，就用刀切下一块肉抛向空中，斟一杯白酒洒在地上，人们共同祝福新人。到此，"合卺礼"礼成，开席。

夜幕降临，皓月当空，屋里那两根大红蜡烛发出柔和的光。

德本和葵花并坐在炕沿上，白头发的街邻老嬷嬷一边把果盘所盛的枣、花生、栗子撒向帐中，一边念叨："一撒荣华并富贵，二撒金凤满池塘，三撒三元及第早，四撒龙凤配成祥，五撒五子拜宰相，六撒六合同春长，七撒夫妻同携志，八撒八马转回乡，九撒九九多长寿，十撒十金大吉祥。"

老嬷嬷做完这些关门出去了。德本拂着葵花齐眉的刘海儿说:"葵花姐,你今儿个真好看。"葵花握住德本的手:"我现在是你媳妇了,可不能像以前那样叫了!"德本笑道:"可我还是想叫你葵花姐啊。"葵花说:"没旁人的时候,你想叫啥就叫啥。旁人在场,千万不能这么叫了。当初,要不是阿玛和额涅收留我,我早成了孤魂野鬼。"德本说:"我也感谢我阿玛和额涅,给我捡了这么好的一个媳妇。"葵花用手指头点了点德本的额头,娇嗔一笑:"也不嫌白扯!"德本看着葵花憨厚地笑着。

葵花身上散发出来的处子的幽香扑鼻而来,德本觉得血液上涌,想亲葵花,却被葵花轻轻推开了。

这时,就听"哗啦"一声,有东西砸在炕上。二人回头,不知谁从窗外扔进来一把黑豆,"响房"的声音响了起来:"开开心心娶娇娘,洞房花烛小登科。小登科接着大登科,播荣名喧满皇朝……"

这声音,听起来格外清晰,在暗夜里传出老远。

"谁啊?这么晚还不睡觉。"葵花说。

"好闹的老二哥走了,还能有谁?一听就是铁法,这个活宝!"德本说着,又要亲葵花。

葵花推开德本,一扫平日里的泼辣,胸口里像有只小鹿在乱撞,羞涩地说:"我、我害怕。"

"怕啥?他们响他们的,咱们乐呵咱们的。"德本说着,一把攥住葵花白嫩的小手。

"德本……"葵花将头轻轻地依偎在德本宽厚的肩膀上。当年和她睡一铺炕夜半起来撒尿让她陪的小弟弟,如今长成了让她心动的男人了。

这时候的葵花,整个的身心啊,像泡在美酒里,软了、酥了、醉了……

小夫妻恩爱自不必提,最高兴的是佟千安。客人们散去后,他还意犹未尽。

"老爷,你看看你,这几天忙里忙外,咋就不知道个乏呢?"秦月竹嗔视了丈夫一眼。

"响房"的声音不时从窗外传来。

佟千安对在地下收拾的佟云说："把锦城他们几个，对了，还有张瑞麟和铁法他们，还有和卓也一堆叫过来。"

佟云应了一声，飞快地跑了出去。

"老爷，你这是干啥？"

"让他们师兄妹陪我喝几盅，热闹热闹。"

"我看不这么简单，老爷是醉翁之意呀！要不咱俩唱段《回杯记》，你扮张廷秀，我扮王兰英？"

"这次，让他们年轻人唱，咱们来听。"

结婚十八载，佟千安和秦月竹感情一直很好，秦月竹给他生下一儿一女后不再有孕，秦月竹引以为憾，觉得对不起佟千安，让他再续一房。佟千安劝慰她说："儿子结婚了，香火不就有了吗？再说了，你不是给我生了个溜尖透灵的闺女嘛，我还奢求什么呢？"

实际上，佟千安也希望自己多几个儿子传承香火，可他不想刺激秦月竹。他知道，当年秦月竹对他的感情有多深。这也是他喜欢关锦城这四个男徒弟的真正原因。他把他们当成了自己的儿子一样看待，待时机成熟，就选他们其中的一个做他的女婿。夫妻俩商定，暂不说破，让佟云自己挑。

此刻，林轩鹤、关锦城、赵金良、郑家佑、张瑞麟、铁法在门口的戏台旁闹腾得正欢。

"欢声鼎沸哈尔滨，得志当属德本哥；新婚胜如小登科，披红戴花状元郎。"铁法不知在哪儿改了一段戏文，手舞足蹈，欢快得像一只草场上活蹦乱跳的兔子。

郑家佑说："铁法哥，你这词比戏文里唱得还好听。"

"那是，没看看我是谁。"铁法晃着脑袋，眼睛眯成了一条缝儿。

赵金良撇着嘴儿："铁法，俺师弟娶媳妇你跟着瞎起啥哄？你捞忙捞得也酒足饭饱了,咋还不回去?晚了,你那个俄国东家还不得扣你工钱?"

林轩鹤跟着打哈哈,说:"这还用说,铁法兄弟是眉毛出汗——眼热呗!"

"姓林的,你是哪根葱?哦,兴你们来响房,就不兴我来啊!"铁法双手抱胛,不乐意了。

"闭上你那张贫嘴,没人把你当哑巴卖了!"张瑞麟瞪了铁法一眼,一脚将脚底下的一块砖头踢了出去,声音大得像炸个响雷。

铁法吐了下舌头,咬了咬嘴唇,不再言语了。张瑞麟救过他的命,他最敬重的人就是他。张瑞麟一瞪眼,他就把嘴闭上了。

张瑞麟是田家烧锅的伙计,身材结实得像个石磙子,扫帚眉下一双豹眼,浑身上下有使不完的劲儿。他祖籍河南郸城县,小时候跟着爹娘闯关东,娘死在了沟帮子附近丁家村外的一座破庙里,爹就带着他一路往北闯,在长白山老林子里当了木把。后来他跟着爹去南海(丹东)放排,木排起垛,他爹被挤死在了老恶河上的笑面砬子旁。

十四岁的张瑞麟身无分文,如何给爹做身寿衣?张瑞麟想起了蹦蹦戏《卖身葬父》里面的戏文,就跪在岸边求好心人写了个告示,谁帮着他葬了父亲,他就给谁当一辈子牛马。恰巧,拉高粱的田大牙路过这里,被他的孝心所感动,帮他料理了后事。张瑞麟就跟着田大牙进他的烧锅当了伙计。他精明强干,办事沉稳,成了田大牙最得力的伙计。

铁法是坐地户,锡伯族人,祖上在旗。生他的时候,母亲难产去世了,他从小就生长在满族、汉族、锡伯族杂居的环境里。铁法十岁那年,在松花江边打鱼的阿玛患重病也过世了。孤苦伶仃的铁法靠着百家饭百家衣长大成人。后来,被开餐馆的俄国人苏佰金收留,在太阳岛米娘久尔餐厅当了伙计,在苏佰金手把手地传授下会做一手好吃的俄式大菜,成了这家餐厅的厨师。

米娘久尔餐厅是一座临江的木质结构的二层楼,设计精巧,可以容纳二百人同时进餐，所有座位都能眺望沿江的风景。这个餐馆算哈尔滨一绝，张瑞麟常去那里送酒。有一次，一个醉酒的俄国人踩着铁法的头逼着他喝下整瓶的伏特加，被张瑞麟揍了个四脚朝天，鼻口窜血。铁法感激张瑞麟，二人结了兄弟。阿玛过世后，佟家上下老小也没少照顾他，尤其是葵花，对他就像姐姐一样，每年都会给他做双鞋，有时候还把舍不得吃的好东西留给他。德本也对他像亲兄弟。

一年冬天，铁法得了伤寒，浑身上下烧成一团火炭，是德本把他背到中国大街的中医堂陪了他三天三夜，才把他的命从阎王那儿抢回来。这次，德本大哥娶了他亲爱的葵花姐，他是打心眼里高兴啊。婚礼头两天，他就跟苏佰金请假来佟家捞忙。他时常听书，记性好，刚才"响房"的俏皮嗑儿就是他从说书的那儿听来的。他心直口快，爱说笑话，在同事和伙伴们眼里是个活宝。他头脑聪明，跟着苏佰金学做俄式大餐，没多久就能巧妙地将田地里的土豆和原野上的黄牛搭配成一道俄国的土豆烧牛肉。苏佰金喜欢他的聪明和能干，有心将女儿卡佳许配给他……

这时，佟云跑了过来，传达了阿玛的话。

张瑞麟说："时辰不早了，我和铁法该回去了。"

"我阿玛特意嘱咐，喊你俩一块过去呢！"佟云说。

"不了，这酒都喝到嗓子眼了，再喝就多了。"张瑞麟拉着铁法走了。

在张瑞麟看来，他和铁法是外人，林轩鹤、关锦城、赵金良、郑家佑才是佟家的人。走到街上，张瑞麟训斥铁法："喝顿捞忙的酒就得了呗，还不走！"铁法嘀咕着说："我不寻思替葵花姐和德本哥高兴嘛！"

看着张瑞麟和铁法消失在街口，赵金良吐了口唾沫："老大不小了，咋就看不出眉眼高低呢？"

"就你能看出眉眼高低！"关锦城捅了捅赵金良，又看了看佟云，"师妹，这都多晚了，师父咋还喝酒？"

佟云说："阿玛高兴，他不但让你们都过去，还让我去请和卓！"

"不用请，我来了！"佟云话音刚落，和卓像只欢快的小鸟儿，有说有笑地走了进来。

众人这才知道,师父今晚高兴,要和他们一堆儿喝酒,于是就跟着佟云进了上房。

佟千安昐咐又放了一个席面,让大家围席而坐,当他知道张瑞麟和铁法回去时,连说:"这俩小子咋还见外呢?"

佟云看了看关锦城,关锦城起身给佟千安的酒盅里满上了酒。

佟千安端起酒盅说:"晚上请大家伙没别的意思,德本和葵花成婚,了却了我最大的心事。我也希望,在不远的日子里,也能喝上你们的喜酒。"

佟千安用眼睛扫了扫大家,扬起脖将酒盅里的酒干了。众人也跟着将酒盅里的酒干了。

林轩鹤、关锦城、赵金良、郑家佑说:"谢师父!"

佟云、和卓没吱声,只羞红了一张俊俏的脸儿。

佟千安说:"今儿高兴,大家都准备唱一段,把绝活都亮出来。"

赵金良说:"师父,俺和佟云来段《杨八姐拉马》。佟云,你扮杨八姐,俺扮焦光普!"

关锦城说:"俺和轩鹤师兄、和卓师妹来段《梁赛金擀面》。"

佟千安说:"好。"

很快,赵金良和佟云装扮停当。二人四目一对,唱了起来。

　　杨八姐:一场恶仗打得凶啊,
　　焦光普:两狼山上动刀兵啊。
　　杨八姐:三军儿郎齐呐喊,
　　焦光普:四野处处起杀声。
　　杨八姐:五更翻将擂战鼓,
　　焦光普:六路合围困宋营。
　　杨八姐:七狼八虎忙应战,

焦光普：金沙滩上血染红。

杨八姐：九死一生杨继业，

焦光普：十分悲痛尽了忠啊。

……

    赵金良和关锦城是河北邱县人，打小跟着爹娘来到哈尔滨。

    赵金良他爹叫赵大锛子，是个车匠，和关锦城他爹关梦春一块长大，哥俩在傅家甸老街开个车匠铺。和赵大锛子不同的是，关家祖上是满族的瓜尔佳氏，五世祖到河北为官，后来家道没落，改汉姓关，成了普通百姓。关梦春回关东有寻根溯祖的意思，可没等到他找到在东北的家族，就出事了。

    那一年，赵大锛子和关梦春给当地一个姓蔡的绰号"秃老鸹"的无赖打了辆车。"秃老鸹"用了两年车轮裂了，来找麻烦，双方吵了几句。几天后，"秃老鸹"让人半夜烧了车匠铺，赵大锛子和老婆被烧死。因为家里地方小，赵金良住在后街关梦春家和关锦城挤在一起，这才幸免于难。关梦春找"秃老鸹"理论，"秃老鸹"放狼狗咬死了关梦春。关锦城他娘上了股急火，不久病故了。那一年，赵金良才九岁，关锦城十三岁，小哥俩相依为命，流落街头，入了乞丐行。因为要的少，被花子房掌柜刘大筐用老牛鞭抽得死去活来。恰巧，遇到了刚回傅家甸的佟千安。佟千安和秦月竹在一个大户人家唱戏，听过这二人讨饭唱的讨饭歌，觉得是唱戏的好料，就把他俩带回了吉成社。

    这二人也真争气，跟着佟千安，没多久就唱红了十里八街。佟千安给赵金良起了艺名叫"赵小辫"，给关锦城起了艺名叫"半拉脸"。哥俩悟性都特别强，没多久，手、眼、身、法、步便运用自如。关锦城又征得了师父同意对蹦蹦戏的表演进行了改革，将两人对口落子发展成三人以上的"拆出"小戏。由于观众人数激增，为了票房需要，剧情也设置得更为复杂。跟佟千安学过不少字的关锦城亲自写剧本，剧情的复杂化使剧本的厚度迅速增加，一出大戏能演几天。

在演《王小儿赶脚》时，关锦城扮驴形，仿佛一头活生生的毛驴；佟云跨"驴"背上，如骑着真毛驴一样，平稳自如，边演边唱，观众们因此又赠关锦城"赛活驴"的雅号。由于"毛驴舞"这一新的表演形式获得极大成功，观众都争先恐后地去看他们演出。人们都说："看了'赵小辫'，晚上不下炕；看了'半拉脸'，一宿睡不着。"可见二人扮相之美，唱腔功底之深。

大伙鼓掌。接下来，关锦城、林轩鹤、和卓演了出《梁赛金擀面》。关锦城扮李堂倌，林轩鹤扮梁子玉，和卓扮演梁赛金。

  关锦城唱：李堂倌走出房门腿发沉，
      心头像压块石头重千斤。
      大人他要我做碗龙须面，
      老汉我实在为难，我难……实在难心。
      这面我见也不曾见，
      这面名我闻也不曾闻。
      急得我是店里店外逢人问，
      他们不是摇头就把舌头伸。
      多少年迎来送往，煎炒烹炸，样样宗宗我都不费劲，
      今日我做不出龙须面，得罪了大人我得把牢蹲。
      我眼发花、头发晕、耳发聋是腿抽筋，
      进退两难心神不稳，
      倒不如闭店关门离开这板桥村。

  ……

林轩鹤的扮相也极好，把个梁赛金的哥哥梁子玉演得活灵活现。

林轩鹤是坐地户。小时候，他爹在松花江里采东珠，被定为私采罪，全家遭抄斩。林轩鹤在一个远房姥姥家躲过这一劫。林轩鹤就在这个远房

姥姥家长大，姥爷张海文住在傅家甸南边不远的田家沟。张海文绰号"张二神"，喇叭吹得棒极了，一手大神调响遍三江两县。林轩鹤打小就跟着张海文学吹喇叭。他最擅长的是"喉卡"，佟千安就给他起了个艺名叫"林喉卡"。喉卡，就是把喇叭哨子含在嗓子眼里，人站起来好像没事似的走来走去，一会儿抓鸡，一会儿撑鸭。抓鸡鸡叫，撑鸭鸭鸣，还有一只老鸭子一拐一拐地被撑下河时的水花声，逗得人合不拢嘴儿。只要林轩鹤一亮相，看热闹的准会一窝蜂似的涌过来。佟千安重建吉成社，恰好张海文老了，就把林轩鹤招了过来。几个徒弟里林轩鹤年岁最大，平时话语不多，关键时总能语出惊人，加上办事沉稳，成了佟千安的左右手。当时，林轩鹤没名字，大家只叫他"林喉卡"。佟千安说："得水鱼还动鳞鬣，乘轩鹤亦长精神。你啊，就叫轩鹤吧。"

佟千安有意把佟云许配给他，他想寻个恰当的时机和佟云打打透眼儿。这丫头脾气倔强，主意正，有话得好好说。

今天是佟千安最开心的一天。他今年刚好四十五岁，正是年富力强的时候。俗话说：四十不惑。满族人大都爱好骑马射箭，大碗喝酒，大块吃肉。可他这大半生，最爱干的就是唱戏。现在，他的戏班子人才济济，如秋后的高粱穗子，红红火火。

"和卓啊，你阿玛咋没来啊？老哥们里头，今天就差他了。"佟千安的目光落在了和卓身上。这几个女弟子当中，数和卓沉稳，平时不怎么说话。和卓扮相和唱腔都好，佟千安给她起了个艺名叫"小婵娟"。

"我阿玛跟舒禄哥下煤矿了。"和卓将头轻轻垂下。

"安松昆这个酒鬼，也知道挣钱了。"佟千安扭头对佟云说，"打今儿起，就让和卓吃住在咱们家。"

佟云说："我知道了，阿玛。"

和卓忙说："多谢师父。"

佟千安说："跟师父客套个啥？你阿玛不在家，就得我来照顾你。"

佟云说："阿玛、额涅，这下咱家可热闹了。"

秦月竹抽了口老巴夺："你阿玛这是门神里卷灶神啊。"

佟云说："额涅，啥意思？"

秦月竹笑道："这还用问，画（话）里有画（话）呗！"

林轩鹤说："师父，有件事，我差点忘了告诉你了。"

"啥事？"佟千安将酒盅里的酒一干而尽。

林轩鹤说："农历九月初九，参议官许贺霖他爹许老太爷要过八十大寿。今天他们的管家来请咱们的戏班子为他们唱三天大戏，给咱们扔下一百块钱的定金。德本和葵花的婚礼，人家也上了五十块钱。今天忙，我就做主把这活儿应下来了。"

佟千安说："一个多月，还早着呢！轩鹤，就按你定的办。到时候大伙也逛逛国境街（承德街），再看看大直街教堂和富丽堂皇的马迭尔旅馆，甚至可以到节克坦斯电影院高价看场电影。"

第四章

夕阳的余晖将远帆近水镀了层金，一望无际的葵花田仿佛也变成了金黄色的辽阔海洋。

葵花在老榆树下的老井提水，经过婚姻浸润的她变得更有韵味了。此时的她一边摇着辘轳，一边轻轻哼着《大西厢》里的唱段：

　　崔莺莺抬头打量少年郎，
　　只见他，
　　方方正正一顶俊巾头上戴。
　　荡悠悠两根飘带搭肩上，
　　身穿蓝缎公子裳，

  脚登薄底鞋一双，
  天庭饱满多儒雅，
  风流潇洒又大方，
  年轻俊美人清秀，
  天下难得美貌郎啊。
  崔莺莺看得心摇意也动唉……呀！
  香罗手帕；唉……呀！
  扔在了地当央。
  ……

  "嫂子，啥事这么高兴啊？"
  葵花哼得正欢，身后传来一串银铃般的笑声，扭头一看，佟云正冲她咧嘴笑呢。
  葵花红了脸儿，将井里的水桶拎到井台沿上："哪来那么多高兴事？就是顺口哼上一段儿。"佟云就笑："不会吧！是不是我哥又欺负你了？"说着，做了个鬼脸儿。葵花将清水撩到佟云身上："让你胡说！"姑嫂笑作一团。
  小姑子对她不错，这丫头像八九月的太阳，总能感染身边的人。平时沉静得像太阳岛上的一泓清水，和她在一起时，才翻卷起欢腾的浪花来。
  佟云就是这傅家甸的一只金凤凰。
  昨天，葵花还对德本说，佟云将来必有大出息。德本将她拥在怀里，将头贴在她的小肚子上，说："在我眼里，你才是我的贵人。给我多生几个儿子、闺女，说不定贵人就出在这里。"葵花就羞红了脸儿将他推开："想得美，才不给你生呢！"此时，葵花正沉浸在昨夜的缠绵里，连提水都走了神。
  "嫂子，魂儿又让谁勾走了？"佟云咯咯地笑着，伸手过来帮她将那桶水提了上来。

"你的魂儿才让谁给勾走了呢！我可是孙猴子，有火眼金睛的。"葵花点了一下佟云的额头。

佟云就红了脸，拉着葵花的胳膊，不依不饶的："你倒说说啊，我的魂儿让谁勾走了？"

"是阳太！每次加代婶见到你，总有说不完的话。她对我说过，有意想让你当他们家的儿媳妇呢！"

"瞎说什么？阳太只是我的哥哥。"

"那我就知道是谁了。"

"嫂子，你可不要瞎猜啊！没影儿的事。"

"我啥也不知道，这总可以了吧！"

"本来就没啥事嘛！"

看着佟云的背影，葵花心里一暖。是啊，哪个少女不怀春？她知道她的心思。两年前的自己，不也和她一样吗？

葵花挑着水进了院子，正在马厩里喂马的德本快步迎了上来说："给我。我不是不让你挑水吗？闪了腰咋办？"

"哪来的那么多娇贵。"她笑了笑，蹲下身子将扁担递给他。

婚后，德本宝贝般呵护着她，生怕她受累，对她说："你现在是少奶奶了，最重要的就是保护好你的身子，家里的一些粗活让下人去干。"她知道他说的是什么。每天，他都会将头贴在她的肚子上听。她就羞红了脸儿："傻样儿，还没怀上呢。"他就说："我不管。"然后，每天照听不误，弄得她没有一点办法。

"明天去大直街给许老太爷唱戏，逛街的时候给你买块布，做件花衣裳。"

夫妻俩的感情就是这么融洽，总有唠不完的嗑儿。这时候，葵花想起了傍晚时和佟云的对话，她想和德本说说，话到嘴儿边又咽了回去。她不能言而无信啊。

一弯冷月斜挂西天,关锦城和赵金良从外面走进院来。

今天下午,他们去了趟高加索街(西三道街)唱了场戏。赵金良进厨房吃饭去了,关锦城不饿,准备回房休息。佟云过来悄声道:"二师哥,一会儿到我屋,我有话儿说。"

关锦城想问个究竟,佟云却快步走远了。关锦城回屋里洗了把脸,正在犹豫,佟云却推门进来了。灯光下,佟云穿件月白短袄,一条黝黑的大辫子垂到腰际,正用一双火热的眸子冲着他笑,问他为啥没过去。关锦城低头没说话。佟云将一双"千层底"递给他,柔声道:"锦城哥,你脚上的鞋。早该换换了!"关锦城这才低头看了看自己快开帮的鞋,不好意思地笑了。佟云说:"试试,跟脚儿不?"关锦城脸儿发烫,不知说什么。

"麻溜儿换上试试!"佟云不由分说,将关锦城按在炕沿上,拿起鞋就给他换。

"哟!好亲热呀!"林轩鹤笑着走了进来,他的身后是赵金良。

林轩鹤平时不苟言笑,对人彬彬有礼,是佟千安的主心骨。赵金良阔面大耳,性格外向,看起来性格淳朴、憨厚,说话口无遮拦。

佟云说:"师哥,这有啥大惊小怪的?我看二师哥脚上的鞋坏得不成形了,就给他做了一双。别忘了,去年我不也给你和三师哥都做过吗?是不是三师哥?"

赵金良抬了抬脚:"可不是?你看,俺脚上正穿着呢!"

林轩鹤笑容可掬:"师妹,紧张啥,我又没说啥。"

关锦城窘得快钻到地缝儿里去了。

"锦城、师妹,抓紧时间休息吧!明天就是许老太爷八十大寿,出高价包咱们三天三夜。这许家真有钱,三天三百银圆,这现洋就像雪片子落在咱们的钱匣子里喽!"林轩鹤说着,身子靠在行李上。

关锦城问道:"真的呀师哥?"

"这还有假?那天许家的管家跟我说得明明白白的,当时就扔了一百现洋定金。"林轩鹤又看了看赵金良,"不信你就问问狗剩子。那天,他还给许家的管家端茶来呢！"

"狗剩子"是赵金良的绰号。赵金良小时候差点被一个大户人家的狗咬死，大伙就叫他"狗剩子"，他最讨厌别人说他绰号，噘着嘴儿极不情愿地说："是。"

"歇着吧，明天一早，还得去许家呢！"佟云说着，扭身出去了。

林轩鹤冲关锦城一乐："你艳福不浅，佟云这丫头八成看上你了！"

林轩鹤看起来心情不错，平日里从不说笑的他，竟然也开起玩笑说起俏皮嗑儿来了。

赵金良也上炕躺下："大师哥，你的醋味咋这么浓呢？二师哥未娶，二师妹未嫁，郎才女貌，相好也很正常啊。是不是大师哥？"

关锦城瞪了一眼赵金良："睡你的觉得了！对了，家佑咋还没回来？"

"去苏大炮家了，说明一早回来。"赵金良放下行李卷。

林轩鹤不言语了，赶不一会儿，他的鼾声便响了起来。

关锦城睡不着了。来戏班子这么长时间，师父、师娘对他像待亲生儿子，他也和师兄弟师姐妹相处得和一家人似的，尤其是佟云，对他更是格外的好。唱《王小儿赶脚》时，他演毛驴，佟云就骑在他身上，两人配合得很默契，每次都能博得满堂彩。他从她含情脉脉的眼神中体会到了一缕来自异性的温暖。每次林轩鹤都心有不甘地睐着他，看得出他在忍着肚子里的火气。关锦城知道，林轩鹤恋着佟云呢！师父话里话外也有意将佟云许配给林轩鹤。林轩鹤刚才的话分明是在警告他，不要和他对着干。

和关锦城一样，佟云也没有一丝睡意。看着哥哥和嫂子甜甜蜜蜜和和美美的样子，十七岁的佟云怎能不春潮涌动？几个师兄弟里边，她最看好的就是二师哥了。那一年，阿玛收下花子房掌柜刘大筐老牛鞭下的关锦城和赵金良，她才十岁。关锦城和赵金良衣衫褴褛，她看着就心疼。她当下就跑进厨房把黏豆包拿来给他们吃。看着他俩狼吞虎咽的样子，她很开心。随着年龄的增长，一天不见关锦城，心里就空落落的，像丢了魂儿似的。

佟云艺名叫"百灵子",演《王小儿赶脚》时,关锦城扮驴,她就骑在他身上。感受着他宽厚有力的肩膀,她的心里甜丝丝的,恨不得就这样永无休止地骑下去。前几天,阿玛有意无意地在她面前夸林轩鹤,她知道阿玛的想法,可她一点也不喜欢大师哥。如果阿玛非要她嫁给大师哥,她就反抗到底。

中午,佟千安带领徒弟们进了许宅。许老太爷拄着文明棍,和任滨江县参议的儿子许贺霖、孙子许世通走了过来。

"诸位辛苦了。厨房里备好了酒菜,先去吃饱喝足了,我和老太爷就等着你们精彩的表演了。"许贺霖肥头大耳,一字须,黑色长檐礼帽,白绸衫,戴金丝边眼镜,温文尔雅,颇有政府官员的派头。

许老太爷身材干瘦,长袍马褂,剪口黑布鞋,留着山羊胡,眼里透着有钱文人的桀骜,操着一副公鸭嗓:"唱好了有赏。"

佟千安说:"老太爷放心,我们一定尽力。"

"把我爷爷伺候好了,少不了你们的赏钱。"许世通说着,眼神不经意地投在葵花身上。

"佟班主,这位姑娘是……"许老太爷越过孙子走上前来,从头到脚打量着佟云。麦芒似的眼神扎得佟云很不自在,轻轻地将头低下。

佟千安说:"这是小女佟云。"

"不错,不错!"许老太爷点头,又指着葵花问,"你叫什么名字?"

没等葵花开口,许世通接碴儿:"爷爷,她叫葵花。"

"好名字啊。"许老太爷说着,将文明棍在地上点了点,吟出一首诗来,"何方可觅金葵花,踏遍山乡仅此家。墨客无须添色彩,自然如玉美无瑕。"

许氏父子走后,葵花对佟千安说:"阿玛,我怎么觉得许氏父子有点怪怪的。"

佟云也说:"他们像瞎虻,看人往肉里盯。"

佟千安说:"别胡说!许家爷几个可不是好惹的主儿,我们得多加小心,把钱挣到手才是。"

"师兄,别来无恙啊!"一个熟悉的身影从身后传来。

佟千安回头,说话的是一个岁数比他小不了多少的东北军少校军官,仔细一看,竟是多年不见的同门师弟梅鼎华!梅鼎华变化不小,当年戏台上的"梅花鹿",已经成了威风凛凛的东北军军官。他留着八字须,身材有些微胖,目光里透着沉稳和精干。在军官的身后,是四徒弟郑家佑,两人似乎在说着什么,见他们回过头来,郑家佑这才不说话了。

佟千安说:"师弟,还以为这辈子见不着你了呢!奉天一别,有二十来年了,你还好吗?怎么,入军界了?混得不错啊!"

这些年里,佟千安一直也没断了打听师父和刘家班的消息。十年前,他听说刘家班散了伙,梅鼎华不知去向,师父患了痨病过世了。

梅鼎华拉着佟千安的手说:"二师哥,这人生嘛,就是笑笑别人,顺便再让别人笑笑。你走后,我在戏班子里又混了几年,后来就报考了讲武堂。毕业后,在兴安屯垦军范崇谷部当连长,现调任奉军步兵邢占清的第二十六旅第三团二营当少校营长,来哈尔滨驻防不到半个月,驻扎在新市街。许老太爷八十寿辰,小弟特来道贺,没想到在这儿遇到了师兄。这下,咱们师兄弟可以多亲近亲近了。"

"那是,那是。"佟千安点头,他担心梅鼎华会问起秦月竹,可梅鼎华并未提这茬。

"我听说师父已经驾鹤西去,我对不起他老人家啊!"

"二师哥,师父最惦记的人就是你啊!他老人家临终时还在念叨你的名字呢!"

"我对不起他老人家啊!"佟千安泪水掉了下来,又问,"师兄弟们也都还好吧?大师哥呢?"

"都散了。听说大师哥还在唱,师父过世后,我就再没见过他。"

"你大师姐呢?"

佟千安提的是刘兆才的四徒弟"红牡丹",她在所有的徒弟中行四,在所有的女弟子中最长,秦月竹行五。

"师父过世后不久,大师姐在一次演出中,得罪了奉军第十一师师长汤二虎手下的旅长刘大疤瘌,一时想不开就跳进了小河沿的河里,再也没上来。"

师兄弟俩聊了一会儿,为吉成社和"红牡丹"的命运感叹着。梅鼎华拍了拍他的肩膀:"师兄准备上场吧,我去和许家父子说会儿话,然后专门坐下来欣赏师兄的唱功。"

梅鼎华进去后,佟千安问郑家佑怎么和梅营长搞到一起了。郑家佑说:"师父,我不认识他,看他腰里别的短枪挺好看,就和他聊了几句。"

佟千安暗忖,梅鼎华来哈尔滨了,看来,他以后的日子是平静不了了。是福不是祸,是祸躲不过,毕竟是同门师兄弟,也不会把他咋样。他咬了咬嘴唇,盼咐徒弟们沉下心来,发挥出最好的水平。

许老太爷果真是个戏迷,他要佟千安带人将所有的剧目唱个遍。佟千安和弟子们吃完饭,就上台唱起了戏。过响的第一场是关锦城和佟云主唱的《王小儿赶脚》,关锦城的活驴和佟云的赶驴戏,引得许老太爷捋着山羊胡子一个劲点头叫好。

坐在许家父子身边的梅鼎华对许老太爷说:"老太爷,佟班主是我师兄,当年我们同在'抓髻刘'的门下。他唱功好,最拿手的就是《冯奎卖妻》。"

许老太爷呷了一口茶,山羊胡子抖了抖:"'抓髻刘'?我没少听他的戏。当年在咱们哈尔滨,谁不知道他的大名?没想到,他后来又离开哈尔滨去了奉天。想不到你和佟班主还有这样一层关系。"说着,就转向佟千安盼咐道:"那就有劳佟班主,给老夫来一段《冯奎卖妻》吧!"

佟千安看了看梅鼎华,两人目光相撞。从梅鼎华的目光中,他嗅出了羞辱和挑衅的味道。可既然已经受雇于许家,只得将心中的烦乱压了压,和和卓唱着这段《冯奎卖妻》。

这真是此一时彼一时啊!

站在台上,看着台下喝着茶洋洋得意的梅鼎华,佟千安的心里虽然万般慨叹,也只得耐着性子把这场戏唱完。

人生这出戏,更难唱啊!他在心里感叹着。

入夜,佟云一边绣着烟荷包,一边和葵花说着话。

这只烟荷包是佟云绣给关锦城的。她和嫂子刚刚唱完《摘棉花》回来休息一会儿,阿玛带着几个师兄妹在前台唱得正欢呢。

佟云说:"这老许家可真讲排场。"

葵花打量着屋子里的陈设:"看看人家厢房里摆的物件,有好多咱都没见过。"

"再好那也是人家的。俗话说,金窝银窝不如自己的草窝。嫂子,我怎么觉得这家人都怪怪的呢!"

"我觉得也是,从主人到下人都冷冰冰的,跟冬天里松花江的冰面似的。"葵花走到佟云跟前,赞道,"哟,这莲花绣得跟活的似的。给他的?"

"给谁啊?"

"给他呗!你要不好意思说,我来帮你打透眼儿。"

"才不用呢!"佟云扭了一下身子,然后就红了脸儿。

姑嫂俩聊得正热闹,一个下人打扮的中年女人走了进来。女人看着佟云,说:"云姑娘,老太爷刚刚回房,他没听够你的戏,想让你去他房里再唱一段。"佟云说:"我阿玛知道吗?"女人说:"已经和佟班主说好了。"

佟云跟着女人来到后跨院许老太爷的住处。许老太爷正在书案上展腕挥毫呢,两个和佟云年纪相仿的丫鬟在两旁小心伺候着。一见佟云进来,许老太爷抬起了头,那个中年女子将一盏茶放在佟云面前的案几上,说:"姑娘喝茶。"

"谢谢老太爷。"佟云捧起茶碗喝了两口。

许老太爷摆了摆手,说:"你们几个出去吧!"

"是,老太爷。"中年女人和两个丫鬟关门出去。

佟云未免有些紧张,心想唱就唱呗,把下人支走干什么呢?

许老太爷说:"云姑娘,你唱得是真好啊!老夫我活了这么大年纪,今天可算开了眼了。难怪你的艺名叫'百灵子'啊,嗓音真就是个绝。"

"老太爷过奖了。"佟云说着,将脸扭到一边。

许老太爷说:"听说云姑娘不但戏唱得好,诗文也独到。老夫刚才为姑娘写了首诗,请姑娘指点一二。"

"老太爷,晚辈不敢。"

"这是老朽特意为姑娘而作,还请姑娘点评。老夫习文写诗多年,知音没有几人。"许老太爷捋着胡须,目光里竟透出少有的柔和。

"老太爷这样,折杀晚辈了。"佟云缓步来到案前。

许老太爷的字遒劲有力,龙飞凤舞,那诗写的是:

莹莹甘露扮新妆,几树灵枝沐晚霜。
四季悲欢听鼓瑟,一生得失付流觞。
泥炉余烬三分暖,陋室穿风几许凉。
长夜悠悠与谁诉?天边孤月枕边香。

佟云赞道:"老太爷,好诗好字,晚辈谢过了。"

许老太爷放下笔:"云姑娘过誉了。老朽请你来,还想请姑娘为老朽再唱上一曲,如何?"

佟云暗忖,许老太爷请她来唱曲,为何又要当她的面展示他的才情?心里这样想着,嘴上说:"老太爷想要我唱哪段?"

许老太爷想了想:"来段《臊西厢》吧,《王二姐思夫》也成啊!"

佟云的心蓦地一沉,脸儿一红:"老太爷,我不唱荤戏!"

许老太爷一改刚才的斯文，嘿嘿一笑："屋里就咱俩，我知你知，天知地知，怕什么？我多给你加钱就是了。"佟云正色说："老太爷，加再多的钱我也不能唱！"许老太爷拉下布满核桃纹的刀条脸："一个臭卖唱的装什么假正经？老夫让你唱你就得唱！"佟云忙说："老太爷，时辰不早了，我、我得回去了！"

佟云迈步想出去，突觉眼皮发沉，脚下发软，竟然迈不动步，任由许老太爷将她拽到了炕上，剥荔枝般解开了她的衣裳。她虽然动弹不得，说不出话来，却能感觉到许老太爷枯枝般的手在她身上游走着。她想挣扎着起来，可身子像被抽出了筋骨，脑袋被占了七窍，动不得分毫。她脑海里闪了一下关锦城的影子，泪水顺着她的脸颊淌了下来。

许老太爷毕竟年纪大了，有心无力，只好像品尝一桌子美味佳肴一样，在佟云身上狂乱地吻嗅着、欣赏着，一边沮丧一边咽着口水："摸摸也好，摸摸也好，不一样，就是不一样。"

"咣！咣咣！！咣咣咣！！！"急促的敲门声响起。

许老太爷胡乱给佟云系着衣裳的纽襻。门被撞开了，佟千安和葵花闯了进来。

佟云走后葵花觉得有点不对劲，找到佟千安说了一下。佟千安觉得不妙，便和葵花一起奔向许家后宅。果然，许老太爷正行不轨之举。

"许老太爷，你、你这是干什么？"佟千安气得脸色铁青。

许老太爷倒也镇静："佟班主，我见令爱唱腔极好，没听够，就让她到我这儿再唱一段。没想到，她唱了一天戏有点累了，我就让她到炕上歇息一会儿。"

佟千安见佟云衣襻错了位，脸有泪水，知道发生了什么，指着许老太爷："许老太爷，你熟读诗书，本应知礼仪懂廉耻，谁想你竟是个披着张人皮的禽兽！"

许老太爷自知理亏，涨红着脸儿，哆嗦着背转过去。有风吹进来，佟云觉得身上有了力气，也能说出话来了，扑倒在葵花的怀里号啕大哭。

"我们走！"佟千安和葵花一起，搀着佟云走了出去。

屋子里传出许老太爷的喊声："来人！"

管家走进来，许老太爷跟他耳语了几句。

管家说："知道了，老太爷。"

管家刚迈步出去，许老太爷忽觉眼前发黑，心里发慌。他想张嘴喊人，却发不出声来，紧接着就瘫倒在地了。

关锦城在台上时就发现许老太爷打量佟云的眼神有些异样，他刚刚和和卓唱完了《马前泼水》，妆都没顾得上洗，就急匆匆回到客房。走到客房外，屋里传出师父将茶碗摔地的声音，紧接着管家气急败坏地跑出来道："戏子就是让人包的，给你们面子不要，别怪我没事先和你们打招呼。"看着管家气呼呼离去的背影，关锦城暗忖，能把师父气得摔茶碗，这事肯定小不了。

关锦城进门问师父发生啥事了，佟千安铁青着脸说没事，让他通知大伙收拾东西走人。关锦城问为什么，佟千安说："别问那么多了，麻溜儿的！"

关锦城越发不解，放着白花花的现洋不挣，这中途打什么退堂鼓呀？师父向来说一不二，他又不能深问，只好将师父的话传达下去，大家一听就炸了锅。等离开了许宅，师父才跟他们说许老太爷想纳佟云做小，他只好领着戏班子离开。其实，佟千安跟他们扯了个谎。佟云还是个姑娘，这种事好说不好听，传出去还怎么做人？

"师父，俺现在就去和许贺霖理论个明白！"关锦城气得直跺脚，他看了看佟云，佟云将脸扭过去，低头啜泣。

关锦城哪知道，这个痴情的姑娘内心正在泛着情感的波澜？

佟千安叹息道："咱们是唱戏的，历来不被人待见！这事千万不要和你们的师娘说，记下了吗？"

"记下了。"

师徒几个愤愤不平地踩着星光回去，进门刚将佟云送到了葵花和德本的房里，赵金良喘着粗气跑进来说："师父，不好了，外边来了队警察！"

师徒几人面面相觑，十几个荷枪实弹的警察像黑夜里冒出来的鬼怪破门而入。

佟千安认识为首的长着络腮胡子的高个儿，他是滨江警察局王局长。佟千安正要上前问询，王局长环视众人道："哪个是佟班主？"

佟千安说："我是。"

"带走！"王局长扬了扬手中的短枪，几个警察上前将佟千安按住戴上了手铐。

"王局长啊，你们、你们为啥抓我？"佟千安挣扎着争辩。

王局长冷笑说："你私自违约被许家告了！有理到警察局讲去，带走！"

警察们不由分说，将佟千安押往警察局。秦月竹从正房走出来，刚刚她眯了一觉，起身正想派人去老许家打听一下呢，却见老爷和徒弟们从儿子的房里走出来，几个警察在推搡着老爷。

"你们为啥要抓我家老爷？"

王局长说："佟太太啊，别问那么多了，事出总有因，还是问你们家佟老爷吧！"

"老爷，你不是带人去许家唱戏了吗？你这到底犯了哪条王法啊？"秦月竹急得直跺脚。

"我没犯法。"佟千安的脸涨得铁青，不知如何跟太太讲，只是说，"许老太爷想纳佟云做小，我就领着戏班子离开了。"

"就这事也不至于惊动警察吧？"秦月竹看着王局长，"王局长，你就直说吧，为啥抓我们家老爷？"

王局长咧着厚厚的嘴唇笑了笑："实话告诉你们吧，老许家把你们给告了。你们前脚刚走，后脚许老太爷就犯了急病一命呜呼了，许贺霖随后就告到了警察局。"

佟千安怔了怔，怪不得王局长前来抓他，原来许老太爷犯急病死了。这可真是老天有眼啊！

"王局长，这事怨不得我们家老爷，都怪那许老太爷人老色贪。"

"佟太太，这事不是我说得算的。"王局长挥了挥手，"带走！"

警察们将佟千安押走了，佟云扑在秦月竹怀里失声痛哭。

关锦城说："师娘，这天下就没王法了吗？咱们去警察局问个明白。"

"额涅，我豁出去了，不行就和他们拼了！"佟云将眼角的泪水擦了擦，看起来平时柔弱文静的她，一下子变得倔强起来，将事情的来龙去脉讲给额涅听。

秦月竹咬牙切齿："天一亮，我就找他们评理去！我就不信，这天底下没有说理的地方。"

第二天一早，秦月竹带着儿子、徒弟们赶到了滨江警察局。

那个王局长换了另外一副面孔："你们吉成社违约，致使许老太爷猝发急病而亡，许家要当事人偿命。当然，不偿命也可，许家要一万银圆赔偿！我也不刁难你们，许家人说了，三天为限，期限过去，别怪王法无情。"王局长说着，又让他们和佟千安见了面。

秦月竹说："这姓许的心也忒黑了，明明是他们害人在先，反倒恶人先告状。这一万银圆，把戏班子和整个家翻个底朝天也凑不够呀！"

佟云说："事情因我而起，我找许家评理去！"

"别犯傻！快去新市街的步兵第二十六旅三团找鼎华去，他是那个团的二营长。"情急之下，佟千安想到了梅鼎华。他觉得，看在同门师兄弟的情分上，他不会看着不管的。

"鼎华？"

"对，鼎华！他现在在东北军的营长，驻扎在新市街，我也是刚刚遇见。快去找他，兴许能有办法。"佟千安还想说，就被警察们推进了牢里。

秦月竹万没想到，今生还能再遇到梅鼎华，而且还得仰他鼻息，求他办事。可为了救丈夫，给女儿申冤，她也顾不上面子了。于是，上了斗车，和佟云去了新市街邢占清的三团二营。

自民国二年（1913）滨江厅改为滨江县后，傅家甸的商业就繁荣起来了，傅家甸一隅已不够用。民国五年（1916），滨江厅知事张曾渠禀报上峰核准后，将傅家甸以东相邻的四家子辟为新市场，改为新市街。"滨江公园""荟芳里""大舞台""滨安市场""华乐舞台""新世界饭店"等一大批商铺和工厂相继落成。十几年工夫，傅家甸已变成了商肆林立的闹市了。

秦月竹找到了在新市街驻扎的梅鼎华。说明来意后，卫兵让佟云在外等候，只让秦月竹一人进入内室。梅鼎华上下打量着秦月竹，客套一番后，这位同门师兄说："师妹，想不到你也有求我之日。当初你和佟千安私奔，怎么就没想想我的感受呢？"秦月竹说："三师哥，陈年往事还是不要提了吧，救二师哥要紧啊！"梅鼎华背抄着手在地上踱着步："咋救？我只不过是个营长！我和许家并无深交，更何况初到此地，人生地不熟。"秦月竹"扑通"给梅鼎华跪下："三师哥，我给你磕头了。你要我怎么做才肯帮我？"

"咱们也来一出《马前泼水》。"梅鼎华说着，将碗里的茶水泼在地上，"师妹，你要能将这杯茶水重新装回碗里，我就舍脸去救师兄，哪怕我这个少校营长不干了！"

"台上君子，台下小人！想不到当年在戏台上满堂彩的'梅花鹿'在台下却如此居心叵测！"秦月竹抬起头，眼里喷火，怒视着梅鼎华。

梅鼎华没吭声，转过脸去拿起桌子上的报纸，坐在椅子上翘着腿。秦月竹捂着脸，快步走了出来，拉着佟云上了辆斗车："闺女，那姓梅的不是个人，见死不救啊！"

秦月竹哭着，突然眼角翻白，嘴吐白沫，说不出话来。佟云将送回家，德本请来精通医道的街坊傅宝善。傅宝善说："佟太太气血瘀堵，中风了！一定要好好静养，千万不能再刺激她了。"说着，在秦月竹耳垂和指尖扎了几针，秦月竹这才慢慢醒来。

"额涅，这祸因我而起，就得由我来解决。"佟云拭着额涅脸上的泪痕，转过脸来看着围在炕前的几个师兄弟，"好好照看我额涅，我现在就去找许家理论，或许能救出我阿玛来。"

"你这一去，不又落进虎口了吗？回来，我去找那姓许的评理去！"德本操起扁担就往外冲。

"慢着！"德本回过头，葵花跑了过来，"我想起一个人来，没准可以帮咱们。"

"谁？"

"金斯先生！"

"金斯先生？你是说那个白俄自治公议会理事长？他怎么能帮咱们？"

"金斯先生的夫人阿杰莉娜太太看过我的戏，和我说过，在哈尔滨有啥难事就去找她。我想去试试。"

葵花说的金斯大家都听说过，他是哈尔滨自治公议会理事长。在葵花的脑海里，在整个哈尔滨，她认识的最大的官就是他了。光绪二十四年（1898），哈尔滨修建中东铁路，将西香坊、南岗、道里划为铁路租界，称之为"哈尔滨铁路城"；光绪三十三年（1907）中东铁路局将西香坊、道里、南岗各一部分土地划为市区，成立"哈尔滨自治市"，这部分的土地开发、市政建设、工商管理均归公议会治理。

金斯先生的太太阿杰莉娜最爱看葵花扮演的穆桂英，有一次还把葵花单独请到家里，和丈夫一起，与她共进晚餐。

葵花拦了一辆二轮斗车直奔金斯先生家。金斯先生和太太住在租界的一幢洋楼里，不过，葵花并没见到阿杰莉娜。那个身材有些臃肿的白俄女仆告诉她，金斯先生和太太在一个月前回国了，不知道什么时候回来。

葵花只好失望地赶回家中，大家听说指望不上金斯先生，又要去找许家评理。葵花说："咱们再找找比许参议更大的官啊！在他的上面，还有县长、市长呢！"林轩鹤说："自古官官相护，天下乌鸦一般黑，那姓许的敢这样说，就说明他不怕咱们去告。许家要咱们赔钱才把师父送进了警察局，咱们去告，恐怕也有口难辩。毕竟，许老太爷死了。"佟云说："算了，这事因我而起，还得靠我自己来解决。"佟云说着冲出门去。关锦城追上来，眼里迸出流火："我陪你一块去。实在不行，就跟姓许的拼了！"

"你们谁也不要跟着！人多了，反倒让许家抓住把柄。"佟云看了一眼关锦城，上了门口的黄包车，一晃，就不见了踪影。

"佟云！"大家嚷嚷着都要跟过去。

"让她一个人去吧！也许她说的是对的。"秦月竹微弱的声音传了过来。

众人见师娘说了话，只好将脚步撤了回来。

佟云坐着黄包车到了许家。活了十七年，她觉得今天才真正长大了。阿玛深陷囹圄皆因自己而起，而救他和整个戏班子的人，也只有自己了。

许贺霖见佟云来了觉得挺意外，他狼眼一转，提出一个要求："想救你阿玛，只要能答应我的要求，我就成全你！"

佟云豁出来了，只要能救阿玛，让戏班子起死回生，让她做什么她都认了；更重要的是，她觉得无颜再面对她亲爱的锦城哥。

"什么要求？只要我能办得到的！"

"你不一定能办得到啊！"

"不就是一命抵一命吗？"

"那我也就打开天窗说亮话，我爹因你们违约而死，我怕他老人家去西天的路上孤单，如果你能给他老人家陪葬，我这就让人把你阿玛放出来！"许贺霖怪笑着打量佟云。

没想到佟云竟然痛快答应了："好！我答应你。不过，你得先把我阿玛放出来！"

"是个孝女，那我就成全你！"许贺霖哈哈笑道。

"不过，我也有一个要求。"

"说！"

"我得回趟家，把我那套嫁衣穿在身上，我要风风光光地跟老太爷下葬。"

"那我现在就让人去给你取回来。"

"不！我想一个人回去。我要和家人告个别。放心，我跑不了！不过，在我回家之前，你得把我阿玛从里面放出来。"

"好，就这么办！"许贺霖说着唤管家进来，"你去警察局撤诉，把佟班主给放出来。"

"老爷，你就不怕他们跑了？"管家低声说。

"放心吧，咱们能把他放出来，就能把他再拘进去。去吧！"

"是，老爷。"管家应声出去了。

"许参议，那我就回去取嫁衣。和家人告别过后，我就回来。"

"那我们就恭候佟姑娘了！"

佟云出门上了斗车，许贺霖吩咐门外的两个家人："去，盯着她！"

今天的天气比往常阴冷，午后的秋风钻进身体，隐隐的寒意有点儿刺骨。但佟云毫无感觉，因为她的心比这天冷上百倍。

"去铁桥！"她没让车夫回家。

"好的小姐。"

佟云说的铁桥是松花江大桥，它是松花江上最早的铁路大桥，也是哈尔滨的第一座跨江桥梁，同时也是道里、道外的分界桥。

佟云下了斗车，付了车费，看着车夫赶着马远去的背影，扭过头来呆呆地看着远处的江水。她经常和师兄弟们到大桥上欣赏松花江两岸的美景，可是此时，她却要在这里告别人生。一列长长的火车喷着白色的烟雾，沿着单行的铁轨缓缓向她这边驶了过来。她想，只要一扭身子扑向这个庞然大物，转瞬间就会阴阳两隔，灰飞烟灭。

不过，她并不想撞车，她是个美丽的姑娘，她想让她完美的身体干干净净地离开这个世界。她的目光再次落到了脚下奔腾咆哮的江水上。

天越来越阴，云团重重地悬在远处的江面上，压得佟云喘不过气来。

"六月飘雪窦娥冤，难道老天也要降雪为我鸣冤吗？"

远远地,有两个人在桥边悠闲地吸着烟,她知道,是许贺霖派来盯着她的两个家人。哼!回去报告你们的主子吧,我佟家大姑娘怎么会丢了父母和祖宗的脸面?此时的佟云,眼里已经没了泪水。

看了看远处的江水、乌云和飞鸟,她将眼睛轻轻一闭,跃入了滚滚急流之中,很快就不见了身影。

许家的两个家人飞跑着回去报信。许贺霖惊呆了,想不到,这个唱戏的女子竟然如此刚烈。松花江水流湍急,一片羽毛都会卷入江底,更别说一个大活人了。不过,他仍旧放不下心来,秘密派人沿江打捞。虽然警察局已将佟千安放了,他还是隐隐感到不安。那姓佟的虽说是个唱戏的,在哈尔滨的影响力却不小,闺女没了,他一定不会善罢甘休。怎么办?这件事情毕竟是他们家有错在先,闹下去恐怕没啥好结果。他现在还坐在参议这个位置上,好说不好听。他把他的担忧跟管家说了,管家眼珠一转:"老爷不用多思,那姑娘是自己跳下去的,又没有人推她。这样吧,我去告诉佟家。"

天黑了,许贺霖正给亡父上香,突然一阵风吹进来,将灵前的蜡烛吹灭了一只。管家匆匆走了进来:"老爷,佟班主带人来了,看样子要拼命!"

"慌什么?"许贺霖嘴上这样说,目光却投向门外。

佟千安和弟子们怒气冲冲地闯进了院子,他从牢里被放出来后琢磨了一路也没想明白,许家为何撤诉;走进家门,看见秦月竹歪着嘴,扯着他的手就哭。大家告诉佟千安,佟云去许家了。佟千安正埋怨大家怎么不拦着佟云,许家的管家走进来,告诉他:"佟班主啊,你闺女为救你,答应为我们家老太爷陪葬,可她却借回家取衣服的空当儿,在铁路桥上跳了江,自尽了!"

佟千安以为自己听错了,管家又说了一遍。佟千安血往上涌,差点栽倒。听到闺女跳江的消息,秦月竹再次昏厥过去。

怪不得许家撤了诉,自己被释放,原来是闺女要以身殉葬。现在,闺女被逼跳江殒命，太太中风，佟千安觉得晴天响起了霹雳。闺女是他和太太的掌上明珠，闺女的死，就是剜了他的心头肉啊！

现在，他唯一要做的，就是找许贺霖理论个明白，即便拼上身家性命，也在所不惜。佟千安想到这儿，推开管家要往外闯。葵花将他拦住："阿玛，咱们现在不要急于找许家评理，咱们得去江边打捞，万一妹妹她没死呢？"

葵花的话提醒了佟千安："我闺女跳了江，你们看见她的尸首没有？"

管家说："佟班主，我们家老爷吩咐人去打捞了。"

德本说："阿玛，咱们也去打捞啊！"

大家来到江边，打捞了一天，也没找到佟云的尸首。

这时候，天已经完全黑了。佟千安知道，事到如今，已经没有别的路可走了，于是，就带着众弟子闯进许家。佟千安一把抓住许贺霖的衣领，吼道："姓许的，你还我闺女，还我闺女！"

许贺霖推开佟千安，慢慢将灵前的蜡烛点燃，缓缓说道："你要干啥？你闺女是自己跳的江，关我屁事？"

"还不是让你们给逼的？"

"姓佟的，我爹因你闺女而死，我还没找你们算账，你还倒打一耙！我还是那句话，一万个大洋，少一个子儿都不行！"

"许参议，虽然许老太爷死在了吉成社手里，可现如今，当事人已自戕偿命。依卑职愚见，这件事就到此为止吧！"王局长从门外走了进来，看了看佟千安，"佟班主，令爱已经殒命，我看，还是息事宁人吧！"

许贺霖见王局长给他撑腰，就说："看在王局长的面子上，一万大洋我不要了，他们吉成社披麻戴孝为我爹送葬，唱上七天大戏，这总可以了吧？"

"许贺霖，你身为参议，可也是中华民国的官员，你不为民分忧也就罢了，还这样欺负人，就不怕遭人唾弃？举头三尺有神明，你就不怕遭报应？我就不信这天下没有说理的地方。比你大的官有的是，我就是死，这个官司也要跟你打到底！"

"那你就告，我许贺霖奉陪到底！"

许世通走过来说："爹，要不然就听王局长的，算了吧！"

"算了？你爷爷就这么白白死了？"许贺霖呵斥许世通，"来人啊，把这几个戏子给我打出门去！"

"姓许的，俺跟你拼了！"关锦城冲了上来。

紧跟着，葵花、郑家佑、赵金良、林轩鹤也冲了过来。他们的眼睛里似乎喷着火苗，要将许贺霖烤化。十几个手持棍棒的家丁闯了进来，推搡着将佟千安师徒往门外赶。

许贺霖洋洋得意，德本从另一边扑了过来，他手里拎着一根从家丁手里抢过来的木棒。王局长慌了："许参议，小心！"许贺霖转过身，看见德本向自己扑过来，一把从王局长的枪套里掏出短枪，向德本瞄准。佟千安推开两个家丁，将德本一把扯到身后。

"砰！"枪响了，佟千安倒了下去，在场的人，包括许贺霖都惊呆了。

佟千安胸前破了个血洞，双目圆睁，气绝身亡。德本扑在阿玛身上，弟子们围在四周哭成一团。眼见佟氏父女双双命赴黄泉，王局长就劝许贺霖见好就收。许贺霖一想也是，就让王局长告诉佟家，这事到此为止。

"这事就这样吧！我也知道你们有点屈，真要闹下去，没你们啥好果子吃！老许家势大财粗，哈尔滨就不说了，北京、长春、奉天都有人，想告倒他，四面都是墙——没门啊！"王局长对德本和弟子们说。

"王局长，你告诉许贺霖，我佟家就是倾家荡产也要把他告下去！还有你这个狗局长，照样也饶不了你！"德本指着王局长大声吼道。

"小子，把我的好心当成驴肝肺，我费力给你们两家调停，却南瓜叶揩屁股——两面不讨好。那好，我把话撂到这儿，有本事，你就告去吧！"

德本还要理论，被葵花给扯住了："咱们现在斗不过许家，天比树叶长，这仇得慢慢报。"

妻子的话不无道理，虽说现在是民国，可这天还像往常一样黑，这天底下哪有老百姓说理的地方？德本抹着泪，点了点头。

怕过度刺激额涅，夫妻俩在众师兄的建议下买了口棺材，当天夜里将阿玛入殓，停在了附近的师祖庙，只待找到佟云的尸体一起下葬。

佟云的尸身仍然没有消息，葵花找到报馆登了报。半个月过去了，也没有发现佟云的尸体。最后，大家商量着给佟云修个衣冠冢。

父女俩下葬那天，暴雨再次倾盆而落，可这丝毫也不能阻挡票友们赶来为这对可怜的父女送行，整个道外十四道街人山人海。宫崎一家闻讯也特意赶来了，阳太站在佟云的灵柩前哭得最凶。

哀乐声、哭声、雷声混杂在一起。棺木下葬的时候，一个宽檐的草帽下，一双眼睛透过这扯天扯地的雨帘流下了两行泪水。有人看到，似乎有个男人的身影在不远处的高岗上，冲着佟氏父女的灵柩缓缓跪了下去。

第五章

夏日的松花江波光粼粼，一望无垠的葵花地在阳光的照耀下，茂盛地开着一盘又一盘黄色的小花，微风拂来，泛起金色的波浪。太阳岛上的米娘久尔餐厅人来人往，操着不同语言和口音的客人们，一边喝着啤酒和伏特加，一边说笑着欣赏江中的美景。

铁法正汗流浃背地在后厨忙碌着他的俄式大餐，老板苏佰金那漂亮的女儿卡佳在身边给他擦汗。铁法窘得直躲，卡佳就用她那并不流利的汉语，眨着如家乡贝加尔湖湖水一般的蓝眼睛，说："往哪儿躲？汗珠子掉牛肉上，客人们看见了会生气的。"卡佳非常苗条，拥有一头金色的秀发和一双笔直的大长腿，高贵而又清纯。

铁法的眼前，美丽的卡佳突然幻化成另一张俊俏的脸。好一阵子没看见和卓了,不知她现在怎么样了。他将目光抛向了江对岸。今天天气晴朗,对岸的码头影影绰绰,依稀可见。佟家出事后,和卓就搬回自己家,独自支撑起了凄苦的日子;她阿玛安松昆去了鹤立煤矿,到现在也没回来。有时候,铁法也会想起德本哥和葵花嫂子,不知道他们现在怎么样了。

此刻,在江对岸的码头上,葵花在送德本,让他给苏佰金和卡佳送皮袄。从去年秋天到现在,佟家发生的变故实在太多了。

闭门家中坐,祸从天上来。秦月竹万没想到,两个生命中最重要的人同一天离她而去,她和丈夫耗尽心血办起来的吉成社也在瞬间垮塌。她的病一天比一天重,梅鼎华骑着马假惺惺地来看过她两次,说了几句不疼不痒的话,扔下几块现洋就离开了。

秦月竹因急火攻心患中风卧床不起后,戏班子也散了伙。现在的秦月竹,已几近油尽灯枯。偶尔,加代会过来和她说一会话。宫崎家搬到道里去了,阳太还在父亲的店里干活,闲下来的时候,也会跟着母亲一块来找葵花和德本聊天。

埋葬佟千安和佟云时,关锦城伫立坟前,仰天长叹道:"乱世当道,咋就没有俺们艺人的立足之地啊!打今儿起,俺离开戏班子另谋生路。"

众人见佟氏父女已亡,领头雁没有了,在坟前磕了几个响头,除了郑家佑留下来外,其他人都散去了。先是林轩鹤悄悄离开了,紧跟着赵金良跟着关锦城走了。

佟家彻底败了家,昔日的热闹景象已不复存在。家中突遭变故,给德本当头一棒。这两年,为了打官司、给额涅治病,除了宅院外,德本和葵花几乎变卖了所有的家当。佟家,由当年的殷实人家一下子就变成了一间清苦的寒窑。

夫妻俩在哈尔滨找了好几个地方唱戏,也找了几份不同的工来做,最后都被一些不明身份的人给搅黄了。葵花知道这都是许贺霖指使的,但又找不到证据,她知道即使找到了证据也不奈何不了许贺霖。

为了生存，葵花不得不操起熟皮子的手艺。她一边接皮活，一边用自己从田太太那儿学的吊皮袄的手艺，专门给一些有钱人吊皮袄，生意还挺火，俄国人、波兰人、美国人、法国人、德国人、日本人都来找她。

　　前几天，铁法带着老板苏佰金和卡佳来了。苏佰金和卡佳一人订制了一件皮袄。昨晚完工，葵花让德本今天搭张瑞麟送酒的船给送过去，郑家佑跳着脚也要跟着去看看。

　　德本穿着件月白色褂子、黑裤，拎着包着皮袄的包袱，显得挺精神。葵花穿件大红袄，一边给德本系上衣的扣子，一边叮嘱："算完账就回来，人家不满意咱们再修补。"德本说："你快回去吧，额涅身边离不开人。"葵花说："知道了。"张瑞麟、斜眼老黑、郑家佑在一旁看着。

　　张瑞麟悄声对老黑说："真腻啊。"

　　老黑扭过脸没吭声。老黑腼腆，话少。他身材不高，是个车轱辘汉。这几个人当中，数他年纪大。德本打小跟他们闹到大，按年纪，老黑还是葵花的大伯子。这种场合，他只能缄住其口。

　　几个人正要上船，一个个子不高，戴着黑色礼帽穿着白绸衫的中年男人走了过来。他上下打量着葵花："冒昧问一下，这位是不是吉成社的少奶奶、当家花旦'尚巧云'？"

　　众人一愣，葵花点头："这位先生是……"

　　中年男人说："我是贵社的发烧票友，我叫荀慧生，一家英国公司的小职员。我有个消息，不知道当讲不当讲。"

　　"荀先生，有什么话，你就说吧。"

　　"佟班主和他闺女'百灵子'下葬的时候，我冒着大雨在高岗上为他们送行。还有不知你们知不知道，姓许的昨晚喝醉，失足掉在自己家对面的下水道里淹死了。"

　　"姓许的死了？"德本惊问。

　　"这还有假？不信你们看看，这报纸上登着呢！"荀慧生说着，从口袋里掏出一份《滨江时报》递给了葵花。

葵花展开，这是一张民国十三年（1924）六月二十三日的报纸。头版头条"参议许贺霖突发意外身亡"的标题映入眼帘，下面是一张案发现场的照片和许贺霖的肖像。稿子字数不多，只是说昨晚九时，许贺霖从五香居酒楼醉酒归来，失足掉进了家门口对面的下水道内，早上被人发现时已经死亡。

葵花蹲下身子，看着远处的松花江铁桥，捂着嘴无声地抽泣起来。

德本从葵花手里接过报纸，笑着笑着，也咧嘴哭了起来："人在做天在看，姓许的，你也有今天。"郑家佑泪流满面："善恶有报啊，师父、师妹，姓许的死了！你们在九泉下可以闭眼了。"张瑞麟说："姓许的，让你为富不仁，让你为官不公，阎王爷怎会放过你？"老黑没说话，只是一个劲地咬着厚厚的嘴唇，目光里闪着泪花。

荀慧生说："佟老班主啊，你可以安息了。"

这时，船家说："时间到了，你们还走不走？"

"走，走！"德本将葵花拉起来，"你回去准备点供品，等我回来，咱们今天晚上去祭奠阿玛和佟云，告诉他们，姓许的死了。"

葵花点了点头，老黑却说："少爷、少奶奶，我看还是先不要祭奠老爷和大小姐为好。"

"为什么？"德本说。

"许贺霖意外身亡，警察一定会调查他的死因，排查许贺霖生前都会得罪了哪些人，祭奠老爷和大小姐反倒让他们猜疑。少爷、少奶奶，不知我说的对不对。"

老黑平时沉默寡言，今天这话却说得很在理。葵花和德本商量过后，说："老黑哥，你考虑得周全，我们听你的。"

四个人和荀慧生上了船。葵花跑到高岗上，一直望着他们的船消失。不知为什么，今天，她就是舍不得德本走。

昨夜的缠绵在葵花的脑海里闪现，她的身上还留着他的汗味。她的月事已经两个月没来了。她找傅宝善号过脉，傅宝善告诉她有喜了，脉象上看可能是个男胎。早上，在被窝里，德本将脸贴在她的肚皮上，一边听着胎音，一边说："媳妇，你现在可不同以往了，肚子里有了根芽儿。往后，你教我熟皮子，你啥都不用干，在旁指挥就成。"这个不会过日子的少爷，如今也挑起大梁过日子了，荀慧生带来的消息也让她高兴得落泪。

苏佰金和卡佳对皮袄的款式和质地非常满意，卡佳甚至在大热天里穿起来走了一圈。铁法说："大家都先别急着回去，坐在那儿看江景。中午我请你们尝尝我的手艺，给姓许的庆贺一下。"郑家佑说："铁法哥，我正想尝尝你做的土豆烧牛肉呢！"

几个人坐在一张桌子上看着江景，刚才张瑞麟将许贺霖溺亡的消息告诉了铁法。突然，郑家佑指着江面的渔船叫起来："大鳇鱼，船老大打了条大鳇鱼！"

大家挤到窗前一看，那条水中霸王正在翻着浪花，在渔网内翻腾呢。这条鱼有几百斤，个头足有半条小船那么大。船被大鳇鱼激起的浪花晃来晃去，打鱼人在船头上正无可奈何地扯着渔网。他的力气显然不足，渔网眼看着要被大鳇鱼拖下水去了。

德本呷着一口啤酒说："船老大快扛不住了，过去看看，把这大家伙拉上来。"

张瑞麟说："走！"

老黑和郑家佑操起了餐厅墙角的渔叉，大家上了餐厅前的一条船。赶到江心的时候，那条大鳇鱼恰巧把渔网全部拖进水里去了，船老大也跟着翻进了江里。德本从老黑手里抢过渔叉，对准大鳇鱼微微露出水面的背部，使出全身力气将渔叉掷出。锋利的渔叉在江面上划起一道漂亮的弧线，长了眼似的深深地扎进了鳇鱼的脊椎上。脊椎是鱼身上最脆弱也是最致命的部位，对付这样一条大鳇鱼，这个办法最为有效。

很快，江面上飘荡起鲜红的血水，大鳇鱼也停止了挣扎，船老大被老黑和张瑞麟拉上了船。德本不喜欢学戏，却瞒着阿玛跟着码头上的渔民学了一手叉鱼的本事。这个打鱼的船老大就是他当年认识的一个朋友。

"老关大哥,你没事吧?"德本拍打着大鳇鱼滑润的身子,看着船老大。

"我没事!德本兄弟,你这叉鱼的本事真是一绝啊!要不是你,这家伙就把我给吞了。"船老大抚着胸口,喘着粗气,像拉动的风箱,目光里闪着余悸。

老黑说:"俄国人来了!"

众人抬眼,一条冒着黑烟的铁船驶了过来,船头上站着十几个手持长枪的俄国人。

日俄战争硝烟散尽,英、法、美、意等国纷纷踏进哈尔滨商埠的大门,俄国势力受挫。十月革命爆发,俄国人在哈尔滨像断了线的风筝,政治处境艰难。民国十一年(1922),中国地方当局收回中东铁路的路权,仍有不少俄国人接受不了这个现实,尽力维持着往日骄横的习气,太阳岛一带的渔政管辖权仍在俄国人手里。大鳇鱼因其寿命长、身体大、食量多、力量强而著称,其味道尤其鲜美,是俄国人餐桌上不多见的美味。这只渔政船上的俄国人看到船老大捕到了大鳇鱼,就赶了过来。

为首的拿着一支手枪,其他的几个人手里拿着步枪。他们从铁船跳到木船上,将枪口对准了德本他们。为首的挥着手枪,用俄语对着一旁的独眼翻译说:"让他们把鱼抬过去!"翻译说:"瓦西里上尉说了,让你们把鱼抬到他们的船上!"

"不交出鳇鱼,咱们谁也走不了。"德本和张瑞麟低语,又对翻译说,"告诉俄国人,我们抬过去就是。"

老黑看了一眼那个叫瓦西里的俄军官,俄军官挥手给了他一个耳光:"沙巴卡(俄语,混蛋)!"老黑捂着脸,血顺着嘴角淌了下来。

德本闯到翻译面前:"为啥打人?"

翻译指着老黑说:"瓦西里上尉说了,他一直斜着眼在瞪他。"

德本说:"他天生眼睛斜,看谁都斜的。求求你,向俄国人说明情况。"

翻译面露不屑："狗拿耗子多管闲事。麻溜儿把鱼抬过去。"

德本怒视翻译官，目光里喷出火来："你知不知道，这条江是咱们中国的？"

翻译说："现在这条江还是俄国人说的话算数。"

德本吐了口唾沫："就你，也配做中国人？"

俄国人哇哇怪叫，将德本他们围住。

瓦西里说："把他们统统带回去。"

德本对翻译喊："告诉俄国人，放了弟兄们，我和你们走一趟。"

翻译呲着牙说："上尉，这个人说，只要放了那两个，他宁愿跟咱们走一趟。"瓦西里说："这个人很狡猾，小心上他的当！"翻译说："瓦西里上尉，这个人是这伙人的头，只要让他跟着我们走，这条大鳇鱼就是我们的了。"瓦西里说："让他们马上把鱼抬过去，否则就把他们枪毙了喂鱼。把这个人带走！"翻译指着德本大声说："瓦西里上尉说了，让你跟着我们走，不过得把这条鱼抬过去。"

"我答应。"德本转过来，"把鱼抬过去，我跟他们走。"

张瑞麟、郑家佑和老黑将鱼抬到了铁船上，眼睁睁看着德本跟俄国人走了。

"这可咋办呀？"郑家佑蹲在地上哭开了。

张瑞麟说："哭什么哭，哭能解决问题吗？"

老黑说："咱们跟在后边，看俄国人把德本押到哪儿去！"

几个人划船跟随俄国人，可俄国人是汽船，马力大，很快，他们之间就拉开了距离。

德本和俄国人来到了一个江湾里。

德本发现俄国人放松了警惕，趁俄国人不注意，施展拳脚，两个俄国人还没明白怎么回事，就被推进了松花江中。瓦西里指挥剩下的人将德本围在中间，德本又将两个俄国人打倒。瓦西里见德本勇猛，就对他开了枪。德本一猛子扎进江里。

俄国人朝水中开枪，江水里翻涌上一缕鲜红的血水。张瑞麟要冲过去和俄国人拼命，被老黑和郑家佑紧紧按住。

张瑞麟说："总不能眼睁睁看着德本哥被俄国人给打死吧？你俩不去，我去！"

郑家佑说："瑞麟哥，我们和你一样着急，可俄国人手里有枪啊！"

老黑说："咱们在下游，水流大，大少爷可能被冲下来，咱们到前面看看，说不定能截住大少爷。"

"对啊！我咋没想到呢！"张瑞麟拍了拍脑袋，"快！"

俄国人已经远去，几个人摇船沿江寻找，仍没看到德本。三个人绝望地望着江水，郑家佑急得哭出声来。

"德本哥啊，我们对不住你啊……"

张瑞麟不耐烦地瞪着郑家佑："能不能别在那儿嚎？听得人心里瘆得慌。"

老黑没说话，双眼盯着水面搜寻着。突然，他发现前面的芦苇丛里似乎有一个人趴在那儿，便对张瑞麟和郑家佑说："看，那儿是不是趴着个人？"

三个人顾不上高兴，撑船过去一看，哪是什么人，只是一只装满烂草的麻袋。郑家佑坐在船头上又哭开了。突然，船摇晃了起来，一只手从江水里伸出来，搭上了船尾。

张瑞麟笑了起来："是德本哥！"

郑家佑和老黑一看，果然是德本，三个人赶紧将德本拉上船。德本的肩膀上中了一颗子弹，他仗着高超的水性扎进了水底，藏在了岸边的芦苇丛中。看着俄国人的船渐渐远去，这才露出头来，忍着痛游到了老黑他们这条船边。

"德本哥，你没事吧？"郑家佑慌了。

张瑞麟和老黑查看德本的伤口。因为江水的浸泡，伤口周围的肌肉发白，稍一动血就渗了出来。这时候的他，已经晕了过去。

"德本哥，你忍忍，咱们这就回去。"张瑞麟看着老黑，"快，去傅宝善家。"

三人轮流摇桨向江岸驶去，一个时辰后，将德本抬进了傅宝善家。

看了德本的伤后，傅宝善的眉头微微皱了一下，给佟德本服下一剂起麻醉作用的根汤，待药效完全发挥后，这才展开手术。老人年纪大了，折腾了好大一阵，才将子弹取出来，然后用桑皮线将伤口缝合，敷上生肌去腐散后，坐在一旁喘息着。

"想不到俄国人的火器这么厉害，一颗比花生米大不了多少的弹头，杀伤力竟然这么大，幸亏没伤到骨头啊！"老人感叹道。

一弯冷月斜挂西天，葵花却没有一丝睡意。她服侍婆婆洗了个澡，这才回到自己的屋子里。秦月竹现在基本不能自理，有时清醒，有时糊涂。为了不让她生褥疮，葵花两三天就为她擦洗一次身体。秦月竹清醒的时候，含着眼泪说："我这上辈子做了啥好事，摊上你这样一个孝顺的儿媳妇。"葵花就说："额涅，我的命是你和阿玛给的，我的一切，都是佟家的。"

许贺霖真像报上登的那样，掉进下水道淹死了。离开码头，葵花特意去了那个事发地点的胡同里，发现许家门外挂起了白幡。快到家的时候，不知为什么，她觉得巷口有双眼睛在打量她，这双眼睛看起来是那么的熟悉。

"佟云！"她觉得头皮发麻，脑子里闪现的就是那逝去两年的小姑子。

她会不会还活着？她快步走到巷口，车来人往，哪有小姑子的身影？难道，自己看花了眼？

这时，听见身后有人说话："是佟家少奶奶吧？"

葵花听声音有些耳熟，回身一看，警察局王局长带着两个警察正等在门外呢。

"王局长，有事吗？"葵花稳了稳慌乱的心绪。

"长话短说,滨江县参议许贺霖昨晚掉进了家门前的下水道里淹死了,我们怀疑有人加害他,所以特来调查。"

"许参议死了?"葵花故作惊讶,"王局长,你是不是怀疑他的死跟我们佟家有关?"

"我可没那么说,我们只是过来了解一下,毕竟你们佟家和许家有仇。"

"姓许的为富不仁,为官不公,和他有仇的岂止是我们佟家一家?"

"我们会逐一调查的,现在我只问你,昨天晚上你和佟家少爷在做什么?"

"我们一直在家,我们的街坊小琴和和卓可以做证,她们昨晚一直在我们家帮我吊皮袄。不信你去问她们。"

"佟家少爷呢?让他出来。"

"他去太阳岛给米娘久尔餐厅老板苏佰金送皮袄去了,估计得晚上才能回来。"

"今天就到这儿,我去找你说的那两个街坊,告诉我她们家的地址。"

葵花将小琴和和卓的住址指给王局长,王局长和两个警察走了。

葵花的肚子已经微微隆起,感受着腹中胎儿的律动,她时常在梦中笑着醒来。这几天,她的妊娠反应很强烈,呕吐不止,这使她愈发地思念起德本来。天都黑了,丈夫怎么还没回来?正闹心的时候,和卓和小琴陪她说话来了。

她俩是来报喜的。下午,她俩分别接受了王局长的调查。她们听王局长说,许参议掉下水道里淹死了。

"葵花嫂子,回头咱们吃个喜儿,让德本哥给咱们做好吃的。"小琴歪着脑袋说。

葵花说:"小琴,你想吃啥,嫂子明天就给你做。你德本哥啊,就长着一张会吃的嘴!"

和卓说:"嫂子,说不准德本哥他们正在吃俄式大餐呢!"

小琴说:"和卓姐,还是你命好,有铁法哥疼着你,能吃上俄式大餐呢!"

"这还不简单,我让铁法哥求求他们老板帮你做媒,嫁给那个黄毛子厨师,保管你啥时候想吃就啥时候吃。"和卓红了脸儿,点着小琴的额头。

小琴说:"我才不嫁俄国人呢,吓死人了。"

葵花就笑:"咱们才不嫁给俄国人呢!瑞麟、家佑,对了,还有那个斜眼老黑,你相中谁了,嫂子给你说去。"

小琴说:"嫂子,我才不想嫁人呢!"

葵花就笑,看着和卓:"听说你阿玛回来了?"

和卓点了点头:"回来了,住了不到半拉月,昨天跟舒禄哥回去了。"

这时,院里的大黄叫了起来,葵花打了一个激灵。透过窗纸的缝隙,她看见大黄冲到门口,正朝门外吼叫呢!

佟家遭难后,老黑给德本送来一只黄狗崽儿,说给他们看家护院。现在,它已经是条体格健硕的大狗了。

葵花跑到院门口:"谁?"

院门外有人应道:"嫂子,我——瑞麟!"

葵花打开门,果然是张瑞麟,同他在一起的,还有郑家佑和老黑。郑家佑和老黑抬着一个门板,门板上躺着德本。清冷的月光下,德本双目紧闭。

"嫂子,德本哥出事了!"张瑞麟哭丧着脸。

像一块巨石掉进了无底洞,葵花心里"咕咚"一下:"你德本哥他出啥事了?他咋的了?"

郑家佑说:"嫂子,我们在江里遇到了俄国人,为了保护我们,德本哥让俄国人打伤了。"

葵花只觉脑子"嗡"地一下,血往上涌,眼前一黑,差点昏厥过去。身后的和卓和小琴眼快,一把将她扶住。

张瑞麟说:"嫂子,德本哥只是伤了,他还活着呢!我们先去了傅宝善家把他肉里的子弹取出来了。怕你着急,就没过来告诉你。"

葵花这才长出一口气,俯下身子看着德本。她肚子有些隆起,弯起腰来有点吃力。

"别动了胎气把我儿子给抻着!"德本突然咳嗽了一声。

"快把人吓死了,还耍贫嘴。"葵花高兴得掉了眼泪。

第六章

黄昏,街道上冷冷清清,稀疏的鞭炮声和锣鼓声从远处传来。年前刮了几天大烟泡,过了年,天气渐渐好起来了。人们扭起了秧歌,给这个清冷的年增添了一丝喜庆。

和卓跟小琴一块儿刚从佟家回来,葵花嫂子和德本哥留她俩吃三十晚上的饺子,她俩硬是走了出来。

年前,葵花生了个儿子,请傅宝善给起名叫怀韬。许贺霖死后,警方没再过来调查。据说,许太太不想将事再闹大。这案子像立冬后松花江的水面,被冻起来了。

怀韬刚过满月,葵花奶水有些不足,和卓将家里唯一的一只乳羊牵了过来。在和卓的眼里,葵花就是她的亲姐姐。她十几岁的时候,额涅在江边洗衣裳,被俄国人的冷枪打死了,只剩下她和阿玛。安松昆是个酒鬼,常梦见老祖宗留下来的铁杆庄稼,家里实在揭不开锅了,才跟着侄子舒禄远去汤原鹤立镇下了煤矿。老街坊们都说,安松昆终于走正道了,只可惜了和卓那早逝的额涅了。她和佟云、葵花一块长大,比佟云小几个月。当年,她被阿玛送去吉成社学戏,除了爱唱外,也想混口饭吃。吉成社散了伙,她也只好回家。自己挑门帘过日子,这日子是大南门里种南瓜——难上加难啊!葵花嫂子和德本哥不止一次让她回去,都被她拒绝了,她不想给人家添麻烦。除了葵花嫂子和佟云外,她最要好的姐妹就是小琴。小琴没心没肺,打小没了父母,和她姨生活在一块。她俩没事的时候,就去找葵花嫂子。偶尔,她还和葵花嫂子唱一段,看得小琴满眼羡慕。

最近,葵花嫂子沉醉在初为人母的幸福里,还给她们讲述了她生产时那神奇的一幕。

葵花嫂子说,生孩子那天,她看到师父走到了她的炕前,醒来后就生下了怀韬。这孩子的眉眼,活脱脱就是师父啊。葵花嫂子高兴得掉眼泪,认定这孩子就是公公转生。和卓羡慕葵花嫂子和德本哥的恋情。她对葵花嫂子说,将来要是能找一个像德本哥那样疼人的男人,死上八回也值当。葵花就笑:"是不是心里有人儿了?"和卓脸儿一红,摇了摇头。葵花又逗她:"点头不算摇头算。"

葵花猜得没错,和卓的心里真就藏了人。这个人就是铁法。

铁法没家没业,父母过世早,吃百家饭穿百家衣长大的。大冷的天,穿的棉袄露着棉花,扎着根草绳,鞋也露着脚趾头。葵花每年都会给他做上一双鞋,街坊们也都接济他,他还是吃了上顿没下顿,这种状况一直到他被俄国人苏佰金收留。

即便这样,他还照顾和卓。有啥好吃的,也不会忘记给她留一口。他们两家是邻居,在和卓模糊的童年记忆里,多半是和铁法一起玩耍的。铁法十岁就给田大牙放羊了。田大牙除了经营烧锅,还有不少土地和羊群。那时候的傅家甸没现在这样繁华,有大片白桦林。一天,和卓去林子里挖野菜,遇到一只"张三(狼)",吓得都不会哭了,恰巧放羊归来的铁法赶到,用鞭子把"张三"抽跑了,和卓吓得在铁法怀里哆嗦成一团。那一年,和卓十四岁,铁法十六岁。从那以后,两个人的关系就发生了微妙的变化。

此时的和卓,一边梳头,一边哼着和铁法小时候过家家时常唱的一首民谣:

二姑娘咋不梳头?

没有桂花油。

二姑娘咋不洗脸?

没有胰子碱。

二姑娘咋不洗脖?

没有胰子盒。

二姑娘咋不戴花?

小女婿没在家呀!

这寒酸清冷的家里,因为飘荡着这首欢快的民谣而有了一丝生机。和卓穿上了新做的蓝底白花棉袄,披着油黑的大辫子,坐在破旧的梳妆台前。镜子里露出一张好看的苹果脸,沉静的脸上露出平时少有的俏皮和活泼。她白瓷一般的脖子长而细腻,身材就像六月的小草般纤细。

一双大手悄悄蒙住和卓的双眼,她拨开那双手:"进来也不吭一声。"

是铁法。过年了,苏佰金准了铁法半个月假。今天,他也穿了一身新衣裳。

这半拉月是铁法最幸福的时光,他可以天天跟和卓在一起了。看着和卓蝴蝶般的身影在眼前飘来晃去,他就觉得眼前好似春天里开满鲜花的原野。

"打扮得跟新郎倌似的。"和卓早在镜子里看到他了。

"这不过年了嘛!"铁法憨笑着,"秧歌都到门口儿了,看看去!过了今儿个,就没啥热闹了。对了,有《猪八戒背媳妇》。"

和卓脸儿红了:"人家猪八戒背媳妇你乐啥?也不嫌白扯得慌。"

铁法想抱一下和卓,没敢动手,将双手吞在袖子里:"我白扯啥?明年下秋,我就娶你当媳妇。"和卓用身子撞了撞铁法:"想啥呢?我阿玛到现在信儿都没有,我哪有心思寻思那个?"和卓说到这儿,突然就不说话了,呆呆地望着窗外。

她想阿玛了。自打夏天阿玛跟着舒禄又回了鹤立煤矿，半年过去了，连个信儿也没往家捎，这大过年的，也不知咋样了。下煤矿这两年，他只回过一次家。他的腰不好，天一冷就痛，那个狍子皮袄可别拿去换酒喝了啊！想想阿玛贪酒，她的心就悬了起来。阿玛再不好，可也是她的亲人啊！说实话，阿玛还是疼她的。每年过年，都会想着法给她做身新衣裳，打她记事起，就没断过。可是今年，他却身在外地也没有音信。唉！和卓叹了口气。

铁法说："刚才还好好的，这会儿，咋还哭上了？是不是想你阿玛了？"和卓点了点头。铁法说："安松昆大叔一定没事的。瞧，我给你带啥来了？"说着，变戏法一般从袖子里拿出一瓶头油来："正宗的日本货。"

"到底是东洋玩意儿，就是不一样，比桂花油好多了。"和卓破涕为笑，拿过来看了看，拧开闻了闻。

铁法说："那是，该怎么谢我？"

和卓想了想，从柜子里拿出烟荷包，塞到铁法手里："好看吗？给你的！"

"这鸳鸯绣得真好，跟活的一样。"铁法闭着眼睛将荷包贴在胸口上。

和卓羞涩地推了他一把："瞧你那样儿！时候不早了，回去吧！"

"我去田家烧锅看看瑞麟哥。门口有一只兔子、一只野鸡，从苏大炮那儿买的。你炖着吃。"铁法说着，转身出去了。

果然，门口放着一只兔子和一只野鸡。刚才，葵花留她和小琴吃晚饭，她俩谁也没吃。葵花姐和德本哥这个年也不好过，有点年货，还要供养孩子和师娘。她想晚上吃个黏豆包就算过了大年，没想到铁法给她拿来了兔子和野鸡。她把兔子放到屋外冻起来，开始烧水给野鸡褪毛。这野鸡真肥，把它炖了后给葵花嫂子和师娘送过去一碗，补补她们的身子，再给铁法送过去一碗，余下的留给自己。

鸡快炖熟的时候，天已经擦黑了。这时，门外脚步声响起，一个穿着破棉袄的男人推门进来。和卓惊呆了，男人竟是她的堂兄舒禄。

"哥，我阿玛呢？"

"把吃的给我端上来，我快饿扁了。"舒禄顾不上回答，嗅了嗅饭锅。

和卓将鸡肉给他盛了一碗，舒禄接过去，顾不得烫，狼吞虎咽地大嚼起来。

"哥，我阿玛呢？他咋没和你一块回来？"

"你阿玛他、他出事了！"

"出啥事了？"

"也没啥，下煤矿的时候，被砸伤了一条腿。"

"伤啥样了啊？"

"没大事，就是让我来接你过去照顾他几天。"

和卓这才放下心来，她给舒禄盛了碗汤，看着铁法哥的房子里点着灯，就盛了碗鸡肉去了铁法家。

外面的星空空旷而悠远。

铁法在西北墙角上请喜利妈妈。喜利妈妈是保佑子孙繁衍家宅平安的女神，"喜利"在锡伯语中的意思就是"延续"。虽然父母不在了，这个风俗铁法并未丢掉。喜利妈妈是一条两丈多长的丝绳，叫"索绳"，他们家的喜利妈妈是老辈传下来的，上面的小弓箭、嘎拉哈都不少。父母过世得早，别到他这辈再断了啊。

铁法一边想着，一边拉着索绳。和卓端着鸡肉走了进来，她放下鸡肉，帮着铁法将索绳固定好，也给喜利妈妈磕了头，然后将明早和舒禄回汤原的事跟铁法说了。

铁法惊疑地看着她："你说啥？去那么远的地方找你阿玛？"和卓的脸色暗淡下来："阿玛的腿被砸了，我不照顾他咋整？等他的伤好了，我立马就回来。"铁法说："我和你一块去吧！"和卓说："这哪儿行？你去了，餐厅的生意耽搁了咋整？再说是舒禄哥带我去，放心吧。"铁法轻轻地叹了口气，无奈地点了点头。

和卓往外走，铁法说："等等，把'发拉哈额分'带上，路上吃。"

"发拉哈额分"就是"锡伯大饼"，锡伯人几乎每天都要吃。这种饼用面粉、碱面和水制成，在锅中烙出来，碗那么大，碗底那么厚，带有烙制花纹的一面叫作"天"，另一面是"地"。这种饼的吃法很讲究，食用时必须"天"朝上，"地"朝下，掰成四块。从苏佰金那儿回来，铁法就做了几十块"发拉哈额分"。和卓要去汤原，没干粮哪成？他将装了"发拉哈额分"的篮子塞在了和卓手上。

和卓走后，铁法的心就慌了起来。为了稳稳慌乱的心绪，他坐在油灯下缝着那件贴身的裙子。这件裙子还是苏佰金那漂亮的独生女儿卡佳在两年前给他做的呢！

在米娘久尔餐厅这些年，卡佳总是默默地关心他。过年回家，卡佳将他送到江边，趁他不注意，亲了他一下跑开了。

他不想让卡佳误会他，如果没有和卓，他和卡佳或许能在一起。可他不想因为有了卡佳就放弃他最爱的人，如果那样，对和卓的打击该有多大啊。想起和卓，他的生活中就有了阳光和快乐。春节的前一天，苏佰金给他发了五块现洋的工钱，他过了江就小跑着给和卓买了瓶日本头油。伙计说这日本头油比桂花油好，他想都没想，就买了一瓶。为了和卓，别说是瓶头油，为她做啥他都乐意。可和她还没待几天，她竟然要去汤原。可人家要去伺候阿玛，他有啥理由不让人家去呢？

从铁法家出来，和卓又端着一大碗野鸡肉去了佟家。

她把明天跟着舒禄去汤原的事告诉了葵花，葵花说："路途遥远，你一个姑娘家，要自己照顾好自己啊！"德本又安慰了她几句，和卓又看了看师娘，这才恋恋不舍地走了。她又找小琴道了别，走到铁法家门前，她有心进去再和他说几句话，一咬牙，还是回了自己的家。

第二天一早，和卓穿上了那件老羊皮袄，包袱里放个狗皮褥子、铁法给的大饼，和舒禄踏上了去汤原的路。走到街口，她遇见了阳太。他骑着一辆自行车，车把上挂着两只猪肘子。

"阳太哥，过年好。你这是去哪儿？"和卓冲阳太笑了笑。

阳太下车打量着和卓，说着一口流利的汉语："给葵花姐送点年货去，你背着包袱干啥？"

和卓将去汤原服侍父亲的事说了一遍，阳太看了看舒禄，对和卓说："和卓妹妹，冰天雪地的，可得注意安全。"

"嗯！"

阳太推着自行车走了，和卓回身目送阳太。这时，她看到铁法正站在门口，冲着她摆手呢。

"铁法哥，等着我，我很快就会回来。"

铁法无奈地摆着手，心像被一把无形的手紧紧攥了一下。

"铁法哥，等我回来咱俩就成亲。"和卓鼻子一酸，泪水模糊了双眼。

铁法目送和卓消失在街口，他觉得身子快僵硬了，像被冻住了一样。不知道和卓这一去，啥时才能回来。

一只孤单的鸟儿掠进云端，铁法想，他现在还不如一只羊、一只鸟儿。

和卓在舒禄的带领下，每天天不亮就起身赶路。长这么大，她也没走过这么远的路。

这天傍晚，两人在官道上走着，和卓问："哥，咱们出来半拉多月了，啥时候能见到我阿玛呀？"舒禄指着不远处的一处小饭铺说："再走两三天就到了。饿了吧？走，去那儿吃点东西。"和卓突然回转身："哥，我咋觉得有人在背后跟着咱们？"

"我咋没发现啊？"

官道上冷冷清清，除了他兄妹俩和几棵在冬天里掉光了叶子只剩下枝干的老柳树，哪有一个人影？吃完了饭，天色就暗了下来。这附近，除了这家小饭铺外，看不到村屯，兄妹俩只好夜宿在不远处的白桦林中。

累，实在是太累了！这半拉多月的奔波远远超出了她的想象，她觉得浑身累得像散了架子似的，不过，想着还有两三天就能见到阿玛了，和卓紧绷的神经彻底放松下来。火光映着她俊俏的面庞，很快她就枕着包裹睡着了。

瞳眬中，她仿佛置身在初夏的白桦林里。林子里真美，阳光透过枝叶撒在轻柔的草地上。她和铁法并排躺在一起，铁法将一朵野花递给她。她嗅了嗅，冲他笑笑："真香。"她那双好看的眸子含情脉脉地看着他，坚挺而饱满的胸脯波浪般一起一伏。

突然间，铁法不见了，一只"张三"出现在不远处，向她扑了过来。她大叫一声醒了。让她没想到的是，她的眼前竟然出现一个秃头，正将手伸进她的衣服里冲她乐呢。和卓蓦地坐起推开那只手，面露惊恐："你是谁？这是啥地方？"她发现，此时的她竟然躺在一户人家的炕上。明明在野外，咋到这儿了？舒禄哥呢？

秃头嘿嘿一笑："别问那么多，你那个抽大烟的堂兄把你卖给我了。他在你的饭菜里下了迷药。你可要乖乖听我的话！"

秃头又要摸和卓的脸，和卓将秃头的手拨开："你要干啥？"

秃头鹰眼奔额，络腮胡子，脸上有条深深的刀疤，满面的凶相。他一边脱衣，一边说："干啥？就干这个！"秃头说着，像头恶狼，猛地扑到和卓的身上。和卓拼命挣扎，但无济于事。她的衣裤很快被撕扯下来，下身传来一阵撕裂般的刺疼。她的脑海里闪现了一下铁法的影子，脑袋上挨了秃头重重一击就什么也不知道了。醒来时发现自己被穿上了衣裤，浑身被绑，置身于一个黑洞洞的世界里。

有个老女人说："老秃子，麻袋里的小妞挺俊，咋的也能卖五十个袁大头。你啊，这鲜儿也尝了，钱也捞到手了，也该孝敬孝敬干妈我了！"

秃头说："干妈，上哪儿挣那么多去？为了买她，我都花了二十块了。"

"造孽啊！"老女人咂着嘴儿，"现如今，一个庄稼汉娶个媳妇才两块大洋。你小子捡个黄花闺女，能赚个十块八块的，就知足吧！"

和卓知道自己被装在麻袋里，嘴被堵着，身子被捆，动弹不得。怪不得昨晚睡得那么沉，那个狼心狗肺的东西给下了药啊！

"该死的舒禄，如果我再见到他，非杀了他不可！"此时的和卓欲哭无泪，叫天不应，呼地不灵。她想喊，可喊不出声来。师娘没病的时候不止一次跟她们说，姑娘家最宝贵的东西就是贞洁，那戏文里不也唱"好马不被双鞍配，好女不嫁二夫郎"吗？她现在这个样子，怎么面对铁法哥呢？

想起秃头，和卓就恶心得想吐。她觉得她被扛起来扔到一辆毛驴车上。不知过了多长时间，和卓觉得毛驴车被赶到了闹市，毛驴车又飞跑起来，把她颠得胆汁都吐出来了。这时，毛驴车被赶拦了下来，她被扛在肩上，走了好一会儿麻袋才被放下来。从吵闹的声音和不时传来商贩的叫卖声来看，这里似乎是个小酒馆。

和卓正胡思乱想，一个男人说："伙计，来盘木耳炒鸡蛋，来盘桦树蘑炒肉，一壶酒。"很快，传来伙计的声音："客官慢用。"秃头的声音传了过来，他似乎也要了酒菜。要木耳的那个男人对秃头说："兄弟，你这麻袋里装的是啥玩意儿？"秃头说："一只刚买来的半大猪崽儿。"和卓知道，自己现在要不被人发现就会让秃头给卖了。于是，她拼命地扭动身子。果然，她的行为引起了那个人的注意。

"兄弟，咱们都在道上混，如果信得过老哥，将麻袋里的东西卖给我吧！"那男人说。

秃头赔着笑脸："老哥，猪崽儿集上有的是。老哥想买，往前拐个弯就到了。"

那人说："我就想要这只！咋样，就凭刚才我为你拦住了驴车没出事，你也该还我这个人情吧！"

和卓这才知道，刚才跑起来的毛驴是这个人拦下的。

秃头说："老哥，你这人咋这么死性呢？"

和卓的心都提到了嗓子眼，不知道那个男人是做什么的，为啥要把她买下来。

"兄弟，就算还我个人情，老哥我也不会亏待你。"

"那就转卖给老哥。"

秃头的声音不见了,麻袋嘴被解开,自己被放在一铺炕上。阳光透过窗格子,暖暖地映照在地下紫红色的八仙桌和一张白中透红颧骨高高的脸上。那男人身材瘦高,穿着栗红色的狍皮大衣。男人二话没说,将塞在她嘴里的破布拽出来,解开绑在她身上的绳子。不少食客过来围观,和卓大口喘着气,身子晃了晃,昏厥了过去。

那男人在和卓的人中按了按,和卓缓缓苏醒了过来。男人又从一个伙计手里接过一碗热汤,用小勺子给她灌了进去。和卓呛得将汤喷出,男人从那个伙计手里接过手巾为她擦了擦嘴,又从伙计手里接过一碗热汽腾腾的面条递过来。和卓一把将面条打掉,抓起炕上针线笸箩里的一把剪刀,面色惊恐地指着众人,嘴里发出含糊不清的声音。

男人说:"姑娘,别害怕,我们不是坏人。"

伙计说:"姑娘,要不是这位大哥,人贩子就把你卖了。"

和卓喘息着,怯怯地打量着众人。刚才,她灵机一动,故意装成哑女的。坏人实在太多了,她一个柔弱的没有见过世面的姑娘家,不得不防啊。男人上前,和卓用剪刀指向自己的脖子。

"你先冷静一会儿。"男人只好退下,他看了看伙计,吩咐道,"再上一碗面条。"

伙计又将一碗面条端上来,男人接过,轻轻放在和卓面前的桌子上,和伙计使了个眼色,轻轻将门关上。和卓见屋里没有人了,便拿起筷子狼吞虎咽地将面条扒进肚子里。她已经一天一夜滴水未进了。吃完了面条,男人推门进来,她已经发出了鼾声。

她梦见了阿玛,阿玛拿着他的酒葫芦,一边掌喇叭,一边冲她笑。不知过了多长时间,她睁开了眼睛。男人坐在她身边的炕沿上吸着烟锅。

"睡醒了?"他磕了磕烟锅。

她这才知道,他一直守在她身边。

"伙计,把饭菜端进来吧!"他冲着门外喊。

门外有人应声，两个菜两碗米饭端了进来。

他说："吃吧，不够还有。"

和卓拿起筷子就吃，几块热豆腐落肚，她觉得身子踏实了许多。男人和她素昧平生，非亲非故，为啥要帮她？

这时，男人说："告诉我，家是哪儿的？我送你回去！"

和卓心里一热，起身给男人磕头。此时的她，心里像打开了一扇门，她知道接下来要怎么做了。男人弯腰将她搀扶起来："你这是干啥？告诉我，你是哪儿的，我送你回去！"

和卓嘴里发出含糊不清的声音。

男人说："你叫啥？"

和卓仍然不说话，只是"啊啊"地叫着。

伙计说："八成是个哑巴。"

男人指着自己："要不，你跟我，回家？"

和卓不说话，只是"啊啊"地看着男人。

男人说："我这个人心直性耿，袖筒里揣棒槌——直来直去。我叫奇克图，额木尔河老金沟里的淘金汉，今年四十二岁，没家没业，如果你不嫌弃，我就带你回家。你放心，我说话算话，如果你看不上我，我绝不动你一个手指头，你就给我当妹子；如果你觉得我这个人还不错，那就踏踏实实跟我过日子，当我的女人，咋样？"

和卓点了点头。她的身子已经不干净了，还有啥脸面面对亲爱的铁法哥？还有啥脸面面对葵花嫂子和小琴？她能瞒得住自己这张嘴，又怎能欺骗自己的心？阿玛的腿是不是真折了？她得去煤矿看一看。这世上只有阿玛一个亲人了，她不能再失去他啊，她得去找他。可她一个姑娘家，又怎么到汤原呢？她唯一的选择，就是先跟着这个陌生的男人走。如果他真是一个仗义的男人，她就求他，陪他去汤原找阿玛。

"铁法哥，我回不去了！阿玛，我得过阵子才能去找你，你的腿要真折了，只能自己照看自己了。能不能见着，就看咱爷俩的缘分了。"和卓在心底默默地说，两行热泪流了下来。

路上，奇克图介绍自己的过去，他说自己原来娶过一房媳妇，可媳妇得了痨病，没多久就死了。让和卓没想到的是，奇克图还会哼上几句蹦蹦戏。他用鞭子抽着天上的落雪，唱起了一段《光棍难》。

"嘚，驾！"马儿得到主人的命令，拉着雪橇跑得更欢了，那鞭子在寒风中发出清脆的炸响声。

一只海冬青在天空孤独地盘旋着。和卓想，一只鸟儿都有属于自己的世界，可她现在连一只鸟儿都不如。她的心疼了一下，本以为她和铁法会像葵花嫂子和德本哥那样相亲相伴，可现在，她不敢往下想了。

两天后的晚上，男人带着她来到了一片广袤的森林里。男人指着那片白桦林，说："到了，前面就是咱的家！"

男人的家是一个地窨子。在老家的时候，和卓也见过，那都是些没地方住的苦力们挖的。男人点了油灯，指着炕上的被子，看着和卓，"你在这儿睡。"

狍皮被毛朝里，形如口袋，男人说："这是乌拉，用狍子皮缝的，既保暖又方便。我们出猎时，将它卷成长长的卷，放在马背上。晚上就钻进去睡觉，即便在林子里，也照样暖烘烘的。你试试。"

男人说着将柴草铺在地上，拿起皮袄披在身上躺下。和卓没钻进乌拉睡觉。

"你得钻里面去。"

男人做了个手势，和卓犹豫了一下钻了进去，只露出一个脑袋。男人点了点头，在地下的柴草上睡下，很快发出了鼾声。和卓好奇地摸着乌拉，瞪着眼睛看着地窨子顶发呆。不知铁法哥和阿玛现在怎么样了。她还有啥颜面去见他们呢？想着想着，两行冰凉晶莹的泪水滑出眼眶淌了下来。

那天，是鄂伦春人奇克图自新年以来最高兴的一天。

他将去年在老金沟淘来的河金,在一百多公里外的花头镇黑市上换成了几十块白花花的银圆,通过官办银号汇给了河北滦县师父家。

奇克图的师父叫初玉成,早年参加过义和团。师父从不谈他的经历,只说自己是个庄稼人,家乡遭了蝗灾,混不下去了,听说黑龙江边的老金沟沟底铺了一层金子,就加入了淘金大军。

这些年,奇克图跟初玉成学了不少本事。有一次,师徒俩在林子里行走,遇到了一只"张三",初玉成将奇克图推到一旁,"张三"扑了几下也没扑到初玉成身上,反被初玉成一掌拍在头顶,嚎叫一声后一动不动了。奇克图这才知道,师父是个练家子。初玉成告诉他,他用的是八卦掌。

离开师父单搓不久,奇克图无意间又发现了一个金眼,在老金沟下游的一个河汊里。几乎没有人会想到,那里也会有河金。奇克图将金眼的秘密埋在心里,淘出来的金子自然比别人多。

奇克图深知淘金汉们缺少女人的心理,悄悄将和卓藏在地窨子里。开了河,他就出去淘金去了。和卓虽然装聋作哑,做饭洗衣却是把好手,奇克图每天回来时,热腾腾的饭菜就摆在了桌上。每天傍晚,奇克图把地窨子弄得暖烘烘的,像个火盆。地窨里只能容得下两个人,奇克图让和卓睡在炕上,自己睡在炕下的柴草上。这姑娘虽说是个哑巴,可还是给他孤寂的生活带来了一些不一样的温暖。

不久,额尔木河的冰雪完全消融,成群结队的大雁拖家带口从南方飞来。又过了两个月,额尔木河的初夏来临了。

这天,奇克图淘金回来往家走,白桦林里的鸟儿啁啾个不停。今天的金沙淘得比往常多上好几成,奇克图的心情好得就像这初夏的艳阳天。他一边往回走,一边唱着那曲好听的鄂伦春赞达温(民歌):

……
　　喜欢逆水上游的细鳞鱼,
　　潜游深水是欢乐。

　　　　喜欢聚集的红翅鱼,
　　　　成群嬉戏是欢乐。
　　　　喜欢攀登高山的人,
　　　　爬上峭壁峻岭是欢乐。
　　　　……

　　"真好听!"
　　奇克图扭头,绿荫里走出一个年轻漂亮的姑娘:桃花般的脸庞,一件红袄紧裹在那窈窕修长的身体上,一条黝黑的大辫子垂到腰际。这姑娘竟是"哑女"。
　　"刚才,你在说话?"
　　"是我。"
　　"你、你会说话呀?"
　　"我也没说我不会说话呀!"和卓脸儿一红。
　　奇克图发现,和卓比以往俊了三分。
　　"姑娘,我真服了你,这么长时间不说一句话。"
　　"兵荒马乱的,我一个弱小女子,有啥办法?只能装聋作哑。"
　　"你叫什么?"
　　"和卓。"
　　"你是满族人?"
　　"你咋知道我是满族人?"
　　"从你的名字知道的呀。"
　　"你咋懂得这么多?"
　　"我们鄂伦春族和满族常在一起打猎,我认识许多满族人和锡伯族人。"
　　和卓用崇敬的目光打量着奇克图。此时的他才知道,和他一起生活了几个月的姑娘是个聪明活泼的正常人。前两天,奇克图去最近的塔河,特意给她做了几身里外三新的衣裳,还特意给她做了件大红袄。可她说啥也不穿他给她买的衣裳,没想到,今天把衣裳换上了。

"不认识我了?"和卓俏皮一笑。

"我都认不出来了,穿上新衣裳,比天上的仙女还好看。"

"再看,掉眼仁儿里剜不出来了!快走吧,饭菜都凉了。"

奇克图知道,经过和他这段时间的接触,发现他是个好人,和卓才决定恢复本来的真容。四十多岁了,除了母亲和逝去的女人外,奇克图还没和别的女人如此接近过,更别说这么漂亮的姑娘了。经过饱饭饱菜这么一滋润,和卓像一株吸足了水分的旱苗,一下子又挺直了腰身。当和卓穿戴一新出现在他面前的时候,奇克图疑心自己看花了眼。这哪儿是几个月前在人贩子手里买过来的那个满面菜色的小姑娘啊,分明是画上的仙女到了人间!

"做、做啥好吃的了?"

"看看不就知道了?"

桌上,早摆好了两菜一汤,还烫着一锡壶酒。

"这么多好吃的!"奇克图闻了闻,赞道,"真香。"

和卓做过不少饭菜,但都是家常便饭,今天这两个菜是奇克图从未吃过也没见过的。为了做这两样菜,和卓下了不少功夫。她舀来温水让他洗了洗手,然后给他斟满酒,自己盘腿坐在对面。

"你还没告诉我,这两样菜都叫啥呢!"奇克图夹起一块肉津津有味地嚼了起来,一边嚼一边将酒盅里的酒干了,"真香。"

"你吃的那个叫雪里蕻炒肉丝,"和卓指了指另外一碗肉,"这个叫阿玛尊肉,是我们满族人八大碗的下八珍中的一道菜。"

奇克图说:"和卓,想不到,你有这么好的手艺。"

和卓扬起月亮般的小脸:"我们家祖上是正黄旗,给铁帽子王当过御厨呢!还有……"

和卓的脑海里浮现出铁法的影子来。铁法哥常把俄式大餐拿回去给她吃，也教会她几种俄式大餐的做法。她想说她还会俄式大餐呢，话到嘴边咽了回去。

"还有啥？"

"没啥。我是想说，我会做好几样菜呢。"

"怪不得你有这么好的手艺，原来是祖传的。你是旗人，生下来就吃铁杆庄稼呀，现在咋沦落到这种地步？你阿玛和你额涅呢？"

"吃铁杆庄稼那是清朝的事了，现在都民国十四年了（1925），这种优待早烟消云散了。"

接下来，和卓就将她的事情原原本本叙说了一遍。通过几个月的观察，她认定，奇克图的确是个仗义的好男人，这才决定露出真容的。和卓一边说，一边掉眼泪。

"放心，我一定要你们父女团圆。"

"大叔，你真好。"

"别叫我大叔，叫我奇克图大哥吧！"

和卓甜甜地叫了一声，奇克图憨厚地笑了。这些天，压在和卓身上的石头终于搬开了。每天，她想的最多的还是阿玛，不知道阿玛咋样了。她不止一次萌生悄悄离开奇克图去汤原的想法，可很快就被否定了。她想，还是找个恰当的时机将她的心事告诉他，求他帮忙。不成，再想办法一个人去汤原。没想到，奇克图爽快地答应了下来。

第二天，奇克图就带着和卓去往鹤立煤矿，走了十来天，终于到了汤原的煤矿里。此时的和卓才知道，舒禄当初并未领她去汤原，而是走了另外一条北行的路。

一个眼如核桃的老矿工上下打量着和卓："你阿玛是不是叫安松昆？"和卓点头："是的大爷，我阿玛的腿现在咋样了？"老矿工说："闺女，说出来你可要挺住呀！"和卓点了点头，咬着嘴角不出声。老矿工说："安松昆呀，早在三个月前就死了，井下塌方埋底下了，受了重伤。"

"舒禄呢？"

"年前他说回趟家去接你来伺候你阿玛,可过完年就他一个人回来的。他回来不久,你阿玛就死了,他拿着抚恤金走了。"

"你知不知道,他去哪儿了?"

老矿工摇了摇头。

和卓跑出门外仰天大哭:"安松昆!你出来,你闺女来了!"天和地在和卓眼前晕转着,老矿工一把拽住她:"孩子,安松昆是我们的好兄弟。"

这个挨千刀不争气的舒禄啊!

回来的路上,奇克图和和卓坐在一辆雇来的旧马车上。和卓目光呆滞,眼前灰蒙蒙的。这世上的最后一个亲人没了,她最后的一丝牵挂也断了。虽说阿玛爱喝酒,在人们的眼里有点不务正业,可阿玛最疼的人就是她。和卓哭了一路,眼睛哭成了两只烂桃子,最后连一滴泪也流不出来了。

奇克图说:"等我再积攒点钱就送你回去。好好活着,为了你阿玛的念想也得好好活着。"

和卓点了点头。她想回家,恨不得化作一只鸟儿,一下子就飞到她亲爱的铁法哥身边,扑到他的肩头,将心里的悲伤全都倾诉出来。可一想到那个让她从姑娘化为女人的夜晚,她就打消了这个念头。她有什么脸面拖着一个脏身子去见她亲爱的铁法哥呢?

也许,只有跟着奇克图回到那个谁也不认识她的地窨子里,她才能苟且地活着。

"对不起,铁法哥,当我死了吧!"她闭上了眼睛,将自己沉浸在黑暗中。

过了一段时间,和卓的心情渐渐好了起来。

这天中午和卓在晾衣服,她一边干活一边唱,用歌声驱散内心的痛苦。没事的时候,她的思绪就飘回哈尔滨,回到葵花身边,有时候也想起小琴和死去的佟云,还有阳太来。佟云的命比她还糟,如果佟家不出事,她可能早和锦城师兄在一块了。

回想起在戏班子的日子里，和卓就幸福半天，几个师兄对她比亲哥哥还亲。想起这些，和卓就憋得难受。奇克图不在，她抱着大树哭了好几回。

不能和铁法哥在一起，哪怕在梦里相见也好啊。她见四处没人，只有树上的鸟儿啁啾，轻轻地吟唱起来：

>……
>走一岭来又一岭，
>山岭下边有个井，
>山伯哥好比辘轳把儿，
>九妹好比那条绳。
>桑木扁担柏木桶，
>千提万提提不醒，
>有朝一日提醒你，
>你家多个女花容。
>……

"真好听！"奇克图拎着两条大鱼走过来，冲她扬了扬，"这可是最香的狗鱼。晚上咱们就吃清炖狗鱼。"

她接过看了看："真肥。"

奇克图又把两捆山菜递给和卓："这是五味子和老山芹，把它们加进去，鱼的味道更鲜。"

"五味子和老山芹？"

奇克图说："用这两种山菜炖鱼，又鲜又开胃，吃了一口还想第二口。到时候你就知道了。"说着，热辣辣的目光落在和卓窈窕的身上。

和卓和奇克图目光相撞，和卓的脸儿一红，钻进地窖子里去了。

傍晚，奇克图多喝了一碗酒，睡了过去。醒来的时候，发现和卓不在地窨子里。他揉着眼睛从地窨子里走出来。外面的天很闷，没有一丝风，只有草丛里的虫儿在欢唱。一阵轻微细碎的水声传了过来，奇克图顺着水声走了过去，被眼前的一幕惊呆了。和卓在河边洗澡。轻纱般的月光倾泻在她白皙修长的胴体上，散发着朦胧的美。奇克图拨开树丛，揉着眼睛看着河面，怕惊动和卓，又悄悄退了回去。

洗完了澡和卓蹑手蹑脚地走了进来。远处传来闷雷声，和卓躺在炕上想着心事。吃饭的时候，她出了一身汗，见奇克图躺下睡了，就到河边洗身子。她是个爱干净的姑娘，在家时，她坐在木头做的澡盆里。那个木澡盆，还是铁法哥从一个俄国人的店铺里买来的呢！不知此时铁法哥在做什么，是在厨房里做着俄式大餐，还是和漂亮的卡佳坐在一块？她见过那个年纪和她相仿的白俄姑娘，从她看铁法哥的眼神里，她就觉得她对铁法哥有情有义。铁法哥要跟了卡佳，那就乌鸦变成了凤凰，彻底翻了身。想想这些，她觉得心像被什么扎了一下。

一只老鼠从墙洞中探出头来，经过一番试探后悄悄来到和卓的脚底。和卓本能一动，老鼠快速地从她身上爬过。和卓睁开眼睛，见身上爬着一只左顾右盼的老鼠，脸色大变，跳到奇克图怀里："耗子！"奇克图抓起身边的木棍，只一下，就将老鼠打死，然后用木棍挑着，扔到地窨子外边。奇克图躺下，她却再无睡意，枕着胳膊说："大哥，问你个事。"

"啥事？"

"大哥，你想你的女人吗？"

"想过，可是再想，她也活不过来了。"

"大哥也是个苦命的人啊。"

奇克图打了个喷嚏。

"地上又冷又潮的，上炕来吧。"

奇克图将被子往上扯了扯，说："不冷，你睡吧。"

和卓起身，伸手将奇克图拽到了暖烘烘的炕上。昏暗的油灯下，单薄的衣裳紧裹着她起伏有致的胴体。奇克图看着棚顶发呆,翻来覆去睡不着。

奇克图火辣的眼神和和卓羞涩惊慌的眼神相对,奇克图觉得浑身上下的血液快燃烧起来了。他翻过身,蓦地将和卓裹在身子底下。

和卓一激灵,将奇克图推开了。奇克图知道对和卓动了不该动的念想,抽着自己的嘴巴。和卓怔了怔,抓住奇克图的手啜泣:"大哥,我……"

"是我不好。"

"不是你不好,是我……"和卓咬了咬牙,鼓起了勇气,"我身子不干净,配不上你!你救我之前,让人贩子……"

奇克图说:"我不嫌!你是个好姑娘,刚才,我不该……"

"大哥,刚才是我不好。我是个知恩图报的人,没有你,就没有我的今天。"和卓说着,目光炯炯地看着奇克图,"虽说你比我阿玛也小不了几岁,可你是我的救命恩人,你的心思我怎不明白?既然挑破了这层窗户纸,从今往后,我就是你的人。如果你嫌弃我,还来得及。"

"和卓,我怎么会嫌弃你呢?发生那样的事情,也是逼不得已啊!你放心,如果我不对你好,天打五雷轰!"奇克图高兴得不知道说啥好了。

起初,奇克图见到和卓,除了出于善念想帮帮她外,也想让她做他的女人。对他这样一个老男人来说,能再成家,是他做梦都想的。他没有急于求成,一直在等待。

和卓推开奇克图的手,轻声说:"可我们现在还没有……"

奇克图跳下炕来到门外,点燃了地灶。此时,雷停风落,月朗星稀,竟然没落下一滴雨。

和卓跟了出来:"这是干啥?"

奇克图往锅里添水,笑道:"做考考贴啊!"

"考考贴?"

"对,就是黏饭。这是老祖宗传下来的,成婚前我们俩要用一双筷子一个碗,表示以后要同甘共苦。吃黏饭,就是让我们白头到老,恩爱一生。还有很多风俗，可我只能这样对你了。"

奇克图抹了抹鼻子，冲着和卓笑了笑。火光中映出铁法的身影，拿着一瓶头油，晃着、笑着，等她拼命地眨了眨眼，铁法却不见了。

熊熊的火焰燃得正旺。

第七章

第二天一早，太阳刚从地平线上升起的时候，奇克图拉着和卓向初升的太阳磕头，祈求太阳给他们温暖。

奇克图拉着和卓的手说："让你受委屈了！本来想轰轰烈烈办一个婚礼，可亲人都过世了，原来的礼数只能都免了。"和卓说："我啥也不图，只图你对我好。"

虽然程序简单，奇克图还是准备了一盆狍子肉，两人共用一把刀。奇克图说："吃了这盆肉就永不分离，白头到老。现在条件不允许，不然我一定请萨满为咱们祈福。"

"和卓，虽然不能给你一个完整的婚礼，可从今天开始，你就是我的女人，我们要正大光明地生活在一起。这几天，我就搭个斜仁柱，搬出这又阴又潮的地窖子。"

"斜仁柱"是鄂伦春人的一种类似庐帐的住所，适合游猎生活居住。用松木或桦木做支架，盖上桦树皮，冬季用兽皮围盖；底部直径七八米，高五六米，地中间生篝火，用以做饭、取暖和照明。很快，奇克图就在白桦林子里支起了一座既舒适又温暖的"斜仁柱"。他不想让她受委屈。

和卓抑郁的心结慢慢开了，布满阴霾的心里泄进了一缕金色的阳光。铁法渐渐成为她生命里最为珍贵的记忆。她爱他，可乖戾无常的命运，又鬼使神差地让她成了大她二十多岁的鄂伦春淘金汉奇克图的女人。可又有什么办法呢？这个世道，对一个孱弱的女子来说，哪来的"公平"二字？

和卓越来越想葵花、佟云和小琴。嫁给奇克图，就是她的命吧！在这个世道里，她一个穷人家的闺女，又怎能和命运抗争呢？

最近几天，她有好几次梦见了她们。佟云和葵花、小琴都是她连着心的好姐妹。特别是佟云，只比她大几个月，她们常把内心深处的东西毫无保留地告诉彼此；她爱关锦城，最先告诉的就是她。除了葵花嫂子和铁法哥外，和卓想佟云和关锦城的时候最多。佟云姐死了，不知道锦城师哥现在在哪里了。

和卓流着泪水和奇克图在一起的那晚，关锦城和赵金良来到了一户深宅的院墙外，顺着院墙外那棵百年老柳树爬上了房。他俩宰了共同的仇人"秃老鸹"。现在，他们在齐齐哈尔东北边防军公署卫队团张竞渡团长手下吃粮当兵。

那天，许贺霖见佟家连丧两条人命，就听从了王局长的劝说。关锦城和赵金良正要理论，被林轩鹤拦下了："二位师弟，许家有钱有势，咱们硬撑下去没啥好果子吃，别再刺激师娘，还是把师父先入殓了吧！狗剩子，去棺材铺订口上好的棺材来，将师父的灵柩先停在师祖庙，咱们再沿江寻找，看看有没有佟云的下落！"

棺材订好后，葵花和林轩鹤就组织吉成社的人沿江寻找佟云，一连找了半个月，也登了报，最终也没找到佟云。大家就商量着给佟云做个衣冠冢，也订了口棺材，挑选时日，将父女俩下葬了。

站在坟前，想起佟云对他的深情，关锦城潸然泪落。他将两束采来的野花分别放在佟云和师父的坟头上，又在佟家住了一个月，将师娘安顿好，带着赵金良走了。

赵金良说："师哥，咱们去齐齐哈尔吧，听说那儿好混。"

关锦城想了想："好，就去齐齐哈尔。"

二人一路向北，这天，走到了几百公里外的省城齐齐哈尔。

进城后，兄弟俩在南大街的馄饨摊上吃馄饨，忽见前方几个警察在欺负一个卖烟的小贩，为首的是一个瘦高个儿。小贩弯着腰说："几位爷儿，你们要不给烟钱，我今天这一天就白忙活了！你们就行行好吧！"

"滚！"小贩话还没说完，就挨了高个儿队长一个耳光，"别蹬鼻子上脸！老子拿你几盒烟是瞧得起你，你也不想想，要是没有老子，你能在这街面上混？"

关锦城正要上前，忽见前面来了一队骑兵，为首的是个骑着高头大马透着威严的白面校官，下马回了高个警察一个嘴巴："谁让你们在这作威作福？来人，把他给我绑了！"

"张团长，我们知错了，下次再也不敢了！欠他的烟钱，我们加倍付！"

高个儿队长拉着大家一起给白面校官跪下了，从口袋里掏出块现洋递给了小贩，然后又冲小贩一使眼色。

小贩说："张团长，你就饶了他吧！"

白面校官"哼"了一声，指着小贩冲着几个警察说："要不是看在他的份儿上，非把你们交送你们的上司严办！还不快给老子滚！"

高个儿一挥手，带着手下灰溜溜地跑了。白面校官这才上马率队走了。看着当兵的走远了，赵金良说："师哥，咱们有地方去了。"

"兄弟，你是说吃粮当兵？"

"难道这不是咱们眼下最好的去处吗？这年头，有枪就是草头王，凭师哥的才能，保不齐混个一官半职的。到时候，兄弟就跟着沾光了！"

关锦城拍了拍赵金良的肩膀："这主意不错，俺咋就没想到呢？问问刚才这个领兵的是哪儿的！"

起初，兄弟俩想重操旧业，可想到他们身单力孤撑不起戏班来就打消了那个念头，可又实在琢磨不出做点别的什么。还是赵金良聪明，这件事深深地刺激了兄弟俩。

二人找到小贩，小贩告诉他，刚才的白面校官是东北军的张竞渡，他的边防军公署卫队团就在城内的卜奎大街承恩门路东侧的黑龙江省公署。

这里虽是黑龙江一省的省会，和哈尔滨比起来却逊色得多。二人谢过小贩去了省公署。巧了，正赶上卫队团在街上招兵，两人换上军装，摇身一变，吃上了兵粮。在一次全队的马术比赛中，张竞渡的战马毛了，关锦城拦下惊马救了张竞渡。几个月后，关锦城被破格提升为连长，赵金良成了他的勤务兵。

齐齐哈尔的鲍家老八件香飘全城。关锦城被提为连长后，一天，对赵金良说："兄弟，咱们到齐齐哈尔这么长时间了，连一顿像样的饭都没吃，俺得请你喝顿酒。"

"那就让师哥破费了。"赵金良高兴得直晃脑袋。

"再不济俺一个月还有三块钱饷钱呢！"关锦城颠颠手里的银圆，"给你补补，瞧你瘦得跟大眼灯似的。"

二人去了老八件。老八件是个大馆子，古朴典雅，窗明几净。二人找个临窗的位子坐下。

"二位军爷，来点啥菜？"肩搭着白手巾的小伙计拿出菜单。

关锦城对小伙计说："挑好的来四样儿。"

"好嘞！"伙计应声去了。

伙计前脚儿刚走，关锦城便发现楼梯口的座位上，两个人高马大的醉汉走向了一位漂亮的太太，年轻漂亮的太太和身边的两个丫头像气球一样被来回推搡着。关锦城冲赵金良一使眼色，二人将两个醉汉打了个东逃西窜。太太感激得直鞠躬，吩咐伙计把老八件上齐，又把酒钱替他们付了，这才千恩万谢而去。

就在关锦城和赵金良起身离店的时候，来了几个客人，其中的一位似曾相识，仔细一看，竟是多年未见的杀父仇人"秃老鸹"。

当天晚上，关锦城咬牙切齿，对赵金良说："这个秃老鸹，俺恨不得现在就剥了他的皮！"赵金良说："师哥，此时不干，更待何时？张团长不在队部，今晚正是下手的好时机。"

为谨慎起见，二人决定不到万不得已不动枪，换好夜行衣裤，拿上短刀、棒子摸出了连部。二人轻车熟路地绕到了"秃老鸹"家后院，蹬着老柳树上了墙。

却说"秃老鸹"，自打到齐齐哈尔落脚后，依然飞扬跋扈，寻花问柳。

晚上，"秃老鸹"喝了不少酒，搂着刚娶的三姨太早早睡下了。梦中，有个披头散发、满身血污的女人到他的床前大呼命苦，咧嘴笑着向他扑来。他刚想逃走，怎奈腿软如泥，眼见女人的血手抓到了他的身上，他大叫一声，醒了。这些年来，一些受他侵害的女人经常在梦中索他的性命。当年他从哈尔滨跑到齐齐哈尔，就是听信了风水师的话躲避这讨债的噩梦。环境变了，那些受害者仍然不时走入他的梦境。

三姨太拍着他的肩膀问道："老爷，又做梦了？"

"秃老鸹"点点头。

忽听房上瓦响，接着又传来几声猫叫春的声音。"秃老鸹"骂道："这该死的猫，看我不把你们抓住杀肉吃了！"说完，又迷迷糊糊睡去了。

这回，"秃老鸹"没梦见女人们血淋淋地来向他讨债，而是梦见自己又娶了一房，比吉成社的当家花旦"小婵娟""百灵子"和"尚巧云"还美三分，正自得意，忽觉脖子上被什么东西压着，像掉进了冰窟里，打了个激灵醒了。屋里已经点上了蜡烛，头前站着两个蒙面汉子，一个一手拿着短枪，一手拿着短刀；另外一个没拿枪，手里拿着棒子。"秃老鸹"知道进了强人，刚才他脖子上架着的就是短刀的刀背。这两个人是谁？三姨太被绑在太师椅上，浑身哆嗦着像只小鸡，嘴里堵着破布，满眼惊恐地看着他。他刚想翻身坐起，被人像棉花包一样扔到地上。没等他开口，有人说："狗剩子，这老不死的就是腰板直，给他松松皮肉，看他日后还敢直着身板走道不？"那个叫狗剩子的蒙面汉子嘿嘿一笑："这活儿俺来干！"

"秃老鸹"被狗剩子抓鸡似的按在床沿上，狗剩子手里拿着那根碗口粗的棒子，照着他的腰就砸了下来。"秃老鸹"顿觉椎骨发出一声清脆的断裂声，紧接着嘴里吐出一口热乎乎的血来。不过，他还没忘记求生的本能，大呼好汉饶命。

"让他看看咱们是谁！"关锦城说着，和赵金良扯去脸上的黑布。

"秃老鸹"顿时魂飞魄散，他怎么也没有想到，当年开车行的赵大锛子和关梦春的儿子来找他报仇来了。他假装求饶，手却伸进枕下摸枪。关锦城早看在眼里，抬脚将他手中的枪踢飞，接着顺手一刀，"秃老鸹"便身首异处了。

"这娘儿们怎么办？"关锦城指了指一旁瑟瑟发抖的三姨太。

"师哥，留这个活口，对咱们很不利。"赵金良说着，趁三姨太不注意，抽出关锦城手里的短刀抹了三姨太的脖子。橘黄色的灯光下，一股鲜红的血线喷射而出，三姨太也魂断今宵。

除掉了"秃老鸹"，关锦城拉着赵金良跪在地上，啜泣着说："爹、娘，俺和狗剩子给你们报了仇，你们就闭眼吧！"

二人往回走，为防意外，将短刀扔在了河中。此时已是凌晨两点。

忽然，前面的丽香院里摇摇晃晃走出一人。关锦城知道，一定是到这里寻快活的嫖客，刚想躲闪，哪知这汉子却撞到他的身上。关锦城正要将醉汉推开，却听赵金良惊叫道："大师哥，你咋在这里？"那汉子借着门口灯笼的光亮打量关锦城和赵金良，酒顿时醒了："二位师弟，你们俩咋也在这里？"这醉汉不是别人，正是大师哥林轩鹤。关锦城正欲说明原委，赵金良踩了他一下，关锦城这才说："师哥，上边克扣军饷，俺心情不好，师弟陪俺到外边走走。"

在林轩鹤的提仪下，三人到附近的一家还未打烊的酒馆叙旧。林轩鹤说："二位师弟，自打师父和师妹遇害后，你们俩到哪儿去了？"

关锦城就将他和赵金良入了张竞渡部当兵的事说了一遍。

林轩鹤笑道："巧了，我现在也在这吃粮当兵，现在是三营二连连长！"赵金良说："没想到这天下这么小，咱们哥几个又到一个锅里搅饭吃了！"林轩鹤说："戏班子散伙不久，我就通过朋友介绍加入了徐宝珍的边防公署卫队团。徐宝珍调任后，现在的团长由陆军讲武堂毕业的高材生张竞渡接任。"三人慨叹同在一个团里这么长时间竟然没见过面。林轩鹤说："刚才,我们营副在里边快活,我在外边望风,这心里觉得不是个滋味啊,想起师父一家和自己的遭遇,就喝多了。"

哥仨儿喝到凌晨,才各自悄悄归队。

"秃老鸹"被害一案惊动齐齐哈尔,警察局下了大力气来侦破此案。

齐齐哈尔的冬天比哈尔滨还冷,房檐下是成排的冰溜子,耳朵露在外面,像猫爪子挠一样疼。关锦城正率部出早操,突然来了命令,让他和赵金良火速赶往营部。二人一进屋,便被几个警察给铐上了。

王营长说："关锦城,有人举报你和赵金良害死了双盛茂蔡掌柜,跟警察局的人走一趟吧!"

赵金良说："你们得拿出证据,凭啥乱抓无辜?"

"蔡家出事那天晚上,有人看见你们俩出现在蔡家附近!"警察局领头的人是个没有三块豆腐高的矮胖子,冲着关锦城和赵金良抠着牙缝。

关锦城说："你们有啥真凭实据说蔡掌柜是我们害的?"矮胖子说:"关锦城,老子没时间在这儿和你磨牙!没有实据,老子抓你们做甚?来人,把他们带走!"

"慢!没有真凭实据,我看看谁敢动老子的兵!"一声断喝,众人抬头,走进一位气宇轩昂长相帅气的军官。

关锦城、赵金良和王营长双腿并拢,敬礼道:"团长好!"

来者正是张竞渡。

张竞渡指着警察局的人:"谁给你们的权力擅入军营抓我的兵?"

矮胖子队长道:"张团长,有人举报贵部关锦城和赵金良杀死双盛茂蔡掌柜,我们局长接到举报后让我执行公务,还请张团长理解!"

张竞渡冷笑道:"举报个鸟!告诉你们局长,姓蔡的就该这个下场!我听说他在哈尔滨的时候恶贯满盈。谁要胆敢动我的兵,你来看!"

张竞渡回身掏出腰间的短枪,一声枪响,一个警察的帽子落地。那警察吓得面如土色，哆嗦成一团。

矮胖子脸上冒汗，说："张团长，兄弟也是奉命行事，还望你能配合。"矮胖子队长话没说完，便被张竞渡打断："我的态度已经很明了，难道还要让我再说一遍吗？还不快给老子滚！"

矮胖子无奈，只好冲张竞渡哈腰点头，带着手下走了。

"告诉我，这事是不是你们干的？"张竞渡用犀利的目光审视关锦城和赵金良。

关锦城看了看赵金良，低下头来。赵金良用胳膊碰了碰关锦城，示意他不要承认。张竞渡说："嘀咕啥，我都看到了！要不是王营长提前给我打电话，你们现在就得蹲大狱！"关锦城说："多谢团长！姓蔡的是俺杀的，与赵金良无关！"

张竞渡说："少啰唆，甭管你们俩谁干的，那姓蔡的就是个该死！把心放宽，警察再来滋事，我来扛着。部队快有行动了，回去好好准备，在战场上打胜仗，比啥都强！"

"是！"关锦城给张竞渡敬礼，和赵金良喜滋滋回连队去了。

关锦城知道，要不是有张团长给扛着，他和赵金良就出大事了。这件事除了他和赵金良，没有第三者知道，警察怎么会这么直截了当地来抓他们？再说，也没有人知道他和赵金良当兵呀！关锦城将心中的疑惑和赵金良一说，赵金良想了想："不会是他吧？"

"别胡说！"关锦城看了看赵金良，"准备一下，团长说了，要打仗。"

时隔三天，张竞渡率部前往一百公里外的碾子山集结待命。关锦城这才知道，驻守在满洲里至扎赉诺尔一线的步兵第十五混成旅梁忠甲收编的土匪巴布扎布倒戈，张竞渡奉张作霖之命助梁忠甲前去剿灭巴布扎布。碾子山一战，巴布扎布大败。关锦城在碾子山待命，张竞渡打来电话："巴布扎布全线溃败，命你部于龙江沿岸设伏。"

关锦城的连是张竞渡的刀刃，张竞渡直接把刀刃用在了最硬之处。巴布扎布率残部向碾子山东南的龙江方向逃窜，关锦城率部出击，将巴布扎布的残部冲垮，唯独不见了巴布扎布。部队到了龙江不远处的一个叫烧锅屯的地方，前面来了一队人马，为首的竟是林轩鹤。

"师哥，你们连也过来了？"关锦城说。

林轩鹤说："我们营长让我到这来抄巴布扎布的后路，没想到在这里遇到了你。怎么样，发现巴布扎布的踪迹了吗？"关锦城说："没有。"林轩鹤说："我们一起找，据说巴布扎布化装成老百姓跑到这附近了。"

二人正在说话，赵金良喜滋滋来报说："报告连长，抓到了巴布扎布！"

"在哪儿？"关锦城一听就兴奋了起来。

"在一个农户家的菜窖里！"赵金良道。

"师哥，看看去！"关锦城冲着林轩鹤笑道。

二人来到农家院内，果见士兵将化装成农民的巴布扎布捆绑个结结实实。这时，张竞渡又来电，令关锦城去龙江西岸进剿巴布扎布残部。林轩鹤说："兄弟，这回咱们立了大功，由我带到团长那儿吧！"关锦城点头领兵走了，林轩鹤将巴布扎布押走了。

这天，关锦城和赵金良正在谈论上峰该给何奖赏，王营长气冲冲进来："关锦城，你不是说巴布扎布是你的人抓住的吗？可我怎么听说抓住巴布扎布的是二营三连？上面已经将奖赏给了他们了！"

原来是林轩鹤捣的鬼！

关锦城和赵金良赶到二营三连，质问林轩鹤为何冒功，林轩鹤一反往日的亲热，横眉竖目："谁看见是你的人逮住巴布扎布了？是老子把巴布扎布押回来的，你说功劳是谁的？"

"师哥，你说话嘴巴怎么这么不干净？"

"我这样说就已经很给你面子了！知道警察为什么去抓你们吗？是我告的密，要不是团长护短，你们还能活到现在？当初，师妹是我的人，师父都发话了要我娶她，可你一出现，师妹就变了心！"

原来，林轩鹤对此事一直耿耿于怀，果如赵金良所猜，告密的人真是他。

关锦城说:"没想到你是个小人!金良,咱们找团长评理去,俺就不信,团长会良莠不分!"

"你也不想想,到了我这地界,还走得出去吗?来人!"林轩鹤一声断喝,外头进来十多个手下,将枪口对准了关锦城和赵金良。

"师哥,你真行!俺不去团长那儿了,从今天起,咱们大路朝天各走一边!"关锦城没想到林轩鹤会来这手。

"关锦城,说话得算数!"

"俺说话当然算话。今天,咱们就唱一出割袍断义!"关锦城将一只袖子扯下来,"这回该让俺和金良回去了吧?"

"送客!"林轩鹤挥手,手下让开一条路。

关锦城和赵金良上马离去。林轩鹤冲着几个心腹耳语一番,几个心腹领命而去。林轩鹤争功,除了对当年的事耿耿于怀外,也想得点赏金。他到齐齐哈尔不久,就悄悄在城南养了个私宅,闺女都快两岁了。

关锦城和赵金良边走边慨叹林轩鹤的阴险,忽听前边的树林内传出几声枪响,关锦城的左胳膊挨了一枪。关锦城和赵金良掏出匣枪还击。到部队后,二人练成了一手好枪法,开枪的几个人被击倒。二人赶过去,竟是林轩鹤的人。关锦城这才明白,林轩鹤这是要杀人灭口。

"当初戏班子散伙,咱们哥俩投身军界想混个前程。看来这军界也并非想的那样好呀!"赵金良操枪想找林轩鹤拼命,被关锦城拦住了。

"师哥的意思是不想在军队里混了?好不容易咱们挎上了枪,也不能说扔就扔呀!"

"俺也没说扔枪呀!"

"不扔枪,不当兵,不唱戏,那咱们干啥去?"赵金良疑惑地打量着关锦城,突然面露惊喜,"师哥该不会去做那个吧?"

"兄弟,你说对了!"

"张团长对咱们不薄,咱们对得起他吗?"

"张团长是个好人,可放眼整个东北军,像他这样的好人又有几人?俺寻思好了,咱们就去干那个。"关锦城指的是土匪。

"咱们刚刚剿灭了巴布扎布,这合适吗?从古到今,有几个落草为寇的有好下场?"

"人怕逼,谁也不知道会走哪条路。林轩鹤的人让咱们打死了好几个,追究下来,咱们也没啥好果子吃。张团长再秉公办理,毕竟好几条人命啊!姓林的阴险,咱们斗不过他。到时候咱们再想走,就脱不了身了。"

"师哥,我听你的!"

这时,一阵马蹄声传来,林子外有人喊:"哪儿打枪?快!"

有人喊:"他们在那儿!"

几十个骑兵冲了过来,为首的是王营长。

"要不,咱们就实话实说。"赵金良说。

"现在,浑身是嘴也说不清,姓林的反咬一口,咱们就更危险了。快走!"

关锦城夹了一下马肚,又扬鞭在赵金良的马屁股上来了一鞭子。两匹马向远处疾奔而跑去。

兄弟俩费了好大的劲,终于将王营长甩到了后面。二人乔装改扮,在林子里躲了半个月,见没啥动静了,这才悄悄去了离齐齐哈尔三百多里的嫩江南段克山县以东的一个水泊里拉起了一支队伍。关锦城当了大当家,赵金良居次,过起了水泊梁山一样的日子。关锦城给弟兄们立下规矩,只动土豪劣绅和贪官污吏,不动百姓一针一线。不到一年,人马很快壮大到数百人,成为方圆百里实力最强最有影响力的绺子。

当土匪的日子很枯燥,闲着没事,关锦城就教手下唱蹦蹦戏,把整个绺子快弄成了个戏班子。每到节日,绺子里都会唱几天大戏。崽子们知道他俩就是当年哈尔滨吉成社"四大丑"中的"赵小辫"和"半拉脸"后,高兴得手舞足蹈。

快乐之余,关锦城想得最多的还是报当年林轩鹤这一枪和告密之仇,经常撒下人手去探听林轩鹤的行踪。林轩鹤的一举一动，都在他的掌握中，只待时机成熟，当面和林轩鹤讨还血债。

转眼，到了民国十五年（1926）的秋天。

一天傍晚，关锦城正在柜房的炕上和赵金良喝酒，打探消息的韩瘸子走了进来。韩瘸子是关锦城最信得过的手下，他处事稳重，谨小慎微，关锦城便把打探林轩鹤的重任交给了他。

"老哥，有林喉卡的消息吗？"关锦城将一碗酒递给韩瘸子。

韩瘸子接过酒碗喝了一口："林轩鹤的队伍向北开拔了，不过我在回来的路上看到了比林轩鹤更能让你兴奋的事情。"

"啥事能这么让俺兴奋？"

"大当家的，我、我在榆树集市的大戏台上看到了蹦蹦戏，班主是个女的，不但戏唱得好，人长得那个水灵劲就、就甭提了。"

韩瘸子说话有些结巴，话儿还没说完，关锦城就要拉赵金良去看。离开吉成社两年多了，关锦城最放不下的还是蹦蹦戏。

赵金良指了指外头，说："师哥，你看现在是啥时候？"

"瞧俺，晕了头了。"关锦城拍拍脑门笑了。

第二天一早，关锦城和赵金良乔装成买卖人下了山。

榆树镇在山下二十里处，今天逢大集。戏台前人头攒动，台上的《孙继皋卖水》唱得正欢，尤其是那个花旦，唱腔圆润，博得台下无数掌声。蹦蹦戏角色分工非常明确，旦分"正旦、闺门旦、花旦、老旦、彩旦"，生分"老生、小生、娃娃生"，还有净和丑等。

"师哥，怎么看着这个花旦的唱腔像咱们佟家班的路数！"

"俺也很奇怪，在东北，蹦蹦戏除了咱佟家班，别的也没听说过呀！"

"师哥，去后台看看，韩瘸子不是说班主是个女的吗？"

关锦城点头称是，二人绕到后台。后台是在戏台上搭的简易秫秸棚子，关锦城和赵金良掀帘子走进去，一个年轻女子正透过席子的缝隙关注着前台的演出。不知为什么，关锦城觉得这女人的背影很熟悉，似乎在哪儿见过。女子也用眼角的余光发现有人走进来了，转过身来。

关锦城和赵金良两人面面相觑，惊得目瞪口呆！

"师哥！师弟！"女人率先开口，竟是跳江的佟云！

"师妹，你是人是鬼？"关锦城不敢相信自己的眼睛。

赵金良也打量佟云，说："师妹，我就说嘛，没见到尸首就死不了！"

"二位师哥，我以为这辈子再也见不着你们了！"佟云喜极而泣。

"师妹，这到底是咋回事？"关锦城问。

"二位师哥，说来话长。跳江后，我就啥也不知道了。醒来的时候，发现在一户渔民的船舱里，是这兄弟俩把我给救了。"佟云说着，冲着在棚子里一高一矮两个和他们年纪差不多的汉子喊道，"孟七哥、王金哥，你俩过来一下。"

二人走了过来，佟云先将关锦城和赵金良给二人做了介绍。

"他叫孟七，"佟云指着那位豹头环眼、身材魁伟的汉子，又指了一旁那位个子瘦高、长相清秀白净的汉子说，"这位是王金。"

"师妹大难不死，多亏了这两位好汉啊！"关锦城给二人施礼，"我和师弟在这里谢谢二位了！"

赵金良笑道："二位，你们积了阴德了。"

孟七说："都是江湖中人，哪有见死不救的道理？那天，我俩在船上打鱼，突然发现水里翻出一个人来。起初我们以为是浮尸，打算将它捞出来找个地方埋掉，一看还有活气，就将她肚子里的水压了出来，没想到，竟然苏醒了过来。"

王金说："我们哥俩越看越觉得在哪儿见过，孟七想起来了，这姑娘不是吉成社的花旦'百灵子'吗？一问，还真是她。可把我们哥俩乐坏了，要知道，我们俩可是吉成社的票友啊！我们俩最爱听她的戏。"

王金和孟七出去了，关锦城问："师妹，你怎么拉起戏班子了？"

佟云说："王金哥和孟七哥问我为啥跳江，我将跳江的前因后果跟他们说了。不久，我听说阿玛被许贺霖开枪打死了，这二人疾恶如仇，很同情我，让我乔装成男人的样子跟着他俩打鱼。等我跳江的风声彻底平静了，他俩就帮着我将许贺霖除掉，替我和我阿玛报了仇。"

"许贺霖被你们杀了？"赵金良双眼一亮。

佟云点了点头："时间长了，我怕连累家人，决定离开哈尔滨。他俩说他们无亲无故，非要护我远走他乡。我想了想答应了。我悄悄地在晚上回了趟家，在大门外给额涅磕了几个头，在阿玛的坟前烧了几张纸，离开了哈尔滨。我见他俩天资不错，一路上就边走边教他们戏文，一来二去，就成立了蹦蹦戏班。我们怕暴露，专去一些偏远的地方演出，没想到会在这里遇到你们。二位师哥。你们怎么到了克山？"

关锦城和赵金良将别后的经历诉说一遍，关锦城说："俺们也是被逼无奈，要不是林轩鹤心狠手辣，也不会走这条道！不过当土匪也没啥不好，俺们不抢老百姓，过的是杀富济贫的快活日子。师妹的戏班子不要再开了，跟俺们到山上吧！"佟云想了想："师哥，容我商量一下。他们跟我吃了很多苦，我得尊重他们的意见。"

戏演完后，佟云便和戏班子的人相商。孟七和王金认为当土匪也没什么不好，总比遭人欺凌强，就和她一起上了山。有了戏班子的加盟，寨中人马壮大了。闲着没事，关锦城便和佟云在寨中组建戏班子教有资质的手下学戏。

佟云的到来，给关锦城的脸上镀上了层喜庆。从佟云看他的眼神里，关锦城知道，她仍在爱着他。

赵金良说："师哥、师妹，这不是当年在戏班子里，有师父、师娘他们把关，现在就咱们仨，打开天窗说亮话，俺早看明白了，你们俩一个有情一个有意，早该谈婚论嫁了。依小弟来看，干脆成家算了。"

一席话说得佟云满面绯红，将手里的手绢拧成了一根麻花。赵金良冲着关锦城使了使眼色，关锦城也涨得脸面通红。佟云对他的感情他怎能不知？她忍受不了许家的屈辱跳江完全是为了他！想到这儿，关锦城血往上涌,动情地说:"师妹对俺的心俺知道!既然师弟有意成全咱俩,那就择个吉日把婚事办了吧!"哪知佟云说:"师哥,我、我不能嫁给你!"

"为啥?"关锦城惊呆了,看了看一旁怔在那里的赵金良。

"不为啥,你们……出去吧!"

佟云不由分说,起身将关锦城和赵金良推出门外,将身子靠在门前,想起发生在许老太爷房中那一幕,泪水像断了线的珠子般流了下来。

她没想到她竟然能死而复生,更没想到阿玛在她"死"后被许贺霖打死了。三年前的那天晚上,她回到傅家甸那个生她养她的地方,没进院,只是远远地跪在院门外,看到了屋子里哥嫂的身影,听到了师兄们和额涅的说话声,也看到了关锦城和宫崎一家晃动的身影。她磕了几个头,跟着救她的孟七和王金回到了船上。孟七和王金帮她报了仇,她这才决定远走他乡。没想到缘分未了,命运又安排她遇到了关锦城。

她在门上靠了一会儿,趴到炕上大哭起来。想起死去的阿玛,还有不知道现在生活得怎么样的额涅、哥嫂、师姐妹,想起自己坎坷的命运,泪水打湿了枕头。

"咣!咣咣!咣咣咣!"关锦城敲门的声音敲打着她的心。

"师妹,俺知道你这是为什么。开开门哪!"

她没有开门,不知过了多长时间,她睡着了。

"师哥,你……在这儿站了一宿?"

"俺知道你心里头苦,可你要不嫁给俺,俺就站在这儿!"

佟云的泪水夺眶而出:"我知道你对我好,可我不能嫁给你!"

"俺知道为什么。可俺不在乎。再说也没发生什么,是你想多了。"

"不行!"

"妹妹,没保护好你,俺已经对不住你了。如果你真不嫁给俺,那好!"关锦城说着拔出腰间的镜面匣子枪,打开保险,"信不信,俺一枪崩了自己?一个男人连自己心爱的女人都保护不了,还算啥男人?"

"师哥!"佟云扑过去将关锦城手里的匣子枪夺下。

几天后，在赵金良的操持下，关锦城和佟云结婚了。新婚之夜，看着娇羞可人的妻子，关锦城感慨万千，没想到他还有和佟云喜结连理的一天。佟云也没想到，自己还能嫁给关锦城。二人在高兴的同时，最感激的人就是赵金良。

"要不，咱也想方设法给他张罗婚事？"佟云道。

"这主意俺咋就没想到呢？"关锦城乐得一拍大腿。

于是，夫妻二人就开始给赵金良张罗起亲事来，可无论多好的姑娘，赵金良眼皮都不抬。佟云说，赵金良相亲不成一定是有相好的了。关锦城不以为然："这小子是俺看着长大的，他有没有人俺还不知道？缘分到了就乐意了。"佟云一想也是，继续托人暗地里为赵金良张罗亲事。她和关锦城的感情日渐浓烈，第二年夏天给关锦城生了个白白胖胖的女儿。关锦城让赵金良给孩子起个名，赵金良想了想说："今年是民国十六年（1927），兔年，兔子最爱吃草了，叫草儿不好听，就叫关苗吧！"喜得关锦城天天乐得合不拢嘴。

对关锦城来说，找林轩鹤报仇雪恨，才是头等大事。这天晚上，赵金良带来了一个振奋人心的消息，韩瘸子打听到林轩鹤的下落了。关锦城把韩瘸子叫进来，韩瘸子说："林轩鹤不在东北军里干了，现在在克山任县保安团团长。明天一早要过嫩江，去药泉给太太的父母祝寿。"

关锦城兴奋得把酒碗摔个粉碎，心说："林轩鹤啊林轩鹤，看老子明天不扒了你的皮！"

这天早上，整条嫩江笼罩在一片乳白色的晨雾里，金黄色的芦苇在微风里摇曳，远远望去像一块接天连地的巨毯。

这时候，从苇荡深处划出几只小船，船上的人面露疲乏之色，手里拿着锃亮的奉天兵工厂生产的辽13式步枪和斯边谢尔马枪。关锦城和赵金良带领手下在这里等了整整一夜了。

"师哥，韩瘸子是不是误传了信息，让弟兄们白白挨了一宿冻。林轩鹤是不是不打这儿过了？"赵金良说。

关锦城吸了口嘴里的老巴夺，不慌不忙地说："再等等！林轩鹤比狐狸还精，没准他觉得夜里不安全，改在白天走了。"

日上三竿，有人轻声说："当家的，有人上船。"

关锦城拨开芦苇丛，不由一阵窃喜。河对面果然有一伙人上了渡口的那两只小船。这两只小船的艄公是孟七和王金，只要林轩鹤上了船，这仇就算报了。这几天下了几场透雨，嫩江水暴涨。船到江心，孟七和王金看了看船客们，一个猛子扎到了江里不见了踪影。江中水流湍急，没了艄公掌舵，那两只船就横在江当间打起转来。

"你们干什么？"船舱里走出一个穿着少校军服、腰上挎着短枪、留着短髭的中年人。

"师哥，多年不见，还记得兄弟吗？"关锦城率众将船从对面的芦苇荡里划了出来。

中年人正是林轩鹤。这家伙靠当年冒功被提拔当了营长，这两年他没忘记关锦城和赵金良。当年，他让手下绕道刺杀，没想到反被关锦城给杀了。张竞渡还没来得及深查，就被调到黑龙江步兵暂编第二旅当旅长去了，这事就翻了过去。他提心吊胆这么多年，觉得在军界混，早晚会让关锦城找到，就托人找关系到下边的克山县当了保安团团长。他以为在这里可以稳当他的保安团长，没想到还是让关锦城遇到了，这可真是冤家路窄呀！他眼尖，离老远就认出了船头上的关锦城。

"锦城师弟，你还好吗？"

"神佛保佑，想不到，这些年过去了，让我还能遇见师哥。"

"师弟，看来咱们的缘分未尽，"林轩鹤突然大声喊道，"可今天到了该了断的时候了！"

说时迟，那时快，林轩鹤以最快的速度掏出枪瞄向关锦城。可他还是晚了一步，没等他扣扳机，赵金良手里的"二十响"就响了。林轩鹤顿觉左手腕一麻，手里的短枪掉到了江里。与此同时，身后的几个随从也都中弹栽进了江里。

关锦城手举双枪大声喊:"谁要顽抗,这些人就是下场!"

船上的随从本来就不屑于林轩鹤平时的淫威,这会儿一见被围在了江中间,林轩鹤又受了重伤,几个人面面相觑,就把枪举起来了。弟兄们跃上了林轩鹤的船,林轩鹤想顽抗,被赵金良一枪崩了。

林轩鹤的尸首飘在江中,关锦城长出了一口气,朝空中放了三枪。似乎只有这样,才能吐出压在心中多年的积怨。

船上的林太太吓得蹲在船板上呜呜直哭,赵金良用枪管抵在了她的下巴上。林太太二十七八岁年纪,穿身灰色的白领皮装,端庄大气,浑身上下透着一种与众不同的气韵。

"嘿,我师哥真有艳福啊!"赵金良看了看韩瘸子,"老韩,这娘们儿就交给你了!"

韩瘸子大半辈子没挨过女人边,一见二当家的让他去动这个如花似玉的女人,当即来了精神头,说:"弟兄们,都给我到别的船上去,老子现在就当新郎!"

关锦城心说,金良今天是咋了?给他介绍女人他一个都没看上,这会儿怎么让韩瘸子上了林轩鹤的女人?关锦城正要开腔,韩瘸子已将林太太搂在怀里,赵金良就在一旁看着。关锦城知道赵金良的脾气,弄急了一枪就得把林太太给崩了,只得和弟兄们到了别的船上。

谁料想这林太太是个刚烈女子,趁韩瘸子不留神,掏出他枪套里的短枪,"砰"的一声,子弹在韩瘸子光光的额头上开了花。韩瘸子瞪着眼栽在了船上,还没等尝到滋味,就踏上了黄泉路。赵金良一脚踢落林太太手中的枪,扣动手里的"二十响",子弹在林太太的胸前绽开了一朵鲜红的血花。林太太的身子晃动了一下,滚进了波涛滚滚的嫩江,溅起了一朵不大不小的浪花。

"娘!"

船舱中又冲出一个几岁的小姑娘和一个三十多岁的奶妈,小姑娘站在船头哭喊:"娘,等等我!"奶妈说:"小姐哟,你可别犯傻啊!"小姑娘就扑进奶妈的怀里:"我要找我娘。"奶妈抱起小姑娘,流着泪,大喊一声"太太",就从船头跳进了江里。关锦城刚想让人下去救,小姑娘和奶妈的头发在水里漂了一下,一晃就不见了。回到绺子里,关锦城仍在埋怨赵金良。

"师哥,俺这也是为你出当年那口恶气啊!"赵金良说。

"你们哥俩在为什么事情争吵呢?"门帘一挑,佟云走了进来。

关锦城将击毙林轩鹤之事一说,佟云不免有些伤感。关锦城说:"这种人就该杀!俺知道你念及他是咱们的大师哥,可要不是他冒功请赏告密让警察抓我们,我和金良能沦为土匪吗?当年要不是我们跑得快,早成了他的枪下鬼了!"

"他也是罪有应得,不提他了!这两双鞋是我新做的,你们哥俩一人一双。"佟云说着,将手里拿着的两双鞋放在八仙桌上走了出去。

佟云飘逸的身影融进了午后的阳光里,一晃就不见了。

赵金良说:"师哥,嫂子的心眼儿可真好。"

关锦城说:"兄弟,着急了吧?赶明个儿哥哥给你张罗一门好亲事,保管比你嫂子强。"

赵金良挠了挠光头嘿嘿笑了:"师哥,俺的事儿用不着你操心。"

民国十七年(1928)仲夏,这天的夜色别有一番情趣。

关锦城在院里内和佟云喝茶。今天是关苗一周岁生日,众人刚刚散去,赵金良又进来了:"师哥,买卖来了。王金和孟七说,新任县保安团团长孙宝才明天从哈尔滨运回一批上好的辽13式步枪和数万发子弹,足够装备一个加强连的。师哥对这块肥肉感不感兴趣?"

孟七和王金到山寨后,由于二人水性好,胆大机智,被关锦城任命为"上线员"。"上线员"是土匪绺子里"四梁八柱"中的"八柱"之一,负责打探消息、掌管与所设的汗线的联系,是绺子里的"千里眼"和"顺风耳"。这两个人的办事能力,关锦城一百个放心。

"到嘴的肥肉为啥不吃？有了足够的装备，老子就能纵横黑龙江！"关锦城兴奋得腮帮上的胡子都一颤一颤的。

"师哥，老鸹岭是他们的必经之路，在那儿设伏，连人带枪就全是咱们的了。"

"兄弟，你快去布置，明天咱们就在老鸹岭设伏。"

第二天中午时分，几辆马车出现在关锦城和赵金良他们的视野中。每辆马车拉着几只长长的木箱，后面是荷枪实弹的保安团团丁。关锦城心中暗喜，抬手一枪将为首的团丁脑袋开了花，其余的几个团丁和赶车的车夫听见枪响吓得赶紧趴在地上。关锦城把枪一挥，弟兄们虎豹般冲了过去。几个团丁和车夫还没来得及反抗，就被缴了械。

"弟兄们，把木箱子给俺撬开！"关锦城将匣枪插在腰上兴奋地喊道。

弟兄们将木箱子给撬开了。

"大当家的，不好了，箱子里头装的全是砖头瓦块，根本就没什么枪支弹药啊！"一个弟兄撬开了一只箱子喊。

其余的弟兄也都说箱子里都是砖瓦。这时，枪声爆豆般响起。

"弟兄们快撤，咱们中了人家的计了！"

赵金良急得额头上的青筋都蹦出来了："师哥，要撤也得你领着弟兄们撤啊！俺领人在这儿掩护。晚了就来不及了！"

关锦城哎呀一声，一颗子弹从他的肩膀上穿了过去，鲜血瞬间染红了衣袄。他感到一阵眩晕，努力地将眼睛睁大，对赵金良说："兄弟，俺快不行了，你要记住给俺和死去的弟兄们报仇。快领着弟兄们往外撤，晚了就来不及了！"

赵金良喊："师哥，俺不走，要死也得死在一块儿！"

"净说些傻话，俺是大柜，你要是再不领人撤，俺就一枪崩了你！"关锦城气急败坏地朝着赵金良吼道。

"师哥，我……"

"磨蹭个啥？快！"

"师哥保重！弟兄们，跟俺往外冲！"赵金良抹了把泪，挥了挥手里的盒子炮，和弟兄们撕出一个口子冲了出去。

保安团的人此时也杀红了眼，甚至又动用了几门迫击炮。炮弹在关锦城身边荡起阵阵烟尘，几个一同留下来掩护的弟兄被炸得血肉横飞，又一发炮弹飞来，关锦城只觉脚下的地面猛地一颤，就什么也不知道了……

佟云正组织几个弟兄在做庆功宴，赵金良浑身是血地闯了进来，一进门就跪在她的脚下。

"嫂子，师哥他、他出事儿了！"赵金良痛苦得直抽自己的嘴巴，"是俺害了他啊！是俺害了他啊！"

自从佟云嫁给了关锦城，赵金良就不再当佟云的面叫师妹，而改口叫嫂子了。

佟云手里的菜盆掉在了地上："三师哥，二师哥他怎么了？"

赵金良含着眼泪将这次抢劫失手被保安团围攻的事情说了一遍，末了说："嫂子，师哥他、他为了掩护弟兄们突围，已经……"赵金良以拳击墙，泣不成声。

佟云脑子里"嗡"的一声，整个人扑在炕上大哭起来："师哥啊，扔下我们孤儿寡母，让我们怎么活啊！"

赵金良哭着将打开保险的匣枪塞到佟云手里："嫂子，你就崩了俺吧！要不是俺的疏忽，师哥就不会死！"

佟云抹了把泪，哽咽着说："三师哥，怨不得你啊！这都是命啊！你、你出去吧。"

赵金良摇了摇头，无奈地走了出去。

佟云再次扑倒在炕上，眼泪像断了线的珠子流了下来……

秋天的午后，佟云坐在一棵大柳树下穿针走线，她在为关苗的肚兜绣着花儿。

转眼，关锦城走了一年了。他的尸体已经被炸成了碎片，赵金良怕她受不了，做了个衣冠冢。她的眼泪早流干了。丈夫的不幸，对她的打击实在太大了，她曾一度想追随丈夫而去，可想到年幼的女儿，只好打消了这个念头。

她觉得丈夫的死极为蹊跷。孟七和王金告诉她，箱子里明明放着的是枪支弹药，怎么就变成了砖头瓦块？一定是有人事先做了手脚，设下圈套。孟七说："难道，是孙宝才买通了咱们的人做内线，来了个顺水推舟？"王金也说："我和七哥没暴露啊，再说我们刚来，也没有人认得出我们。"

"俺和你们想的一样，就是筛个遍，也要挖出那个内奸来。"

关锦城出事后，赵金良每日跪在关锦城的遗像前借酒浇愁。弟兄们都知道，他和大当家自小在一起，情同手足。他像疯了似的查内奸，吓得弟兄们大气都不敢出，生怕自己成为二当家眼中的嫌疑人。

奸细最终露出了马脚。他就是绺子里"四梁八柱"中的"狠心梁"侯三。"狠心梁"匪话称秧子房掌柜的，负责看管、拷打绑来的人质——"票"，通过"票"索取枪弹财物等。

那天，孟七和王金向关锦城禀报时，除赵金良外，只有侯三在场。

侯三人如其名，尖嘴猴腮，弯腰弓背。他早被官府收买，成了官府的眼线。他从孟七和王金的嘴里得知这个消息后，飞鸽传书，将这个消息反馈给了官府，这才使官府来了个偷梁换柱，将计就计。赵金良在他的住处发现一只信鸽，二话没说，在柜房门外一枪让他的脑袋开了花。

丈夫死后，佟云觉得整个天都塌了下来。本以为一家三口能快快乐乐地在一起，可好日子才刚刚开了个头，他竟然遭小人暗算撒手人寰。想起和关锦城相识相知的每一个细节，每一个片段，都会让她肝肠寸断。当年，她能为了关锦城而跳江；现在，她也能将失去他的痛苦深埋在心底，用全部的母爱来哺育他留在这个世界上唯一的血脉。看到了孩子，就看到了锦城哥熟悉的身影。

就这样哺育着他和她的骨血，孤独终老，也许这就是戏文里头唱的

"万般皆由命，半点不由人"吧！关锦城死后，她觉得弟兄们原来对她尊重的目光变成了一种火热。她知道那种目光里蕴含的东西。多亏了赵金良里外照顾，她们母女的生活才得以保全。她虽说是绺子里的内当家，但丈夫不在了，她的位置也就形同虚设。

赵金良维护了她的地位，他曾对弟兄们说："大当家的是为了绺子的壮大才离去的，没有他也就没有绺子的存在，谁要是对嫂子不恭，就是对大当家不恭，那就不要怪俺不认兄弟间的情分。在绺子里，你们听俺的，可俺听嫂子的。"有了赵金良的严令，弟兄们对她仍旧非常尊敬。不然，一个年轻的女人，又如何能平静地生活在一群如狼似虎的汉子们中间儿呢！

"嫂子，又绣上花了？"赵金良背着关苗出现在她面前。

"关苗，天天让你叔背着，快下来！"佟云停下手里的活计。

一个丫头走过来，抱起关苗蹦蹦跳跳地去一边玩去了。

这一年来，赵金良对她们孤儿寡母关心得无微不至，尤其是对关苗，喜欢得如同亲生。空闲下来的时候佟云就劝赵金良赶快成个家，可每次他都一笑了之。女人的直觉告诉她，这个草莽汉子的眼里似乎蕴含着什么。

"嫂子，你看这是什么？"赵金良坐在了她对面的马扎上，从怀里掏出一瓶西洋的香水来，憨厚地笑着说，"这是俺在县城里特意托人给你买的，据说是法国货。现在有钱人家的女人都时兴用这个。"

佟云感动地说："三师哥，老让你这么破费，以后可不要再这样了。有这个心，留给你未来的媳妇吧！"

赵金良将香水递给了佟云，在佟云伸手去接的一刹那，蓦地就将她的手攥住了。

"嫂子，俺师哥走了这么长时间了，俺的心，难道你还不明白吗？"赵金良闪着铜铃般的大眼，动情地说。

佟云只觉得有一股暖流倏地从手掌涌遍了全身，她极忙将手抽出："三师哥，这世上好姑娘多得是，我已是残花败柳了。再说，也对不住二师哥的在天之灵啊！"

赵金良说："嫂子，你就这样孤苦伶仃过一辈子？如果这样，师哥在九泉之下也不会安宁的。你干吗非要苦自己啊！你心里有师哥这俺知道，可他毕竟是入土的人了。人死不能复生，你这又是何苦呢？俺把话撂这儿，这辈子俺非你不娶，俺会用俺的诚意来打动你的！"

赵金良说完话，扭头走了。

"咋就这么犟呢？"望着赵金良的背影，看着手里的香水，佟云的眼睛湿润了。他的心她又怎会不知道呢？丈夫的影子始终在她心头挥之不去。她不想做出对不起丈夫的事情，哪怕他已经死了。

这当口儿，就听那个抱走关苗的丫头没好声地喊道："夫人，不好了，快过来，关苗让长虫给咬伤了！"

佟云跑过去一看，关苗趴在草地上痛苦地呻吟着，左腿上面有一块钱孔大小的伤痕。丫头说，她去房里取盆要给关苗洗澡，把她放在了草地上，她往盆里倒水的时候，一条长虫突然窜出来咬了她一口。关苗的小腿已经明显地红肿起来了。赵金良听到喊声奔了过来，说："嫂子，关苗被鸡冠子蛇给咬伤了。秋末的蛇咬人最狠，更何况这种蛇毒性大，晚了命就保不住了，俺马上背着关苗去镇里找能治蛇伤的医官。"

赵金良不由分说将关苗背在背上系好，骑着马风一般地下了山。佟云的心缩成了一团，她想叮嘱赵金良几句，赵金良已不见了踪影。

夜半，电闪雷鸣，下起了瓢泼大雨，有人敲门。佟云开门，赵金良抱着关苗回来了。赵金良光着膀子，把衣服披在了关苗身上。看着关苗红扑扑的小脸儿，佟云心里一热："三师哥，瞧这雨把你给淋的，快回屋换身干净衣裳去吧，当心着凉。"

"嫂子，关苗没事了。"赵金良抹了把脸上的雨水，将关苗轻轻地放到炕上，转身出去了。

第二天一早，佟云正在照看关苗，王金进来说："内当家，过去看看吧，二当家病得可不轻！"佟云放下关苗来到了赵金良的屋子里。赵金良闭目躺在炕上，脸色蜡黄。绺子里的医官说："二当家的昨天晚上染了风寒，过两天自然无恙。"医官走了出去。

"嫂子，你怎么来了？"赵金良睁开双眼。

"三师哥，你咋样了？"佟云擦了一下眼角的泪花。

赵金良挣扎着要坐起来："关苗咋样？"

佟云说："没什么，过些日子就会好了。三师哥，多亏你呀！要不是你，关苗的命就没了。"

"嫂子，快别这么说。"赵金良打了个唉声，眼角溢出泪花，"咱俩还用这么客套吗？兄弟有一句话憋在肚子里好多年了。嫂子，你、你就嫁给俺吧！你也不是不知道俺，俺认准的事，就是九头牛也拉不回来的！"

佟云惊呆了："三师哥，你胡说啥呢？"

"俺没胡说！"赵金良说着抓住了佟云的双手，"俺是认真的！不是没女人肯嫁俺赵金良，是没有女人能走进俺的心里啊！嫂子，其实当俺第一眼看到你的时候，就已经对你上了心。俺知道，你稀罕的人是二师哥，俺只好将这种感情深埋在心里。现在二师哥也过周年了，你也算是对得起他了。嫂子，这回，你就嫁给俺吧！"

没等佟云回答，赵金良蓦地将她拥在怀里。佟云用力想推开他，可被他抱得紧紧的，根本推不开。

"嫂子，俺要怎样做你才会觉得俺是诚心的？"

"我知道你的心，可我忘不掉二师哥，我绝不能做对不起他的事。"

"嫂子，可他已经死了！"赵金良说着，再次将佟云拥在怀里。

"赵金良，请你自重，我是你嫂子！"佟云说着，蓦地推开赵金良，顺手将赵金良枪套里的匣枪拔出，攥在手里，面色凛然如霜，"再胡闹，我就死给你看！"

佟云说着，将保险打开，将枪管对准了自己的脑袋。

"嫂子，你咋这么死心眼呢？"赵金良万万也没想到，这个平时温柔如水的师妹，此时竟变得如此的倔强和强势。不过，他很快就拿出了他的撒手铜，"嫂子，我会待关苗比亲生的还要亲。"

"赵金良啊赵金良，枉锦城哥生前对你那么好，你竟然打他女人的主意，拿他的闺女来威胁我，你还算个爷们吗？"

"嫂子，正因为锦城哥对俺好，俺才想着替他担起他未尽的义务！嫂子你看，谁来了？"

佟云扭头向窗外看去。

"砰！"子弹穿过佟云的肩胛。佟云的身体晃了晃，枪掉到了地上。泪水，像松花江上的漩涡，在她的眼睛里打转。

"你、你这是何苦呢？俺答应你，俺答应你还不行吗？"赵金良说着，俯过身来，将佟云抱到了炕上。

柜房外的弟兄们听到枪声，很多人挤在窗口冲里面看。

"孟七，发啥愣啊，把医官找来，快啊！"赵金良冲着趴在窗口的孟七大声喊。

经过医官的抢救，佟云的命保住了。

赵金良抛弃了非分之想，对佟云又恢复了以往的礼数，有崽子偷看她洗澡，让赵金良一枪崩了个脑袋开花。佟云在心底感激赵金良对她的那份心，可她的心在关锦城身上，一颗心又怎能掰成两半？

除了关锦城外，她最留恋的仍是在哈尔滨家里做姑娘的日子。父母、哥嫂、和卓、小琴、家佑、阳太哥……活着的、死去的，每天都会在她的眼前闪现。

昨天，她梦见了和卓，在她面前唱着一曲《红月娥做梦》：

　　……
　　大姑娘上花轿，这可是头一末。
　　红月娥我在梦中出呀出了阁，
　　月娥我手扒轿帘往外看哪，
　　一宗一样看明白呀！

第八章

刚刚下过一场春雨,月亮从厚厚的云层里钻出来。

铁法坐在床上,被一个怪梦惊醒。

和卓走了五年了。和卓说,等她回来她就嫁给她,可这些年过去了,和卓却一点消息也没有。兵荒马乱的,该不会出啥事吧?两千多个日日夜夜,他无时不在想念她,每天晚上都像睡在钉板上。

他决定天一亮就向苏佰金提出辞工,这个想法他已经酝酿好一阵子了。

从民国十年(1921)到现在的民国十八年(1929),铁法在米娘久尔餐厅干了整整八个年头了,他和这对热情善良的白俄父女结下了深厚的感情。看着苏佰金父女忙碌的身影,铁法几次将辞工的事咽进肚子里。下午,客人少了,他才对苏佰金说出了他的想法。

不过,他并未说他要去找和卓,辞工是因为日本人。

民国七年(1918),日本军队开抵哈尔滨,攫取了哈尔滨至长春的铁路管理权,进入哈尔滨的日本人像雨后的蘑菇一样多了起来,他们的身影随处可见。去年十一月,日本修筑了五条铁路,要将敦化和图们连接起来。为了反对敦图铁路接轨,不少工人和学生都上了街,十几岁的孩童也在街上打着小旗喊着口号。

米娘久尔餐厅的生意并没有因为日本人的进入而萧条,反而越发火爆。苏佰金和他漂亮的女儿卡佳扬着笑脸,小心翼翼地穿梭在身材比他们矮小很多的日本人身旁。日本人想刺激一下被本国料理麻木了的味蕾,便成群结队地到这里来换个口味,感受一下火爆的俄式风情。

铁法说自己不想伺候日本人了,说的也是实情。日本军队进入哈尔滨后,完全无视中国人的存在,在中央大戏院门口,他亲眼看见一个日本浪人砍掉了一个中国乞丐的脑袋。乞丐绝望的眼神和脖颈内喷涌的血线，以及在地上像球一样翻滚的头颅，时常出现在他的梦境中。

天杀的日本人！每当看到道貌岸然留着膏药胡的日本人来餐厅就餐的时候，铁法就会用刀子在食材上多捅上几刀，似乎日本人就是这案板上的牛肉。这样的行为，有好几次让卡佳看到了，每次都会逗得卡佳忍俊不禁。

卡佳对他越来越火热了。她已经二十二岁了，这些年给她说亲的人络绎不绝，都让她给回绝了。他知道，她的心在他身上。

听说铁法要辞工，苏佰金眨着一双蓝眼睛："辞工，那卡佳怎么办？"苏佰金毫不隐讳卡佳对他的一片真情。他早就看出女儿对这个中国小伙子的心。铁法说："我知道你们父女对我好，可我是一个贫穷的中国人，配不上尊贵的卡佳。再说，我实在不想在这儿伺候那些东洋人了。谢谢这些年你们对我的照顾，这份恩情，日后再报！我会在喜利妈妈的神位前为你们祈福的。"铁法说着，冲着苏佰金鞠了三个躬。

苏佰金非常喜欢铁法，他不但聪明能干，还是个天才翻译，他不但会说满语，还会说汉语、俄语、鄂伦春语和鄂温克语。这样一个好帮手，他舍不得让他离去。苏佰金知道，眼前这个年轻锡伯人的心不在他的女儿身上，只好给他多结算了几个月的工钱，微笑着拍拍他的肩膀答应了。

离开了太阳岛，看着越来越远的米娘久尔餐厅以及餐厅前边晾衣杆子旁的卡佳向他摆手的身影，铁法的眼睛湿润了。这姑娘还以为他过江去中国大街给一个叫武田的日本洋行经理送餐呢！

半个时辰后，他回到了自己家。自从和卓走后，他只回来过两次，最后一次还是两个月前。他家跟和卓家的院前院后长满了荒草。他草草收拾了一下出行的包袱，然后来到和卓的院子里。顺着窗纸缝往里面看，屋子里阴暗潮湿，那个破旧的梳妆台还在。他的眼前，蓦地浮现出和卓穿着蓝底白花的棉袄，披着油黑的大辫子，正坐在梳妆台前照镜子，冲他回眸一笑呢！想起和和卓在一起的一幕幕，铁法长长吐了口气。他抬头看了一下苍茫的天空，默默地说："苍天保佑，愿我早一天见到和卓。"

他去看了张瑞麟和葵花嫂子、德本哥。

德本和葵花在熟皮子，院里晾满了各种动物的皮子。德本刮着一张狍子皮上的肉屑，葵花在往杆子上晾皮子。佟家衰落后，德本也变得能干起来。他光着上身，明丽的阳光照在他的脊梁上，他一边刮着肉屑，一边跟葵花说着话儿。

葵花一眼看见站在门口的铁法，忙停下手里的活，对德本说："当家的，铁法兄弟来了。"

德本放下刮刀，抹了一下脸上的汗："铁法，不年不节的，咋回来了？抽袋烟，我这有漠河烟。"德本指着一旁的烟笸箩。烟笸箩里有一支玉嘴短杆烟袋和焦黄的烟叶。

"铁法，来，快坐下！"葵花看着铁法背上的包袱，"怎么，你要出门？"

铁法坐了下来，装了一袋漠河烟，点了点头。

"该不会是去找和卓吧？"葵花问。

铁法再次点了点头。往日里的那个活宝不见了，抑郁沉闷得好像是换了一个人。

当他说他要去寻找和卓时，葵花停下手里的刮刀，惊喜地上下打量他："是个爷们，难得和卓对你的一片心。"

德本说："这茫茫人海，你去哪儿找啊？"

铁法说："我想去汤原的鹤立煤矿。"

葵花说："和卓走好几年了，按说早该回来了。这些年，她阿玛的腿早好利索了。铁法啊，这路上要注意安全啊！时间长了，往家打封信回来，我和你德本哥也好放心。"

"放心吧，嫂子！"铁法点了点头，心里一酸，离开了佟家。

铁法又来到田家烧锅找张瑞麟。酒窖里散发着浓郁的酒香，张瑞麟和老黑正光膀子出酒。听说他要去找和卓，张瑞麟说："去找吧，找到找不到都是你俩的缘分，找不到也不后悔。"张瑞麟回屋取出一个钱袋子塞给他，"路上用得着，别亏了自己。"铁法说："我有！"张瑞麟硬将钱袋子塞给了他。老黑也冲铁法点了点头，他对老黑说："老黑哥，少喝点酒。"老黑冲着他笑了笑："早点回来。"

走到田家院门口，遇到了田太太。田太太说："不在苏佰金那儿做你的大餐，跑回来做什么？"铁法笑了笑："我想瑞麟哥了，来看看他。"田太太说："你瑞麟哥最惦记的人就是你！"

从田家烧锅出来，铁法抖了抖身上的包裹，踏上了寻找和卓的路。看着一只北飞的孤雁，铁法在想，此时的他，不也是只孤雁吗？心往哪里想，哪里就会有亮光。他确信，亲爱的和卓就在不远的地方等着他。

春天的额木尔河更加迷人，各种植物的叶子开始变绿，各种野花次第开放，将河两岸点缀得色彩斑斓。

和卓在"斜仁"柱外一边晾衣裳，一边哼着《杨八姐游春》：

>……
>我要上一两星星二两月，
>三两清风四两云，
>五两火苗六两气，
>七两黑烟八两琴音，
>火烧龙须三两六。
>搂粗的牛毛我要三根，
>雄鸡下的蛋我要八个，
>雪花儿晒干我要二斤，
>要你茶盘大的金刚钻。
>天鹅羽毛织毛巾，
>蚂螂翅膀红大袄，

蝴蝶翅膀织罗裙，

我要你天大一块梳头镜，

地大的一块洗脸盆。

……

不远处的树丛里，有个人猫在里面，干瘪的喉结动了动。

这个人是奇克图的好兄弟、淘金汉山克飞。山克飞暗忖："这哪是人啊，分明是画上的仙女来到了人间。"回到河边，山克飞将另外一个好兄弟崩力格拉到一边，将看到的一幕说了一遍。听了山克飞绘声绘色的描述，崩力格有点不相信，及至山克飞将他拉到树丛里，他才相信了山克飞的话。很快，这事儿就像长了翅膀一样在淘金汉子中间传开了，大家悄悄在暗处，贪婪地打量着和卓俊俏的身姿。

淘金汉们在河滩上休息，议论奇克图和和卓。一个淘金汉急于想听崩力格的讲述，迫不及待地给他装了一袋烟。崩力格咳嗽着抽了两口："这个奇克图，原来家里藏了个水水灵灵的大姑娘！"山克飞满脸兴奋："崩力格，猜猜，这姑娘会是谁？"

崩力格想了想说："是奇克图的闺女，奇克图上次回老家把她带来的。要不，就是奇克图的妹妹。这个奇克图，有了好事也不知会咱们一声。"山克飞说："要我说呀，是奇克图的相好，是奇克图在窑子里包来的窑姐。"

这时，奇克图走过来："你们瞎咧咧啥呢？"奇克图虽然平时单干，有时候也会找这些好哥们在一起聊聊天。山克飞忙嘿嘿一笑："没咧咧啥。大哥，又大半拉月没见你，见瘦啊！"崩力格也笑道："大哥，悠着点儿！"奇克图嗔瞪了他俩一眼："哪来的歪门邪道？干活！"

人们的猜测都有道理，尤其说和卓是奇克图包的窑姐。光绪九年（1883），有一名猎人在额木尔河支流老沟河谷葬马掘穴，发现许多金苗。这消息传到一个叫谢列特金的俄国人那里，他就邀请矿师赖别特金偷偷到老沟河谷去勘查，发现大量黄金。他们欣喜若狂，决定开采。一时间，来这里采金的越来越多，有俄国人、日本人、朝鲜人等，朝廷为此进行了一次又一次驱逐金匪的斗争。

光绪十三年（1887），清朝政府筹办漠河金矿，委派吉林首任知府李金镛主持开采胭脂沟金矿。几年内，黑龙江流域的金工达一两万人，高潮时达三万余人。居民几乎是清一色的大老爷们，晚上除了喝酒赌博，就是骂街打架，血溅老金沟的事件时有发生，弄得一些淘工想逃出这深山老林。如何稳住这帮汉子的心呢？李知府思前想后，派出人马到山外城里招来一批妓女。从此，老金沟嘈杂的夜晚渐渐安静下来，这些背井离乡、孤独、疲惫的男人们用汗水和黄金点亮了妓院门前高挂的红灯。

特殊的市场需求，加上黄金的诱惑力，老金沟很快云集了妓女一千多人，上规模的妓院有三十多家，脂粉的香气终于驱散了满沟的臭汗味。老金沟的春天来了，红红的杜鹃花漫山遍野地开着，倒映在镜子般的额木尔河上，如晚霞，也如妓女们涂抹的红红的胭脂。于是，老金沟在私下里又有了一个美丽而暧昧的新名——胭脂沟了。光绪二十六年（1900），由于俄国人的入侵，漠河金矿解体，往日繁华的老金沟烟消云散，茫茫林海中只剩下那片被朽木枯枝掩盖的妓女坟。

没事的时候，淘金汉们贪婪的目光远远地盯着奇克图的斜仁柱。他们渴望能看到和卓，哪怕是远远看上一眼。直到有一天，他们发现斜仁柱里接连几天没有奇克图和女人的身影出现了。在好奇心的驱使下，他们来到斜仁柱，里面空空如也，奇克图已经带着女人悄悄离开了。

这天，奇克图又来了，大家就把他围了起来。

有人说："奇克图啊，你要是粘上毛，比猴子还机灵。"

有人说："都说你身边的姑娘是窑子里的，要我看是个黄花闺女。告诉我们，哪疙瘩来的呢？"

崩力格说："咱们还是消停过日子吧！虽说咱们下苦力，可总比当了炮灰强，是不是奇克图大哥？"

山克飞说:"可不是?这张大帅一死,他儿子张少帅就响应南京国民政府了,接受什么东北易帜。张大帅在世时那两个得力干将杨宇霆和常荫槐有点不同意,出主意让少帅成立什么东北铁路督办公署,不知为啥闹了矛盾,少帅下令开枪打死了他们。我是听护拥陆承祥讲的,他有报纸。"

奇克图知道山克飞和崩力格这两个好兄弟在为他解围。他心里明白,和卓的出现,就好比沙漠里的一眼涌泉,让那些焦渴的汉子们躁动了起来。看来,他在一天深夜搬到现在这个秘密住所是正确的。

早上,漫天的阴云荡尽,天空蓝得像被一把无形的巨手擦拭了一遍,白桦林里的阳光泛着五色的光带。

吃罢早饭,奇克图见外边响晴的天,就拎起火铳去狩猎。

和卓说:"我跟你一块去。"

"别看现在快到夏天了,可早上仍冷得能冻掉下巴。你要冻坏了,我可心疼。"奇克图说着,疼爱地摩挲了一下和卓桃花般的脸儿。

和卓说:"我才不怕呢。我早想跟你去打猎了。再说,你一个人多寂寞呀!"

通过这几年的耳鬓厮磨,和卓对这个比自己大二十多岁的男人竟然产生了深深的依赖。夫妻俩在林子里穿越了十几里,打了两只野兔,逮了两只野鸡。昨晚下了场春雨,湿了翅膀的野鸡飞不起来,它们见人就把头扎在灌木丛里,露出漂亮的花尾巴。

奇克图说:"如果运气好,一会儿说不定能打到一只大牲口。"

奇克图所说的大牲口就是体型大的野兽,他不但是个精明的淘金汉,也是一位狩猎经验十分丰富的猎手。每次和卓夸他的时候,他总会套用一句鄂伦春谚语:"燕子窝是一口口垒起来的,狩猎经验是一点点积累起来的。"

现在听他这么一说,和卓问:"会不会是熊呢?"

奇克图笑着拍了拍妻子的头,说:"现在正是它们补膘的时候,咱们得留神，小心撞到它们。"和卓的眼睛就朝四周巡视着，似乎那个庞然大物就在身后不远处看着她呢。

这时，奇克图拉了拉她的衣角，指着远处："看，火狐狸！"顺着奇克图手指的方向，和卓看到林子里跳跃着一团红色的火焰，如流星一样消失在白桦林深处。和卓兴奋得跳起来："真漂亮。"奇克图说："火狐狸是森林里的精灵，很多猎手不知深浅，只图狐狸皮能卖个好价钱，他们哪里知道，火狐狸即便丢了皮囊，仙气也不会散。比方说现在，咱们在这儿说什么，火狐狸都能听个一清二楚。"和卓说："在我的心里，你就是火狐狸。"

"为啥说我是火狐狸？"

"你会找金眼，说明你有火狐狸的仙眼，也像火狐狸那样深藏不露。你比火狐狸还火狐狸。"

和卓说着，在草地上奔跑着，奇克图追了过去。天上掠过一公一母的海东青，传来几声高亢的鹰唳，尖啸着飞向远方。和卓跑着跑着，突然腹中一阵疼痛，她蹲下来捂着肚子。

"咋了？"奇克图急急问道。

"我……"和卓脸儿涨得通红，她咬了咬嘴唇，"我……我可能有了……"

跟着奇克图，和卓很快就学会了不少鄂伦春话。

"我要当阿玛了（鄂伦春语，父亲，和满语音译同）！"奇克图高兴得跳了起来。

好几年了，和卓也没怀孕，现在听说和卓有了，奇克图怎不高兴得泪水涟涟？他恨不得将和卓举在肩膀上。

此时，在一个破落的茅屋前，衣衫褴褛、蓬头垢面拄着拐棍的铁法在向一位白发大娘讨水喝。水瓢内漂着一层米糠。他疑惑地打量着大娘。大娘说："小伙子啊，我见你走得浑身是汗，怕你伤了肺，就在水瓢里洒了一层米糠。"铁法躬身谢过，轻轻地将糠吹走，将水灌下肚去。喝罢了水，将水瓢递给好心的大娘，抹了抹嘴说："大娘，打听一下，这里离老金沟还有多远啊？"大娘看了看他，说："再往北走三百里就到了，那里到处是吃人的猛兽，你去那里做什么啊？"他笑了笑，撒了个谎："大娘，我去找我哥。"

好心的大娘看着铁法摇了摇头，一直看着他消失在拐弯处。

铁法离开哈尔滨一个多月了，头一站，他去了鹤立煤矿。为了打听安松昆的下落，他成为新招的矿工。站在小山一样的煤堆上他放声大喊，呼喊声在煤矿上空飘荡着。最终他没找到安松昆和和卓，也没有看到舒禄。在他绝望的时候，看到了当初和安松昆在一起的那个老矿工。

这位年迈的老矿工在煤矿不远处的一处安静的民房里养病，他的腿被滚下来的煤块砸断了，股东沈松年将他安顿在这里。一个雨天，铁法在工友的叮嘱下去给老矿工送药，两人攀谈起来，让他意想不到的是，老人竟然认识安松昆。老矿工告诉他，五年前，安松昆被塌下来的煤块埋里边了，抚恤金让他侄子舒禄领走了。他闺女和一个鄂伦春的中年男人找到这儿，哭了一场后走了。当初，和安松昆在一起的矿工们走的走，散的散，只剩下他在这儿终老了。

铁法问老矿工："男人打哪儿来，叫什么名字？"

老矿工说："男人并没说来处和名字，只知道他是个鄂伦春人。从口音上来判断是大兴安岭、黑河的老金沟一带。因为男人曾经说他是淘金的。"

和卓怎么和一个鄂伦春男人在一起？舒禄呢？从老矿工的话里，铁法知道，安松昆并未断腿，而是被埋在煤堆里当场就死了，抚恤金被舒禄领出，既然这样，他为何又瞒着和卓把她诓到煤矿？和卓并未跟舒禄在一起，而是和一个鄂伦春男人在一起，这些年到底发生了什么？纷乱的思绪像一张无形的网，罩在铁法的心头。铁法想，无论发生了什么，也要找到和卓问个清楚。第二天，铁法就辞工离开，再次踏上了寻找和卓的路。

往前走吧，只要有信念，就一定能找到心上人。

苏佰金不止一次告诉过铁法，人活着，心往哪里想，哪里就会有亮光；心往哪里思，哪里就会有奇迹；心往哪里移，哪里就会有新意；心往哪里放，哪里就会有力量。就是抱着这个信念，他从初春找到了初秋。这一天，在山里伐木工人的指引下，他的双脚踏进了大兴安岭的丛林深处，走到了老沟河附近。

这里森林茂密，河段开阔，河里的水绿得像碧玉。正值九月，河两岸开着许多不知名的野花，色彩斑斓。

和卓说不定就在这附近。一种从未有过的真实的感觉在他茫然的心底升腾，他的嘴角露出了一丝微笑。眼看天就要黑了，再找不到人家，这一夜就得在野外度过。如果不是因为寻找和卓，他又怎么能来到这危机四伏的地方呢？

这时，他听见身后不远处传来一阵声响，转过身一看，一头比他还要高大许多，浑身长满黑毛、散发着怪味的野物向他走了过来。

铁法在俄国人的马戏团里见过这种庞大的野物。那是两年前在米娘久尔餐厅外的圆形广场上，俄国人鲍里斯带着他的马戏团在那儿演出了三天三夜，最引人注目的就是一头叫马克西姆的黑熊。笨笨的马克西姆卖力表演滚球引来了人们的阵阵掌声，为鲍里斯挣了大把的钱。卡佳说过："别看马克西姆憨态可掬，可在森林里却是强悍无比的野兽，一巴掌能把人拍死，蹲下来能把人坐死，有时候比老虎还霸道。"

走了大半年没遇到一只大型的野物，没想到，就在他嗅到了和卓气息的时候，一只体型庞大的黑熊也嗅到了从他身上散发出来的肉香。他一时不知如何是好，黑熊也打量着这位不速之客。对峙片刻，黑熊终于耐不住性子，呲起牙向他发动了进攻，他身后那根碗口粗的小树被它一掌拍断，紧接着，黑熊那高大的身影化作一片黑云，罩在他的眼前。

他闭上了双眼，在心底说："对不起了和卓，来生再会吧！"

然后，静候死神的来临。

第九章

"砰!"一声清脆的枪声响彻云霄。

铁法睁开了眼,一个穿着前后襟开衩狍皮大衣,腰扎黑布带,头戴狍头帽的中年男人正在吹着他猎枪枪管上的蓝烟。那黑熊转过身来向中年男人扑过去,中年男人左躲右闪,很快甩开黑熊,回到惊魂未定的铁法身边。

铁法得救,对着男人又跪又拜。男人将他扶起,见他脸冒虚汗,说:"肚里没食,饿坏了吧?"铁法点了点头:"两天粒米未进,还迷了路。"男人说:"跟我走吧。"铁法说:"大哥,要不是你,我就命丧熊口了。"

"你是鄂伦春人?"铁法又问。

"我是鄂伦春人!"

"我见过鄂伦春人,可我却没见到和我一样说汉话的,我以为你是个汉民呢!"

"我们鄂伦春有自己的语言,但我们也学习汉语和满语。虽然我们大多数人说本民族的语言,有一部分人也说满语和汉语。"

"大哥,谢谢你。"

"你叫啥名字?家是哪儿的?"

"我叫铁法,哈尔滨的,锡伯人。大哥,你叫啥名字?"

男人拍了拍大大的脑门:"我叫布烈,就是大脑门的意思。铁法兄弟,你一个人进入这漫无边际的大森林,想去哪里?"

铁法想了想:"我想去老金沟。听说那河底铺着一层金子,我想去淘金。"

布烈哈哈大笑:"哪来那么多金子?淘金子可不是一般人能吃的苦,

一年到头也挣不了多少。不过你想淘金，我能为你引荐。"

"真的？"

"当然是真的，我们鄂伦春人有不少吃淘金这口饭的。先去我家，等我找到淘金的，再为你引荐。"

"多谢布烈大哥！我还想向大哥打听一个人。"

"打听一个人？谁？"

"我表妹，她叫和卓，和我一样，也是哈尔滨的。"接下来，铁法就将他寻找和卓的经过叙说了一遍。

布烈摇了摇头："和卓，没听到我们附近有这么一个姑娘。不过我会让我的族人为你打听的。"

"多谢布烈大哥！"

"我们鄂伦春人质朴、豪放，热情好客，不管谁有求于我们，我们都会倾尽全力。鄂伦春人有句谚语，处朋友定要忠厚，爱朋友胜过生命。"

布烈说着，将枪背在肩上，拉着铁法来到一条河道里。那儿停着一条桦皮船。布烈告诉铁法，桦皮船在鄂伦春语里称"木若沁"，是他们用来狩猎、捕鱼以及渡河、载货的工具。

在上船之前，布烈从一个小布袋里拿出一小块肉干来递给铁法："这是晒干的狍子肉，吃一小块，能挺大半天。"铁法接过，放在嘴里嚼了起来。接下来，布烈又拉着他来到一棵白桦树前，抽出猎刀在上面切开一个小口，里面就有奶汁一样的树汁流出来。

"喝口白桦树汁解解渴！五六月份春暖花开、水分充足的时候，树汁最多。现在到了秋天，树汁就少了。"

铁法趴在树旁将嘴凑了上去，果然香甜无比。有了狍子肉和白桦树汁，铁法的疲劳和饥饿感顿消。跟着布烈，铁法来到鄂伦春人居住的"乌力愣"（游动的村庄）。布烈的妻子几年前去世了，布烈就让铁法和自己住，并用极高礼仪招待了他，请他吃手把肉、清煮犴鼻子和飞龙汤，还请来了族中最有威望的老人和几位年龄相仿的男人。布烈将铁法和他们互相介绍完毕后，说："铁法兄弟想去老金沟淘金，大家可以帮忙引荐。对了，大家有没有听说，咱们附近谁家来了一个叫和卓的满族姑娘？"

大家都摇了摇头。一个叫安巴的人说，他明天一早去老金沟，他愿意带铁法过去。他的表哥在老金沟里当金工，明天表哥的孩子满月。他想利用这个机会把铁法介绍给表哥，通过他推荐铁法当金工。

第二天，太阳钻出地平线的时候，铁法告别布烈。布烈将一颗狼牙相赠，铁法搜遍整个包袱，咬咬牙将和卓送给他的烟荷包回赠，跟着安巴，踏上去老金沟的路。

当太阳把额木尔河镀成一片金黄的时候，安巴带着铁法来到了一个白桦林深处的斜仁柱旁。安巴说："表哥办满月，大家正在祝福！"

此时，母亲和父亲一人抱着一个孩子接受亲朋好友的祝愿。那男人看到了安巴，将怀里的孩子递给一位女客，然后热情地迎过来打着招呼。安巴将礼品递给男人："表哥啊，祝福你喜得龙男凤女。这点鹿茸不成敬意，给表嫂补补身子吧！"

"谢谢你，安巴！感谢你这么远赶来。"男人接过礼品盒，将目光投在了铁法身上，说，"这位是你的朋友？"

安巴给他们彼此做着介绍："这位是我的姑家表哥，这位是我的满族朋友铁法。"

铁法也将在布烈那里准备好的几颗人参递给了男人："给嫂子补补元气吧！"

"欢迎你，铁法，请！"男人做了个请的手势。

安巴说："表哥啊，铁法是来找活的，他想让你引荐进金沟里淘金。"

男人扫了一眼铁法，铁法觉得男人的目光中藏着一丝疑惑和突变的冷漠，不过很快就变得温和起来，指着斜仁柱："好说，好说！进去喝酒。"

在走向斜仁柱的时候，铁法打量着不远处接受人们祝福的男人的妻子。恰巧男人的妻子抬起头来，女人脸上的笑容凝固了。从女人的神色来判断，铁法认定，女人就是他苦苦寻找的和卓。想不到她竟然在这里，不但成了别人的妻子,还为人家生了一双儿女。

"铁法兄弟,怎么了?"安巴捅了铁法一下。

铁法这才回过神来:"没事,我只是觉得斜仁柱和我们满族的房子差别太大了。"他觉得心里一阵搅疼。

男人和女人挨着个为客人们敬酒。女人给铁法倒酒,手一抖,酒洒在了桦皮碗外。

男人说:"这是远道而来最尊贵的客人,怎么把酒洒了?"女人脸一红,冲着铁法轻轻点了点头。铁法端起桦皮碗将酒一饮而尽,说:"这是我喝得最美的酒!大嫂,祝福你和孩子们幸福平安。"女人没说话,只是咧嘴笑了笑,又给安巴倒酒。

女人和男人去别的桌子倒酒后,一旁的安巴说:"怎么用怪怪的眼神看人家?"

铁法说:"我好像在哪儿见过她。对了,她长得特别像我的一个远房表妹。"

安巴说:"天底下没有一模一样的两片树叶,却偏就有两个长得特别像的人。有时候,我觉得在这个世界上,还有另外一个我。"

在安巴的安排下,铁法留了下来。男人告诉铁法,他叫奇克图,因为没多少亲朋好友,所以满月酒办得简单了些。亲朋好友离去后,奇克图将铁法领到和卓面前,介绍说:"这是我媳妇和卓,叫嫂子吧!"铁法冲着和卓微笑着点了点头:"嫂子好。"和卓若有所思,她甚至没听到铁法在说什么,脑子里嗡嗡作响。

奇克图说:"和卓,你在想什么?"

和卓回过神来,说:"没想啥。"

奇克图看着和卓:"和你一样,铁法也是在旗的,不过他是锡伯人,也是哈尔滨来的。"

和卓看着铁法:"哈尔滨的,咱们还是老乡呢!"

奇克图说:"小兄弟,安巴说你也想去淘金?"

铁法说："听说老金沟里铺着一层金子，我想攒娶媳妇的钱。"

奇克图被铁法逗笑了，和卓也只好装着笑了起来："小兄弟，我们家你大哥就是淘金的好手，你就留在这儿跟他淘金吧，省得自己瞎闯。"铁法会意，"扑腾"给奇克图跪下："大哥，从今往后，我就跟着你干，给个工钱就成。等把钱攒得差不多了，我就回老家。"奇克图有些为难，吐着烟锅里的烟说："小兄弟啊，我不能让你跟着我淘金，我也不能把你介绍到别的金场。"

铁法惊呆了，他没有说话，看了看一旁的和卓。

和卓问："为啥不能让他跟着你一块淘金？你不带着他，还不给他引荐到别的金场？"

铁法用疑惑的目光看着奇克图，和卓也惊讶地看着丈夫。难道他嗅出了什么不对的味道？

奇克图说："本来我是可以引荐你到金场里，也可以让你跟我一块干，可当我知道你的名字叫铁法后，就改变了主意。"

"我的名字？"铁法和和卓面面相觑。

奇克图点了点头："对，你的名字。你叫铁法，寓意就是金失水去。知道水是啥吗？水就是财。淘金人最忌讳这些不吉利的名号。"

铁法这才释然。

奇克图又说："可你又是安巴引荐来的，我又不能驳了他的面子。这样吧，如果你愿意，我可以将你引荐到山场上干活，挣的钱不比金工们少。如果没有落脚儿的地方，可以暂时在我这儿栖身。缺东少西，我也可以帮你。"

铁法忙说："奇克图大哥，我愿意，只要能挣到钱就成。"和卓对丈夫说："你怎么知道得这么多？"奇克图说："我肚子里的文化，都是花头镇的王老先生和我师父初玉成教给我的。"和卓说："明天，咱们帮着小兄弟挖个地窨子，就在这儿住下来吧！"奇克图点了点头。和卓将一身干净衣服递给铁法说："这是你大哥的，换上吧！"铁法接过："谢谢嫂子！"奇克图将烟锅在鞋底上磕了磕:"到这儿就到了家!一会儿,跟我去河里冲个澡。"

对和卓的话,奇克图向来言听计从。这两三年来,和卓常常跟他耍脾气,正因为这样,奇克图才啥事都顺着她。毕竟自己大人家二十多岁呢!不过,让铁法跟他一块淘金,他长了个心眼。那是个神秘的只有他自己随便出入的地方,绝不能让生人接近和染指的。和卓见奇克图把话说得这么死,也不好再说什么。

铁法光着膀子在挖地窖子,心里在滴血。他做梦也不会想到能在这儿巧遇和卓,更不会想到心爱的姑娘成了他人之妻、两个孩子的母亲。他不能就这么不明不白地离开,他得知道事情的来龙去脉。从和卓看他的眼神中,他读出了里边蕴藏着的无奈。奇克图带他在河里洗澡,清澈微寒的河水让他慌乱的思绪平静了下来。和卓让他跟着奇克图淘金,可奇克图却巧妙地拒绝了他。他似乎在担心什么。难道,是和卓?

身后传来脚步声,铁法回身,和卓拎着饭罐走了过来。两人四目相对,铁法扔掉手里的铁锹:"和卓!"和卓的泪水滴下,说:"铁法哥,我以为再也见不到你了呢!"铁法将和卓抱在怀里,出乎铁法意料的是,他被和卓轻轻推开了。和卓喘息着没说话。铁法痛苦地抓着自己的头发。

"铁法哥,你咋找到这儿了?"

"这些年没你的消息,我不放心啊,就辞了东家,到处打听你的下落。我以为再也见不到你了呢!没想到,你嫁人了。"

"我……也是没办法呀!铁法哥,你听我解释。"

铁法起身看着和卓,和卓将发生的一切向他讲述了一遍。

"这怨不得你。要怨,就怨这个世道。我啥也不图,看着你就知足了。明天,我就跟着大哥去山场子找活。"

"我已经对不起你了,不能再对不起他。"

"那我咋办?"

"回去吧,卡佳是个好姑娘!我对不起你,原来的和卓已经死了。"

"不,我不回!我只要你!"

"可我现在的状况你又不是不知道。听我的话,回去吧!"

和卓抹着泪水,飞快地走了。看着和卓远去,铁法用力捶打着旁边的白桦树,几枚飘落的秋叶,正如他此时的心境。

和卓走到一棵白桦树后,抚着胸口喘息着,大颗的泪珠滚落。她以为这辈子再也见不到亲爱的铁法哥了呢,没想到,这个痴心的人竟然千辛万苦找到了他。昨晚是她过得最漫长的一夜。她闭着眼睛,思绪像缠了蛛网,扯不断,理还乱。

第二天一早,奇克图走后,她就迫不及待地拎着饭罐来看他了。她要把她现在的处境告诉他,免得让奇克图起疑心。让她高兴的是,亲爱的铁法哥知道她成了奇克图的女人后仍在爱着她。这个痴情的男人啊!她夹在两个男人当间,这日子可怎么过?时间一长,难免让奇克图觉察起疑。丈夫的脾气她是了解的,搞不好就会动枪动刀,非弄出人命不可。

想着和铁法过去、现在的处境,和卓再也控制不住自己,靠在树上,任凭泪水长流。昨晚她就想哭,碍于奇克图在场,只好强忍了一夜。此刻,压抑在心中的情感之水像开了口子的堤坝一样,喷涌了出来。泪眼模糊中,她看到奇克图走了过来,忙将泪水拭去。

"在这儿干啥呢?"

"给铁法送饭,靠树上歇一会儿。回来得这么早?"

"帮铁法挖地窖子。"

"去吧,我得回去做午饭去。"

月亮在云层里穿梭,化作一片银辉洒在森林里的每个角落。奇克图没有睡着,他满面慈爱地看着用两块樟子松薄板连成一体的"恩么克(悠车)"内的一双儿女。两个小家伙早就安睡了,长长的睫毛随着均匀的呼吸一动一动的。

奇克图视这双儿女为生命,他请萨满给儿子取名莫日根,女儿取名别雅儿。莫日根的意思是好汉、好猎手,他希望儿子长大后成为一条好汉,一个好猎手;别雅儿的意思是月亮,他希望女儿将来出落成一个像月亮一般沉静美丽的女子。

经过这几年婚姻的滋润,此时的和卓如同一只熟透了的水蜜桃,由一个漂亮的少女出落成了一个风韵可人的少妇,而奇克图却明显地衰老了。夫妻俩站在一起,不明真相的人一看,年轻漂亮的和卓哪是奇克图的媳妇,分明就是他的闺女。

入夜,和卓看着两个孩子熟睡后,这才收拾一下来到奇克图身边。此时的她,穿着红色的肚兜,如脂的肌肤时隐时现。有了孩子的和卓,身子发育得更加丰润。奇克图觉得身下一阵燥热,将和卓拥在怀里。很快,和卓就燃烧成一个火炭。当他的犁铧勉强进入那块潮湿的土地的时候,一股岩浆便突奔而出,紧接着便偃旗息鼓了。和卓轻轻地将他推到一边,背过身子。

奇克图拨弄和卓抖动的肩膀:"我……"

"睡吧。"

"我这是怎么了?怎么了啊?"奇克图坐起来,用力捶打自己的腿。

窗外,夜空如洗。隐隐地传来和卓的啜泣声,在暗夜里显得清晰而幽远。

翌日一早,奇克图在孩子的哭声中醒了。天上的阴云如野马般奔腾,他洗了把脸,胡乱地吃了昨晚和卓做的"西捞乌(烤饼)",穿上"红杠子(夏季打的狍子皮做的皮衣,下雨时把毛翻在外面可防雨,毛是红的,故名红杠子)",拿起筛子要去河边。和卓抬头望了望天,说:"云包水,别去了。"奇克图说:"昨天的活儿落了个尾巴,河里涨水就白忙活了。"和卓说:"下雨了就回来。"奇克图说:"知道了。"

铁法光膀子在地窨子上边抹泥,奇克图走过来:"兄弟,咋没去山场子干活?"

铁法直起腰，说："大哥，今天天阴要下雨，就不出去了。地窖子渗水，趁着雨没来，我把它修一下。"奇克图说："修吧，晚上喝两盅，驱驱秋寒。"铁法说："知道了大哥！"

他觉得对不住奇克图。自他在这儿落下脚后，奇克图给了他无微不至的关照，帮他挖地窖子，帮他置备生活用品。在帮他挖地窖子的时候，他还给他唱起一首鄂伦春族的歌谣：

住了一辈子斜仁柱，
不知受了多少痛苦。
霜来了，
草荒了，
我呀，
也已经衰老。
好像坐在河岸的岩石上，
很快就要滑下水。

人家对他那么掏心掏肺的好，可他还在惦着人家的女人，想起这些，铁法觉得心口上堵着块石头。雨点砸了下来。铁法钻进地窖子里，用手巾擦拭着裸露的上身。这时，地窖子门被砸得"啪啪"响。铁法打开门，和卓站在门外。她手里拎着桦皮桶，桶里是她新做的"西捞乌"，水珠从她的刘海上滴落，她的头发粘在脸上。一声闷雷响起，两人蓦地拥吻在一起，然后倒在床铺上。血管里的血液霎时燃烧起来，和卓却猛地推开了他。

"铁法哥，过去的和卓已经死了。我还是那句话，回去娶卡佳吧！这儿不适合你。"

"我不回去！我没别的要求，只要默默地看着你，守护着你。"

"你这又是何苦呢？"

"我愿意!"

"你咋这么犟啊!"

泪水,从两个人的眼睛里涌出。

却说奇克图刚到河边没多久,雨就瓢泼般下了起来,一对肥胖的灰色水獭在水里撒着欢。他钻进了河边的地窨子里,见雨没有停的意思,就躺下睡了起来。地窨子是干活歇脚儿用的,每到一处就近挖一个,累了就在那儿休息,里边的蒲草垫子一点也不潮。

奇克图做了个梦,他梦见自己丢了件衣裳,他光着上身到处寻找也没找到,一着急,醒了。外面的雨小了,瓢泼大雨变成了绵绵细雨。过晌,奇克图觉得肚子有些发空。他穿上红杠子,朝家的方向走去。

这几天,他经常能听到炮声,听金场有文化的护拥陆承祥说,苏军和东北边防军开了仗。东北边防军司令官张学良以武力强行收回苏联掌握的中东铁路部分管理权,苏军为此进攻东北边防军。双方动用了一线兵力,用了重炮、坦克、飞机和军舰等重型装备,在三江口、富锦、同江一带兵戎相见了。现在,海拉尔和满洲里也都陡然紧张了起来。飞机和军舰,奇克图是头一回听说,不过他却听到了老远传来的炮声。

这时候,雨停了,林子里、河面上,升腾起乳白色的雾霭。奇克图后悔没听和卓的话出来了。这个雨天最适合待在家里,几天没沾酒了,怪馋的。老远,他就看到斜仁柱在雾霭里若隐若现,心里一热,加快了脚步。

腿还没迈进斜仁柱内,就闻到了一股菜香。奇克图走进斜仁柱,铁法在往灶膛里添柴,和卓唱着歌儿在锅上忙活。

见奇克图回来了,和卓说:"饭菜快好了,我正准备让铁法给你送过去呢。回来得正是时候,你们哥俩喝点都柿酒吧!给你驱寒暖暖身子,也治治铁法的肚子。"奇克图拍了拍添柴的铁法:"地窨子修好了?"铁法说:"修好了,可这雨一直也不停,管不管用还不知道呢。"

酒菜摆好,奇克图和铁法喝起都柿酒来。往日里以酒量自居的奇克图今天喝多了,这种家酿的酒让他的双脚像踩了棉花。

奇克图喝多是有原因的。

铁法来了以后，和卓的话儿就多了起来。铁法很会讨女人欢心，和卓一见着他，眼仁儿都笑开了。奇克图知道自己比和卓大得多，和卓要是自己的闺女，他还真有可能将她嫁给铁法，可她偏偏是自己的女人！任何男人都不能忍受自己的女人被别的男人诱惑，铁法现在就像块红炭火，和卓就是块坚冰，也架不住他一个劲儿地烘烤啊！如果铁法敢对和卓有什么不轨的行为，就一枪崩了他。他奇克图手里的猎枪是硬的。

"大哥，我听山场子里的工友们说，俄国人和咱们因为一段铁路干起来了。你说，咱们的边防军能不能打得过他们？"

"说不好啊！"

"大哥，你在想啥？"

"没想啥，就是觉得今天的酒有点不对味儿。"

"咋不对味儿了？"

"我也说不好。抽空，我教你骑马射击打猎。在森林里，没有一手高超的骑术和枪法是不行的。"

"谢谢大哥。"

"我们鄂伦春人有句谚语，不下深水捉不到哲罗鱼，不上高山打不到梅花鹿。"

奇克图说到做到，很快，铁法就跟着他学了一手好枪法、一身好骑术，也能在山上狩猎了。好几次，他将打来的大牲口送给安巴和布烈。

接下来的日子里，奇克图并未发现，这个新来的小伙子和自己的女人有什么异常。难道，是自己多虑了？

第二部

白山黑水情

第十章

繁星点点,一弯冷月斜挂在天上。

葵花在院里收衣服。这几天,街上突然乱了起来,听说日本人在沈阳开了仗,往北打过来了。德本每天都到街上探听消息。今天晚上,听说大直街有演讲,他和郑家佑听演讲去了。明天就是小年了,却看不到一丝喜庆劲儿,家家关门闭户,街上冷冷清清。

"砰!"远处传来一声枪响,打破了这沉寂的夜空。紧接着,就听见急促的脚步声传来,有人在喊:"站住,再不站住,我就开枪了!"

突然,大门被推开了,一个中年男人跑了进来。

"谁?"葵花一惊。

"别怕,外面有人追我!"男人喘息着。

葵花惊讶地打量着男人,声音听起来很耳熟,微弱的月光下,葵花觉得在哪儿见过他。

"荀先生……是你吧?"葵花突然想起,几年前,就是这个荀先生拿出报纸告诉他们,许贺霖死在家门前的下水道里。

男人点了点头:"是我!少奶奶,我得走了!"

男人说着,向后边绕着走了。葵花将门闩上,脚步声从门外传来。好在这些人并没敲门进来,她捂着胸口进屋去了。这时候,回家的德本,在门口发现了一张传单。葵花将看到荀慧生的事跟德本说了，德本说："一定是荀先生往后院跑的时候丢下来的。"

"念念，是咋回事？"

"《中共满洲省委为日本帝国主义武装占领满洲宣言》……"德本念了一遍。

"中共？"

"听说是一个叫什么共产党的组织，也叫什么布尔什维克。"

"你说，荀先生会不会是共产党？"

"也许是吧！这几天，有不少人在街头演讲，让大家起来抗日，学生们也在游行。听说日本人要打过来了。现在日本军队已经占领了齐齐哈尔，可能不久就要进攻咱们这儿了。"

"咱们怎么办？"

"怎么办？日本人真要打过来了，除了和他们拼命，还能怎么办？"

对这些时局，德本和葵花知道的并不多。时局越来越坏，人们都躲在家里闭门不出，数不清的难民穿梭在城市的各个角落。

德本和葵花正准备熄灯睡觉，大门又响了起来。这个时辰了，还会有谁来？德本披衣下地，将大门打开，宫崎柊梧闯了进来。

"宫崎叔叔，这么晚了你咋来了？"

柊梧的胸脯喘得像风箱："听我们的人说，明日双城要打仗了，也许明天晚上，哈尔滨就会被占领，我特意赶来告诉你们一声，赶快离开这里吧！"

"宫崎叔叔，快屋里坐吧！"一阵短暂的沉寂过后，德本说。

"好的，看看小家伙。"

葵花过来给柊梧倒了一杯茶，柊梧将怀韬抱在膝盖上，也不说话，只是逗着怀里的怀韬，空气似乎凝固起来了。这是他们相识以来少有的冷场。最后，柊梧亲了亲怀韬，急匆匆走了。

"占领奉天的日本军队又不是宫崎叔叔，人家也是好心。怎么办？"

"什么怎么办?天都这么晚了,上哪儿走?再说这冰天雪地的,上哪儿逃?明天的事明天再说!"

德本说着,脱衣上炕,很快发出了鼾声。

天还没亮透,德本就被街上的嘈杂声吵醒了。他穿上衣服来到街上,往日人迹全无的街上乱了套,到处是军队和市民。果如柊梧所说,日本人要打双城,有学生和老百姓要给当兵的送给养。德本回家,对葵花说:"咱们也去支援当兵的打日本去。如果真让他们进了城,没准,会出现第二个旅顺屠城,到时候谁也活不了。与其窝窝囊囊的死,还不如帮着当兵的,痛痛快快地跟他们干一仗。你在家照看孩子,我去给当兵的送水送饭、运送弹药。"

"我和你一块去!"

"孩子和额涅咋办?"

"让干妈来家!我去接。"

葵花到了田家烧锅把田太太接来了,夫妻俩随同张瑞麟、郑家佑、老黑他们给当兵的送给养去了。

后晌,那架被击落的日本飞机冒着黑烟坠落的时候,德本和葵花正在给一个满脸络腮胡子的自卫军连长包扎伤口。鲜血从连长的肚腹间流了下来,任凭怎么包扎,那血还是往外冒。他的部下大都已经阵亡,四周横七竖八地躺着战士们的尸体。

连长操着满嘴的关里口音,喘息着:"小兄弟,你们快走吧!俺受了重伤,下不去了。这东西你拿着。俺这一生转战南北,就靠它保佑俺在无数枪林弹雨中安然无恙的。想不到俺的命断在了日本人手里,回不去博山关里老家了。送给你们小两口,做个纪念吧!"连长说着,从内衣里吃力地掏出一尊小小的护心铜佛,塞进了德本的手里。

德本说:"长官,我背你下去!"

葵花也说:"放心吧长官,我们不能把你扔在这儿不管。"

连长推开德本的手,说:"谢谢你们。可俺走不了了,回去也是个死。

好了，快撤吧，再不走就来不及了。"

连长说着，将一枚手榴弹拧开了盖子，放在了身旁。

双城这地方没有山林，只能利用丘陵地形、土墙房框和敌人展开战斗。可对方是飞机、坦克、机枪和重炮，自卫军只有普通的步枪，而且子弹越打越少，阵地越来越小。眼见日本人的嘴脸都能看清楚了，德本和葵花只好撤下。

当他们刚刚撤下时，"轰"的一声巨响，络腮胡子连长引爆了手榴弹，和几个冲上来的鬼子同归于尽了。战士们陆续阵亡，但没一个人后退，更没一个人投降。白皑皑的雪地上，每个自卫军战士都喷洒了自己的一腔热血，浇灌在哈尔滨郊外的原野上。

葵花崴了脚，德本就背起她来跑。子弹在夫妻俩耳边呼啸着飞过。

葵花说："你把我放下来！"

德本说："放下来你就没命了。"

子弹像长了眼似的，故意绕着夫妻俩飞，直到追兵渐远，德本才把葵花放下。此时的他，已经是浑身透汗，一边喘息着一边狠狠拍着大腿说："真想去当兵跟鬼子干一场！"

双城失守，哈尔滨南面门户洞开，尽管自卫军拼死抵抗，但孤军奋战，伤亡不断增加。为保存实力，于五日下午撤出哈尔滨，而日军也随之进城。日本兵进城的那几天，肆意劫掠，胡作非为，将恐怖从一个城区扩散到另一个城区。很多白俄女孩被抢去当了侍妾，卖到日本妓院。在一座日本军营外，德本亲眼看到两具被绞死的女学生的尸体，他知道发生了什么。日本人的暴行成为整个城市街谈巷论的主要话题，哈尔滨成了一座恐怖之城。

一个月后，德本又听说，在日本军队的撺掇下，当年的宣统皇帝溥仪，从天津秘密潜逃至东北，在"新京（长春）"成立了伪满洲国，年号"大同"。

德本和葵花，经历这场劫难后，感情越发的浓烈。

早上醒来，两个人又缠绵到一起。葵花穿着大红肚兜，肌肤显得更加白嫩。德本将她拥在怀里，葵花指了指一旁快要醒来的怀韬，冲着丈夫含情一笑："咋就没个够儿呢？起来，去大直街给额涅抓药去。额涅的药没了，昨天下午中医堂的郎先生又给她开了个方子。"德本这才停止了动作："等我回来的吧！"葵花红着脸儿点了点头。

德本穿好衣服，骑着家里那头大青骡子带着家里的大黄去了大直街。大黄俨然是家里的一分子，德本无论走到哪儿，它都会跟随左右。葵花说："它愿跟着就跟着吧。"

德本说："让大黄跟着我行，让我亲亲你。"葵花就让德本亲了一口。最后，葵花叮嘱道："注意安全，遇到日本人尽量绕着走。"

这天正是农历七月初八，适逢大直街师祖庙庙会。今年的庙会冷冷清清，往年红男绿女人山人海的景象已成过往。德本抓完了药，就到庙里来拜"猪和尚"。这个庙因"猪和尚"而香火骤增。

德本临出门时，葵花嘱咐他买完了药后到庙里上炷香，求"猪和尚"保佑额涅早日康复。

德本正祈祷着，身后传来说话声，数十个穿着军装的日本军人走了过来。他的脑海里浮现出了那个送他铜佛和鬼子同归于尽的自卫军络腮胡子连长，也浮现出宫崎一家。日本人进城后，他已经几个月没见到他们了。

德本听得清清楚楚，领头的日本军官说了一番话，旁边那个身材瘦小的翻译说："太君，这个人在拜'猪和尚'。"日本军官看起来很感兴趣，又说了几句德本听不懂的话。翻译说："太君，这是我们哈尔滨有名的'猪和尚'，很灵验的。"日本军官对翻译说了一句话，然后冲身后的士兵们摆了摆手，士兵们嬉笑着跳进猪栏去抬。翻译阻止不听，一旁的老法师跑过来说："太君，使不得呀！'猪和尚'是活菩萨。"

德本明白了，日本人要抢夺"猪和尚"。德本起身，想起那些战死的自卫军和无辜的市民，血管里的血液蓦地沸腾起来，怒视日本军官："你们这是要遭报应的！"

日本军官脸色骤变，又说了一番日本话。尽管老法师苦苦哀求，日本士兵还是将"猪和尚"抬上了庙外的卡车里。当年阿玛下葬前，灵柩曾经停厝在这里，老法师和弟子们诵经超度。小时候得病，阿玛抱着他没少到师祖庙烧香求签，他的名字还是老法师起的呢。德本感念老法师的好，就和老法师一起恳求别拉走"猪和尚"，几个日本士兵扑过来，将德本和老法师也推进了卡车，和"猪和尚"一起被拉到了十几公里外的文瑞街的日本军营。大黄在汽车后面拼命地追赶。

当着老法师和德本的面，日本人将"猪和尚"捅死，几个光着上身的鬼子抬着它要往开水锅里扔。日本军官坐在一边的椅子上，和翻译得意地笑着："我就是要让他们看看，被他们信奉的'猪和尚'是如何被开膛破肚的！"老法师说；"'猪和尚'是我中华之宝，你们怎能占为己有？"日本军官坐在一边的椅子上，和翻译得意地笑着："你们的？你问它一声，它答应不？到了我们手里就是大日本帝国的！"老法师气得直哆嗦："你们这群强盗，佛祖是不会饶恕你们的！"

"砰！"一声枪响，德本眼睁睁看着老法师倒在地上，白花花的脑浆淌了一地，也溅了他一身。老法师睁着眼珠的情形刺激了德本，德本扑向了那个开枪的日本军官。日本军官和所有在场的士兵正沉醉在夺宝后的快乐里，没有提防德本。德本的双手紧紧扼住日本军官的脖子，听到他的颈椎发出了一声轻微的脆响，同时也听到了一声清脆的枪响。

身后的鬼子扣动扳机，德本胸部中弹，抱着日本军官倒了下去。鬼子们纷纷围过来惊叫："少佐，少佐！"大黄跑过来哀嚎不已，几个鬼子向它开枪。子弹在大黄身边溅起火花，大黄不见了踪影。后院传来一阵狼狗的饥叫声。日本军官指了指老和尚和德本的尸身，气急败坏地说："巴嘎！喂狗，喂狗！"几个鬼子过来拖起二人，向豢养狼狗的后院走去。

几乎在同一时间，葵花的心像被锥子深深扎了一下。她捂着胸口坐在炕沿上喘息着。她的身子壮得像头小牛，从来没有这种症状。今儿是怎么了？

　　落日的余晖透过雕花的窗棂洒在炕面上，葵花斜靠在炕墙上。她觉得有些睡意，梦中，她看到德本喘着粗气走了进来。让她感到惊讶的是，德本浑身是血，满面惊恐。葵花刚想说话，德本却不见了。葵花一激灵，醒了。大黄突然跑了进来，冲着她直叫。葵花下炕，大黄就咬着她的裤腿往外拽。大黄的身子像过了水一样，很显然它跑了很长的路。

　　"大黄，大黄，出事了吗？"

　　大黄看了看葵花，叫了几声后，一步三回头，跑出院子。葵花跑到秦月竹的屋子里，告诉她乌娜希婶婶求她做针线，她得出去一趟，可能稍晚一会儿回来，然后把吃喝放在她面前。安排好这一切，葵花就解开马厩里的黑驴斜挎上去，跟着大黄走了。远处的松花江在晚霞下泛着金子般激滟的波光，街道两旁开满鲜花，可这些，丝毫也提不起葵花的兴致。她的心已经随同前面的大黄飞到大直街去了。

　　让她没想到的是，大黄将她带到大直街后并未停下来，而是在大直街东南十几里外的文瑞街一个有岗楼的大院前停了下来。天色已经黑了，街上一个行人也没有，整个城市上空像扣了个巨大的黑罩子。清冷的月光下，几个站岗的日本鬼子端着长枪来回走动。

　　大黄冲着大门叫个不停。大黄怎么将她带到了日本军营？难道德本在里面？

　　葵花向里面张望着，两个日本士兵端着长枪走了过来，其中的一个说着她听不懂的日语。从表情上来看，日本人似乎问她做什么。

　　她说："我男人在里面，我找我男人。"

　　另一个说着并不流利的汉语："你男人是谁？"

　　"我男人叫佟德本。"

　　"这里没有你的男人，滚开！"

　　她疑惑地打量着两个日本士兵，俯下身子拍着大黄："大黄，主人在这儿吗？"

大黄不停地叫着，突然，龇着牙扑向那个士兵。

"砰！"一声枪响，大黄倒在血泊里，绝望地看了看女主人，不动了。

"你们还我男人！还我男人！"葵花疯了似的往里闯。

此时的葵花，什么都不顾了。从大黄急切的叫声里，她知道德本一定在里面。他明明去给婆婆买药，怎么到了这里了呢？枪声引来了十几个鬼子，两只狼狗在鬼子的牵引下，饿狼般地向她狂叫。其中的一条，嘴巴上还沾着血迹。有人从暗处冲过来紧紧抱住了她的腰，将她扯到了一旁。葵花回身，一个中年僧人在打量着她。

"这位女施主，来找你男人？"僧人说。

葵花点了点头。

僧人双手合十："阿弥陀佛，你男人是不是吉成社老班主的儿子佟少爷？我认识他。"

葵花忙说："是，是我男人！"

僧人说："你还不知道吧，你男人被日本人给枪杀了，还有我师父。日本人抢走了'猪和尚'，他们去阻拦，惹恼了日本人，被日本人枪杀喂了狼狗。阿弥陀佛，造孽呀造孽！"

葵花的身子一软，晕倒在地。僧人按了按她的人中，她才苏醒过来，起身就要扑向一旁的鬼子。鬼子拉开枪栓，将枪口对准了他们。

僧人说："他们都是杀人的魔鬼。女施主千万别冲动，报仇不成反倒搭上自己的命啊！"

在僧人的劝说下，葵花只好将大黄放在驴身上起身往回去。路过大直街的时候，僧人说："女施主好自为之，贫僧先回去了。菩萨保佑。"

远处传来"叽里呱啦"的说话声和杂沓的皮鞋声。葵花似乎没有听到，继续脸色木然地走着。僧人说："女施主，鬼子来了，跟我进里边躲躲吧。"葵花摇了摇头。

葵花的泪水滴在脸上，泪光中她的眼前涌现出他们小时候晚上睡觉的场景。远处传来梆子声，昏黄的路灯下，大黄的血从驴背上滴落。葵花抚摸着大黄的尸身，泪水再次涌出。此时的她，夜色、日本人，什么都不在乎了……

　　晨曦微露，远处的傅家甸笼罩在一片乳白色的雾霭里。郑家佑扛着火铳，火铳上挂着一只野兔和一只野鸡，从傅宝善的葵花地边走过来。郑家佑远远地看到葵花牵着毛驴走过来，面色一惊，快步迎上去。此刻，葵花看到若隐若现的街口和急急走来的郑家佑，顿觉天旋地转，栽倒在地。

　　郑家佑撒开两腿跑过去，他看了看驴身上的大黄，脸上掠过惊讶，蹲下身子将葵花抱起来呼喊："嫂子，嫂子！"

　　葵花睁开双眼，看到了面前的郑家佑，就又晕了过去。郑家佑大声呼喊，田家烧锅的伙计老黑、张瑞麟等人从院子里跑了过来。大家连喊带叫，葵花这才缓缓睁开眼睛。

　　张瑞麟说："嫂子，出啥事了？"

　　葵花说："鬼子、鬼子，你德本哥让鬼子给……"

　　葵花话没说完再次昏迷，郑家佑将她背在身上向家里走去。

　　葵花被郑家佑背进了院子里。秦月竹听到院子外的声响，透过窗子，看到葵花被背了进来。她对前来串门的乌娜希说："求求你，快把我背出去！"乌娜希把她背到院子里。秦月竹看了看张瑞麟背上的葵花和老黑背着的大黄，哭着扯着郑家佑和张瑞麟的衣服，说："你葵花嫂子咋的了？"

　　葵花微微睁开眼睛："额涅，德本死了，被日本人开枪打死了……"她怕婆婆听后受不了，没敢说出德本又被喂了狼狗。

　　秦月竹嘴唇哆嗦着，这个刚强的女人半晌才哭出声来。葵花走的时候，秦月竹就觉得有些不对劲。葵花说去找斜对门的乌娜希做针线活，可刚才乌娜希却过来找葵花要鞋样儿。早上葵花过来告诉她，儿子去县城给她抓药去了。乌娜希来了她还纳闷，葵花怎么瞒着她出去了？直到这时，她才知道，德本死在日本人的枪下，葵花去找德本去了。

　　"我那苦命的儿啊！"两行浑浊的泪水从秦月竹那过早苍老的面颊流了下来，九年了，三个她生命中的至亲，都离她而去，她怎能不悲伤？

同样难过的就是葵花，她无论如何也没想到，心爱的丈夫最终没有躲过日本人的魔掌。

几天后，葵花披麻戴孝，发送她亲爱的丈夫。因为没有德本的尸体，只好将他生前的衣物放在棺材内。那天一早，郑家佑、老黑、张瑞麟等人抬着一口大红棺木和一口装着大黄的小棺材，行走在道外葵花地旁。

葵花泪流满面，表情悲戚，走在送葬的队伍前面。鼓乐声飘荡在松花江两岸。宫崎一家三口也面容悲戚地赶来送行，包括葵花在内，人们似乎都无视他们的存在。

大红起脊的棺材和一口小棺材并排放在葬穴旁，葵花跪在的墓穴旁。

三声铜锣响过，风水先生大声说："时辰已到，下葬！"

帮忙的人用绳子将棺材缓缓顺到早就挖掘好的吉穴里。在吉穴的一旁，是佟千安和佟云的坟墓。

天色黑如墨染，一颗流星划了条长长的弧线，拖着长长的尾巴缓缓消逝在远方的天际。

佟家的院子里置放着香案，香案上放着供果香烛。葵花一边烧着纸钱，一边啜泣。丧事连连，婆婆禁受不住痛失爱子的痛苦，没多久也过世了。丈夫、闺女的死，已让秦月竹生不如死，心爱的儿子又遭到日本人的毒手，终于压垮了她身上的最后一丝精气神，在一个暗夜里抛下了这世界上所留恋的一切，带着深深的遗憾走了。不到五岁的怀韬懂事地站在一边；在葵花的身后，站着张瑞麟、郑家佑、老黑和小琴。

葵花将香插在香炉里，说："额涅，今天是你的头七。阿玛、德本、佟云，你们也来了吧！你们放心，我一定将怀韬拉扯大。"

怀韬说："额涅，我想玛玛（祖母）！我想阿玛！"

葵花摩挲着怀韬的头："怀韬，给你玛玛、玛法（爷爷）、阿玛和姑爸爸（满族称姑母为姑爸爸）磕头，让他们的在天之灵保佑咱们娘俩儿。"

母子俩跪在地上磕头，郑家佑、张瑞麟和老黑也跟着跪下上香。葵花想起了丈夫，想起了德本在鬼子的枪林弹雨中背着她狂奔的情形，想起了当年公公婆婆对自己的一件件往事……

郑家佑说："嫂子放心，我还是咱们佟家的'响九霄'，以后嫂子的事儿就是大家的事。"张瑞麟也拍胸说："当年德本大哥为救我们，差点死在俄国人枪下。从今往后，你们家的事就是我们哥几个的事！"

平时里寡言少语的老黑看着葵花，说："妹子，当年要不是德本挺身和俄国人周旋，我们早就没了。现如今老太太也走了，从今往后，我们一定要尽全力保障你们娘俩的生活。"

葵花拍着怀韬的头："快给你老黑大伯、瑞麟叔和家佑叔叔磕头。"

懂事的怀韬转身给三人叩头。

油灯被门缝吹进来的风吹得摇摇欲灭，怀韬躺在被窝里睡得正香。

葵花坐在旁边，一遍遍抚摸着一件大红袄，脑海中浮现着新婚之夜，身着大红袄的她和德本在一起的情形。她一边拭泪，一边叹息着将大红袄叠好放在包裹内，放进炕琴（炕柜）里锁好。每天，看着她和德本，还有他们一家人在一起的合影，想着德本和她曾经的恩爱，想着这个家曾经的欢乐，她就心如刀绞。婆婆虽然瘫在炕上，可还是她的主心骨。如今婆婆也走了，她觉得这个偌大的院落骤然间就变得空荡荡的了。

一大早，葵花在院子里喂鸡。她叹了口气，不管怎样，日子还得往前过。

这时，郑家佑走进来，将一只野物扔在一旁的案板上。吉成社散伙后，郑家佑一直住在苏大炮家的厢房里，完全放弃了唱戏，再也不早早起来吊嗓子练功了，没事的时候就过江到林子里打猎，成了一个地地道道的猎手，原来那个出名的'响九霄'似乎淡忘在人们的记忆中。日本人占了哈尔滨后，郑家佑时不时消失，几天后又出现在傅家甸，就是他师父苏大炮问他做什么去了，他也不回答，只是一个劲儿擦他的枪。

郑家佑说："嫂子，这只野兔给你。"

葵花说:"家佑,你受累了。这只兔子你拿回去卖几个钱吧。"

葵花将兔子拿起来递给郑家佑,被郑家佑推开:"嫂子你说的哪儿的话,我的命是佟家给的。要没师父师娘,没有你,我早冻死了。"葵花只好说:"那好吧。下次可不要这样了。一会儿我炒两个菜,晚上就在这儿吃吧!"郑家佑拿起兔子,说:"那我就把它剥了,晚上咱们就野兔肉炖蘑菇。"葵花说:"好啊。"

郑家佑走后,葵花就带怀韬去了离家不远的南头道街市场揽活计去了。安葬了丈夫和婆婆后,日子更难了。鬼子来后,市场的人骤然少了许多。葵花扎着围裙,带着怀韬,设摊熟皮子。葵花招揽着顾客,怀韬看着旁边包子铺前热腾腾的包子,眼神久久不愿挪开。他舐着嘴唇,说:"额涅,我好饿!"葵花哄着怀韬:"等把这活接了,收了定钱,额涅就给你买。"

怀韬恋恋不舍地将眼神移开,见额涅和主家讨价还价,趁卖秫米面包子的不注意,伸手偷了一个就走。卖包子的将一只大手伸了过来,扯住了怀韬的衣领:"你这孩子咋回事?"

怀韬三下两下将包子吞下肚去,任凭卖包子的拳头落在身上。

这时,卖山货的郑家佑走过来,将卖包子的拉到一边,说:"孩子还小,干吗这么打他?不就是个包子吗?多少钱,我付!"

葵花扭过脸来,给了怀韬一个嘴巴:"我让你嘴馋,我让你嘴馋!咱们现在哪买得起秫米面包子呀!"日本人不许老百姓家有棉花,更不许老百姓吃大米白面,一般人家里就连秫米面也不多见。怀韬哭起来:"额涅,我错了!"郑家佑将钱递给卖包子的,说:"不就是秫米面包子吗?来一屉,让他吃个够!"

卖包子的看了看,将一屉包子端过来,放在桌子上忙别的去了。

郑家佑摩挲着怀韬的头说:"怀韬,来,吃包子吧!"

怀韬怯怯地猫在额涅的怀里,眼睛却贪婪地盯着包子不敢去吃。

葵花说:"师弟,你也赶集来了?"

郑家佑晃了晃手里的褡裢,说:"把木耳卖了,嫂子,你咋到这儿来了?"

葵花说:"熟几块皮子挣点手工钱,家里眼看就要揭不开锅了。"

郑家佑说:"难为你了,一个女人家抛头露面。"葵花叹息说:"要不咋办?这手艺是师父教给我的,没想到还派上了用场。"郑家佑说:"嫂子,尽顾着说话了,瞧你把怀韬给管的,快让他吃包子吧!"葵花这才拍了拍怀韬:"快去吃吧。"

怀韬坐下,狼吞虎咽地大吃起来。看着怀韬的吃相,葵花的心里酸酸的,为了一个秫米面包子挨了自己一巴掌。这孩子,实在太苦了。

傍晚,葵花拖着疲惫的身躯领着怀韬走进家门。怀韬打开门口放着的一只口袋,面露惊喜,说:"额涅,额涅,快过来看,粳米面!"

葵花打开,捧在手里,闻着粳米面的清香,若有所思。

这时,怀韬又指着戏台下的一堆木柴,说:"额涅,你看这个。"

一大堆新柴出现在葵花的视野里。谁放的呢?她的眼前闪出一个人,难道,是他?

乳白色的雾霭中传出公鸡的打鸣声,葵花起来打水。井台上长满了青苔,有些滑,葵花往上拎着水桶,脚下一滑,打了个趔趄,满桶水洒了个一干二净。葵花爬起来,正要摇辘轳往井里扔水桶,一个熟悉的声音从雾霭里飘出:"嫂子,咋不吱一声?这活儿,以后就让给我吧。"

葵花回头,雾霭里透出一张英俊的脸。因为起得早,郑家佑的眉毛上凝了一层霜。葵花将水桶放在井沿上,说:"家佑,大清早的你这儿是从哪儿来?"郑家佑晃了晃手里的两只肥胖的野鸡,说:"昨晚在江边下了几把铁夹子,打了两只小东西。嫂子,给你一只,你和小侄子补补身子。"

"谢谢你了家佑。"

"挑儿担水算啥?从今往后,有啥体力活就言语一声。"

"昨天的粳米面是你放的吧?新劈的木柴,也是你弄的吧?"

"没有呀,不是我!"

"不是你又是谁?"

"反正不是我。嫂子,我还有事。"郑家佑摇头,拿着猎枪走了。

不是郑家佑又会是谁呢?葵花一边想,一边给怀韬穿衣服:"你现在是大人了,以后就别叫额涅给你穿衣服了。"怀韬撒娇:"不嘛,我就要额涅给我穿衣裳。"

葵花点着怀韬的额头就笑:"不知道个羞。"门帘一挑,张瑞麟走了进来:"这娘俩,好亲热呀!"葵花说:"怀韬都六岁了,还得天天我给他穿衣裳。"张瑞麟走过去将怀韬抱起来:"怀韬,都这么大了,还让你额涅穿衣裳,多羞呀!"

怀韬用小手轻轻地捏着张瑞麟的鼻子:"我就是喜欢额涅给我穿衣裳。难道叔叔小时候就没尿过炕,就没让额涅穿过衣裳?"

"这孩子的嘴巴里装着刀,能杀人呢!"

"兄弟是不是有事?"

张瑞麟放下怀韬,打开包裹:"嫂子,这是我在集市上给你买的布料,你看着做两身衣裳吧。"葵花说:"大兄弟,这可使不得,我不缺衣裳。"张瑞麟说:"送给你的你就留下。孤儿寡母的日子难,我都看在眼里。"葵花问多少钱,张瑞麟说:"送给你的要啥钱?"张瑞麟说着走出门外。葵花怔怔地看了看布料,打开柜子,拿出几块大面值的双龙戏珠币,追出去撵上了张瑞麟。

"告诉我,到底花了多少钱?"

"没花几个钱。嫂子,那是我送给你的!"

葵花将钱硬塞给张瑞麟,说:"兄弟,你手头也不宽裕,你能想着嫂子,嫂子就感激不尽了。对了,昨天放在窗台上的粳米面和新劈的木柴都是你弄的吧,以后,可千万别这样了。"

张瑞麟眨着蛤蟆眼,说:"粳米面?木柴?我没有呀!"

葵花愣怔了:"不是你?"

"不是我。"

"家佑也说不是他干的。"

"那会是谁呢？"张瑞麟说着，将钱又塞给葵花，"嫂子，我咋能要钱呢？我说了给你买的就是给你买的，你咋这么见外呢？"

老黑远远走过来，葵花趁张瑞麟扭头，快速将钱又塞进他的手里，进屋去了。

老黑说："瑞麟，你在这儿干啥呢？"张瑞麟说："没事，刚才葵花嫂子问我，昨天放在她家窗台上的粳米面和新劈的木柴是不是我弄的。这不是我弄的，她说家佑也说不是他弄的。老黑哥，你说会是谁弄的呢？"老黑说："这我哪儿知道？街上的人，同情这娘俩的人多了去了。"

"哪个瘪犊子弄的？"张瑞麟自语道。

此刻，葵花看了看炕上包裹里的布料，锁进了炕琴里，闭着眼睛靠在门框上。

怀韬问："额涅，你咋了？"

葵花睁开眼睛，说："没咋。额涅累了，歇一会儿。"

吃罢早饭，葵花就去讷敏家串门，她心情不好的时候就去找小琴。现在，佟云死了，和卓走了，能说得上话儿的就只有小琴了。

葵花坐在炕上和小琴娘俩儿做针线。葵花在纳鞋底，小琴在绣花，讷敏在纺线。

讷敏说："葵花啊，你可有好些日子没来串门了。"

葵花说："家里家外，忙得我一点闲着的工夫都没有。"

小琴对讷敏说："炕上地下，啥不都得我葵花姐来干？"

讷敏叹息说："难为你了。葵花啊，你自个儿带孩子，日子不好过呀！"

葵花说："婶子，不怕你笑话，婆婆去世后，我连个说话的人儿都没有，尤其到了晚上，就像掉进了冰窖里，卧在冰床上。都说孤儿寡母的日子不好过，没想到让我体验到了。"

讷敏说："按说你婆婆和德本他们娘俩还没过百天，这话我不应该说。可你还年轻，虽说德本活着时对你好，可为了孩子，也不能守一辈子。"

小琴说:"葵花姐要想嫁人,还不得让人给抢了去?"

"谁说我要嫁人了?"葵花脸一红,抓起一边的线穗子打小琴。

小琴仍然说笑个不停。

讷敏说:"葵花呀,小琴说的不是没道理。"

小琴笑着打量葵花:"葵花姐,是不是心里有人了?"

葵花打着小琴:"死丫头,净瞎说!"

讷敏说:"有合适的,就再迈一步。我听说,有好几个男人变着法地对你们娘俩儿好。我悄悄观察过了,最有机会接近你的是瑞麟、家佑和老黑。瑞麟彪悍精明,家佑秀气,老黑最熊。葵花呀,你相中哪个了?你要不好意思说,我把这层窗户纸捅破。"

葵花说:"德本和婆婆刚过世,我哪有那个心思?明天还得下地,地里的葵花早该收了。"

今年开春,傅宝善见佟家生活困难,就把他在傅家甸轮渡码头旁那几十亩葵花匀出来几亩地让葵花白种。

小琴看了看讷敏:"要我说,家佑哥就对葵花姐好,没有比他俩更合适的了。"

葵花若有所思,说:"死丫头,胡说啥?"她的眼前闪现了一下郑家佑帮她打水的情形。针扎了手指,血珠儿涌出来,这才回过神来。小琴娘俩相视一笑。

讷敏说:"葵花,有个人对你挺中意的,这话我不知当说不当说。"

"谁?家佑哥?"小琴抢话。

讷敏嗔视了小琴一眼:"姑娘家少插嘴!"

小琴吐了下舌头不吱声了。葵花没言语,低头继续纳鞋底。

讷敏说:"葵花,你和家佑不可能,你好像大人家两三岁吧。对了,你看老黑咋样?老黑这个人我了解,稳当实诚,脾气好。"

葵花将针在头发里磨,说:"老黑哥人是挺好的。"

讷敏说:"老黑这一辈子没享过福,讨个媳妇过门没两年,患上个痨病死了。他这人平时话少,心劲可不秃哩!我看他对你有意,就是不好意思说。昨天,我去你家找你,就看到他在戏台前劈木头呢!还给你放了一袋子粳米面。他说你们娘俩挺难的,大家一块帮衬着点儿。你看看,他是不是对你有意?"

葵花这才释然,原来是他呀!这个老黑哥。

讷敏说:"可不是?你要有意,我就帮你撮合撮合。"

"我现在没那个心思。你们忙,我得回家给怀韬做饭了。"葵花说着走出门去。

见葵花走远,小琴把门关上,说:"姨,你咋眉眼高低都看不出来?葵花姐的心高着呢,她咋能看上老黑哥呢?你这叫乱点鸳鸯谱。"

"我没看出他们哪不合适,还以为她是当年风光八面的佟家大少奶奶、火遍哈尔滨的'尚巧云'啊?"讷敏撇了撇嘴。

第十一章

入夜,油灯如豆,葵花在灯光下麻利地缝补着衣裳。怀韬和家里那只老猫都已睡着,灯光映在葵花美丽端庄的面庞上。讷敏的话一直在她耳边回响着。她没想到,干柴和粳米面是平时里不大说话的老黑哥弄的。张瑞麟、郑家佑又轮番出现在她的眼前。她知道他们的心,可她心里只有德本。她甚至经常嗅到丈夫身上散发出来的那熟悉的味道,她觉得他还活着,就在她身边的空气中看着她和孩子。

稀里糊涂地,葵花直到凌晨才沉沉睡去。醒来后,伺候完怀韬吃完早饭,她就拎着镰刀去了葵花地。葵花早就成熟了,只待收割了。夏天发洪水,许多地都淹了,这块地因为高,葵花才没涝死。前几天,傅宝善告诉她,这块地被一个日本人低价买去了,要建一座日本居留会,也就是说,这是她在这儿种的最后一茬地了。这几年,傅家甸的城市规模扩展迅猛,各式各样的建筑鳞次栉比,其中很大一部分成了日本人出入的专属地。

"又是日本人!"想起日本人,葵花的心里就恨,就堵。

太阳升起来的时候,葵花拎着镰刀出现在葵花地里,被眼前的情景惊呆了。老黑、郑家佑、张瑞麟已经将大部分葵花秆割倒了。

葵花感动得不知说啥才好,连说:"谢谢大家伙了!"

张瑞麟和郑家佑回身,说:"嫂子,这是我们应该做的!"

老黑没吭声,继续干手里的活,用眼睛在葵花的身上扫了一下,很快又扭过脸儿去。他的脚陷在土里,鞋帮开了,前边露出脚趾头。他提了提鞋帮,继续干活。

葵花扫了一眼老黑的脚,说:"一会儿,大家伙都到我家吃饭去。我给你们做好吃的。老黑哥,歇一会儿再干吧!"老黑抹了把额上的汗,说:"少奶奶,不累,不累!"张瑞麟说:"嫂子,别看这个老黑哥平时不言不语的,关键时候可不含糊。一大早上,就把我和家佑提溜起来给你割地哩,说明天有霜冻。"葵花说:"谢谢你,老黑哥。"老黑憨厚一笑:"少奶奶,要是让霜打了,瓜子儿就不成了。"

响午,佟家的院内放着一张八仙桌,桌子上摆好了饭菜。老黑、郑家佑、张瑞麟围坐,葵花伺候他们吃饭。

葵花说:"谢谢大家伙帮我把地收了,老黑哥说得对,要是明天来个霜冻,产量就低了,成色也不好。"张瑞麟说:"嫂子,咋这么见外?帮忙干点活,我们也是心甘情愿的。"郑家佑说:"嫂子,我们要是不帮着你一把,良心不就让狗吃了吗?德本哥在地底下可盯着我们呢!对不,老黑哥?"

老黑憨厚地笑,低头吃饭没言语。他把脚从鞋窠里拿出来。葵花回屋,拿出一双鞋,递给老黑。

"老黑哥,穿上试试跟脚不?"

老黑就红了脸:"少奶奶,这咋好意思?"

葵花将鞋硬塞到老黑手：“老黑哥，可不许你再叫我少奶奶了！”老黑就笑了。葵花又说：“你看看你的鞋，都露脚趾头了。你没少帮我干这个做那个，给你做双鞋还不应该吗？”

"谢谢你了，少奶奶。"老黑只得收下，拿起鞋左看左看，像捧个宝贝。

张瑞麟和郑家佑互相看了一眼，笑了。张瑞麟说："嫂子呀，我也帮你干过活，咋没给我做一双？我这鞋子也坏了，是不是家佑？"张瑞麟说着，也将左脚的鞋脱下。

郑家佑叫了起来："瑞麟哥，你咋六个脚趾？"

"生下来就是六个趾头，"张瑞麟看了看葵花，"嫂子，厉害吧？"

"你这可是千里挑一。"葵花进屋，又塞给张瑞麟和郑家佑一人一双鞋："着啥急？看看，人人有份！"张瑞麟和郑家佑这才笑了。葵花又从包裹里拿出一件上衣递给老黑说："老黑哥，这件衣裳送给你的。"张瑞麟说："嫂子，有我的吗？"葵花说："没你的！"

老黑窘得脸上发烫，连连说："这咋好意思？这咋好意思？"

葵花说："有啥不好意思的？你给我劈柴，给我粳米面，我给你做件衣裳咋了？要不是讷敏婶子告诉我，我还不知道呢！"

老黑还是一个劲儿地说："这咋好意思，这咋好意思！"

"谢谢你们哥仨对我们娘俩这么照顾，我这心里头暖着呢！你们吃，我去给你们添菜去。"葵花说着进厨房盛菜去了。

张瑞麟就捅着老黑的腰："老黑哥，看不出你平时不言不语的，还挺有心劲儿！家佑，是不是？"老黑说："去去去，瞎说个啥？咱们不帮衬一把少奶奶，难道还让别人帮衬吗？对得起你们的德本哥吗？"张瑞麟说："家佑你看，老黑哥啥时候变得这么会说话了？"郑家佑没说话，只是看着他们笑。

田家烧锅的伙计房内，微弱的油灯下，张瑞麟和郑家佑对坐喝酒，旁边放着那双新鞋。张瑞麟把酒盅放下把鞋拿在手里，一遍遍地闻着，眼前浮现着出葵花送他鞋时的笑脸。郑家佑一边喝酒,一边擦拭着火铳,身边也放着那双葵花给他新做的鞋,灯光映着他若有所思的脸。

张瑞麟喝着喝着,把这双鞋扔到了炕梢,说:"家佑,你说老黑平时八杠子都压不出个屁,今天怎么这么会说?这小子,是癞蛤蟆想吃天鹅肉,也不撒泡尿照照自己是啥模样。"

郑家佑没吱声。

"家佑,你在想啥?喝呀!"

郑家佑放下枪,抓起酒盅喝了一口:"没想啥,我在三道坎下边的土岗下发现了个猞猁洞,明天我去蹲一天。"

"还不睡觉?"这时,院内传来田大牙的咳嗽声。

郑家佑说:"我得走了,烧锅要关门了。"

第二天吃罢早饭,郑家佑背着猎枪就去了三道坎。

从早上一直蹲到夕阳西下,那只狡猾的白猞猁还没出来。难道是这只白猞猁嗅到了人的味道?

就在他想第二天再来蹲守的时候,一只白影在他眼前一闪。他仔细一看,是那只白猞猁!这精灵嘴里叼着一只鹌鹑,警觉地看着他呢!郑家佑瞄准,扣动扳机,"砰"的一声枪响,白猞猁倒下了。子弹从左眼进,右眼出。他将白猞猁扛在肩膀上,满脸的兴奋,想不到,一个在舞台上出将入相的蹦蹦戏演员,活生生被生活逼成了一个神枪手。

油灯下,葵花在熟皮子,怀韬早就进入了梦乡。屋里很静,只有外边的风拍打窗棂和她用嘴往皮子上喷水的声音。

"咣!咣咣!"有人敲门。葵花迟疑一下,走到院门口问:"谁?"

"家佑。"

"有事明天说。"

"嫂子,把门开开,我说两句话就走。"

葵花把门打开,郑家佑扛着个野物走了进来,扔在地上。

"白猞猁!"郑家佑说,"把皮剥下来熟了,把肉炸熟,去腥后腌上,够你和怀韬吃上好一阵子的了。"葵花惊叫,俯身看了看,"你的枪法可真准,这猞猁浑身上下连个枪眼也没有。"

"咋能没枪眼,子弹从左眼进去,从右眼窜出。"

"你就不怕遭报应?这可是只白猞猁呀!"

"都说这种畜生有灵性,猎人们看到它会手下留情,不敢轻举妄动,恐怕惹恼了仙家遭来横祸。可是嫂子,这种生灵的毛皮非常珍贵,雪花还没等落到身上就已经融化了,就连达官贵人也很少能得到它。"

"师弟啊,你可真行,把这张皮子熟好,准能卖个好价钱,盖房子置地娶媳妇的钱都够了。"

"嫂子,这些东西我才不稀罕呢!这张白猞猁皮,多少钱我也不出手。"

"不出手,留着它干啥?"

"送给你。"

"送给我?"

"给你!缝条大氅,别人配不上它。"

葵花脸儿一热:"净说傻话,我怎么能配得上这么贵重的衣裳?来,帮我把皮剥下来。"

两人开始给猞猁剥皮。

"嫂子,你熟皮子的手艺真好。"

"这手艺是当年师父手把手教的。"

"嫂子,你可真行!"

"熟皮子,通常人们也说成硝皮子,各种生皮经过硝制后,可长期存放。熟皮子要经过好几道程序,晒干的皮子需要整理。在整理的前一天晚上,给每张皮喷上水,将喷过水的皮子,板面对板面堆起来,上面用麻袋严盖一个晚上。第二天用大钝刀在上面铲,直到皮子柔软光滑为止。皮子头部不易软,得涂些老粉再铲。"

"这么麻烦呀!"

"钱可不是那么好赚的呀！"

这时，炕上的怀韬醒了，迷迷糊糊地说："额涅，我要尿尿！"

看着小家伙的嘎样儿，郑家佑和葵花相视一眼，二人都笑了。

几天后，郑家佑又来帮着葵花挑水，将水缸挑满后，放下水桶就走。

"咋那么着急忙慌的？等等！"葵花喊住他，从屋里拿出熟好的白猞猁皮说，"皮子熟好了，抽空把它卖了，你也老大不小了，该娶媳妇了。"

"嫂子，我不是说过这白猞猁皮给你做大氅吗？"

"嫂子可穿不起这么贵重的大氅啊！"

"嫂子，你……"

"你什么你，接着！"葵花说着，将猞猁皮硬塞到郑家佑手里。

吃罢早饭，葵花又去了市场。她一边熟皮子，一边招揽着生意。一对衣着考究的男女走过来。男的人到中年，儒雅帅气；女的年轻端庄，像个大家闺秀。男的拿起案板上的皮子，看着女的说："相中哪块了，买下来给你做件漂亮的大氅。"女的用眼睛扫了男的一眼，没吱声。

男的说："挑挑，看看哪一块成色好，要最好的。"

女的挽住男的胳膊，说："走吧，到别处再逛逛。"

男的只好说："好吧。"

女的挽着男的胳膊就走，被葵花喊住："等一下。"二人回头。男的说："有事？"葵花说："我兄弟手里有件白猞猁皮，给这位太太做大氅再合适不过了。只是皮子没拿过来。如果你们愿意，我领你们去见他。"男的露出欣喜，说："太好了，多少钱？"葵花说："价钱你们自己商量，我不跟着掺和。"男的说："你领我们去呗！"葵花突然指着背着猎物来的郑家佑："先生、太太，说曹操曹操就到了。就是他，你和他谈。家佑，过来！"

郑家佑走了过来，葵花跟他说明情况，郑家佑高兴地领着男的和女的走了。

傍晚的时候，葵花和怀韬在吃饭，郑家佑推门进来了。一进门，将厚厚一沓面额十元的伪满洲国纸币放在炕桌上。

"你这是干啥？"

"嫂子，猞猁皮被那对有钱人买走了，总共卖了五百块钱。这三百块给你，年前就别去集市上熟皮子了，路远道滑，天又这么冷。"

"我不过帮着介绍了一下，钱你收好，别大手大脚的了。"

"让你收，你就收下嘛！"

葵花往外推，郑家佑往里推，两人的手碰到了一起，都很尴尬。

"再不收回去，我可就生气了！"

这时，院门外边传来脚步声。

"来人了，快点收起来，让人看到不好。"

郑家佑只好将钱揣进口袋里。

"明个儿给你找个媳妇，咱们街上的姑娘里，中意哪个告诉我，我去给你保媒。小琴咋样？她也二十多了，你俩真挺般配。"

"拉倒吧嫂子，我可没那个心思。"

"咋的，心里是不是有谁了，给嫂子说说。"

郑家佑挠着头红着脸儿笑，没吱声。

第二天一早，葵花将怀韬送到附近的私塾后，去找讷敏和小琴娘俩做针线活儿。虽然哈尔滨早就兴办了新学，可自从日本人占领哈尔滨以后，极力推行奴化教育，让学生们学习日语；老师也大都是从日本招募来的，日本教师平时跟学生交流也全程用日语。中小学生每天早上先向"新京"和日本方向遥拜，然后用日语背诵伪满洲国皇帝诏书。日本人还让学生们脚踏木屐，身着日本服装。葵花和许多市民一道，悄悄把孩子送进了私塾。私塾先生是当年师父请来的拔贡先生的孙子，虽然是私塾，却不习八股，采用的是新式教育。

老师告诉葵花，怀韬学习成绩不错，葵花心情特好，去了讷敏家。进门，葵花发现小琴在炕上绣着什么。

葵花就凑到跟前："小琴，在绣啥？让我看看？"

小琴将花撑儿放在背后，白皙如玉的脸上涌现出两朵桃红。

葵花说："让我看看嘛！"

小琴就将花撑儿递过来。葵花接过，看着讷敏说："婶子，小琴的手可真巧，这鸳鸯绣得跟活的一样。小琴，给谁绣的？"小琴轻轻把头低下，笑道："绣着玩的。"葵花点了一下小琴的额头："我看不是吧！小琴，你是不是心里有人了？让我猜猜？"小琴就拍打着葵花，说："哎呀，葵花姐，胡说什么呀！"葵花就笑："瞧瞧瞧，脸儿还红了，说你心里去了吧！你看家佑咋样？"小琴就害羞地捂着脸，脚在炕上乱蹬。

小琴的亲事也是高不成低不就。她今年二十二岁，按年纪早该出阁了。她打小没了父母，跟着姨妈在一起，有不少人给她提过亲，可她愣是没看上一个。不是这个个子矮胖，就是那个酒糟鼻、罗圈腿，加上讷敏也挑剔，这婚事就耽搁了下来，小琴也成了老姑娘。

葵花继续说："婶子，你看家佑咋样？"

讷敏沉吟了一下："郑家佑？"

葵花说："是呀，虽然他比小琴大几岁，我看他俩挺般配的。再说，你也是看着家佑长大的，脾气属性也都知道。"

讷敏迟疑了一下，说："行是行，就是穷了点儿。小琴那死去的爹妈要知道了也不会同意的。"

小琴扬起脸儿，说："穷不扎根，富不长苗。只要肯干，穷怕啥？再说我爱听他唱的《回杯记》，'响九霄'的大名可不是吹出来的。"

当年，小琴想加入吉成社学戏，可讷敏认为唱戏的是戏子，是下九流，说啥也不同意，小琴瞒着她悄悄地学，也能唱上几段。

葵花笑着对讷敏说："你瞧小琴说得多脆生。我就喜欢她这个飒落劲儿。"讷敏说："也是这么个理儿，可人家郑家佑啥意思？"

小琴唱着唱着，突然说："葵花姐，家佑哥对你可挺好呀！"葵花说："小琴，你瞎说个啥？你们娘俩要没意见，我明天就跟他说，还不得把他的鼻涕泡给美出来呀！"

在讷敏家聊了一会儿，葵花就回来给怀韬做晌饭。初冬的天气真好，阳光暖暖地照在院子里。伺候完了怀韬，葵花就把棉被抱出来晒。郑家佑背着褡裢笑呵呵地走了进来。

"师弟，我有事儿正要找你呢！昨天干啥去了？"

"打了几只野鸡，赶集卖了。找我啥事？"

"家佑，你也老大不小了，该娶媳妇了。我想给你保个媒。"

"嫂子，我的事，不用你操心。"

"小琴多好，心灵手巧，长得还俊。你要娶了她，可是上辈子修来的福呢！"

郑家佑没搭她的话茬儿，从褡裢里掏出一块香胰子递给葵花，说："给你买的，日本货，香着哩！"

葵花接过闻了闻："是挺香。咋买这么贵重的东西呀？"

郑家佑说："白猞猁皮卖了那么多钱，可你啥也不要，给你买块香胰子，这不是应该的嘛！"葵花就笑："那好，我收下。我跟你说的事，你得好好考虑一下。"

郑家佑又从褡裢里掏出把梳子递给葵花："这个也送给你，伙计说，这个是南洋产的象牙梳子，一块钱一把呢！"

"这个我可不要，还是留着将来送给小琴吧！"

"这是专门给你买的。嫂子，我心里，除了你，没旁人！"

葵花沉脸正色说："再胡说，往后就别认我这个嫂子，别认我这个师姐了！"

"我没胡说。我说的都是真心话。"

郑家佑说着，硬将梳子塞给了葵花，走了。看着郑家佑的背影，葵花摇头苦笑。她知道郑家佑的心，可除了夜夜入梦的德本，她心里实在容不下别人。

这事不能向小琴隐瞒，她又去了讷敏家。

小琴和讷敏在炕上做针线活,葵花一进门,小琴就将花撑儿递给她看,满脸幸福的期待:"葵花姐,你看我绣的是不是比前两天好多了?"

"像活的一样,小琴真巧呀!"葵花接过,沉吟了一会儿,说,"只是那个人没福哟!"

小琴那张好看的桃花脸就变了。

讷敏说:"家佑不乐意?"

葵花说:"家佑说他暂时不想找。婶子,小琴长得这么俊,手又巧,啥样的好小伙子找不到呀?别着急,我再踅摸着。"

讷敏一撇嘴儿:"不乐意就不乐意吧,我看正好,我本来就没看上他!"

葵花看得出小琴满面失落,可她又有什么办法呢?

漫长的冬季熬过去了,一九三三年的春天来了。

松花江经过了严冬的洗礼,像条复苏的巨蟒,蜿蜒盘旋;江两岸开满了不知名的野花,夹杂在刚刚钻出泥土的绿草丛中,随风摇曳。哈尔滨沉浸在春天的气息里。

在几个女街坊惊讶的目光中,郑家佑拽着一个新糊的海东青跑到了佟家门外,一边敲门一边喊:"怀韬!怀韬!"敲了几下,葵花跑出来开门,把郑家佑迎了进去。最近,日本人查得很紧,哈尔滨城内的私塾被迫闭馆,怀韬又回到了家中,葵花就自己教孩子识字。没事的时候,郑家佑也过来陪怀韬玩,顺便也教他识字。

这一幕被小琴和讷敏看在眼里,小琴想往里闯,被讷敏瞪了一眼。看到这一幕的还有田大牙家的炮手纳穆哈的媳妇海霍娜和斜对门乌娜希。纳穆哈平时不苟言笑,有一手百发百中的神枪,可他媳妇却是整街上的女人中舌头最长的。

海霍娜嘴一撇:"怪不得葵花不找主儿,原来勾搭上郑家佑了。"

讷敏说:"不会吧,郑家佑比她小那么多。"

海霍娜吐出一片瓜子儿皮说:"咋不会?瞧葵花那双桃花眼,淌着水,勾人哩!咱街上的男人哪个不在她门口转?"

乌娜希说:"可别乱说,少奶奶可不是那样的人!"

海霍娜瞪她一眼:"是不是那样的人你钻心里看去了?唱戏的还有正经的?刚才的一幕,你们没看到呀,眉来眼去的。这俗话说得好,母狗不晃尾巴,公狗不敢靠前!"

"你们几个唠着,我还得回家去做饭。小琴,走,回家!"讷敏说着,拉着小琴走开。

这时,张瑞麟和老黑赶着送酒的马车走过来。张瑞麟说:"你们几个嘀嘀咕咕嚼啥舌根子呢?"老黑没吱声,伸脖子往里边看了看。海霍娜说:"我们正寻思着哪家的姑娘合适,想给你们俩保个媒啥的。"张瑞麟看了她一眼,笑道:"是吗?有谱没有?"海霍娜说:"这不正琢磨呢嘛!"张瑞麟突然撂下脸来:"有谱再说,没谱别在这儿扯闲篇!"说着,和老黑走了。看着老黑和张瑞麟的背影,海霍娜咯咯地笑了起来。

小琴一进门就气哄哄地坐在炕沿上。讷敏劝:"傻丫头,生闷气干啥?好小伙儿有的是。要我看,张瑞麟就不错。"小琴说:"我不生别的气,明明家佑哥跟她好,她干吗还给我介绍呀!"讷敏说:"人家不是告诉过你了嘛,郑家佑对你没那个心思。"小琴气得将脚下的板凳踢开。

晚上,张瑞麟和老黑盘腿坐在炕上喝酒。张瑞麟说:"没想到,家佑这小子平时不显山露水的,心眼儿比谁都多。"老黑说:"咋了?"张瑞麟将碗中酒一饮而尽:"还咋了,没听见大伙儿都在说啥?"

"说啥?"

"都在说,他和葵花有一腿。"

老黑没吭声,把酒给张瑞麟满上。

张瑞麟扬脖子又喝了一口,抹了抹嘴:"这家佑也是,也不看看葵花多大岁数?"

老黑也呷了一口:"各人过各人的日子,管人家干啥?再说,人家可是佟家的少奶奶啊！"

"啥少奶奶不少奶奶的，那是过去！德本哥要是活着，那她是我嫂子，可他不是不在了嘛！老黑哥，你记着，葵花早晚是我的。家佑要打她的主意，有他好果子吃。不行，就抢了她！"

张瑞麟说着将酒碗重重摔在桌子上，老黑轻轻摇了摇头，将一粒花生米扔在嘴里嚼着："德本虽然不在了，可他救过咱们，就凭这个，咱也不能打歪心。葵花是德本的女人，活着的时候是，这死了也是！再说，德本才走了多长时间啊？"

张瑞麟说："老黑哥，德本哥九泉之下也会同意的。葵花一个人拉扯个孩子，可咋过啊！"

"咋过不咋过是人家的事。谁打葵花的主意，咱们也不能打。"老黑扬脖子干了碗里的酒。

春风吹打在窗纸上，使这个傅家甸的夜晚更增添了一丝恐怖和无限的神秘。

春风的吹拂下，一垄垄的玉米苗终于破土而出了。

早晨，葵花扛着锄头下地锄草。买走傅宝善家那块地的日本人建了一座日本居留会，余下的土地，仍叫葵花种。他说，他女儿枝子最喜欢看葵花。刚刚走出街口，讷敏和小琴娘俩迎面走过来。每天，娘俩都去田家烧锅给伙计们做饭。

葵花迎过去："婶子、小琴，这么早？"

小琴斜眼剜了一眼葵花，将脸儿扭过去。

讷敏说："最近你干爹让我们过去给伙计们做饭。葵花呀葵花，你说你有一身唱功，到哪个戏园子里还不是香饽饽，非遭这份罪？"

"家里现在这样，我哪有心思唱那个？虽说唱戏可以安身立命，但不像在老戏园子里有师姐妹师兄弟。新环境新搭档，还不如种块地做点小生意，把怀韬养大就好。"

"不是我说你,独守空阁不容易,别再弄出啥闲话来。"

"婶子,你听到啥了?"

"没听到啥。你说把家佑介绍给小琴,可结果呢?家佑天天往你那儿跑,这叫办的什么事儿?"讷敏吐了口唾沫,小琴瞪了一眼葵花。葵花正要分辩,讷敏说:"人的名,树的影儿,别解释了!"

小琴娘俩儿走了,葵花怔怔地站在那儿看着她们远去。葵花想,她得和郑家佑把这件事说开,时间长了对谁都不好。她一个寡妇顶门梁过日子,可不想让别人的唾沫星子给淹死啊。

晌午,葵花坐在院子里洗衣裳,郑家佑走过来帮着舀水,葵花说:"家佑,以后别给我挑水了。"

"为啥?"

"我不想给你找麻烦,要知道,人言可畏,舌头也能杀人。"

"嫂子,他们想嚼舌头,就让他们嚼去好了。"

"我是你嫂子,你现在看着我好,再过几年我老了,就没得看了。"

"兄死后,嫂子改嫁小叔,再正常不过了。在我心里,你比谁都美。我娘死得早,是姐姐把我带大的。我看着嫂子,就像在姐姐身边一样,温暖、踏实。还有,我最想和你搭档唱戏了。"

"家佑,嫂子知道你的心思,可嫂子也得对你实话实说。嫂子心里,除了你德本哥,容不下任何人。再说嫂子命犯伤官,克男人。"

郑家佑怔了一下,说:"嫂子,什么伤官克男人,那都是胡说。我理解你的心。我等你!"

"别犯傻,再这样,我可生气了!"

每次想起德本的时候,她就看看那件大红袄。也不知过了多长时间,葵花睡着了,竟然梦见了郑家佑披红戴花,她身着红袄头盖红盖头在和郑家佑成亲,郑家佑正用秤杆挑她的红盖头呢!荒唐,她怎么做了这样一个梦呢?接连好几天,葵花陷在深深的自责当中。

一晃，又过去了两个月。松花江的夏天来了。这天，葵花在地里锄草。

这时，葵花听到了一阵欢快的口哨声，她抬了抬头，郑家佑走了过来。郑家佑冲着她摆了摆手，消失在不远处的白桦林中。葵花冲着他笑了笑，继续干活。一旁的葵花丛中钻出另一个男人的身影，刚才这一幕，被他看了个清清楚楚。他将一根草放在嘴里嚼着，然后用劲吐出来，在地上使劲踩了踩，一晃，就不见了。

晚上，葵花脱掉了大红袄，脑子里浮现出穿上大红袄在葵花地里，郑家佑看到她的情景。她轻轻地抚摸着这件大红袄，叹息了一声，然后把它扔进了木盆中搓洗起来。满族的习俗，丈夫死后，妻子再婚是一种普遍现象，也无汉族妇女那样从一而终为亡夫守节终老一说。另外，还有抢婚的习俗，也就是说，如果寡妇未嫁，任何人都可以抢婚。她虽然是汉人姑娘，可毕竟嫁进了满族人家。再这样下去，指不定啥时候会闹出啥乱子来。她得找个恰当的时机，和他好好谈一谈。

第二天一早，葵花去挑水，发现昨天晚上晾在外边的红袄不见了。她放下水桶在院内外寻找，也没发现红袄的踪迹。怪事，大红袄明明晾在院子里，怎么会不见了？再说，院子还有一个倒座房呢，谁能跳进来？她问怀韬，怀韬摇头说没看到。葵花走出院门外也没有找到大红袄，她想起了张瑞麟，也只有他能上去。两年前，倒座房上的瓦坏了，张瑞麟梯子也没搭，就从旁边的墙上轻巧地翻上去了。难道是他？

这时，张瑞麟赶着马车过来了，见葵花站在他面前，露着笑容迎上去。葵花直截了当地问："我的大红袄是不是你拿走了？"张瑞麟说："我拿那个做啥？没有。"

葵花在路上遇到了捡豆腐的老黑，葵花问他看到她的大红袄了没有。老黑说没看到。葵花在路上又遇到了从苏大炮家出来的郑家佑，郑家佑说他也没捡到那件大红袄。扔灶灰的乌娜希问她在找什么，葵花说："昨晚上晾的大红袄不见了。"

乌娜希说："会不会是昨夜风大，把大红袄刮到街上哪个犄角旮旯儿里，被人捡走了？"

葵花说："我找遍了街里的各个地方，也没找到；差不多问遍了街里所有的人家，也没有一个人说捡到这件大红袄。"乌娜希说："丢就丢了吧，再添一件就是了。"

事到如今有什么办法呢？此时的葵花，是真后悔把大红袄晾在院子里了。更让她头疼的是，郑家佑对她的好一如既往，让她心生感激，也感到为难。

郑家佑又来帮她挑水，葵花将一条毛巾递给他擦汗。这当口儿，张瑞麟从外面走了进来，将眼前的情景看了个一清二楚。他二话没说，将脚下的一块烂砖头踢飞，转身就走。郑家佑从葵花那儿出来，被张瑞麟拦住了。

张瑞麟吊着脸，上前拍打了一下郑家佑："看不出你平时蔫了吧唧的，泡娘们儿倒是有一手。说说看，你俩啥程度了？"郑家佑说："瑞麟哥，你说啥呀？"张瑞麟脸一沉："我这就叫你尝尝拳头的滋味。实话告诉你，葵花是我的，你要是再打她的主意，看我不废了你小子！"

郑家佑还没反应过来是怎么回事呢，就觉得面上一热，被张瑞麟打倒在地。接下来，张瑞麟就对大伙儿宣布，葵花是他的女人，谁要敢打她的主意，郑家佑就是榜样。大家伙议论纷纷。这其中，也包括小琴、讷敏、乌娜希、嚼舌头的海霍娜，还有平时少言寡语的老黑。张瑞麟心狠手辣，大伙儿平时都惧他三分。

葵花从屋子里走出来，一反往日的温柔，叉腰大声说："张瑞麟，我是看上了郑家佑，可这又和你有什么关系？你当着大伙儿面儿说我是你的女人，你就不怕风大闪了舌头？家佑，走，这就跟我到屋里，咱俩喝两盅！"

在大伙儿的注视下，葵花将郑家佑拖进屋，心疼地擦拭着郑家佑的伤口，说："嫂子对不住你啊！让我看看，张瑞麟把你给打啥样了？"

"没事，嫂子，没事。"

"你这是何苦呢？嫂子不是告诉过你，嫂子的心里只有你德本哥吗？"

晚上，郑家佑坐在炕头上龇牙咧嘴，张瑞麟这一拳把他打了个乌眼青，脸都肿了。这时，张瑞麟走进来："兄弟，哥哥下手重了。葵花跟你不合适！"郑家佑没说话。张瑞麟坐在板凳上："你看上谁不好，偏看上她？你知不知道，我早看上她了，早晚她是我的人。我不和你多说，咱们兄弟一场，我不难为你。你要再动歪念想，看我不打折你的腿。你又不是不知道我张瑞麟，说到做到！"

张瑞麟说着，重重摔了一下门，和苏大炮差点儿撞个满怀，走了。郑家佑坐在炕沿上捂脸哭了起来。苏大炮就劝他："为一个女人不值当。再闹下去，姓张的非把你吃了不可。"

"那我该咋办？"

"咋办？眼不见，心不烦。过段时间，你的心被别的东西塞满了，就好了。"

师父走后，郑家佑在炕上辗转反侧，怎么也睡不着。也许，师父的话是对的。

此时，葵花也没睡着，在油灯下熟皮子。

"咣咣咣！"敲门声打断了葵花的思绪。葵花放下皮子，操起门后的镰刀，也没问门外是谁，蓦地把院门打开。冷风裹挟着一个人刮了进来。借着明亮的月光，葵花看得清清楚楚，进来的人是郑家佑。只见他穿着一新，背着褡裢。走进上房，葵花放下镰刀："这么晚了，你咋来了？还疼吗？"葵花过来看郑家佑的脸，郑家佑说："没事。"葵花说，"没事就好。大半夜的，你想出门？"

"嫂子，张瑞麟人不错，要不，你就……"

"你说啥？！"

"我听说张瑞麟他爹在东山上当过土匪，我是怕他随他爹。我想开了，我不能对不起我德本哥！时辰不早了，我……该走了！这是我积攒下来的钱，就留给你和侄儿过日子吧！"

"你这是要去哪儿?"

"我想去投奔关里的亲戚。嫂子说得对,我在这儿对你的影响不好。我走了!"郑家佑走出门,想了想,又折回身,恋恋不舍,"师姐,我……"

这次,让葵花没想到的是,郑家佑竟然称呼她为师姐。

葵花说:"家佑,我是你的师姐,也永远是你嫂子。我还是那句话,我心里,除了你德本哥,容不下别人!"郑家佑说:"嫂子,要不你和张瑞麟拉下脸把话说绝了,过了这阵子,张瑞麟失去热乎气了,自然退了。"

门外传来张瑞麟的声音:"谁退了呀?"

张瑞麟醉醺醺,喷着酒气晃了进来。

葵花撂下脸儿,说:"你来干啥?"

"嫂子,你就这么不待见我?"张瑞麟说着,摇晃着身子要搂葵花,被葵花躲开。

"我心思不在你身上。"

"在谁身上?在那个像娘们似的小白脸身上?老子今天就和你成了好事。我看你还惦不惦记他!"张瑞麟晃着身子过来,翻身将葵花裹在身下。郑家佑躲到了水缸后面,眼睁睁地瞅着张瑞麟把葵花按在炕上。

葵花绝望地挣扎:"家佑!郑家佑!"

张瑞麟胡乱地解着葵花的衣服,一边亲着葵花,一边说:"家佑那小子再敢露面,卵子给他挤出来。不单单是他,谁靠近你都不好使。"

葵花大喊:"家佑,你还是不是个爷们?!"

葵花闭上眼睛痛哭,郑家佑起身悄悄走出门去,回头看着佟家的窗户,看着葵花被张瑞麟压在身下,痛苦地拍打着门口的戏台,狠狠地跺了一下脚,走了。

葵花和张瑞麟厮打着,给了张瑞麟一个嘴巴,把他推开。张瑞麟喷着满口的酒气:"我想你都想得睡不着觉,我知道你心里头没我,可那个小白脸儿他有什么好?你也见着了,那是个怂包。这样的男人,值得你对他那样吗？还不是我对你好？！"张瑞麟说着，再次将她压在身下。

葵花蓦地从笸箩里摸到一把剪刀，点到了张瑞麟的咽喉上："你再敢动我，信不信，我杀了你！"张瑞麟酒醒了大半："我是有些莽撞，可我对你是真心实意的。"

"张瑞麟，我生是佟德本的人，死了也是他的鬼！"

怀韬被争吵声惊醒了，指着张瑞麟："不许欺负我额涅！"说着，爬起来去打张瑞麟。看着葵花气得苍白的脸，张瑞麟抽了自己两个耳光，掀门帘走了。不远处的一棵树后，探出一张男人的脸。见张瑞麟过去，那个人这才消失在暗夜中。

院子里传出葵花号啕的哭声，在暗夜里，传出很远，很远……

第十二章

早上，葵花去了大直街的大教堂。

她去教堂，完全是受了邻居波兰木材商葛瓦里斯基的太太卡罗琳娜的感染。

大直街有三座教堂，葵花最喜欢的就是圣母大教堂。教堂肃穆庄严，修女和神父的微笑深深打动了她的心。修女特蕾莎对她尤为关照，很快她们就成了好朋友。交谈中得知，特蕾莎是这座教堂里唯一的中国人。每当心情郁闷的时候，她就去找特蕾莎聊聊。特蕾莎平和端庄，像一朵纤尘不染的莲花。不知为什么，葵花一见到她，就有一种久违的亲切感，心头的郁闷都能被她轻松化解。

中午，熟皮子休息的间隙，葵花一遍遍擦拭着她和德本，还有她和佟云、和卓的合影。当年，她们姐妹是多么清纯漂亮啊！现在，佟云连个尸首都没看着，和卓也下落不明，只有她还苟活在这纷乱的人世间。和前阵子比起来,她整个人更憔悴了。几个喜欢自己的男人着实让她纠结。她不想伤他们,可又不得不摆出最后的态度来。经过无数次的纠结,她把这些讲给了特蕾莎听。

特蕾莎说:"红尘男女最怕一个情字,比如我,已发绝财、绝色、绝意这三愿。时间是这世上最好的跨度,让惨痛变得苍白,让执着的人选择离开,然后历经沧桑人来人往,最终你会明白,万般皆是命,半点不由人。"

从教堂回来,葵花一遍遍想着特蕾莎的话。从她的目光中,她觉得这个潜心静修的女人的心里也一定埋藏着不为人知的情感经历。只有真正内心受到折腾的人,才能真正放下。她什么时候才能放下呢?

怀韬走进来,说:"田姥爷和田姥姥来了。"

葵花回身,田大牙和田太太走了进来。德本下葬后,田大牙经常带老伴过来看望葵花。田太太不开怀,他们自己没儿女,待葵花如同亲生。葵花也把他们当成自己的亲生父母,遇到什么难事,会向他们倾诉,听取他们的意见。

葵花将相框挂在墙上迎了出来。田大牙将背着的半袋子面放在墙角,说:"这是新磨的粳米面,给怀韬做包子吃。"葵花说:"干爹、干妈,上次你们给拿的还没吃完呢!再说,我熟皮子、给外国人吊皮袄,收入也不少。"田太太拍着一旁的怀韬,说:"我和你干爹虽说不是大富大贵,但凡有我们一口吃的,就绝不让你们娘俩饿着。"

老两口的一番话,说得葵花心里暖暖的,眼睛湿湿的。

田太太说:"我和你干爹来,还有一件事想和你商量。"

田大牙说:"孩子,德本也走了一年多了,你正当年,老这样下去也不是个事。我和你干妈商量着,想把瑞麟介绍给你。瑞麟这小子不错,在我眼皮子底下长大。"

葵花说:"干爹、干妈,德本走了,我这心里还放不下他。二老的好意我心领了。"

田太太说:"我知道你心里容不下别人,可你老这样下去,我和你干爹也不放心啊!实话告诉你,瑞麟也找过我们了。这小子一根筋,他认准的事,九头老牛也拉不回。他啊,就看中你了。"

葵花说:"干爹、干妈,闺女不是不赏你们的脸,我心里现在真的容不下别人。德本死了,我的心就死了。"

田大牙和田太太见葵花将心门关得死死的,也就不再强劝,唠了一会儿闲嗑儿就回烧锅去了。葵花刚刚送走田大牙和田太太,一辆洋车停在了门外。这种洋车四个轮子,只烧油不吃草料,由司机开动,哈尔滨的大街小巷上常见。不过,能坐上这种豪车的人都是政府要员和身份显赫的洋人。车门开了,走下一位头戴黑呢礼帽、穿黑色制服,面容清瘦戴着墨镜的中年男人。从远处看,像门前线杆上落下来的黑老鸹。在他身后,跟着一名同样穿着黑色制服的随从。

"少奶奶,多年不见,不认得我了?"男人摘掉墨镜,冲着葵花笑了笑。

葵花打量着来人,说:"许世通?化成灰我也认得!"

男人身后的随从斥责葵花:"怎么跟我们许参议说话呢!"

男人回身瞪了一眼随从:"怎么跟佟少奶奶说话呢?"

随从这才不言语了。

男人是许贺霖的儿子许世通,伪满洲国建立后,因为他会说一口流利的日本话和传承下来的阿谀奉承的手段,得到了日本人的赏识。葵花不止一次在官办的《大北新报》上看到过他的名字和照片。

这两年,葵花一直坚持订阅《大北新报》。虽然现在这张报纸的消息有些水分,但终归还是能通过它了解一些时事。

许世通说:"葵花啊,听说你现在仍然是一个人过。一个女人家,这样下去终归不是办法啊!"

葵花说:"这就不劳你费神了。"

许世通说:"葵花,这些年来我房中一直无人,可就等着你呢!当年你嫁给老佟家，我没办法。现在佟家少爷没了，我的机会来了。"

"我是个命中克夫的寡妇，又怎能高攀许大参议这根高枝儿呢！"

"我许世通不信那一套。只要你嫁给我，你就是堂堂的许夫人，我一定会对你好的。"

"你们老许家的金堂玉马虽然好，可不是给我这样的小百姓预备的。时候不早了，我要给我儿子做饭了。"

许世通仍不死心，继续说道："葵花，精诚所至，金石为开。你早晚是我许家的人。冯秘书，把带来的东西给佟少奶奶留下。"

那个穿着黑色制服的随从从公文包里掏出一沓面额一千的伪满洲国纸币，递给许世通。

"葵花，这是两万块钱，收下！我知道，你们孤儿寡母不容易。"

许世通说着，将这沓纸币递给葵花，被葵花推了回来："许世通，你觉得我能要你的钱吗？别忘了，我们佟家是如何败落的！要不是因为你们家，我公公婆婆和小姑能死吗？"

花花绿绿的钞票像秋风里的落叶，撒了许世通一身。

许世通冷笑说："葵花，你说我咋就得意你这个脾气呢？过几天我还会来的。开车！"

看着许世通的汽车吐着黑烟消失在街口，葵花这才长长出了口气。对她来说，许世通就是把无形的刀子，在她心头的伤口又捅了一刀。

田大牙和田太太坐着人力车回极乐寺后面的家，老两口一边走一边为葵花拒绝张瑞麟感到惋惜。张瑞麟是他们看着长大的，他们觉得，葵花嫁给张瑞麟最适合不过。

田太太说："想不到葵花这孩子性情这么刚烈。"

田大牙说："葵花该有多苦啊！本以为做了佟家的少奶奶能享一辈子福，谁承想年纪轻轻的就守了寡。"

田太太说："这苦日子，啥时候是个头啊！"

拉车的是个四十多岁的汉子，叫老槐，和田大牙挺熟。

老槐说:"佟家少奶奶啊我认识,忠贞刚烈,让人敬佩啊!我老槐生平没佩服几个人,这佟家少奶奶算一个。她的身世我多少了解一点儿,苦守寒窑,这是在报佟家的恩啊!这般德芳兼具的女人,立块牌坊也不为过。"田大牙说:"谁说不是呢!"

田大牙和太太刚下洋车,一辆汽车在他们身边缓缓停了下来。许世通推开车门走了下来。田大牙以为许世通是来买酒的,和老槐一样,他也喜欢喝他们烧锅的二锅头。

"许参议,想喝二锅头,我让伙计送过去不就完了吗?"

"我不是来买酒的,我想求老掌柜一件事。"

"许参议堂堂'满洲国'高官,还能求我一个开烧锅的?"

"老掌柜,我就不兜圈子了,我想求你为我保个媒。"

"许参议想娶亲,说媒的那还不得踏平了门槛,还求得着我田大牙啊!看中哪家的姑娘了?"

"这个人就是你的干闺女,佟家少奶奶葵花。"

"你是说葵花啊!许参议啊,你这么好的条件,要啥样的姑娘没有,干吗非娶她?"

"萝卜青菜,各有所爱,我就喜欢她。她没成为佟家少奶奶前我就喜欢她。我也刚从她那儿回来,我向她求婚,她不给我面子。我寻思你是她干爹,她总会给你面子吧!"

"我也刚从她那里回来,吃了个闭门羹。我想将她介绍给伙计张瑞麟,可人家说不想改嫁。"

"老掌柜,你就诓我吧,谁不知道你是她干爹,你说话不好使谁还能好使呢?"

"许参议,我真的刚从她那回来。这忙我不是不想帮,是真帮不上。"

"田大牙,我许某人求你是给你脸,你要想平平安安开你的烧锅,这忙你帮也得帮,不帮也得帮!"

田大牙面露难色,正要说话,一旁有人说:"许世通,不要脸的人是你！你也是读过大书的人，这种事儿是强求的吗？"

田大牙回身，说话的是伙计张瑞麟。

"你是什么人？谁让你在这儿插嘴！"许世通呵斥道。

田大牙赔着笑脸，正要替张瑞麟说好话，张瑞麟说："你喜欢佟家少奶奶，那得凭自己的本事去争取，总不能逼人家嫁你吧！你不会忘了，老佟家败落到今天，你们许家可帮了不少忙吧？"

一旁的冯秘书说："怎么和许参议说话呢？信不信我给警察局打个电话，把你扔进监狱里松松筋骨？"

张瑞麟说："狐假虎威的，在后面瞎咋呼啥？"

秘书正要发作，被许世通伸手阻止了。许世通冲着张瑞麟一笑，"你说得对。我听田掌柜说，佟家少奶奶也拒绝了你。那咱们就比比看，佟家少奶奶这朵花最终会落谁家。"

许世通说着上车走了。

田大牙骂张瑞麟："咋这么冲动呢？这姓许的不是盏省油的灯，你戳了他的心窝子，他就会过来报复咱们。"

张瑞麟说："对不起掌柜的，我就是见不得他仗势欺人的样！"

田大牙说："宁可得罪君子，不可得罪小人啊！这许家一向横行霸道，当年要不是许老太爷动了邪念，老佟家也不会走到今天。不说了，干活。"

夜雨敲窗，葵花在灯下熟皮子。怀韬抱着老猫已经睡着了。听着"沙沙沙"的雨声，葵花的心里也在下着雨。孤儿寡母的，咋就这么难？如果许世通再来闹，那她就和他拼了。

葵花突然听到，窗外传来了和雨声截然不同的细微声响，有点像人的脚步声。她将刮刀拿在手里，推开了门。雨下得更欢，一只猫突然从屋檐上跳了下去。葵花认得这只猫，是他们家这只老猫的子孙。葵花把猫放了进来。

第二天一早，葵花开院门，发现门洞内有两行清晰的脚印。看来昨晚上并不是幻觉,是真的有人来过。什么人能跳进院子?葵花在院内察看了一下,并没丢失什么东西。看样子,这个人并无伤害他们母子之意。难道,是张瑞麟?

晨雾中有马车跑过来,赶车的是张瑞麟,后面坐着老黑。马车上装满酒坛,看样子是给客户送酒的。张瑞麟也看到了她,将马车停下:"嫂子,以前有对你不周的地方,你就多多见谅吧!我张瑞麟是个粗人,别和我一般见识。我想通了,我这心里有你,可这种事也不是强求的。许世通这家伙也去找你干爹去了,逼着他俩说媒,让我骂走了。"

葵花想问他昨晚是不是他来过,话到嘴边咽了回去。

"瑞麟、老黑哥,你们去送酒?"她说。

老黑冲葵花点了点头,没说话。

张瑞麟说:"给米娘久尔餐厅送酒。这个铁法,走了就不回来了,苏佰金家的卡佳一个劲儿让我打听他的下落呢。驾!"

张瑞麟赶着车走了。看样子,昨晚来的那个人不是他。

张瑞麟看着晨雾中葵花的身影,无限感慨在心头。

张瑞麟的心在葵花身上。德本故去后,他想方设法接近她,在生活上给她们母子以各种帮助。让他想不到的是,郑家佑也在接近葵花。似乎,葵花的心更倾向于他。他和郑家佑虽然平时关系不错,可这种事却不能随意舍让。没办法,只好打跑了他。本以为会博得葵花的心,没想到却弄巧成拙。为了扳回这场败局,他托田大牙来帮忙说亲,葵花也没给她干爹的面子。不过,他对她却愈发地尊重和敬佩起来。没儿没女的田大牙觉得对不住他,就和太太商量,把他认作义子了。

张瑞麟给米娘久尔餐厅送了好几年酒了。铁法离开后,每次去,卡佳就缠着他问铁法的下落。看着日渐消瘦的卡佳,张瑞麟的心里也不是滋味。

"你说,铁法现在能在哪儿呢?找没找到和卓呢?这都四五年了,咋一丁点消息也没有？这个活宝啊！"张瑞麟对老黑说。

"这兵荒马乱的，在不在都不好说。可苦了卡佳了。"

二人将马车赶到了渡船上，通过渡船赶到了米娘久尔餐厅前。正往下卸酒的时候，卡佳跑了过来。

"瑞麟大哥，你们总算来了。白酒昨天就卖光了，有几个客人非要白酒，正和我爸爸争吵呢。"卡佳自幼在哈尔滨长大，会说一口流利的东北话。

张瑞麟和老黑忙一人搬一坛酒走了进去，苏佰金正赔着笑脸在和一桌客人周旋。从装束上看，吃饭的是伙日本人。日本人占领哈尔滨后，俄国人的地位一落千丈。日本人取代俄国和其他外国人，成了这座城市的"主人"。

一个三十多岁留着短髭的日本人用一口流利的汉语对苏佰金大声说："我们不想喝啤酒，也不想喝伏特加，我们只想喝哈尔滨本地的烧酒。"苏佰金说："对不起，本地的烧酒昨天已经卖光了。吃俄式大餐，配我们的伏特加是最好的选择。要不还是喝你们日本国的清酒吧！"那个日本人说："我讨厌你们那种经过蒸馏处理的酒精饮料，我们日本国的清酒固然好喝，但度数低，相比之下，我还是喜欢中国本地的烧酒。"小胡子脸涨得通红，正逼着苏佰金拿出本地的烧酒来。这时，张瑞麟和老黑抱着酒坛走进来。

苏佰金笑了："本地的烧酒来了！"

一个俄国侍者将酒坛打开，"短髭"闻了闻，脸上露出了笑容。

苏佰金说："张瑞麟，你们的烧酒怎么没有按时送到啊！真是怪了，最近来的这些日本人都想喝本地的烧酒，而对我们的伏特加酒和啤酒却不感兴趣。你们和田掌柜说说，无论如何也要按时将货送到。"

张瑞麟说："不瞒苏老板，粮价大涨，粮食不好买啊！现在只靠囤积的粮食在维持着。不过请苏老板放心，我会和我们东家说，尽量先满足你们这儿。"

苏佰金点了点头。目前的状况，的确如张瑞麟所说。

田家烧锅目前正面临着粮食原料短缺的困难，如果不是田大牙早些年囤积了不少粮食，早歇业了。

田家烧锅有一百三十来年了。当年，田大牙的祖先兄弟六人由直隶省的卓索图盟逃荒，辗转来到哈尔滨。按大清律，汉人不得随意开荒，田家便认住在阿勒楚喀的旗人温八秧子为房东，开荒种地。温八秧子病逝后，田家开了第一家烧锅。烧锅水质好，酿酒有奇香，加之田家兄弟待人和善，田家烧锅远近闻名。那时候，闯关东的汉子们腰里都别着一个烧酒壶。皑皑白雪下，喝一口烧酒，能抵住凛冽如刀的寒风。漫漫长夜里，喝一口烧酒，能模糊对遥远家乡的思念。

田家烧锅之所以风靡哈尔滨及其周边，除了田大牙有一套祖传的酿酒工艺外，最主要的是院内有一口老井。这口井里的水十分甘甜，清澈见底，而在院里其他地方打出来的水井，其水质和老井截然不同。温八秧子说，这井直通松花江，下面有一条井底白龙。温八秧子病逝，家无子嗣，这口井便为田家独享。

苏佰金初到哈尔滨创业时到田家烧锅买酒，起初田大牙不同意，他最恨俄国人。后来，一个雪花飘落的中午，苏佰金披着一身银白，拎着从松花江渔民手中凑来的"三花五罗"，敲响了烧锅的木门，深深打动了田大牙。

"三花"指的是鳌花、鳊花、鲫花三种鱼的合称；"五罗"指的是哲罗、法罗、雅罗、同罗、胡罗五种鱼的合称。这几种鱼单独买容易，凑齐绝非易事。"三花五罗"是最真诚也是规格最高的礼物。苏佰金的真诚打动了田大牙，请他喝二锅头，苏佰金的话就多了起来。苏佰金也是苦命人，他小时候就从老家斯沃博德内城跨过黑龙江独自闯到长春，后来又回到哈尔滨落脚，开了这家俄式餐厅。田大牙觉得，俄国人也并不都是坏的，从此，和苏佰金成了莫逆之交。

听罢张瑞麟讲述日本人在米娘久尔餐厅滋事的经过，田大牙隐隐感到一缕不祥的预感。晚上，他将张瑞麟找到房中："日本人贪得无厌，咱们得多加小心，烧锅毁了也不能落到他们手里。如果让他们喝上咱们酿的酒壮了胆气，那咱们就是助纣为虐了。再说，纳穆哈那几个炮手根本不是小鬼子的对手。"张瑞麟见义父郑重其事，含泪跪下答应了田大牙。

第二天一早，田大牙又去了佟家找到葵花，从怀里掏出那本祖传的《酿酒秘术》塞给葵花，说："人在方子在，这本书绝不能落在日本人手里，我知道你记性好，抽空记在心里，然后将书烧毁。"田大牙说着竟然给葵花鞠躬，泪水滚落。葵花说："干爹放心。"田大牙说："孩子，日本人如虎似狼，他们迟早不会放过烧锅的。田家百年的名号和基业要遭大难了！"田大牙走后，葵花将这本书熟记于心后，将书焚毁。

这天，葵花正在给法国领事馆的露易丝小姐吊皮袄，怀韬跑进来说，外面来了一个客人。葵花起身，一个留着两撇"仁丹胡"的中年男子走了进来。在他的身后，是一个和他一样穿着和服木屐的男人，看样子是他的随从。葵花脸上掠过惊讶，他们是日本人。

葵花说："请进。"

男人说着一口流利的汉语："佟少奶奶，听说你的皮袄吊得好，我想给我太太吊一件。"

"太太什么身量？"

"按你的身量吊一件貂皮大衣吧！"男人看了看葵花，扫了一眼身后的随从。随从将几块紫貂皮放下，又将一个皮包打开，抽出一张名片放在几案上，"如果皮料不够，请打这个电话。款式就照这个。一个星期后，我让人来取。"

男人像恶心的老鸹在院里走了两圈。男人走后，葵花只好放下别的活计，开始按照他提供的款式吊这件紫貂皮大衣。她知道日本人的凶残。

日本人占领哈尔滨后，别说普通百姓，就连波兰人葛瓦里斯基那样赫赫有名的木材商也被日本人活活钉进了棺材埋在院子里。很快，木材场的院子里就飘来了日本男人和女人的说话声。街对面住着一个年轻的美国钢琴家，因为听广播被日本人抓走，被毒打到半死后扔在垃圾堆里。葵花的英国客户艾达太太的儿子被日本人绑走，让他们出三万英镑。他们拿不出，日本人就把他们的儿子剁去了头脚。至于和他们一样的百姓，被逼着学习日语不说，吃顿白面也要被当作经济犯关押。去年冬天，她亲眼看见日本兵将十几个男人推进了松花江的冰窟窿里。

这天清早，田太太来了，告诉葵花，他们认张瑞麟当义子了。

葵花说："我知道了，几天前，干爹来的时候，就告诉过我了。"

田太太感叹着："你啊就不听劝，兵荒马乱的，一个女人家拉扯个孩子多不易啊。要我说，你嫁给瑞麟是再好不过的了。"葵花说："瑞麟哪都好，可我一个寡妇，咋配得上人家呢！"

这时，一辆黄包车在门口停了下来，葵花仔细一看，竟是宫崎柊梧和仲春加代。和以往不同的是，加代没有穿和服，而是穿着旗袍；柊梧也只是穿着一件长袍，戴着瓜皮帽。自从日本人占领哈尔滨后，她已经有一年多没见过他们了。柊梧拎着一个袋子，里面装着一个木质的盒子。

葵花拉住加代的手："加代婶，柊梧叔，一年多没见了，你们还好吗？"

"还好，还好！"加代说，"我和你柊梧叔也怪想你们的。这不，他亲手做了生鱼片给孩子送过来。怀韬那孩子呢？"

和一年前相比，两个人苍老了不少，加代的头发已见花白，柊梧的身子也显得有些佝偻了。葵花知道，柊梧不过五十岁，加代才四十出头。

柊梧说："我想怀韬了！"

这时，怀韬跑了过来，柊梧一把就把他抱在了怀里，捏着他的鼻子："想柊梧爷爷和加代奶奶了吗？"怀韬懂事地点了点头，并且在柊梧的脸上亲了一下。柊梧哈哈大笑，将木匣子递给了怀韬："爷爷给你做的生鱼片，拿去吃吧！"

"谢谢柊梧爷爷！"小家伙接过木匣。

加代说:"怀韬,你的眼里只有你柊梧爷爷。来,让奶奶亲亲。"

怀韬来到加代身边,踮起脚尖,亲了一下加代,这才蹦蹦跳跳回正房吃他的生鱼片去了。田太太也过来,彼此间打着招呼。他们早就认识,在田太太的眼里,这对日本夫妇为人谦和,对人彬彬有礼,尤其是和佟家保持着亲戚一样的关系很是难得。正像老伴所说的,日本人也并不都是坏人,普通人同样在为柴米油盐而奔走。

柊梧说明来意:"葵花啊,我和你加代婶要回日本去了。前段时间做梦,老梦见老家的樱花。"加代也说:"我也想回去了,来中国这些年,终有一天要回故土的。叶子飘得再久,终归要落在树底下。中国管够的西瓜和中国人憨厚淳朴、对人真诚的性格,让我留恋。"

"阳太呢?我好长时间没见过他了。"葵花将清茶分别放在宫崎夫妇和田太太面前。

"一言难尽,阳太在半年前就被强征入伍了。阳太走后,我们只见过他一面。"加代说着,眼圈红了。

几个人正在说着话,怀韬在院外喊:"额涅,不好了!"

葵花愣了一下,和田太太向院内看去,来了几十个荷枪实弹的日本兵。葵花和田太太走到院子里,柊梧想出去,被加代给拉了回来。

领头的日本军官走过来说:"佟家少奶奶,我太太的皮袄吊好了吗?"

葵花仔细打量,来人竟是那天的日本人。葵花说做好了,回屋从衣架上取下吊好的皮袄递到了日本军官手里。日本军官展开看了看,满意地点了点头。

"很好。不过,佟少奶奶,我今天来还有另外一件事要和你商量。"

"请说。"

日本军官说:"据我所知,佟家的院落是当年吉成社的旧址,我想将这个院落租下来,作为我们的队部。请佟少奶奶务必帮这个忙。"

葵花和田太太对视了一眼,葵花说:"这是我公公婆婆留下来的遗产,我这个做儿媳的怎么能随便处理呢?"

一旁的随从喝道:"这是傅家甸宪兵队队长川岛少佐,怎么可以这样和少佐说话?"

这个叫川岛的日本宪兵军官挥了挥手,随从双脚并拢退到一旁。

"佟少奶奶,我们不是买,是租。等我们撤离哈尔滨那天,这宅子还不是你们佟家的?"日本军官又冷笑了一下,"当然,你也可以不同意。不过我要告诉你,决定一个人的一生以及整个命运的,只是一瞬之间。佟少奶奶,你可别为你的坚持后悔。"

日本军官又一挥手,院里传来怀韬的哭声。

葵花出来一看,怀韬被两个鬼子押着,明晃晃的刺刀上,孩子恐惧的目光清晰可见。

葵花喊:"别动我的孩子!"想冲过去,被两个鬼子给架开。

田太太哀求说:"你们行行好,放过孩子吧!"

一旁的那个随从掏出枪来,扣动了扳机。"砰!"田太太吭都没吭一声,就倒在了血泊里。葵花扑在田太太身上,抱着她呼喊,田太太已经咽了气。

日本军官说:"对不起佟少奶奶,手下人手快。佟少奶奶,答应了吧!是祖产重要还是儿子重要?更何况,我们只是租。"

"好,我答应你们。请不要伤害我的孩子。"

日本军官诡秘地一笑:"母爱是一种巨大的火焰,我怎么忍心把它扑灭呢?"

这时,一声惨叫响起,葵花扭过脸来,怀韬挣脱两个看押他的日本士兵,拼死咬住了那个打死田太太的随从。日本士兵大怒,推开怀韬,拉动枪栓,对准怀韬。

日本军官闭了闭眼,"砰!"一声枪响,怀韬倒在地上。这时,一条黑影冲了进来,把刚才那个开枪的日本士兵砸倒。紧接着又是一声枪响,那个黑影随声倒下。这一切都发生在眨眼之间,葵花看到,那个倒在怀韬旁边的是老黑。他的手里拎着他们家的门闩。院门外,停着那辆送酒的马车。

葵花冲过去抱起了怀韬，孩子努力睁着眼睛，在葵花的怀里咽了气。葵花蹲在老黑身边，老黑的额头被子弹钻了个洞，血从枪眼里流淌出来。葵花缓缓起身，突然，一把薅住那个日本士兵的衣领，号啕大哭。

"你还我孩子！还我孩子……"

川岛挥了挥手，士兵一把推开葵花，拔腿就往外走，被葵花死死抱住大腿。又有两个士兵扑过来，用枪托砸着葵花。

"住手！"柊梧高喊着和加代从屋里冲出来，他们实在看不下去了。不过，柊梧情急之中并未说日语，而是说着一口流利的东北话。

川岛看了看柊梧，一挥手，一个日本士兵端起了枪，"砰"的一声，柊梧的眼睛眨了眨，他正想说出自己的身份，就捂着胸口倒在了地上。加代见丈夫被本国的士兵开枪打死了，疯了似的冲了出来。平时文静的她，此时竟变成了一头复仇的母狼。

她用日语说道："我真想骂你们，可我怕脏了我的嘴！作为一个日本公民，我为我们的国家有你们这样的士兵而蒙羞。以前我只是听说，没想到今天让我亲眼看到了你们丑恶的嘴脸。我的儿子也服役了，我不知道他会不会和你们一样。如果他和你们一样，那我就切腹谢罪！"

在场的日本官兵，包括葵花，都惊呆了。那个打死宫崎的士兵像尊木雕愣在那儿，不知道怎么办才好。他怯怯地看着他的上司。

川岛打量着眼前这位穿着旗袍的女人，问道："你……是日本人？"

加代说："我叫仲春加代，本州岛山口县人；被你们打死的是我的丈夫，他叫宫崎柊梧；我的儿子叫宫崎阳太。想不到，我的丈夫竟然死在了自己的同胞手里，你们杀死了我的丈夫，我要到你们的军部去告你们！"

"没必要介绍你究竟是谁，既然你那么喜欢别人家，那就永远留在这儿吧。"川岛目光里掠过一丝决绝，他摆了一下手。

"砰"一声枪响，一颗子弹不知从哪一个宪兵的枪口里飞出，加代的身子像被踢出去的球，仰面倒在了柊梧身边。川岛挥了挥手，几个宪兵过来，在葵花的注视下，将柊梧和加代的尸体扔在了那辆带篷的汽车车厢里。

葵花看到了日本人往外走的腿，听见尸体扔在车厢里发出沉闷的声音，眼前一黑，就什么也不知道了。

第十三章

街坊们进进出出，帮着料理后事。在街坊邻居的呼唤下，葵花苏醒了过来。日本人又过来传话，给葵花三天时间办丧事，三天过后他们就会搬过来。葵花搞不懂，日本宪兵为什么将宫崎夫妇的尸体拉走了。她问传话的那个翻译模样的人，他只是笑了笑。想起宫崎夫妻，葵花感动得一塌糊涂，为了救她，他们挺身而出，竟然死在了本国士兵的枪口下。

宫崎夫妻的尸体被拉走了，可家里的后事还得办。葵花就赶着老黑的那辆马车，拉着田太太的尸体来到了田家烧锅。田大牙当时就晕过去了，葵花目光呆带，坐在一边啜泣。

田大牙醒来哭着拍大腿："天杀的小鬼子啊！他们这是不想让人活啊！"

张瑞麟拎着铁锹要去拼命，被炮手纳穆哈抱住了。纳穆哈说："鬼子人多势众，你单枪匹马跟人家拼命，就是个死！"

纳穆哈在田家当炮手多年，张瑞麟很敬重他。张瑞麟气得用拳头捶打着院内的杨树。

田大牙痛哭过后，重重地说："人都死了，先料理后事。其他的事，以后再说。"

葵花又回到家里，给老黑和怀韬办丧事。老黑死在了他们家，他一个人没成家，葵花决定将他和怀韬的后事一起办。现在，她在田家烧锅和家之间两头跑，将干妈收拾好后，又回到自己家里收拾怀韬和老黑的东西。

给怀韬收拾好后，张瑞麟和纳穆哈给老黑换上了葵花买来的寿衣。老黑穿着寿衣，盖着寿被，脸盖黄布，头戴毡帽，躺在杨木棺材里。葵花和小琴、讷敏、纳穆哈的媳妇海霍娜、乌娜希等人又去了老黑家，看看有没有东西给老黑带走。

葵花没来过几次老黑家，一进这黑洞洞的烂草房，泪水就止不住地往下滚。老黑哥的行李放在炕里，海霍娜打开老黑的行李，啥也没有，又打开了一口红漆柜，在里面发现了一个包裹。海霍娜说："看看，这包裹里面藏着啥好东西。"在众人的注视下，海霍娜缓缓解开包裹，里面是几件衣服，中间竟是一条黑色的腰带。海霍娜和讷敏互相看了看。海霍娜说："葵花，老黑还有一条这么漂亮的腰带，这些年没见他扎过啊！"葵花拿过来看了看，用手轻轻摩挲着。这条腰带是当年她绣给德本的，后来就不见了，怎么到了老黑这儿？

乌娜希说："是德本送给老黑的，让他扎着去相亲的。那天德本送他腰带，我就在场啊！"

德本不止一次对葵花说过，老黑哥命苦，他最希望老黑哥成家立业。这些年，他一直舍不得扎，是在感念德本对他的情义！本来他是来接田太太的，正赶上日本人施暴。

"好个老黑哥呀！"葵花一边自语，一边泪水流淌了下来。她拿着包袱回到家中，轻轻放在了老黑的脚底。她又想起了宫崎夫妇，想起和他们二十多年的交往，她的心里就像坠了块大石头。如果有一天阳太出现了，她可怎么跟他交代啊？

这时候，天已过晌，葵花想起要给帮忙的邻居们烧火做饭。在门外木柴垛的夹缝里，她看到了一个红红的东西，扯出一看，竟是那件丢了的红袄。看来，她错怪了张瑞麟、郑家佑，也差点要错怪躺在棺材里的老黑哥。红袄上面沾满了泥土，她拍打了一下红袄上的泥土，心里酸酸的。

葵花和干爹商量好了，三个人一起出殡，埋在一起。

满眼的葵花开遍了原野，瓦蓝的天幕下，松花江边，一行人将田太太、老黑和怀韬的棺木徐徐放入墓穴内。飘飞如蝶的纸灰中，葵花肝肠寸断。

让葵花心里难受的是儿子，他还不到十岁啊，这个懂事的孩子给她枯燥的生活带来了多少乐趣啊！现在，他却过早地夭折了；没有他的日子，她不知道怎样活下去。看着空荡荡的院子，耳边回荡着怀韬清脆的笑声，想起在市场上因为包子打他的情形，葵花的泪水再次涌了出来。泪花中，她分明看到，怀韬从屋子里跑出来笑着扑向她，一眨眼却又不见了。

晚上，张瑞麟赶车来接她到干爹家去。干娘走了，她得尽闺女的孝道给干爹做晚饭。饭桌上，张瑞麟对田大牙说："干爹，我想去巴彦砬子山。"

田大牙问："去那儿做什么？"

张瑞麟说："鬼子的胃口越来越大，看样子咱们的烧锅迟早会被他们夺走。听说砬子山大当家秦爷有人有枪，我想去投奔，拉出人枪来保护咱们烧锅。宁可和小鬼子面对面碰死，也不想就这样窝窝囊囊地活下去。"

葵花想了想说："瑞麟，我和你一块去！"

张瑞麟说："嫂子，你去了干爹怎么办？你在家好好伺候干爹，等我回来！"

葵花无奈地点了点头。

张瑞麟连夜出城赶奔巴彦砬子山秦爷的绺子。

张瑞麟赶到时，把门的小崽儿问："春点开不开（土匪黑话，会不会说行话）？"

张瑞麟将双拳举过左肩，向后一伸，答道："春点半开（土匪黑话，半懂不懂）。"

把门的又问："爷们儿从哪儿来？"

"称不起爷们儿，兄弟是无篷草，想找大当家的混碗饭吃。"

"进来抽口烟吧。"

张瑞麟知道第一关过了,说:"好嘞!"

过了好几道卡子来到了聚议厅,张瑞麟见屋里有十多个头目模样的汉子,就双手抱拳,举过左肩施礼,说:"西北连天一块云,君是君来臣是臣。不知哪位是君,哪位是臣。"

正中一把太师椅子上坐着的那位三十七八岁,剪着分头,身着白绸长衫,脚穿燕尾布鞋,长相白净儒雅的中年人开腔搭话了:"西北连天一块云,君是君来臣是臣。不知黑云是白云?"

张瑞麟再次施礼:"黑云过后是白云,白云黑云都是云。"

中年人一笑,伸直了右手的中小指,掌心向里,意思是,我是大当家的,有话说吧。张瑞麟一见,抱拳拱手:"大当家的,我想挂柱,请大当家的赏兄弟一口饭吃。"

中年人就是秦爷。他姓秦,名雨岚,虽是胡匪,却头脑精明,有胆有识。两年前,日本人进攻北大营,东北军没放几枪便退守锦州撤到了关里。时任少校营长上过燕京大学的秦爷脱下军装隐入山林,回到距哈尔滨百十里之遥的家乡巴彦县砬子山拉起了绺子。

秦爷见张瑞麟相貌威武,抱拳还礼:"老弟,绺子里有个规矩,想挂柱,行,不过得先过过堂,看看你有没有胆量吃这碗饭。要知道,干咱们这行的有今个儿没明个儿,说不定明天就吃了柴火(子弹)。"

张瑞麟说:"大当家的,兄弟自打迈进这个门槛,就不怕落脑袋。脑袋掉了碗大的疤,二十年后还是一条好汉。"

秦爷笑了:"兄弟是个爽快人,来,让这个兄弟过过堂!"

话毕,有个小崽儿拿过一个酒葫芦,放在了张瑞麟的头顶。

秦爷说:"兄弟,往前走,不许回头。"

张瑞麟大步流星往前走,"砰"一声枪响,酒葫芦被击了个粉碎。那个递酒葫芦的小崽儿跑了过来,摸了摸张瑞麟的裤子喊道:"大当家,是个顶硬的!"

秦爷走过来拍了拍张瑞麟的肩膀，笑着说："行啊兄弟，脸色都没变。好，遛过了，是条顶硬的汉子。拜香！"

张瑞麟之所以懂得这些匪行的规矩，得益于当年在松花江边上救过酒醉落水的通化人鲍熙年。鲍熙年表面是个生意人，实际上是松花江边赫赫有名的杀富济贫的土匪绺子红山帮的大当家。为了报答张瑞麟的救命之恩，鲍熙年将浑身的武艺悉数传给了他。鲍熙年回老家奉母，临行前将自己的真实身份告诉了他，将匪规匪礼教给了他。

张瑞麟落脚儿后，活儿做得特别漂亮。绺子里钱粮大增，招了不少人马，添了几十条快枪。不久，张瑞麟被秦爷任命为三当家的。张瑞麟无时无刻不惦记着田家烧锅的安危，他知道日本人的手早晚要伸向田家烧锅这块肥肉的。

这天，张瑞麟就和秦爷谈起了对田家烧锅的担忧。

张瑞麟说："大哥，兄弟最不放心的就是田家烧锅，能不能由我带着一部分弟兄回去保卫烧锅？"秦爷沉吟了一下："田家的二锅头弟兄们都喝过。这事儿得和几个当家的商议一下，毕竟现在是敌强我弱的时期，更何况还是在小鬼子的眼皮子底下。"

晚上，秦爷将几个当家的招聚到一起，张瑞麟的提议当场就被否了。二当家李国昌反对得最欢，他说："让弟兄们护烧锅，就等于将羊群赶入了虎口。鬼子现在兵强马壮，就咱们这几条破枪，亮在明处还不得成了鬼子的靶子？"

李国昌一表态，底下的几个当家的也纷纷表态此事不宜。最后，秦爷说："瑞麟，你的心思大家都理解，可眼下和鬼子硬碰硬真不是好办法。我身为大哥，得为弟兄们的性命着想。"

秦爷这么一表态，张瑞麟也不好再说什么。

其实，秦爷对跟日本人对抗一直举棋不定。前几天，他率部袭击巴彦火车站一个小队的鬼子是相中了鬼子的装备，这才铤而走险的。

晚上，张瑞麟正在屋子里闷闷不乐，四当家胡天豹拎着一坛酒拿着一只烧鸡走了进来。张瑞麟到秦爷的绺子时间不长,和胡天豹关系不错。本来,胡天豹是三当家的,后来由于张瑞麟表现突出,便被秦爷委任为三当家。

酒倒上,张瑞麟就问:"天豹大哥,这么晚来就是为了找我喝酒?"

胡天豹和张瑞麟撞了一下碗,叹息说:"三当家的,我就是为你鸣不平,好赖不济你也坐着第三把交椅呢!再说保卫烧锅也不是没有道理,咱总不能眼睁睁看着好端端的田家烧锅落进日本人的手里吧!"

张瑞麟心里一暖,拍了拍胡天豹的肩膀说:"天豹大哥,还是你仗义。我这一来就把你的位子给挤了,我欠你个人情,早晚得还。"

胡天豹嘿嘿一乐:"兄弟,我服你,大当家的任人唯贤,我没说的。在绺子里,我就和你投缘对意。知道你今天心情不好,特意来和你喝两盅。"

张瑞麟被胡天豹说到了痛处,借着酒劲,眼泪滚了下来。

"天豹大哥,你说,我的要求过分吗?"

"兄弟,我给你出个道儿,不知道中不中。"

张瑞麟一听就来了精神,非要胡天豹说出个子丑寅卯来。

"擒贼先擒王。如果将傅家甸的鬼子头目川岛暗中给……"胡天豹说到这儿,用手做了一个砍头的动作。

张瑞麟眼前一亮:"天豹大哥,你是说刺杀川岛?"

这个川岛就是杀害老黑、怀韬和干妈,霸占佟家大院的仇人。胡天豹提起他,张瑞麟立马就来了精气神。

胡天豹点了点头:"兄弟,再也没有比这个办法更有效的了,川岛被刺,余下的就成了一堆散沙,最起码暂时不会对烧锅构成威胁。"张瑞麟起身踱步:"好是好,可鬼子队部戒备森严,怎么才能接触到川岛呢?"

胡天豹俯下身来向张瑞麟耳语一番,张瑞麟嘿嘿笑了。

这天晚上,傅家甸中心街的鸿春楼门前缓缓停下了一辆黑色的小轿车。鸿春楼是傅家甸一带最大的妓院,里边养着一些花容月貌的高等妓女。

车门开了，从车上钻出一位四十上下岁，身材矮小、身穿黑色绸衫，留着"仁丹胡"的中年人。在妓院的一个阴暗角落里，胡天豹低声告诉张瑞麟，身着黑色绸衫留"仁丹胡"的就是川岛。昨天，张瑞麟和胡天豹悄悄潜进了哈尔滨。

胡天豹对张瑞麟说，他早已派人打探到了川岛的行踪。到中国以来，川岛养成了逛妓院的习惯，每到一处，逛妓院成为他最喜欢的消遣方式。张瑞麟一见川岛就想掏枪，被胡天豹制止了。他说他已调查清楚，川岛此行是和新来的江淮名妓高月樵私会的，只要川岛一进高月樵的房间，就可以下手了。现在开枪弄不好会伤及无辜，自己也不好脱身。张瑞麟一听，就和胡天豹躲进了高月樵对面的房中。透过窗户纸，张瑞麟看到，川岛吩咐随从退下，自己推门走了进去。

胡天豹点头悄声道："瑞麟，机会来了！"

张瑞麟推开门冲进了高月樵的房间，双腿刚刚迈进去，忽觉脚下一抖，被早就准备好的绳索绊倒了。张瑞麟情知中计，正要脱身，又被一张网当头罩下。这当口儿，从房间的角落冲出来几个日本人，将张瑞麟活捉了。

胡天豹笑容可掬地走了过来："瑞麟老弟，只要你听从川岛少佐的话，有你享不尽的荣华富贵，来人，带走！"

张瑞麟这才知道，自己被胡天豹耍了，刚才的那个"川岛"不过是个貌似川岛的日本人。

胡天豹恨张瑞麟占了他的位子，更为重要的是，他早被安插在到绺子内部的日本间谍王小辫子收买了。王小辫子告诉胡天豹，川岛少佐有令，张瑞麟知晓田家烧锅的酿酒秘方，要想方设法捉住张瑞麟。胡天豹正愁无计可施呢，张瑞麟却提出抽出一部分弟兄去保护烧锅。张瑞麟的想法被否后，胡天豹就通过王小辫子飞鸽传书给川岛设下巧计，张瑞麟果然被擒。胡天豹自然得到了好处，川岛将其举荐给他的同学、伪满哈尔滨警察局督察官佐佐木保次郎少佐，被佐佐木保次郎任命为伪满哈尔滨警察局第二中队队长。为此，川岛特意搞了个任命晚宴。

那天晚上，佟家大院热闹非凡。现在，这里已经是宪兵队的队部了。川岛邀请了不少地方名流和军政要员来参加胡天豹的任命晚宴。胡天豹见日本人对他如此看重，高兴得不知迈哪条腿了，酒席间在川岛面前起誓，誓死效忠皇军。川岛举杯道："皇军自来到东北，承蒙诸位关照。今天，借胡中队长任命晚宴之机，我向在座各位致以最诚挚的感谢！"众人鼓掌。川岛指着许世通说："特别值得一提的是，自我到傅家甸之后，出力最多的还有许参议！在此，我代表驻地宪兵队全体将士，敬他们二位一杯！"

"为皇军效力，义不容辞！"许世通也干了杯中酒。

川岛哈哈大笑，拍了拍许世通的肩膀，对胡天豹说："希望你们两个能精诚团结，成为我的左右手，为建立大东亚共荣圈奉献一分力量！"

又是一阵掌声。这时，许世通捂着肚子说身体不舒服，就起身告辞了。他的肚子不好，一喝酒就不得劲。走到门外，有人迎住他，说："杜老爷子有请。"

"好！"许世通跟着来人上了一辆带篷的马车。杜老爷子是滨江老县长杜雨浓，是许世通的干爹，在哈尔滨极有影响。一盏茶的工夫，许世通到了杜雨浓家中。杜老爷子正背抄手在地上来回踱着步。

"干爹，还没睡？"

杜老爷子咳嗽了一声，没言语。许世通知道，干爹一定遇到了什么难事。对了，今天抓住了张瑞麟，让干爹高兴高兴。当年，干爹和田大牙最不对付。他和田大牙同时爱上了后街的剃头匠孙麻子的三姑娘孙晓云，可孙晓云最后还是选了当时不名一文的田大牙，这让生性好强的干爹很不舒服，现在还将田大牙恨得牙根痒。现如今，他的干儿子通匪被擒，干爹一定解恨。不过，没等他说话，杜老爷子开口了："听说，烧锅田大牙的干儿子被逮住了，不知道日本人会怎样处置他？"

"干爹的消息可真灵通，"许世通洋洋得意，"日本人就想从他嘴里套出酿酒秘方，所以才设计将他抓住。这小子，没想到落在了我手里。"

"落在你的手里？"

"干爹，川岛想让我来负责审讯张瑞麟，他不就是我手里的蚂蚁吗？我想啥时候碾死他就碾死他！明天，日本人还要带着他回烧锅，来个敲山震虎！"

杜老爷子在地上踱了一圈后说："世通，干爹想喝酒，咱爷俩喝一杯咋样？"

许世通说："好。"

杜老爷子吩咐丫头拿来酒菜，爷俩儿喝起酒来。这顿酒喝了足足有一个时辰，许世通没想到干爹竟然跟他说出另外一番话来。尽管他刚开始有些不情愿，可他知道，干爹的话也没错。

转眼，张瑞麟已经离开哈尔滨小半年了。现在已经是一九三四年初春。半个月前，葵花在报纸上看到，溥仪在"新京"南郊杏花村举行登基典礼，改"满洲国"为"大满洲帝国"。溥仪为"皇帝"，"年号"为"康德"。

每天，望着干爹干妈家空荡荡的屋子，葵花不由感慨万千。当年，就是在这个屋子里，干爹干妈送她出嫁、教她吊皮袄，她在这个房间里住了一个月。可现在，房间里的摆设依旧，干妈却不在了。狗日的日本人！她的心不由得飞到了张瑞麟身边。她后悔没跟着他去砬子山。这么长时间过去了，没有张瑞麟的一点消息。

她现在不敢走到佟家的院门前。如今的院门上悬挂着关东军傅家甸宪兵队的大牌子，门前有两个日本兵站岗，一条大狼狗凶神恶煞般地盯着往来的行人。她路过了两次，每次似乎都听到院子里传来怀韬的笑声。偌大的宅院，就这样被日本人给占了。想起死在日本人手里的德本、田太太、怀韬，还有老黑及宫崎一家，葵花的心就像被刀割得那样疼。要不是要照顾干爹，她就跟着张瑞麟去了。

"瑞麟，你没出事吧？"每到夜里，葵花想着这些死去的人，一遍遍呼唤着张瑞麟的名字。这两天，不知为什么，葵花左眼皮老是跳，一副心神不宁的样子。

会不会是瑞麟出了什么事儿？葵花一遍遍地问自己。

这天，葵花和干爹在屋子里说着话儿，伙计吴大头喘着粗气跑进来说："东家，不好了，鬼子来了！"田大牙说："该来的终归来了。"话音未落，进来几个日本鬼子，为首的竟是那个占领佟家的仇人川岛。让葵花没有想到的是，跟随鬼子同来的还有许世通。更让她没想到的是，被五花大绑着的张瑞麟，在几个日本兵的推搡下，也进来了。葵花这才知道，怪不得这两天左眼皮一个劲儿跳，竟应在了张瑞麟身上！

许世通怎么成了鬼子的翻译官了？就在葵花惊讶的时候，许世通摇着扇子走到田大牙面前洋洋得意地说："田掌柜，别来无恙？没想到我许世通摇身一变，给日本人干上事儿了！"许世通说到这儿又得意地扫了一眼葵花，"我的佟家大少奶奶，我当初就说过，咱们骑驴看唱本——走着瞧。看看，张瑞麟栽我手里了吧！"

张瑞麟瞪着眼："不就是个死，给老子来个痛快的！许世通，给鬼子干事儿，早晚遭报应。"

许世通说："想死，没那么容易！你不是犟吗？我就要让你这头犟驴一点点咽了这口气！来个凌迟怎么样？那可是三千六百六十六刀啊！"

田大牙说："人活着都得给自己留条后路，别把事情做绝了！"

许世通说："姓田的，别以为我不够仗义，你也不想想，和日本人对着干能有啥好果子吃？当初，你就是做不了你干闺女的主，要不然事情能发展到今天这个样子吗？"

田大牙的心里这个气呀，可自己和伙计们手无寸铁，真要和鬼子闹起来，吃亏的还是自己。这当口儿，川岛走了进来。

许世通说："识时务者为俊杰。张瑞麟参加秦雨岚的绺子，敢和皇军对着干！也该着他倒霉，撞在了皇军的枪口上。"许世通说着用手里的扇子指着张瑞麟恶狠狠地冲着大伙儿说，"他刺杀皇军川岛少佐，你们也不想想，皇军是那么好惹的吗？"

川岛说："佟家少奶奶，还认得我吗？"

"杀害我儿子的人，我又怎么能忘了呢？就是烧成灰我也认得！"

川岛狡黠地笑了笑，他用日语又和许世通说了几句。许世通点头，走到众人面前，说："川岛少佐说了，只要张瑞麟能当着大伙儿的面说皇军好，不与皇军为敌，皇军就放了他！"张瑞麟唾了许世通："没骨气的软东西，我张瑞麟就是个死，也不会说半句软话。告诉小鬼子，要杀要剐，随他们的便！"

"张瑞麟，你有种！皇军是不会让你这口气儿一下子就断了的！"

许世通气急败坏地抹了抹脸上的唾沫，向川岛"叽里呱啦"又说了一通。川岛一挥手，几个鬼子将张瑞麟推推搡搡地押走了。许世通冲着众人说："川岛少佐说了，张瑞麟是条硬汉，他想回去好好审他，看看是张瑞麟的骨头硬还是皇军的战刀锋利！"

葵花要往上闯，被鬼子用"三八大盖"给挡住了。

"嫂子，我张瑞麟对不住你，这辈子打不动你的心，下辈子一定做到！"

葵花的心就像刀子扎似的，扑过去喊道："瑞麟，我没你想的那样好。"此时的她，是真真被感动了。围观的伙计们被感动得流下泪来，谁不知道张瑞麟对佟家少奶奶的心呢？看着许世通在日本人面前唯唯诺诺得像条哈巴狗，田大牙打心眼里瞧不起他。

田大牙知道，此时要和日本人硬拼，周围的伙计会无一幸免地惨遭毒手，只好眼睁睁地看着鬼子押着张瑞麟离去。哪知鬼子就像钻到他肚子里的蛔虫，川岛从他身边走过时，突然想起了什么似的停下来，对许世通"叽里呱啦"又说了一番话。许世通又"叽里呱啦"对川岛说了一番话，川岛这才指挥手下押着张瑞麟走了。田大牙预感到，鬼子此行的目的只是敲山震虎，真正的用意是他的烧锅。关东军占领哈尔滨才几天呀，像疯了似的搜刮着一切可以利用的资源，恨不得把地掘下三尺来。

烧锅对他们来说，就是垂涎已久的一块肥肉。不把这块肥肉弄到嘴里，鬼子肯定不会善罢甘休。他已做好了打算，就是粉身碎骨，也不能让鬼子得到烧锅。

最难过的是葵花。她知道，张瑞麟此去定是凶多吉少。望着张瑞麟远去的背影，想起以前那样对他，骤然间觉得有些对不住他。

张瑞麟被押回了佟家大院。

许世通对川岛说："少佐，我之所以出主意让你将他押回来，除了他掌握烧锅的秘方外，还有一个更重要的原因，那就是他想和我争夺我喜欢的女人。"

川岛笑了起来："就是那个佟家少奶奶？许翻译官，你的，好眼力啊！"

"是的，川岛少佐。当初我来提亲，可这女人却嫁给了姓佟的。姓佟的死后，我去提亲，张瑞麟左拦右挡，看样子，他对那个女人有心思。所以，张瑞麟才是我最大的仇人。我请少佐把他押回来，就是想亲自审问他！"

"许翻译官，你公报私仇，良心大大的坏！"

"许世通，我张瑞麟是没权没势，可我知道任何时候也不能出卖先人祖宗。不像你小子，有奶就是娘！"

许世通不但没恼，反而轻轻地拍了拍手掌："张瑞麟，我也不想出卖先人祖宗，可现在张学良让东北军都撤关内去了；马占山抗日、张竞渡抗日、李杜抗日，最后不都散了吗？就凭咱们老百姓，赤手空拳咋和鬼子拼？现在是日本人的天下，你理应识时务，跟着我一块干，吃香喝辣的！不比在砬子山当胡子（土匪）强？"

张瑞麟破口大骂，许世通不耐烦地挥挥手，几个鬼子和团丁冲了过来。皮鞭蘸着凉水，劈头盖脸地向张瑞麟打来。张瑞麟几次昏死过去，每次昏死，许世通便吩咐人冷水浇头，醒来后接着打。一旁观看的川岛对许世通的做法非常满意,竖起大拇指夸他大大的好。

"许翻译官,皇军要的不是张瑞麟的尸体,而是他嘴里的秘方!实在不行的话,就采取下一个行动计划!我就不信,他张瑞麟是铁打的铜铸的!"川岛阴冷一笑。

"是,川岛少佐!"许世通双腿并拢,做了个标准的立正姿势。

川岛前脚刚走,许世通一使眼色,几个宪兵过来,将张瑞麟身上的绳索解开,给他冲了个澡,又换了身干净的衣裳。这一切,张瑞麟毫无感觉。不知过了多长时间,张瑞麟只闻一股馨香扑面,睁眼一看,一个漂亮女子正伸出那纤纤玉手摩挲着他的脸颊呢!那女子窈窕修长,明眉皓齿,是个标准的美人。只见她身着一件绣花旗袍,丰满的胸部像风光旖旎的两座春山,旗袍的开衩处露出雪白的大腿,一口好看的牙齿闪着白玉一般的光泽,正含情脉脉地冲他微笑呢!让张瑞麟感到疑惑的是,女人的手里拿着一只细细的针管。

"你……是谁?"张瑞麟一激灵,这才发现,自己躺在一张柔软的床上。

女子咯咯地笑了:"我是谁并不重要,我只想告诉你的是,人这一生,生命只有一次。我听说了,你是条硬汉,可是再硬的汉子,如果不识时务,到头来还不是白白丢了性命?"

女人淡淡的体香钻进鼻孔,张瑞麟仔细打量面前这个艳若桃花的女子:"你是日本人?"

女子笑逐颜开道:"日本女人有什么不好?如果你愿意,我还要以身相许呢!只要你识时务,皇军不但不杀你,还会给你荣华富贵。"女子伸出双臂搂住了张瑞麟的脖子,假装心疼地说,"再这样下去,铁打的也被打残了。"

张瑞麟推开女子:"滚一边去!老子不吃这套!"

女子被推了个仰面朝天,门开了,许世通率领几个手下和宪兵闯了进来。

许世通撸起袖子："张瑞麟，给你美人你不要，还得鞭子伺候着！来人，把这小子给我拖回去，重重地打。川岛少佐说了，这套要是再不吃的话，就再拿他的身子开刀！看看是他的骨头硬，还是皇军的鞭子硬！"

张瑞麟又被拖回了审讯室，等待他的又是一阵皮鞭。许世通一边吩咐人往死里打，一边翘着腿说："张瑞麟呀张瑞麟，你是不见棺材不落泪呀！给你个日本娘儿们你都不要，就惦记着佟家少奶奶。那佟家少奶奶身上究竟有什么魔力，值得你这么着迷？"

"少奶奶是个好女人，为她死了都值当！"张瑞麟直直地盯着许世通，"虽然你有权有势，有时候权势这二字并不能换来一切！"

许世通的脸儿红一阵白一阵，他知道张瑞麟是在讥讽他。于是，从手下的手里夺过鞭子，疯了似的抽打张瑞麟。好个张瑞麟，面对许世通怒目而视，咬牙不吭一声。许世通说："张瑞麟，你就等死吧！老子还有点事儿要办，等我回来再收拾你！"许世通说完，气呼呼地走了。

许世通走后，张瑞麟只有出没有进的气了。

门开了，许世通的手下端着一碗水走了进来。张瑞麟自被鬼子抓到后，不少人在背后竖起大拇指，这个手下就是其中之一。没事儿的时候，这个人就和他唠个嗑儿。他叫徐志友，因为家贫，为混口饭吃才违心当了伪军。虽然徐志友也是审讯他的人员，但却从未对他动过手。以前徐志友没少买他的酒，张瑞麟每次都会多给二两，所以相熟。屋子里就他们俩，徐志友说："瑞麟大哥，我敬慕你是个英雄。可你要知道，英雄不吃眼前亏啊！来，把这碗水喝了。"

许是太渴了的缘故，许是受了徐志友这番话的感染，张瑞麟将这碗水喝了。

徐志友说："瑞麟大哥，蝼蚁尚且贪生，何况人呢？你是个英雄，好日子还在后头呢！就这么不明不白地死了，多可惜啊！"

"谢谢你啊志友兄弟！"

这时候，许世通和几个鬼子走了进来。他一把从徐志友手里夺过水碗，摔在地上，然后给了徐志友一个耳光，怒骂道："谁让你送水的？还不给我滚到一边去！"说着，走到张瑞麟面前奸笑道，"张瑞麟，老子还以为你是铁打钢铸的呢？怎么样，挺不住了吧？只要你愿意，我立马找川岛少佐放了你！"

张瑞麟骂道："要杀要剐，来个痛快的，别这么磨磨蹭蹭的。"许世通见状，冲着同他一块进来的打手们使了一下眼色。随后，打手们的皮鞭又暴雨般倾泻而下。

张瑞麟再次昏了过去，这次用凉水泼头，他却没醒过来。许世通一摆手，徐志友走了过来。许世通指指张瑞麟，徐志友蹲下身子试了试张瑞麟的鼻息对许世通说，死了。许世通也试了试鼻息，张瑞麟已经停止了呼吸。

川岛在屋子里一边摆弄着战刀，一边在琢磨张瑞麟。自打关东军炮轰北大营以来，川岛并没有像其他的日本陆军将领一样陶醉在对华志在必得的快感里，相反却对侵华表示担忧。且不说遇到的或大或小的抵抗，单就一个张瑞麟，就让他领略到了中国人的骨气。虽然这样硬骨头的中国人他遇到的还不多，但也让他对未来感到担忧。川岛正思考着，许世通进来禀报，张瑞麟体力不支，已经死了。

"许翻译官，我是怎样交代你的？我要你量刑有度，谁让你将他打死的！"

"川岛少佐，你是知道的，他是我的仇人。你看……张瑞麟的尸体怎样处理？"

"这个也来问我，随便吧！"

许世通回到审讯室，吩咐徐志友将张瑞麟拖出去埋了。

却说葵花自打张瑞麟被鬼子押走后，每天坐在门口儿的木墩上望着街头发呆。这天凌晨，她做了一个梦，梦见张瑞麟浑身是血站在她面前。她一激灵，张瑞麟不见了，醒来后方知刚才做了一个梦。想起刚才的梦境，泪水就涌出了眼眶。当年丈夫遇害前,她就做了个同样的梦。莫非张瑞麟也遭了不测?

这天傍晚,太阳都快压山了,葵花还坐在木墩子上。田大牙要她进屋,她说再坐一会儿。

爷俩儿正在说着话儿,一个熟悉的身影晃了过来,派出去打探张瑞麟消息的吴大头气喘吁吁地跑了过来。

田大牙起身迎住:"大头,打听到什么了吗?瑞麟他咋样了?"

吴大头摸了摸胸口,从葵花手里接过一碗水咕噜灌下肚去,抹抹嘴儿说:"东家、佟少奶奶,瑞麟他……出事儿了!"

葵花问:"他咋的了?"

"少奶奶,你可要挺住呀!瑞麟兄弟被许世通这狗日的给害死了。他们非逼他说出烧锅的酿酒方子,他至死不说,被许世通给……活活打死了!"吴大头说到这儿泣不成声。

吴大头说,许世通放出话儿来,把张瑞麟的尸体扔在了乱坟岗喂了野狗。打那儿以后,葵花对许世通恨之入骨,恨不得见面嚼了他。田大牙知道张瑞麟被害的消息后,眉心拧成了一个大疙瘩。张瑞麟的死和烧锅有关,他预感到烧锅即将面临一场灭顶之灾。

这天清早,许世通突然领着川岛来到了烧锅,同来的还有滨江县的牛县长。

牛县长现在可谓春风得意马蹄疾。他这个县长还是刚被任命的。现在,滨江县划归哈尔滨特别市了。

说起这滨江县的行政区划沿革,虽然它和哈尔滨在一块,但有一段时间却归吉林管辖。光绪三十三年(1907),朝廷在傅家甸设立"滨江厅江防同知",就近隶属哈尔滨关道(滨江关道)。宣统元年(1909),江防同知改称"分防同知",改隶双城府。宣统二年(1910),改为"抚民同知",隶属吉林行省西北路道。民国二年(1913)改设滨江县,设县知事。民国三年(1914),西北路道改为滨江道,滨江县归滨江道管辖。民国十八年

(1929)改为滨江县,县知事改称县长,裁撤道区,改由吉林省直辖。同年五月,吉林省政府决定,设立滨江市政筹备处,划傅家甸、四家子、圈河、太平桥等地为滨江市辖区,脱离滨江县,为吉林省辖市。东北沦陷后,一九三三年,伪满决定,将滨江县及滨江市并入哈尔滨特别市。这位牛县长本是滨江县的副县长,鬼子来了后,恰恰原来的县长患病隐退,他就顺理成章被任命为县长了。田家烧锅归滨江县管辖,他这个县长自然要在日本人面前讨功了。

葵花并未正眼看他,而是将目光投在了许世通身上。

葵花说:"许世通,你来干啥?"

"来找你呗!张瑞麟命短归了西,我来看你是不是为他守活寡呀。"许世通围着葵花转了三圈,得意地笑道。

牛县长过来相劝:"佟家少奶奶,有啥话好好说嘛!"

葵花没好气地瞪着牛县长:"牛县长,亏你还是读过四书五经的人,说话也不怕风大闪了舌头,我们佟家被他给霸占了,我儿子、我干妈让他给害了,我还得笑脸相迎!"

牛县长红着脸儿不吭声了。路上他就听说,葵花就是当年吉成社的花旦"尚巧云",想不到如今的她一点也不输当年在台上的气势。他还记得她唱的《穆桂英挂帅》呢!这娘们儿不会是穆桂英附体吧,还真有个性。牛县长在心里自言自语。

许世通掏出一根烟卷,掏出火柴给川岛点燃:"川岛少佐,这女人的嘴臭得厉害,我看不如找她干爹田大牙。"

川岛点了点头,眼睛却看着葵花:"佟少奶奶,我还真就看见了那个漂亮的女鬼,好吓人啊!"

葵花说:"人在做天在看!以后的你,将加倍偿还你现在欠下的债。"

川岛的脸色变得狰狞起来,他按了按刀,这时门开了,田大牙走了进来。许世通一见,忙趋步走过去。田大牙怎么也没想到,许世通对他的态度竟一反常态地热情,张口田掌柜闭口田掌柜地叫个不停。

田大牙说："许世通，有啥事情你就直说，别在这儿绕弯子！"许世通指了指川岛："田掌柜，日本人想要烧锅的酿造权。如果你点头同意，皇军愿意每年支付一笔不小的费用。这互利双赢的好事儿哪儿找去？怎么样？"未等田大牙表态，川岛冲他嘿嘿一乐："田掌柜，把烧锅酿酒的方子告诉我们吧，你们的技术落后，我们用先进的酿造技术和雄厚的资金做后盾，会让田家烧锅的酿造达到极致的。"

田大牙这才知道，川岛这老鬼子是个中国通。

来者不善，善者不来。今天，不是鱼死，就是网破。如果不答应，川岛决不会善罢甘休的。田大牙想了半天，说："川岛，实话告诉你，这烧锅是我们中国人的，你们休想得到它。如果你们非要得到它，就先从我的尸体上踏过去！"

这下，川岛急了，拔出腰间的战刀，冲着田大牙晃了晃："田掌柜，不要敬酒不吃吃罚酒，把我惹急了，这一刀下去，就把你劈成两半！"

牛县长喝道："田大牙，你信不信，我以政府的名义回收烧锅的酿造权？"

田大牙说："牛县长，几十年前咱俩一块读私塾，现在你是堂堂滨江县一县之长。我什么都想到了，本以为你会上对得起国家、祖宗，下对得起百姓和子孙，唯独没想到你会甘当日本人的走狗！"

没等牛县长说话，川岛发话要派兵血洗这里。牛县长恼羞成怒，擦了擦额头上的汗对川岛说："少佐放心，烧锅在哈尔滨的地盘上，不是他田大牙个人的！我这就回去让捐税局取消他的酿造权！"

川岛听得清楚，说："田掌柜，人家牛县长是识时务，不像你不识抬举啊！"

田掌柜说："识抬举就得将祖宗基业拱手相让？识抬举就得和你们这群衣冠禽兽交朋友？别忘了，是你杀死了我太太！如果是你，你会同一个杀了你太太的人交朋友？一个连自己的同胞都屠杀的人，有什么资格跟我说话？"

"巴嘎！"川岛举起战刀要劈向田大牙。

许世通见状，横在田大牙和川岛中间儿。许世通说："川岛少佐，你临来时不是说要和田掌柜比试围棋吗？"

川岛这才将战刀入鞘，态度舒缓了下来，冲着田大牙点了点头说："我听许翻译说田掌柜是围棋高手，所以特来和田掌柜下一盘。我说话算话，如果田掌柜输了，这酒坊和酿酒的方子就转让给我们日本皇军。如果我输了，立马走人，田掌柜，你看怎么样？"

许世通说："田掌柜，川岛少佐如此仁厚，这可是最好的机会了。"

田大牙一生除了围棋和到茶馆里头听书外，几乎没有别的嗜好，没想到川岛竟然也是个围棋迷。如果将川岛赢了，烧锅或许能得以保全。想到这儿，他答应了川岛的要求。

两个人你来我往，在棋盘上对弈起来，一旁的葵花暗暗为干爹捏着一把汗。对田大牙的棋艺，川岛佩服得不得了，知道遇到了劲敌。对川岛的棋艺，田大牙也为自己捏把汗。看着许世通在川岛面前低三下四的样子，葵花的眼里喷出了火。一定是他向川岛使了坏水，要不然瑞麟绝不会这么快就死掉。现在他又怂恿川岛和干爹下棋，一定没安什么好心。

屋外传来一阵喧闹声，许世通和川岛交代了一句走出屋外，十几个伙计不知什么时候出现在院门外，正和守候在门外的鬼子发生冲突呢！烧锅伙计不下四五十号，面对鬼子的淫威，大多数人选择了沉默，这十几个人都是田大牙的贴心伙计，有的还有股本，一旦田家烧锅被鬼子占了，这些血汗钱就打水漂了。明知不可能，他们还是想用命来抗争；更何况，张瑞麟平时对他们很关照，是他们的主心骨。

眼见一场流血冲突一触即发，许世通说："伙计们，田掌柜正在和川岛少佐对弈，你们就不要在这儿添乱了。日本人可不是好惹的，他们机关枪里的子弹可不长眼睛！你们不为自己着想，总得为自己的老婆孩子着想吧！"

吴大头振臂高呼："把张瑞麟交出来！"

余下的伙计们在他的带动下振臂高呼:"把张瑞麟交出来!"

许世通说:"实话告诉你们,张瑞麟因为和皇军做对,已经被皇军给枪毙了!你们要是闹事,比他的下场还要惨!"

许世通话一出口,伙计们如潮水般向许世通冲了过来。门外的鬼子纷纷举起了手里的长枪。

许世通见状不好,走到葵花身边说:"葵花,你快说几句话让他们回去吧,搞不好会出大乱子的!伙计人再多,可也比不过机关枪呀!"

葵花冷冷地看了一眼许世通,走到伙计们面前说:"大家先回去吧!你们放心,只要我干爹有一口气在,这院子里的一棵草都不会少!"

伙计们一见佟家少奶奶出来说话,这才散去。不过,有一个伙计却没离去,躲在烧锅后面的一棵大树后面静观事态发展,他就是吴大头。自从田大牙开这个烧锅,他就是这里的伙计。鬼子来后,跟他相依为命的妹妹被鬼子祸害,上吊死了。他悄悄勒死过一个鬼子,为妹子报了仇。他将那个鬼子勒死的时候,尿了一裤裆,出了一身透汗,心都快蹦到嗓子眼了。事后他觉得鬼子也是人,没什么了不起的,反倒轻松了许多。

许世通又回到屋子里,给川岛端茶倒水,显得格外殷勤。想起死去的亲人,葵花恨不得拿菜刀当场剁了他。在外屋,许世通正在抽烟,葵花走到他身边咬牙切齿地说:"许世通,你还算不算爷们儿?"许世通扭脸喷出一口烟:"葵花,我许世通这辈子虽然不能让你爱上我,但是,能让你恨上我,我也不枉来这人世间一回!"

"呸!许世通,你就不是个人!"葵花唾了一口,恨不得将滚烫的茶水浇在川岛的头上。

川岛和田大牙的对弈结束了,川岛赢了。按照约定,田大牙拱手将烧锅让给了日本人。这么大的烧锅,就这么轻而易举地输给了日本人。本来,他觉得以他的水平有把握取胜,没想到遇上了川岛这个围棋高手。虽然觉得无法向股东们交代,可事到如今,也只好和葵花卷铺盖卷走人;不过,让他庆幸的是,他交给日本人的是一本假方子。

田大牙和葵花走后，许世通对川岛说："少佐，现在田家烧锅已归大日本帝国所有，我陪你去后院看看那口井。"川岛拍了拍许世通的肩膀："许翻译官，你对皇军的贡献大大的。"川岛一高兴，率领手下在烧锅院内外挥舞着国旗唱起了歌。

走到门口，田大牙看着这些日本士兵，暗骂，唱什么乱七八糟的？川岛和他的心情正好相反，此刻，看着烧锅完好无缺地被他用几盘棋就赢了过来，不由心花怒放。他正要许世通给他仔细介绍一下烧锅的全貌，发现许世通不在身边。川岛并没在意，继续挥着手和他的手下唱着歌。这时，一个士兵惊叫起来，指着远处井口里冒出来的白烟，说："少佐，不好了，井里好像有导火索在燃烧！"

"不好，上了中国人的当了！"川岛想吩咐撤退，"轰"的一声巨响，烧锅爆炸了，川岛和他的士兵无一幸免。他的灵魂飘荡在浓烟里的时候，他似乎看到了张瑞麟喷着怒火的双眼。一阵风吹来，他那破碎的尸骨和灵魂，便烟消云散了。

田大牙和葵花走到一里地外，忽听烧锅方向传来巨响，惊得半天说不出话来。谁炸的烧锅，鬼子？不可能！鬼子刚刚得到了烧锅，又怎么可能把它炸了呢？不是鬼子，又会是谁呢？

吴大头跑来告诉他说，川岛和同行的鬼子连同烧锅一起被炸上了天，许世通也和川岛一起坐了土飞机。

闻听许世通的死讯，田大牙和葵花都笑了。爷俩儿对许世通恨之骨，许世通死了，也算对得起张瑞麟的在天之灵了。可谁在这么短的时间内安装炸药把烧锅炸了呢？要知道，烧锅虽然不大，可这深不可测的玉泉井没有上百斤的烈性炸药是根本炸不掉的。再说，那么多炸药又是从哪弄来的呢？这一切，身为掌柜的他竟然不知道。

烧锅没了，家也没了。葵花对田大牙说："干爹，反正咱爷俩也没个落脚处，干脆去巴彦碇子山找秦爷，扛枪打鬼子，为我干妈他们报仇雪恨！"

事到如今，也没有更好的去处。田大牙点了点头。

第十四章

碇子山，宛如横卧在大地上的一条苍龙。

柜房外的软椅上，秦爷一边品着香茗，一边凝神饱览这初夏时节美丽的山色。

"秦爷好兴致。"面前白色人影一晃，李国昌不请自到。让秦爷感到意外的是，李国昌身后跟着一个年过五十的男人和一个窈窕端庄的少妇。男人中年秃顶，透着精明；女的年轻漂亮，风姿绰约。只见她一张粉脸白里透红，吹弹可破，眉眼不俗不媚，目光中闪着一丝不易被人觉察的哀怨。

李国昌说："秦爷，这是哈尔滨田家烧锅田掌柜，这是他干闺女葵花，他们爷俩要挂柱。"

这些年，前来投靠秦爷的有几百人，父女一起来挂柱的却从未遇到过。

秦爷微一欠身，示意李国昌坐在另一张软椅上。

没等他说话，李国昌对男人说："田掌柜，这就是秦爷。"

"秦爷，我叫田大牙，哈尔滨田家烧锅的东家。这是我干闺女葵花，我干儿子叫张瑞麟，在你们的绺子里干过。"

"原来是田大叔呀，我不止一次听瑞麟提起过你！"秦爷走下虎皮椅，一把拉住了田大牙的手。

田大牙说："小鬼子霸了田家烧锅，烧锅被毁，家人被杀，我和闺女寻思着，不如参加咱们的绺子一起去打鬼子，为家人和瑞麟报仇雪恨，就来挂柱了。"

秦爷见张瑞麟的义父前来投靠，就免去了挂柱的礼数，摆宴欢迎。酒席上，秦爷说："三当家作战勇敢，曾经一个人跟鬼子拼刺刀，捅死了七个鬼子。他曾不止一次跟我提出要出枪保护你们烧锅，因为鬼子势力太大，又在哈尔滨，我和几个当家的商量后没答应。三当家可能有点怨气，最后在胡天豹的怂恿下去刺杀川岛。没想到胡天豹早在暗中投奔了川岛，三当家被捉，被鬼子害了。都怨我啊都怨我！"秦爷说到这儿，拍着大腿，流下泪来。

秦爷落泪，田大牙和葵花也跟着掉泪。看来，张瑞麟在这儿干得不错。葵花在心里暗下决心，一定要在这儿好好干，争取多杀几个鬼子为死去的亲人们报仇。

秦爷得知葵花是吉成社的当家花旦"尚巧云"时，竖起大拇指："怪不得看你有些眼熟，原来是当年大名鼎鼎红透哈尔滨的'尚巧云'啊！"

当年，秦爷不止一次去吉成社看戏，他最爱看的就是"尚巧云"的《水漫金山》《穆桂英挂帅》，优美的唱腔，俊美的扮相，曾让无数的哈尔滨人为之倾倒。

"秦爷见笑了，那都是陈年往事，不堪回首。"葵花端起酒，敬了秦爷一碗，"从今往后，还望秦爷多关照，为我报仇。"

"放心，你的事就是我秦雨岚的事！实在不行，你就亲自披挂上阵，再挂一次帅，拿出当年穆桂英大破天门阵的劲头来！"

"戏台上的事又怎能当真呢？"

"要我看，你绝非一般女子，也不比那穆桂英差哪儿去！"秦爷抹了一下唇边的酒，"不过，要想跟日本人干，没有一身过人的本事是不行的。如果你没练过枪，从明天起就跟着我练枪。"

"谢秦爷！"葵花起身，给秦爷深鞠一躬。

秦爷果然说话算数，第二天一早，就找到葵花，带着她练枪。

葵花没黑没白地苦练枪法。为了练臂力，她在枪管上吊上几斤沉的砖头。这还不算，她还虚心地向擅长骑马的接灵子学习马术，不知从马上摔下来多少次，摔下来就咬咬牙又跨了上去。葵花这个拼命劲，让秦爷和寨子里所有的弟兄们都为之翘指。

功夫不负有心人。很快，聪明干练的葵花学会了双手打枪，成了队伍里能征善战的双枪女杰，并接替张瑞麟的位置，成了三当家的。命运和世道，硬是推着一个温婉如玉的佟家大少奶奶、戏台上能歌善舞的当家花旦蜕变成了一个杀气腾腾的草莽女杰。

每到夜深人静，听着屋子外面呼啸的山风，葵花就想起死去的公婆、小姑、怀韬、德本、干妈、老黑和张瑞麟，还有宫崎夫妇来。昨天，她竟然梦见了拿着生鱼片逗着怀韬的宫崎夫妇。阳太向她打听父母的下落，她无言以对，一着急，就醒了。她觉得对不起宫崎一家人，不知道阳太现在在哪里，听说他也当了兵。如果让他们遇上，不知道又会是一个什么样的场景。她不敢往下想了。

好在川岛被炸上了天，葵花的心这才稍稍得到了一丝慰藉。这个要了川岛命的人又会是谁呢？空闲下来的时候，她也给弟兄们唱上几段。精美的扮相、甜美的嗓音、滑稽的表演，让弟兄们没少开怀大笑。吉成社大师姐"尚巧云"的大名在砬子山传了个遍。每次下山，她都女扮男装，一袭蓝色长衫，报号"蓝衫"。和秦爷一样，葵花也成了被悬赏通缉的悍匪。

秦爷喜欢喂马，他喜欢看马吃草时的样子。吃过早饭，秦爷到马棚喂马，喂马的小崽儿见秦爷来了，起身给秦爷拿火找烟去了。

秦爷正喂得起劲，身后脚步声响起，刚开始还以为是找烟的小崽儿回来了，也没在意，及至身旁的那匹枣红马的额头轻轻按上一只春葱般白皙的手，这才回过头来。

葵花站在他身边看着他喂马呢！

"妹子，是你呀？"

"秦爷，听接灵子说，你的马术最好，让妹子开开眼，再教妹子两手，咋样？"

"好吧，那我就献丑了。"

二人一人牵了匹马，来到空地上。秦爷翻身上马，冲着葵花微微一笑，双腿一夹,那马一声长嘶,箭一般地向前飞奔而去。

秦爷在马上灵活敏捷,忽上忽下,忽左忽右;一会儿来了个金鸡独立,一会儿来个镫里藏身,一会儿再来个金鞍铁板桥。葵花赞叹不已。看热闹的小崽儿们也纷纷鼓掌大叫:"秦爷,好身手!"

葵花也上了马,随秦爷而去。葵花一袭紧身红衣,脚蹬一双红缎面软鞋,远远望去好似一朵红云。众人都看呆了,大声喊:"秦爷、三当家,悠着点。"

葵花没想到,自己胯下的枣红马突然间狂奔了起来,差点将她掀到马下。葵花只好伏在马背上,任它奔跑。秦爷纵马猛追:"妹子,抱紧马脖子,腿夹紧……"

秦爷的话葵花一句也没听清,她只听得见耳边呼呼的风声。那马也不知跑了多长时间,在一块高岗上停了下来。葵花抹了一下额头的汗水,回头看,秦爷追了上来。

"妹子,没事吧!"

"没事。秦爷,让你受累了。"

他们正说着话,葵花身后的那棵歪脖柳树上,一条黑红相间的花蛇吐着血红的信子向葵花伸了过来。这是条毒性极强的鸡冠蛇。秦爷不及细想,一个前扑,扑到葵花的身上,俩人抱在一起滚下高岗,在一片平整的青草地上才停了下来。葵花身子柔软得像一片树叶,丰满的胸脯随着呼吸而颤动,好像涌动着一股奔流。

"秦爷,你这是干啥?"

"妹子,有条长虫在你身后。"秦爷让葵花搀扶起来。

"秦爷啊,多亏你了!"

"妹子,瞧你说的。"

秦爷将金镖取下来,在鞋底蹭了蹭血迹。

两人上了马,有说有笑往回走。

"妹子,你骑马的样子真好看。"

"秦爷,你净拿妹子开心。"

"妹子,我咋会拿你开心呢?见着你,我就想起死去的妹妹。如果她活着,和你一般大。"

秦爷讲过他和妹妹的事。他有个妹妹叫小朵,三岁的时候害了病,因为没钱治,就夭折了。秦爷最喜欢小朵了,每到开春,秦爷就将各式各样的野花放在小朵的坟头。

"小朵要是活着,该多好啊!"

秦爷叹息了一声说:"我对不住她啊,可是唉,不说了。"

秦爷照着马屁股打了一鞭,那马长嘶一声,向前飞奔。葵花也加了一鞭,两匹马一前一后,绝尘而去。

油灯如豆,葵花在纳鞋底,秦爷抖着一身落雪走了进来。晚上竟然飘起了秋雪。

"秦爷来了?"葵花坐在凳子上继续纳鞋底。

秦爷掏出个红绸包,放在葵花面前:"送你的。"

葵花打开,是一对晶莹剔透的白玉镯。

秦爷道:"喜欢不?"

葵花将玉镯包了起来:"喜欢,只是……我不能要。"

女人特有的敏感使她早从秦爷看她的眼神里捕捉到了什么。她来绺子里半年多了,骑马打枪,都是秦爷手把手教的。论人品、才气、长相,秦爷都能算是人中龙。每当面对秦爷那火辣辣的目光时,葵花的眼前就会浮现出德本的影子来。

秦爷说:"妹子,你的心思我懂,可人死不能复生。今天找你,有件事儿要和你说。"

"啥事儿,说吧!"葵花放下鞋底。

秦爷说:"记得滨江县的牛县长吗?今天打探消息的弟兄回来说,他已调到巴彦当县长了,后天娶姨太太。媒人是胡天豹,姑娘是他的小姨子杨玥娇。"

"秦爷，干掉胡天豹和牛县长这两个狗日的！"

"我就是告诉你，杀掉这两个杂种。张瑞麟的死，责任全在胡天豹。"

第二天一早，秦爷挑选出几个精干的兄弟，乔装改扮，和葵花悄悄潜入巴彦县城。巴彦县位于黑龙江省中部偏南，松嫩平原腹地，松花江中游北岸，距哈尔滨市区八十七公里。十九世纪中叶，随着黑龙江土地的大量开发，清咸丰九年（1859）始招民兴垦，设治城为中兴镇（今巴彦镇）。清同治元年（1862）设呼兰厅管理此地。清光绪三十年（1904）十二月设呼兰厅为府，移治呼兰城，改呼兰厅为巴彦州。一九三二年巴彦沦陷后改为巴彦县公署，隶属伪满洲国滨江省，为甲等县。

最近，有好几方势力都在拉拢他，不过，在秦爷看来，共产党也好，国民政府也好，伪满洲国也罢，谁的账他也不买。国民政府离得远，他们的领导人蒋介石正在忙着进攻远在南方的红军。伪满洲国的"皇帝"成了日本人的傀儡，天天在做着复辟大清国的美梦！不过，在白山黑水，有不少像他一样的绺子向日本人发动了进攻。他秦雨岚这辈子最恨的就是出卖祖宗、认贼作父的汉奸。干掉胡天豹是他最近实施的计划之一。虽然他忌惮兵强马壮的日本人，可这败类还是要清理的。他秦雨岚的威名岂能毁在他胡天豹手上？

中午，大家在一家馅饼店吃饭。

"秦爷，我没哥哥，做我哥哥吧！"葵花给秦爷满上了酒。

秦爷有些尴尬地笑了笑，他是一个不随便露出情绪的人。他将一块馅饼夹到葵花碗里说："趁热吃吧！晚上还有活儿呢！"

葵花笑了笑，夹起馅饼吃了起来。这时候，从她的身边走过一个穿着绸面长衫、戴着墨镜、长着络腮胡须的男子。

葵花觉得这个人似乎在哪儿见过。

晚上，巴彦县的教师杨孝忱家死气沉沉，夫人王氏和女儿玥娇坐在炕上相拥而泣。八仙桌边，杨孝忱长吁短叹。杨孝忱旁边，胡天豹龇着牙翘着腿，悠闲地吐着烟圈。此时的他，早换上了伪满洲国上校团长的黄色军装。

伪满洲国组建了伪满洲国军，胡天豹在哈尔滨警察局第二中队队长的位子还没坐稳，就被调到了伪满第四军管区司令官郭恩霖的第二十三混成旅任团长，驻扎在巴彦县城。不过，最让胡天豹担忧的是砬子山的秦爷。他知道秦爷的脾气，一旦知道他在巴彦，非想办法找他麻烦不可。不过，他现在可不怕，他的团有几百条枪，武器精良，就是秦雨岚敢来，也吃不到好果子。

胡天豹知道笼络人心的道理，一个劲儿和新来的牛县长拉关系。牛县长在滨江县当县长，因为办事不力被日本人调到巴彦。二人臭味相投，搅在了一起。他知道，牛县长虽然年纪不小，却嗜色成性，他想完全将牛县长牢牢抓在手里，就谋划着要把小姨子嫁给这头喜吃嫩草的老牛。要知道，牛县长手下还有警察局，有几十条枪呢，把他拉拢好了，就是秦雨岚敢来，也得好好掂量掂量。现在，他正在开导岳父母还有小姨子呢。

岳母王氏说："胡天豹呀胡天豹，我们老杨家哪儿对不住你，你非得将玥娇往火坑里头推！你也不想想，这牛县长都五十多岁了，玥娇要是嫁过去啥时候熬出头呀！"

胡天豹说："妈，你也不想想，玥娇嫁过去就是县长太太，这要是一般的老百姓，轮都轮不到呢！牛县长不就是岁数大了点吗？老夫少妻，能抱金砖嘛！"

王氏说："胡天豹呀，岁数大了也就罢了，你让玥娇嫁个汉奸，你安的是什么心？"

玥娇坐在一边不语，杨孝忱也没吭声。他知道，事已至此，说什么也是都徒劳的，这个三脚毛的女婿啥都干得出。别看他长得人模狗样，却是一副蛇蝎心肠。当年，他那刚刚从东北大学毕业的大女儿雪茜，就是相中了胡天豹的帅气长相不顾家人的反对拼死嫁给了胡天豹，可她也因为反对胡天豹当土匪被胡天豹给活活气死了。

玥娇擦把泪:"胡天豹,你听着,我就是死,也不会嫁牛县长。"

"嫁不嫁由不得你,明早,牛县长就来接人。"胡天豹说着推开门摇摇晃晃走了出去。

胡天豹走到巷口,忽觉得背后有人,还没来得及回头,脖子就被人紧紧勒住了,一个熟悉的声音响在耳边,"胡天豹,活得蛮自在呀!"胡天豹回头,汗毛竖起来了,战战兢兢地问:"你是谁?"来人冷笑:"你知道我是谁。"

"鬼,鬼啊!"胡天豹顿觉头皮发麻,他想跪地求饶,话还没说出口,就听颈椎一声脆响,脑袋垂了下来。来人麻利地将他扛在肩上,扔进巷子旁边的河中。

藏在杨家窗外的秦爷和葵花尾随胡天豹出了巷子,见胡天豹被一个黑衣人打倒后扔进了河中。那人身子一晃,不见了踪影。

"秦爷,这个人身手真好,咱们刚才就在杨家,怎么没发现呢?"

"胡天豹民愤太大,想要他命的人不知有多少。咱们还是到杨家看看吧!"

二人向杨家奔去。杨孝忱听见有人轻轻敲门,战战兢兢地将门打开。杨孝忱只当是夜入民宅的盗匪,说:"二位爷,家里的东西你随便,别吓着我闺女和她娘。"

葵花说:"老人家,我们不是土匪,我们是来救玥娇妹子的。"

秦爷说:"老人家,别害怕,我们是除暴安良的好人呀!闻听牛县长要娶令爱作小,特来搭救。"

杨孝忱面上有了喜色:"二位尊姓大名?"

秦爷说:"我们行走江湖,无名无姓,你还是和我们一道儿想办法救玥娇妹子吧。"

杨孝忱说:"小女要嫁牛县长的事儿,二位爷是听谁说的?"

秦爷说:"大街小巷都在议论玥娇要嫁牛县长,媒人是胡天豹。我们路见不平，这才拔刀相助的。"

玥娇惊疑地打量着这两位不速之客，壮着胆子问："我和你们非亲非故，为啥要救我？"葵花摘掉礼帽："妹子，咱们都是女人，女人的心是相通的，谁也不愿意嫁给一个糟老头子。听说过悍匪蓝衫吗？我就是。"玥娇叩头："大姐，如能救玥娇出去，我当牛做马也心甘情愿。"葵花将玥娇搀扶起来，亲切地说："玥娇妹子，不要这样。"

杨孝忱和王氏见葵花是个女子，悬着的心这才落下。葵花说出一番话后，杨家一家人紧锁的眉头舒展开了。

天刚蒙蒙亮，院外吹吹打打，鞭炮齐鸣。牛县长身着黑色中山装、戴礼帽、十字披红，骑着枣红马前来迎亲了。牛县长年轻时是个地痞，年近五十的他买通了伪满滨江省省长吕荣寰，做了伪满滨江县长捞足了油水，这不又在一个月前刚刚调任巴彦。牛县长嗜女色，娶了三房姨太太还不知足。

牛县长下马，杨孝忱和王氏迎出来。杨孝忱说："县长，里边请。"

主婚人是牛县长手下的书手，也是杨孝忱原来的同事周鸿景。周鸿景忙着介绍："县长，这是玥娇的父母。"牛县长躬身施礼，杨孝忱说："既然是亲戚了，就不要拘礼了。"周鸿景见胡天豹不在，问："杨先生，天豹咋不在？"杨孝忱说："天豹说他娘得了急病，来不了了。他让我捎话给你，委托你全权办理。"在两个喜娘的搀扶下，新娘轻移莲步，上了花轿。王氏见花轿起身，哭着说："玥娇，你可要照顾好自个儿呀！"

抬眼看，花轿远去，隐入雾中，不见了。

入夜，客人散去，牛县长一步三摇步入洞房。玥娇头披红盖头，坐在炕沿上。牛县长一身酒气地扑向玥娇，忽觉后腰被一个硬邦邦的东西顶住，顿时酒醒了大半："你要干什么？"

玥娇一把掀去红盖头，低声说："动一下我就要了你的命！"

牛县长倒吸一口凉气，对面分明是个穿着红衣红袄的漂亮姑娘，不是新娘又会是谁呢？仔细一看，竟是佟家少奶奶葵花，当年吉成社的当家花旦"尚巧云"。

"大侄女，你咋到这儿来了？"面对黑洞洞的枪口，牛县长强作镇定。

"谁是你侄女？我就是你们要悬赏缉拿的悍匪'蓝衫'，今天特来取你狗命！"

原来，葵花见玥娇和自己身量差不多，索性将计就计假扮新娘，玥娇当晚被秦爷送到了安全处。花轿起身之后，玥娇的父母被几个同来的弟兄接走了。

"你……是'蓝衫'？"

"我是'蓝衫'！"

葵花见牛县长认出了自己，冷笑道："这出移花接木，就是想要你的狗命！为我儿子，为我干妈，为我丈夫，为老黑哥，为张瑞麟报仇雪恨。"

牛县长哀求："这些可和我一点关系都没有呀！冤有头，债有主，你找许世通算账去！我和你干爹交情不薄，论辈分你还得叫我一声伯父呢！"

"我没有你这个当汉奸的伯父！田家烧锅爆炸那天咋就没把你一块崩死？要不是你和许世通他们，烧锅怎么会落到日本人手里？我今天来，就想要你的命！"

"葵花，你来了正好，我还有话要跟你说呢！"

"没工夫听你在这儿编瞎话！"

葵花说着，拿出一把雪亮的刮刀，在牛县长的脖颈上一滑。牛县长张了张嘴，刚想说什么，一道血线喷涌而出；他抖了抖身子，眼前一黑，就什么也不知道了。第二天中午，周鸿景见牛县长还没起来，吩咐丫鬟前去敲门，敲了许久，屋里也没动静。推门一看，牛县长已经死了，地上淌了一摊血，新娘子早不知了去向。

回去的路上，秦爷盛赞葵花。

"可没你说的那么好。"

"胡天豹和牛县长被杀，日本人不会善罢甘休。咱们回去后要做好准备。咱们本钱少，跟他们硬碰硬没好果子吃。"

正如秦爷所料，牛县长和胡天豹的死，让冈村大佐心惊肉跳。冈村是个战争狂。自从"九一八"事变以来，冈村参与策划了无数次惨案，他的手上沾满了无数中国人的鲜血。川岛被炸死，胡天豹和牛县长神秘被杀，冈村就成了一条受惊的野狗，发誓掘地三尺也要找到凶手。

据内线王小辫子提供的情报，刺杀牛县长和胡天豹的是巴彦碇子山的原东北军少校营长秦雨岚。冈村拔刀将办公室的那把檀木椅子劈成两半，要通过他的上司、关东军司令官南次郎，命令驻守伪满滨江省的关东军和伪满第四军管区郭恩霖抽出人马讨伐秦雨岚。王小辫子还告诉他，姓秦的并无和日本人作对的意思。他之所以除掉胡天豹和牛县长，完全是因为一个叫葵花的女人，只要许以重利，还是完全可能将其收为所用的。

冈村想了想，胡天豹和牛县长不过是两个中国人的败类，不值得他如此大动干戈，想方设法让秦雨岚为其所用才是上策。于是，暂时打消了进剿的念头，想办法使人收买秦雨岚。

一九三五年的春天来得早，刚刚过了农历二月二，雪还没有融化，可向阳处却有了隐隐的绿草了。

玥娇一家在秦爷的绺子里扎下根来。玥娇是个好学的姑娘，到寨中不到三天，就摽着秦爷教她功夫。几个月下来，玥娇就学了一手好枪法、一身好骑术。

早上，跑马场里掌声不断。场子里奔驰着一匹白马，玥娇骑着白马，一袭红衣，很是英武。但见玥娇往来奔驰，跑到场心，忽然看见天上飞起二只麻雀，玥娇扬手扣动扳机，麻雀振翅窜进云中。场内又飞进一匹快马，骑马的是秦爷。他催马来到玥娇身边，一扬手两枪，有两只飞过的麻雀应声落地，众人拍手叫好。秦爷让她不要着急，让她用飞镖打靶。飞镖从玥娇手中飞向靶心的时候，随着三声枪响，三只镖都被秦爷打落。玥娇说："秦爷好身手。"

最近，葵花的心里就像压着块石头，喘不过气来。当年的姐妹里，佟云已经不在了，和卓没有音信；师兄弟里，关锦城、林轩鹤、赵金良，还有那个郑家佑，也下落不明。但愿活着的人平安无事，逝者安息。想起佟家大院里的欢笑声，葵花的心里空落落的。今天看到玥娇和秦爷，触动她的一桩心事来。她让服侍她的丫鬟毛尖请玥娇到她这儿来一趟。

"玥娇，你来了快半年了，问你一件事，你看看大当家的咋样？"

"秦爷既仗义又豪气，是个百里挑一的好人。"

"秦爷一直没娶亲，我想给你们当红娘，你看怎么样？"

玥娇脸一红，看着地面没言语。葵花拍拍玥娇的肩膀说："好妹妹，就这么定下来吧，我抽空找他谈谈，你就等着做新娘子吧。"

玥娇脸儿一红，抿嘴儿笑了。晚上，葵花又让人请来秦爷。

"秦爷来了？这儿有茶有烟。"

"葵花，找我有事？"

"没事就不能找你聊聊天？"

"瞧你说的哪儿的话？我这不是来了吗？这刀子嘴儿，就是不饶人。"

"秦爷，你也该成家了。玥娇咋样？"

"我还不想成家。"

"玥娇识文断字，是个好姑娘，你就听妹子这回吧！"

"葵花，我……"

"那是你心里有了人了？哪家的姑娘？妹子帮你操持。别忘了，我是你妹子呀！"

秦爷脸红得像关公："我没有。"

"那为啥不想成家？"

秦爷咂了咂嘴，没说话。

"大老爷们说话别吞吞吐吐的，不表态就是愿意。我这就去告诉人家姑娘一声，然后布置新房，明天就给你们成亲。"葵花说完走了出去。

秦爷快步撵上葵花，一反以往的威严，突然变得结结巴巴起来，嗫嚅着说："葵花……其实，我喜欢的人是你！"

葵花笑了笑，随后满面正色："秦爷，我可是个命犯伤官的寡妇，克夫，还有过孩子，怎能配得上你呢！我答应过我男人，我生是他的人，死是他的鬼。我不能违背我立下的誓言啊。"

"那你就这么孤单单地过一辈子？"

"这是我自个儿的事。"葵花笑了笑，找玥娇去了。

玥娇的父母过不惯山上的生活，前些日子投奔哈尔滨的玥娇姨妈家去了，玥娇非要留在山上。玥娇父母拗不过女儿，只好离开女儿下了山。葵花和玥娇在说话，忽听远处传来枪响，紧接着有人喊："不好了，山下起火了！"

二人快步来到院外，明晃晃的月光下，本来宁静的天空，出现了令人恐怖的黑烟。月光转眼间就被这烟云笼罩住了，空气中开始弥漫起令人恶心的烟臭味。守在山下东道口望哨的接灵子跑进来："不好了，日军和伪满军将山寨围住了。这火就是他们放的。秦爷、三当家的，快想辙吧！晚了可就来不及了。"葵花说："秦爷，你快领人往外冲吧！"

寨子里的弟兄们都已经到齐了。秦爷没想到鬼子要对他下手，前段时间还答应给他一个加强连的装备呢，现在翻脸比翻书还快。怪不得装备迟迟没到，原来是给他画了块大饼啊！他吩咐道："弟兄们，日本人想放火烧死咱们，没门！下山上船，跟我往西边冲！"

砬子山下不远处是少陵河西岸。少陵河清朝时叫硕罗河，是巴彦县境内最大的河流，松花江的支流。船只准备齐全，众人上了船，奋力向西岸划去。秦爷说："奇怪，西岸怎么一点动静也没有？"

船至岸边，一声枪响，众人抬头，岸边的芦荡里伸出无数支快枪，黑洞洞的枪口正对着他们。他们进了日伪军的埋伏圈。

让秦爷和葵花惊讶的是，鬼子和伪军推出一个五花大绑的人来，竟是几天不见的田大牙。前几天，田大牙说他好几次梦见太太，想去坟上烧几张纸，没想到被鬼子和伪军发现了。指挥这伙日伪军的是日军驻守巴彦的中队长安倍。秦爷曾经率部灭了巴彦火车站的鬼子，让安倍大为恼火。安倍夜不能寐，恨不得让秦爷这支绺子灰飞烟灭。可这砬子山易守难攻，搞不好会中了埋伏。于是，利用内线王小辫子观察着秦爷的一举一动。恰好田大牙下山烧纸，王小辫子飞鸽传书，他就派人将田大牙捉住，作为诱饵。

伪保安团团长毛鹏豪抽掉了堵在田大牙嘴里的破布，拍了拍他的肩膀，笑道："田大牙，让你们的人放下枪吧。"

安倍也贴着田大牙的耳边，用一口流利的中国话说："识时务者为俊杰。阁下现在应该顺应天意，否则你和你的人就只有死路一条！"

田大牙一扭头，一口浓痰飞到毛鹏豪脸上，怒斥道："卖国求荣的王八蛋，老子变成厉鬼也要掐死你！"然后又冲秦爷和葵花大声喊，"秦爷、葵花，别管我，快领人往外冲。日本人早在这里埋伏好了，千万不要听他们的花言巧语。"

毛鹏豪擦了擦脸上的浓痰："我毛鹏豪说到做到，只要你们放下枪，我和安倍少佐商量好了，就放了他。"

秦爷说："你们先将田掌柜放回来，令你们的队伍退后，我们就放下枪。"

葵花哭了："干爹，你要挺住，我们会救你出去的！"

毛鹏豪和安倍互相看了看，得意地笑着。

田大牙高喊："秦爷，还等什么？快开枪呀！日本人的话千万别信！闺女，我走了！"田大牙一转身，蓦地扑在一个鬼子的刺刀上。

"田掌柜！"

"干爹！"

"秦爷……"在大伙儿撕心裂肺的呼喊声中，田大牙露出了最后一丝笑意，缓缓倒了下去。

"毛鹏豪，你姥姥！"秦爷大叫，照着毛鹏豪就是一枪。毛鹏豪一缩脖子，子弹将他的硬盖军帽穿了个窟窿，吓出了一身冷汗，趴在土堆后面，叫道："弟兄们，给我打！谁要是打死一个胡子，赏大洋五十；打死二个，烟土二两；打死三个，娘儿们搂一宿。"

安倍也举起指挥刀命令："射击！"

葵花打开短枪的保险，大声喊道："弟兄们，上呀！"

枪声大作。葵花和秦爷领着弟兄们拼死往外突围，怎奈日伪军占着有利的地势，武器优良，又有数门迫击炮，这支数百人的队伍硬撑了一个多时辰，最后还是被打散了。葵花和秦爷始终在一起，冲出重围的时候，天已大亮。在一座荒凉的关帝庙前，二人停了下来。

"秦爷，弟兄们都没冲出来？"

"队伍被打得七零八落，生还的可能性不大。"

葵花望着远处冲天的火光，身子一栽，倒在秦爷怀里。

秦爷摇动着葵花的身子："葵花，你怎么了？"

葵花双眸紧闭，脸色蜡黄，气若游丝，胸口处往外流淌着黑紫色的血。不知什么时候，葵花中颗弹了。秦爷知道，现在必须请大夫将子弹取出来，否则后果不堪设想。可这前不着村后不着店，上哪儿找大夫呢？

秦爷急得脸上沁出了汗珠，他抬头看了眼关帝神像，想起了关公刮骨疗毒的故事。秦爷赶紧在庙内架起了干柴，将金镖抽出一支在火上烧红，冷却后轻轻地将葵花胸口处的衣服解开，用金镖麻利地在葵花的伤处一剜，将子弹剜了出来。葵花大叫一声又晕了过去，黑紫色的血不住地往外冒。子弹是浸过毒的。秦爷不及细想，俯下身来用嘴使劲吸吮着葵花的伤处，直至从嘴里吐出来的血由黑紫色变为鲜红色，这才长出了一口气。不知过了多长时间，葵花苏醒了过来，秦爷正在庙里烤一只野兔。

秦爷走了过来，关切地说："葵花，你可醒过来了！"说着背过身去看着别处。

葵花低头见自己的上衣被解开，知道是秦爷将子弹取了出来，顿时羞得满面绯红。长这么大，身体还是头次被丈夫以外的男人看到过。她急忙将秦爷盖在自己身上的外衣裹在身上。

"葵花，我实在是没有别的办法……"

"妹子的命是你给的，谢你还来不及呢，又怎么会怪你呢？"

秦爷看了看葵花，挠挠头，笑了。秦爷自己也搞不明白，自从遇见了葵花，自己怎么变得这般柔情。原来的那个点火就着，脾气火暴的他哪儿去了？

在关帝庙里躲避了一天两夜，葵花胸前的伤口已经化脓，再不找大夫治疗恐有生命之危，可鬼子和伪军的骑兵往来巡逻，根本出不去。直到第三天晚上，秦爷背着昏迷不醒的葵花走出了关帝庙。忽听后面传过来一男一女的说话声，秦爷忙藏在路边的一棵大槐树后。男的说："这黑洞洞的，也不知秦爷他们现在在哪儿，会不会死了？"女的说："废话，死人堆里翻个遍，就是不见秦爷和葵花姐，你说他们活没活着？"

秦爷一听乐了，这二人竟然一个是玥娇，一个是接灵子。

秦爷喊："玥娇、接灵子，我们在这儿呢！"

玥娇和接灵子一听，喜出望外，借星光一看，面前站着的这个人正是他们的秦爷。玥娇喊道："秦爷。"

秦爷说："快过来，你葵花姐在树后面呢！"

玥娇一直跟在葵花身后，没想到战斗一打响，就跟她离散了。在接灵子的保护下，二人杀出重围藏了起来。第二天早上，两人又来到河岸边，翻遍了所有尸体，也没见秦爷和葵花的影子。二人找了两天也没找到，没想到在这儿遇到了。玥娇见葵花昏迷不醒，急得哭了起来。

接灵子说："秦爷，我去前面的村子里雇一辆车来，将三当家送到天增屯我干妈家。"

秦爷点头。一个时辰后，接灵子雇了一辆马车回来了。三人将葵花抬到车上，天刚蒙蒙亮，到了天增屯接灵子他干妈家。接灵子的干妈是个五十多岁的小脚寡妇，胆儿很小，见葵花气若游丝，吓得直哆嗦，不知道怎么办才好。

接灵子说："干妈，不要怕，这是我们三当家，受了点轻伤，在你这儿养几天伤就走。到时候我们会给你扔下很多钱的。"

接灵子干妈一听对方能给很多钱，不再说什么，开始烧水做饭。

秦爷走到灶间帮着往灶膛里添柴，问："干妈，你这儿有没有医术好的先生？"

接灵子干妈说："有是有，怕请不动啊！"

"谁？花多少钱都成。"

"巴彦镇有个李三针，医术高着呢！只是这个人脾气很怪，不会轻易出诊的！"

"你知道李先生家在巴彦镇什么地方？"

"剪刀巷有一个药行，药行的主人就是李三针，你到石牌坊底下就能看到那巨幅的匾额了。"

屋子里玥娇发出了一声惊呼："葵花姐，你总算醒过来了。"

"是玥娇呀！秦爷在哪儿？这是啥地方？"

秦爷进屋："葵花，我在这儿呢！这是接灵子他干妈家。"

葵花挣扎着就要坐起来，被秦爷按下。

"秦爷，是我拖累了你们呀！"

"葵花，你感觉怎么样？我现在就去请先生给你治伤。"

葵花刚想说些什么，又昏迷了过去。秦爷对玥娇和接灵子说："照顾好三当家的，我去去就回。"秦爷扮成一个庄稼汉，直奔巴彦而去。鬼子和伪军在休整，城门口没人盘查，秦爷顺利进城。伙计正在柜台上打瞌睡，忽听脚步声，抬头一看，一个满身是泥土的汉子站在柜台外，慢悠悠地打着招呼："客官，买药？"秦爷说："请问，李先生在吗？"伙计说："先生他出去了。"

秦爷一看伙计的神态，就知道这家伙在扯谎，便从口袋里掏出一块钱拍在柜台上："麻烦你请李先生回来，就说我有急诊。"

伙计的眼睛眯成一条缝，口气立马换了："这位爷，你先在这儿稍等片刻，我这就给你请去。"

不一会儿，走出一位六十岁上下，身穿绸衫的老先生。伙计介绍："这就是李先生。有什么病情跟他说吧。"秦爷躬身："李老先生在上，受在下一礼。"李三针说："不必多礼，请问何人得病？"

秦爷知道不说实话恐怕请不动李三针，又怕时间一长葵花有性命之危，跪拜道："李老先生，家妹被日本人开枪打伤，请先生救命。"

李三针将秦爷搀扶起来："兄弟请起，前头带路。"

半个时辰后，两个人赶到天增屯。李三针检查了葵花的伤势，直皱眉头："子弹再偏一点就没命了。虽已取出，可伤口化脓，受了感染，晚些便有性命之忧呀！老夫这儿有金枪药，专治枪伤，能不能挺过来，就看她的命数了。"

李三针说着打开药箱取出药来，敷在葵花伤口上包扎好，告辞离去。送走李三针，秦爷大睡起来，他已经好几天都没合眼了。

夜半时分，葵花苏醒过来，觉得伤势好了许多。见玥娇在她跟前守候，便问："秦爷呢？"

玥娇说："秦爷正在睡着呢！他累得连饭都没来得及吃一口呢！"

葵花想着这几天来秦爷带着她死里逃生，为了她都没合过眼，心里一热，对玥娇说："秦爷是好人呀！要不是他，我这条命就没了。玥娇，做他的女人，是修来的福分啊！"

玥娇的脸儿烫了起来。

第十五章

秦爷深知葵花的苦心，决定和玥娇成婚。

绺子折了大半人马，秦爷在李国昌的建议下去了宾县南端的香炉山。香炉山是小兴安岭的余脉，距哈尔滨七八十公里，因海拔七百九十米的主峰形似香炉而得名。这里峰峦叠翠，是个不易被发现的好去处。

经过一段时间的调养，葵花的身体慢慢恢复了。去香炉山的担架上，葵花对秦爷说："玥娇是多好的姑娘啊！你要娶了她……"秦爷知道葵花是铁了心，他就不再多言，就把他和玥娇的好日子，定在了八月十五。

到了八月十五这天，绺子里张灯结彩，杀猪宰羊，喜气洋洋。秦爷披红挂花，和玥娇拜了天地。秦爷正和玥娇说着话，忽听外边喊："鬼子来了。"弟兄们早就抄家伙等候调遣了。秦爷说："弟兄们，早想找小鬼子干一仗了，他们却自己找上门了。咱们这就让这群狗杂种有去无回！"

第一轮进攻，鬼子扔下了大片尸体。安倍穷凶极恶，像条疯狗似的咬着不放。碇子山一战，安倍损失了几十个士兵，伪军死了一百多个，最后秦爷的人却像躲进草原里的狼群，消失得无影无踪。安倍受到上司训斥，四处打探秦爷的下落。探知秦爷隐藏在香炉山，便再次整顿军马，让毛鹏豪的伪军打头阵。攻了三四个小时，秦爷绺子遭了重创，二当家李国昌中弹牺牲。秦爷知道，再这样消耗下去，绺子就彻底失了元气，吩咐葵花带大部分弟兄先撤，自己留下来阻击。

"再不走就来不及了！"秦爷一边向鬼子点射一边命令道。

"秦爷，我领人在这儿阻击，绺子里不能没有你呀！"

"别再啰唆了，我是大柜！"

一颗流弹袭来，一个小兄弟倒地。

"三当家，快领人冲出去！要快！"

"秦爷，要死，咱们死在一块！"

"这是命令！命令，你懂吗？"

葵花刚想说话，秦爷倒在了地上。刚才秦爷见冲到下边的一个鬼子朝葵花瞄准，蓦地拦在了葵花面前。秦爷胸口的鲜血像涌出来的血泉。

秦爷说："葵花，我不行了，队伍就靠你了。听说王脖子山有一伙抗联，你无论如何也要把队伍带到那儿去。葵花，我……好想让你为我点根烟啊！"

葵花点头,从秦爷的口袋里翻找着烟,费了好大劲才将烟点燃,抽了几口,插进秦爷嘴里。秦爷只抽了一口,脖子一歪,咽了气。玥娇扑到秦爷身上,一颗子弹飞来,玥娇扑倒在秦爷身旁。几发炮弹带着尖锐的呼啸声在不远处爆炸,数不清的日军又扑了上来。香炉山在猩红色的太阳下颤抖!

"秦爷!玥娇!"葵花哭喊着,她没时间多想,指挥弟兄们拼死往外冲。鬼子炮弹散发出来的强大气流将土石块抛向空中,很快压住葵花他们的火力。半个小时过后,日军停止炮击,怪叫着又冲了上来。

葵花的左臂也被流弹击中,接灵子跑到葵花身边:"葵花姐,你受伤了?"

"擦破了点皮。弟兄们的弹药还有多少?"

接灵子哭丧着脸儿:"弟兄们伤亡过半,弹药将尽。"

这时,鬼子和伪军已经冲到了眼前五十米左右的洼地上,葵花端起一挺机枪扫射,鬼子和伪军扔下十多具尸体怪叫着撤了下去。葵花扭头看了看接灵子:"兄弟,你怕不怕?"接灵子冲着葵花一笑:"怕!可小鬼子不让咱们活,怕有用吗?"葵花被这个精明的小兄弟逗得直笑,她的马术还是他教的呢!

她拍拍接灵子:"好兄弟,有血性。"

"葵花姐,鬼子又上来了!没子弹了,怎么办呀?"

"弟兄们,用大刀!"

鬼子试探着往上冲,当他们知道葵花他们没多少弹药了,猖狂地扑了上来。接灵子将一块石头砸在了一个冲上来的鬼子脑壳上。这时,一颗流弹打中了接灵子的肩部,鲜血涌了出来。日伪军冲上阵地,发现了接灵子,扑了过去。

"娘——!"接灵子闭上双眼,大声喊叫着,额头上的汗密密麻麻地渗了出来,颤抖着拉响了身下的手榴弹,和鬼子同归于尽了。葵花想起了当年在哈尔滨郊外的那个和鬼子同归于尽的连长。她咬了咬嘴唇,抽出大刀:"弟兄们,跟鬼子拼了!"弟兄们跃出了掩体,挥着手中的大刀向日军冲去。弟兄们一个个战死,葵花杀出了一条血路躲在一棵柳树后。

突然,葵花发现一个鬼子在背后向她袭来。刚刚,这个鬼子被一个弟兄砍伤了一条腿,他正端着手里的枪向她扑来。让葵花意想不到的是,这个鬼子看起来很熟悉。

"阳太?"她脱口而出。

对方看着葵花,端枪向葵花刺过来。葵花一躲,闪开了。也就在这一瞬间,她这才看清,这个鬼子不是阳太,只是一个和阳太长得有点像的鬼子。

葵花长出一口气,将一颗子弹喂给了这个长得有点像阳太的鬼子。枪声响过,她瘫坐在了地上,看着这个鬼子,大口地喘息着。幸亏不是阳太,不然不知道会发生什么。又有鬼子冲了过来,她挥枪瞄准,发现子弹已经打光了,刚才那一枪打出去的是最后一颗。怎么办?只有和鬼子硬拼了,就是死,也要再杀上一两个。

安倍踏着遍地的尸体走了过来,葵花突然从柳树后面转出来向安倍扑去。安倍大声喊道:"这是匪首'蓝衫',抓活的!"

经过一番搏杀,葵花寡不敌众,被擒。

晚间时分,葵花被鬼子带回巴彦。审讯室内,安倍说:"三当家的,只要你说出田家烧锅的酿造秘方,我们仍是朋友。"

"秘方我知道,但我不会告诉你!"

"我佩服三当家的勇气,可生命只有一次。蝼蚁尚且贪生,何况人呢?"

"安倍,你就别在这儿忤逆子戴孝了。"

"怎么个意思?"

"装模作样!"

"好,我让你见识一下什么叫装模作样。来人!"安倍显然被激怒了。

七八个凶神恶煞般的日本兵走了进来,他们个个身高马大,光着上身,拿着鞭子和雪亮的战刀。安倍说:"这是我给你的最后一次机会了。"

葵花将脸扭过去不再看他。她知道,落到鬼子手里,不可能再活着出去。与其窝窝囊囊的死,还不如轰轰烈烈地硬气一回。也只有这样,才能对得起死去的丈夫、孩子,还有刚刚为她而死的秦爷。她之所以承认她知道秘方,就是为了让鬼子在这上面彻底断了念想。如果她不承认她知道秘方,说不定还会有更多的人遭殃。

安倍手一挥,铁门开了,有两个日本兵拖进一个三十多岁的被五花大绑的中国汉子。

安倍一个眼色,一个日本兵扑上去,将汉子血淋淋的心剜了出来;又一刀下去,汉子的人头像个皮球一样滚到葵花脚下,嘴巴张着,眼睛睁得老大,好像还有许多话要对这个世界诉说。葵花骂道:"小鬼子,你不得好死!"安倍挥手命令将汉子的尸体拖出去,将葵花的下巴向上轻轻抬了抬,冷笑道:"比这个刺激的还多得是。怎么样,考虑好了吗?"

葵花鄙视的目光刺向安倍,朝他脸上吐了口唾沫,将脸转了过去。安倍擦拭了一下脸上的唾沫,气得脸色铁青,一挥手,审讯室内那几个日本兵操起鞭子,向葵花走来。这时,电话铃响了,安倍接通后,马上打了个立正,点头不迭。

放下电话,安倍说:"三当家,你的好运来了,我们的冈村大佐要见你!来人,三天后,把她押往哈尔滨!"

三天后的凌晨,葵花被几十个鬼子和伪军押上了囚车。道路崎岖不平,囚车像条蠕动的甲虫,开得很慢。葵花几夜没合眼,突然被一阵枪声惊醒。不知是哪股人马和鬼子干上了,带头的黑呢礼帽、青衫布鞋、戴一副墨镜、骑一匹白马,两把匣枪弹无虚发,鬼子和伪军在他的枪口下像枣树上被击掉的枣子纷纷倒下。

那汉子飞马来到了囚车前,从一旁的一个弟兄手里接过大刀,将囚车门上的锁劈开,将葵花抱在了马上。此时的葵花,也顾不得男女间的禁忌了,将头紧紧地贴在汉子的脊背上。葵花不解,这究竟是一支什么样的队伍？看这架势，就是付出再大的代价也要将她救出来。

"敢问这位大哥，哪部分的？"葵花试探着问。

就见那汉子将两个鬼子撂倒后，摘下墨镜，露出一张熟悉的脸儿来。葵花怎么也没想到，领头的竟是长满了络腮胡子的张瑞麟！

"瑞麟，你是人是鬼？"

"嫂子，我福大命大，怎么会死呢？"张瑞麟"嘿嘿"一笑，"王脖子山有一伙绺子，是我拉起来的。"

"王脖子山绺子的大当家是你呀！"

"嫂子，这儿不是讲话的地方，回去后再细说！"

鬼子武器精良，兵力又多，张瑞麟他们很快就遭受了重创。张瑞麟的白马被打死，他只好下马保护葵花。安倍在后督战，鬼子和伪军不知从哪儿冒出来的，越聚越多。

安倍知道这伙胡匪的核心人物是这个手持匣枪的汉子，于是挥动战刀，指挥大群的鬼子和伪军向张瑞麟这边袭来。安倍指挥迫击炮轰击，一发炮弹向张瑞麟和葵花头顶上砸了下来，一个手下猛地扑过来将张瑞麟和葵花压在身下。炮弹炸响后，二人起身一看，那汉子鲜血淋淋，被炸断了右腿。

葵花觉得这个人有些熟悉，仔细一看，竟是被她恨之入骨的许世通！许世通怎么会在这儿？他不是和川岛一起被炸上了天吗？更令葵花没想到的是，张瑞麟竟然抱着许世通滚下了热泪。境况危急，容不得葵花细想。但她知道，没有许世通舍命相救，她和张瑞麟早就死了。此时，许世通气若游丝，晕了过去，胸脯喘息得像拉动的风箱。

张瑞麟看着葵花疑惑的眼神，俯下身看着许世通，呼喊着："世通大哥，你醒醒！醒醒啊……"

许世通咳嗽了一下，缓缓睁开了眼睛，他看了看葵花，冲她笑了笑。葵花想不到，这个让她极度仇恨的无赖竟然救了她。虽然张瑞麟来不及跟她说，但此情此景让她明白，自己一定是误解他了，于是轻轻地说："谢谢你！"

许世通喘息着说："葵花，有你这句话，我就知足了。今天的下场是当年造的孽，要不是我们许家，你师父也不会家破人亡，你也不会落到现在这个样子……"

许世通说到这儿，脖子一歪，嘴角渗出了血，倒在张瑞麟的怀里咽了气。张瑞麟泪如雨下，大吼一声向鬼子冲去。

一场鏖战直到晚上才结束，张瑞麟和葵花终于杀出了重围。半路上，张瑞麟向葵花讲述了许世通的事情。

许世通所做的事都是给日本人看的，他干爹杜雨浓要他想方设法救下张瑞麟，告诉他国难当头不能窝里斗，要把一切恩怨都抛开，并称赞张瑞麟是条汉子。让许世通决定和日本人虚与委蛇的是，他亲眼看到一个日本宪兵在街头砍断了一个十三岁女孩的一条胳膊，只因那女孩儿踩了他的脚……他让川岛押回张瑞麟后由他再审，其实是想放了他；徐志友给张瑞麟喝下的，是他放了迷药的水。

许世通知道川岛对田家烧锅志在必得，就和张瑞麟秘密商量，与其被鬼子占了，不如毁了田家烧锅的玉泉井，要了川岛的老命。于是，张瑞麟和手下弟兄在一个夜晚将炸药秘密安放在井道内。为了保密，张瑞麟并没将这件事告诉葵花和义父，一切准备好后，许世通便怂恿川岛去田家烧锅……

葵花恍然大悟，知道自己误会了许世通。张瑞麟被许世通救走后，知道义父和葵花去了碰子山秦爷那儿，因为在保护田家烧锅的问题上和秦爷有些过节，所以没回绺子，到王脖子山另拉起了山头。

"一年前我和秦爷一块下山，那天晚上正要去杀胡天豹，却让另外一个神秘人给杀了。"

"胡天豹让我给杀了。"

"你杀的？"

"我杀的！"

张瑞麟告诉葵花，一年前，他找胡天豹算账，尾随胡天豹到了他岳父家，等胡天豹出来，就结果了他的性命。

"瑞麟，想不到杀死胡天豹的是你！你明明看见了我，为啥不搭理我？"

"我早听说你参加了秦爷的绺子，还知道秦爷对你有那层意思。"

"瑞麟，你胡说些什么呀？除了你德本哥，我心里容不下任何男人。"葵花叹了口气，"人生的事说不准，我做梦都不会想到，许世通还把我给救了。"

她万万也没想到，许世通表面上在日本人面前唯唯诺诺，实际上却是个顶天立地重情重义的好汉。

这都是些多么好的人呀！葵花想着想着，泪水再一次模糊了她的双眼。

王脖子山位于巴彦县西南部，南距松花江三里，西距少陵河一里，因地形酷似乌龟脖子伸入松花江而得名。转眼，葵花跟着张瑞麟回到王脖子山半年多了。

很长时间里，葵花都沉浸在失去许世通、秦爷和许多素昧平生的弟兄们的悲伤中，这些鲜活的生命并未走远，她仿佛能听得见他们的呼吸、说笑，甚于能闻到他们散发出来的气味。

为死去的弟兄报仇，成了王脖子山绺子里弟兄们的一致心声。张瑞麟到王脖子山后，拉起的这支人马不过一百二十人，几十条快枪，有的弟兄手里的家伙只是大刀、长矛、弓箭。张瑞麟和葵花专挑人数少的鬼子下手，抢夺他们的武器。这个方法很有效，几个月下来，队伍里增加了二十几条快枪。

这天傍晚，乌鸦归巢，张瑞麟和葵花正在山洞里说话。二人商议，鬼子和伪军经常有人神秘失踪，势必会引起他们的注意，日伪军死的人越多，他们就越危险。他们在松花江的芦苇荡里藏了几只小船，可日伪军的汽艇不时过来巡逻，所以遇到袭击时从水上撤退并不是安全的退路。为了保证绺子的绝对安全，他们决定从明天开始，一天换一个地方。

就在他们即将发布命令的时候，吴大头跑进来说，山下发现了一支人马。张瑞麟和许世通炸掉烧锅后特意找到吴大头，将他带在了身边。现在他是这支队伍的三当家。

"多少人？是鬼子还是伪军？"张瑞麟问。

"看不清是鬼子还是伪军，也看不清有多少人。"吴大头说。

张瑞麟掏出匣枪："命令弟兄们，准备战斗。"

"是！"吴大头跑了出去。

葵花说："鬼子和二鬼子的嗅觉蛮灵的，这么快就摸上来了。"

二人带弟兄们埋伏在王脖子山制高点，又命令吴大头带二十几个人去松花江边准备接应后撤。安排停当，月亮升起来了，明晃晃的月光下，一支队伍出现在张瑞麟和葵花的视野中。让张瑞麟没想到的是，这支队伍在山脚坐了下来，只有一个人向山上走来，一边往上走，一边挥着手。

"看起来不像是鬼子和伪军啊！"张瑞麟打开了匣枪的保险。

"好像是来找咱们的。"

葵花话音刚落，那个走在山道上的人说："王脖子山的弟兄们，我找你们大当家的张瑞麟。"

"找我？"张瑞麟一愣。

葵花说："这个人知道你，让他上来问个究竟，反正咱们在暗处，看看他究竟是什么人。"

张瑞麟点了点头，回应道："把枪放下，双手抱头。"

那人将腰里的枪解下，双手抱头走了过来。

"你是什么人？"张瑞麟问。

"我是抗联第五军二师一团团长费广兆，从山下路过，特来拜会张大当家的。"

"费团长，我们井水不犯河水，有什么事吗？"

"此处不是讲话之所，我想和大当家的到里边说。"

"好！"张瑞麟吩咐手下，"把寨门守好，有人偷袭就立即开枪。"

烛光下，张瑞麟才看清，来人浓眉大眼，红面虬须，穿着浅黄色的棉军装，打着绑腿。张瑞麟早就听说过抗联，据说，是共产党领导下的抗日武装，有好几路军。但真正的抗联，他今天还是头一回看见。

费广兆说明来意："早就听说张大当家的威名，知道大当家带领弟兄们数次发动对日伪军的袭击，所以，我想和大当家的商量商量，能不能加入我们抗联，我们携起手来，共同对付鬼子和伪军。"

张瑞麟沉思片刻，笑了笑："据我所知，你们整个五军兵不过一千。费团长手下有多少人？"

费广兆说："不瞒大当家的，我团现在不到二百人。"

张瑞麟笑了："这点家底，凭啥让我投靠你们？我在秦雨岚手下的时候，就有共产党找他联手，结果怎么样，还不是被打散了吗？"

费广兆说："中共满洲省委早在一九三一年就已经组织抗日游击队与日军作战，这支队伍正在日益壮大。满洲省委根据共产国际的指令，将所属部队联合地方抗日武装组建东北抗日联军。我这次来，就是想请张大当家的加入我们抗联。"

"我们是匪，独来独往惯了，不喜欢被约束，所以不想和贵党有什么瓜葛。送客！"

张瑞麟挥了挥手，费广兆伸出手来想和张瑞麟握手，张瑞麟却转过脸去，费广兆只好说："张大当家，也许用不了多久，我们就会战斗在一起。后会有期！"说着，踏着月光离开了。

费广兆走后，葵花说："这个人说得也在理，联合起来总比咱们单打独斗强，就这样把人家打发走了，合适吗？"

张瑞麟说："没啥不合适的，就他那点人马，没比咱们多哪去！几十万的东北军都撤到关里去了，共产党到底怎么样，咱不清楚。让他们管着，我不干！"

葵花还想再说什么，张瑞麟却向山洞外走去。这时候，吴大头抹着汗又跑了回来。张瑞麟忙问:"大头哥,我不是让你在江边接应吗,咋这么快就回来了?"

吴大头说:"大当家的,弟兄们早准备好了,只要你们这边有动静,我们就接应。刚刚打探消息的刘过风和李老当兵的回来了,他们说安倍到西集镇骆驼屯据点来了。"

为了给许世通和牺牲的弟兄们报仇,张瑞麟撒下眼线刘过风和李老当兵的监视安倍和毛鹏豪。

"带了多少人?"

"刘过风说,只带了十几个随从。"

"太好了!"张瑞麟拍了一下大腿,对吴大头说,"告诉刘过风和李老当兵的,回去继续监视。这事办好了,我赏给他们一人一两烟土。"

"刘过风还探到一件事……"吴大头俯耳低声地说着什么。

张瑞麟脸色骤变:"来人,把大呆瓜找来。"

手下应声,很快一个小崽走了进来:"大当家的,你找我?"

张瑞麟冷笑道:"大呆瓜,我张瑞麟和你无冤无仇,你为啥要害我?"

那个叫大呆瓜小崽儿的汗就下来了:"大当家的,我听不懂你说什么。"

张瑞麟说:"别演戏了,说,鬼子给了你多少好处让你出卖了我和弟兄们?上次我和二当家去救葵花嫂子,要不是我命大,我就死在鬼子的枪口下了。"

大呆瓜跪下,抽着自己的嘴巴:"大当家的,我该死,我该死啊!我要不答应做他们的内线,他们就断了我的吗啡,他们给我扎了吗啡啊……"

"不争气的东西!"张瑞麟掏出枪,"砰",大呆瓜应声倒地。

张瑞麟走过来踢了踢大呆瓜,打了个长长的哈欠。

外边飘着雪,炮楼里温暖如春。安倍一边和佐藤喝着清酒,一边看一个叫枝子的日本女人跳舞。

安倍来哈尔滨五年半了。此前,他一直在上海派遣军重藤支队,参加过进攻南京的战斗。前段时间,进攻巴彦的抗联和秦爷的绺子接连失利,他下属的几个小队也遭到抗联部队的袭击,所以心情十分糟糕。他搞不明白,这些枪炮破旧、穿着破军服的抗联战士为什么这么狡猾,他们的战斗力有时候比国民党的正规部队还厉害。还有那些土匪,他们本来落草为寇,反将枪口对准了他们。前天,他悄悄带几个随从来到西集镇骆驼屯据点,想在他的发小佐藤这里混几天清静日子。

"佐藤君,现在是昭和十一年(1936)二月,我来中国整整五年了。好想北海道原野上盛开的杜鹃花啊!"安倍呷了一口清酒。

"安倍君,哈尔滨也下雪,可我想的还是家乡北海道的雪景啊,好多年没参加北海道雪祭盛会了。只有品尝一下家乡的清酒,才能感受到一点家乡的味道啊!"佐藤说。

两个人没谈战事,沉醉在对家乡的回忆中。

碉堡下人喊马嘶,安倍放下酒杯,顺着枪眼往下看。来了十几匹马,马上的人都是伪军打扮,小队长小野在和为首的人说着话。

"他们是毛鹏豪的人?"安倍问。

"不是,是庆城那边的满洲军骑兵连马连长,常到这儿和小野君玩牌。"佐藤说。

"佐藤君,不会有诈吧?"

"放心吧,马连长忠于职守,是咱们的人。"

"那就好,别让中国人钻了空子。"

这时候,小野和马连长走了上来,小野将安倍和马连长彼此做了介绍,安倍说:"马连长,辛苦了,一起喝酒吧。"

"谢谢。"马连长胖胖的身体在敬过军礼后弯成了一只虾。

小野又拿来几瓶清酒,几个人继续喝着,忽听炮楼外边乱哄哄一片。透过枪眼往外一看,炮楼外来了十几个挑着水桶的汉子。两个士兵叫喊着将汉子们拦住了,为首的汉子在分辩着什么。

安倍的眼睛像一把利刃,盯着马连长:"马连长,那老汉在说什么?"

马连长说:"这些人说他们是给炮楼送水来的。"

"你的人?"

马连长摇头:"不是我的人。"

小野忙对安倍解释说,据点里缺水,由附近的周保长组织一些百姓三天送一次水来。那两个士兵是新调来的,不认识周保长,小野说他现在就下楼去。

按照惯例,小野让周保长挨个水桶尝了一口又搜了身,才让汉子们挑水进来。周保长递给小野一根烟,小野低头点烟,觉得有人紧紧勾住了他的脖子,伴着一阵剧痛,便倒在了地上。小野身边的士兵见状不好,正要开枪,当场被从木桶下边夹层里抽出短枪的汉子击毙。

干掉小野之后,弟兄们就往里面冲,隐藏在射界外面树丛里的弟兄们向炮楼压了过来。

"哪来的抗联?"安倍问佐藤。

"从装束上来看,好像是土匪!"佐藤说。

"土匪?命令周围的部队向他们包抄,务必将他们全部消灭!"安倍气急败坏。

佐腾抓起电话,给附近几个碉堡打电话。

枪声大作,安倍神情淡定,他知道据点里驻扎着他一个七十人的小队,这点土匪还不足虑。

很快,张瑞麟和葵花就顶不住了,不到一刻钟就伤亡了二十来人。鬼子人数虽然不多,可武器好,有着他们见都没见过的掷弹筒、轻机枪和迫击炮。

葵花见势不妙,对张瑞麟:"想不到这骆驼屯的鬼子这么多,咱们快撤吧!"

张瑞麟点了点头:"撤!"

陷入鬼子重围，冲出去可就难了，又有几个弟兄倒下。

"砰砰！"鬼子的后面骤然响起了枪声，追击他们的鬼子像倒下了十多个。

"张大当家的，我们是抗联第五军二师一团，我是通讯员五更。我们团长和政委让你们顺着这条沟往下撤，由我们来阻击追上来的鬼子！"

张瑞麟想起来了，就是这个二师第一团前段时间还拉拢他们共同抗日，而找他的那个人就是这个团的团长。张瑞麟正要说话，抗联的人冲了过来，把葵花和张瑞麟的人硬给带了出来。

张瑞麟没想到让被他瞧不上眼的抗联给救了。鬼子撤退后，两个干部模样的人走了过来，其中的一位就是前几天晚上来的那个费团长。在他身边，有一个个子不高，面色白皙，慈祥的脸上露着笑容的中年人。不知为什么，张瑞麟和葵花觉得这个人在哪儿见过。

那人说："张大当家的、佟少奶奶，不认识我了？当年可多亏你救了我！"

"荀先生？"葵花又惊又喜。

张瑞麟也想起来了，一把抓住了中年人伸过来的手，"荀先生，你是抗联的？"

"我离开哈尔滨有一年多了，组织上将我安排到了二师一团当政委。"中年人看着张瑞麟笑道，"张大当家的，想不到我们以这样的方式见面。"

"荀政委、费团长啊，多亏了你们！"张瑞麟不好意思地挠了挠脑袋。

荀慧生笑道："怎么样，再考虑考虑，加入我们五军？"

费团长说："打鬼子绝不是一伙人两伙人的事，是整个国家整个民族的事情。国恨家仇，需要所有的中国人都团结起来，攥成一个拳头，才能彻底消灭鬼子！"

费团长和荀政委说得话不无道理，张瑞麟看了看葵花。

葵花点头："都是打鬼子，那咱们就是一家人。"

"嫂子，我听你的。"

荀、费二人紧紧地握住了张瑞麟的手："欢迎张大当家的！"

上级根据他们的特长，让张瑞麟任二营营长，葵花任副营长。让张瑞麟和葵花感到亲切又意外的是，费团长和荀政委称他们为同志。张瑞麟好奇地问荀慧生什么是同志，荀慧生告诉他："同志，就是为了共同的理想、事业而奋斗的同一个政党的成员，虽然你们现在还不是党员，但我相信，不久的将来你们一定会是的。"

队伍回到王脖子山休整，荀慧生提出以王脖子山为中心建立抗日根据地。荀慧生指着桌子上的一盏油灯，说："同志们，这盏灯，没有碗就盛不住油；光有碗没有油，灯就点不着。没有根据地就像没有家，为什么要做没有油的灯芯……"接下来，荀慧生又给大家讲解了一个词汇——信仰。

"什么叫信仰？"张瑞麟问。

荀慧生说："问得好！什么是信仰？……"

荀慧生的话深入浅出，看着他炯炯的目光，张瑞麟和葵花没想到，当年，这个文质彬彬的汉子竟然有这么高的水平，而且还是共产党党员。

"什么样的人才能加入共产党？"张瑞麟又问道。

荀慧生说："我们共产党是为无产阶级的利益奋斗的，要随时准备为无产阶级的利益献出自己的生命。要加入我们党，需要长期的学习和考验。"

张瑞麟看了看葵花，心里很不服气："考验？"

张瑞麟和葵花被深深打动了。不过，荀慧生和费广兆提出要建立根据地的想法，葵花提出了自己的看法："费团长、荀政委，王脖子山离巴彦很近，贸然组建根据地会不会引来城内的日伪军？"

荀慧生说："葵花同志的意见很好，在敌人眼皮子底下建立根据地并不是我们的首创，我们抗联部队已经在磐石建立了红石砬子抗日根据地，成为南满地区抗日武装力量的领导核心了，牵制了大量的日伪军。虽然他们最后渡江南下，但还是给日伪军以沉重的打击。这只是我们的初步想法，还要上报经组织上批准才可以，同志们的意见都可以保留。"

开完会，葵花说："我觉得苟政委和费团长开辟根据地的想法不切实际，咱们参加抗联是不是操之过急了？"张瑞麟说："这还不好办？不看好，咱还自己单搓。听李老当兵的说，安倍还在骆驼屯据点，打入伪军里的内线告诉他，安倍今晚上要回巴彦，我想带咱们的人打个伏击，干他一家伙。"

晚上，张瑞麟和葵花带人悄悄埋伏在王脖子山通往巴彦的必经之路三道沟。张瑞麟料定，安倍在夜晚回巴彦，带的人不会多。他也担心人多了可能会惊动团长和政委，他们的计划就泡汤了。所以，只带了三十个人出来。可亥时都过了，安倍还没有出现。葵花说："李老当兵的情报会不会有误？"张瑞麟说："再等等。"

这时，吴大头说："来了！"

顺着吴大头手指的方向，沟下来了一队人马，为首骑着马的正是安倍，身后跟着几十个鬼子和伪军。

几十只箭射出，倒下了几个日伪军。安倍下马抽出战刀，张瑞麟见时机已到，指挥弟兄们冲了下来。让张瑞麟没想到的是，安倍竟然是假冒的，只是一个和安倍相似的伪军。

"坏了！"张瑞麟对葵花说，"我们中计了。"

话音刚落，从一旁的树林里冲出了上百个日伪军。张瑞麟指挥弟兄们开枪射击，很快，张瑞麟的人就伤亡了七八个。

安倍挥着战刀，正要吩咐部队将这伙抗联消灭，一颗子弹从他的战斗帽上穿了过去。他吓出了一身冷汗，摸了摸脑袋，忽听身后一阵枪响，身边的人倒下了三四个。抗联的人不知从哪冒出来的，数不清。安倍带人撕开一条口子，撤回了据点。

月光下，张瑞麟看清楚了，救他们的是费团长。费团长见了他们劈头盖脸地批评道："张营长，你们怎么能擅自行动呢？为了救你们，牺牲了十几个同志啊！"

费广兆咬着牙，一旁的人在给他包扎伤口。张瑞麟和葵花这才知道，为了救他们，费广兆的胳膊被鬼子的"三八大盖"穿了个洞。

葵花说："团长，你受伤了！"

费广兆说："没事，擦破了点皮，只要你们没事，我就是牺牲了也值当。"

张瑞麟鼻子一酸，低下头来："对不起，团长。"

"回去再跟你们算账。走！"费广兆挥了挥手。

回到驻地，费广兆依然怒气未消，直拍桌子。荀慧生及时给他们解了围："张营长、葵花副营长，你们加入了抗联，就是有组织的人了，怎么能无组织无纪律呢？要不是费团长及时赶到，后果不堪设想。如果都像你们这样，还叫什么革命队伍？"

张瑞麟说："谢谢费团长。"

费广兆说："用不着说什么谢谢，我们是同志，同志——你懂吗？"

"队伍可能暴露了，马上转移。你们俩回去检讨一下，写份深刻的检查。"荀慧生说。

队伍连夜转移到了老黑山的密林之中。路上，张瑞麟没说话。

葵花说："瑞麟，我觉得费团长和荀政委的批评是对的。他们没拿咱们当外人，为救咱们，费团长受了伤不说，还牺牲了十几个同志，咱们也伤亡了六七个。如果都像咱们这样，那队伍还带不带了？"

张瑞麟闷了半天，说："他们让我写检查，可我又不识字……"

"算了，我来写。这件事，我也有责任。"葵花说。

吃过早饭，张瑞麟一个人闷坐在树桩上擦他手里的匣枪。

到了新营地已经整整三个月了，刚才李老当兵的还跟他说上次伏击安倍失误的事："想不到鬼子这么狡猾。大当家的，你要信不过我，就崩了我吧！"张瑞麟说："李老当兵的，我没有怀疑你的意思，我只是在琢磨，咱们的内线怎么被鬼子给识破了。"李老当兵的说："这个我可说不好。"

五更跑来说，团长有话要和他说。他走进搭建的临时团部，费广兆闷头在吃饭。张瑞麟发现，团长吃的也不过是碗野菜粥。起初，他并不相信抗联部队官兵平等，现在他亲眼看到了费广兆喝着和战士们一样的野菜粥时，感动得眼睛湿润了。

"团长，你找我？"

费广兆点了点头，放下碗，将烟袋锅点燃。他胳膊上的伤已经完全好了。

"找你来是想和你商量，如何组建被服厂的事情。我们的战士战斗在冰天雪地里，连身像样的军服都没有。我想，由你来负责被服厂的工作。"

"被服厂？"

"是的。以前咱们的军服布料大都是山外运进来的，有灰色、草绿色、藏青色，可现在咱们运进来的都是白布，你看怎么办？"

"那咱们就用黄菠萝树皮、柞树皮放进铁锅里煮上色。"

"瑞麟啊，还是你有办法！"

外面传来喧闹声，费广兆说："同志们又在比赛了，看看去！"

张瑞麟和费广兆来到树林中的一个空场上，空场围了一圈人，战士们正在进行摔跤比赛，政委荀慧生和葵花也夹杂在里面。

张瑞麟走到了葵花身边，葵花说："这都第三个了，劲儿真大！"

张瑞麟看了一眼葵花，他的一只手拢成拳，攥了攥。

黑脸战士咬着牙，额上沁出细汗，拼尽全力，想要将红脸战士扯到自己身边，然后将其绊倒，却不料反被红脸战士摔了个四仰八叉。战友们纷纷笑出声来。

"我宋义甘拜下风！"黑脸战士拍了拍身上的尘土回到人群。

红脸战士得意洋洋地说："还有哪个来？"

张瑞麟拨开人群，他要进去比试一下，葵花拉住他："瑞麟！"

张瑞麟冲葵花笑笑，脱掉褂子扔给她，走到红脸战士面前。红脸战士向张瑞麟摆了摆手，摆出一个姿势，意思让他先动手。从红脸战士的眼神里,张瑞麟看到了不屑。张瑞麟冲红脸战士摆了摆手,让他先来。

"哟——"红脸战士挠了挠头,一把扯住张瑞麟的肩膀。张瑞麟也扯住红脸战士的一条胳膊,一哈腰,将红脸战士扛了起来,然后转了几圈,将红脸战士扔在一旁松软的草地上。

战友们爆起一阵掌声。红脸战士起身,再次扳住张瑞麟的肩膀。他给张瑞麟下绊子,但张瑞麟却丝毫未动。就在红脸战士有些松懈之际,张瑞麟来了个扫堂腿,红脸战士一个没留神,又被摔到一边。在战友们的欢呼声中,费广兆和荀慧生走过来,为他鼓起掌来。张瑞麟冲着红脸战士笑着点了点头。

荀慧生大声说:"张营长,好样的!"

红脸战士起身笑道:"想不到咱们团还有比我王良力气大的!同志们,要不要把他举起来?"

战士们异口同声地喊:"要!"

大伙冲过去,和王良、宋义一起,将张瑞麟举了起来。

荀慧生看着葵花:"想不到,张瑞麟的力气这么大!"

葵花说:"张瑞麟力气大是出了名的,在老家的时候,他甚至能摔倒一头半大的黄牛。"

抗联部队是一个温暖的大家庭,张瑞麟和葵花在这里感受到了春天般的温暖。

宋义和王良是一对难兄难弟,两人一起参加的抗联。每到战斗间隙,为了缓解战士们的紧张情绪,除了练兵外,干部们就带头进行各种娱乐活动,这兄弟俩就常常在这个时候较量一下。张瑞麟今天和王良摔跤,也是想表现一下。他刚刚加入抗联,气势上不能输。

荀慧生说:"同志们啊,我们打鬼子、干革命,就得拿出张瑞麟同志的劲头来。日本鬼子虽然很猖獗,可他们陷进了我们四万万中华儿女汇成的汪洋大海里,用不了多久,他们就会被彻底赶出中国。"

张瑞麟和葵花都爱听荀慧生讲话。他的讲话引经据典,深入浅出,战士们不时发出阵阵掌声。

王良和宋义带头挥着拳头:"打倒日本帝国主义!"

战士们齐声:"打倒日本帝国主义!"

荀慧生说:"目前的形势是敌众我寡、敌强我弱,咱们现在要做的,就是牵着敌人的鼻子,机动灵活地消灭敌人。在战斗的同时,我们也不必过于紧张,要用思想来武装我们的头脑。葵花同志可是当年哈尔滨吉成社的当家花旦啊,她还救过我的命呢!大家想不想听葵花同志给我们唱上一段?"

战士们高声说:"想!"

"那我们就用热烈的掌声,欢迎葵花同志给我们唱一段。"费广兆带头鼓起掌来。

葵花清了清嗓子,大大方方走到中间,唱了起来:

马前我把苍天问,崔氏大错怎铸成。
我本富家千金女,不该下嫁到蓬门。
既然是下嫁蓬门我情愿,就应该荆钗布衣守清贫……

张瑞麟带头给葵花鼓掌,当初对葵花的那份近乎狂热的执念,也渐渐放下来了。对张瑞麟来说,葵花现在是他最好的战友和姐姐。这时,林子里骤然响起了枪声。

"哪儿打枪?"费广兆掏出枪说道。

放哨的战士跑过来:"报告团长,林子外出现了大批鬼子和伪军。看样子,已经发现了咱们的动向。"

"准备战斗!"费广兆说。

为了报复前几次的袭扰,这次安倍出动了一个中队的鬼子和毛鹏豪的伪军。他们侦察到前几次对他们进行袭扰的抗联五军二师一团就在老黑山一带的密林中休整,就悄悄发动了突然袭击。

费广兆和荀慧生商量过后,决定分散突围。张瑞麟、葵花和费广兆一路,向林子深处冲。鬼子的子弹呼啸着在身边飞过,一发炮弹袭来,费广兆将张瑞麟按在身下,随后抖了抖身上的土,向鬼子射击。他双手打枪,出现在最前面的几个鬼子中弹倒下。他一支枪子弹打光后,不用双手换弹夹,而是把枪往腿弯处一夹用单手压子弹,另一只手仍不停开火射击。张瑞麟看呆了,想不到团长竟然能这样打枪。

突出重围后,费广兆告诉他,这叫单手换弹,又叫两腿装弹术。他还会十步装枪法,就是把枪拆零碎装在布袋子中,一边走路一边组枪,十步内将枪组装好,搂火打枪,弹无虚发。在费广兆的传授下,没过多久,张瑞麟也掌握了这两手绝活。费团长告诉他,练枪方式要独特,把窗户打开,在墙头上插上蒿子或秸秆,坐在炕头上开枪射击,比谁能打中蒿子或秸秆,这种方式叫"掐的齐";或者晚上点上一炷香,看谁能打中香头,若十步能打中,就退至二十步接着比试;二十步能打中,就退至三十步……

第十六章

时光如松花江水,滚滚向前奔流。转眼,到了一九四〇年七月。

伪满克山县保安团团长孙宝才虽说这些年来一直没得到升迁,可在这个弹丸小县却是个作威作福的土皇上,要人有人,要枪有枪。早年,孙宝才也曾是京剧戏班子里唱过大戏的武生,师从京剧大师白玉霜,可他压根儿就瞧不起自己是个唱戏的。因此,他离开了戏班子,变着法儿地钻营,竟然成了保安团团长了。自接了林轩鹤的位置后,对几任县长从没放在眼里。这些年来,县长换了好几茬,可他孙宝才却将自己的位子坐得稳如磐石。

这不，他正在太师椅上和新娶的姨太太抽着大烟呢。

"升民，去地牢里看看那小子怎么样了？"孙宝才吐了口烟，对身旁的副官崔升民喊道，"我有半个月没去看这小子了。升民，你回来，还是我自己去吧！"

孙宝才和崔升民去了保安团的地牢，他要见一个被自己囚禁了十二年的犯人。这个人是他所认识的男人里头最有血性的，所以他一直没舍得下令杀他。

几分钟后，孙宝才见到了这个人。这是个四十多岁的男人，满头的长发和络腮胡子，早已看不出他的本来面目。

"锦城老弟，最近这些日子过得还好吗？"孙宝才吩咐崔升民将带来的酒菜放在了牢房里的槐木桌子上，说："来，咱哥俩喝一口！"

中年人毫不客气，自己倒上一碗酒，先一口干了："孙团长大驾光临，有何指教？"

"锦城老弟啊，在我孙某认识的人中，你是我最敬重的一个。当年，你的蹦蹦戏唱得多好呀。我也唱过京戏，知道你豪气侠义，是条汉子。"

中年人看了看孙宝才，苦笑了一下："孙团长的美意俺心领了，不过，俺落到今天这个地步，也是俺自己的命。孙团长还是给俺来个痛快的，省得耗费不少粮食，还得派人看着俺。"

孙宝才一使眼色，崔升民将酒给中年人倒上。

"锦城老弟，咱们也算是英雄惜英雄。我想放你出去，让你回去和家人团聚。如果我没记错的话，你太太是个漂亮的女人，你的女儿也长大了。"

中年人啃了一块烧鸡："孙团长，你就不怕放虎归山？俺可是个有仇报仇有恩报恩的人。"

孙宝才摸了摸光秃秃的脑袋，说："锦城老弟，这么多年了，咱们算是老朋友了。当年，我没要了你的命，你关锦城也绝不是睚眦必报的小人。"

中年人是关锦城!

十二年前老鸹岭一战,关锦城并没死,牢狱生涯丝毫也没有挫败他的锐气。其实,孙宝才就是想着有朝一日,关锦城能为他所用。当年,关锦城被他最信任的兄弟在背后捅了一刀,他迄今还蒙在鼓里。如果让他们鹬蚌相争,孙宝才也好坐收渔翁之利。

赵金良的绺子现在成了香饽饽。眼下他手下有七八百人,依托几十里水泊,不把日伪军放在眼里。现在让孙宝才有些担忧的是,附近的抗联第三路军又派第九支队长边凤祥去做赵金良的工作,赵金良虽未答应,但心有所动。也许用不了多久,赵金良的人马就成了抗联第三路军的一支劲旅。到那时,这块克山上空的天,非被捅出一个大窟窿不可。搞不好,自己都得填进去。

想到这儿,孙宝才说:"锦城老弟,现在世面上极不太平。我想让你为我寻找一件稀世珍宝,并让你出去平息克山匪患,此事非你莫属。你还我珍宝,我还你自由,你看如何?"

关锦城扬脖子又将一碗烧酒干了:"孙团长,只要你信得过俺关某人,这差事俺接了!"

"痛快!我孙某人就喜欢你这样的人。当初我爱惜你是个人才,这才不忍杀之。现在你就是县保安团的团副,除了我孙宝才,保安团就你说了算。怎么样,我孙某人对你不薄吧?"

孙宝才一挥手,崔升民将早就填写好的委任状放在了关锦城的面前。

"多谢孙团长。"

"锦城老弟,我孙宝才没看错人。现在你是我的人了,有句话,到了该告诉你的时候了,否则我这心里头也堵得慌。这话虽然不好说,可也得说。你得有个心理准备啊!"

"俺听着呢!孙团长但说无妨。"

"那好,我就说。十二年前老鸹岭一战,那是你的把兄弟赵金良事先和我共同设的一个圈套,他想利用我的手将你干掉,好娶你的夫人。他的目的达到了，你却被我关了十二年。"

关锦城惊呆了。这十二年来，他几乎天天在脑子里琢磨当年是谁偷梁换柱差点要了他的命。他觉得肯定是出了内奸，可他就是想破头，也没想到是和他共患过难的师弟赵金良。而让赵金良起异心的，竟然是为了佟云！

关锦城心如刀绞。他实在是想象不到赵金良竟会干出这样的事情来，会不会是孙宝才在故意挑拨他们兄弟的关系？

孙宝才似乎看透了他的心思，笑道："锦城老弟，如果你不相信我，回去看看不就知道了？不过，这口气不好咽。为了一个娘们动了刀枪，不值当啊！"

"啪！"看着孙宝才皮笑肉不笑的样儿，关锦城将酒碗摔了个粉碎。

多年没到外面了，关锦城贪婪地呼吸着清新的空气，沐浴着明媚的阳光。他像一只出了笼的小鸟，恨不得一步飞到老婆孩子身边。他想当面质问佟云，为何改嫁赵金良？也想拍着赵金良的胸口问他，良心是不是让狗吃了？

孙宝才之所以放他出来，就是想通过他找到几天前被人抢走的一只血丝玉蟾。那是孙宝才花了二十根黄鱼（金条）从一个古董商手里买的。这只血丝玉蟾出自辽代一位王爷的墓中，是玉中极品，千载难逢。孙宝才不惜血本想贿赂日本人，没想到却被一伙不知名的土匪给抢了去。

孙宝才没办法了，想到了关锦城。他知道关锦城是嫩江两岸土匪里边吃得开的人物，这个人还讲义气，如果对他施以恩惠，他一定会义无反顾地替他卖命。他现在疑心宝物是被赵金良抢走了，可又没真凭实据。他将关锦城放出来，话里话外也挑明是赵金良下的手。

关锦城揣着孙宝才给的一千块钱走在繁华的街道上，到理发铺将自己收拾得光鲜一新。剪头的人说，早在三年前，远在南京的国民政府已经和日本人开战了，共产党的武装也在奋勇抗战。南京、上海都丢了，日本人沿着长江，已经入侵到湖南、湖北，整个中国现在岌岌可危。

此时，街上的一切，都吸引着他的眼球。

"这位大爷，我看你穿着华贵，是个有钱的主儿。大好的时日，何不到我们翠花楼来玩玩？我们这儿的姑娘可是一个赛一个的漂亮啊，保证伺候得大爷你心满意足呀！"

老鸨子的皱纹抻开了："这位大爷，我们这的姑娘是个顶个的水灵，你由着性子随便挑。"

关锦城走进客厅，老鸨子一拍手，七八个姑娘排成队走了出来。关锦城挥了挥手，老鸨子又拍了拍手，又走出七八个姑娘来。关锦城还是挥了挥手。老鸨子就有点不高兴了："爷，这些姑娘一个也打不动你的心？这样吧，你腰里的钱要是足，我可以将我们这儿最好的姑娘介绍给你。"关锦城一拍桌子吼道："少废话，俺得相中了才算！"

关锦城故意这样做，是想看看能不能发现有熟人逛窑子，然后好在他们身上打听到有关血丝玉蟾的蛛丝马迹。可他喊了半天，一个嫖客也没从房间里出来。

这当口儿，外边却走进一个年轻英俊的小伙子，关锦城斜眼看了看他。这么小的年纪也到这地儿来找乐子？凭着老道的江湖经验，关锦城判断，小伙子似乎有来头。他闯荡江湖多年，早练就了一手识人之术。想到这儿，他将脸儿又转了过来，冲着老鸨子喊："磨磨蹭蹭的，到底还有没有漂亮姑娘了？"

老鸨子见关锦城是个难缠的主儿，不敢怠慢，叫过身边的"大茶壶"耳语了一番。"大茶壶"点点头上了楼。不一会儿，"大茶壶"领着一个十四五岁的姑娘走了下来。

关锦城抬眼一看，这姑娘明眸皓齿，齐眉的刘海，瓜子脸上镶着一双水灵灵的大眼。不知为什么，关锦城觉得这姑娘有一种似曾相识的亲切感。正思忖间，老鸨子发话了："这位爷，这姑娘可是我们楼里最漂亮的。我可说好了，她可是卖艺不卖身的。想春宵一度，点别的姑娘。"

"就她了!"

关锦城将钞票往八仙桌上一拍。他从不嫖妓,此时不知道自己究竟为什么点了这么小的一个小姑娘。

姑娘看样子是头一回接客,显得非常拘谨,一张白皙俊秀的脸儿羞得像张红纸。关锦城问姑娘叫什么名字,姑娘摸着辫梢说:"我叫梅花。爷,上楼吧!"

关锦城上了楼。梅花的手像春葱,浑身上下散发着少女的清香,好比是八月的苞米九月的雏菊,一双清澈的眸子像嫩江里的水。

"妞,去让人上一壶茶,然后再给爷弹上一曲,看爷怎么赏你。"

"好的,爷。"梅花有些疑惑。这个客人不动她的身子,却想喝茶听曲。她让人送上了一壶上好的碧螺春来,然后将茶水倒在关锦城眼前的茶杯中。

梅花给关锦城弹了一曲《胡笳十八拍》,关锦城拍手叫好:"蔡女昔造胡笳声,一弹一十有八拍。胡人落泪沾边草,汉使断肠对归客。"

"爷,你还会赋诗?"梅花停下了手指。

"梅花,你今年多大?"关锦城问。

"我……十六。"梅花迟疑了一下。

关锦城蓦地发现,梅花的脖子上有一颗梅花形的红痣,心中一动,问:"梅花,你这颗红痣生得好啊!你怎么落进了青楼里?你爹娘是做啥的?"

梅花叹息一声说:"我也不知道我爹我娘是做什么的。在我五六岁的时候,我就被卖进了窑子里。"

"到你这儿来的客人一定很多吧?"

"他们也都是来听曲儿的。"

关锦城正要从梅花身上打听一些消息,忽听楼底下一阵大乱,杂乱的脚步声向楼上奔来。房门忽地一下子被人踹开了,关锦城将梅花抱在怀里向床底下一滚,一梭子子弹将床上的被褥打成了筛子。

"砰!砰!"两声枪响,踹开房门的两个汉子应声倒地。

关锦城还没反应过来是怎么回事儿，从门外飞跑进来一个人，拉着关锦城就从窗户跳了出去。落地后，关锦城这才看清救自己的竟是楼下的那个小伙子。

也不知这小伙子从哪儿弄来的一匹枣红马，拉着关锦城上了马，风驰电掣一般离开了克山县城。一盏茶的工夫，小伙子勒马在城外十里的一个大沙岗上停了下来。

关锦城望着远处苍茫的天空说："小兄弟，谢谢你救了俺。"

小伙子微微一笑，轻轻地将头上戴着的礼帽一摘，一头乌黑的秀发落了下来。关锦城怎么也没有想到，救自己的竟是个漂亮英武的姑娘。

"你是个妹子？"

姑娘一乐说："大哥，请我喝酒。我已经有好久都没有闻到酒香了。"

姑娘说着，指了指前面一处偏僻的酒馆。

两个人来到柳林里的小酒馆，选了里面的一间雅座坐了下来。交谈过后，关锦城知道姑娘叫林彩媚。

"妹子，看不出你长得这般漂亮，枪法和武艺竟也是这般了得。告诉俺，跟谁学的？"

"仇恨！十几年前我父母被仇人所杀，这次回来，我就是为报仇来的。"没等上菜，林彩媚就自斟自饮，灌了一大口烧酒。

"你为啥要救俺？"伙计端上菜，关锦城一边给林彩媚倒酒一边问。

"因为大哥是个除暴安良的大英雄！"

关锦城将碗里的酒一口干了："妹子啊，你这是在羞臊俺啊。"

"大哥当年威震克山，纵横整条嫩江，不知杀了多少贪官污吏。在我心里，大哥是顶天立地的英雄。这样的人我要不救，就对不住克山的父老乡亲。大哥是堂堂的保安团副团长了，也算官府中人了。"

关锦城拍了一下桌子："你是什么人？我刚被任命的消息，你是怎么知道的？"

"有时候啊，好事成冰，坏事随风。"林彩媚叹了口气，一双俊秀的眼睛盯着关锦城,"不过,可惜了大哥这半辈子的英名。"

关锦城夹着一块肘子肉,边吃边说:"你也相信俺会给他孙宝才卖命?俺这是顺水推舟回去和家人团聚的。孙宝才,俺早晚会剁了他!"

"大哥,可是你要是找不到那只血丝玉蟾,孙宝才又怎么会放过你呢?"

关锦城一愣:"妹子,你咋也知道血丝玉蟾被劫的事情?"

"这件大案何人不知?那血丝玉蟾是孙宝才从一个古董商手里买来的稀世珍宝。那只血丝玉蟾是玉中极品鸡骨白。鸡骨白是土葬之玉,随着尸体的腐化,常年浸泡在血水中,吸尽精华,伴着尸身慢慢养性,越久越有灵气,可谓玉中极品。据说被一伙不知来路的土匪给劫了。"

关锦城看了看林彩媚,并没有接着林彩媚的这句话往下说,而是咬了一下嘴唇,叹了一口气说:"俺有一种感觉,翠花楼内的梅花就是俺闺女。"

"这么巧?"

林彩媚惊愕地望着关锦城,正想问一个来龙去脉,雅座的门突然开了,三个汉子将乌黑的匣枪枪口对准了他们。

关锦城将饭桌踢向了那三个汉子,林彩媚手一挥,三只袖镖脱手而出,三个汉子应声倒下。又有一个汉子冲了进来,关锦城操起地上的一只裂了一角的菜盘子掷了过去。汉子没躲开,盘子里的菜汤洒了他一脸。关锦城一个箭步蹿了过去,手里的短枪顶在了汉子的脑门上。

"告诉俺,受何人指使?不说,老子一枪崩碎你的脑壳!"

汉子吓得一哆嗦:"爷,你就是杀了我,我也不能说。我要是说了,我的命同样是没。"

关锦城手上加了力道:"兄弟,俺数三个字,你要再不说,小命可真就没了。一、二、三……"

"我说,我说!"汉子额上渗出了冷汗,"指使我们的人是克山绺子里的大掌柜。可大掌柜叫什么名字,我并不知道。"

关锦城松开了汉子,将他的枪下了,回头对林彩媚说:"妹子,谢谢你!俺有事得先走一步。江湖险恶,妹子小心。"

林彩媚请求和他一道去,关锦城说:"妹子的好意俺心领了,只是,俺不想连累妹子。"

关锦城说完,一阵风似的走出门外。他一边走一边骂:"好你个赵金良啊,你的心真够狠,手真够辣啊!"

夜色如水,一弯冷月斜挂西天。

一个黑衣人像夜鹰一样轻车熟路地落进了克山绺子的柜房内。门口站着两个保镖,还没等明白怎么回事就被这个人麻利的身手击晕了。此时此刻,大掌柜正坐在八仙桌边,和一个端秀的女子在吃饭。

"小日子过得挺滋润,也不说请俺喝一盅!"黑衣人嘿嘿一笑。

坐在椅子上的女人吓成了一摊烂泥,手一哆嗦,桌上的蜡烛掉落到地上。

"把蜡烛点上!"黑衣人冷冷地说。

女人弯身的当口,大掌柜问道:"你到底是谁?"

"明知故问,是不是俺来的不是时候,打扰你们的好事了?"

忽听"砰砰"两声枪响,隐藏在暗处的两个保镖应声倒了下去,又一个人影闪了进来。女人赶忙将掉在八仙桌下的蜡烛点着了,饭桌上吃饭的正是赵金良和佟云,黑衣人是关锦城。关锦城扭头一看,刚才进来的竟是林彩媚。

关锦城说:"妹子,你咋来了?"

林彩媚一笑:"大哥,我来得正是时候吧?"

赵金良一见关锦城,吃了一惊,不过,他很快就稳住了自己的心绪,捶了捶关锦城的肩膀,满面的欣喜:"师哥,俺、俺不是在做梦吧?"

关锦城坐在太师椅上,点燃了一根放在八仙桌上的"老巴夺",吐出口烟雾说:"在鬼门关上转了一圈,阎王爷他老人家不要俺,又把俺给送回来了。兄弟,你好自在啊!"

赵金良知道关锦城话里带刺,说:"师哥,俺听不懂你在说啥。"

"听不懂,那就让俺来说。当年是你和孙宝才互相勾结,设了个偷梁换柱的圈套,想将俺害死好娶了你嫂子。金良啊金良,想不到你竟然是头狼。"

"师哥,事到如今,俺也就实话实说。你说的前半句是真的,俺的确是想将你置于死地娶了嫂子,可嫂子却从未做过对不起你的事。"赵金良说到这儿,看了看佟云,"嫂子对你的一片心,天地可鉴,俺赵金良配不上她。这些年来,她心里装着的人只有你。不错,俺是求过她嫁给俺,可她宁可死,也不让俺动那个念想。俺用真心打动她,可她差点一枪结束了自己,要不是俺手快,你现在就看不到她了。"

关锦城呆住了,明明让他逮了个正着,竟然还在狡辩。他咬了咬嘴唇,忍住心中的剧痛,故作轻松地笑道:"金良,夜半时分孤男寡女同居一室,有说有笑地吃着饭,俺在窗外看半天了。"

"师哥,嫂子只不过给俺做了点夜宵,她就住在对门屋,可俺们却从未做过苟且之事。师哥,你过来看看。"

赵金良推开了对门屋的门,关锦城走了进去。炕上只有一个行李,房间收拾得干净整洁,梳妆台上放着他和佟云婚后在克山照的合影。看来赵金良说的是真的。他看了看佟云,佟云的嘴角哆嗦着:"师哥,你要不信,就一枪崩了我吧!"

"俺……"面对心爱的女人,关锦城竟一时不知道说什么才好。

让关锦城没想到的是,佟云一把薅住赵金良的衣领,咆哮道:"赵金良,你告诉我,真是你和官府勾结设套害师哥的吗?"

"嫂子,都怪俺一时迷了心窍!"赵金良"扑腾"跪在佟云脚下抽自己的耳光,看着关锦城流着泪,"师哥,俺对不起你,你崩了俺吧!"

关锦城叹了口气,咬了咬牙,将赵金良和佟云搀扶起来:"这件事情过去了。从今往后,你走你的阳光道,俺过俺的独木桥。至于你嫂子,俺得把她带走。"

赵金良仍然在捶着自己的胸口："师哥，俺对不起你，可嫂子她却对得住你。你别听信外人嚼舌头，这些年来俺之所以把嫂子安排在柜房西屋，是怕弟兄们打她的主意啊！"

佟云说："锦城哥，金良从未对我做过什么。这些年你不在，是他一直在保护我。"

关锦城看了一眼佟云："这么说，俺还得感谢他了？"

佟云说："锦城哥，随你想。我若做了对不起你的事，天打五雷轰！"

关锦城的口气缓了下来："俺又没说啥，干吗非要起誓发愿？"

赵金良说："师哥，你既然回来了，这绺子还是你说了算，咱哥俩还像从前那样大碗喝酒，大块吃肉。"

关锦城说："俺对山大王这把交椅提不起兴致来了。十二年了，一个轮回，人这一生，有几个十二年？实话说了吧，俺这次回来，是受县保安团团长孙宝才的委托为一只血丝玉蟾而来，不知你可知此事？"

"师哥是不是怀疑这件事情是俺干的？这件事俺早有耳闻，那孙宝才为了贿赂日本人不惜重金买了这血丝玉蟾。俺要知道这件事儿早就下手了，俺不知道这案子是谁做的。"

"可俺听说，这案子是你的人做的。"关锦城犀利的目光盯着赵金良。

"师哥，真不是俺干的。你和嫂子这些年没见了，你们聊，俺去办喜酒，为师哥接风洗尘。"赵金良说着，推门出去了。

"关大哥，我给你们把门。"林彩媚紧跟着赵金良出去了。

"师哥呀，我对不住你啊！"望着关锦城，万般感慨涌上佟云心头。

关锦城说："师妹，你没必要自责，即便你真和他走到了一起，也是人之常情，俺不怪你。"

"看来你还是疑心我和金良。"佟云说着，将衣服的大襟扯开，"师哥，你看看，这是啥？"

烛光下，关锦城看得清清楚楚，在佟云的左肩下，有一个铜钱孔大小的枪眼伤疤。看来，赵金良说的是真的。

"对不起师妹，俺让你受委屈了。"

"师哥啊，这些年，你是咋过来的？"

"以后有时间再细聊，现在俺只想知道，咱们的女儿还好吗？她怎么不来见俺呀？"

关锦城这么一说，佟云蓦地又跪在关锦城的脚下，号啕大哭："师哥啊，我对不起你，我没有照看好关苗。在你出事几年后，关苗她、她丢了！"

关锦城一把抓住佟云的衣领："快说说，这究竟是怎么回事儿？"

"那一年，关苗和几个丫头去老爷庙还愿，就再也没有回来。我和金良找遍了附近几百里也没找到她。锦城哥，我对不起你。"

关锦城凝望着八仙桌上的油灯，说："师妹，可现在俺知道关苗在哪儿。她被人给卖到窑子里了！"

"师哥，你……咋知道的？"

关锦城拍了一下桌子，叹了口气。

听罢关锦城在翠花楼里的经历，佟云如一尊泥像般地愣在那儿了，过了好一会儿才哭出声来。

关锦城说："那个叫梅花的姑娘一定是俺闺女。别哭了，明天俺就是拼了命也要把她给抢回来！俺这次出来，一路上不知有多少黑手向俺伸出了枪口。要不是彩媚妹子相助，俺恐怕早见了阎王了。你知道，害俺的幕后之人是谁吗？"

关锦城俯在佟云耳根儿小声地说出一番话来，佟云听罢瞪大了双眼。

关锦城说："你现在去告诉他也不晚，反正俺现在是一个人，要杀俺就像碾死一只臭虫。"

"师哥，你说的这是啥话？"佟云的眼泪又落了下来，"师哥，我对不住你啊！"

佟云动情地扑在关锦城的怀里。一种久违了的气息在关锦城身上弥散开来，也情不自禁地将这个让他日思夜想爱恨交织的女人拥在怀里。

这时，一个狸猫般的人影在后窗倏然一闪，融进这茫茫夜色中。

第十七章

第二天一早，关锦城和林彩媚骑马来到了克山县城。

老鸨子还不知道怎么回事儿，关锦城就领人闯了进来。因为关锦城持有孙宝才的委任状，守城的保安团丁和鬼子并未阻拦。

"把梅花给俺叫下来！"关锦城将手里的枪点在了老鸨子的额头说道。

老鸨子战战兢兢地说："这位爷，梅花刚才被人给接走了！"

关锦城像头怒狮："你要说谎，老子这就崩了你！快说，她是被什么人接走的？"

"爷，你看到前边街上的那辆带篷的马车没有？梅花就是被这辆马车给接走的。至于接她的人是谁，小人真不知道。"

"你要敢说半句假话，看老子回来找你算账！"

林彩媚从楼上下来，告诉关锦城，梅花没在楼上。二人顺着老鸨子手指的方向追了过去。他们赶上了前面的那辆带篷的马车。关锦城和林彩媚将马车围住了，车夫见这二人凶神恶煞的样儿，吓得站在一旁打哆嗦。

林彩媚挑开车帘，冲关锦城喊："大哥，咱们要找的人被调包了。"

关锦城挑开车帘，哪有梅花的影子。里面是有个人，是翠花楼里的"大茶壶"。"大茶壶"浑身被捆成个粽子，嘴里塞着破布。关锦城拽出"大茶壶"嘴里的破布问："快说，梅花去哪儿了？"

"大茶壶"满脸哭腔："爷，梅花被什么人给带走了，小的真不知道啊！我也不知道是什么人，稀里糊涂地就将我给扔上了车！"

车夫哪儿见过这阵势，裤子都尿湿了。关锦城用枪点着车夫的脑门：

"告诉俺，何人雇的车？你要是不说实话，俺马上就让你的脑袋瓜子粉碎。告诉你，老子就是关锦城！"

关锦城威震克山，车夫一听是关锦城，说："既然是关大当家的，那我就实话告诉你，雇我这辆车的是保安团的一个副官。"

关锦城知道车夫并未说谎，从口袋里掏出一沓伪满洲国纸币扔给车夫："这点钱你拿去，赶紧离开这里，找个地方做点小本生意，免得日后有麻烦。"

车夫哪见过这么多钱，接过钱千恩万谢地去了。

关锦城对林彩媚说："妹子，走，去保安团！"

孙宝才正坐在客厅里和副官崔升民悠闲地喝着茶，手下来报，关锦城和一个小伙子来了。

孙宝才吐出一根茶梗："来得正好，让他们看一出好戏！"

关锦城和林彩媚气势汹汹地闯了进来，关锦城吼道："孙团长，想不到你这么不仗义！你把翠花楼的梅花藏在哪儿了？"

"梅花？什么梅花？"孙宝才玩了玩手里的两只精品"大灯笼"核桃，故作惊讶，"锦城老弟，什么梅花？你在说啥，我咋听不明白？"

"孙团长，你就别和俺卖关子了。实话对你说，俺既然能到这儿来找你，就知道梅花让你给劫到这儿来了！"

孙宝才吐了一口水烟，皮笑肉不笑地说："锦城老弟，既然你把话说到这份儿上了，那我也就实话实说，梅花现在的确是在我这儿。可我不明白，一个小小的梅花为啥就能让老弟心急如焚？梅花说白了不就是翠花楼里的一个婊子嘛，如果老弟喜欢，我双手奉送便是！"

关锦城都要暴怒了，可现在梅花在人家手里，只好把火气压了压："孙团长，实不相瞒，这梅花是俺闺女啊！"

孙宝才挠了挠光头，说："这梅花不过是一个窑姐，咋又成了你闺女了？"

"孙团长，事到如今，俺也就要不得这张老脸儿了！"

关锦城将邂逅梅花的前后讲述了一遍，他怎么也没想到，关苗竟被保安团提前一步劫走了。

听罢了关锦城的讲述，孙宝才说："锦城老弟可不要忘记了咱们的契约才是。我今天把话儿撂这儿，你啥时候把那只血丝玉蟾给我找回来，啥时候就把你闺女领回去。而且我还要告诉你，我要你找的东西就在赵金良那里。放心，你闺女打今天起就是我闺女，我保准将她毫发无损地交给你。"

孙宝才挥了挥手，卫兵将窗户打开，关苗在几个丫头的服侍下正在往里面的一个院落走去。

"看到了吧锦城老弟，我不会食言的。"孙宝才一笑，眨着一双狼一般的露仁眼，"能否接出孩子，全在你自己。"

关锦城想不到，孙宝才为了达到目的，竟将他闺女当成了人质。他怎么也弄不明白，这孙宝才怎么知道梅花就是他的闺女关苗的，而且断定血丝玉蟾就在赵金良那里。孙宝才似乎看透了他的心思，冲他冷笑着。

"实话告诉你，赵金良跟前，有我的眼线。"

关锦城恍然大悟，说："孙团长，怎么着也得让俺和闺女说上两句话吧？"

孙宝才在房间里踱了两圈，点了点头说："好吧，不过，你要记住，找不回血丝玉蟾，这就是你们爷俩今生见的最后一面了。"

关锦城一见关苗，泪水就涌了出来："梅花，还记得俺吗？"

"爷，是你啊！"关苗怯怯地点了点头。

关锦城的心里如同刀扎一般的痛，早已泣不成声："关苗，俺的关苗，俺的闺女……"

"关苗？我叫梅花。"关苗稚嫩的脸上掠过一丝惊异，眼睛里露出迷茫。

关锦城抹了把泪颤抖着说："你不叫梅花，你叫关苗。关苗，俺是你爹呀……"

"我爹？我没有爹。"关苗木然地说。

"姑娘，他就是你爹关锦城！"孙宝才走过来说。

孙宝才讲述完当年的一幕，关苗的眼泪夺眶而出。她没有说话，怯怯地打量了一番关锦城后，蹲下身子，捂着脸啜泣起来。

关锦城去了县城，佟云的心缩成了一团。

她本以为丈夫去世了，没想到丈夫竟奇迹般地回来了。她爱关锦城，这些年来，他经常出现在她的脑海里。

赵金良对她的痴情也足以感天动地，七尺高的汉子为讨她的欢心，绞尽脑汁。可为了关锦城，她宁肯一死，也不能亵渎了她和关锦城的感情。也就是从那个时候起，赵金良再也没向她表示过什么，他只是静静地守护在她身边。她的心并不是块石头，打心眼里感激赵金良对她的好，也觉得有愧于他。

关锦城的出现，在她平静的心湖里荡起了巨大的浪花，让她既惊又喜的是，他竟然带回了女儿的消息。她怎么也没有想到，她的关苗竟成了县城翠花楼里的窑姐了。关苗的失踪，让佟云对赵金良起了疑心，是不是他将关苗给卖了？

想起关苗受到的委屈，佟云的眼泪如断了线的珠子掉下来。关锦城还没回来，佟云的心慌慌的。现在，她最痛恨的人是赵金良，她恨不得杀了他。她无论如何也想不到，当年是赵金良勾结官府设的圈套，害了关锦城。

不行，她还得当面质问赵金良。她推门冲进赵金良的屋子里。赵金良正坐在椅子上喝闷酒呢！此时的他，满面憔悴，似乎一夜间苍老了十岁。

赵金良见她进来，起身："在为俺大哥担心吧？俺已经让人接应去了，应该是没事儿的。"

这么多年，他仍然叫她嫂子。

"赵金良，当年你咋能那样对师哥？你知不知道，他对你比亲弟还要亲？关苗被卖到窑子里，是不是你干的？你告诉我，告诉我！"此时的佟云成了一头咆哮的母狼。

"嫂子，关苗的事不是俺干的，俺对天发誓！"

"你这种恩将仇报的人，也敢起誓发愿？你就不怕遭报应？"

"是俺不好，俺不是个人。可俺的心，你又不是不知道。俺也纠结过，挣扎过，后悔过，可事情已经发生了，俺也无话可说。嫂子，你……"赵金良说着，操起八仙桌上的那只匣枪，递向佟云，"实在不解恨，你就一枪崩了俺，俺绝无二话！"

佟云一把接过枪，将枪口对准了赵金良："姓赵的，你以为我不敢吗？"

"嫂子，死在你手里，俺这辈子值！你开枪吧！"赵金良说着，闭上了眼睛。

佟云的手哆嗦着，她知道，只要她一扣扳机，所有的恩怨就将烟消云散。

"姓赵的，你对我的好，我也记着。逢年过节的，我会给你烧纸，为你超度。可你的仇，我不能不报！"佟云说着，缓缓打开匣枪的保险。

"开枪吧，嫂子！"

突然，房门被撞开了，关锦城闯了进来。

关锦城惊问："师妹，你在干啥？把枪放下！"

佟云并没有放下枪，歇斯底里地大吼道："不，我要亲手崩了他！"

关锦城说："咱们的账往后放放。师妹，有关苗的消息了。"

佟云这才放下枪："师哥，关苗接回来了吗？"

赵金良急急地问："师哥，事情办得咋样？"

关锦城坐在了太师椅上没言语，将腰里的枪，拍在了桌子上，然后用双眼直视着赵金良。

赵金良说："师哥，咋了？"

关锦城这才说话："关苗被孙宝才的人接走了。"

"让孙宝才给接走了？"

关锦城点了点头，将关苗被押为人质的事说了一遍。末了，看着赵金良："师弟，把血丝玉蟾交出来吧，俺将关苗赎出来，带你嫂子离开，咱们两清。"

赵金良说："师哥，既然你都知道了，那俺也实话实说。血丝玉蟾的确在俺手里，可俺现在却不能把它交给你。俺知道，血丝玉蟾一旦到了你手里，到时候你就容不下俺了！来人！"

赵金良的话音刚落，打门外冲进数十个荷枪实弹的弟兄，将黑洞洞的枪口对准了关锦城。与此同时，赵金良蓦地将佟云的脖子勒住，将她手里的匣枪抢到了自己手里。

"兄弟，俺没想到你这么卑鄙无耻，有种就明刀明枪的干！"关锦城吼道。

赵金良嘴一撇，打开了匣子枪保险："师哥，兄弟这辈子最对不住的人就是你，俺不是个人，可这也是没有办法的事情。现在不是你死就是俺死，俺还不至于傻到束手就擒任你宰割的份儿。你现在要做的事儿就是放下枪从这个屋子里走出去，从今以后，咱们兄弟恩断义绝！"

关锦城叹息了一声，从容地向屋外走去。赵金良突然将枪口对准了关锦城。佟云用脚后跟狠狠地踩了赵金良一脚，趁赵金良脚疼的当口儿，将赵金良的右臂一抬，一声枪响，子弹打中了房上的横梁。佟云趁机挣脱赵金良向关锦城跑去，边跑边喊："师哥，快走！"

"砰！"赵金良的枪又响了。

佟云的身子一晃，她看了看头顶上晃动的天空，缓缓地倒在了地上。关锦城回身，跑过去将佟云抱在怀里："师妹，师妹！"

佟云双眼紧闭，后背的鲜血汩汩流出。

"师妹！"关锦城泪流满面，"赵金良赵金良啊，你真是个白眼狼！"说着，缓缓地抱起佟云，大声喊着向外走去："孟七，把医官给俺找来，快！"

"师哥，别怪兄弟无情了。来人！"赵金良说到这儿，吩咐手下人将枪口对准了关锦城。

关锦城没有回头，他只是轻轻地将心爱的女人抱起来向寨外走去。孟七迎面赶来："大当家的，是你？"

"快，把医官找来，快！"

"大当家的，咋回事？夫人她……"

"一两句说不清，快找医官！"

"好！"孟七向寨子里奔去。

"师哥啊，别怪俺不仁义了，下辈子俺当牛做马给你赎罪吧！来人，把姓关的给老子干掉！"赵金良示意手下向关锦城开枪。

"当家的，那可是关大当家的啊！"人群里有人说话。

又有人大声说道："当家的，你咋把夫人打死了？她可是你师妹，是你的嫂子！"赵金良回身，怒斥道："王金，你在训我吗？关锦城是大柜不假，可那是十二年前。现在俺才是绺子里的大柜！"王金说："我听说昨晚上关大当家回来了，我还不信，他还真就没死。可我不明白，本应好好庆祝，咋还反目成仇了？"

"砰！"一声枪响，王金的眉心渗出鲜红的血，子弹钻进了他的脑壳。王金的嘴巴张了张，倒地身亡，眼睛睁得老大。

"多嘴多舌！"赵金良的眼里喷出火来，看着众人，"还有谁想学王金，给老子站出来。"

弟兄们面面相觑，鸦雀无声。

"快，把枪给老子举起来。"

弟兄们无奈，只好将枪口对准渐渐远去的关锦城。

赵金良之所以不再亲手开枪，是想告诉关锦城，他才是绺子里的老大。刚才那一枪打在了佟云的身上，他的心不由一颤。想不到，这个他苦苦追求十多年、深爱了大半生的女人，在生死关头宁肯自己死，也要将生的希望让给她心爱的男人。骤然间，他觉得手里的枪重有千斤，他无论如何也举不起这支枪瞄向曾经的好大哥、如今的仇家。

"预备——"赵金良闭了闭眼，长长地叹了口气。

那个"放"字还没说出口，赵金良忽觉身后一麻，那个跟随关锦城同来的小伙子不知何时出现在他的身后，并将枪管顶在了他的腰间。

"告诉我，血丝玉蟾在哪儿？"林彩媚冷冷地说。

原来，他也是为了血丝玉蟾而来。

如果交出了血丝玉蟾，性命或许可以保全，可为了这血丝玉蟾，他付出的代价实在太大了。现在，只能巧妙地和他周旋一下。想到这儿，赵金良假意点头："好吧，不过，你得把枪拿开，走了火可不是闹着玩的。"

就在林彩媚稍一分神的瞬间，赵金良将手里的枪顶在了林彩媚的额头上。

"小子，跟俺斗，你还嫩点儿！咋样，是你先开枪还是俺先开枪？不过，你要是先将枪扔掉，放弃向俺提出要血丝玉蟾的想法，这件事情就当没发生过，以后咱们就各走各的。"

就在两个人僵持的当口儿，不远处骤然响起了枪声。

一个弟兄浑身是血，闯进来禀报："当家的，鬼子将绺子围住了！"

赵金良将枪撤了，一抱拳："小兄弟，日本人来了，俺得领着弟兄们去挡一阵，咱们的账等这仗打完了再算。弟兄们，走！"

赵金良一挥手，领着弟兄们向外冲去。子弹带着哨音从窗户飞进来，将墙上钻了好几个洞。林彩媚说："赵金良，你能和日本人对着干，我敬重你是条汉子。好，有账不怕重算！"

刚刚还剑拔弩张的两个人，此时竟成了共同对敌的盟友了。

赵金良和林彩媚正往前冲，前面人影一闪，关锦城正在和一伙弟兄阻击往上冲的鬼子。

"关……大当家的，寨外的林子里突然钻出不少鬼子。"一个"了水"（土匪话，放哨）的小崽子气喘吁吁地跑过来说。

关锦城盼咐人禀报赵金良，自己则将佟云放在一棵松树下，然后，领

271

人向鬼子开了枪。

"师妹,你先忍忍,俺这会怕是顾不上你了。鬼子来了,能不能活就看你的命了!"关锦城将子弹顶上了枪膛,看了看弟兄们,"要是还把俺当成你们的大当家的,就跟着俺和小鬼子干,别吓尿裤子!"

"大当家的,我们跟着你,和小鬼子拼了!"

"大当家的,我们不怕死,十八年后,还是一条好汉!"

"弟兄们,俺姓关的没白和你们混一回。"关锦城感动得眼睛湿了。

这时候,赵金良和林彩媚领着人也赶了上来。一场鏖战,赵金良他们吃了大亏,鬼子也伤亡不少。关锦城和赵金良你看看我,我看看你,轮番出枪射向冲上来的鬼子。

"兄弟,你的枪法真是越来越精了。"

"师哥,你身手还这么快。"

鬼子动用了迫击炮,一发炮弹呼啸而至,赵金良猛地扑在了关锦城的身上。等关锦城翻身起来时,赵金良浑身是血地倒在了他的身边。

"兄弟!"关锦城将赵金良抱在怀里。

鲜血从赵金良的前胸后背流出,弹片穿过了他的胸膛。赵金良微微睁开眼睛,喘息着说:"师哥,俺对不住你啊!当年要不是你,俺早就成了流浪街头的孤儿了。可俺不是人……"

"兄弟,快别说了!"关锦城的眼泪落了下来。

"师哥,俺早后悔当初的行为了,可开弓没有回头箭,只好破罐子破摔了。师哥,你就原谅俺吧,俺……"

"兄弟,没有今天这场仗,俺要是不死,迟早会杀了你。可俺没想到,你还没忘记咱弟兄的情分!"关锦城擦了擦赵金良脸上的泪水说,"过去的就过去了,这笔账,咱们下辈子再算。"

"师哥,血丝玉蟾让俺藏在柜房里关老爷的神龛底座下了。"赵金良说着,头一歪,就咽了气。

关锦城放下赵金良的尸体,想起弟兄俩从小失去父母,相依为命,一块讨过饭，一块挨过刘大筐的牛皮鞭，哭着说道："兄弟，一路走好！"

关锦城呼喊着，捡起一个牺牲弟兄的步枪，接连干掉了两个迫击炮手和一个机枪手。在鬼子的左侧树林里，林彩媚干掉了几个鬼子。鬼子虽然遭到夹击，阵势有点乱，还是怪叫着冲了上来。

"大当家的，跟我来！"一个弟兄向关锦城摆着手。

关锦城认得他，他叫刘翰林，在绺子里数他最有文化。关锦城摆了摆手，和几个弟兄跟着刘翰林往一旁的树林里撤。

鬼子气急败坏地追了过去。突然，一个鬼子的一只脚碰到了草丛里的一条绳索，"嗖"的一声，最前面的一个鬼子被一支弓箭射穿脖子倒下了，紧接着十几支箭又射了出去，又有几个鬼子被射倒。

原来，刘翰林将鬼子诱进了早就布置好的箭阵中，迎接鬼子的是一阵箭雨，十几个鬼子中箭。鬼子被这阵势吓呆了，纷纷向后退去。

在关老爷的神龛底座下，关锦城果然找到了那块血丝玉蟾。这时，山下又传来了枪声，孙宝才的保安团打过来了。日本人让孙宝才打头阵，可孙宝才老奸巨猾，半路拉稀，领着人在山下坐山观虎斗。鬼子撤了下来，他才领着团丁们出来。他当初放出关锦城的目的，一是为了把血丝玉蟾给找回来，二是想坐收渔翁之利，没想到日本人从中插了一杠子。

孙宝才高喊："锦城老弟，事情办得怎么样啊？"

关锦城说："事情办成了，可你不要忘了咱们的约定。一手交人，一手交宝，你看如何？"

孙宝才说："好！我孙某人也是说话算话之人，来人！"

两个手下押着关苗走到了中间，关锦城也让人将装有血丝玉蟾的檀木匣走了过去。经过对方的查验，确认无误后，这才将关苗领回来。可关锦城怎么也没有想到，保安团里的一挺歪把子机关枪却开了火。

关苗和几个弟兄血溅当场。

孙宝才担心关锦城知道他投靠了日本人后早晚和他对着干，在得到了血丝玉蟾后决定来个斩草除根。关锦城此时就像一头暴怒的狮子，恨不得一口将孙宝才吞下肚去。

"大哥,你先在这儿顶着,我绕过去给孙宝才来一下子。"林彩媚说着,领着几个弟兄绕到了孙宝才后面去了。

林彩媚有一手好枪法,保安团那挺机枪顿时成了哑巴。孙宝才本来只带来一个排,这下子前后夹击被包了饺子。山下的鬼子见孙宝才要往下撤,纷纷举起枪来,孙宝才只好再带人往上冲。"啪"的一枪,子弹在孙宝才的脑袋上钻了个血窟窿,他那矮胖的身子晃了晃,倒了下去。

这场血战打下来,鬼子撤了,可弟兄们差不多全战死了。关锦城跑到刚才放下佟云的那棵树下,只见孟七仰面躺在地上,他旁边是那个被炸得血肉模糊的医官。佟云却不知道去了哪里。

"师妹——"关锦城找了一圈,也没找到佟云。

突然,他发现熊熊燃烧的草丛里有一只女人的绣鞋,在鞋子的不远处,有两个深深的炮弹坑。是师妹的!不用说,师妹死在了鬼子的炮弹下,她的身体化作了尘埃。

"师妹——"关锦城扑过去,将那只绣鞋拿在手里,望着远处苍凉的天空,泪如雨下。

妻子死了,赵金良死了,闺女死了,弟兄们也死伤殆尽。"小鬼子!"他在心底骂道。

关锦城正自伤感,忽见林彩媚拿着枪正冲着他呢!

"妹子,你这是干啥?"

"还记得林轩鹤吗?"

"他是俺师哥,你认识他?"

"他是我爹!"林彩媚的脸骤然间变成了一块冰。

"你……是林轩鹤的女儿?"

"是的,当年那个跳河的小姑娘就是我。实话告诉你,血丝玉蟾是我母亲的遗物……"

"你为啥几次舍身救俺?你原本有很多机会可以对俺下手的。"

"人生就是教会我们不断地学会放下,我敬重大哥是个顶天立地的男人。当年,是我爹不义在先。"泪水,在这个姑娘清秀的眸子里打着转。

关锦城对林彩媚说:"开枪吧!论辈分,俺还是你师叔!动手吧!"

关锦城说着转过身去,他没听到可怕的枪声,而是听到了"哒哒哒"的马蹄声。关锦城回头,那姑娘已经消失在远处,不一会儿就和天地融合在了一起……

第十八章

秋天的额木尔河两岸,一匹白色快马由远及近,飞奔而来,马儿和马上的人倒映在镜面般的河水中,清晰而欢快。

这些年,在奇克图的传授下,铁法跟和卓都练就了一身高超的骑术和一手好枪法。日本人来后,他们练习马术和枪法的次数多了起来。他们担心鬼子早晚会到这里来,为防不测,奇克图和铁法又花了大价钱,从一个俄国人手里买了三支伯丹步枪(也叫别拉弹克枪,一种俄制步枪)替代了原来的火铳。

铁法忽上忽下,几声枪响,木桩上的几个酒坛被击个粉碎。铁法纵马回来,和卓从铁法手中接过枪,也学着铁法的样子,纵马飞奔,余下的几个酒坛也被击得粉碎。

铁法挑指:"和卓,好枪法!"

从一九二九年春天离开哈尔滨,到现在的一九四〇年秋,整整过了十一年。这些年来,铁法一直在山场子干活,和奇克图相处得像亲兄弟一样,与和卓的情感之火也慢慢平息了下来,化作火种埋在了心底。这些年来,他们从未越过雷池。他理解和卓的无奈,更不想伤了奇克图。能每天看到和卓,对他来说就已经知足了。从和卓看着他的眼神,他知道她仍和以前一样爱着他，之所以和他保持距离，是为了奇克图，更多的也是为了他。

就在铁法跟和卓在河边练枪的时候，在花头镇开私塾的王老先生家，奇克图将十几张面额百元的伪满洲国钞票递过去："王老先生，这是定金，过几天我就把儿子和闺女送来。孩子们不读书就成睁眼瞎了。"私塾王老先生赞赏地看着奇克图："摊上你这样的父亲，孩子们有福呀！放心，我会给他们提供最好的食宿，尽最大的努力把他们培养好。"奇克图抱拳："多谢王老先生。当年要不是先生悉心教导，我现在也是睁眼瞎啊！"王老先生说："我教过的学生里边，你是最聪明的。"奇克图憨厚地笑了："多亏先生当年的教诲。"

昨天下午，奇克图骑马赶到了花头镇，在客栈住了一夜。今天上午，拎着四彩礼来找王老先生。他这次是为了给两个孩子请先生的。王老先生年事已高，早就放话要闭馆颐养天年，没想到却这么爽快地就答应了。

花头镇是离额木尔河最近的一个镇，刚才王老先生和奇克图谈起日本人，老先生有些担心地说："镇里来了两个日本人，也许，用不了多久，就会开来大批日本兵。据说，不远的呼中镇一带已经修了碉堡，有日本兵驻守了。"

中午，奇克图在一个首饰摊前停下，给和卓买了一对白玉手镯。刚刚，他在那个救下和卓的酒馆要了酒菜，回想着当年的情景，似乎就发生在昨天。他比人家大了二十多岁，可和卓却死心塌地跟他过日子，为他抚养了一双可爱的儿女。这世上，最愧对的人就是妻子。

走出酒馆，一只白色的狐狸在奇克图的腿旁溜过，奇克图笑了，这哪是什么狐狸，而是一只长着雪白的皮毛，酷似狐狸的俄罗斯萨摩耶犬。

"列夫，回来！"一个男人的声音从身后飘来。

那只叫列夫的萨摩耶犬看了看奇克图，摇着长长的尾巴跑到了主人身边。主人是一位年纪比他大不了多少、长着黄色络腮胡子的白俄男子。他嘴里叼着烟锅，拍了拍列夫的头，冲着奇克图微笑着。

"要不要进来喝一杯伏特加?对了,还有俄式香肠、面包、烤外脊;馅青椒、香油酱大虾、奶汁鲶鱼也都不错。"男人说着一口流利的汉语。

奇克图这才发现,男人的身后是一家写着俄文"扎朱熬威"的餐馆。奇克图不止一次吃过俄国人的大餐,尤其是十几年前在哈尔滨军官街(今霁虹街)高加索人阿莱盖鲁开的凡达基餐厅吃的葡萄酒鲤鱼、罐焖鲑鱼,让他终生难忘。

他不止一次来过花头镇,最近的一次是在三年前,那时候这里还没俄国人开的餐馆。这家俄国人的餐馆是啥时候开起来的呢?如果不是刚刚在那家他救过和卓的酒馆吃过饭急着赶回去,他还真就会进去,品尝一下久违的伏特加和他最爱吃的俄式牛肉香肠。于是,他冲着男人笑了笑:"下次吧,下次一定光临。"

"谢谢!记得下次一定来啊!"男人有礼貌地冲着他笑了笑,在翻毛的皮靴底上磕了磕烟锅,进了餐馆。

奇克图翻身上马,向家的方向疾驰而去。在他看来,一个男人如果没有马,就没有了双腿。这匹枣红马十分健硕,跑起来裹着一阵风。当晚霞在森林里撒下一道道金光的时候,枣红马载着主人来到了额木尔河。奇克图的心情好得如同这波光潋滟的河水。

他跳下来饮马,跳起了"阿拉嘿"(舞蹈),扯开嗓子唱起了和卓教他的《月牙五更》……

奇克图正高兴,一阵奇怪的声响传来,几个背着刀枪的汉子将他围在中间。

奇克图稳了稳慌乱的心绪,抱拳:"几位当家的,你们是哪部分的?"

为首的土匪鹰眼奔额,操一副公鸭嗓:"说了你也不知道,老实回答我的话就行了。我们踅摸你挺长时间了。把金眼的位置告诉我们,咱们相安无事,否则的话,你来看!"说着,抬手一枪,"砰!"一只黑嘴松鸡从身旁那棵樟子松上掉了下来。

"崩了我,我也不知金眼在哪儿。"

"那我就成全你。"为首的土匪再次扣动扳机。

"砰!"子弹打穿了奇克图左腿的膝盖骨,奇克图摇晃着摔倒在地。

"啊……"奇克图捂着伤处,在地上打着滚。

"说不说?"

"不就是个死吗?有种,你就开枪!"奇克图瞪着眼睛看着土匪头,眼前一黑,晕了过去。

"挺有钢儿,老子就得意你这样的,今天就饶了你。驾!"

土匪们扬长而去,那匹枣红马发出一阵嘶鸣,沿着河岸向家的方向疾奔而去。

不知过了多长时间,奇克图苏醒过来,他发现躺在自己家中。和卓告诉他,枣红马回来报信,铁法救了他。奇克图将金眼的秘密对任何人都隐瞒得严严实实,也包括和卓和铁法。金眼是他的命根子,这个秘密泄露出去,就等于失去了一切。宁可断条腿,也要守住这个秘密。

"你的左腿被子弹打穿,膝盖骨碎了。"

"我咋没觉得疼呢?"

"你当时晕了过去,苏热给你灌了麻醉的闹羊花根汤,也敷了止痛散瘀的膏药。苏热说,得好好调养一段时间。"

"我还能走路吗?"

"看你的造化了。"

苏热是这附近最有名的郎中,用了苏热的药,奇克图仍旧焦虑不安。他叹了口气,指了指一边的褡裢,和卓拿过来,他将那对玉手镯拿出来,在和卓面前晃动着。

"稀罕不?"

"稀罕!"和卓将镯子戴在手腕上,高兴得眼里噙着泪。

铁法走进来,见此情景又转身向门外走去。

奇克图说:"铁法兄弟,谢谢你啊!"

铁法走过来,握着奇克图的手:"大哥,话说远了!当初我的命是鄂伦春的兄弟给的。这些年，没有大哥的关照，我又怎么能在山场子里落脚生根？"

奇克图说："放马要选丰茂的青草地，交友要找情真的老实人。兄弟，我没看错你。"

铁法说："大哥，你好好养伤。苏热说他的膏药只能止痛，不能生肌接骨。他给我开了个方子，我得去花头镇买药。"

"还得麻烦你去跑一趟。和卓，给铁法兄弟拿药钱。"

"我身上有。"

"给我买药，咋能花你的钱呢？和卓，拿钱！"

和卓起身，拿出一沓钱，递给铁法："谢谢你，铁法兄弟。"

当花头镇街头的红灯笼亮起的时候，铁法拉着浑身是汗的枣红马敲响了一家客栈的门。

骑马跑这么远的路，他还是头一回。对花头镇，他并不陌生。这些年，他和和卓、奇克图来过两三次，有时候是卖山货，有时候是置备生活用品，有时候是为了寄钱。

早上，铁法被窗外的阳光晃醒，洗漱完毕，连客栈里的一碗面汤都没吃就去买药。他接连寻找了几家中药铺，才把药方上的药配齐。

奇克图告诉过他，就是在这个地方，他救下了和卓。他想去酒馆吃饭，突然，他被身后挂着俄文招牌的"扎朱熬威"餐馆吸住了。啥时候开了家俄式餐馆？三年前，他和奇克图来的时候，这儿只不过是个铁匠铺。他想起了在米娘久尔餐厅给苏佰金父女打工的情形，说来也怪，最近几天，卡佳有好几次走进了他的梦境中，冲着他笑。

一股熟悉的烤牛肉的味道扑鼻而来，他驻足向里面张望。在米娘久尔餐厅，他能做得一手好吃的俄式大餐。什么土豆烧牛肉、软煎马哈鱼和黑椒牛排，都是他的拿手好戏。十一年了，他还是第一次闻到这么熟悉的味道。

"卡佳，不知道你现在过得好不好。"他在心底默默地说。

这时，一个长着黄色络腮胡子、嘴里叼着烟锅的中年白俄男子走了出来，冲着他说着一口流利的汉语："小伙子，要不要进来喝一杯伏特加？烤外脊、烤小牛肉、馅青椒、香油酱大虾、奶汁鲶鱼，是本店的拿手好菜。"

铁法笑了笑，冒出一句俄语："有没有黑椒牛排？"中年白俄男子打量了他一眼："有！"他将马拴在拴马桩上，走了进去，点了一份黑椒牛排、一份烤外脊、二两伏特加，闷头一边吃喝，一边陷入了对米娘久尔餐厅的回忆里。

这是十一年来，铁法吃得最酣畅的一顿饭。结账牵马的时候，那个中年男子捧着一个包袱追了出来："小伙子，你落东西了。"

这是件普通的麻花布包袱。可这并不是他的，铁法摇了摇头。

"小伙子，你先打开看看，是不是你的？"中年男子冲他笑了笑。

铁法仍旧摇了摇头。中年男人见状，说："既然你不想打开，那就由我来打开吧！"中年男人解开了包袱，里面是一件叠得整整齐齐的毛衣。这是一件灰色的毛衣。当年，卡佳按成衣店里的毛衣样式给他织了这样一件毛衣，找和卓的时候，他将它留给了卡佳。难道这是卡佳给他织的那件毛衣？他惊讶地打量着中年男人，问道："你认识卡佳？"

中年男人点了点头："我是她舅舅安德烈。"

"卡佳，她现在在哪里？"铁法无论如何也想不到，竟然在这里遇到卡佳的舅舅。可是他怎么会认出自己就是当年的铁法呢？

安德烈说："她就在你身后。"

铁法回身，卡佳微笑着站在门外。她仍是那样的苗条，时光似乎并未在她身上留下什么。和十一年前相比，她的双眼仍然是那样的清澈。

"卡佳！"

"铁法！"卡佳的眼睛里流下了两行泪水，"想不到这辈子还能再遇见你，刚刚我还以为看花了眼。"

铁法来到了卡佳的闺房，一种久违的亲切感扑面而来。她的房间清新雅致，陈设几乎和在太阳岛上一模一样。她告诉铁法，她的父亲五年前被一个醉酒的日本军官开枪打死了。父亲死后，舅舅安德烈赶了过来，帮着她变卖了餐厅，要带她回国，可她坚持要留下来。

"离开哈尔滨后，我和舅舅漂泊在黑龙江周边。"

"卡佳，你……为什么不回国？"他隐隐知道，可他还是这样问。

"没啥。"卡佳咽了一口唾液，苦笑了一下。

"这些年，你还是一个人？"

"嗯，"她点了点头，"你呢？"

"我也是。"他说。

接下来，他给她讲述了这些年的经历，当她知道和卓嫁给了一个年长她二十多岁的鄂伦春男人时，难过得掉下了眼泪。

"苦命的和卓姐。"

"我就是到这里来给她男人买药来的。她男人被土匪打断了腿。"

"好了好了，马上就来！"安德烈招待客人的声音传了过来。

"卡佳，我得回去了。"铁法站起身来，"我现在在老河谷，有时间再过来看你。"

铁法不知道自己是怎样走出卡佳的房间的，当他骑着枣红马离开花头镇的时候，仍能感觉到卡佳锥子般的目光在盯着自己，似乎要穿透他的心。

"对不起，卡佳。"他在心里说。

用上了药，奇克图的腿好了许多，但还不能下地。

山场子只要没活，铁法就过来帮忙。冬天来了，大兴安岭银装素裹，忙碌了一年的淘金汉子纷纷像冬眠的黑熊一样，停下了手中的活计。

下了一夜的雪，别雅儿和莫日根在雪地里嬉戏。一只狍子在雪地里一闪，跑到林子深处不见了。莫日根喊道："狍子！"姐弟俩操起弓箭就去追。因为奇克图的腿伤，这两个孩子没去成花头镇王老先生那里。

奇克图躺在床铺上勉强支起身子，透过帘子的缝隙，他看到铁法和和卓在给马儿铡草。刀起刀落间，草屑崩进了和卓的眼睛里。

和卓发出了一声低吟，铁法停住了手里的铡刀："咋了？"

"迷眼了！"和卓翻动着眼皮，揉了半天，也没揉出来。

铁法放下铡刀，说："别动，我给你弄出来。"

铁法走过去，俯下身来，翻着和卓的眼睛："别动，我给你擦出来！"

铁法伸过袖子，在和卓的眼里轻轻一抹，将草屑擦了出来。这一幕，被奇克图透过帘子的缝隙看了个一清二楚。

和卓对铁法说："把桦树盆拿来！"

铁法掀帘子走进"斜仁柱"，愣在那儿了。奇克图躺在床铺上，黑洞洞的枪口对着他，比狼还凶狠冰冷的目光盯着他！

"再让我看到，就崩了你！"

铁法脸色发红："大哥，我……"

奇克图不再说话，撤枪躺下，喘息着。铁法拿起木盆走了出去，奇克图气得拍打着自己的伤腿。铁法对和卓说："他似乎发现了什么，刚才看我的眼神不对劲。"

和卓将铡碎的干草收在簸箕里："身正不怕影子斜，咱们又没做啥。"

"和卓，我想……回去了。"

"回老家？"

铁法点了点头。

和卓将草倒进麻袋里，眼睛湿润了："也好！他这个人平时脾气还好，可要是让他误会了，会出人命的。回去就成个家，如果卡佳还没嫁人，你就娶了她吧！"

铁法没说话。他突然觉得，这些年他最对不住的人就是卡佳。今天发生的一幕，让他离开这里的想法倏然闪现。也许，到了他该离开的时候了。和卓夹在他和奇克图之间，早晚会让奇克图生疑，尽管他们自以为自己并未越雷池一步。

入夜，和卓躺着，奇克图抽着烟。

"我和铁法的事就这么多。如果不来找我阿玛，我也早嫁给他了。"

"想不到，这世上有这么巧的事！"

躺在床铺上，和卓将她和铁法的事全盘托出，她知道，再这样瞒下去，她会疯的。

"这些年来，他从未对我做过什么出格的事。在我心里，他就是我哥。你要觉得我做了啥出格的事，你就崩了我！"和卓说着，摘下猎枪，递到了奇克图面前。

奇克图将枪轻轻拨开："这事你应该早点告诉我。"和卓说："告诉你那还不得炸锅呀！他白天突然对我说，他想回家了。"

"回家？"

"是的，他想家了，想回去。"

"啥时候动身？"

"明天。"

"你咋想的？"

"人家的事，我管得着吗？我可以冲天发誓，我们未做过一件对不起你的事。你也不想想，十一年了，我要想和他有啥，能等到现在吗？"

奇克图磕了磕烟锅，又在烟荷包里装了一袋，点燃。烟锅里的火星在暗夜里一闪一闪的。外面刮起了"白毛风"，下起了"大烟泡"。此时，奇克图的心里，如同外面的天气，也刮着一场暴风雪。面对妻子和铁法，平日里行事果决的他不知道该怎么办了。

第二天一早，天空晴朗，几只老鹰在林子的上空盘旋着。铁法背上了包裹，和和卓、奇克图告别。铁法决定离开老金沟，他并没想要回到卡佳身边，他觉得也没脸再见她。

奇克图由和卓背着，说："兄弟啊，这一走，不知啥时候才能见着。"事到如今，奇克图也只好顺着铁法的意了。

铁法在这里生活了十一年，来的时候是个小伙子，现在已经是三十多岁的中年人了。此时的他，心中五味杂陈。当年，他找到了心上人，可她已成他人之妇。对此，他既欣喜，又难过。十一年了，四千个日日夜夜，他几乎是在煎熬中度过的。无数个夜晚，他在星光下深深自责。离开，是最好的选择。

铁法鼻子一酸："很快！大哥、嫂子，你们回去吧！"奇克图说："兄弟，没事，我看着你走。"和卓没吱声，她的目光投向了河边。

别雅儿和莫日根在河边玩耍，厚厚的积雪灌满了河道。突然，莫日根脚下一滑，整个人没进了雪坑里。别雅儿喊着："莫日根！"

和卓惊叫："别雅儿，快点离开！"别雅儿还是掉进了雪坑中，被雪埋住了。铁法扔下包裹，像头疾奔的狼冲了过去。他跳进雪坑中，将莫日根和别雅儿救了上来，自己成了一个雪葫芦。

铁法没走成。晚上，和卓做了一桌酒菜。奇克图说："兄弟，今天要不是你，就出大事了。"铁法说："没事没事。"奇克图说："兄弟，有句话我不知当说不当说。"铁法干了桦皮碗中的酒："咱们兄弟一场，还有什么不能直说的？"和卓看着丈夫："啥话你就直说。"奇克图猛地将桦皮碗中的酒干了："兄弟，我的腿已经这样了，家里家外就你嫂子一个人操持，我现在就是个废人。今天的事你也看到了，家里不能没个主心骨的。"

和卓说："你到底想说啥？"铁法说："大哥，啥话你尽管说。"奇克图说："兄弟，别走了，还像以前那样，帮我们拉扯这个家吧。十多年了，你是啥样人我还不知道吗？昨天是我的不是，算我求你了！"铁法和和卓面面相觑，没想到奇克图的态度来了个大转弯。铁法沉吟了片刻，说："大哥，那我就留下来。"

铁法留了下来，仍然像以前那样在山场子干活，住在自己的地窨子里。

雪像漫天抖落的棉絮，纷纷扬扬地飘落下来。

一队鬼子兵在小路上急行军，三匹马走在队伍的前头。中间那匹东洋马上的军官是崛泽少佐，左侧的是他的得力助手刀疤脸小林，右侧是翻译。

崛泽看着小林:"小林君,这里的风景和大阪比起来,要美得多啊。我总是想,离开熟悉的环境,离开惯有的逻辑,离开生活中原来的角色,旅行是最快速让自己归零的方式。可我们偏偏是军人,这些闲情逸致与我们无缘。"小林拉了拉大衣领子:"崛泽少佐,我们现在虽然是军人,可我们是在以军人的方式在旅行。这里的风景的确很美,用不了多久,别说是这里,中国的任何地方,目之所及,都属于帝国的!"崛泽满意地说:"小林君,不亏是帝国的军人。"小林说:"惭愧。"

崛泽看着翻译:"这里距离老金沟还有多少路?"翻译说:"报告少佐,距离老金沟还有三十里,过了前边那道岭就到了。"崛泽说:"命令部队,加速前进!"

随同队伍一起,三人融入漫天飞雪中。

半个月后的一天,一队鬼子和几名勘测人员在河面上勘测。远处,露出打猎归来的崩力格和山克飞悄悄隐在树丛后,盯着他们的一举一动。在同一时间,一百里外的花头镇军营里,崛泽和小林在下着象棋。

"小林君,咱们驻扎在这里有半个月了吧!"

"准确地说,是十四天半。"

"我们的勘测小分队还在为寻找金眼忙得团团转,二百多年里,这里每年可以为大清国提供大量河金。只可惜我们占据东北多年,才将目光投向这个铺满财富的河谷。现在我们不单单要找到金脉,这条河里的沙子、水、甚至是每一条鱼,都是我们大日本帝国的!"

"那是,那是!小本君告诉我,这儿的矿藏已经今非昔比,储量非常少了,除非找到金眼,否则枉费力气。"

"小本君所言极是,不过金眼也未必就那么难找。明天我要你执行一个任务。"

"少佐,请指示!"

"我们了解到,这里的淘金汉有很多,但只有一个叫奇克图的鄂伦春人知道金眼的秘密。只有找到了他,才能找到金眼;只有找到了金眼,才能寻找到矿脉的具体位置。"

"我现在就去把他抓来!找个人总比找一条金脉容易多了。"

"奇克图现在腿残在家。这个人性情刚烈,弄不好会适得其反。打蛇打七寸,抓人抓要害。"

"少佐的意思是?"

崛泽拿起一枚棋子拍在另一枚棋子上,得意地笑了。

一红一白两匹马拉着雪橇在雪地上狂奔,铁法挥着鞭子,莫日根和别雅儿穿着一新,三个人在雪橇上欢呼着。铁法是带着莫日根和别雅儿去花头镇王老先生家的。他们在短期内不会回来,花头镇离他们这江边有将近一天的路程呢!

跑着跑着,铁法突然想起忘带给王老先生准备的鹿茸了,他要回去取鹿茸。莫日根说:"铁法叔,我和姐姐在这儿等着你。"

"有大牲口怎么办?"铁法担心地说。

"把枪留下,要是遇见大牲口,正好打了它孝敬先生去。"别雅儿说。

"好吧,就在这儿玩,别走远了。"铁法将雪橇上放着的那支步枪扔给了莫日根。这两个孩子别看年纪小,却都是神枪手。

两个孩子高兴地跳了下去,铁法赶着雪橇回去取鹿茸。莫日根将枪放在一边,和姐姐玩"捣拐"。别雅儿被撞倒在地,二人发出欢快的笑声。这时,林子里冲出几个陌生的穿着黄色衣服的男人,突然出现在莫日根身后,有一个人将枪抓在了手里。别雅儿惊讶地看着他们,大声说:"莫日根,身后有人!"

莫日根正要回头,嘴被一双手捂住,紧接着,脖子也被扼住。他挣扎着,双腿在地上乱蹬。地上,留下两道深深的痕迹。别雅儿叫喊着去救弟弟,又有两个人冲过来,用毛巾把她的嘴堵住,拖进了树林。

铁法回来,发现莫日根和别雅儿不见了,雪地上只留下了一些散乱的脚印。他呼喊了大半天,也没见两个孩子的影子,只好赶着雪橇回来。

奇克图说:"这地方常有虎狼出没,莫日根和别雅儿无论遇到哪样,都会有生命危险。他们还是十来岁的孩子呀!"奇克图试图挣扎着下床,可那伤腿却丝毫也不听他的。和卓摘下枪,跑了出去。奇克图急得用拳头捶打着自己的腿。

找了整个上午,也没看见两个孩子的踪影,和卓只好先回来告诉丈夫一声。夫妻俩正在谈论着两个孩子可能去的地方,忽听"斜仁柱"外马儿嘶鸣,和卓正要出去看看,闯进几个荷枪实弹的日本兵来。这是和卓第一次这么近看到日本兵,不知为什么,她的脑海里浮现出了宫崎一家人的影子来。

这些日本兵他们已经远远地见过几次了,奇克图心想,这些披着人皮的豺狼终于来了。领头的一个剃着膏药胡的鬼子用一口流利的汉语说:"我们是大日本关东军,得知阁下知道一个金眼的具体位置,特请阁下告知,我们共同开发。不知阁下意下如何?"

奇克图说:"我不知道什么金眼。"

日本人说:"奇克图,不要忘了,你那双可爱的儿女在我们手里。"

怪不得找不着莫日根和别雅儿,原来叫小鬼子当了人质!两个孩子在日本人那里,如羔羊入了狼窝,随时有生命危险。自己拼死,也要将莫日根和别雅儿救出来。奇克图想到这里,对日本人说:"如果你们将我的孩子放回来,我就带你们去找金眼的。"

日本人想了想,答应了他的要求,两个孩子又回到了父母的怀抱。奇克图跟着鬼子走了。望着奇克图被抬走的身影,和卓的眼泪流了下来。她知道,丈夫此去凶多吉少。可她一个女人家,带着两个不谙世事的孩子,怎么解救丈夫?

鬼子是怎么顺利找到这儿来的?一定是铁法出卖了他们。这时,铁法走了过来,和卓盯着铁法的眼睛:"铁法哥,你竟然昧良心出卖我们。他再老也是我男人。你给我滚,滚得越远越好!"

"和卓，你咋这样说我？我要起坏心，还能等到现在？"铁法重重地跺了一下脚，走了。和卓正要追，铁法已经纵马远去。

两个孩子不解地看着母亲，别雅儿说："不怪铁法叔叔，是那些当兵的没安好心。"莫日根也说："不怪铁法叔叔。"

姐弟俩说着扑到母亲怀里，娘仁儿抱在一起。

奇克图坐在椅子上，面前几案上放着茶具。

崛泽说："奇克图先生，天气寒冷，请喝口热茶吧！"

奇克图毫不客气，拿起茶杯将茶喝下。

崛泽说："奇克图先生，现在可以说出金眼的具体位置了吧？我们大日本皇军说话算话，只要你配合我们，我们一定重重赏你。"

奇克图说："大雪封山把河道掩盖了，无法说出金眼的准确位置，更何况我的腿还走不了路。如果你们医好我的腿，我就带你们找到金眼。"

小林拨出配刀："不要敬酒不吃吃罚酒。如果你不配合我们，明年的今天就是你的祭日。"

崛泽扬手给了小林一个嘴巴："奇克图先生是我们大日本皇军最忠实的朋友。"

小林退到了一边。

崛泽继续说："奇克图先生，不管你告不告诉我们金眼的具体位置，我们也会用最好的医生、最高超的医术医好你的腿。来人！"

几个日本兵抬着一副担架走进来。

崛泽说："马上将奇克图先生送往黑河陆军医院，不惜一切代价治好他的腿。"

日本兵扶着奇克图上了担架，抬着他上了一辆军车。

奇克图走后，小林不解地看着崛泽："少佐，为什么对这个人这么客气？"崛泽说："这个鄂伦春人不简单。操之过急，效果反而不好，得收买他的心。把他的腿医好，这对我们找出金眼乃至整个金脉，都大有益处。"小林笑了:"少佐高明。"

汽车颠簸着在公路上穿行。车厢里,四个日本兵押着躺在担架上的奇克图。奇克图面色苍白,双目紧闭,眼前幻化出莫日根、别雅儿抱他脖子和初见和卓以及和卓张嘴说话的情景,泪水滑出他的眼眶。一个坐在他身旁的鬼子别在后腰的军刺吸引了他的注意,这时汽车轮子在一个坑里轧了过去,车身剧烈晃了一下。奇克图突然拔出这个鬼子腰上的军刺,捅进了他的后心。

"啊!"鬼子惨叫一声。

奇克图拔出军刺,一条血线从鬼子后心喷出,鬼子扑倒在车内。剩下的三个鬼子怒视奇克图,其中的一个端枪刺向奇克图,奇克图躲过,顺势将他夹在腋下,用刺刀抹了他的脖子。另外两个鬼子扑过来,将刺刀刺进奇克图胸口。鬼子抽出刺刀,军刺缓缓掉落,奇克图的头耷拉了下来……

第十九章

晨曦熹微,东方露出鱼肚白,林子里静悄悄的。

和卓拿着伯丹步枪来到铁法的地窨子前。几天了,铁法也没露面。地窨子前冷冷清清,铁法似乎没回来过。门前有两行爪子印,里面会不会有什么野物?她猛地将门撞开,里面空荡荡的。和卓将一旁的凳子踢到一边,坐在地上撕心裂肺地大哭起来。铁法哥果然生她的气,离她而去了。"走吧,走吧,成个家吧。"她在心里自言自语,为自己的冲动感到愧疚。

从铁法的地窨子里出来,和卓无意间抬起头,发现不远处家的方向飘来滚滚浓烟,她撒腿往家跑去。突然,马蹄声传来,几个鬼子骑马飞驰而来,和卓忙隐在树丛中。马队一过,和卓跌跌撞撞跑到家中,"斜仁柱"已被烧毁,两个孩子不见了踪影。

"莫日根！别雅儿——"和卓一边呼喊着，一边在火堆里翻找着。两个孩子相抱在一起，身体已经被烧焦。和卓顿觉眼前一黑，晕倒在地。

这时，两个鄂伦春人出现在她身后，是崩力格和山克飞。

昨晚，崩力格和山克飞听金场里的护拥说，奇克图被鬼子抓走了，二人特意走了十几里路认证这件事，奇克图家果然出事了。刚才他们看见了一队骑马的鬼子。二人俯下身，呼唤和卓，和卓并未苏醒。

"一定是小鬼子干的！"崩力格试了试和卓的鼻息。

"咱们快点离开这儿，鬼子再出现就麻烦了。"山克飞说着，将和卓背在身上。

崩力格和山克飞轮流背着和卓，二人累得气喘吁吁。不远处，又有一队鬼子骑兵疾奔过来，两个汉子忙隐在树丛内。骑兵过去，两人继续往前走。突然，一旁的小路上出现了两个人。

崩力格说："那不是二狗和大黄鸭吗？"

山克飞说："是他俩。"

二人迎着那两个人走过去。

崩力格问："二狗，大黄鸭，这么长时间，你俩去哪儿了？"

二狗说："别提了，鬼子来了，就把我们哥俩抓到花头镇当劳工了。我们俩趁鬼子不注意，逃了出来。"

大黄鸭说："昨天我们埋了一具尸体。这个人活着的时候可真尿性，鬼子让他说出金眼的位置，他说啥也不说，最后趁鬼子不留神，和鬼子同归于尽了。"

崩力格看了看山克飞："会不会是奇克图？"

二狗说："你咋知道的？翻译就这样叫这个人。你们认识他？你背上背的是谁？"

崩力格说："是我妹妹，得了伤寒，我们背她去花头镇看病。"

远处传来狼狗疯狂的叫声，大黄鸭和二狗慌忙离开，崩力格和山克飞背着和卓快速离开。在河场的地窖子里，和卓悠悠醒来。

崩力格敲着旱烟袋:"嫂子,你可醒了!"

和卓怔怔地打量他们:"你们是谁?这是啥地方?"

山克飞说:"这是老金沟河场。嫂子莫怕,我们都是奇克图大哥的朋友。你还见过我们呢!"

和卓这才想起,奇克图曾带着这两个人来家里喝过酒,是跟他过命的兄弟。

"二位兄弟,谢谢你们了。"

"嫂子,日本人在河面上勘测金矿,老金沟不会有好日子过了。我们去找奇克图大哥,见你晕倒了,就把你背到了这儿。"

和卓踉跄着要往外走,被崩力格一把扶住:"嫂子,你要做啥?"和卓说:"我得去找奇克图,家和孩子被日本人烧了,不知他现在咋样了。"崩力格和山克飞面面相觑,崩力格说:"嫂子,实话告诉你吧,刚才背你回来的路上,我们听说奇克图大哥他……"

"他怎么了?"

山克飞说:"他跟日本人拼命,被鬼子给……"

和卓腾地坐起来:"枪,我的枪呢?"

崩力格将枪拿过来递给和卓,和卓接过来起身就要往外冲,却再度晕倒。不知过了多久,她才醒了过来,奇克图和铁法的形象又交替浮现在她的眼前。她的嘴唇哆嗦着,泪水横流。她抓着枪,自语道:"奇克图,我对不住你!"

两天后,白桦林里隆起了三座新起的坟头。和卓坐在地上烧纸,火光下映着她满是泪痕的脸。旁边,站着拿着铁锹的崩力格和山克飞。

和卓说:"奇克图啊,找不到你的尸首,只好给你做个空坟了。这辈子我对不住你,来生当牛做马再偿还你!莫日根、别雅儿,等额涅(妈妈,和满族音译同)给你们报了仇,就来和你们团聚!"

和卓的眼中掠过一道母狼般的光,她的眼泪早就哭干了。

几天后,在鬼子军营外,一支枪从树丛中伸出,和卓犀利的目光盯着前方。和卓一身红衣，悄悄瞄准一个端着脸盆出来洗脸的鬼子，扣动扳机。鬼子倒下，和卓消失在白桦林中。很快，在另外一个鬼子驻地附近，两个鬼子嬉笑着走过来。草丛中，一个黑洞洞的枪口对准了他们，一声枪响，走在前面的鬼子倒地而亡，后面的鬼子惊慌失措，又一声枪响，也中弹倒地。

冬日里的一天，花头镇街头，一个鬼子悠闲地从浴池里走出来。和卓出现在街头拐角处，举起从鬼子手里夺过来的匣枪，鬼子应声倒下。和卓将枪藏在篮子里，快步往前走，突然，一个酷似铁法的背影出现在不远处的街口。她快步绕过去，男人背身在点烟，她将枪管顶在了他的腰上。男人回过头，和卓怒视的眼睛变得惊诧了。这个人并不是铁法，只是和铁法在身材上有些相似。

男人脸色骤变，说："这位大姐，我没得罪你呀！"

"对不起，我认错人了。"

"你、你是谁？"

"火狐狸！"和卓脱口而出，不知怎的竟冒出这样一句话来。

这些天来，除了射杀落单的鬼子外，就是寻找铁法。家中突遭变故后，起初和卓将怀疑的目光投在了铁法身上，可凭着对他的了解，她觉得自己误会了他。

男人怔怔地站着，盯着和卓消失在街口，突然回过味来，吓得边跑边喊："火狐狸！狐仙娘娘……"

和卓转到另一个街角，一队鬼子冲过来，怪叫着向和卓开枪射击。和卓开枪还击，几个鬼子倒下，可鬼子越来越多，子弹压得她抬不起头。突然，鬼子背后响起枪声，一个蒙面汉子向鬼子开了枪。和卓趁机脱险，那蒙脸汉子消失在街头不见了。看来，打鬼子的人大有人在。

花头镇街头一棵大榆树下有个狐仙庙，一个胡子花白的老人惊讶地说："你说啥？你看到了狐仙娘娘？"那个酷似铁法的男人绘声绘色地说："你们别不信，我真看到狐仙娘娘了。身着红袄，长得可俊呢！街上的鬼子都是她杀的。"

一个年长的婆婆指着一边的小庙:"会不会就是供奉在这儿的狐仙娘娘胡翠花呀?早先有狐仙显圣,可灵了。你们看,她身上不就披着红袍吗?"

众人一看,小庙内供奉的就是一尊红色彩绘的狐仙像,牌位上写着胡翠花之仙位。那个酷似铁法的男人惊叫道:"就是这个模样!"年长的婆婆和胡子花白的老人跪下祈祷:"狐仙娘娘胡翠花显灵了!"众人跟着齐刷刷跪下。

此时,崛泽火气冲天,一旁站着一个身穿棉袍的中年男子和他最得力的手下小林。崛泽拿起桌子上的文件重重摔在上面:"浑蛋!"

小林看了看穿棉袍的中年男子:"山田,你先出去。"中年男子双腿并拢:"咳!"这个叫山田的男人是小林派出去的暗探。

山田出去后,小林说:"少佐,狐仙娘娘显圣纯属子虚乌有,这世上哪来的鬼神?即便有,大日本帝国的天照大神也会将其打入地狱,让其永世不得翻身!"

崛泽说:"小林君,我当然知道,这个被传得沸沸扬扬的火狐狸是人。可照此下去,不知要有多少士兵没有经过战场的搏杀就命丧其手。另外,除了这个火狐狸以外,还有另外一个神秘人物。"

"还有另外一个神秘人物?"

"是的。那天在街头,一个红衣女子杀了我们好几个帝国士兵,这个人可能就是传得神乎其神的火狐狸,老百姓叫她狐仙娘娘。就在我们即将得手时,半路杀出个蒙面人,把那个女子救了。"

"蒙面人?难道是共产党的抗联?前段时间,他们不是越界到苏联境内,加入远东军了吗?难道,他们还有残余部队在这一带活动?"

一九四〇年后,抗联部队为了保存实力,相继到苏联境内进行休整,国内只留下了少数兵力进行游击作战。

"小林君,不管他们是抗联还是什么别的身份,现在我命令你,不惜动用任何手段把他们消灭。我们要看看，他们究竟都是何许人！"崛泽说着，将拳头重重地砸在桌面上。

夏日里的一天清晨，花头镇街头熙熙攘攘，几个百姓围坐在一个粥铺里喝粥，一边的桌旁坐着压低草帽喝粥的和卓。

一个红脸的食客指着街上的鬼子说："最近，鬼子被狐仙娘娘弄得像热锅上的蚂蚁。"

黑脸的食客说："小鬼子造孽太多，狐仙娘娘是为咱们老百姓出气呢！瞧吧，还会有更多的鬼子被狐仙娘娘弄死。"

红脸食客说："要真那样就好了，小鬼子就不敢在咱们中国的地盘上作威作福了。"伙计过来说："二位，我最近听到一个消息，比起狐仙娘娘来一点也不逊色。"

两个客人看着伙计："啥消息这么悬乎？"

伙计说："淘金汉奇克图他压根儿没死！"

两个食客惊讶地说："他没死？不是说趁鬼子不注意，自己了断了吗？"

伙计说："小鬼子哪儿能让他轻易死呢？他们医病的办法可多了，为了能从他嘴里套出金眼的具体位置，就治好了他的腿。他趁鬼子不注意，从鬼子那儿逃了出来。他回家一看家人都没了，就走上了打鬼子的道路。前两天，镇外炮楼里的鬼子被他堵住门点了天灯。"

这时，里面的掌柜的说话了："诸位，莫谈国事，这可不是民国那几年，让日本人和满洲国的密探听到了，我这铺子还开不开了？"

和卓扶了扶草帽，将钱扔在桌子上起身走了。

阳光透过密密麻麻的树叶，穿透地面上的雾气，折射成一条条七彩的光柱照在三座坟头上。和卓坐在光柱里，拔着坟边的荒草。

"你走半年多了，日本人把金沟都占了，天天死人，可我听说你没死，也不知是真是假。如果你还活着，为啥不见我？是恨我没把两个孩子保护好吗？只要你高兴，我把我的命给你都行……"和卓说着，将瓶子里的酒洒在坟头。

此时，崛泽坐在办公桌后面，小林站在他面前。

崛泽指着地图说："小林，这条河，除了这里，下游根本就没有河金。如果我们知道金眼的秘密，产量就不会如此低了。该死的奇克图！"

"崛泽少佐，也许这里的金脉早就徒有虚名，大清政府开采了这么多年，昔日的辉煌早就不复存在了。"

"小林，怎么还没有火狐狸和那个蒙面人的下落？可恨的是那个蒙面人，把花头镇的炮楼给端了。"

"这两个人神出鬼没，到现在也没查到他们的踪迹。他们有个特点，专找单个的士兵，然后出其不意，在暗处下手。"

"目前，我们已经玉碎了十几个帝国勇士，再不能有任何闪失了。"

"少佐，我有一计，正在实施。"

"什么计策？"

小林低声耳语，崛泽脸上渐露笑容。

金场里，淘金汉们干得热火朝天，汗流浃背。河中不时有采金船往来作业，周围是荷枪实弹的鬼子。几只狼狗吐着舌头虎视眈眈，似乎眼前的淘金汉就是它们的晚餐。一个淘金汉刚要坐在地上歇息，一个鬼子上前挥鞭就打，淘金汉慌忙用胳膊挡着鞭子。两个鬼子扑过来，不由分说拖起淘金汉就走。

翻译官说："你们都要好好干活，不听话就像他一样，被蚊子活活叮死。"

一个淘金汉说："他不是不干活，早上就发烧了。"

"这个我管不着！"翻译官背抄着手走了。

另一个淘金汉说："这都是第七个了。照这样下去，用不了多久，咱们都得交代在这儿。"

淘金汉子们用愤怒的眼神互相看了看,鬼子走过来,汉子们只好继续埋头干活。

黄昏时分,那个淘金汉光着身子被绑在白桦树上,头耷拉着。淘金汉子们从树前缓缓走过。不远处的树丛里,露出山克飞和崩力格狼一般的眼睛。河对面的树丛中,露出和卓犀利的目光。几个鬼子在不远处撒尿,和卓犹豫了一会儿把枪收回,消失在树丛中。

崩力格坐在地上修理淘金用的筛子,山克飞翘着腿躺在地上眯着眼睛嚼着草棍。一会儿,他睁开眼睛,吐出草棍坐起来:"还真别说,和卓嫂子真不含糊,一个弱女子硬搅得鬼子心惊肉跳,坐立不安。"

崩力格说:"鬼子刚到这儿采金,戒备森严,她可别到这儿来冒险呀!"

山克飞说:"和卓嫂子聪明着呢,她才不会拿自己的命开玩笑。她要死在鬼子手里,奇克图大哥和两个孩子的仇谁来报?"

"说得对,我是不会拿自己的生命开玩笑的。他们在这儿,我偏不在这儿动手。"和卓的声音飘了过来。

崩力格和山克飞起身:"嫂子来了?"

和卓说:"我看到鬼子采金了,有几百号人,真想把这些鬼子都杀光。"

崩力格说:"嫂子,按你的吩咐,我们一直在监视这些鬼子。"

"鬼子最近有什么动向?"

山克飞说:"鬼子最近差不多每天都要处决一个怠工或生病的淘金汉。他们处理淘金汉的办法很特别,就是将他们全身扒光,绑在河岸旁的一棵白桦树上,让蚊子活活叮死。淘金汉子们每次收工,都会从那棵树下经过。"

"小鬼子缺了大德了!"和卓拍打着一旁的树干,"他们有没有规律?每次有多少人去行刑?"

崩力格说:"具体地点就在树下,每次派去行刑的鬼子也就两三个人。

嫂子，你想去劫刑场？"

和卓的目光中透着坚定和愤怒，将折断的树枝掷在地上。

静谧的白桦林，不时传来蛙鸣。一只匣枪的枪管缓缓从浓密的蒿草间伸出来，几只蚂蚁在枪管上爬上爬下。蒿草的缝隙中露出和卓的双眼。不远处，崩力格和山克飞隐藏在茅草丛里。

崩力格舔着干渴的嘴唇，说："妈的，蹲了差不多一天一夜，小鬼子咋还不来？是不是今天没人被抓？"山克飞拨开草丛："再等等！要不是怕嫂子出事，谁出来遭这份洋罪？也不知你的枪法现在咋样。"山克飞闭了一只眼睛做瞄准状："别忘了，咱俩以前是干啥的？跑得再快的狍子都逃不出咱俩的子弹。不过，能不放枪就别放枪，省得把更多的鬼子引来。"崩力格说："知道呀！"

两人相视一笑，和卓低声说："来了！"

两个鬼子拖着一个双腿被打残的淘金汉，将他扒光衣服绑在树上。淘金汉浑身伤痕累累，嘴角流着血，大骂不止："小鬼子，你们不得好死，不得好死！"

和卓摆了摆手，崩力格和山克飞悄悄从两个不同的方向冲向两个鬼子，如饿虎扑食般地将两个鬼子放倒。崩力格去解绳索，一声枪响，崩力格中弹倒地；又一声枪响，山克飞也中弹倒地。枪声引过来几个鬼子，他们见崩力格没死，就用刺刀疯狂地捅着他。和卓扣动扳机，一个正要捅向崩力格的鬼子中弹倒地。又一个鬼子正要回头，被和卓一枪打中眉心。一个鬼子发现了和卓的藏身地，躲在树后向她射击。和卓从草丛中起身，埋伏在附近的几十个鬼子在小林的率领下冲了过来。

"少佐有令，不要打死她！"小林说。

和卓没子弹了，鬼子们怪叫着冲上来，将她围在中间。和卓拔出匕首，正要刺向自己的胸膛。突然，几声清脆的枪响传来，从河滩里冲过来一匹枣红马，马上的汉子手持步枪，弹无虚发，五六个鬼子被打倒在地。

这汉子竟是她日夜盼想的奇克图！丈夫真如老百姓传说中的那样没死。那马和人融为一体，旋风般冲破鬼子的包围向她冲过来。和卓又惊又喜，将一个鬼子捅倒，迎着那马跑了过去。

一个鬼子举起枪扣动扳机，和卓的左腿被穿了个窟窿。奇克图纵马而至，一个"镫里藏身"，将她从地上拉到了马背上。

鬼子们惊呆了，他们被半路中杀出的大汉打得措手不及，眼睁睁地看着他们绝尘而去。小林从一个士兵手里接过枪开了一枪。奇克图的身子哆嗦了一下，身子往前一倾，紧紧地搂住了和卓的腰。和卓双腿夹着马肚，大呼："驾！奇克图，你要挺住！挺住！"

和卓泪流满面，枣红马载着二人向前飞奔。小林挥着战刀，和几十个鬼子骑马狂追不舍。子弹呼啸着飞来，树上的枝叶纷纷落地。在一个山坳的柞树林子里，和卓将马缰绳勒住，她转过头来，发现子弹从奇克图后背穿过前胸，鲜血已经将后背的衣服染红。

奇克图喘息着："和卓，没想到你有这么好的身手。"

和卓察看伤口的手停下了，这熟悉的声音听起来有些异样。和卓仔细一看，目瞪口呆。原来救她的人竟是铁法！

"是你！"

铁法闭上双眼，又吃力地睁开，看着天空，长出一口气："是我。"

"铁法哥，对不起……"

"跟你想一块儿去了，要报仇，就得在暗中伺机下手。我敬重大哥，就以他的名字作为自己的报号了。这时候，我听说有一个出道比我还早的火狐狸。我琢磨着，火狐狸很可能是一位和我一样对鬼子有深仇大恨的人。我想结交火狐狸的愿望一天比一天强烈。火狐狸虽然是个女人，却把鬼子吓破了胆。能和火狐狸联手，一定更会让鬼子惶惶不可终日。"

"铁法哥，别说了，省点力气吧，我这就到镇上给你找先生。"

"来不及了！鬼子追上来了，我去把鬼子引开，你快跳下去。"

"铁法哥，要死，就死一块。"

"我们都不要死！那天在花头镇，我无意间看到了你和鬼子血战的场面。没想到被人们传说得神通广大的火狐狸竟然是你！我原本以为你死在鬼子手里了，没想到你不但还活着，还成了老百姓心目中敬重的狐仙娘娘。看着你和鬼子搏斗，我打心眼儿里佩服。"

"铁法哥，在花头镇是你把鬼子引开的啊？"

铁法点头，嘴角流下血水，指着一旁的林子："和卓，你看那是啥？"

和卓扭过头，顺着铁法手指的方向看去，陡然间却被铁法推下马去，滚到了路边的草丛里。等她明白过来的时候，铁法已经纵马疾奔，鬼子们向他追了过去，她听到了密集的枪声。

两行清泪顺着和卓俊美的面庞流淌下来："铁法哥，对不起！如果还有下辈子，我只给你一个人当媳妇。"和卓抱着一棵白桦树痛哭起来。她的眼前，幻化出她送铁法烟荷包时铁法惊喜的眼神，一阵剧痛袭来，她晕过去了。

这时，一支队伍冲了过来，两个战士奔过来，其中一个年纪稍小的说："队长，有敌人！"

那个被称为队长的人一挥手，队伍快速聚拢过来。后来，和卓才知道，这些人是从苏联休整回来的抗联第三路军的战士。两个战士，年纪稍小的叫毕小虎，另一个叫刘老邺，他们的队长叫韩立中。

一九四〇年前后，为了保存实力，抗联部队相继进入苏联境内休整。为了迷惑和牵制日伪当局，经过休整后的抗联武装又有小股部队秘密回国，抗联第三路军第三支队只是其中的一支。

和卓苏醒了过来，想要去找铁法，队长告诉她，刚才，他们消灭了这伙追击他们的鬼子，那个骑马的男人被鬼子击中，人同马一起被冲进河里，被激流卷走了。队长说到这儿，将帽子摘了下来，脸色凝重地看着远处的天空。

天暗了下来，一阵惊雷过后，天下起了雨。和卓突然从队长手里将枪抢过来，朝天放了三枪。枪声，回荡在额木尔河两岸。

第三部

葵花向阳生

第二十章

一条河在广袤的森林中蜿蜒流淌,这条河就是黑龙江;在俄罗斯境内,叫阿穆尔河。

几十个穿着俄式军服的青年男女在湍急的河流中泅渡,他们身上背着几十斤重的枪支和随身装备,领头的是张瑞麟和葵花。一只汽艇向他们疾驶过来,甲板上站着一位中年苏联军官,他穿着马靴,手里拿着一根又粗又长的马鞭。

有几个队员的速度有点慢,军官赶过来,操起鞭子就抽,水面上泛起一道闪亮的鞭花。

"加把劲儿,王良,你这条懒虫!还有你,宋义,你这头蠢猪!注意,注意,屈膝收腿,脚跟向臀部靠拢,小腿在大腿后面慢收腿,这样可以减少阻力。"军官用笨拙的汉语嚷道。

军官骂骂咧咧地驾艇远去,不远处也有几支队伍在相继下水。他是负责泅渡团队训练的教官、苏军上尉鲍里斯,参加过十月革命,一位能打硬仗、脾气暴躁但心肠热得像炭火的老红军。

王良和宋义互相挤了挤眼睛,继续滑水前行。

王良说:"还是咱们教导员厉害,她虽然是个女的,可游得比咱们还快。还有咱们营长,像条大白鲢似的。"

宋义说:"营长和教导员打小长在松花江边,哪像咱俩,整个两只旱鸭子。"

葵花的声音飘了过来:"你俩好好训练,用不了多久,保证从旱鸭子变身大鲲鱼!"

王良和宋义说:"是,教导员!"

在葵花不远处的张瑞麟说:"省点力气,不能老让鲍里斯骂咱们无能。"王良和宋义又说:"是,营长!"张瑞麟又说:"叫我连长,别营长营长的,营长和教导员那是过去的事了。"王良和宋义这才不吱声了。

从一九三六年到现在的一九四三年,葵花和张瑞麟参加抗联整整七年了。这七年里,他们经历了抗联军史上最为残酷的阶段,也光荣地加入了中国共产党。一九三八年后,日伪军进行"梳篦式"大"讨伐",致使抗联各部的秘密营地相继丧失。部队无处栖身,只能躲在长白山深处,行走在没过膝盖的雪地里,没什么防寒衣物,很多战士冻饿而死。对于一支持续战斗的武装力量而言,医药物资和粮食、武器同样重要。由于部队缺乏医疗器具和药品,导致大量非正常减员,很多官兵不是死在战场上,而是死于受伤得不到及时有效的医治。

一次战斗中,吴大头的胳膊被子弹打断,没有止血器具和药品,追兵又在逼近,张瑞麟果断将一根树枝削尖,插在吴大头手臂的血管里。吴大头的命是保住了,但一条胳膊废了。吴大头算是一个幸运的受伤者,因为他受伤的位置是手臂而不是腹部,许多受伤的战士没那么幸运。王奉友被流弹击中胸部,由于没有医疗器具和药品,导致胸腔内的子弹无法取出,等待他的只有死亡。为此,张瑞麟和葵花难过了好多天。要知道,王奉友可是全军为数不多的神枪手啊!而吴大头,则是他手下最得力的侦察员,更是一起玩到大的兄弟。

有一次,他们部队遭遇日军主力师团,军长周保中腹部被弹片击中,由于伤口过大,肠子都流了出来。由于缺医少药,他直接把肠子塞回肚子,简单包扎一下,继续跟鬼子战斗。部队虽然减员严重,但战士们的情绪不但没低落，相反却如熊熊烈火，越燃越旺了。张瑞麟和葵花在这样的环境中，更加坚定了心中的信仰。

一九三九年，德国在苏联境内集结百万大军。五月，日军开始向苏联进行军事试探，挑起了"诺门坎事件"。在这样复杂的国际形势下，苏联开始认识到抗联牵制远东日军的重大作用。于是，苏军与抗联的合作更加紧密了。一九四○年二月初，抗联与苏联的远东军队经过协商，达成了一份相互支援、合作的协议。同年冬，遭遇严重困难和挫折的东北抗联部队，陆续进入苏联境内休整。

张瑞麟和葵花所在的部队就是其中的一支。苏联人觉得东北抗联完全是一支新生力量，就加强了对抗联的训练，采取的是一套现代化军事训练体系，除了常规的射击训练外，还进行了更为严厉的武装泅渡、滑雪、野外生存、攀岩、跳伞空降、汽车驾驶等训练。这样超前的训练并不是挑选少量人员进行，而几乎是全员性的。比如，以前想都没想到过的跳伞训练，上至旅长，下至女兵，全员参加的集体训练就进行了六次。部分精英战士还学会了电台发报、照相、测绘、刺杀、爆破、侦察等技术。战士们都知道，打败德国之后，苏联马上就会调转枪口收拾日本了，他们做梦都想着打回老家去。一直到现在，这种训练一直没有停止。今天，他们进行的科目是武装泅渡。

抗联在苏联建立了南野营和北野营，成立了抗联教导旅（又称八十八旅），建制四个营，旅长是周保中。原来的建制被取消了，张瑞麟现在是四营三连连长，葵花是指导员，部队驻扎在伯力东北七十五公里的费·雅斯克村附近的森林里。为了缓解战友们的寒冷，葵花和张瑞麟还在密林中建了一个酒窖，用田家的秘方酿出了醇香的烧酒。喝惯了伏特加的苏联战友喝上了绵甜的中国白酒，高兴得唱起了"喀秋莎"，跳起了"果帕克舞"。

她还把这个酿酒的方子教给了五更，很快五更用她教的方子也酿出一模一样的酒来。为此，五更还得到了上级的嘉奖呢！

葵花往岸边游，想起了宫崎一家来，当年，她的游泳还是阳太教她的呢！想起阳太和宫崎夫妇，葵花很是伤感。阳太也服役入伍了，如果他没战死，现在也有三十七八岁了。她不止一次在想，如果在战场上相见了，又该怎样面对。

很快，泅渡训练结束，茂密的白桦林内不时传来一阵阵热烈的掌声。林间的一块空地上，围坐着几十个抗联战士，一男一女两个干部打扮的同志站在当间，正在唱着蹦蹦戏经典小帽《双回门》：

正月里来是新年，大年初一头一天，家家团圆会呀，少的给老的拜年，也不分啊，男和女啊哎……哟……都把那新衣服穿哪。

初二到初八呀，小媳妇住妈家啊，带上我的小女婿啊，果子拿两匣啊，丈母娘啊迎出门啊，哎哟……

拍手笑哈哈呀，姑爷子到咱家啊，咱给他做点啥啊，粉条炖猪肉啊，再把那小鸡杀啊，小鸡炖蘑菇啊，哎哟……

女干部精美的唱腔，男干部滑稽的表演，让转战多日的战士们缓解了身体上的疲倦，紧绷的神经松弛了下来。这对唱蹦蹦戏的男女不是别人，正是葵花和张瑞麟。

每到战斗的间隙，为了缓解战士们的紧张情绪，张瑞麟就和葵花唱段蹦蹦戏。张瑞麟虽然没受过专门的训练，但他当年没少到吉成社听戏，耳濡目染，加上葵花的配合，很快也能哼上几嗓子唱上几段了，算得上半拉架了。

一骑快马聚然而至，五更从马上跳下来，敬了个标准的军礼："张连长、葵花指导员，营长和教导员让你们马上去营部一趟。"

二人马上赶到十里外的营部，营长费广兆和教导员荀慧生早就等候在那里。

东北抗联教导旅有一千余人，其中苏籍官兵三百多人，下设四个步兵营、一个通信营和一个迫击炮连。每个步兵营下设一个中国连、一个苏联连和一个经理排（后勤保障队）。抗联干部担任各级正职，配备苏联军官任副职和顾问。周保中任旅长，李兆麟任政委。旅、营两级设司令部，旅司令部下设参谋部、政治部、后勤部和内务部，主要由苏军军官组成。抗联干部均被授予苏军军衔。费广兆和荀慧生分别担任步兵三营营长和教导员。

费广兆说："上级决定派出十五支行动小组，一方面深入到东北各地进行敌情侦察，为日后袭击日军重要军事设施做准备；另一方面，对汉奸和日系高官展开刺杀行动，给那些为虎作伥的汉奸以震慑。上级考虑到你们对哈尔滨比较熟悉，经研究决定，由你们潜入哈尔滨对日伪展开侦察和刺杀行动。"

荀慧生说："上级决定，让你们扮作夫妻，代号分别为豆娘和蜘蛛，潜入哈尔滨从事地下工作。届时，代号螳螂的地下负责同志会与你们联系的。必要时，螳螂会现身，与你们共同展开地下斗争。我会在需要的时候去哈尔滨指导你们的工作。你们的掩护身份就是中国大街三十五号波兰人亚历克斯开的霍库曼旅馆的老板和老板娘，必要时到戏园赶场，利用你们的身份，送情报、锄汉奸、对敌首脑实施暗杀。配合你们一起工作的，还有宋义、王良，让他们扮成伙计。考虑到人多目标大，容易暴露，等你们站稳了脚跟，再派其他同志过去。具体的联络方式，一会儿，我会告诉葵花同志。这样做的目的，就是为了减少不必要的麻烦。这是组织纪律，葵花同志、瑞麟同志，希望你们能理解。现在，电台奇缺，你们的工作难度很大，随时都会有生命危险，有信心没有？"

"有。"

"哈尔滨现在敌我态势犬牙交错，对付日伪的，不仅仅是我们党，还有国民党军统系统的地下特工以及真勇社、东北抗战机构等秘密团体。你们都要注意甄别，必要时可以联合，但绝不能向对方暴露自己的身份，所有的帮助仅限于在背后进行。明白了吗？"

"明白！"

"事不宜迟，马上动身，你们连的工作，我会安排其他同志接手。这里面有具体的任务。"费广兆说着，将一个信封交给了张瑞麟。

苟慧生将一个纸条递给葵花，上面写着"联络方式是松花江街格兰德旅馆楼下邮筒后面第三块方砖后的秘密暗槽内"，葵花接过看了看。苟慧生问："记住了吗？"葵花点头，将纸条还给了苟慧生。

四个人乔装成难民模样，五天后，出现在哈尔滨街头。

他们按照各自的掩护身份，进行了一番乔装打扮。宋义和王良成了低眉顺眼的伙计。张瑞麟留着一字须，长衫礼帽，足蹬三接头牛皮鞋，和以前的烧锅伙计完全判若两人。葵花呢，尽管离开哈尔滨多年，为了怕熟人认出她来，还是精心改扮了一下。原来不施粉黛衣着朴素的她，一袭黑色丝绒旗袍，长袜高跟鞋，描眉打鬓，俨然一位气质高雅的阔太太。没有人会想到，这位拎着钥匙往返于楼上楼下和旅客们说着荤话的老板娘，竟是二十年前吉成社的当家花旦"尚巧云"。

路过宫崎家原来的商店，葵花特意下车驻足，那个白俄鞋匠仍在，只是，商店早就换了主人。想起宫崎一家，葵花很是伤感。这些年过去了，不知道阳太怎么样了。

"但愿他平安无事！"她看了看那个熟悉的门窗，在心底默默地说。

每天，宋义和王良在旅店里留守，张瑞麟和葵花装扮成各种不同的角色，出入各种不同的场合打探消息。很快，哈尔滨各区域内的日伪军营的具体位置、兵力部署等详情，都被一一在地图上标出。

霍库曼旅馆建于民国二十一年（1932），由波兰人亚历克斯创办，是哈尔滨开业较早的小型西洋式旅馆。旅馆二层结构，在店铺林立的中国大街并不显眼。亚历克斯中了日本宪兵的流弹，死在了田地街的一家成衣店门前。他的遗孀阿妮亚无力经营，便将旅馆外租。中共满洲省委考虑到这里地段僻静，平时客人不多，不易引起日伪当局注意，便将其租下，作为地下工作的据点之一。张瑞麟和葵花他们很快就熟悉了这里的环境和工作程序，将旅馆打理得井井有条。他们利用自己的身份和三教九流的旅客攀谈，从中甄选出有价值的线索，然后放进松花江街格兰德旅馆楼下邮筒后面第三块方砖后的那个秘密暗槽内。他们得到了"螳螂"的指令，但"螳螂"本人却一直没有现身。

上级交给他们的第一个工作任务，除了搜集有价值的情报外，就是寻找并除掉一个代号叫"大黄蜂"的叛徒。

"大黄蜂"原为我方地下党员，在一次抓捕行动中落入敌手，在鬼子的威逼利诱下叛变投敌。因为他的叛变，致使我党在哈尔滨的地下组织遭受重大损失。和他保持单线联系的省委的一位负责同志已经牺牲，加之他处处谨小慎微，行动诡秘，其真实身份成了一个谜团。上级指示，一定要想方设法除掉这个隐患。偌大的哈尔滨有几十万人口，在这茫茫的人海里寻找一个人，好比在松花江里寻找一尾鱼。

每当夜深人静的时候，葵花和张瑞麟就商量着寻找"大黄蜂"的办法。他们规定，人前背后，葵花都要称呼张瑞麟为沉涛，张瑞麟称呼葵花为绮霞。在外人面前，他们就是一对夫妻。

几天前，荀慧生潜进哈尔滨，进一步对他们的工作做出指示："现在的敌我态势犬牙交错。最近又有两名同志因为'大黄蜂'的泄密而遭到逮捕，所以，除掉他刻不容缓。"

荀慧生临走时提供了一条最新的线索，一位曾经和"大黄蜂"的上线"蟾蜍"打过交道的同志说，"大黄蜂"爱听蹦蹦戏。因为有一段时间，他们的接头暗号就是蹦蹦戏《夜宿花亭》里的台词，而"大黄蜂"却能唱上一段。至于"大黄蜂"是男是女，爱听什么戏，在哪儿听戏，"蟾蜍"没来得及交代就牺牲了。另外，荀慧生还告诉他们，为了配合他们的工作，过段时间，上级会派一位代号"鲲鱼"的同志来，同属于"螳螂"领导。

他们的接头暗号是：秧歌调打底，莲花落镶边。

葵花对荀慧生说："'螳螂'并没现身。"荀慧生说："'螳螂'打入敌人内部，不到迫不得已是不会出现的，他的真实身份至今是个谜。"

荀慧生走后，葵花和张瑞麟觉得肩上的担子更重了。

一晃，他们来到哈尔滨两个多月了，寻找"大黄蜂"的工作没有丝毫的进展。在哈尔滨的戏班子里，除了当年佟千安的吉成社，还没发现有第二家蹦蹦戏戏班子。这个爱听蹦蹦戏的"大黄蜂"，平日里会到什么地方过戏瘾呢？张瑞麟和葵花交替着到街上转，希望能遇到唱蹦蹦戏的场所，他们几乎转遍了哈尔滨的大街小巷，也没发现什么线索。

当年，葵花没少听公公和婆婆说过，他们在奉天大观茶楼唱戏的时候，师兄弟和师姐妹有三四十人。这些人如果再传弟子的话，少说也得有二三百人吧。婆婆说，那个混到军界里的梅鼎华，在戏班的这些男弟子中，除了公公，就数他的戏唱得最好。葵花想，不知道那个梅鼎华和当年那些同门师兄弟们以及他们的弟子们现在都散落在何处。

转眼，到了第二年，一九四四年春。

这天晚上，葵花在前台翻看登记簿，楼上下来一高一矮两位客人。

高个儿说："蹦蹦戏好听吗？"

矮个儿说："当然好听。一旦一丑，好玩极了。一会儿你就知道了。"

葵花正要叫住他们，二人出门上了辆斗车走了。葵花来不及细说，上了门前的斗车，让车夫跟上前面的车子。

前面的车子三转两拐，去了江边。华灯初上，璀璨的灯火倒映在松花江上。天空淅淅沥沥飘着细雨，在灯光的映照下，形成了一道迷离的橘黄色的雨雾。突然，前面的人力车不见了。

车夫说："那两个客人可能到船上去了。"

船家说："你也去听戏啊？"

葵花点头："是。"

船家告诉她，日本人占领哈尔滨的那一年，这艘轮船被日本人的重炮打坏了，哈尔滨的富商余声魁就将这艘船低价从俄国人手里买下，重新装修，开成了水上戏院。为了对外保持一种神秘感，戏迷须从升降梯上进出。据说，留过洋的余声魁除了会说几国洋文外，还是个蹦蹦戏迷。他开这家别具一格的水上戏院并不是为了挣多少钱，而是为了让自己过足戏瘾。在哈尔滨多年，葵花还是第一次听说余声魁这个人。葵花上了船，在船口的售票处买了一张票。戏票挺贵，十块钱一个座位。随着人流，葵花来到被改装后的客舱里，几十个客人坐在几排座位上看着台上的表演，那两个客人也在其中。为了不让他们看到，葵花选择一个角落处的座位坐下来。

此时，台上的一男一女唱得正欢；丑角憨态可掬，旦角嗓音甜美。他们表演的是蹦蹦戏小帽《送情郎》。就听女的唱——

……
送情郎送到了大门南啊，
顺腰中我掏出两块大银圆啊，
这一元与我的郎起上火车票，
这一元与我的郎呀啊买上一盒哈德门。
小妹妹送情郎呀啊，
送到大门西呀啊，
一抬头我就看见了一个卖梨的呀啊，
我有心与我的郎买上梨两个呀啊，
想起来昨晚的事儿吃不了这凉东西呀啊。
……

葵花很感慨，想不到，哈尔滨仍然有人在唱蹦蹦戏，水平还挺高。不知为什么，葵花觉得旦角有点眼熟，嗓音也很熟，似乎在哪听过。

葵花在人群中巡视，希望可以发现"大黄蜂"。可上级并没有向她提供更多有关"大黄蜂"的特征，此时，她觉得这船上的人都可能是"大黄蜂"。一阵掌声,《送情郎》唱罢,男女演员鞠躬退回后台,又上来另外一对,不过,他们表演的不是蹦蹦戏,而是京剧《大登殿》。看来,蹦蹦戏只是这水上戏院节目之一。

葵花悄悄起身向后台走去,她要寻找刚才那位似曾见过的女演员。在舱尾的一个房间里,葵花隔着玻璃向里面张望着,一只大手拍在她的后背:"你在做什么?"

葵花回身,说话的正是刚才那位男演员。葵花忙笑着说:"我在找刚才和你一块唱戏的搭档,我喜欢听她的戏。"

男演员说:"里边卸妆呢,等一会儿吧。"

男演员推门进去了。隔着窗子,葵花看到,男演员和女的在说着什么。女的卸完妆回过头来,葵花呆住了。怪不得看着眼熟,声音在听着也熟,这女演员竟是多年不见的和卓!

葵花抑制住内心的狂喜。自己现在的身份适合跟和卓见面吗?葵花想了想,转身正要离开,门"吱"的一声开了,和卓的声音飘了过来。

"你找我?"

葵花围巾掩面,回过身来。此时的和卓与往日不同,她换上了一身墨绿色丹仕林旗袍,高跟皮鞋,盘着头发,手里拿着一根细长白杆的老巴夺,俨然一副风尘女子的模样。如果不是当年在一起耳鬓厮磨的好姐妹,是无论如何也认不出来的。

葵花说:"喜欢听你的戏。"

葵花想,也许能从和卓身上找到"大黄蜂"的下落。再说她太想知道和卓的一切了。要知道,她和佟云是和卓最好的姊妹啊!佟云死了,现在就只剩下和卓了。

男演员关门,昏暗的走廊内,两人目光相撞。和卓说:"喜欢听我的戏,那就天天来捧场。我要休息了。"

"可我现在就想听。"

"你以为你是谁啊?"

"因为我是你嫂子。"

"嫂子？"

葵花掀开了围巾，冲着和卓笑了。和卓惊愕了半晌，手里的烟头烫到了手指，正要说话，葵花以指轻触嘴唇示意她噤声。和卓将到了嘴边的话咽了回去。在舱顶的一个包间里，姐妹俩相拥。

和卓说："嫂子，做梦都不会想到还能再遇见你。你的变化可真大，如果不是你找我，走对面我都认不出来你。"

葵花说："和卓，你的变化也不小啊！要不是听着嗓音，我也有点化魂了。这些年你到哪儿去了，快把我急死了。"

和卓说："当年我去找我阿玛，被抽大烟的舒禄卖给了人贩子，再后来我又逃了出来，恰好遇到一个蹦蹦戏班子招人，我就进了戏班子。嫂子，你怎么到这地方来了？你过得还好吗？"

葵花说："我还好，先别问我，回答我的问题，你怎么不回来呢？十多年前，铁法为了找你从米娘久尔餐厅辞了工，这些年来都下落不明。你见到他了吗？"

和卓说："没有。嫂子，我回到傅家甸找你，可佟家被鬼子占用了，我又到田家烧锅，也没打听到你的下落。嫂子，你现在在哪儿？怀韬还好吗？"

葵花说："日本人霸占我们家院子时，怀韬被鬼子给杀了。和他死在一块的，还有我干妈、老黑哥、柊梧叔叔和加代婶子。"

接下来，葵花将鬼子强占佟家杀人的经过讲述了一遍，和卓惊在那里，"想不到，柊梧叔叔和加代婶被他们自己国家的人给打死了。阳太呢？"

"听说他当兵了。这些年我也没见过他，不知是死是活。"

"嫂子啊，这些年你是咋过来的呢？"

"后来，我就在一家旅店里给人做工。没想到这辈子还能遇到你。佟云死了，现在就剩下咱们俩了。咱们俩要好好活着，为了我们自己，也为了死去的姊妹。"

葵花自知语失,好在,和卓并没有往下细问。

其实,和卓也对葵花隐瞒了自己的身份。

和卓之所以隐瞒了她和奇克图、铁法之间的事,是怕葵花追问什么。她想,等有机会再向葵花细说吧。和卓只是简单地告诉葵花,阿玛死在了煤矿,她结过一次婚,后来男人死在了鬼子手里。这些年,她一个人四处漂泊,以唱戏维持生计。

三年前,在老金沟被从苏联回来打游击的抗联第三路军第三支队的人救下后,和卓参加了抗联。当年和奇克图、铁法之间的往事,像做梦一样,有甜蜜,有苦涩,有泪水。每到夜深人静,想起那两个爱她入骨的男人和死在鬼子手里的两个孩子,她就泪流满面。好在,在抗联的队伍里,她渐渐地成熟起来了,成了队伍里一员不可多得的女将,也光荣地加入了中国共产党。

和葵花的任务大致相同,半年前,队长韩立中找到她,让她以唱蹦蹦戏为掩护,回到哈尔滨做地下工作。她的任务之一也是寻找到"大黄蜂"的下落,伺机锄之。她一边在轮船戏院上唱戏,一边寻找"大黄蜂",可"大黄蜂"就像是一滴蒸发的水珠,难寻踪迹。

每天在轮船上唱完戏,她就站到甲板上,望着对面太阳岛上隐隐的灯火怀念铁法。不知道米娘久尔餐厅的卡佳还在不在。她想过段时间抽空去那儿看看。

想到铁法,和卓的心就疼。这个痴情的人啊!为了她拒绝了痴情的卡佳,为了救她把命搭进去了。这辈子,她最对不住的就是他了。回到哈尔滨的第二天她就回到老街,迫不及待地回到自己和铁法哥的家。

自己家的院子里长满了蒿草,铁法哥的屋子里结满了蛛丝。她将目光投进这两个院落时,就浮现出铁法哥拿着俄式大菜,欢快地向自己走来的样子。她又去了佟家,昔日的佟家已经成了日军宪兵队的队部。她的耳边回荡着当年师父、师娘、师兄弟、师姐妹们的欢笑声。迎面走来一队荷枪实弹的鬼子，看着她虎视眈眈。物是人非，想不到这条街已经完全被鬼子占了。只有多杀鬼子，才能为铁法哥和奇克图报仇。

"嫂子，我认识了一个老人，他说他是师父的师兄白晓华。"

一天，一个伪满军官带着一个日本人来看戏，伪满军官为了讨好日本人，想打她的主意，遭她训斥后，恼羞成怒地要拔枪，一个脸若银盆眼似铜铃的老者拄着拐杖过来冲着伪满军官就打。伪满军官要发威，老者晃了晃拐杖，伪满军官一见，双腿并拢，给老者敬了个军礼，乖乖地退到一边。老者将她拉到一旁，满口山东话，说："俺看了你的《韩琪杀庙》，想知道你的师父是谁。"和卓正要敷衍，老者说："如果俺没猜错，你师父是佟千安，只有他才能教出你这样的徒弟啊！"和卓愣了一下。老者说："孩子，俺是你师伯莱阳梨啊！"

"你是白晓华师伯？"

"我是白晓华！"

师父和师娘都讲过当年他们在奉天大观茶园唱戏的往事，师父没少提师兄"莱阳梨"白晓华、师弟"梅花鹿"梅鼎华。师父说，当年他想拜师爷为师，白晓华在师爷面前说了不少好话，师爷才答应的。在戏班子里，白晓华和他关系最好。因为他人长得白净，逢人不笑不说话，加上他的老家在莱阳，经常说家乡的梨比别的地方脆甜，师爷就给他起了个艺名叫"莱阳梨"。想不到能在这儿遇到师伯，更想不到他的出现，让凌辱他的伪满军官由老虎秒变病猫，对她也毕恭毕敬起来。看来这位大师伯的背景很深，说不定能从他的身上找到"大黄蜂"的消息。

和卓鞠躬行礼，说："师伯，没少听师父和师娘提起过你。"

白晓华叹息说："这艘轮船是俺徒弟余声魁买下来的，这个戏班子也是他招集的，就是为了让俺晚年有个乐子。俺不是天天来这儿，只是隔三差五过来看看，过过戏瘾。想不到，遇到了你。"接下来，白晓华将和卓介绍给了余声魁，和卓就在这轮船戏园里站稳了脚跟，艺名仍叫"小婵娟"。

和卓避实就虚,向葵花讲述了她和大师伯白晓华之间的交往。

葵花说:"师妹,啥时候有机会,把我也介绍给大师伯认识一下呗!我是佟家的人,和大师伯结识一下,也是我们的家事啊!"

和卓想了想,说:"嫂子,下个礼拜天是大师伯五十九岁的生日,要不你就和我一块去吧!"

葵花说:"好啊!"

和卓说:"这样吧,下个礼拜天早上八点,在中央大戏院门口见面。"

葵花说:"好。"

回来后,葵花张瑞麟讲起了刚才和和卓邂逅的事。张瑞麟听后很是感叹,也说那个余声魁的背景很深。

礼拜天到了,葵花早早来到中央大戏院门口。

葵花不止一次来过这里看电影,当年它刚刚建成的时候,佟千安领着徒弟们在这儿演过戏,德本也领着她在这儿看过电影呢。也是在这儿,平生第一次尝到了德本给她买的俄罗斯秋林公司生产的大列巴面包。内芯软松的大列巴散发出来的独特酸香至今仍回荡在她的唇齿间,可是心爱的丈夫已经离开她好多个年头了。

葵花想起了德本,想起了在这儿演出的日子。正黯然神伤,和卓坐摩电赶到。二人到附近的花店买了花篮,来到中央大戏院后面的榆钱胡同里的一个偏僻院落。葵花对这个胡同并不陌生,中央大戏院刚刚建成的第二年,她曾随师父来过这儿,给一个名叫费里克斯的德国机械工程师唱戏。白晓华的院子就在当年的德国人住宅的对门。门前花坛里的鲜花有些枯萎了,葵花想,不知道当年那个穿着长裙、长相漂亮,给她冲咖啡的德国太太爱玛还在不在了。

白家院子里的甬路两旁种着红色的鸡冠花,房子是典型的西式小洋楼。院里很静,葡萄架上鸟笼里的八哥见有人进来,蹦跳着打起了招呼:"来客了!来客了!"

"和卓来了？"白晓华的声音飘了出来。

葵花抬眼，一位身着黑绸长衫、布鞋白袜，一手拄着拐杖、一手搓着两只核桃，浓眉大眼的老者微笑着走了过来。老者虽然年近花甲，但眉眼间不怒而威，声音有些喑哑。

和卓忙过去搀扶着老者的一只胳膊，说："师伯你看，我把谁给你带来了？"

白晓华说："谁啊？"

和卓说："我师姐，佟家的少奶奶葵花啊！"

葵花过来行礼："葵花见过白师伯，祝白师伯寿比南山，福如东海！"

白晓华打量着葵花，泪水滚落，说："这孩子多会说话儿！俺那可怜的千安师弟月竹师妹啊，本以为你们佟家现在啥都没有了，想不到还有一位独撑门户的好儿媳。佟家之幸，也是俺们戏门之幸啊！"

白晓华这么一说，葵花不由伤感起来。进入室内，葵花发现，墙上有一幅照片，照片上的两个人引起了他的注意。一个身穿中山装，别着钢笔，梳着背头，这个人是当年的梅鼎华。在梅鼎华身边的，竟是多年不见的郑家佑！郑家佑长袍礼帽，面露微笑，与之前判若两人，看样子和梅鼎华关系很密切。葵花一眼就认出了他，但却大惑不解，他不是回关里亲戚家了吗？

疑惑间，门外有人说话，葵花抬眼，照片中的两个人走了进来。

二人进门。梅鼎华摘掉礼帽，抱拳说："师兄生日快乐。"

郑家佑鞠躬："大师伯身体康泰，年年有今日，岁岁有今朝。"白晓华对梅鼎华说："师弟，这两位是你二师哥的两位弟子，俺来给你们介绍一下。"葵花说："大师伯，我们认识，佟门儿媳葵花见过梅师叔。"梅鼎华这才细打量葵花，脸上微微露出一丝尴尬："原来是师侄啊！"和卓也过来见礼："梅师叔好，佟门弟子和卓见过梅师叔。"

白晓华说："原来你们早就认识啊！"

梅鼎华说："当年我刚驻防哈尔滨时和他们见过面。"郑家佑走到葵花和和卓面前，笑道，"嫂子、师妹，这些年过去了，以为再也见不到你们了，想不到今天在这儿见面了，都还好吧？"

和卓微笑着点头："看样子，师兄混得不错啊！"

郑家佑说："哪里，托师妹的福。"

葵花说："家佑，你不是回关里老家了吗？我以为这辈子也见不到你了呢。和梅师叔在一起，在哪儿高就呢？"

梅鼎华坐在椅子上抽烟，吐了口烟，说："家佑被我安排在了满铁俱乐部供职。"

郑家佑忙媚笑说："多亏了梅师叔关照。"

葵花说："这高就了就忘了嫂子了，我还以为你投奔关里亲戚家了呢！"

"嫂子，当年我是想回关里老家，在火车站遇到了梅师叔，就跟着梅师叔走了……"郑家佑说着，面露伤感，又转身看着和卓，"师妹，这些年没见，你现在在哪儿？"

和卓叹息说："甭提了，三言两语说不完，等以后有时间了，我再跟师兄细说吧！我现在在江上的轮船上唱戏栖身。"

郑家佑说："余声魁那儿？"

和卓点了点头："对，就是那儿。"

"一家人又见面了，是件值得庆贺的事，高兴！大家甭管干啥，记着别给日本人当狗就成。"白晓华说。

郑家佑的脸儿一红，看了看一旁抽雪茄的梅鼎华。

梅鼎华说："师兄啊，话别说得那么难听啊！这年头，能有一份体面的工作，混碗饱饭吃，就不错了。"

葵花看了看和卓，到哈尔滨后，她就知道梅鼎华是伪满哈尔滨警察局局长，在没有上级的命令之前还没对他采取行动。

白晓华说："师弟，俺在哈尔滨能有今天，也全仰仗你这个大局长啊！"

梅鼎华说:"师兄,你这样说是在打师弟我的脸啊!"

白晓华说:"哪里!今天是俺生日,把大家找来,想给大家看件东西。不过在看这样东西前,俺给大家说说,俺为什么不再唱戏了。"

梅鼎华说:"谁不知师兄腰杆直,死也不给日本人唱?你当年封嘴不唱的壮举,早从沈阳传到了哈尔滨。"

白晓华说:"腰杆子再直,也不是钢浇铁铸的。不是俺不唱了,是日本人不让俺唱了。"

梅鼎华说:"日本人不让你唱的?"

白晓华说:"日本人让俺唱他们的《爆弹三勇士》,这首歌夸耀当年日军进攻上海时,三个士兵充当肉弹,实施自杀性爆炸的骇人行径。俺没唱,他们就残忍地割断了俺左边的声带。"梅鼎华脸上掠过一丝惊讶,说:"师兄,怪不得你声音嘶哑,原来是日本人干的!"

"俺是唱不了了,才故意这样说的。"白晓华点了点头,眼中盈泪,"对于一个舞台视为生命的人,怎么能说封嘴就封嘴呢!"

白晓华说着,掀起了八仙桌上方的一面布帘,现出一幅画像和一个神位。画像是一位头戴瓜皮帽,身穿长袍马褂,手拿团扇,胸前垂须,长相清瘦的老者。神位上书:"显考先师刘兆才之灵位。"白晓华焚香在手,鞠了三躬,然后将香插入香炉。

"师父啊,弟子对不住你老人家的培养啊!俺到哈尔滨多亏鼎华佑护,今天俺还请来了鼎华和你老人家的三个徒孙。这三个孩子,是二师弟千安的三个弟子。师侄们,给你们的师爷上香。"

上香过后,白晓华对梅鼎华说:"师弟,你知道师父是怎么去世的吗?"

"师兄,你不是说师父是患痨病死的吗?"

"师父是被日本人下毒害死的!日本人让师父去唱戏,师父回来不久就病倒了。师父是武丑出身,身体素质一向很好,怎么说病倒就病倒了?遍寻良方,最终还是撒手人寰。师父告诉我,日本人曾让他饮了一杯清茶。饮过不久,他就有些眩晕,起初他以为是劳累过度,就没在意,可是渐渐地他的眩晕越来越重,不得不卧床了。师父断定,一定是日本人在茶中下了慢性毒药。临终前,他立下遗嘱,弟子们就是再穷再落魄,也不能给日本人唱戏,丢了戏门的脸!"

白晓华说着,在神龛下的柜子里拿出一只紫红色木匣,哆嗦着双手打开,里面是一本红绸包着的宗谱,供在刘兆才的灵位旁。

白晓华说:"这里是咱们蹦蹦戏门近二百年所有的支门流派,上至第一代宗主李梦云,下至俺白晓华,佟千安和梅鼎华这辈,共二百六十七个名号。生逢乱世,俺对不起师父,没能将戏门发扬光大。俺希望刘家门所有徒子徒孙不能忘了祖训,任何场合绝不能辱没先师和祖宗。否则,如果让俺知道了,俺会代师父按门规清理门户。师弟、师侄,你们都记下了吗?"

"记下了!"大家异口同声,齐刷刷跪拜在刘兆才灵位前。

"师兄放心,我一定尽到一个中国人的本分。"

"那就好!"

一只白猫从屋檐下跳了下来。

白晓华说:"这是爱玛太太的宠物。"

葵花想,爱玛太太还在。她忽然想起了他们家那只陪怀韬在一起睡觉的老猫,心里边泛起了一丝酸楚。如果怀韬活着,也是个二十来岁的青年了。

吃饭的时候,梅鼎华提议唱段戏为白晓华祝寿。郑家佑说:"嫂子,那就咱俩搭戏,唱段《夜宿花亭》吧!你扮张美英,我扮高文举,咋样?"

《夜宿花亭》是蹦蹦戏最传统的曲目之一,唱的是书生高文举与表姐张美英定亲后,赴京应试得中状元。丞相温通逼高文举与女儿成婚,并假借高文举的名义给张美英写了退婚书,高文举不从被困相府。张美英独自上京寻找未婚夫,不幸流落相府当了丫鬟。张美英在花园打水浇花,文举夜宿花亭。二人在花亭前不期而遇，互诉衷肠，计议美英去包府告状，以便夫妻团圆。

葵花心下一动，说："戏文太长了，这样吧，咱们就从高文举夜宿花亭，二人在花亭前不期而遇唱起吧。"

郑家佑说："好。"

二人气定神凝，唱了起来。

  ……
  张美英：梅花篆字你我都会，为啥怨人家老文通。
  高文举：梅花篆字你我都会，文通比我们写的精。
  他模仿我的字体把家书改，咱俩谁也分不清。
  张美英：你言说休书不是你来写，敢对苍天把誓盟。
  高文举：这书要是我文举写，
  我敢对苍天把誓盟。
  张美英：把誓盟把誓盟，
  你且盟来我听听。
  高文举：好一个烈性张氏女，
  立逼文举把誓盟。
  走上前去忙跪倒，
  口尊恩姐你是听，
  拜上拜上就多拜上，
  过往的神灵要听清，
  这休书要是我文举写，
  准被天打五雷轰。
  ……

一旁的白晓华、梅鼎华和和卓听得入了迷，不时地发出掌声。

"唱戏是门艺术，那么艺术的真谛又是什么呢？你们的师爷、我师父有一年过年，给我们写了一副对联，他是这样写的，"白晓华想了想，说，"看我非我，我爱我，我也非我；装谁像谁，谁装谁，谁就象谁。"

"师爷真不简单，话带机锋，妙语连珠，短短两句话道出了艺术的本真。"葵花说。

回来的路上，郑家佑和葵花同坐一辆斗车。

葵花说："家佑，想不到这些年你的唱腔功底还是那么好，不亏是当年的'响九霄'啊！"

郑家佑说："嫂子，当年的'响九霄'早就被人遗忘了。不过这些年，我一天也没落下过练功。在咱们的这些传统剧目里，我最喜欢的就是这个。这些年，我没事就自己在屋里唱一会儿。"

葵花说："在哈尔滨除了咱们，你还认不认识会唱这段戏的人？"郑家佑沉吟了一会儿，说："我还没听说呢。嫂子怎么想起问这个来了？"葵花说："没事，我就是随便问问。"郑家佑说："嫂子，你现在在哪儿？"葵花说："我在一家旅馆里给人做工。这样吧，以后有啥事，嫂子去找你。你们满铁俱乐部有啥好差事，想着嫂子点儿。"郑家佑说："好。"

到了满铁俱乐部门前，郑家佑说："嫂子，我就在二楼二〇八房间办公。我还有点事要办。这是我的名片，上面有我的电话号码。嫂子，你做工的旅馆在哪儿？哪天我请你到我这儿来坐坐。"

葵花想了想，说："我那儿偏僻不好找，方便的时候，我给你打电话。"

郑家佑说："那好嫂子，我等你电话。"

葵花嘴里说好，心里在感叹着，时间真是快啊！原来的那个对她痴情狂热敦厚腼腆的郑家佑哪儿去了？这些年，在他身上究竟发生了什么？梅鼎华高居伪职，名声很臭，家佑跟着他能学到什么好？

下车的时候，车夫接车费的时候，冲着她一乐："佟少奶奶，还记得我吗？"葵花细细打量了一下，说："老槐师傅啊！想不到你还记得我。"

车夫就是过去拉黄包车现在改跑斗车的那位老槐师傅，和前几年比，明显地衰老了。

老槐用毛巾抹着脸上的细汗，说："佟家少奶奶，我怎会忘呢！当年，我可是你的戏迷啊！少奶奶，你的那位师弟可不是原来的实诚模样了，连常在一块混的好朋友、《滨江时报》的主笔孙维绵他都出卖给了日本人。这样的人，以后，你离他可得远一点。"

"孙维绵？"

"对！据说孙维绵好像是共产党的人。他们在一起喝酒谈论时政，常坐我的车。孙维绵被抓时雇的就是我这辆车。那天晚上在去马迭尔旅馆的路上，孙维绵对我说，姓郑的请他喝酒，没想到进去就被抓了起来。这人啊！"

老槐赶着车走了。望着老槐的背影，葵花若有所思。想不到，时隔多年了，哈尔滨仍然有人能认出她来。看来以后出门，得在化妆上多下一番工夫了。

第二十一章

葵花回到旅馆，对张瑞麟说她在白晓华家邂逅了郑家佑和梅鼎华，并说，郑家佑和以前大不相同了，和梅鼎华沆瀣一气。

葵花说："我回来坐老槐的车，老槐告诉我，《滨江时报》的主笔孙维绵就是他出卖给日本人的。听老槐的话，孙维绵可能是咱们的人。"

张瑞麟说："这情况很重要，我们得把这个汇报给上级。"

葵花点头。不久，荀慧生回信说："孙维绵是中共满洲省委委派的以《滨江时报》主笔的身份打入日伪内部的同志，他写了不少抨击时弊的文章，为抗联部队提供了不少有价值的情报。他的代号叫'蟾蜍'。"

来哈尔滨之前，荀慧生和费广兆说过，"蟾蜍"在被捕前提供了一条线索，"大黄蜂"酷爱听戏，是个十足的戏迷，至于"大黄蜂"是男是女，爱听什么戏，在哪儿听戏，"蟾蜍"没交代完就牺牲了。原来，孙维绵就是"蟾蜍"。

张瑞麟眼睛骤然一亮，说："家佑不就是个戏迷吗？他可是大名鼎鼎的'响九霄'啊！而且，最拿手的就是《夜宿花亭》。如果老槐的话是真的，那咱们苦苦寻找的'大黄蜂'会不会就是家佑？"

葵花说："我也是这样想的。不过现在下定论为时尚早。哈尔滨几十万人，这种巧合的概率实在太低了。"

就在他们调查郑家佑的时候，代号"鳇鱼"的同志找上门来。让葵花没想到的是，"鳇鱼"竟然是和卓。

最近，葵花经常乔装改扮出入满铁俱乐部。

葵花有几次和郑家佑打照面儿了，但郑家佑并没认出她来。出入这里最多的是日本人，还有少量的法国人、德国人、俄国人和波兰人，他们绝大多数是满铁的老员工，每到晚上，就到这里跳舞喝茶。葵花看到郑家佑拥着一个日本艺妓在调笑，恶心不已。几年不见，他怎么变成了现在这个样子？郑家佑所在的二楼二〇八房间的门牌上写着副经理室，葵花在房门外听到郑家佑在里边唱着《夜宿花亭》。她越发觉得郑家佑就是"大黄蜂"。遥想当年郑家佑和她的交往，葵花心里百感交集。她握了握包里的手枪，有一种马上就闯进去的冲动。

这时，屋里的电话铃响了，走廊里又出现两个日本人，狐疑地打量着她。葵花只好撤出来，为自己刚才的鲁莽和冲动捏了把汗。

她回到了霍库曼旅馆，换掉衣服，坐在前台翻看着旅客入住的信息，一个窈窕的身影投射进来。来客是个女的，穿着一袭紫色长裙，外罩米黄色风衣脸上戴着黑布口罩，手上戴着白色的手套。

葵花笑了笑："你好，住店？"

女人说:"不,找人。"

葵花问找谁,女人说:"我找'豆娘'。"葵花怔了怔:"找她做什么?"女人说:"秧歌调打底。"葵花回道:"莲花落镶边。"女人打量着她,葵花说:"我就是'豆娘',你是谁?"

"我是'鲲鱼'。"女人摘掉了口罩,冲着葵花笑了,"没想到吧,'豆娘'同志!"

"怪不得听声音这么耳熟,你就是'鲲鱼'啊!"

"我也没想到,你就是'豆娘'!"

二人到楼上密室交谈,张瑞麟和和卓打了招呼后在下面望风。见张瑞麟和葵花在一起,和卓挺吃惊。

葵花说:"张瑞麟现在也是我们的同志了,以后再给你细讲。"

和卓这才释然了。和卓的感觉和葵花是一致的,也认为郑家佑存在疑点。她也接到了上级指示,郑家佑表面的身份是满铁俱乐部副经理,实际上他是为日本梅机关效力的秘密特工、伪满哈尔滨警察局的刑侦科科长,直接隶属于梅鼎华领导。利用满铁俱乐部副经理的身份,接近发现来自各方的可疑人士,然后上报梅鼎华。

葵花说:"伪满警察部门的大权一直掌握在日本人手中,梅鼎华却被日本人授以如此要职,说明他是死心塌地为日本人卖命的铁杆汉奸。"

二人谈论起他们都在寻找的"大黄蜂"。她俩认为,郑家佑是不是"大黄蜂"还没有足够的证据。当年,省委的确委派一个代号叫"大黄蜂"的同志打入日伪内部。他们只知道,因为一次意外,"大黄蜂"的身份暴露,变节投降,成了日伪的帮凶和走狗。孙维牺牲当天的确与郑家佑在一起,但这并不能证明他就是"大黄蜂"。郑家佑是经过梅鼎华一手举荐给梅机关的秘密特工,现在是他的左膀右臂。至于梅鼎华,当年曾在东北军独立第二十六旅第三团当少校营长,哈尔滨沦陷,邢占清率部撤往哈东,梅鼎华率一小部分人脱离了邢占清,摇身一变成了日本人的忠实走狗。

这次，和卓给葵花带来了"螳螂"的指示，在没有得到足够证据表明郑家佑就是"大黄蜂"的情况下，先保留他的性命，利用他和梅鼎华的特殊关系，从他身上套出更有价值的情报，必要时候再行除掉。他们现在的任务就是一边寻找"大黄蜂"的下落，一边组成暗杀锄奸小组，由葵花任组长。一方面和郑家佑搞好关系，一方面先行暗杀伪满哈尔滨航政局局长冯春余、哈尔滨警察局收捐科科长毕忠良和伪满哈尔滨警察局督察官兼警察总队队长佐佐木只三郎。

葵花将宋义和王良叫上来，大家聚在一起讨论行动方案。"螳螂"提供了三个暗杀对象的爱好和行动轨迹。冯春余有在道外公园钓鱼的嗜好，每个周末上午十点必到，十一点半离开。不过，他钓鱼的时候，周围总有保镖跟着。毕忠良常年在马迭尔旅馆二楼二一八房间包着当红歌女汪蔓云，两人每到周六上午十时在此私会。汪蔓云喜欢从花店订花。佐佐木只三郎的肠胃不好，每日中午必先去卫生间后方能正常就餐。

最后确定，由葵花负责除掉冯春余，张瑞麟负责除掉佐佐木只三郎，和卓负责除掉毕忠良。宋义和王良留守旅馆，处理日常事务。

夏日的道外公园百花盛开，树木苍翠，鸟语花香。一辆黑色雪铁龙轿车停在湖堤的树荫下，像一只巨大的乌龟。一胖一瘦两个戴着礼帽的保镖一边巡视着四周的情况，一边说笑着。

胖子从瘦子手里接过一根烟，点燃，吐出一口说："局长是不是有点过于谨慎了。在咱们俩的外围，还有好几个弟兄呢！"

瘦子自己点燃一根烟，说："兄弟你不懂，这人的位置越高就越惜命。现在时局不稳，局长也是迫不得已。"

胖子说："冯局长也真怪，钓鱼就钓鱼呗，还特别喜欢到湖中间一个人去钓。"

瘦子说："局长跟我说过，他钓鱼的时候，一边看着浮子的沉浮，一边思考问题，不喜欢外界打扰。"

胖子戴看了看手表："可这都两个小时了，局长怎么还没钓完？"

瘦子说："兴头上呢！等等吧！"

远处的小船上出现的是冯春余垂钓的背影。冯春余独自一人戴着草帽坐在距离湖堤一百米外的小船上。有些臃肿的身躯坐在船头的凳子上，聚精会神地盯着湖面上的浮子。他的脚旁放着茶具，茶碗里的碧螺春在白瓷茶碗里伸展着绿色婀娜的腰身。一旁的木桶里，几条刚刚钓上来的鱼在里面游动，似乎忘记了刚刚过去的疼痛和危险。

这些年来，冯春余身为航政局局长，配合日本人抓捕了几十个抗日分子以及苏联、朝鲜的地下党员。他时常从噩梦中醒来，每到周末就通过钓鱼来让紧绷的神经松弛一下。受儿子冯建孜在刑侦科当探长的影响，冯春余现在处处谨小慎微，生怕引来杀身之祸。

鱼漂儿三沉三浮，冯春余猛一提杆，一条两三斤重的大鲤鱼在钓竿上摇头晃尾地挣扎着。冯春余微笑着将鱼扔进水桶里。他呷了一口碧螺春，满意地嚼着伸展的嫩叶，然后扑"哧"一声将茶渣吐在水中，接着重新在鱼钩上放好诱饵，再次扬臂将鱼钩甩进湖中。冯春余并不知道，此时的他，像水中待钓的鱼儿一样，危险正一步步地向他逼近。

一个人从湖底悄悄向冯春余的小船靠近。湖水清澈如碧，蛙人的脚蹼和橡皮衣也是墨绿色的，和湖水巧妙地融合在一起。蛙人来到了船头，透过清澈的湖水，蛙人的目光和冯春余的目光相撞，冯春余惊呆了。冯春余做梦也想不到，湖底下突然出现了一个怪物，一时竟忘了将手伸向钓竿旁的手枪。

蛙人迅速将手中小巧精致的毒弩射向冯春余，一缕鲜血从印堂处流淌下来，冯春余缓缓倒在船头，草帽飘落到湖面上，像一片干枯的莲叶。血水滴到了湖里，引来了一批偷腥的鱼儿分享。蛙人缓缓消失在水中。

几乎在冯春余倒在船头的同一时间，伪满哈尔滨警察局收捐科科长毕忠良在两个保镖的簇拥下，双脚缓缓地踏在马迭尔旅馆二楼走廊的地毯上。马迭尔旅馆是哈尔滨众多旅馆中最豪华的多功能旅馆之一，"马迭尔"在俄语里的意思为摩登、时髦、现代。马迭尔旅馆集餐饮、娱乐、住宿于一体，能到这儿吃顿饭或者住上一夜，不是普通市民可以想象的，更何况是常年包房。可这对毕忠良来说算不得什么，他帮着日本人提出各种名目繁多连他自己都感到可笑的税种，而这期间他贪污的税款连他自己都记不清有多少。

毕忠良身材瘦高，长脸，背头，一边走，一边和保镖说着什么。一个年轻的侍者迎面走来，差点和走在毕忠良前面的一个保镖撞在一起。

保镖恼怒："没长眼啊！"

侍者灰溜溜地下了楼。毕忠良来到二一八房间，掏出钥匙打开屋门走了进去。

毕忠良说："蔓云，着急了吧？"

没人应声。毕忠良往里面走去，床上的被子鼓鼓的，躺着一个人。毕忠良将衣服挂好，蹑手蹑脚地掀起被子，被子里竟是绣花枕头。卫生间里一片水雾，喷头的水发出声音。床头柜上插着一束玫瑰，他诡秘一笑，取了其中的一枝，迅速脱下衣服，笑着去开卫生间的门。汪蔓云是个讲究情调的女人，每天都会到花店订两束鲜花，将家里和宾馆都弄得花香满室。此时的毕忠良，无论如何也想不到，他正一步步地迈向死亡的门槛。

"轰"的一声巨响，马迭尔旅馆二楼发生剧烈的爆炸。化装成侍者的和卓拦了一辆人力黄包车，消失在人流之中。

张瑞麟见葵花和和卓双双得手，就说："佐佐木只三郎也活不过这个星期。"最近一段时间，跟踪佐佐木只三郎成了他每日的必修课。

石头道街在光绪二十六年（1900）建成，因初始路面为方石砌筑，故称石头道街。在这条街的北市场对面，就是俄国商人鲍里斯建的宴宾楼。

这天中午，太阳暖暖地照在石头道街的石头上。在二楼的一个豪华包间里，佐佐木只三郎向郑家佑敬酒。佐佐木只三郎举杯，说："郑科长，此次，松花江路共产党的地下组织被端，你的刑侦队可是立了大功了！"郑家佑说："哪里，还不是机关总部的情报来得及时和你佐佐木队长配合得好？佐佐木队长，还得给兄弟我在梅局长面前多多美言啊！"

佐佐木只三郎说："那是一定的，一定的。不过美中不足的是，共产党的主要人物似乎事先得到了消息，逃掉了。共产党现在是无孔不入啊，前几天，冯局长和毕科长被暗杀，不知道是不是他们干的。"郑家佑说："不过是些漏网之鱼而已，下次让我逮住，非把他的骨头敲碎不可！佐佐木队长，我们碰一杯。"

两个人的杯子正要撞到一起，佐佐木只三郎的眉头突然一皱，放下酒杯。

郑家佑说："怎么了？佐佐木队长？"

佐佐木只三郎说："多年的老毛病了，一到中午肚子就疼。郑科长，我去去就回。"

佐佐木只三郎起身推门，急急去了卫生间。两个保镖紧紧跟上，先打开卫生间，发现没什么可疑情况，佐佐木只三郎这才进入。两个保镖像两尊门神，守护在门外。

卫生间内装修豪华，灯光柔和。突然，一个蜘蛛一般的人从天窗上轻轻跳下，将里边的门反锁上了。佐佐木只三郎并未发现这一切，他轻松地从厕内走出，吹着口哨在盥洗槽内洗手。昨天他勾搭上了一个东北大学毕业的女学生，心情大好。这时，他发现镜子里出现了一个穿着风衣戴着礼帽的男人。

佐佐木只三郎大惊，赶忙转过身来，男人迅速伸出一只胳膊，紧紧扼住了他的脖子，还没等他反应过来，一把锋利的匕首快速地划开了他的脖子。佐佐木只三郎满面惊恐，本能地挣扎着，但被男人紧紧扼住了脖子堵住了嘴，发不出一点声音，只觉脖子处似有冷风掠过，眼睁睁看着自己的鲜血化作一条红线，喷溅在了镜子上，化作血溪缓缓滑落。那个女学生漂亮的身姿在脑海里晃了晃，他的身子渐渐地软了下去。他张着嘴巴想喊，但发不出声音。他想挣扎，可身体不受控制，像被抽去了筋骨，最终化为烂泥堆在地上。男人转过脸来看了看他，拍了拍他满是惊恐的脸。他睁着两只无神的眼，看着男人快速逃走了。很快，一腔更强大的血流喷涌了出来，他觉得眼前一黑，就什么也不知道了。

入夜，伪满哈尔滨警察局的局长办公室里，身穿警服的梅鼎华站在宽大的办公桌后，和刑侦科科长郑家佑、探长冯建孜在分析案情。

冯建孜说："局长，除了在现场发现的凶手脚印外，并没发现别的什么有价值的线索。现场留下的脚印长度，基本上可以判断出凶手是一个一米八左右的壮汉。佐佐木队长是大关级别的相扑高手，却在瞬间被致命，凶手显然是个受过专业训练的高手。他隐藏在天窗里，因为事先戴着手套，现场连一个指纹都没留下。"

梅鼎华不耐烦地摆了摆了手："建孜，你最近怎么了？前几天你父亲被害，你也没拿出你自己的意见。"冯建孜拭汗："对不起局长，家父被害对我的打击很大，我现在的脑子里乱成了一团糨糊。"梅鼎华的口气缓和下来："建孜，我本来想放几天假给你，可我这儿缺人手啊！你看看现在，凶手有多嚣张？"冯建孜说："局长，你就是给我假，我也不会休。暗害家父的凶手还在逍遥法外，我怎能安心？"梅鼎华安慰说："打起精神，尽快投入到案件的侦破中去。"冯建孜说："是，局长！"

郑家佑说："局长，佐佐木队长被害，我有责任，我当时就在现场却没能发现。"梅鼎华说："这事情也怪不得你，要怪就怪凶手过于狡猾。短时间内这三起案子接连发生，搞得市政要员们人心惶惶，都不敢上班了。"郑家佑又说："局长，我有责任。"

梅鼎华用手指敲击着桌面，说："我要你说说对这几起案子的看法，不是让你在这儿反省！"郑家佑说："局长，职下以为，这三起案子有很多的共性。"梅鼎华点燃一根雪茄："共性？说说看！"

郑家佑看了一眼冯建孜，说："冯局长每个周末都会一个人到湖中钓鱼，而毕科长每周六上午十时和交际花汪蔓云私会。"

梅鼎华说："汪蔓云？"

郑家佑点了点头，说："那天，汪蔓云没有出现在现场。我们到她家中，发现她被绑在床头，嘴里塞着一块毛巾。据汪蔓云交代，一个头戴面罩的人将她打晕，醒来后发现自己被绑在床头。局长，冯局长和毕科长保持多年的习惯和个人隐私，会有谁知道？"

梅鼎华说："你怀疑熟人作案？"

郑家佑说："不排除这一点。事情也不难推测，一定有人了解掌握了冯局长的生活规律，事先潜入水中射杀了冯局长。毕科长的死状和冯局长大同小异，凶手事先在卫生间内放好了日本产的香瓜炸弹，只待他进入。凶手对毕科长的情况也掌握得很清楚。还有今天中午，佐佐木队长被害在卫生间，据他的保镖说，佐佐木队长肠胃不好，每餐前必到卫生间，这个习惯里又有谁能知道呢？"

梅鼎华起身，皱眉叹道："不到一个月接连死了三个要员，而且有两个还是警察局内部的人，更可怕的是，其中竟然还有佐佐木队长。市长那里我们不好交代，日本人更会指责我们办事不力！哈尔滨特务机关柳田圆三机关长特意打来电话，对我进行了严厉的批评，就连咱们警察局特务科的井野英一，也对我冷嘲热讽。"

冯建孜说："局长，郑科长分析得对，最起码凶手对被害人的情况有相当的了解。这三起案子案发时间虽然间隔不长，但手法各异，所以我现在还不能断定凶手是个人行为，还是有组织的谋杀。不过凶手竟然用日本产的炸弹炸死了毕科长，这绝非寻常之辈。要知道，日本人在武器方面的管控极严，这种炸弹并不好搞。"

梅鼎华说："你们分析得都有道理。这几天我也一直在思考，看来凶手给我们摆了个迷局啊，我们必须在最短的时间内揭开它！必要的时候，我们和哈尔滨特务机关的人联手，毕竟被害人中也有他们的人。"

郑家佑和冯建孜说："是！"

在梅鼎华等三人讨论案情的时候，在另一个房间里，井野英一和副局长今川嘉高也在谈论同一个话题。他们是师生关系。井野英一个子不高，白白净净，眉宇间透着一股杀气。坐在他对面的是一个比他年长的中年人，戴着金丝边眼镜，态度和蔼，如果不穿着警服，谁也不会想到他就是副局长今川嘉高。虽然他只是个副职，实际却是伪满哈尔滨警察局的实际领导者。

井野英一说："真不知道上司是怎么想的，竟然让梅鼎华这个蠢猪当局长。"

今川嘉高说："上司有上司的考虑，梅鼎华当局长这两年，也算恪尽职守。有些事情，我们完全可以越过他向上司汇报。佐佐木和另外两个满洲官员被杀，完全出乎我的意料。看来，你们特务科的任务越来越重了。你们不要将目光只盯在那些苏联人、蒙古人和朝鲜人身上，更要将目光盯在中国人身上。经过我们这些年的进攻，共产党的抗联队伍似乎消失了，可他们却在远东站稳了脚跟。最近，又有抗联小股部队在多地出现，为我们造成了极大的困扰。共产党的抗联，远比我们想象的更难对付。更让人担忧的是，他们有些人已经潜入到了哈尔滨，展开秘密刺杀、勘察地形的活动。也许，佐佐木的死就和这群人有关。你们要利用好情报部遍布各地的谍报人员，挖出这些人的具体动向。我们根据梅鼎华提供的案件进展情况做出理性的分析和判断，然后将这些凶手抓捕。同时，也要留心身边的人，尤其是那些中国人。我们能在各地布下棋子，共产党、国民党也一样不会闲着，一定要想方设法将他们引出来，拔出萝卜带出泥。看来我们得唤醒'老影'了。他已经睡了整整五年了，该醒了……"

第二十二章

雨，出其不意地下了起来，让所有的行人措手不及。雨滴打在窗户的玻璃上，然后又迅速地散开。

葵花淡妆，黑缎旗袍、盘发、米色高跟皮鞋，坐在果戈里大街四〇一号满铁俱乐部二楼舞厅的一个临窗角落里。她一边品着茶，一边把目光掠过舞厅里扭动着的男男女女的身上。不远处，理成飞机头的郑家佑端着酒杯在向一对日本男女献媚地笑着。

如果不是上级有命令，她早就动手铲除这个败类了。刚才，她在满铁俱乐部不远处的秋林洋行橱窗外面的长椅上，和教导员荀慧生接上了头。荀慧生告诉她，"螳螂"反馈的情报说，冯春余、毕忠良和佐佐木只三郎被杀，震动了哈尔滨军政两界，引起了日伪当局的极大恐慌。上级对他们的初战告捷给予很大的肯定，鼓励他们再立新功。

荀慧生说："今后，你们的行动一定要倍加小心。为了更好地掩护自己，在行动上要不断变换方式方法，打乱对手的思路。这样，你们的锄奸队才能在敌人的眼皮子下得到保存。还有，继续下大力气寻找'大黄蜂'的下落。"

葵花说："虽然现在还没有找到充分的证据证明郑家佑就是我们要找的'大黄蜂'，可种种迹象表明，他的疑点最大。"

荀慧生说："半个月前，松花江路三十二号我们的交通站被摧毁，交通员老康被捕。老康坚贞不屈，趁敌人不注意，开枪自杀。内线同志说，领头抓捕老康的就是这个郑家佑。"

葵花说："不管他是不是'大黄蜂'，我们都有必要除掉他和梅鼎华。什么时候动手？"荀慧生说："除掉郑家佑和梅鼎华是迟早的事，我们现在还不能除掉他们。要利用你们之间的关系，从他们身上找到更多对我们有用的情报。敌人怀疑这几起案子是一人所为，现在正在加大侦破力度，那你们就反其道而行之。为了加大震慑力，上级指示你们，想方设法除掉汉奸伪满哈尔滨税关长贾雨轩、伪满哈尔滨中央银行行长包景琳和伪满哈尔滨市政公署行政处长赵龙祥。这三个人是哈尔滨伪满官员里面民愤最大的，他们利用日本主子给他们的权力，搜刮民脂民膏，甘愿给日本人当犬马。遇到日本军政要员，如果时机成熟，也可以一试。这次佐佐木被杀，日本军方极为恐慌。再次行刺日本军政要员要慎重，没有十足的把握，绝不贸然动手。"

另外，荀慧生还给他们带来了更加振奋人心的消息。前几个月苏联红军取得斯大林格勒战役的胜利，世界反法西斯战争形势开始发生重大变化。中国共产党领导的敌后抗战已经度过了最困难的时期，并在一些地区开始了对日伪军的攻势作战，而这也涉及隐藏在伯力密林中休整的东北抗联教导旅。

荀慧生说："日本人战线拉得过长，关东军极盛时期，人数多达一百二十万人。但平洋战争爆发后，日军在太平洋战争中节节败退，大批的军队和武器装备被调到太平洋战场上。这就意味着，鬼子是秋后的蚂蚱，蹦不了几天了。越是在这个时候，鬼子就会越疯狂，所以你们在完成任务的时候，一定要保证自身的生命安全。"

荀慧生走后，葵花到了满铁俱乐部来找郑家佑，看看能不能从他身上了解一下这几个汉奸的相关情况。郑家佑似乎对她的到来颇感意外。除了在伪满警察局完成日常的刑侦工作外，郑家佑将大部分时间放在了满铁俱乐部。

"嫂子，你怎么来了？"郑家佑弹着烟灰，翘着腿，坐在了葵花对面。

葵花说："今天是你生日。"

郑家佑挠了挠头，说："瞧我这记性，我的生日我都忘记了。嫂子，谢谢你，竟然还记得我的生日！"

葵花说："你的生日我怎么能忘了呢？当年要不是你关照我们娘俩，我都不知道日子咋往下过。我请你喝啤酒，给你过生日，怎么样？"

郑家佑抬腕看了看手表："好啊。走，马迭尔餐厅。"

半个小时后，葵花和郑家佑坐在马迭尔餐厅临窗的位子上。白俄侍者站在一个啤酒池子前，开着玻璃瓶里的啤酒。池子的上方是一块大镜子，侍者将啤酒瓶斜对着那面大镜子用起子猛开瓶盖，啤酒沫一下子喷射到镜面上，顺着镜面往下流，一直流到池子里，侍者用玻璃杯子将啤酒接满后端到二人面前。几天前，楼上二一八房间的那场血案，似乎没影响到这里就餐的红男绿女们的心情。

"到这么高档的地方来喝啤酒，想都没想过，得花多少钱啊！"

"钱多少无所谓，嫂子请我过生日，我来埋单。咱们要的就是这个劲儿，要的就是这个气派。当年我打只狍子就能乐半拉月，不舍得吃不舍得花。现在你师弟也算今非昔比了。想想以前的日子就害怕，不过我还是非常留恋那段日子的。嫂子，咱们干一杯。"

葵花抿了一小口，而郑家佑却将杯子里的酒一饮而尽。

"嫂子，望着窗外驶过的斗车、漫步的女郎、起落的鸽子、售卖开水的马达姆，到这儿喝啤酒的客人就会觉得自己很绅士，很陶醉。"

"家佑，你变了，变得连嫂子都认不出你了。"

"嫂子，我还是原来的家佑，只不过我现在的工作环境有了变化。嫂子，你不觉得你也变了吗？"

"我变了？我怎么没觉得？"

郑家佑呷了一口啤酒，将一片薄薄的哈尔滨红肠夹在嘴里："变得更有味道了。"

葵花就笑："别胡说，我可是你嫂子。"

郑家佑说："你还是我师姐呢！德本哥都走了这么多年，你就没想着往前再迈一步？对了，瑞麟哥现在做什么？我有好多年都没见到他了。听和卓说，老黑哥也死了，真可惜。"

葵花说："还不是让日本人给害的？可你还给日本人做事。"

郑家佑看了看窗外，说："嫂子，给日本人干事，那也是没办法的事。现在能混一口饱饭多不容易啊！"

一个侍者端着炭烤羊肉走了过去，郑家佑又说："嫂子，下回我请你吃俄式大菜。听说这儿的苹果饼和红菜汤特好吃，还有纸包大虾、罐焖牛尾都挺不错。对了，那个铁法有消息吗？他可是做得一手好吃的俄式大菜的。我去过米娘久尔餐厅，原来的老板被打死了，据说他那漂亮的女儿卡佳得了抑郁病。和卓对铁法也有那层意思,看不出铁法这个活宝还挺招人稀罕的。"

"很多年没有他的消息了。"

"嫂子,我想知道,当年和卓不是和舒禄去找她阿玛了吗?那天我问她,她好像不愿意说。"

"我问过她,她也不愿说。看来她经历了很多磨难,吃了很多苦。她不说,我也不好再问。她的心里,一定有着不能言说的秘密和苦吧!"

葵花几次想询问有关贾雨轩、赵龙祥和包景琳的情况,最终,没有开口。以郑家佑的职业敏感性,搞不好会弄巧成拙。他们又回忆了一些陈年旧事。这时,俱乐部的一个工作人员急匆匆跑来,郑家佑只好对葵花说:"嫂子,我临时有事,得走了,你空闲的时候,尽管到俱乐部来找我。这是一张年卡,可以随时出入。"郑家佑说完递给葵花一张卡片,付账离开了。

葵花又小坐了一会儿也离开了,走到门口的时候,似乎有一双眼睛在盯着她。她蓦地回过身来,却发现那里只有一位正在冲着顾客点头微笑的白俄侍者。难道是自己看花了眼?为了谨慎起见,葵花特意绕了几条街。

回到霍库曼旅馆时晚霞映红了半边天。张瑞麟正在门口张望呢。组织上让他们假扮夫妻,为了让戏演得逼真,两人同吃同睡,在外人眼中,俨然一对恩爱夫妻。只是晚上睡觉的时候,张瑞麟住在外间,她住里间,彼此井水不犯河水。宋义和王良轮流当值,更多的时候是到哈尔滨各处转转,将鬼子的军力配置绘制成图;有时候也会到地下室去擦枪械。在他们到这之前,中共满洲省委已经将几箱轻巧灵便的日本炸弹和五支配有消音器的手枪及子弹藏在了地下室中。

很多时候,在这个散发着欧式气息的旅店里,葵花的思绪经常会坠入逝去的岁月长河中。死去的师父、师娘、丈夫、儿子、干爹、干妈,那些远去的同门师兄弟、师姐妹们,还有宫崎一家,这些人有时候像天空掠过的白鸽,在她眼前一晃,眨眼就不见了。有时候,又让她感到很惬意。比如今晚，她回到旅馆的时候，突然听到来自顶楼的某个房间里传来的笛声，吹笛者是个蓝衣绿裙的英国少女，此刻她正靠在窗前，窗口那盛开着的大朵大朵的郁金香映着她美丽的面庞和蓝色的大眼睛，橘黄色的阳光正镀在她的身上，暖暖的。

少女的目光和葵花的目光相撞，葵花冲着她微笑着，少女也冲着她点了点头。张瑞麟问她怎么才回来，葵花说刚才和郑家佑在一起。荀教导员指示他们要想方设法除掉贾雨轩、赵龙祥和包景琳，再次给日伪当局以震慑。她想从郑家佑身上套取一些有关他们的资料，却不知如何张口。

张瑞麟说："你做得对，咱们现在要的就是稳妥，操之过急就会露出马脚。别着急，办法是人想出来的。"这些年的淬炼，当年点火就着的那个张瑞麟变得沉稳而老练了。

就在葵花他们千方百计收集贾雨轩、赵龙祥和包景琳的资料但却收效甚微的时候，"螳螂"给他们带来了好消息。砖墙内藏的纸条上，详细提供了这三个人的生活规律和喜好。葵花决定，挑选时机对他们动手。

阳光透过欧式建筑那高高的穹顶，暖暖地照在中国大街方石铺就的路面上和几个穿着黑衣的年轻法国修女身上。高头纯种的大洋马拉着一辆高档的玻璃窗马车，车上坐着两位身穿和服的日本女人。马蹄敲击在方石路面上，发出"哒哒"的声响，震得路两侧参差耸立的欧式建筑发出清脆的回响。斗车和摩电在遮天蔽日的绿荫路上穿行，娇艳的玫瑰和丁香一盆盆地摆在街道的两旁，一直延续到松花江边。

这是哈尔滨最时髦的大街，俄国的毛皮、英国的呢绒、法国的香水、德国的药品、日本的棉布、美国的洋油、瑞士的钟表、爪哇的砂糖、印度的麻袋以及各国干鲜果品均有销售，俨然是一个国际商品博览会。如果不是因为日本人占领了哈尔滨，这里的繁华还要提升一个档次。为了维护这里的繁荣，日本关东军并没有染指这里。和远在几千里外的上海租界一样，这儿就是十几个国家在哈尔滨的公共租界区。

考布切夫电影院外人流涌动，斑驳的墙上贴着由赵丹和周璇主演的电影《马路天使》的海报。这部风靡上海的影片，最近也通过长长的铁轨传到了几千里外的北地哈尔滨。

考布切夫电影院是俄军随军记者、犹太人考布切夫在光绪二十七年（1901）所建。据说是当时中国的第一个电影院。它的建立者考布切夫酷爱摄影，哈尔滨的山水、风情、街道、建筑他无不拍摄，为哈尔滨留下了大量珍贵的历史镜头。光绪三十二年（1906）十月二十六日，考布切夫随俄国财政大臣去哈尔滨火车站迎接日本首相伊藤博文，意外拍摄到了朝鲜志士安重根击毙伊藤博文的全过程，并被制作成纪录片《伊藤博文在哈遇刺身亡》在全世界热映。

一辆黑色的轿车缓缓开过来，从车上走出一对男女。男的四十多岁，戴白色礼帽，穿灰布中山装，政府官员打扮；女的金发碧眼，浓妆艳抹，衣着华丽。男的是伪满哈尔滨税关长贾雨轩，女的则是他的美国情妇多洛莉丝。

贾雨轩挽着多洛莉丝的手，说："你不是最喜欢我们中国的赵丹吗？"

多洛莉丝盯着贾雨轩："你该不是喜欢周璇吧？"

贾雨轩伸手去摸多洛莉丝白嫩的脸："我只喜欢你，宝贝！"

多洛莉丝拨开贾雨轩伸过来的手，说一口流利的中文："去你的！"

两人说笑着，向台阶上走去。

这时，一个卖烟的伙计走了过来："先生，买盒烟吧。"

贾雨轩拍了拍口袋，掏出一张钞票递了过来："来盒大白杆。"

"好嘞！"卖烟的说着，将一盒"大白杆"递给了贾雨轩。贾雨轩接过烟，卖烟的突然从袖口里掏出一只无声手枪，冲着他冷冷一笑，扣动了扳机。贾雨轩还没反应过来，就直挺挺地倒在了地上。在多洛莉丝的尖叫声和电影院前四散奔逃的人流中，卖烟的不见了踪影。

一个小时后，张瑞麟出现在霍库曼旅馆的地下室里。他绕了几条街，在一个树林里换上了事先藏在树洞里的西装，这才大摇大摆地回到了旅馆。葵花说:"光天化日、众目睽睽之下展开行动,真担心你会失手。"

"这就叫出其不意,没有谁会想到,有人敢在白天刺杀他。我侦察过了,他身边没有保镖,等他们反应过来的时候,只要长着腿,都能逃走。"张瑞麟说着看了看宋义和王良说:"下边那两场戏,就看你们俩咋唱了。"

这三次刺杀行动,张瑞麟提议,由他和宋义、王良共同来完成。他们抓了阄,张瑞麟刺杀贾雨轩,宋义刺杀包景琳,王良干掉赵龙祥。

宋义擦枪,王良在磨着子弹。宋义熟练地将子弹上膛:"连长,我弹匣里的子弹早就等得不耐烦了,我都能感觉到它们在跳!"王良没说话,他只是在磨着一颗子弹。王良听苏联教官鲍里斯说过,尖头的子弹进入人体后还会做直线运动,直接穿透形成穿透伤,人体内形成的创面小,只要不是伤及要害救治及时便可保命。但平头的子弹就不一样了,进入人体后因其受到阻力比尖头的要大,遇到人体组织后其运动方向会发生改变,在体内偏移横滚,加重对人体器官的破坏程度,杀伤效果较尖头子弹要大得多。

这两个家伙,早把劲憋足了。

贾雨轩被杀,像一颗炸弹,又炸开了锅。

梅鼎华急得额头冒汗,凶手竟然在电影院门前暗杀了贾雨轩。目击者称,是一个长着络腮胡子、身材魁伟的烟贩子向贾雨轩开了枪。现场只留下一个子弹壳,从子弹的型号来分析,凶手用的是苏式手枪。之所以没有什么声响,是因为手枪上面配装了消音器。除此之外,没有其他任何线索。梅鼎华刚把郑家佑和冯建孜大骂了一通,就接到了伪省长于镜涛限期破案的电话。

是共产党的抗联?还是国民党的东北抗战机构、真勇社?还是什么别的仇家?梅鼎华甚至想到了日本人。贾雨轩的死,和前段时间那三起案子有没有什么必然联系?是一个人干的,还是不同的团伙所为?直到现在,那三起案子还悬着呢,贾雨轩又在光天化日之下被杀。凶手就像空气里的幽灵，摸不见，抓不着。

于镜涛的电话刚撂下，副局长今川嘉高和特务科长井野英一也先后赶来"商讨"工作。二人的眼神和语气虽然客气谦逊，但梅鼎华还是隐隐感到了他们目光里透出来的不屑。他这个警察局局长名义上是正职，实权却在今川嘉高手里，他甚至都不如那个井野英一，他感到了在夹缝生存的无奈。好在除了过问日常工作，日本人还让他主管刑侦案件。可是，许多刑事案件，大都和政治有着千丝万缕的关联，他必须及时将案件侦办的进展情况提供给特务科和今川嘉高。今川嘉高听后表示，特务科会和刑侦科精诚配合，及时沟通，早日将凶手缉拿归案。

回到自己的办公室，今川嘉高说："井野君，看来老影的情报很精准，下一步如何把握，就看我们的了。"

井野英一献媚地说："还是老师深谋远虑。"

今川嘉高说："中国人远没有我们想象的那么好对付，就连这个梅局长，表面上对我们点头称是、唯命是从，实际上却也阳奉阴违。从工作的程序上来讲，我们不得不听命于他，可他同样也是我们秘密监视的对象，一旦有蛛丝马迹表明他对我们不忠，我们就会像他审讯共产党的政治犯那样审讯他。最近要加强对所有哈尔滨满洲高官的监视，我倒要看看，他们有几个是水泼不进的铁板。"

"咳！"井野英一双腿并拢。

傍晚时分，夕阳将江水染成了半边红。一艘客轮响着汽笛缓缓靠岸，拎着皮包的伪满哈尔滨中央银行行长包景琳走了下来。在他的身后，跟着三四个身着便衣的保镖。一个穿着中山装的官员迎上去，握住包景琳的手，说："包行长，欢迎平安归来。"

包景琳说："王副行长，谢谢你来接我。"

那个王副行长说："哪里，哪里！应该的，应该的！"

码头不远处的树林后面，手枪的枪口指向了包景琳。

"砰！"一声轻微的枪声响过，包景琳像个被风吹倒的草倒在了地上。

宋义笑了笑，擦了擦脸上的汗珠，将手枪放在褡裢里，为了这一时刻，他已经在树林内趴了一天一夜了。趁着混乱，宋义将褡裢背在身上，他甚至还拿起口袋里的一只苹果啃了起来。

就在宋义嚼着苹果想快速离开的时候，一个人影出现在他身后。宋义本能地伸手去抽褡裢里的枪，这时，在他前面又一个戴着礼帽的人出现了。他还没将枪掏出来，对方冷冷地说："别动，动就打死你！"

看起来他们并不是包景琳的保镖，他们是谁？宋义的大脑在高速旋转着，不行，得快速离开这里。宋义将手里的半个苹果砸过去，一哈腰，一个扫堂腿过来，将戴礼帽的人扫倒，就在他掏出枪对付后面的那个人时，后面的那个人手里的枪先响了，他手里的枪落到了地上。让宋义感到惊讶的是，这两个人用的竟然也是无声手枪。紧接着，戴礼帽的人起身将枪口也对准了他，后面的那个人赶过来，用枪砸了他的脑袋，他顿觉眼前一黑，就失去了意识。

当天晚上，宋义没有回来，葵花他们感到事情不妙。他们一夜未眠，紧紧地盯着旅馆外的情况。

第二天一早的报纸，报道了包景琳被杀的消息。报纸上只是说，警方正在全力追踪凶手。张瑞麟说："报纸上并没有报道宋义被抓，那就说明他现在是安全的。至于他为什么没有及时回来，可能另有原因。"和卓说："包景琳被暗杀时天色已晚，按常理说，宋义完全可以全身而退。难道他遇到了麻烦？除了我们想不到的，很多事情都有可能发生的。"张瑞麟说："我们要不要转移？"王良说："宋义是个宁折不弯的人，他就是死，也不会出卖咱们的。"葵花看了看王良："我们不能感情用事，从现在起，我们要时刻保持清醒和警惕。"

三天过去了，宋义仍旧没有消息。张瑞麟和王良出去打探，也没打听到有关宋义的消息。宋义像一滴水，从这个世界上蒸发了。葵花向"螳螂"汇报宋义没有回来，并征询下一步的行动是否进行，"螳螂"回复：

行动继续。

入夜,满铁俱乐部的二楼灯火辉煌,舞池里有好几对青年男女在跳舞。一个西装革履留着八字胡的中年男子搂着一个舞女在跳舞。男的是伪满哈尔滨市政公署行政处长赵龙祥,女的是俱乐部当红舞女陶灵芬。一个阴暗的角落里,一个留着一字胡戴着礼帽穿着格子西装的汉子坐在一边。

赵龙祥说:"灵芬啊,你是越来越漂亮了。"

陶灵芬说:"你的女人多得像天上的星星,哪会想起我?"

赵龙祥想吻陶灵芬,被人家机警地推开了,显得有些尴尬:"我今晚不是来了嘛!最近事务缠身,实在是走不开嘛。"

陶灵芬撇了撇嘴:"得了吧,说不定又和哪个狐狸精在一块风流呢!我听说你和一个白俄姑娘打得火热。"

"哪有?她们身上有味,我就喜欢你这温润如玉的样子。"赵龙祥说着,亲了亲陶灵芬白瓷般的瓜子脸。

二人在汉子身边旋转而过,一支枪管从桌子底下伸出,一只手缓缓地扣动扳机。舞厅内的乐曲声掩盖了轻微的枪声,赵龙祥却莫名其妙地倒了下去。陶灵芬这才看清,她的老相好双目圆睁,胸口上中了一颗子弹,已经死去。随着她的惊叫,舞厅内骤然乱了起来。那个留着一字胡戴着礼帽穿着格子西装的汉子趁乱向门外疾奔而出。

这汉子是乔装的王良。他正要向门前的车夫招手,突觉左腿一麻,摔倒在地。这时,从后面冲过来几个陌生人,齐刷刷的枪口对准了他。王良刚想掏枪对准自己的脑壳,那几个人一拥而上,将他压在了身下,然后将他的双手铐了起来。在惊慌失措的人群中,王良被那几个陌生人押进了一辆四轮马车内,消失在暗夜中。

明明是件百密无一疏的事情,怎么就被一伙神秘人给发现了?王良想起了宋义。难道他和宋义的失手,其实早就一步步走进神秘幕后者事先设置好的陷阱?那个神秘的"螳螂"似乎对此也毫不知情,不然也不会让他继续执行铲除赵龙祥的计划。

王良置身于阴暗的审讯室内，和他在同一个审讯室里的，还有一个被打得浑身是血的俄国女人，他和她被分别绑在两把椅子上。那个俄国女人的脚背被打成了蜂巢，她的睫毛被火柴烧过，双手的手指已被剁得七零八落了。

一个个子不高，长相白净的日本警官坐在他的对面，用一口流利的中文说："告诉我，是谁指使你这么做的，你的上级是谁？说了，我们就放你出去。否则的话，你的下场就和她一样。"

那个日本警官说着走近那个俄国女人，将手枪贴在了她的额头上，一声枪响，那个俄国女人的头就耷拉了下来，脑浆流淌了下来。

"前几天，你的那个同伴已经说了实话了。我只是想认证一下，你们说的能不能对得上。"警官拍了拍王良的肩膀，"你才二十多岁，像我的兄弟一样大。别说，你真有点像我的兄弟。"

"呸！谁像你的兄弟！"王良唾了日本警官一口。

日本警官擦了擦脸上的唾沫，突然变得狰狞起来，掐住王良的喉咙，半晌才将手松开。"宫崎！"他挥了挥手，一个日本警察拿着红红的烙铁走了过来。一阵撕心裂肺的呼喊过后，王良晕了过去。

日本警官是井野英一。为了吸引出暗杀佐佐木、毕忠良、冯春余的可疑分子，他的老师今川嘉高通过哈尔滨特务机关，激活了潜伏在抗联通信营的"老影"，查证是不是抗联所为。很快，"老影"为他们提供了抗联在哈尔滨的暗杀组织要对贾雨轩、包景琳、赵龙祥实施暗杀的情报。但由于实施暗杀的具体时间由暗杀者自己掌握，"老影"并不知情。井野英一接到情报后，立即在贾雨轩、包景琳和赵龙祥身边秘密派出人手，二十四小时不间断地监视三个人的一举一动。不过，井野英一的这个行动，并未通知即将被抗联暗杀的三个对象。贾雨轩被刺，特工虽然发现，可等他们出现的时候，杀手却不见了。包景琳和赵龙祥相继被杀，他们才成功将那两个杀手逮入网中。虽然两个人的嘴巴像被焊死一样，可是，这足以证明，这三场暗杀活动是共产党干的。同时也基本上认定，佐佐木等人遇害也和抗联有关，说不定他们是同一个团伙的。

  梅鼎华就是一头蠢猪。现在，川野英一正和他的老师今川嘉高商量着请来梅鼎华和他的两个得力探长，来看一看他的战果，也好让他们知道，他的特务科不是摆设。

  梅鼎华这几天一直没有睡好，半夜骤起的电话，让他再次赶往工作岗位。接连发生的几起命案，让他心惊肉跳。就在井野英一审讯王良的时候，他正听郑家佑和冯建孜汇报案情呢，这两个人的回答吞吞吐吐，隔山吹火，根本说不到重点。梅鼎华怀疑，这前后六起案子极有可能是抗联的暗杀团伙干的。前段时间那三起案子还没破获，现在又有三个他熟悉的官员被杀，他觉得自己的后背发冷。

  说不定下一个被杀对象，就是他梅鼎华！

  这时，办公桌上的电话响了起来。梅鼎华抓起："我是梅鼎华。"话筒那头飘来今川嘉高的声音："梅局长，我的电话打到你的府上，家人说你出去了。我想你一定是在办公室。"梅鼎华脸色一变："今川副局长，是不是案件有了新的进展？赵处长遇害，我也是刚刚知道，正在布置人手展开调查。"

  "到地下审讯室来吧，凶手已经落网了！"今川嘉高说着，放下了电话。

  闻听此话，梅鼎华摔了话筒："看看人家日本人的效率，再看看你们！人家已经捉到了凶手，就在地下审讯室。走，看看去！"

  郑家佑和冯建孜，吓得大气不敢出，跟着梅鼎华去了地下审讯室。

  出乎预料的是，落在日本人手里的并不是一个人，还有暗杀包景琳的那个人。在另一间牢房里，他们见到了这个同样被打得血肉模糊的青年。

  想不到日本人的破案效率如此之高。不过尽管日本人用了酷刑，但他们仍然没有透露只言片语，他们表现出的从容淡定的样子，让梅鼎华感到一缕寒气从心底涌起。他从日本人的眼神里看出了轻蔑，他搞不懂，日本人是怎么这么快就将凶手抓获的呢？凶手究竟是什么人？是不是他判断的共产党？

梅鼎华说："今川副局长，我要向柳田圆三机关长申报阁下的功绩，刑侦科的案子让特务科这么快破获了。"今川嘉高说："感谢梅局长栽培，刑侦科和特务科是密不可分的，平时破获的各种案件，刑侦科也功不可没。二科同心，其利断金。今后这两个科室还要加强合作，强强联手。"

梅鼎华说："今川副局长，这两名案犯如何处置？"今川嘉高说："既然这两个人的嘴巴撬不开，那就利用他们来牵动敌人的神经。也许通过他们，能撬开更多人的嘴巴。"

"今川副局长的意思是……"

今川嘉高低语一番，梅鼎华听后，不住点头。

此时，已是凌晨二点，葵花仍没睡着。这时，打探消息的张瑞麟回来了，他带来了一个不好的消息：王良得手了，在撤出来的时候腿上中了一枪，被一伙神秘人抓走了。

葵花说："宋义在得手后神秘失踪，而王良在得手后又被神秘人抓走，这绝不是偶然的，难道是'螳螂'的情报事先泄露了，还是'螳螂'本身出现了意外？"张瑞麟说："我觉得'螳螂'出现意外的可能性并不大，如果是这样，他完全可以下一个指令，我们就会被一网打尽，还用枉费这么多心机？"

"下达命令的并不是'螳螂'，而是荀教导员带来的上级的命令，'螳螂'只不过给我们提供了这几个人的资料。他并不是这次行动的直接领导者。"

"你的意思是说，荀教导员有问题？"

"当然不是，如果他有问题，我们早暴露了。现在的情况是敌我难分，我在想，会不会是咱们在远东的营地内部潜伏着日伪特工？是他们将上级的意图通过无线电台传输给了日伪当局，使他们提前布置，对我们实施诱捕，而'螳螂'对此并不知情。这就可以解释得通，为什么王良和宋义在完成任务后，一个失踪、一个被抓了。"

"我们现在怎么办？"

"静观其变。"

就在葵花和张瑞麟焦虑不安的时候，和卓来了，还带来了今天的《滨江时报》。报纸的头版头条，是一个让大家感到震惊的消息：宋义和王良被日伪当局逮捕，今日上午十时，将被押解到勃格丹诺夫斯基大楼的楼顶绞死。报纸还刊登了宋义和王良被打得血肉模糊的照片。

勃格丹诺夫斯基是哈尔滨犹太商人于一九二一年在中国大街和大坑街交汇处建设了上下三层的商住两用楼，以经营毛皮、男女时装著名的俄罗斯彼得罗夫商店以及犹太商业银行、犹太人利弗希茨的写真照相馆都曾在这幢典雅的大楼里营业过。

和卓说："敌人这样大张旗鼓的宣传，用意很明显，就是引我们上钩。他们一定在街道两侧的人群中投放了大量的暗探，如果我们去救，就会暴露，更何况我们的力量有限，怎么办？"

葵花说："既然无法把他们救下来，那就送他们一程吧！"

张瑞麟看着葵花和和卓，发现她俩的眼睛湿润了，而自己的心也像刀扎一样的疼。对葵花他们来说，最痛苦的事情莫过于眼睁睁地看着自己的同志牺牲在自己的眼前却无能为力，他们要做的，只能是隐忍再隐忍。

第二十三章

王良见到了宋义，是在他被押上卡车的时候。

宋义同样被打得遍体鳞伤，这对难兄难弟此时没有说话，他们只是用眼神在看着对方。从小就在一起的他们，熟悉对方就像熟悉自己。日本人将他们押到了一辆卡车上。汽车开得像蜗牛一样慢，也许是考虑到他们根本就没有反抗的能力,鬼子只是将他们戴上了脚镣,并未给他们戴手铐。

宋义没想到王良也被捕了。昨天夜里,那个长得白白净净的日本警官说,他们又抓住了一个抗联的杀手,并将他拉到门口去看。那时候,王良已经晕了过去。后半夜,那个日本警官又过来告诉他,那个人已经全招了,并供出了同伙。

"你也招了吧,我没别的意思,就是想通过你来验证一下他的话有没有水分。"

宋义被捕四天了,鬼子对他实行"疲倦轰炸",昼夜不停地审讯,不给水喝、不让睡觉;灌凉水、上老虎凳、跪砖头、举大棍、过电,这些酷刑几乎过了个遍。早上,他刚刚睡了一会儿,迷糊中又被拖着架上了卡车,没想到见到了王良。鬼子这么急不可耐地将他们押上卡车的目的只有一个,那就是让他们引诱其他同志赶来营救,进而将他们一网打尽。

车子颠簸了一下,押他的几个宪兵身子晃了一下,宋义的身子滚到了王良面前,他正要张嘴说话,却听王良俯下身看着他说:"跟鬼子拼了!哥,咱俩一块上路。"宋义点了点头,趁鬼子身子在打晃,一把扯下了一枚离他最近的鬼子腰间的手雷,然后在卡车上磕了一下。手雷冒烟了,宪兵们吓得惊慌失措,有两个宪兵端枪刺了过来。宋义死死地攥着这枚手雷,任凭宪兵的刺刀刺进了胸膛。

刺刀是冰冷的,宋义却感觉到从王良身上传递过来的温暖。当他们的身体随同气浪化为碎片升到高空的时候,街上一个旅馆的三楼窗口里透出三双熟悉的眼睛。

鬼子的阴谋没有得逞,葵花、张瑞麟和和卓的生活似乎又恢复了平静。

宋义和王良的牺牲,让葵花的心揪成了一团。那个场景让她终生难忘,时时震撼着她和另外两名同志的心。敌人远没有想象的那样好对付,刚潜进哈尔滨不到一年的五人行动小组,现在就牺牲了两名同志。

究竟是哪个环节出了纰漏,成了三个人脑子里想得最多的问题。他们想从教导员荀慧生身上找到答案，可荀慧生的身影却没出现，"螳螂"也没再布置新的任务。

张瑞麟说："我们的代价实在太大了，短距离刺杀实在太危险了，要是有一把九七式狙击步枪就好了，五百米外一枪致命，即便我们失手，也会全身而退。"葵花说："可咱们现在不是没有嘛！"

就在他们焦头烂额的时候，荀慧生带来了新的消息，他们这才知道，造成宋义和王良被捕的原因不在"螳螂"身上。

荀慧生说："是我们内部出了问题。鬼子在咱们的通信营安插了特务'老影'，上次的刺次行动，就是他通过电台传送给了日本特务机关。宋义和王良两位同志遇难后，我们在内部展开排查，最后确定通信营二班班长刘长福有嫌疑。因为上一次的暗杀行动计划是通过他发报传递给我的，由我再传递给你们具体实施。一直也没告诉你们，我在你们离开伯力后不久，就悄悄带着电台，潜进了哈尔滨。"

"教导员，原来你就在我们身边啊？"张瑞麟又惊又喜。

荀慧生点了点头："日伪当局本想以宋义和王良两位同志引诱我们上钩，没想到两位同志为了我们大家的安全，选择了和敌人同归于尽。他们的功绩我们永远不忘。报仇，就是对他们最好的祭奠。"

葵花："教导员，布置下一步的工作任务吧！"

张瑞麟说："干脆干掉梅鼎华得了！宋义和王良的失手，说不定就是他们干的。那天押解宋义和王良的卡车上，并不全是日本宪兵，还有两个警察。"

和卓也赞同这个观点："咱们既然能知道郑家佑和梅鼎华的真实身份，说不定他们也知道咱们的身份，咱们的行动早就通过'老影'传递到敌人那里去了。如果真是这样，那咱们现在就很危险了。"

荀慧生说："和卓同志，对不对郑家佑和梅鼎华采取行动，上级有上级的想法，咱们只要能完成上级交给的任务就可以了。和卓同志的这个分析有一定的道理，'老影'被识破后，交代了全部。他是在五年前被日本特务机关秘密安插在咱们内部的，只不过他很不走运，第一次唤醒就被抓了个现形。下一步，你们的任务就是除掉伪满哈尔滨白俄事务局局长马特维！"

"侨民事务局局长？那个俄国人？"葵花看着荀慧生。

荀慧生说："对，侨民局是一个比日本特高科还要可怕的，由俄国人组成的为日本人服务的谍报组织。他们在日本军方的完全控制下，局长和主任是被日本军部强力任命的，而马特维是主动投到日本人怀抱的。在哈尔滨周边，他坏事做绝，所以除掉马特维势在必行。我们不仅要铲除掉我们国内的奸细，也要打击那些为日本人卖命，残害中国人的外籍败类。"

荀慧生走后，张瑞麟有些不解："听荀教导员的意思好像郑家佑和梅鼎华是我们的同志似的，我真想不通。"和卓也表达了和张瑞麟一样的疑惑，葵花说："上级自有上级的安排，很多事情的真相往往不是我们想的那样简单。如果梅鼎华和郑家佑真识破了我们，那我们现在就不可能这样安稳，我们要做的，就是再等一等忍一忍稳一稳。我们既然参加了革命，就得一切行动听指挥。"

张瑞麟说："想不到荀教导员就在咱们身边，咱们也不知道他现在在做什么。"葵花说："教导员的工作绝不止只是领导我们的工作，他一定还有其他的工作在做。他之所以不告诉我们他现在的工作地点和任务，除了考虑到组织的保密纪律外，也是为了我们着想。我们知道得越少，对我们来说就越安全。和卓，我说得对不？"和卓说："嫂子，想不到你现在的思想觉悟这么高。"葵花说："虽然我们在敌人眼皮子底下，甚至随时都有被捕、牺牲的危险，可我觉得，我们的工作非常光荣。"

几天后，"螳螂"又发来了新的情报：半个月后，也就是下个月初一，伪满白俄侨民事务局局长马特维五十岁的生日宴在道里十三道街五香居举办。

张瑞麟说："这会不会又是敌人设下的一个圈套呢？"葵花说："不会！如果提供给我们情报的'螳螂'出现了意外，那我们早就完了，还会等到现在？他们干脆直接来抓我们不就得了，干吗还绕这么大的弯子？"

张瑞麟一想也是，于是就安下心来做行动前的具体侦察工作。很快，马特维的生日到了。行动前，葵花再次强调："要在保证自己绝对安全的情况下，才能对敌实施暗杀。这次由张瑞麟同志负责进入五仙居，我和和卓同志在楼下接应。大家一定要注意安全。"

张瑞麟和和卓互相看了看："是！"

五香居也叫五仙居，位于道外南十六道街路西，是哈尔滨道里规模最大、开业最早的一家高档菜馆。

因为五香居的风味独特，吸引了大批的食客到此就餐，尤其是招牌菜臭鳜鱼和金陵盐水鸭，尤具特色。这些食客中，除了普通市民外，还有一些中外名流、政府要员。日本人侵入哈尔滨后，从一九三四年起，日伪当局为进一步控制工业，在道里地区对制糖、制酒、制粉、酿造、制油、铁工、窑业等实行兼并，强迫成立行业集团、株式会社，同时，对欧美各国的企业实行限制和排斥，使之纷纷倒闭。在这种不良的营商环境下，五香居仍能独树一帜，生意仍然火爆，到这里吃饭的日本人很多。

华灯初上，车水马龙的街头，霓虹闪烁，装扮成小报贩子的和卓和化装成兑付席券的葵花穿梭在五香居楼上楼下的人流中。几天前，葵花为了解地形，到这里应聘服务员。老板见她手脚麻利，长相周正，就让她在前台兑付代金券。代金券又称席券，是五香居发售的宴席礼券。

五香居楼上的宴会厅，十几桌酒宴摆好，坐满了各界来宾。

西装革履的马特维走了出来。他之所以选择在这儿庆生，也是为了讨好日本人。他能坐上伪满哈尔滨白俄侨民事务局局长这把交椅，靠的就是巴结日本人。他原是白俄少校军官，十月革命后流亡到哈尔滨。日本人占领哈尔滨后，他就被日本军部悄悄收买，担任了局长之职。

马特维抱拳，竟然说出一口流利的汉语："感谢大家百忙中光临鄙人的生日宴会，鄙人感激不尽。对故乡的想念，对逝去童年的感怀之情，越来越深。为表达对朋友们的谢意,下面有请日本著名歌星铃木英子演唱一首日本歌曲《红蜻蜓》。"众人鼓掌,乐队缓缓地演奏了起来。穿着和服的铃木英子用日语演唱了一曲。

马特维举杯说:"感谢铃木小姐充满深情的演唱,大家举杯,不醉不归!"

一支枪缓缓从西装革履的张瑞麟的风衣下伸出来,与此同时,有另外两支枪管也从两个陌生的中年男子衣下伸出。他们一个长衫礼帽、黑脸、络腮胡;一个中山装、白脸、戴着眼镜。

让张瑞麟意想不到的是,宾客中竟有伪满哈尔滨警察局局长梅鼎华,他真想先崩了梅鼎华再对马特维下手。他的掌心出了汗,动了身上的手枪。枪管上套上了消音器,比往常大了许多。早在三天前,他就将武器藏到了盥洗室上面的天窗里。幸亏他事先将武器带进来,否则,麻烦就大了。每个进来的宾客无一例外地都要接受检查,验名身份后方可进入。真不知道,那两个人的武器是怎么带进来的。

两声枪响,马特维头部中弹倒地。张瑞麟一愣,枪不是他开的,大厅里乱成了一团,张瑞麟按下礼帽往外撤,与此同时,那两个人掏枪开火,打灭了吊灯。惊慌失措的人们纷纷向楼下涌去,女人们的尖叫声,男人们的喊叫声以及脚步踏在楼梯上的声音,混杂在一起。三个人趁着混乱冲到了楼下。

马特维的几个俄国保镖冲过来。三个人举枪射击,两个保镖中枪倒地。这时梅鼎华走了出来,他的两个保镖迎了上来:"局长,没事吧?"梅鼎华气急败坏地说:"给宪兵队和警察局值班室打电话,让他们赶快派人过来,快!"

"是!"一个保镖进去打电话去了。

其他的保镖躲在电线杆或汽车后面向他们开枪,三个人翻滚着躲在汽车后面。巡逻的两个日本宪兵赶了过来,接应的葵花和和卓掏枪向宪兵射击,两个宪兵倒地。那两个陌生男子向保镖们射击。

"络腮胡子"挥枪干掉了一个保镖，看着张瑞麟他们："快走！""眼镜"也干掉了一个保镖。张瑞麟问："你们是什么人？""眼镜"说："别问那么多，快走！""眼镜"话音刚落，一发子弹打进了他的脑袋，他吭都没吭一声，就倒了下去。"络腮胡子"疾奔过来将"眼镜"抱在怀里，发现他已牺牲，用手抹平他圆睁的双眼，挥枪向鬼子射击，向张瑞麟他们吼道："快撤！"

赶来的鬼子向葵花和和卓扑过来，被葵花和和卓挥枪打倒在地，几乎同一时刻，两个保镖扑向张瑞麟。张瑞麟挥枪射击，可枪里没子弹了，只好将脚下的一块石头拾起来掷向冲在最前面的保镖。保镖躲开，张瑞麟扑过来和保镖搏斗，一个扫堂腿将保镖扫倒。葵花挥枪将另一个保镖打倒在地。

葵花冲着张瑞麟喊："接枪！"

葵花抬脚，枪在空中划了道弧线，张瑞麟将枪接在手里，两声枪响，两个保镖应声倒地。一个保镖袭向葵花，两人拳脚相交，葵花脖子上的心型挂坠被保镖扯断，掉在地面上跳跃着，发出清脆的声响。葵花觉得刚才脖子被挂坠勒了一下，她想俯身寻找挂坠，十几个宪兵冲过来，情急中，葵花一脚踢倒扯断她挂坠的保镖，拉起张瑞麟喊着和卓向另外一侧疾奔。"络腮胡子"在后面一边掩护一边撤。

宪兵们纷纷举枪向他们射击，子弹打在身边的汽车上迸射出火花。葵花和张瑞麟躲到一辆汽车后面。突然，警察和保镖们身后枪声大作，一个蒙面人突然从一旁冲出，枪口喷着火舌，几个宪兵倒下。蒙面人和葵花对视一眼，甚至冲着她点了点头，挥枪向宪兵开火。他的枪法很准，枪声响处，宪兵们非死即伤。

附近的警察赶了过来，张瑞麟抬手将两个警察打死。一个手雷在他们身边爆炸，"络腮胡子"被炸飞，晕倒在一旁。张瑞麟看了看浑身是血的"络腮胡子"，拉起葵花就跑。

"砰！"一声枪响，葵花的身子打了个趔趄，歪倒在张瑞麟身上。

张瑞麟说:"嫂子,你受伤了?"

葵花捂着胳膊:"擦破了点皮!"

几个警察在梅鼎华的指挥下从另一条胡同冲了过来,张瑞麟看到了一旁另一条幽暗的胡同,拉着躲了进去。这时,日本宪兵冲进了原来的那条胡同里。让他们想不到的是,那条胡同里骤然间却枪声大作,警察和宪兵竟然没有看清对方,互相开了火。

三个人像机敏的夜鹰,转瞬间消失在暗夜里。

回到霍库曼旅馆,葵花摸着空空的脖子,泪水在眼睛里直打转。挂坠里有母亲的照片,这些年来她一直戴在脖子上,就好像母亲陪伴在身边。尽管父母亲对她来说只是个遥远而又模糊的概念,可他们毕竟给了她生命,她的血管里流着他们共同的血脉啊!她想回去寻找挂坠,可现在回去无疑是往枪口上撞。

对手远比他们想象的要强大许多,甚至超出了他们的想象。如果不是另外两股力量的参与,还有警察和宪兵在胡同里狗咬狗互相开枪,后果不堪想象。听张瑞麟说,就在他想动手的时候,"络腮胡子"和"眼镜"先动了手。三个人不解,那个事先对马特维下手的"络腮胡子"和"眼镜"以及后来出现的蒙面人又会是什么人呢?最近,哈尔滨出现了多股由民间力量组成的抗日锄奸队,这几个人会不会是他们?

葵花亲眼看见"眼镜"和"络腮胡子"先后被打死,不知道那个蒙面的人现在怎么样了。她想起了他和她对视的眼神,虽然只是短短的一瞥,却忽然觉得这个眼神似乎在哪儿见过,可究竟在哪儿见过,无论如何也想不起来了。这次行动虽然没有失败,却也谈不上成功。因为置马特维于死地的不是他们,而是另外的那两个人。如果"螳螂"的情报有误,那率先动手的两个人又是怎么回事?马特维带来的几个保镖,并未对这次行动构成大的威胁。后来出现的警察,也并非事先设伏的。好在这个外籍败类被除掉了,也是一件大快人心的好事。这次,日伪特务机关和伪满警察局又被搞得乱作一团,也更加刺激了他们对这些潜伏的对手展开调查。那个神通广大的"螳螂"究竟是谁？这个人的生命安全时时刻刻被危险缠绕着，稍有疏忽大意，就会丢了性命。荀教导员曾说过，地下工作的同志就是安插在敌人内部的一把把尖刀，而"螳螂"就是这些尖刀中的尖刀啊！

还有一件事情让葵花他们很不理解，为什么警察和日本宪兵在胡同里狗咬狗相互开了枪，仅仅是因为天黑没有路灯看不清？这个理由看似牵强，却也说得过去。她又想起了梅鼎华，在楼下的时候，她就看到他穿着便装上了楼。因为她化了装，梅鼎华并没有认出她来。

张瑞麟说他也看到了梅鼎华，当时梅鼎华就坐在离他不远的地方，他真想一枪崩了他。想不到，今天晚上却无意间沾了他的光。

第二天一早，葵花化了个装，坐了辆人力车去了五香居楼下。她想寻找一下挂坠，可看到五香居门前混乱的人群，她就知道，挂坠再也找不到了。从此，她与父母间唯一的纽带断了。她摸了摸空荡荡的脖子，感觉从未有过的压抑。她去了道旁的一个树林里，找个没人的地方大声吊起了嗓子，似乎只有这样，才能排解掉心中郁结的烦闷。

林子上空传来一阵翅膀扇动的声音，她抬了抬头，两只白色的鸽子掠进了云端，一晃就不见了。

她回到了霍库曼旅馆，张瑞麟和和卓告诉她，有两个特殊的客人在等着她。让她没想到的是，这二人竟然是刘过风和李老当兵的。为了增加他们的人手，上级特意派刘过风和李老当兵的加入他们的行列。当年，在王脖子山的时候，他们就是张瑞麟手下最得力的"上线员"。经过抗联这个大熔炉的淬炼，二人早成了优秀的革命战士，先后在火线入了党。上级考虑到他们在战斗中的出色表现，决定派他们来做葵花和张瑞麟的左右手，再立新功。

葵花说："怪不得我刚才看到了两只白鸽，原来是你们来了啊！"刘过风说："请指导员安排工作。"葵花说："有你们干的，先休息一下，熟悉一下环境再说。"

"是！"二人向葵花敬了个军礼。

第三部 葵花向阳生

刘过风和李老当兵的在向葵花敬礼的时候，伪满哈尔滨警察局特务科的井野英一正在接受他的上司——副局长今川嘉高的训斥。

"井野君，你的特务科现在简直是一台报废的电机，已经停止了运转。现在，中国人的目光不光盯在我们和为我们服务的满洲官员的身上，也盯到了在这里任职的外国人。昨天晚上，马特维也被一伙神秘人暗杀了，就在宪兵围捕他们的时候，警察也赶来，在一个胡同里和宪兵交了火，等双方知道是个误会后，杀手却跑了。井野君，这是怎么搞的？"

"老师，梅局长恰恰也参加了马特维的生日宴，是他打电话将附近的警察调过来的。没想到在一个胡同里，天黑没看清，双方打了起来。"

"井野君，我怎么感觉梅局长在和我们演戏？我怀疑是他放走了杀手。"

"不会吧？通过我们对他的监视，并没发现有什么纰漏。"

"怎么不会？只要是中国人，我们都不能轻信。中国人的狡猾往往出人意料，他们最擅长的就是隐蔽自己。我们埋下的'老影'刚刚唤醒就没了音信，是不是让人识破了？很多高官遭到暗杀，实际上是在对付我们，斩断我们在这里扶植起来的羽翼。更可怕的是，我们当中也有许多在满任职的官员被暗杀。这些人不仅仅是共产党的抗联，还有国民党的真勇社和东北抗战机构，甚至还有一些来自民间的暗杀团伙。你们特务科的任务很重，除了对付那些美国、英国和俄国的间谍外，中国的各种组织更不可轻视。我们的力量远远不够，还要和保安局加强联系。郎霁鸿手下有数百个密探，一定要多和他保持沟通。"

"老师放心，他对我们可是忠心耿耿。"

"不，只要是中国人，我们就不能对他们掉以轻心。虽然我们在利用他们为我们做事，可对他们的监控力度不能有丝毫的松懈。对了，梅鼎华手下刑侦科的郑家佑和冯建孜，也要时刻监控。"

马特维被杀的消息，再次在哈尔滨的伪满高官和日本军政要员中掀起了轩然大波。伪满州国国务总理张景惠亲自给伪满哈尔滨市警察局局长梅鼎华和保安局长郎霁鸿分别打电话，让他们想方设法抓住凶手，给日本方面一个交代。

鉴于这种严重的形势，上级指示葵花他们在必要时先行除掉郎霁鸿。郎霁鸿心狠手辣，专门捕杀我方的地下党员，手上掌握着数百名密探，是一个死心塌地为日本人卖命的铁杆汉奸。

几天前，荀慧生专门赶过来给他们讲解了当前的形势。目前，哈尔滨的抗日势力除了我们党的地下工作人员、民间自发的抗日锄奸团体外，还有国民党的军统人员以及国民党成立的东北抗战机构。虽然自抗战爆发以来，国民政府并未向东北派过一兵一卒，但他们在东北地区还是潜伏下了大量特工。这些人一方面从事暗杀日伪军政要员、传送情报等特别任务，另一方面也是为日后从鬼子手里接收东北提前摆下的棋子。日本人在战场上节节失利，日本关东军盘踞在东北的日子就快结束了，现在国民政府已经在党政军特各个方面展开了准备工作。蒋介石在一次秘密军事会议上有这样的发言："国民党命运在东北，盖东北之矿产、铁路、物产均甲冠全国，如东北为共产党所有，则华北亦不保。"一旦日本鬼子被赶出东北，国民政府除了利用盟国的运输力量向东北地区紧急输送军队外，其特工机构则更会抓住时机，有计划地展开特工行动。除了从陪都重庆本部往沈阳、哈尔滨、长春等地派遣大量特务外，也在时刻准备唤醒潜伏者，并利用政治土匪和日伪残余势力进行破坏活动。

"东北抗战机构"属于国民党党专系统，由"抗战大联合"改称，领导人是国民党罗大愚、张宝慈、高士嘉等人。"抗战大联合"的主要任务是在留日学生中吸收有民族气节、坚定的抗日分子参加组织，同时也搜集敌伪情报。去年二三月间，"抗战大联合"的成员有一部分人从日本回到东北，随之该组织的领导机构也迁往沈阳，改名为"东北抗战机构"并在长春、哈尔滨、齐齐哈尔等地设有下属机构。

真勇社是国民党军事委员会在伪治安部的地下组织，宗旨是打倒日本帝国主义，收复东北失地，光复中国。社长叫王家善，曾先后任伪治安部少将军政科长、中将军政司长等职。"七七事变"前后，赴日留学的王家善回到东北，真勇社总部也随之迁回东北，总部设在长春。

最后，荀慧生说："我们怀疑梅鼎华的真实身份是国民党早期潜伏下来的游走在日伪和国民政府之间的军统特工，那么借助日伪势力，对我党的地下人员提前动手，也在情理之中。目前，党内的其他同志正在对梅鼎华展开秘密调查。"

荀慧生的话很明了。现在，敌我各方势力犬牙交错，国民党的东北抗战机构以及真勇社，现在虽然和我们站在同一个战壕里，但在鬼子被赶出东北之时，也极有可能成为我们的敌人。

第二十四章

哈尔滨道里监狱，伪满哈尔滨市保安局收容所特设的一个阴暗的地下角落里，一个大块头特工正在将一截粗大的木桩推到一台巨大的电锯上，电锯和木桩相撞发出刺耳的声音。木桩被锯成两段，电锯声戛然而止。在电锯前方不远处的一根木桩上，捆着一个伤痕累累、浑身血污，满脸络腮胡须的汉子。

"如果不想像这根木桩一样被锯成两截，还是交代了吧！"郎霁鸿的湖北口音传了过来。汉子吃力地睁开眼睛，使出浑身力气，"我还真就想尝尝被锯成两截的快感！"

郎霁鸿说："好，那就遂了他的意吧！"

随着一片白色的烟雾，穿黑色中山装、戴墨镜的郎霁鸿缓缓出现了。没有人会想到，这个浓眉大眼，面容和善，经常出入伊维尔教堂做礼拜的中年人，竟会是个心狠手辣的特工头子、杀人不眨眼的魔王。自日本人占领哈尔滨后,死在他手上的共产党人和爱国志士数不胜数。

电锯声再次响起,两个特工将汉子放下来,架到电锯旁。

"再给他一次机会!"郎霁鸿挥了挥手。

汉子喘息着,脸上渗出密密麻麻的汗珠,说:"好!我说!"

郎霁鸿将一只手套摘下来,看着汉子笑了:"早就该这样。说,共产党哈尔滨地下组织的头子是谁?"

汉子看着郎霁鸿,说:"给我抽口烟,好吗?"

郎霁鸿将一根老巴夺插在汉子的嘴里,俯下身来给他点燃:"说吧!"

汉子贪婪地吸吮着,烟灰散落在身下。郎霁鸿看着汉子微笑着,汉子说:"你过来,我告诉你。"

郎霁鸿俯下身子,那汉子突然挣扎着,冲郎霁鸿吐了一口:"呸!"

汉子随后大笑起来。郎霁鸿抹了抹脸,冲两个特工摆了摆手,阴森的脸上像罩了层黑霜。很快,电锯声和汉子撕心裂肺的惨叫声交织在一起,令人毛发皆竖。郎霁鸿将烟蒂用脚碾灭,拍了拍手,走出昏暗的地下室,回到他的办公室。隔壁办公室传来日本副局长大追幸男的狎昵声和女人欢快的呻吟,他厌烦地皱了皱眉,拿起办公桌上的相片看着。相片上的女人清纯俊秀,端庄大方。他端详了一会儿,然后将相框扣在桌子上,起身拿起衣架上的帽子,走了出去。

新城大街上有轨电车往来穿梭,熙熙攘攘的人群像开了江的鱼群,穿梭在鳞次栉比的楼群投影之下。一家中间是橱窗、东西二侧开门,牌匾上写着"苏州白记"的绸缎庄在这条街的最显眼处。一辆黑色轿车在绸缎庄东门前缓缓停了下来。车的后座上,戴着礼帽穿着西装披着围脖的郎霁鸿,和一个身穿淡红色旗袍极富韵味的女人在说话。

最近,郎霁鸿勾搭上了一个《滨江时报》的女记者。郎霁鸿一直鳏居,他生于富商之家,几代人都是茶商。几十年前,奉父母之命,郎霁鸿被迫与父亲好友的女儿结婚。姑娘大家闺秀,知书达礼,温柔典雅,孝顺公婆,拉得一手好提琴,可就是没能拨动郎霁鸿那狂野的心弦。新婚一个月,他考上了大清国去日本早稻田大学的第一批公费留学生,在轮船上遇到了生长在孔圣人故里曲阜,写得一手好书法的孔艳秋。巧合的是,孔艳秋竟也是这批留学生之一,去的也是早稻田大学。他们意外地成了同学。在轮船上,一个醉酒的日本船员调笑孔艳秋,被自幼习武的郎霁鸿打得满地找牙。在这所大学里,这对来自中国的青年男女互相关照,爱情的种子悄然萌发。

毕业后,两人回国准备结婚,郎霁鸿带着孔艳秋回到湖北老家,被父亲赶出了家门。郎霁鸿只好带着孔艳秋辗转到北京,在大清国的总理衙门司务厅谋了一个差事。随着中东铁路的建成,北满地区空前繁起来。郎霁鸿的朋友将他举荐给滨江关道首任道员杜学瀛,郎霁鸿就带着娇妻来到哈尔滨,在滨江关道衙门吏房任职。由于郎霁鸿才干出众,颇得杜学瀛赏识和重用。后来,哈尔滨特别市成立,郎霁鸿任职于市议会。日本人占领哈尔滨,伪满洲国成立后,郎霁鸿一直担任伪满警务司司长。不久,伪满警务局分出一部分成立了保安局,郎霁鸿就被委以伪满哈尔滨市保安局局长一职。本来局长、副局长一职按例都是由日本人担任,可由于他为人圆滑,赴日留学期间在海边游泳时救过现任伪治安次长薄田美朝的命,受其拉拢,死心塌地为日本人卖命,很得日本人赏识。薄田美朝将他推举为伪满哈尔滨保安局局长,并委派大追幸男配合、监视他的工作。他的妻子孔艳秋因为难产过早去世,郎霁鸿一直未再续娶。

最近一段时间以来,郎霁鸿遇到了女记者许静芝,情感的闸门再度打开。当身着旗袍、体态优雅、皮肤白皙的许静芝走进他的办公室,眉目间的一缕温婉和精致所透出来的大气,让他的眼前一亮。在郎霁鸿看来,这种优雅的气质是从静中养出来的。临花照水,自有一种风韵,即便艳丽,亦是锦缎上开出来的牡丹,底子里还是一团静气。

郎霁鸿得知许静芝是个单身女子后,便施展所有的手段展开了追求。面对郎霁鸿的狂热攻势,许静芝的情感堤坝即将被攻破。郎霁鸿喜欢鹅蛋脸的女人,孔艳秋是,许静芝亦是。

今天是许静芝三十八岁生日，郎霁鸿决定给她挑选几匹上好的丝绸做旗袍。许静芝说她最喜欢雪纺绸，新城大街花旗洋行对面有一家姓白的苏州人开的绸缎庄专卖雪纺绸。

昨天，郎霁鸿的人在大直街的红房子小百货店逮捕了一个到此接头的共产党的可疑分子，没想到这个人的嘴上像焊了铁门，顽固得很。最近，共产党的抗联地下组织和国民党的真勇社、东北抗战机构在哈尔滨动作频繁，甚至还有民间学生组织的抗日锄奸团频频出现，许多政界要员神秘被杀，引起了伪满市政要员的高度紧张和日本人的极大关注。日本关东军哈尔滨特务机关长柳田圆三亲自打来电话指责他办事不力。因为这事，差点将给许静芝过生日的事耽搁了。

此刻，暖玉温香，郎霁鸿摸着许静芝绸缎般的秀发和温润白皙的手说："知道你喜欢这家的丝绸，这回多选几匹上好的。也只有你的肌肤，才真正配得上这上等的丝绸。"

许静芝莞尔一笑："放心吧！才不给你省着呢！"

郎霁鸿的司机兼保镖赵志杰目视前方，小心翼翼地开着车。车在东边的门口停下，郎霁鸿把手搭在许静芝背上推开车门。突然，郎霁鸿从倒车镜里发现，东门的两侧有一高一矮两个穿着长袍戴着礼帽的汉子在对火。抽烟高个儿、一字须的是张瑞麟；个头稍矮、长着络腮胡子的是刘过风。凭着职业的敏感，训练有素的郎霁鸿当即判断，两个汉子的腋下都藏着手枪。郎霁鸿紧紧地将手搭在许静芝的肩上，低声说："把车开到对面，紧挨人行道停下！"

许静芝感受到郎霁鸿手上力度的加大，只以为是他亲昵的表示，并未觉察出男人的变化。郎霁鸿搂着许静芝下车，赵志杰看出郎霁鸿微妙的表情有些异常，会意地点了点头，快速将车转了个一百八十度大圆圈，在对面的人行道停下。郎霁鸿仍然和刚才一样搂着许静芝说笑着，朝门口的张瑞麟和刘过风径直走了过去。

"你这身材，穿什么都好看。"

"让你老婆知道，不打翻醋坛子才怪呢！"

"我没老婆！"

"你没老婆？谁信啊！"

"没有就是没有，我不是早跟你说过了嘛！"

"那你就娶我给你当老婆吧！"

"就你嘴甜！"

二人进了店内，张瑞麟冲刘过风点了点头，两人决定等郎霁鸿出来再动手。"螳螂"提供的情报说，郎霁鸿在追求《滨江时报》的记者许静芝。于是，刘过风和张瑞麟轮流日夜守护在许静芝家院后那棵有电话线穿过的老杨树上窃听许静芝的电话。他们窃听到，今天上午，郎霁鸿要给许静芝过三十八岁生日，并将带着她到白记绸缎庄来买绸缎。二人乔装改扮，事先到绸缎庄前守候，只待郎霁鸿出现后就开枪刺杀。

郎霁鸿进店，突然把许静芝往里一推。许静芝猝不及防，把脚崴了，痛苦地惊叫了一声。郎霁鸿说了声"有情况"，就丢下许静芝从西门跑了出来。许静芝揉着没缠过裹脚布的天足，一瘸一拐地跑到西门，看着郎霁鸿越过马路。

许静芝喊道："你干什么去？"

一个店员说："好像有人要刺杀这位先生。"

许静芝恍然："姓郎的，还说什么对我好。哼，大难临头就自己先飞了！"

张瑞麟和刘过风听到了许静芝在里边的惊叫声。张瑞麟说："不好！郎霁鸿跑了！"刘过风指着远处："在那儿！"

郎霁鸿飞似的穿过大街，张瑞麟和刘过风迅速拔枪，向郎霁鸿射击，人群顿时骚乱起来。郎霁鸿跳上了在街边候着的汽车，吩咐赵志杰："快，开车！"

赵志杰踩动油门，车像箭一般地向前驶去。刘过风和张瑞麟疾奔过去朝郎霁鸿的车子开枪，郎霁鸿掏枪向刘过风和张瑞麟射击。张瑞麟左肩中弹,打了个趔趄。刘过风继续向郎霁鸿的车子射击,郎霁鸿赶忙摇上车窗。

赵志杰说:"老爷,有刺客?"

郎霁鸿靠在后座喘息着:"好险!"

玻璃被子弹击中,像刚刚打过雪仗似的,有好几处格外醒目的浅白色痕迹。

张瑞麟和刘过风的失手,让葵花彻夜难眠。躲过这次暗杀,郎霁鸿一定如惊弓之鸟,再想除掉他就难上加难了。上级考虑到这种情况,让他们不要心焦,耐心静候时机。

这天,葵花拿到了"螳螂"的指令。"螳螂"在信中说,郎霁鸿家的厨娘因病回了老家,郎宅正缺一个厨娘,想办法利用这个机会打进郎宅,接近郎霁鸿,获取更多的情报后再伺机除掉他。

张瑞麟看起来很疲惫,葵花问他最近脸色咋这么不好看,张瑞麟说没啥,就忙别的去了。最近一段时间,葵花发现,张瑞麟似乎有什么事情瞒着她。晚上睡觉的时候,她经常听到从里间发出细碎的声响,有好几次她看到他浑身哆嗦,出的汗像水过了一样。在部队的时候,这样的情形她也见过好几次,每次张瑞麟都说他得了打摆子,吃几副药就好了,可自己却分明看到,大冷天的他在用冷水擦身。这次回到哈尔滨,这种状况再度出现。葵花问他是不是病了,张瑞麟说:"没事,老毛病。"

怎样利用这个机会打进郎宅呢?"螳螂"在信中说,郎霁鸿的管家姓沈,绰号沈老八,最听老婆的话。她老婆笃信基督,每个星期必到教堂做礼拜。只要搞定了沈妻,这件事就成功了一大半。可是,怎样才能打动沈妻呢?

沈老八的妻子叫潘有静,是哈尔滨别雷衣舞校的高材生,"别雷衣"就是芭蕾舞的意思。舞校由苏联人安娜斯塔西雅太太创办,招收来自不同国度的学员。潘有静的父母非常开明,没让女儿缠足。潘有静小的时候,母亲陪着她在尼古拉大教堂外的广场上看到过安娜斯塔西雅领舞过别雷衣,就喜欢上了这种美丽无比的舞蹈。巧合的是,安娜斯塔西雅不久竟然租住她家的阁楼着手开办别雷衣舞校,潘有静就缠着妈妈报名学习别雷衣,成了安娜斯塔西雅最得意的学生。

  日本人占领哈尔滨那年,潘有静从舞校毕业。因为日本人的侵入,苏联人在哈尔滨的优势不再,安娜斯塔西雅决定回到她的家乡斯大林格勒。临行前,安娜斯塔西雅在尼古拉大教堂广场办了一场告别舞会,领舞的就是潘有静。这场舞会吸引了成百上千的观众,沈老八的眼睛就投在了充满青春活力的潘有静身上。潘有静身材高挑,端庄恬静,长相大气,深深地打动了沈老八。沈老八当时是哈尔滨青帮头子赵庆禄最得意的手下。赵庆禄是青帮二十二字辈,曾在一九三四年七月作为东北青帮代表团的哈尔滨代表去过日本,见过天皇。而作为他此次赴日贴身侍从的,就是曾在日本留过学会说日语的沈老八。赵庆禄回来后,对沈老八更加器重。沈老八就是凭着赵庆禄的威望对潘有静穷追猛攻,不惜重金砸开情门,终于抱得美人归。赵庆禄病重临终前,将他举荐给了最得意的门下郎霁鸿当了管家。

  像往常一样,潘有静一早去做礼拜,回来的时候天上落起了暴雨。潘有静做礼拜从不带下人,虽然她喜欢在舞台上展示自己的舞技,生活中的她却如同自己的名字一样,天性喜静,喜欢一个人穿梭在哈尔滨的大街小巷中。潘有静没带伞,正在东张西望时,头顶上的雨不见了,继而传来雨点击打在伞面上的噼啪声。扭头一看,一个温婉可人、身着粗布衣服的女人站在她身边,撑着一把油布伞冲着她微笑着点头呢!

  潘有静说:"谢谢。"

  女人说:"太太,你的家在哪儿?要不我送你回去吧!"

  潘有静说:"这怎么好意思呢?"

  女人说:"有什么不好意思的?反正我也没事。"

  潘有静刚刚见过这个女人。教堂里空荡荡的,偌大的礼堂里除了神父外,只有她们两个人。做礼拜的时候,她就坐在身边。看着她虔诚谦和的样子,潘有静就生了好感:"好吧。"

女人撑着伞,陪着潘有静穿过几条小巷回了家。到家的时候雨停了,女人的身上却被雨淋湿了一片。潘有静知道,女人为了给她撑伞,宁肯自己被雨淋着。

"进来坐坐,喝杯茶,暖暖身子。"潘有静说。

"谢谢太太。"女人将伞收拢。

来到室内,潘有静将一杯热茶放在八仙桌上,又将一身干爽的衣服拿出来:"这位姐姐,咱俩身量差不多,如果不嫌弃的话,这身衣裳就送给你吧。"

女人说:"太太的心眼真好。"

潘有静说:"你的心眼才好呢,要不是你,我就得挨浇了。"

女人轻轻叹息一声:"心眼好的人,命未必就好啊!"

潘有静说:"姐姐,是不是遇到了什么难处,说来听听。"

女人点了点头:"我丈夫和儿子都被日本人给打死了,就剩下我孤苦伶仃苟活于世。"

潘有静说:"放心吧,姐姐慈眉善目,一切都会好起来的。"

"可我现在连个工作都没有。"女人沉吟片刻,"太太,我看你心地善良,能不能帮我找份工来做?要不,我伺候你吧。我什么苦都能吃,什么累都能受。"

潘有静说:"你都会做什么呢?"

女人说:"我会做饭做菜,会做针线,会吊皮袄。"

潘有静说:"姐姐,我和我丈夫没有用下人的想法。不过我丈夫在一个大户人家当管家呢,我听他说他们家主人想雇个厨娘。要不然我帮你问问?"

女人赶忙鞠躬:"那就谢谢太太了。感谢这场雨,让我结识了太太。"

"没啥,"潘有静想起了什么似的,"这位姐姐,不知为啥,我老觉得在哪儿见过你。"

"是吗?"

"是啊,也许,是多年前,也许是在梦里。"潘有静说。

女人是葵花。

没想到事情出奇顺利,一场雨化解了笼罩在她和战友们头上的愁绪。

葵花成了郎宅的厨娘。

郎霁鸿虽然应酬多,却极少在外面吃饭,实在推脱不过,也只是草草应付一下。据说他也从不喝酒,这在伪满高官中显得有些另类。葵花知道,他这样谨小慎微,是怕有人在酒食中下毒。郎宅的规矩比她想象的还要复杂,食材采买有专人负责,她只需烹调即可。每次做完餐,经专门的人负责品尝后郎霁鸿才吃;每次上下班,都有专人搜身查看。通过下毒或近距离枪杀达到锄奸的目的很难,有人曾在马尔斯西餐厅对郎霁鸿下过毒,竟然被他神奇般躲过了。当时郎霁鸿带着一条俄国的金毛犬,他夹起一块牛排让金毛犬吃下,金毛犬吞下后口吐白沫,浑身抽搐了几下就死了。从此,郎霁鸿在饮食方面就格外小心了。

葵花第一次见到郎霁鸿是在星期天,郎霁鸿在书房里焚香写字。虽然事先在报纸上看过郎霁鸿的照片,可一见到他本人,葵花还是吃了一惊。这个面容和善的中年人,堪称美男。沈老八带她去见他时,他白褂黑裤,笔走龙蛇,写意正酣。他的书房正中挂着一幅字:"洗砚鱼吞墨,烹茶鹤避烟。"直到他满意地落下最后一笔后,沈老八才说:"老爷,这是新来的厨娘绮霞。"

郎霁鸿将那方晶莹脂润的寿山石款印盖在那幅新写的字上面,转过身来上下打量了一下葵花,摆了摆手,说:"既是有静的朋友,就留下来吧!"沈老八说:"谢谢老爷。绮霞,还不谢过老爷?"葵花说:"谢谢老爷。"郎霁鸿笑了笑:"不谢。今天的晚饭就由你来做,尝尝你的手艺。"葵花往外走的时候,感觉到郎霁鸿的目光仍未从她身上移开。

葵花回到厨房，一边择菜一边想，这样温文儒雅的男人，怎么会是个人人唾弃的大汉奸呢？

"没想到，老爷对你的态度这样好。"沈老八进来说道。

"谢谢沈大哥了。"

"不用谢，老爷说得对，既是有静的朋友，也就是我的朋友。不过老爷对你的态度这样好，倒是出乎我的意料。他很挑剔的，没想到对你这么宽松，一见面就留用你了。好好干，有什么需要我，或者有什么不懂的地方，尽管找我。"

"放心吧沈大哥，我会尽全力的。"

沈老八出去后，葵花想，这沈老八身材矮小，獐头鼠目，品貌俱佳的潘有静怎么会嫁给了他？

晚餐，葵花做了四道菜：雪里蕻炖豆腐、渍菜粉、橘瓣鱼元和东坡肉。那位身材魁伟的保镖赵志杰和低眉顺眼的下人邹妈挨个品尝过后，这才冲着郎霁鸿说："老爷请用餐。"

"好吃，好吃！"郎霁鸿一边吃，一边点头，又指了指橘瓣鱼元和东坡肉说，"这两道是我的家乡菜，好几年没吃到了，吃着就好像回到了家乡，回到了小时候。绮霞，手艺不错啊！对了，你怎么知道我爱吃这两道菜？"

葵花看了看一旁的沈老八，说："老爷，我听沈太太说老爷是湖北人，爱吃湖北菜。来之前，我特意去石头道街北市场内的宴宾楼，跟湖北师傅毕学成学了两手。"

郎霁鸿满意地点了点头，沈老八和葵花退了下去，郎霁鸿对一旁的赵志杰说："去宴宾楼打听一下，看看她说没说谎。"赵志杰点头。一个小时后，赵志杰的电话过来了，告诉郎霁鸿，宴宾楼的确有个叫毕学成的湖北师傅，刚来的这位厨娘两天前在他那儿学过这两道菜。放下电话，郎霁鸿满意地笑了。

郎霁鸿最信任的人就是赵志杰。去年郎霁鸿上任不久，在一次演讲时,有不明身份的人举枪暗杀他,赵志杰挺身挡住了子弹,他这才幸免于难。而刺客打中赵志杰的子弹,距心脏仅有两厘米。医生说再偏一点,赵志杰必死无疑。也就是从那一刻起,郎霁鸿将赵志杰视同生死之交。表面上看赵志杰是他的保镖,实际上在"保安局"内,是地位仅次于他的二号人物。为了保密,对外谎称是他的保镖。

葵花在郎宅扎下根来,因为她随和又善解人意,干活也麻利,很快就与下人们打成一片。她觉得郎宅的下人们看起来都怪怪的,尤其是那个邹妈,看她的时候,眼神像把刀子,恨不得将她身上的肉剜下一块来。还有那个保镖,经常有意无意地将目光投在她身上,而当她正眼迎住他的目光时,他却将目光移到别处。好在有沈老八在中间,她的心才静下来。她知道只有在这儿好好干,才能取得郎霁鸿的信任。

除了做厨娘外,她还主动请求和邹妈一同打扫楼上楼下的房间。白天郎霁鸿不在家的时候,葵花就利用打扫房间的机会,搜集有价值的东西。郎霁鸿特别谨慎,上班出门前就会把书房门锁上。一连多日,也没发现一丝有价值的线索。她向上级反映,与其这样干等,不如想办法直接干掉郎霁鸿。

上级回复了四个字:"耐心等待。"

梅鼎华坐在办公桌后边的椅子上,听郑家佑和冯建孜汇报伪满哈尔滨白俄侨民事物局局长马特维被杀一案的案情。最近,接连发生的案子搞得他心里乱成一团,张景惠和日本方面都打来电话斥责他办案无力。马特维被杀,在他心头本就燃得正旺的火上又浇了一瓢油。

郑家佑说:"局长,根据现场几个目击者提供的线索,我们画出了案发现场出现的几个可疑分子的大致模样,可仅凭身高和年龄,要想找到凶手无异于大海捞针啊!"

冯建孜说:"局长,郑科长说的没错。那天晚上,在五香居就餐的不下百十人,实在是没办法排查啊!据说刺杀马特维的人有好几伙,现场只留下一个戴眼镜的尸体和一只疑似凶手留下来的挂坠，别的就什么也没有发现。这只挂坠是当时一个俄国保镖扯断的，可那保镖并没看清戴挂坠的那个人的长相，不过凭感觉应该是个女的。戴眼镜的人头部中弹，没人知道这个人的相关情况。局长，这些人会不会也是抗联的人？奇了怪了，他们现在居然连俄国人也盯上了。"

梅鼎华皱了皱眉："破案靠的是证据，不是瞎猜！现在除了共产党的抗联之外，还有东北抗战机构、真勇社，这些都对我们构成了致命威胁，稍有不慎就会让我们很难堪！刚才郎局长打来电话告诉我，对近期发生的几起政府要员被害案件，新京和日本方面都不满意。这几起案子到现在连个突破口都没有，这是把人架在火上烤啊！把那个挂坠拿过来，我看看。"

冯建孜说："是。"

梅鼎华打开挂坠，发现里面有一张年轻女子的半身黑白照。尽管过了很长时间，但这张照片上的影像却依然很清晰，女人青春俊秀，披着婚纱。

梅鼎华说："这张照片看起来不是新近拍的，照片上的人极有可能是凶手的母亲。如果是这样，那凶手说不定和这个女人长得有点像。让你们的手下留心这样长相的女人。"

郑家佑说："局长，这次行动特务科怎么没动静了？"

梅鼎华说："他们不是没动静，而是在瞒着我们做事。侨民事务局是他们的一个要害部门，他们岂能无动于衷？前段时间包行长和赵处长被杀，是特务科出其不意，赶在我们之前抓住了对手的脉搏。这次要是再被人家赶在前面，咱们可就不好交代了。"

电话铃响了起来。梅鼎华抓起话筒："我是梅鼎华！"郎霁鸿的声音飘了出来："梅局长，我是郎霁鸿，我们的人刚刚打来电话，发现了一个疑似与佐佐木队长被害有关的可疑分子，住在大德旅馆五〇三房间。这个人我们已经盯他很长时间了，考虑到对方狡猾，身上还带着武器，我想让梅局长动用警力，和我们的人一同去抓捕。"

第三部 葵花向阳生

梅鼎华露出了一脸兴奋:"好!我马上安排!"

十几分钟后,梅鼎华、郑家佑、冯建孜带着十几个警察,和郎霁鸿带着的十几个"保安局"特工碰头后,由两个警察带路,悄悄出现在大德旅馆楼下。

一个带路的警察说:"郎局长、梅局长,那个人就在五〇三号房间。"

郎霁鸿冲梅鼎华使了个眼色,梅鼎华会意。

梅鼎华低声说:"家佑、建孜,带上咱们的人进楼,实施抓捕。"

"是!"郑家佑、冯建孜挥手,和两个警察一起,带人摸黑悄悄进楼。郎霁鸿和梅鼎华一起,带着他的特工们,分散埋伏在楼下隐蔽处。

大德旅馆五楼五〇三号房内,张瑞麟正躺在床上吞云吐雾,他的身边放着一杆烟枪,一个年轻姑娘在一旁伺候着。其实,张瑞麟患的并不是打摆子,而是犯了毒瘾。当年日本人审讯他的时候,为了控制他,趁他昏迷时给他注入了吗啡。每当毒瘾发作,张瑞麟都会悄悄抽口大烟来缓解。行军的时候,他的口袋里经常装着一块大烟膏。到哈尔滨后,他怕在烟馆里抽烟过于显眼暴露自己,每逢毒瘾发作时就悄悄到大德旅馆要一个房间,让不远处的烟馆里的姑娘小桃来伺候他抽个饱。这一切,他都瞒着葵花。

走廊内,警察在门口两侧呈包抄之势。郑家佑发着对日本人的牢骚,不小心碰倒了一个花瓶,花瓶"啪"的一声脆响,碎了。张瑞麟听到声音,放下烟枪,迅速将枕下的两只短枪操在手里。冯建孜示意,一个警察上来敲门。

张瑞麟说:"谁?"

警察说:"查房的!"

张瑞麟故意抬高了音量:"就来!"

小桃说:"我怕!"

张瑞麟压低声音:"别出声!"

张瑞麟将小桃推到床下,随后像蝙蝠一样悬贴在门上边的天花板上。警察敲了半天没开门,冯建孜示意,几个警察撞门冲了进来。张瑞麟在天花板上向进来的几个警察射击,警察被打死好几个。张瑞麟跳到地上,正要跳窗,听见走廊里又传来杂乱的脚步声。张瑞麟知道,走廊里又出现了不少警察,就将一颗手雷扔在走廊里。手雷在走廊内冒着白烟,一个警察见状,大喊:"手雷!"

"轰"的一声,手雷爆炸,几个警察被炸倒。张瑞麟踢开窗子跳到阳台上。郑家佑和冯建孜起身,率领没有受伤的警察冲了进去。

房间内空空的,窗子开着。在床边,冯建孜发现一杆烟枪,床下的小桃哆嗦成一团。郑家佑和冯建孜跑到窗前。梅鼎华、郎霁鸿惊讶地看着从窗口跳到阳台上的张瑞麟,特工们纷纷将枪口对准了他。

郎霁鸿大喊:"不许开枪,抓活的!"

张瑞麟突然抓住上边的阳台,敏捷地翻到了楼顶。让他没想到的是,几个黑洞洞的枪口对准了他。楼顶上,早有三个警察和两个特工守候在那里。

张瑞麟抬手一枪,拉动枪栓的警察惨叫着从楼顶掉了下去。另外四个赶忙对张瑞麟开枪,张瑞麟掏出一颗手雷扔到了楼顶;与此同时,警察和特工们的枪也响了,张瑞麟只好跳楼。楼顶的四个人被炸倒,张瑞麟落地。在旅馆门灯的映照下,张瑞麟又迅速攀上另一侧的高墙。

"砰!"郎霁鸿抬手一枪,张瑞麟坠地。

张瑞麟咬了咬牙,吃力起身,再次助跑跃向高墙,在双手攀上高墙之际,郎霁鸿又是一枪,张瑞麟背部中弹,掉了下来。几个特工围了过来,张瑞麟抬手枪响,冲在前面的一个警察倒地。张瑞麟还想射击,被郎霁鸿又一枪打中手腕,那支枪被甩出老远。

梅鼎华说:"郎局长,枪法不赖啊!"

"哪里,几年没动过枪了。"郎霁鸿吹了吹枪口,"把这小子给老子围住,我倒要看看,他是生了三头还是长了六臂,让我们死了这么多弟兄!"

张瑞麟的嘴角渗出血来,浑身抽搐着。葵花的笑容在他眼前闪了一下,秦爷、许世通、田大牙、田太太、德本哥、老黑、宋义、王良走了过来，站在天上看着他笑。他也回应了他们，咧着嘴笑了。

"不好！"郎霁鸿说着，拉着梅鼎华趴在地上。

"轰"的一声，几个特工、警察和张瑞麟一起被炸成了碎块。

郎霁鸿抹了抹额头上的冷汗，看着一旁惊魂未定的梅鼎华，说："好险啊！"

他们审讯小桃。

小桃说，她是烟馆里伺候人的，这位客人嫌烟馆里人多吵得慌，就约上她到大德旅馆伺候他。至于他叫什么名字，哪儿的人，干什么的，她实在不知。看着小桃惊慌失措的样儿，郎霁鸿知道她没说谎，让梅鼎华放了她。

郎霁鸿回到家时已是第二天凌晨，葵花伺候着他吃早餐。郎霁鸿显得很疲倦，对一旁的沈老八说："倒霉，现场除了一堆尸体碎片，啥子也没发现。这家伙是个顶硬的，炸死了几个弟兄，他自己也被炸得粉身碎骨。林子大了啥鸟都有，这小子蹿房越脊不费吹灰之力，他的左脚竟然长着六趾！"

沈老八安慰道："六个脚趾头？这样的人可不多见。老爷，好好睡一觉。"

珠帘外，闪过葵花的影子。

第二十五章

郎霁鸿和沈老八的话被葵花听了个清清楚楚。从他们描述的样貌特征来看，死者似乎是张瑞麟。张瑞麟的左脚不就是六个脚趾头吗？她借着出门买菜的机会悄悄回到霍库曼旅馆，刘过风和李老当兵的告诉她，张瑞麟昨晚一夜未归。

葵花打了辆斗车，经过大德旅馆的时候，她透过车篷，看着这里的蓝天白云、旅馆楼顶掠过的鸽群以及阳光下旅馆外依旧往来的人流，觉得恍如隔世。想着张瑞麟和她曾经的过往，她的心里像压了块磨盘一样。她不明白，张瑞麟到这里来干什么。这时，她觉得身后有人在盯着她，她转过身来，却什么也没发现。

几天过去了，张瑞麟一直也没出现，葵花心里尚存的希望在一点点消失，她将这一情况上报，请令是否除掉郎霁鸿，为张瑞麟报仇。

几天后，"螳螂"的指令下来了，对张瑞麟的遇害表示哀悼，让她保持冷静。除掉郎霁鸿的时机还不到，仍要利用现在的身份，想方设法从他那里获取重要情报。目前，日伪当局在哈尔滨全市重新撒下了一张专门针对国共两党地下人员的大网。这些人无孔不入，来自社会各阶层，而郎霁鸿就是这次撒网行动的主要策划者。他手里有一份特工名单，一定要想办法搞到这份名单，彻底打乱敌人的部署，以解除对国共两党地下组织和抗联的威胁。这份代号"狼网"的名单只有一份，被郎霁鸿锁在了家中的保险柜里。

针对中共地下党和国民政府地下特工的频繁活动，郎霁鸿制定了一个代号"狼网"的特工网络，而名单里的人员都是经他一手指定安排的。最近，"新京"和关东军方面对他的忠诚和能力提出了质疑。这张网撒下去后，郎霁鸿烦躁的心才渐渐平复下来。

这天一早，葵花发现，郎霁鸿的目光再次投在了她身上。

最近，葵花觉得郎霁鸿总是有意无意地打量她，和她的话也多了起来，目光里似乎蕴藏着什么。有一次，她把菜炒糊了，想重做，郎霁鸿却说："这样很好。"沈老八私下对她说："绮霞，老爷对你太好了，换成别人，早挨训斥了。"沈老八甚至说："老爷会不会看上你了？他看你的眼神都透着情字。"葵花说："大哥，这种话可不能乱说。"沈老八说："那可不一定,他到现在也没成家。"葵花就红了脸:"胡说个啥?老爷是何等尊贵,怎么能看得上一个下人?"沈老八说:"缘分这东西说不准。你看我们家有静,有才有貌有品位,不也嫁给我这样一个其貌不扬的人了吗?"葵花说:"大哥,这话儿可千万不能说了!让老爷知道了,我这饭碗就保不住了。"沈老八诡秘一笑:"放心吧!"

郎霁鸿挑帘进来了:"晚上做啥子好吃的?"

葵花抬起头:"老爷,莲藕排骨和清炖鲤鱼。"

郎霁鸿坐在一边:"绮霞,你今年多大了?哪天生日?"

葵花说:"老爷,问这个做啥?"

"了解一下,好让老八记下来,给你过生日。"

"老爷,这怎么敢?我只是个下人。"

"绮霞,我从未拿你当过下人。打你进来我第一眼看到你,就觉得挺亲切。说说,你今年多大了?"

"老爷,我生于光绪三十年(1904)腊月初三,今年三十九岁。"

"三十九?我看最多不过三十。你父母亲呢?他们都是做啥子的?"

"我没见过亲生父母,是养父母在人市上买下来的。他们现在都不在人世了,我丈夫和儿子都被日本人打死了,就剩下我一个人。老爷,我不该说这么多。"

"可怜的孩子!我有个想法,希望你能答应。"

"老爷,只要是我能办得到的。"

"你当然能办得到。我没有儿女,做我的女儿,怎么样?"

"老爷何等尊贵,怎么可以认我一个下人当女儿呢?"

"这有啥子不妥的吗?我属兔,你属龙,去年有人给我算命,让我认一个属龙的当干闺女。你是光绪三十年腊月初三出生,我看啊,正应在你身上了。"

葵花忙跪下磕头:"女儿见过父亲。"

郎霁鸿忙将她扶起来:"从今天开始,你就是我郎霁鸿的干女儿了。"

"女儿谢过父亲。"

葵花搞不懂郎霁鸿为什么会对她这样,理智告诉她要将这场戏演下去。虽然郎霁鸿想请潘有静教她琴棋书画,可她仍然坚持做她的厨娘。

一旁的邹妈说:"老爷从来没这样对过谁,想必你们前世有缘吧!"

成了郎霁鸿的干女儿后,葵花出入房间比以前随意宽松了。她仍然像以往一样做她分内的事,也从不和郎霁鸿一桌吃饭。刚开始,郎霁鸿一再坚持要她和他一块用餐,都被她婉言谢绝了。为此,郎霁鸿对她更加亲切,给她加薪,置办新衣。沈老八、邹妈这些下人都改口称呼她"小姐",她总是不置可否地一笑。郎霁鸿为此专门当着下人们的面,表明他和葵花关系,让他们一律称呼葵花为"小姐"。郎霁鸿上班后,葵花就在家中打扫房间,寻找保险柜的具体位置。和前段时间一样,仍然没有找到一丝有价值的线索。郎霁鸿不在家就会将书房的门锁上,难道那个装着秘密文件的保险柜就在书房里?

书房里有一张檀木床,有一次葵花在书房内收拾,郎霁鸿接了个电话后去卧室换衣服,她就利用这个时机打扫床下,邹妈走进来说:"小姐,你在找什么?"

她虚与委蛇:"老爷的床下灰尘太厚了。"

邹妈说:"前几天我刚刚打扫过的,怎么又积了灰尘?"

她觉得她的行为引起了邹妈的注意。

邹妈和她年纪相仿,长相端秀,性情平和,像一泓平静的秋水。葵花听沈老八说,他进这个宅子的时候,邹妈就已经在了。葵花感觉,邹妈和郎霁鸿绝不是普通的主仆关系。接下来的日子里,她有好几次半夜看到邹妈悄悄走进郎霁鸿的房间,过了好长一会儿才出来。看样子,邹妈是郎霁鸿的女人。

可是,怎样才能找到那个神秘的保险柜呢?

这天晚上,郎霁鸿领来一个年轻的女人。葵花在做饭,只看到了这个女人走上楼梯的背影。女人身着黑色旗袍,身材窈窕。不知为什么,葵花老觉得这个女人走路的样子在哪儿见过。郎霁鸿在前面引路，二人进了房间就将房门关上了。

邹妈的眼神极不自然，看着葵花："老爷今天怎么了？"从邹妈的话里不难分析出，郎霁鸿极少将女人领到家里来。看来这个女人的身份不一般。让葵花意想不到的是，郎霁鸿的书房内飘出了她熟悉的唱段儿。

……
（女）：二月二龙抬头，
哈尔滨的火车长春油。
一天奔出六百里啊，
追不上哥哥泪花流。
（男）：二月二龙抬头，
夹起喇叭下滨江。
哥哥拉着了妹妹的手啊，
走着唱着到白头。
……

郎霁鸿啥时候迷上蹦蹦戏了？

吃饭的时间到了，葵花和邹妈伺候郎霁鸿和客人吃饭。当她走进餐厅将菜盘放在桌上的时候，恰好看到那个女人俯身给郎霁鸿倒酒。见葵花和邹妈进来，女人扭过脸来。二人的目光相遇，葵花脸上掠过一丝惊讶，菜盘差点脱手。女人竟然有一张和佟云酷似的脸。

女人打量了一下葵花，坐在郎霁鸿身边，说："郎局长，你可真有福，你们家的女人怎么长得都这么漂亮？"

郎霁鸿就笑："她们再漂亮也不如你呀！"

女人说："为什么这样说？"

郎霁鸿说："她们只会做些家务，而你却有一副好嗓子，会唱戏。你看，经你这么一指点啊，我也能唱上几句了。"

女人说："郎局长真会说话，那是你人聪明，悟性好。"

葵花冲着女人轻轻地点了点头。

郎霁鸿给她们双方互相介绍说："这是我的干女儿绮霞，这是下人邹妈。绮霞、邹妈，这位是我请来的李欣苹小姐。"

葵花和邹妈说："李小姐好。"

女人微笑着点头回应。

赵志杰和邹妈分别尝过菜肴后，二人开始进餐。透过珠帘，葵花长出了一口气。这女人虽然和佟云神似，气质却迥然不同。天下长得相似的人多了，更何况相隔了二十多年，人的外表也会产生变化的，葵花想了想也就释然了。不过，她刚才的慌乱让邹妈看到了。

"小姐，你和那个女人认识？"

"不认识，不过她和我死去多年的小姑子长得很像。"

"小姐，她会不会就是你的小姑子呢？"

"我小姑子死去十多年了。"

"想不到天底下还真有两个一模一样的人。"

"虽然她们长得像，但神态不一样。"

邹妈笑着忙她的活去了。葵花想，在哈尔滨会唱蹦蹦戏的女人没有几个，如果不是当年有人看到佟云跳进了铁路桥下的江里，她认定这个女人就是佟云。当年差不多找遍整条江也没找到她的尸体。"难道，佟云没死？"这个念头在她脑海里浮现，把她自己吓了一跳。

中途，李小姐去了一趟卫生间，葵花悄悄跟在后面也进了卫生间。李小姐正在洗手，通过盥洗槽上边的镜子，两人的目光再次撞到了一起。

没等葵花说话，李小姐回过身来，冲着她笑了笑："你好，绮霞小姐。你怎么老看我啊？"葵花也笑了笑："想不到李小姐的戏唱得这样好。能问一下，你的戏在哪儿学的吗？"李小姐说："我姨妈教给我的。绮霞小姐对这方面也有兴趣？"葵花说："没有，我只是好奇，随便问问。想不到李小姐长得这么美，戏也唱得这样好。"李小姐笑了笑："绮霞小姐真会说话。"李小姐说着，推门出去了。

连笑和牙齿都一模一样！看着李小姐的背影，葵花忍不住发出一声感叹来。她甚至抽时间回去祭奠了公公和佟云，看着二人坟头上的荒草，说："佟云啊佟云，这世上怎么会有和你长得这么像的人呢？"

上级催得有些紧了，让葵花尽早找到那份名单。抗联在哈尔滨的其他地下组织遭受到了前所未有的破坏，许多同志遭到逮捕。"螳螂"指示，郎霁鸿的保险柜就在他书房字画后面的夹壁墙内，竟然和她的推测一模一样。这"螳螂"像飘荡在空气中的神，竟然对郎家的情况了解得如此清楚。这个同志会是谁？

虽然"螳螂"对郎霁鸿的情况很了解，但并不意味着他能打开保险柜。要想打开保险柜，必须从郎霁鸿身上拿到钥匙。可是，怎样才能拿到钥匙呢？葵花绞尽了脑汁。除了郎霁鸿的保镖赵世杰以及邹妈和沈老八外，几乎没人来过郎家，就是近期经常出现在郎霁鸿书房里的李欣苹。

就是从那天起，葵花发现，那个李欣苹每星期必来陪着郎霁鸿唱戏。葵花不解，郎霁鸿怎么会扔下竹笔，迷上了蹦蹦戏呢？这个和佟云长得酷似的李欣苹究竟是什么人？她怎么会唱蹦蹦戏？

其实，郎霁鸿看上了这个李欣苹。

李欣苹是许静芝的闺蜜。郎霁鸿那次遭遇枪击时扔下了许静芝，心里觉得过意不去，亲自去登门道歉。在许静芝的办公室，郎霁鸿认识了新来的记者李欣苹，当时就被深深地打动了。李欣苹身材高挑，甜美清纯，随和自然中，透着高雅的气质和良好的艺术修养。如果说许静芝是阳春，那李欣苹就是白雪，更有一番风韵。她和许静芝年纪不相上下，看起来却年轻十多岁。要知道十年对于一个女人来说意味着什么，更何况是十多岁。让郎霁鸿动心的是李欣苹没结婚，而更让他迷恋上她的是，她不但文笔好，还有一副好嗓子，唱得一手好戏。

利用职权上的便利，郎霁鸿向李欣苹发动了进攻。起初，李欣苹不为所动，及至后来，她神奇般地由一个普通的记者坐到了报社副主编的位子上，才对这个时不时打来电话邀约的郎局长产生了好感。郎霁鸿请她吃饭，她居然当着他的面唱起了一段蹦蹦戏，这让郎霁鸿想得到她的心情就更加迫切了。在郎霁鸿看来，不同的女人，就好比不同的酒和菜肴，只有细细品尝过后，才能知道不同的味道。

今天，这个谜一样的女人又来了。和往常一样，葵花和邹妈伺候他们吃饭。每次来，她们彼此间都会淡淡一笑，算作打了招呼。郎霁鸿一反常态，边喝边唱，兴致颇高。这个酷似佟云的女人居然唱得是嗲声嗲气，让葵花特倒胃口。她离开的时候，郎霁鸿醉得已经瘫软如泥了。赵志杰将他背到了床上，葵花脱掉他的鞋袜，用温水给他擦脸。此时，郎霁鸿裤腰上的钥匙豁然出现在葵花的眼前。葵花拿出早就准备好的橡皮泥，将几把钥匙分别按好了印模。

第二天，郎霁鸿酒醒后上班去了，邹妈收拾了不少衣服去了洗衣店，沈老八去了附近的育婴堂替郎霁鸿捐款去了。沈老八告诉她，郎霁鸿在那儿养了三个没爹没娘的孩子。葵花想，看不出来，这郎霁鸿竟然还有一副好心肠。郎霁鸿的书房在二楼，葵花掏出配好的钥匙将门打开。"螳螂"提供的情报说，保险柜可能就在书房字画后面的夹壁墙内。

葵花打开书房门的一瞬间，心慌乱得像散乱的鼓点，她稳了稳心绪，快步来到那幅写着"洗砚鱼吞墨，烹茶鹤避烟"中堂前。她掀开中堂，在"烟"字下面发现了一个按钮，轻轻一按，后面的书柜动了起来，现出一面夹壁墙来。果然在夹壁墙的壁龛里，放着一个铁制的保险柜。

葵花稳了稳慌乱的心绪，戴上手套，掏出钥匙打开了保险柜的门。保险柜里堆着很多文件，她在里面翻找着，找到了一份上边写着"绝密"二字的档案袋。她抽出里边的文件，上面赫然写着"狼网"两个大字，下面是密密麻麻的人名、代号和地址。葵花掏出早就准备好的小型相机，将几页名单迅速拍了下来。

楼下有汽车的喇叭声传来。葵花趴到窗前往下看，郎霁鸿在赵志杰的陪同下走下汽车,随同他一块来的,还有那个李小姐。

葵花快速将保险柜锁好将夹壁墙复原,最后将书房的门锁好。在几乎是一眨眼间完成这一切后,她快步走进了卫生间,拧开水龙头,抓起拖把在里面收拾起来。

很快,"狼网"名单上的很多人相继消失。

"螳螂"对葵花大为赞赏,说她不辱使命,并指示她静观其变,在保护好自己绝对安全的前提下,在郎霁鸿身边继续潜伏下来。葵花知道,如果被郎霁鸿发现一点蛛丝马迹,她就会陷入灭顶之灾。

没事的时候,她就琢磨,这个"螳螂"究竟是谁?他怎么掌握了这么多秘密,甚至知道保险柜的具体位置。似乎她的一举一动,都在他的视野之内;而他就在她身后的某个地方,用一双神秘的眼睛在看着她。

为了加强葵花他们的力量,上级又指派抗联战士五更、刘老邺和毕小虎先后加入了锄奸队。刘老邺和毕小虎是和卓所在部队的战友。他们俩当年是放排的木把,经过战火的洗礼,早就蜕变成抗联部队里英勇善战的神枪手和侦察员了。

葵花向和卓说起了李欣苹的事,和卓也觉得不可思议,便乔装改扮去了《滨江时报》门外守候,果然发现她和佟云长得十分相像。不但长得像,举手投足,甚至就连说话的声音也一模一样。和卓正要上前去会会她,一辆黑色轿车开来,李欣苹坐上那辆车走了。透过后车窗的玻璃,她看到了车里抽着雪茄烟的郎霁鸿。和卓呸了口唾沫,想起了当年和佟云同吃同住的往事,泪水盈满了眼眶。

"狼网"特工遭到了前所未有的捕杀,大大出乎郎霁鸿的意料,他忙着给梅鼎华打电话,要求他尽快配合破案,以便给上峰一个交代。

梅鼎华的脑袋正嗡嗡作响。前几次的案子还没理出头绪,又一连串的案子来了,让他更加心烦气躁。此时,他正跟郑家佑和冯建孜在讨论案情。他们一致认为,这些案子系同一伙人所为。

梅鼎华说:"这份名单如此保密,怎么这么快就暴露了呢?"

郑家佑说:"会不会是郎局长本身出了问题?这个名单可是他自己一手制定的。"

冯建孜也说:"郑科长说的有道理。郎局长制定的这个名单,如果不出事,我们现在也不知道的。"

三人正在讨论案情,手下来报,郎霁鸿来了。

郎霁鸿的确是为了最近接连发生的案子而来。张景惠和柳田圆三都打来电话,对他训斥了一通。他觉得在电话里说不清楚,又坐车来找梅鼎华请求协助。梅鼎华的手下,除了刑侦科,还有特务科呢,那些日本特工可不是吃素的。

讨论了一会案情,郎霁鸿的目光突然落在了梅鼎华笔筒上挂着的一枚心形的挂坠上。他拿起了挂坠放在手里,打开看了看:"梅局长,这个挂坠是哪儿来的?"梅鼎华说:"郎局长,是前段时间在五香居马特维被杀现场找到的。"郎霁鸿拿在手里翻来覆去地看着,像欣赏一件珍宝。梅鼎华说:"郎局长喜欢就送给你。据说戴着这个挂坠的人是个年轻女子,当时她的胳膊上中了一颗子弹。"郎霁鸿说:"那我就恭敬不如从命了,说不定咱们要找的线索就在这上面。我想请日本方面的痕迹专家鉴定一下。"

从警察局出来后,郎霁鸿回到办公室转了一圈,突然感到有些疲倦,让赵志杰开车把他拉回了家。他坐在书房里,让葵花给他端上一杯茶,一边喝茶,一边看着手里的文件。

"父亲,我怎么发现你今天的神色有点不好?是不是过于劳累了?"

"的确是有点累,最近发生的一些事,搅得我焦头烂额。"

葵花用眼角的余光,发现郎霁鸿手里拿着一份写着"绝密"二字的档案袋。他看了看,将桌子上的文件装进了档案袋里。

第二天一早,郎霁鸿的脸色缓和了许多,吃过早餐就去上班了。葵花利用沈老八回家、邹妈去洗衣店取衣服的机会打开了保险柜。这次她没用照相机拍照,那份写着"绝密"二字的档案袋里只装着一份文件,上面写着寥寥一行字:"十五日上午八点三十分,哈尔滨鸦片专卖公署成立十周年大会,商务司司长罗振帮、鸦片专卖公署经理曾汝明参加剪彩仪式,务必做好展会的保安工作。"下面是一些参会人员名单。

这两个熟悉的名字,像刺一样扎入葵花的眼睛,尤其是"曾汝明"这三个字。荀慧生不止一次提起,要在恰当的时机,除掉这个祸国殃民的大汉奸。葵花关了保险柜,锁好书房门。邹妈回来后,她说自己身子不舒服要去趟医院,绕了几条街后回到了霍库曼旅馆。

葵花让刘过风找来和卓,几个人在地下室召开了秘密会议。葵花向队员们讲述了鸦片在东北的泛滥情况及其危害,强调了这次行动的急迫性,而这些都是荀慧生跟她讲过的。

葵花说,日军侵略东北不到几个月,整个东北尤其是大城市便完全成了鸦片的世界,在哈尔滨还特别成立了鸦片专卖公署。鸦片的种植、经营、吸食合法化;罂粟种植面积不断增加,鸦片产量惊人;在沈阳、长春、哈尔滨等大城市,烟馆和毒品的发售所几乎遍布每条大街,整个东北成了毒化的世界。

日本人试图用这种用心险恶的"毒化政策",摧残民众的身体健康、瓦解其精神意志,同时攫取巨额经济利润,达到"以毒养战"的险恶目的。

最后,葵花说:"曾汝明早年在日本留学,娶了一个日本妻子,并加入了日本国籍。日本人占领哈尔滨时,他甘当向导,出了不少力。为此,日本军方让他担任鸦片专卖公署经理。还有罗振帮,担任商务司司长,将大量中国产品以超低价格运往日本,致使很多农户和商家破产,许多人为此自杀,给数不清的家庭带来了毁灭性的灾难。你们说,这样的人该不该杀?"

"该杀!"大家异口同声。

刘过风和李老当兵的更是摩拳擦掌。前段时间,张瑞麟的牺牲让这两个战士悲痛欲绝,发誓要为连长报仇。他俩在王脖子山就跟着张瑞麟拉队伍,又一起参加抗联到了苏联,经历了无数次战斗,张瑞麟还救过刘过风的命呢!

五更、刘老邮和毕小虎刚刚参加行动小组,寸功未立,也兴奋得眼睛放光。和卓提出了异议:"没经过组织批准擅自行动,失手了怎么办?"

葵花说:"组织上交代过我们必要时抓住机会,创造机会。不是我不想请示上级,是因为时间来不及了。要知道机会并不是总有的,更何况曾汝明早就列入了我们铲除的汉奸名单。我们调查过这个人,他平时几乎不在公共场合露面,也不知道他的家在哪里,没想到这次他竟然要抛头露面了。如果因为我们的犹豫不定错失了良机,再除掉他可就难了。出了问题,我来承担责任。此次行动,由和卓同志统一指挥,大家有信心没有?"众人异口同声,说:"有!"将任务布置完毕后,葵花回到了郎宅。

第二天一早,哈尔滨鸦片专卖公署大楼里挤满了前来参观的人群。身着中山装的曾汝明和穿着马褂长袍的罗振帮站在众人面前,他俩面前有两个年轻的女子扯着一条长长的挽成了大红团花的红绸,乔装改扮后的队员们混杂在人群中。

曾汝明说:"……哈尔滨鸦片公署在大日本帝国的关注和帮助下,已经走过了整整十年!十年风雨历程,感谢各位同仁为公署付出的努力和辛劳……"

曾汝明率先鼓掌,众人跟着拍起手来。数百双眼睛盯着曾汝明,看着他,讲到高潮处。当曾汝明和罗振帮正要用剪刀剪掉大红团花的时候,扮成记者的队员们从不同的方向举枪向二人射击。曾、罗当场被打死。有人喊:"有刺客!"人群中,几个身着便衣的"保安局"特工纷纷抽枪向队员们射击。郑家佑从二楼的窗户露出头来:"把他们给我围起来,快!"早上,郑家佑接到命令,协同"保安局"做好这次活动的安保工作。

队员们跑到街头,郑家佑率便衣与队员们展开枪战。和卓抬手一枪,一个楼顶上的便衣摔了下来。刘过风又一抬手,对面冲过来的一个便衣中枪。五更、李老当兵的、刘老邮和毕小虎也纷纷挥枪,几个冲过来的便衣倒下。

和卓喊道:"分开撤！快！"

李老当兵的回手,后面的两个便衣倒下。那个胳膊受伤的便衣将枪口瞄向刘过风,李老当兵的扑了过去。便衣的枪响了,李老当兵的倒在刘过风怀里。更糟糕的是,一队鬼子宪兵也冲了过来。

刘过风边摇着李老当兵的边喊:"李老当兵的！李老当兵的！"

李老当兵的看着刘过风,哆嗦着说不出话来,他的手垂了下去。

刘过风哭喊着:"李老当兵的——！"

刘老邺挥手,一个开摩托车的宪兵被打死。毕小虎跳上去将另外两个宪兵打死,拉着和卓上了摩托车。刘老邺开摩托车,和卓射击,不时有便衣警察和宪兵被打倒,毕小虎也打死两个宪兵上了摩托车。刘过风仍然抱着李老当兵的,和卓冲刘过风吼道:"他已经牺牲了！快上车！"刘过风仍然没有放下李老当兵的,一颗子弹飞来,刘过风胸前血如泉涌。

和卓喊道:"刘过风,快上车！"警察和宪兵冲了上来,刘过风突然拿出一颗手雷,大笑着将其引爆。和卓也将一枚手雷扔向冲过来的敌人,几个特工被炸得血肉横飞。这时摩托车的轮胎被打爆,三人只得下车往胡同里撤。在一家成衣店门外,一个戴着面罩和鸭舌帽的人冲出来,挥枪向警察开火。尽管这样,还是有十几个警察和鬼子紧追过来。子弹不时在和卓、刘老邺和毕小虎的身边呼啸着飞过。

和卓对刘老邺和毕小虎说:"你们先撤,我把敌人引开！"

刘老邺说:"我把敌人引开,你和小虎先撤！"

毕小虎也说:"你们俩先撤,我把敌人引开！"

"别争了,这是命令！"和卓说着,迎向了鬼子。

刘老邺和毕小虎含泪向一个胡同疾奔而去。两个人的枪里,子弹早打光了。

很快,和卓枪里的子弹也打光了,在马迭尔旅馆的转角处,鬼子追了过来,她甚至都能看清鬼子的嘴脸了。

远远地，和卓看到了郑家佑的影子。他坐在一辆摩托车上，正领着几个警察追了过来。没子弹了，怎么办？这时，她觉得有人在身后拽住了她的一只手。

她回了一下头，一个男人将门打开，把她拉了进去。她来不及看这个人的长相，只知道他是一个中国人。男人将她拉到后面，揭开木质的地板，现出一个狭小幽暗的地下室，对她说："快下去！"她来不及有更多的时间考虑，急忙顺着梯子下去了。很快，她听到了有物品放在上面的声响，紧接着，她听到了一个女人用俄语在说着什么，男人用俄语在向她解释，从语气上来看有些恐惧和埋怨。

枪声在店门外响了起来，门被敲开，有几个鬼子闯了进来。透过地板细小的缝隙，和卓甚至看到了鬼子皮鞋的鞋底，以及他们手里闪着寒光的枪刺。和卓屏住了呼吸，操起了地下室里的一根棒子。一阵问询声消失后，地板被打开，和卓被叫了上来。

"鬼子走了！"男人说。

女人捂着胸口，对和卓说："好险啊！"

这次，女人用的是汉语。和卓打量着女人，三十多岁的年纪，是一个典型的俄国少妇。不知为什么，她觉得似乎在哪儿见过她。

和卓发现，那个男人也正在打量着她。和卓看着男人，两人竟然在同一时间脱口而出。

"和卓！"

"铁法哥！"

原来，男人竟然是铁法，女人是他的妻子卡佳。

"和卓，我以为看花了眼，想不到还真的就是你！"

"铁法哥，我以为你……"

"我没死啊！我在河边跳下马，躲过了鬼子。后来……"

那一年，铁法在河边跳下马，将马赶入河中，自己在草丛里藏了起来，居然躲过了鬼子。可因为伤势太重，他晕倒在河里，被一位猎户救起。伤好后,铁法四处打听和卓的下落。他听说和卓在花头镇一带活动,于是他就去了花头镇。他在那里再次遇到鬼子围堵,结果被卡佳和安德烈救了。后来,他听说狐仙娘娘被鬼子杀了,整个人几近崩溃。在卡佳的安慰下,他的心情这才慢慢好转,在安德烈的撮合下,和卡佳结成了夫妻。卡佳变卖了酒馆,二人回到哈尔滨开了这家洗衣店。

"你现在是抗联的?"铁法问。

和卓没说话,拉着卡佳坐了下来。

铁法又问:"那就是锄奸团的,反正跟鬼子汉奸干的不只是一伙人。现在日本人闹腾得这么凶,都是因为那些狗汉奸。我最佩服的就是那些跟鬼子汉奸干的抗联,据说他们叫什么、什么共产党。"

"铁法哥,来不及说话了,我得走了,我们以后再见面。"和卓最终没有表明自己的真实身份,事情紧急,她得赶快离开。

她在心底为牺牲的李老当兵的和刘过风感到难过。而让她欣慰的是,竟然邂逅了铁法哥和卡佳。她想以后有时间,一定把铁法和卡佳争取到他们这边来。

离开成衣店,看着成衣店里铁法隔着玻璃向她摆手的身影,她在心底默默地说:"铁法哥、卡佳嫂子,祝福你们!"

伪满警察局的局长办公室里,梅鼎华一边吃晚饭,一边打电话。

"郎局长,本来已经得手了,谁想到半路杀出一个戴着面罩的神秘人,把这些人救了。"

"又出来一个神秘人?"电话里传来郎霁鸿的声音。

"我怀疑这个人和上次在五香居马特维被害现场出现的那个神秘人是一个人。"

"我知道了。"郎霁鸿搁了电话。

梅鼎华突然暴怒起来,将筷子摔在桌子上,盯着郑家佑:"我说过多少次了,破案讲究的是证据,而不是怀疑。撒下天罗地网,掘地三尺,也要把这伙人给我挖出来！"郑家佑应声退下，梅鼎华站到了办公桌旁的镜子前，镜子里现出他纠结复杂的脸。

郎霁鸿的心情比梅鼎华也好不到哪里去，他放下电话，传来葵花喊他吃饭的声音。相继发生的案子搞得他心情很坏，郎霁鸿夹起一块小咸菜，喝了一口粥，看着葵花："绮霞啊，晚上陪我去做礼拜好吗？我想当着圣母的面，请神父作证，正式认你当我的女儿。"

葵花说："好。"

郎霁鸿带葵花去的是大直街的教堂。为了他的安全，赵志杰事先带保镖将教堂戒严，不许他人进入。用赵志杰的话来说，就是只麻雀，也飞不进去。

修女特蕾莎远远地看到了葵花。她没和她打招呼，而是静静地看着她和郎霁鸿在她身边走过。刚才路过马迭尔旅馆的时候，葵花特意往拐角处的那个洗衣店望了望。昨天在电话亭里，和卓抽空将她邂逅铁法和卡佳的经过讲了一遍，葵花高兴得眼泪在眼圈里直打转，对和卓说："哪天去看看他们，看看能不能将他们发展成为自己的同志。"

这时，赵志杰走到郎霁鸿身边，低声道："局长，我上二楼看看。"

郎霁鸿点了点头。

神父问葵花："绮霞，郎先生想认你当他的女儿，请问，你同意吗？"

绮霞点头："我同意。"

郎霁鸿转过身来，看着葵花，说："绮霞，我是你的父亲，你是我的女儿，我想告诉你，如果你有对不住我的地方，我会原谅你无数次。你……明白我的意思吗？"

"我不明白父亲在说什么。"

"真不明白？"

"不明白。"

"那好。"郎霁鸿笑了笑，从口袋里掏出一个心形挂坠，轻轻打开，在葵花面前晃动了一下。"这个，如果我猜得不错，是你的吧！"

"父亲，我不明白你在说什么。"

葵花心下一惊。这个挂坠怎么到了郎霁鸿手上？难道自己在郎宅的身份暴露了？看来他请她到这儿来，绝不是来认她当女儿那么简单。她已经知道这次行动失败了，刘过风和李老当兵的牺牲了。这次行动的失利，极有可能是郎霁鸿设下的圈套。她布置任务的时候，脑袋一热没向上级请示，导致了这次行动的重大失误。她准备随时接受组织上的调查和处分。

"今天白天的事情，你不会说不知道吧！"

"白天的事情？我不知道。"

"好。那这个照片上女人你总不应该说你不认识吧！"

"我不认识。她是谁？"

"她是你的母亲。"郎霁鸿笑了笑，"我的妻子。"

葵花的脸上掠过一丝惊讶。这世界上竟然有如此巧合的事，眼前这位道貌岸然的家伙竟会是自己从未见过面的父亲？

郎霁鸿从口袋里掏出一张照片，葵花看到，这张照片上的女人和挂坠内照片上的是同一个女人。看样子，郎霁鸿说的都是真的。

"这下，你总该相信了吧！"郎霁鸿说。

葵花说："我相信你说的话，可我的母亲呢？这些年，我一直在打听你们的下落，可没想到我的父亲竟然是个刽子手。你知道，你的手上沾满了多少爱国同胞的鲜血吗？如果你想认我当你的女儿，那么父亲，你就赶快悬崖勒马、洗心革面，好吗？"

郎霁鸿说："你年纪还小，不懂得人世间的纷杂。孩子，我们只是立场不同，见解不同，这就是我要和你到教堂相认的原因。当我第一眼见到你的时候，就有一种油然而生的亲切感，似乎在哪儿见到过，可我没想到你就是我的女儿。当我无意中看到你脖颈后的葵花胎记时，我简直不敢相信自己的眼睛。当年，我和你的母亲没有办法才将你放生的。我对不住你，不敢和你相认啊！我决定不说破，认你当我的义女。没想到你到我身边来竟然另有企图。保险柜内的文件，每次我都会在最上面弹上烟灰。最近两次我却发现烟灰没有了，很显然有人在我的钥匙上动过手脚。谁会打开我的保险柜呢？老八、邹妈、李小姐？当然还有你！我安排人手遍寻城内的配锁师，很快有了确切的消息。配锁师的描述和你的相貌高度吻合。为了验证我的判断，我故意将曾汝明和罗振帮参加鸦片专卖公署十周年庆典的地点和时间的安保文件放在了我的保险柜内，文件果然被动过。而罗、曾二人的死恰恰证明了，你就是近期内频频出现的暗杀团伙的成员。孩子，我说的没错吧？"

"是的，是我做的。"

"孩子，你的命捏在你自己手里。除了你，自己谁也救不了你，包括我。你……懂我的意思吗？"

"我懂。可我绝不能出卖我的同伴以求苟活，即便你是我的父亲！"

"我不知道他们给你灌了什么迷魂汤，让你如此心甘情愿地为他们卖命！"郎霁鸿的脸色骤然沉了下来，脖颈上青筋突起，变得暴怒起来。

"没有人给我灌迷魂汤，我很清醒。我的儿子、丈夫，还有许多和我一样的中国人死在鬼子的枪口下。如果我不为他们报仇，又怎么能对得起自己的良心！现在只要有一双明亮眼睛的人都能看出来，日本人已到了穷途末路，你为什么不给自己留条后路呢？"

葵花的话，像一道电流击在了郎霁鸿的心上。这个道理，他何尝不知？只是，他现在深陷其中拔不出来了。日本人走后，国民政府和共产党都不会放过他。与其这样纠结，还不如随着日本人一道疯狂。

"孩子，你说的这些道理我都懂。你只要交代了，我保证带你远走高飞，我们一起去日本，在那里快乐地生活。"

"去你的日本吧！日本可能是你们这些卖国求荣的人梦想中的天堂，却是我和一切有良知的中国人心中永远的痛。父亲，我真为你感到悲哀！为了取悦于你的日本主子，把自己的女儿都给卖了，心甘情愿地成了日本人和伪满政府可怜的走狗。如果这样，我宁肯没有你这样的父亲。我很想我的母亲，在我临死之前，你能告诉我她叫什么？她现在在哪儿吗？"

"你的母亲叫孔艳秋,她已经死了。我对不起她。这就是我一直独身未娶的原因。"

"她还没死!"

葵花和郎霁鸿向声音飘来的方向望去,修女特蕾莎缓缓走了过来。她摘下了围巾,葵花和郎霁鸿都惊呆了。

特蕾莎和照片上的女人竟然长得一模一样,只是特蕾莎的脸上刻上了岁月的刀痕,染上了岁月的风霜。

特蕾莎的目光像两把锥子,犀利地盯着郎霁鸿的脸:"郎霁鸿,没想到我还活着吧。姓郎的,你真够狠的!我跟着你从国外回到了国内,把一个女人最好的年华统统都给了你,可你又是怎样对我的?因为你,我甚至和我最亲的父母闹翻了。你在滨江关道衙门书吏房任职,为了往上爬,竟然谎称自己没有家室,想通过娶上司的女儿达到自己龌龊的目的。大雪天啊,你把我和刚刚出生不到一年的女儿赶出门外。我得了一场重病差点死了。我抱着孩子找你,可你却离开了哈尔滨去了一个我不知道的地方任职。我一个女人家实在没办法,最后只好让张妈抱着孩子去人市放生。我对不住我的女儿。你还好意思说,这些年一直独身未娶是因为我?"

众人惊呆了,想不到这个叫特蕾莎的修女竟然是葵花苦苦寻找的母亲孔艳秋。郎霁鸿低下头来:"对不起艳秋,我当初也是被逼无奈啊!"

"孩子放生后我想孩子,病势越来越重。我没钱住店被店主赶了出来,大雨的天啊,晕倒在了街头。要不是这座教堂的老神父万慕深救了我,我早喂了野狗了。郎霁鸿,你都干了些什么?"

"我当时也是没办法啊!在书吏房当个小吏,被人颐指气使,呼来唤去,当条狗来耍。艳秋,你、你就原谅我吧!这些年,我一直在找你,也在忏悔啊!"

"别花言巧语再蒙我了。你来教堂,我早就看到了你。如果不是因为女儿的出现,我是不会认你的。葵花,我的孩子!"

孔艳秋说着扑了过来,将葵花紧紧拥在怀里。泪水打湿了葵花的肩头,葵花说:"妈妈,我想你啊!我以为今生今世再也见不到你了呢!"

孔艳秋说:"我苦命的孩子啊!这世上还有这么巧的事。孩子,我们相识多年,我做梦也想不到,你竟然是我的女儿。"

葵花做梦也想不到,在自己人到中年的时候,竟然和日思夜想的妈妈相认了,而她竟然还是自己身边最尊敬和熟悉的人。命运啊,怎么会如此的神奇?那个波兰神父和修女们不住地在胸口划着"十"字,一边吟唱着赞美诗。

"够了!"一声断喝响起,众人纷纷将目光投向郎霁鸿。

郎霁鸿看着抱成一团的母女,口气又舒缓下来:"既然命运让我们以这种方式相遇,那我们就坦然面对,过去的就让它过去。葵花,我只想对你说一句,把你知道的都告诉我,我们一家三口重新开始,过我们自己的生活,好吗?艳秋,你劝劝女儿。"

葵花轻轻推开孔艳秋,盯着郎霁鸿,冷冷地说:"不要难为妈妈,我还是那句话,我什么都不会告诉你的。你抓住了我不要紧,迟早有一天,会有人把你们这些汉奸败类彻底清除,把日本鬼子赶出我们的国土。虽然你给了我生命,可你这样的人,还真就不配做我的父亲!郎霁鸿,有种你就开枪吧!"

郎霁鸿两腮的肌肉抽搐了一下,从口袋里掏出了那只他平时佩带在身的勃朗宁手枪,打开了保险,冷冷地说:"好,既然你想死,谁也保护不了你。与其让你死在监狱里,还不如痛痛快快地死在我的手上!"

孔艳秋说:"郎霁鸿,你要干什么?"

葵花说:"妈妈,不要求他!我倒要看看他的子弹怎样打进我的胸口!"

"砰!"一声枪响,郎霁鸿看了看手里的枪,倒在他面前的并不是葵花,而是孔艳秋。就在郎霁鸿开枪的瞬间,孔艳秋一把将葵花推开,向郎霁鸿扑了过来,而这时郎霁鸿的枪响了。

"妈妈!"葵花扑了过来,将孔艳秋抱在怀里。

"孩子，妈妈对不起你……"话没说完，手就垂了下去，眼睛里满是晶莹的泪水。郎霁鸿挥枪瞄向葵花，说："那好，我就成全你们母女一块上路！"

"砰！"一声枪响，中弹的人竟是郎霁鸿。一颗子弹打在了郎霁鸿的后脑上，郎霁鸿手里的枪掉在了地板上，也"扑通"一下倒在地上。

郎霁鸿的身子痉挛着，他尝试着抬起头，似乎要寻找子弹袭来的方向，最终还是将头垂了下来。赵志杰从教堂二楼的楼梯口快速跑了下来，将郎霁鸿抱起来，大喊："老爷！老爷！"

这时，教堂外传来枪响，一个保镖跑了进来，对赵志杰说："不好了，一伙来历不明的人冲了过来，弟兄们被打死了好几个，快顶不住了。"

原来，是和卓领着五更、刘老邺和毕小虎杀了过来。

赵志杰顾不上葵花了，抱着郎霁鸿的尸体仓皇向外逃走。逃到教堂门口，被刘老邺一枪击中肩膀。赵志杰的身子晃了晃，和几个剩下的保镖扯着郎霁鸿的尸体上了轿车，消失在黑夜中。

和卓冲进教堂，葵花呆呆地站在大堂里看着母亲的遗体。

枪声又响了起来。

"快走，巡夜的宪兵队听到枪声赶过来了。"枪声越来越近，刘老邺说，"再不走就来不及了，快走！"

和卓拉起葵花，几个人冲出教堂。

雨突然大了起来，像是一张无形的大网，罩起了这无边的黑夜。

第二十六章

谁开枪打死了郎霁鸿，成了一个谜。

起初大家都以为是五更，因为五更当时趴在教堂穹顶上，扒开屋瓦也向下开了枪。五更说，不是他开枪打死的郎霁鸿，至于是谁，他没看清。

是郎霁鸿的保镖，还是教堂里的人？最有机会的就是他的贴身保镖赵志杰，可他为什么要这么做？如果他想干掉郎霁鸿，机会多得是，为什么非要等到这个时候？

众人琢磨了半天，也没理出个头绪来。最伤心的是葵花，她无论如何也不会想到，郎霁鸿竟是她的父亲，而她熟悉的特蕾莎修女竟然是她苦寻多年的母亲。让她痛心的是，母亲的尸体没背回来，落在了日伪手里。

躺在床上看着棚顶，葵花的泪水再次湿了枕头。局势比想象的还要严峻。这才短短几天啊，张瑞麟、宋义、王良、刘过风、李老当兵的都牺牲了。尤其是同在一个屋檐下的张瑞麟，她没去郎宅以前，每天晚上都能听到他香甜酣畅的鼾声，可现在人去室空，一屋寂寥，只有窗外婆娑闪动的树影和"沙沙沙"的风声。

她又想起了自己的父母。她和他们的缘分是何其的浅薄啊！都说她命犯伤官，命硬克夫，会不会也克自己的父母？父母亲即便再不好，也是给了她生命的人啊！她好像看到屋子里飘飞着张牙舞爪的鬼魅。一直到凌晨，她隐隐听到教堂的钟声响过，才渐入梦乡。

夜半，梅鼎华从睡梦中惊醒，值班警察打来电话说，郎霁鸿被人枪杀在大直街圣母守候教堂，一同被杀的还有修女特蕾莎和郎霁鸿的几个随从。梅鼎华连夜驱车回到办公室，郑家佑和冯建孜早已等候在那里。

他俩也是刚刚接到郎霁鸿的保镖赵志杰打来的电话。听了二人的汇报，梅鼎华大致了解了当时发生的情况，想不到世上竟然有这般巧合的事。据赵志杰说，郎霁鸿的女儿长相清秀，至于具体长什么样子，他描绘不好。不过如果见到她，他一定一眼就能认出来。教堂里的人和赵志杰的说法一样，对郎霁鸿的女儿也没有一个详尽的描绘。

梅鼎华听得稀里糊涂，不过很快梳理出了一个思路。梅鼎华说："郎霁鸿的女儿极有可能是共产党，可共产党也是人。如果她是前几桩案子作案团伙的成员之一，那咱们就利用这一点来个请君入瓮，将这个地下组织一网打尽。这个案子由你们刑侦科来完成，必要时再和特务科联手。不过也说不定特务科已经跑到你们前头，这次别让日本人再来打我的老脸了。"

郑家佑说："局长的意思是以郎霁鸿的妻子，也就是被救走的那个暗杀成员失散多年的妈妈的尸体作诱饵？"

梅鼎华点了点头："尸体现在停在什么地方？"

冯建孜说："呼兰施医院一楼的停尸间。"

呼兰施医院为盛京医科大学附属的地方医院，由英国苏格兰教会在哈尔滨地区创建的第一所西医医院。由于这家医院的冷藏条件好，哈尔滨许多刑事案件的尸体都放在这里。梅鼎华让冯建孜马上去《滨江时报》，让值班编辑抓紧写一篇消息，发在明天的报纸头条。

冯建孜驱车去了《滨江时报》，找到了正在当班的编辑，编辑当即请示副主编李欣苹，李欣苹在电话中迟疑了一下，说："发吧。"

此时，赵志杰正站在办公桌后面接电话。郎霁鸿死后，身为副手的他被伪满的省长于镜涛紧急下令接替郎霁鸿出任伪满保安局代局长一职。得知郎霁鸿被刺后，于镜涛连夜向日本方面推荐了赵世杰接替郎霁鸿。

赵志杰说："职下不敢。"

"现在只是个代局长，非常时期就得非常处理。"于镜涛又训斥道，"你当时也在现场啊，怎么搞的？最近这几起案子弄得整个滨江省、整个哈尔滨人心惶惶！"

赵志杰说："于省长，听我解释！"

于镜涛厉声道："我不要解释，我要结果！不管你用什么办法，一定要在最短的时间内给我一个满意的答复！别辜负了我对你的期望啊！"

赵志杰忙说："是的于省长，我知道，我知道。"

于镜涛说："妈的，搞到老子头上来了。日本人给我难堪，你们也别想过消停日子！"

赵志杰说："是！是！于省长，我知道了！"

于镜涛是吉林省长春市人，曾先后任中东铁路路警处副处长、伪满东省特别区警官学校教务长。"九一八"事变后任伪满东省特别区警备队总队长，一九三五年出任伪满哈尔滨警察局局长，一九三六年调至长春任伪满洲国警察总监。一九三九年春天至今任伪满滨江省省长，成为郎霁鸿的顶头上司。于镜涛左右逢源于日本人和伪满政府之间，是伪满国务总理张景惠手下最得力的干将。

赵志杰撂下话筒，一个手下走进来："局长，查清了！恭喜局长荣升。"

赵志杰打个哈哈，说："只是个临时的。"

手下说："临时的也是！"

赵志杰似乎挺受用，从烟盒里抽出一支雪茄烟来："什么人干的？军统、真勇社、东北抗战机构？还是共产党的抗联？"

手下说："我们怀疑可能是抗联的人。"

"怀疑只是一种推测，我要的是真正的结果！"赵志杰气急败坏地将烟在手里捏碎，沉吟了片刻，抓起电话打给梅鼎华："梅局长好，我是赵志杰。"

和以往不同，这次梅鼎华的语气十分客气。刚才梅鼎华也接到了于镜涛打来的电话，告知他赵志杰接替郎霁鸿任伪满保安局代局长，让他们搞好团结。梅鼎华心说，人走运挡都挡不住，郎霁鸿刚死，就有人接替他的位子了。心里这样想着，嘴上说："赵局长，我们已经接到报案，正在展开调查！"

赵志杰说："梅局长，别拿我逗闷子了，我只是个临时代理，等上边腾出空来，会有新的人选的。再说，日本人也不允许啊！"梅鼎华说："你老兄就别过谦了，谁不知道你是于省长的人？于省长的面子，日本人总会给的。"赵志杰说："借老兄吉言，不过各种暗杀团伙层出不穷，梅局长可要当心啊！"梅鼎华说："放心吧赵局长，一有消息我马上通知你。"

冯建孜说："局长，这伙人会不会和之前那几桩血案的凶手是一伙的？"梅鼎华说："是不是一伙的，我们迄今为止也只是推测。不过我感觉行刺郎霁鸿的人一定是共产党。每天都有共产党的人死在他的手上，共产党不报复他才怪呢！咱们还是研究一下怎么对付这个暗杀团伙吧。刚才，我说的那个请君入瓮的方案做好了吗？"

"做好了局长！"冯建孜将一张草图在桌上摊开。

郑家佑用铅笔指着图说："停尸间在一楼走廊的最里面，没窗户。死者的同伙要想将尸体抢走，唯一的可能就是门和走廊。"梅鼎华和冯建孜静静听着。郑家佑继续说："在走廊外有两幢楼对着停尸房，我们在这两幢楼的楼顶安排两个百发百中的狙击手，日夜蹲守。死者同伙一旦进入，绝无逃生的可能。"

梅鼎华满意地点了点头："马上安排，别让他们抢在了我们的前面。"

梅鼎华现在最感慨的就是日益强大的共产党。这才几年时间啊，共产党就如燎原的星火一样，在全国蔓延了起来。

日本人早晚有投降的那一天，真不知道再过几年，"满洲国"还在不在，这天下会是谁的。

现在不还拿着人家"满洲国"发的俸禄吗？别胡思乱想了，还是把眼下的活儿做好吧！想到这儿，他拿出了那只精美的俄国掐丝珐琅银鎏金的单只雪茄盒，掏出里边的俄国猎狼犬高档雪茄和一只汽油自动打火机，坐在椅子上点燃，暗自道："算了，到啥山唱啥歌吧！"

午夜，两个狙击手分别潜伏在那两幢楼的楼顶，居高临下，将枪口瞄准停尸间。梅鼎华暗忖，口袋阵摆好了，就等着猎物往里钻吧！共产党这次又得搭上几条命，这个暗杀团伙的幕后人物也会相继浮出水面。想到这儿，得意地接连喷出了几个烟圈，露出了诡秘的微笑。

第二天一早，《教堂酿血案，停尸呼兰施》为题的消息刊登在《滨江时报》头条。人们奔走相告，成为这天清晨哈尔滨人茶余饭后聊得最多的话题。葵花也看到了这张报纸。到哈尔滨后，为了了解社会动态从中发现有价值的线索，她就以旅馆的名义订了几份报纸，《滨江时报》便是其中之一。早上她打开报纸时意外发现,报纸中夹着一封信。

信上写着:"报纸有诈。"除了这几个字外,下面还有这样一段话:"组织上对你们近期的工作提出表扬和批评,一定要恪守组织纪律,务必小心再小心,谨慎再谨慎,遇到问题多思考少冲动,灵活机动,沉着应对。"落款:"螳螂"。

大家一致认为,警察局的人一定会在医院内外埋伏好,只待他们进去抢尸,然后一网打尽。"螳螂"怕情报传递不及时,只好用了这个办法。葵花和和卓原本商量着去教堂把母亲的尸体领回来安葬,可又怕落进敌人设下的陷阱,只好把这个念头咽进肚子里。和卓安慰她,葵花说:"几个战友的尸体下落不明,我不能为了我妈妈而把同志们往敌人的枪口上送。很明显,组织上对咱们这次的行动提出了严厉的批评。我想放弃我妈妈的尸体。"

和卓说:"可组织上并没有指示不让咱们抢回孔妈妈的尸体啊!组织上只是让我们不要暴露自己,但允许我们沉着应对、灵活处理。战友的尸体被炸成了难以找到的碎块,可孔妈妈的尸体就在停尸房内,我们不能眼睁睁地丢下她不管啊!如果我们放弃,只会更加助长敌人的嚣张气焰。从我个人的情感上来讲,过不去这个坎!"

想起自己的母亲,葵花觉得胸口插了把刀子。母亲遭受了那么多的苦难,十几年前就和她成为好朋友,可却不知道她们彼此间竟会是苦寻多年的母女。更让人难以接受是,母女刚刚相认,母亲就撒手人寰了。葵花恨透了郎霁鸿。这命运何其巧合,又何其乖戾啊!自己的父亲竟然是汉奸高官。想着他当年为了追求荣华富贵抛弃了她和妈妈,葵花就恨之入骨。这个人为了自己的仕途,不惜出卖自己的女儿。早知道这样,在他家中时就该除掉他。

五更、刘老邺和毕小虎也持有和和卓一样的看法。可是如何将计就计,既能抢出孔妈妈的尸体又不暴露自己,还能给日伪当局当头一棒呢?如果行动失败,势必会造成更为严重的后果。几个人开起了会,最后仍然是一头雾水。

"咱们不能犯冒险主义的错误,我不能因为我个人而暴露了大家。上次暗杀曾汝明,我已经犯了一次错误了。我们能安全地潜伏下来,有多不容易啊!组织上的批评,我们不能不考虑。"葵花说。

和卓说:"葵花同志,可我们也不能犯教条主义的错误啊。组织上一再强调,要我们遇事沉着、灵活机动,只要我们能有效地打击敌人,组织上就一定会支持、肯定我们的工作。"

脸上布满刀条纹的刘老邺说:"当年我听我们山场的老木把给我们讲过围魏救赵的故事。咱们要不要也来个围魏救赵?"

毕小虎说:"你的意思是在那个于镜涛身上打主意?"

刘老邺说:"还是你懂我!只要给于镜涛施加压力,让他给警察局打个电话,问题就解决了。"

毕小虎说:"你这话等于没说,于镜涛出入都有保镖,咱们根本就近不了身。"

刘老邺摸了摸脑袋:"别急,你让我想想,想想。"

电话铃响了起来,刘老邺接通:"你好,这里是霍库曼旅馆。"

话筒里飘来一个陌生女人的声音:"认识于镜涛吗?"

"听说过。"

"于镜涛包了个外宅叫胡梦蝶,她是道外北十二道街上滨江电灯局对面的红玫瑰舞厅的钢琴师。记住,她手上的蓝宝石戒指是于镜涛从他夫人手里诓来送给胡梦蝶的。"女人说完,立即挂断了电话。

刘老邺一拍大腿,笑道:"有了!"

办公室里,秃顶的于镜涛正低头用毛笔批复文件。宽大的办公桌上,堆满了小山一般的材料。

秘书走了进来,手里拿着件锦匣,放在于镜涛桌上。

"什么东西?"

"不知道。刚刚有人送来，让我转交你。"

"人呢？"

"走了。"

"知道了！"

秘书出去后，于镜涛拿起锦匣，打开后脸色骤变。锦匣内，只有一张照片，照片上是一只戴着蓝宝石戒指的玉手。这只戒指他再熟悉不过，是他前几天送给他新包养的外宅胡梦蝶的。想起那天晚上，于镜涛觉得像喝醉了酒。柔和的灯光下，于镜涛抓起胡梦蝶嫩白修长的手，将那枚蓝宝石戒指套在无名指上。胡梦蝶抬起手面露欣喜："干爹，你真好！"于镜涛说："别叫干爹，别扭。"胡梦蝶搂着他的脖子："还是叫干爹的好！谁不知道你最惧内？咱俩这关系让你太太知道了，还不得天天让你在家面壁思过？"于镜涛摸着胡梦蝶尖尖的下巴："你说非要戴上和她手上一模一样的戒指才答应和我在一起，我就让她把这只戒指撸下来送给你，对她说给了长春梅次长的夫人了。你说，我惧谁？"胡梦蝶点着于镜涛光光的额头，娇嗔道："算你有心。"

于镜涛慌乱地给外宅打了个电话，女仆接的。于镜涛问梦蝶在家没有，女仆说："老爷，胡小姐昨晚到现在未归，我还以为和你在一起呢！"于镜涛说："好了，没事了！"

于镜涛缓缓撂下话筒，额头上渗出了冷汗，没想到这伙狡猾的贼人竟然打起了他外围的主意。这件丑事要是传出去，他这一省之长的颜面可往哪放？就在他急得用拳头拍着桌子的时候，另一部电话的铃声骤然响起。他快速操起话筒："我是于镜涛。"一个男人的声音飘了进来："于省长好，礼物收到了吗？"

"你是什么人？"

"我是谁并不重要，重要的是你收到礼物就成了。"

"你想干什么？"

"如果想让戴着这枚戒指的手保存完好，不想让这个秘密传到你太太和公众的耳朵里,就按我的要求去做。"

电话那头的人说了一番话,于镜涛一边抹着汗,一边点头:"是!是!是!"

于镜涛抹汗的时候,梅鼎华正和郑家佑、冯建孜在讨论案情呢。梅鼎华说:"这两夜没动静,他们是在观望,今夜一定会有所行动,千万不能掉以轻心。"

电话铃响起,梅鼎华抓起话筒,于镜涛的声音传了出来:"我是于镜涛,你们把尸首停在医院想来个瓮中捉鳖,我看不妥吧?现在有人打来电话,说医院乱成了一锅粥,快成警察局了。"

"于省长,我们是想把她的同伙引来,将其一网打尽。"

"胡闹!什么狗屁团伙?他们已经把电话打到我的办公桌上了,说如果不把尸体交出来,他们就在滨江省公署大楼里安上定时炸弹。这个责任,你负得起吗?"

"于省长,我们已经在那儿守了两天两夜了,说不定今天晚上这个暗杀团伙就落网了。"

"我不管!暗杀团伙多得是,又不差他们一个!"于镜涛说着口气软了下来,"老弟,你总得为我考虑考虑吧,难道你想让他们威胁到我家人的安危?再有一个月,我就调往新京了,我走后随你怎么折腾。到时候我一定在张总理面前美言,争取把你也调过去。"

"于省长,你说怎么办?"

"还能怎么办?只能答应他们的要求。今天晚上,把尸体送到爱多亚路温泉浴室门前靠左边墙角电线杆下的水泥垃圾箱内。"

"垃圾箱?"

"我说得不清楚吗?就这样!"

"啪!"于镜涛把电话挂断了。

郑家佑说:"局长,于省长啥意思?让我们交出尸体?"

梅鼎华说:"这个于镜涛安的什么心?不用说,一定是暗杀团伙威胁到他的安全了，胁迫他给我们下令交出尸体。"

冯建孜说："那我们的计划不就白做了吗？"

梅鼎华说："哼！没那么便宜。既然这样，那咱们就来个将计就计，顺水推舟。"

郑家佑说："顺水推舟？"

"对！顺水推舟。"梅鼎华点头，"你们把那个女人的尸体送到爱多亚路温泉浴室门前靠左边墙角电线杆下的水泥垃圾箱内，人员都提前埋伏好，看到有人出来运尸就开枪，把他们打成马蜂窝！"

郑家佑说："局长，把死尸放垃圾箱里？"

梅鼎华说："按于省长说的做。"

冯建孜说："要不，换一具尸体吧！"

梅鼎华说："蠢货，如果行动失败，这些人见不到真尸还会找于省长。到时候，姓于的随便找个理由，咱们这个案子就得中止。必须拿真尸把他们引出来，于省长也就无话可说了！拿张景惠说事，老子才不吃他这一套呢！哼！"

入夜，爱多利亚路温泉浴室门前的霓虹灯变幻着五颜六色的光。门前左边墙角的电线杆下，果真有一个水泥砌成的垃圾箱。对面有一棵枝叶茂密的老树，枝叶里藏着一挺机关枪，枪口对着垃圾箱。冯建孜和几个警察藏在树上，眼睛盯着街头。冯建孜撸起袖子看手表，借着微弱的星光看了一眼，指针指向十一点。

"冯科长，都大半夜了，他们会不会不来了？"

"少废话！都给我盯紧了，一见有人拿起装尸体的袋子就开枪！"

"放心吧，只要他出来，他的死期就到了！"

"冯科长，你看，那是什么？"

顺着一个警察手指的方向，远远看去，垃圾箱旁有一个黑影，似乎在翻动着垃圾。

冯建孜挥手："总算来了，给老子开枪！"警察们扣动扳机，机关枪喷出火舌，子弹击中垃圾箱发出火花。那个黑影发出一声怪叫，就不动了。

"快！"冯建孜挥手，和几个警察跳下树冲到了垃圾箱边。

他们仔细一看，被打死的哪是什么人，分明是一条大黑狗。冯建孜打开手电筒往垃圾箱里看，那个装有尸体的袋子不见了。垃圾箱依墙而建，里边的墙根下，露出一个可容一人钻过的洞口。冯建孜气得伸脚踢那条死狗，发现狗脖子上套着一个小布袋。他使了下眼色，一个警察将布袋摘下来，打开一看，里面装了一个馒头。掰开馒头，里面是一枚蓝宝石戒指。

灯火阑珊的街上鲜有行人，偶有人力车和小汽车驶过。哈尔滨火车站候车室里，橘黄色的灯光透过鹅蛋形的窗子，映照着十几个候车旅客即将远行的身影，使得这白日里喧嚣的火车站越发静谧起来。

对面铁路旅馆二楼的一个房间里，空气里却弥漫着一股紧张的味道。脚下的地板因为火车在铁轨上轧过，不时地颤动着。胡梦蝶坐在一张桌子旁，脸色忧郁。此时的她，身上换上了一身粗布衣衫，正在将手里的手帕拧成一根麻花。在她的脚下，是一根拇指粗细的麻绳，一旁的桌上放着一张火车票。背对她的，是站在门口穿着长袍蒙着脸的葵花。葵花的身边是头戴鸭舌帽，一身年轻工人打扮，同样蒙着脸的和卓。葵花双手插在衣口袋里，一副漫不经心的样子。

葵花说："于镜涛那儿你是回不去了。火车票给你起好了，凌晨三点的，回老家去吧！"

胡梦蝶说："听你的声音，怎么是个女人？"

和卓说："少啰唆！有些事，知道得越少越好。"

葵花推开门，冲和卓摆了摆手，二人走了出去。"啪"的一声，门被关上。

胡梦蝶身子一哆嗦，拿起桌上的车票。一声高昂的火车汽笛声传了过来，又一辆火车进站了。胡梦蝶推开窗子，一辆黑色的轿车疾驰而过，差点撞到一个醉汉，司机探出头来骂了几句，很快又消失在街头。她看了看那张火车票，轻轻地撕扯着，车票碎片如雪花般地散落在地板上。

刘老邺目视前方开着车。毕小虎坐在副驾驶上，嘴里叼着一根老巴夺，黑衣上满是泥土。葵花和和卓坐在后座。这次行动，为了安全起见，让五更留守在霍库曼旅馆。

毕小虎瞪着刘老邺，吐了一个烟圈，说："平时不说话，蔫主意倒不少，害得老子钻地盗洞，瞧这身臭味！"

刘老邺瞪了一下毕小虎，没理他。

刘老邺和毕小虎是对欢喜冤家，也是对生死相依的兄弟。几年前，印刷排字工人出身的他们在蛟河参加了抗联。母亲生下刘老邺后就过世了，刘老邺是吃着毕小虎母亲的奶水长大的，而那时毕小虎生下还没过百日。这次的主意是刘老邺出的。关于打来电话的那个神秘女人，大家在一起争论不休。神秘女人看起来对于镜涛十分了解，同时也了解他们的困扰。这个女人是谁？她是通过什么途径得知他们在霍库曼旅馆的？最后，葵花认为，神秘的女人即便不是他们的战友，也绝不可能是他们的敌人。否则日伪当局早派人来抓他们了。

离开铁路旅馆，他们就往江边的白桦林赶去。到达江边的时候，阳光恰好升起，江水和寂寥静谧的树林都染上了一层红色的光晕。很快，树林里多了一个隆起的新坟。葵花跪在这座新坟前，泪水再次盈满了眼眶。她在心中默默祈祷着："妈妈，如果有来生，我仍然做你的女儿。妈妈，您在九泉之下安息吧。女儿现在从事的工作是光荣的、高尚的，等女儿百年过后，就来陪你。"

在这座新坟的旁边，还有宋义、王良、张瑞麟、刘过风和李老当兵的衣冠冢。啁啾的鸟鸣声中，葵花、和卓、刘老邺、毕小虎表情沉重，在坟前默哀。

和卓说："看来霍库曼旅馆已经不安全了，虽然那个打来电话的神秘女人帮助了我们，但我们不知她的真实身份和来路，不能保证她以后不出卖我们。"

葵花说："我同意你的想法。这件事我们已经违反了纪律，由我向上级写检讨，并汇报要转移的想法。"

本来想将计就计，没想到反被算计了。梅鼎华听到汇报，肺都气炸了。

冯建孜说："局长，搞不清这枚戒指是谁的。"

梅鼎华说："准是于省长的！一定是他送给哪个婊子被人抓住了把柄。这个老色鬼！"

郑家佑说："局长，会不会有人通风报信？要不然这个暗杀团伙怎么会想出这个办法来给于省长施压？"

梅鼎华说："你是说……有内奸？"

郑家佑说："局长，我也只是猜测。你想，咱们在呼兰施医院设下的口袋阵，对方怎么在这么短的时间内就掌握了？"

梅鼎华说："这个团伙，不简单啊！"

冯建孜说："局长，我忘了一件事。郎霁鸿被杀，我们还没到他家了解情况呢！赵代局长说，凶手是郎霁鸿的女儿引来的，她和郎霁鸿相识前，曾在郎宅当过厨娘，叫绮霞。"

梅鼎华说："我怎么把这茬儿给忘了？快去吧，晚了可能就来不及了。"

这时，值班的警察跑了进来，说郎霁鸿家的管家沈老八和下人邹妈被杀死在屋里了。

梅鼎华气得将手里的茶杯摔个粉碎："你看看，冲我刚才的话儿来了吧！"郑家佑说："局长别着急，我和冯建孜这就过去看看。"

二人到郎宅，发现沈老八和邹妈被杀死在各自的卧室里。凶手作案手法干净利落，都是一刀割喉致命。从被害人四目紧闭的样子来看，被害人是在睡梦中丢了性命。会有谁在郎霁鸿被害后杀了沈老八和邹妈？郎宅戒备森严，凶手又是怎么进入的呢？经过了解，郎霁鸿死后，保护郎霁鸿的岗哨都撤了，整个郎宅只有沈老八和邹妈了。凶手在现场没有留下任何痕迹，看来此人身手相当麻利，是个受过特殊训练的老手。凶手为什么要杀死两个下人？

冯建孜说："凶手会不会是杀死郎霁鸿的同伙？"

郑家佑说："极有可能！邹妈和沈老八或许认识郎霁鸿被害案的凶手，所以被凶手及时灭口了。郎宅仆人不多，除了岗哨、保镖之外，平时只有沈老八、邹妈和那个厨娘。难道凶手就是那个叫绮霞的厨娘？"

冯建孜说："可她只是个厨娘啊，又怎么能有这么好的身手？"

二人回到警察局向梅鼎华汇报。

梅鼎华说："据我所知，苏联的远东情报部门每年都会放出很多'燕子'来引诱一些军政界的高官，这些'燕子'无一例外都是训练有素、身手敏捷的年轻貌美的女子。苏联能有，抗联一定也会有。花大力气，一定要调查出那个厨娘的来路。赵局长和郎霁鸿形影不离，他一定知道一些情况。我打电话问个清楚。"

这时，赵志杰却驱车赶来了。几天不见，派头见长。

几句话刚过，赵志杰说，厨娘是管家沈老八通过太太潘有静介绍过来的，他们找到了潘有静，潘有静说她和她只见过一面，也不了解这个叫绮霞的女人的情况。赵志杰一口认定警察局一定有暗杀团伙的内线，他说："要不然尸体绝不会被轻而易举地运走。这个团伙，极有可能是共产党的地下组织。还有情报显示，郎霁鸿和重庆军统方面有联系，除掉他的人会不会是军统方面派来的人？姓郎的是三重间谍，既效力于满州国，还效力于日本人和国民政府，他就是我们一直以来要缉拿的那个三头鹰。"

梅鼎华早就听说有一个代号叫"三头鹰"的内奸，"新京"方面、日本人那里都曾让他想方设法抓捕，可这个"三头鹰"隐身于茫茫人海，抓捕几年也未见一丝头绪。想不到竟然是他的同僚郎霁鸿。"三头鹰"被杀，他有着不可推卸的责任。

想到了郎霁鸿的命运，梅鼎华冷汗直流，不禁有些兔死狐悲的酸楚，他一边叫苦不迭，一边赔着笑脸。虽然他的职位不算低，比赵志杰现在的位置要高出很多，可赵志杰由日本特务机关垂直领导，类似明代的锦衣卫，权力大得没边。他就不同了，稍有不慎，屁股下的那把椅子就保不住了。

最后，赵志杰将他单独叫到密室，说还有一个办法，可以引诱暗杀团伙露头，进而一举消灭。梅鼎华说："请赵局长明示。"赵志杰说："我们刚刚抓获了一个叫亚历克斯的波兰工程师，这个人参与了虎头要塞的图纸设计，在日本人要杀他灭口的时候，随同几个劳工侥幸逃脱。他在企图越过乌苏里江潜入苏联远东地区的途中得了白喉，没办法，只好秘密潜回中东铁路中央医院内科接受治疗。上峰命令我们抓住这个机会，摧毁共产党抗联和国民党潜伏在哈尔滨的地下组织。兄弟我只是个代局长，没一点成绩也没法向上边交代，你老兄可要多多相助。"

梅鼎华说："抓捕共产党责无旁贷，放心吧赵局长，我们警察局随时配合你们。"

"我不是说过嘛，兄弟现在还只是个代局长！"赵志杰眼里掠过一丝狡黠，他掏出一根老巴夺点燃，满意地握住了梅鼎华的手晃了晃。

梅鼎华知道，这是个远比郎霁鸿更加凶残的搭档。他这么心急火燎地急于立功，就是想把那个"代"字去掉。赵志杰走后，梅鼎华就命令郑家佑挑选了十几个得力的手下，乔装改扮，二十四小时布控在中东铁路中央医院的周围。

第二十七章

就在梅鼎华和赵志杰布控的时候，警察局特务科也忙得团团转。特务科的井野英一正在向他的老师今川嘉高汇报工作进展。

井野英一的眼睛里布满了血丝，他已经整整三天没有睡觉了。最近，不明身份的暗杀团伙将哈尔滨搅成了一锅浑水，许多伪满官员和日本官员接连遭到暗杀，哈尔滨特务机关长柳田圆三给今川嘉高下了死令，无论如何也要将这个暗杀团伙抓捕，搞清他们的真正身份。

今川嘉高说："井野君，梅鼎华做梦也不会想到，你们特务科现在也在负责这几起案子的侦破工作。看来柳田圆三机关长的决策是对的，不能完全相信中国人。"

井野英一说："老师，我向来对中国人的能力持怀疑态度。这几起案子给了姓梅的，可他的刑侦科并无丝毫作为，马特维、曾汝明以及郎霁鸿相继被杀，他们什么也没查出来，不过是个摆设。"

今川嘉高说："井野君，我们现在不是也没查出来吗？"

井野英一脸一红："老师，我们已经找到了突破口。如果顺利，就能顺藤摸瓜，端掉这个暗杀团伙，并弄清他们的真实身份。"

"找到突破口了？什么情况？"今川嘉高问。

"侨民事务局的一个代号'风'的特工向我们举报了一个女人。根据'风'提供的情况，我们秘密监听了这个女人的电话，终于发现了蛛丝马迹。就是这个女人打出了一个电话，向暗杀团伙提供了于镜涛的外宅胡梦蝶的情况。暗杀团伙获知于镜涛瞒着夫人将一枚蓝宝石戒指送给了外宅胡梦蝶，而于镜涛又是怕个老婆的人。暗杀团伙利用这个软肋要挟于镜涛抢走了那个修女的尸体，也就是暗杀团伙一个成员的母亲。还有，郎霁鸿的厨娘竟然是他失散多年的女儿，郎霁鸿发现女儿可疑，在和她相认的时候，被神秘枪手打死，而她的女儿也不见了。"

这件事情，今川嘉高已经听梅鼎华讲述过了，让他感到愤怒的是，郎霁鸿的管家沈老八和保姆邹妈也被神秘人杀害，要知道邹妈可是他们为监视郎霁鸿而埋在他身边的眼线。难道，邹妈的身份被识破而遭到了毒手？今川嘉高怀疑那个消失的厨娘是凶手，可刑侦科迄今也没查到这个人的蛛丝马迹。他在背地里大骂刑侦科无能，特意赶到特务科向他的学生川野英一下命令。就在他对川野英一失去信心的时候，川野英一竟然说找到了突破口，让他喜不自禁，迫不及待。

"这个女人是谁？为什么没实施抓捕？"

"老师，这个女人是郎霁鸿的情妇，《滨江时报》的副主编，叫李欣苹。据说这个李欣苹会唱蹦蹦戏，郎霁鸿和她是因戏结缘。"

"哦。想不到这个郎局长还是个风流情种。井野君，我命令，立即对李欣苹实施抓捕。"

"咳！"

夜雨敲窗，李欣苹仍然没有睡意。她就是佟云。

当年，她并没有死，而是被孙宝才手下的副官崔升民救了下来。崔升民是国民党内坚定的抗日分子。崔升民救下她后，将她带到沈阳，推荐她加入了东北抗战机构。经过刻苦训练，佟云成了一名特工并加入了国民党，战斗在东北的多个城市。两年前，也就是一九四二年春天，她由沈阳潜回哈尔滨，利用《滨江时报》记者的身份搜集情报，接受上级传达的各项任务。

这次，上级命令她接近伪满哈尔滨保安局局长郎霁鸿，找到一份内有伪满哈尔滨保安局数百个特工人员信息的、代号"狼网"的名单。这份代号"狼网"的名单只有一份，被郎霁鸿锁在了家中的保险柜里。

十三年前那场血战的枪炮声迄今仍然萦绕在佟云的耳边。无数个夜晚，她思念关锦城。当她伤好回到绺子的驻地后，发现绺子已被荡平，关锦城不知去向。偶尔她也会想起赵金良，回想她三十六岁的人生路。坎坷的经历，已使她看淡了生与死。她想关锦城，想他们的孩子。如果关苗活到现在，也是个大姑娘了。不知道锦城哥现在在哪里，但愿他还平安地活着。

这些年，活着的、死去的身边人，走马灯一样出现在她的梦境中。她甚至经常想起宫崎一家，想起柊梧叔叔、加代婶婶，还有和她一块长大的阳太哥。这些年，除了关锦城，她想得最多的人还是哥哥、嫂子。

从沈阳回到哈尔滨后，她悄悄回过家，可那里已被日本宪兵队所占。她找到了小琴，小琴告诉她这些年家里发生的变故，她这才知道哥哥死在了鬼子的枪口下，额涅因为哥哥的惨死上了一股急火，不久也病故了。侄子和田太太，还有老黑哥死在鬼子的枪下，嫂子将他们安葬后去了田家烧锅，不久田家烧锅也出事了，嫂子离开了哈尔滨，不知去向。日本宪兵队霸占佟家的时候，柊梧叔叔和加代婶恰巧也在，他们和本国的士兵理论，结果被本国的士兵枪杀了。至于他们的儿子阳太，没有听说过他的下落。

　　她做梦也没想到，她这辈子还能见到嫂子，而且是在郎霁鸿的家里。她多么想上前和嫂子相认啊，可组织纪律不允许她这样做。这些年，嫂子都经历了什么？她怎么到郎霁鸿家当了厨娘？更让她意想不到的是，嫂子竟然是郎霁鸿失散多年的女儿！这样巧合的故事大多只出现在小说中，想不到现实中她的身边竟然也上演了这催人泪下的一幕，而且主人公还是她敬爱的嫂子。

　　更让她感到惊讶的是，她没有得到的"狼网"名单却让嫂子找到了。嫂子的身份是什么？是不是和她一样？只不过她是国民党那一方的，而嫂子是共产党。无论是共产党也好，国民党也罢，他们都有一个共同的目标，那就是将日本人赶出中国去。想到这些，她为嫂子感到光荣。不过共产党的势力实在太弱小了，等将日本人赶出去，她找机会和嫂子谈谈，争取把嫂子拉到他们这一边来。

　　一阵困意袭来，佟云闭上了眼睛。突然，她被一阵急促的敲门声惊醒。这么晚了，还会有谁敲宿舍的门？

　　她本能地摸出枕头下的手枪。门被撞开，十几个不明身份的人冲了进来，她被捕了。直到被关进特务科的审讯室，她才知道，出卖自己的竟是自己的同事许静芝，而逮捕她的那些人则是伪满警察局特务科的日本特工。

　　不间断的审讯，将她打得遍体鳞伤。那个叫川野英一的特务科科长像疯子一样逼着她说出她的上线是谁，是哪个组织的。

　　她在心底一遍遍地诅咒着许静芝。她知道，进了这个鬼门关，就不可能再活着走出去。她就是死，也不会向鬼子吐露一个字。

从她被关进来到现在，已经整整一天一夜了，鬼子对她的审讯一刻也没闲着。她几次昏迷，又被凉水浇醒。

川野英一气急败坏，用阴森恐怖的眼神盯着佟云："想不到你的嘴竟然这么硬。既然这样，我就让你将这个房间里所有的刑具都尝个遍。宫崎阳太——"他朝门外喊着。

门开了，走进一个光着上身的壮汉。

川野英一说："阳太，能不能撬开她的嘴，就看你的了。"

"咳！"壮汉双腿并拢。

川野英一走了，走廊里传来了空荡荡的脚步声。

那个壮汉操起皮鞭向佟云走了过来。一阵皮鞭过后，佟云再次昏了过去。审讯室里除了她的喘息声和那个审讯她的特工的呼吸声，再没有别的声响。

她睁开了眼，那个审讯她的特工正在将烟凑到火钳上点燃，昏暗的灯光下，映出他那张通红的似曾相识的脸。他见她醒了，吐了一口烟，竟然说着一口流利的汉语："还是说了吧，免得受皮肉之苦。"

这声音似乎在哪儿听过，难道他是中国人？

佟云说："你……这个败类！"

那人笑了："我不是你们中国人，我小时候在中国长大。如果你不说，接下来我就不会这样对你了。"

这时，那个特务科长又走了进来，对审讯她的特工说："阳太，开没开口？"

那个人摇了摇头，笑道："放心吧科长，她就是钢铸的，到了我这里也扛不过三天。"

"那好，这个女人就交给你，随便你处置。宫崎君，这个女人长得挺不错的。"特务科长拍了拍他的肩，颇有意味地笑了笑，走了出去。

审讯室里再次陷入了寂静。偶尔，从走廊里隐隐传来撕心裂肺的惨叫，让人觉得空气都是阴森的。

这次，特工没用皮鞭，而是将烧红的烙铁从火炉里抽了出来，一阵焦糊的气味和撕心裂肺的惨叫过后，佟云昏迷了过去。一桶冰凉的水泼到了佟云身上，她慢慢醒了过来。

特工满面得意，又点燃了一根烟，走了过来，笑道："滋味怎么样？现在烫的只不过是你的肩头，接下来就是你那漂亮的脸蛋了。如果你不想变成丑八怪，还是交代了吧！"

"宫崎阳太……是你吗？想不到，你也成了魔鬼！"佟云喘息着，攒足了力气，大声说道。

特工的眼睛里掠过一丝惊讶，他的喉结动了一下，咽了口唾沫，上下打量着佟云，最后说："你是……佟云？！"

"是我！"

队员们离开了霍库曼旅馆，在透笼街的一个杂院暂时住了下来。为了安全起见，让五更在这里作接应。和卓仍然在余声魁那里，可"大黄蜂"却像飘浮在空气中的幽灵，连个影子也没出现。这天，白晓华托人找到和卓，他想组建戏班子，重振吉成社，让她和葵花来一趟。

葵花听后大喜，对和卓说："要不我们还干我们的老本行？"

和卓点头："这个办法不错。吉成社成立，我就从余声魁那儿辞工。"

于是，二人赶到白晓华那里，把愿意和他一起成立吉成社的想法说了出来。白晓华挺高兴："俺不能眼睁睁地看着咱们的蹦蹦戏失传了啊！你们的师爷和师父都不在了，趁着俺还没老，有责任把咱们的蹦蹦戏再发扬光大啊！实话告诉你们，俺已租下东四家子大舞台了。"

葵花说："太好了，大师伯！"

和卓也说："这下，我也不用在水上漂着了。"

滨江大舞台简称大舞台，俗称东四家子大舞台，地址在道外南十六道街，可通荟芳里。站在佟家的屋顶上，可以看得见大舞台那巍峨的前门楼。

大舞台开业于一九二〇年，其后曾两次被烧毁。第一次是一九二一年五月，损失俄币达两万元。经两年多修复，于一九二四年重新开台。一九二九年四月再次被烧毁，加上两年后洪水的袭击和一次大瘟疫，大舞台负债累累，股东会被迫于一九四一年一月将东四家子大舞台遗址及不动产全部变卖，退还所有本金后解散股东会，大舞台就一直闲置着。半拉月前，白晓华拿出自己的全部积蓄租下了大舞台，租期三年。他又找到余声魁，说服他将轮船戏园子挪出水面搬到大舞台来，曲目以蹦蹦戏为主打，兼顾京剧、评剧、相声、数来宝以及山东大鼓。

白晓华让她俩先别急着回去，他已经约好了梅鼎华和郑家佑，大家一起好好畅谈一下吉成社未来的规划。中午时分，梅鼎华和郑家佑着便装赶来。这两天像过了两个世纪，那个谜一般的厨娘搞得梅鼎华疲惫不堪。师兄白晓华打来电话说要开办吉成社，他有心不来，在郑家佑的劝说下还是来了。郑家佑说："师叔，再这样绷着，我也快疯了。办吉成社，咱爷俩也入股，到时候也有红利分，也算给咱们自己留个退路。"梅鼎华一想也是，就和郑家佑开车赶来了。

寒暄过后，郑家佑看着葵花："嫂子，最近怎么没去俱乐部找我啊？我不是给你年卡了吗？"

葵花说："你那儿都是日本人，我老去也不太方便。再说我也不会说日语，搞不好给你丢人。"

郑家佑说："丢人？大小我也是个副经理，哪天你和三师妹一块去，我做东，在马迭尔请你们姐俩吃俄式大菜。"

葵花说："家佑，我去过两次，可你都不在，也不知道你去忙啥了。"

"我那儿就那样，闲起来能长草，忙起来像陀螺。我不在，就是忙别的去了。"郑家佑说着，弹了一下黑丝绒西装上的烟灰，看着和卓，"师妹，就像你在余声魁那儿唱戏，有时候也身不由己不是？我去听过你几场戏，也听过你唱的《夜宿花亭》。"

和卓说："师哥，你怎么没找我啊？"

郑家佑说:"我见你累得腰都直不起来了就没讨扰你,不过我可是打了赏献过花的。"

和卓就笑:"怪不得最近有好几回我的赏钱比往常多了好几倍,原来是师哥打的赏。"

郑家佑吐了几个烟圈,葵花心说这人的变化怎么这么大,真是小人得志。

和卓说:"师哥,我怎么觉得你比以前会说了,也会来事讨人稀罕了。"

郑家佑说:"师妹在那儿唱戏,我不捧谁捧?再说我这些年在外边闯荡,多多少少也算见过世面,人情世故自然懂一点。师妹,你也不是当年那个一逗就脸红的小丫头了不是?"

"吃水不忘挖井人,你这一切都是梅师叔给你的。"和卓看着梅鼎华,"啥时候,师叔也帮帮我们姐俩?"

梅鼎华像上次一样,慢悠悠掏出那只掐丝珐琅银鎏金单只雪茄盒,掏出一根俄国猎狼犬高档雪茄和一只汽油自动打火机,点燃后,吐了一口烟雾,说:"你大师伯想重振咱们的蹦蹦戏,租赁了三年大舞台,你俩只管把戏唱好就行了。有我罩着,谁敢欺负你们?师兄,你可是把家底都拿出来了。这样吧,把全部的投资算成十股,师兄算五股,我和家佑算五股,怎么样?两个女孩子不入股,除了工钱,红利照分。"

白晓华摇了一下折扇:"鼎华,有你这句话,俺就更有底气了。俺替两个姑娘谢谢你喽!"

梅鼎华说:"我和师兄是一师之徒,师兄想重新成立吉成社,我也不能甘居于后啊!"白晓华说:"鼎华,你身为警察局局长,千万不要做对不起咱们中国人的事。如是让我知道你昧着良心做下伤天害理的事,我饶不了你!"梅鼎华说:"师兄,我和你说了多少次了,我这个局长只是个闲职,说得算的其实是日本人。放心吧师兄,我要做对不起师门的事,请师兄处置!"郑家佑见状,忙打圆声:"师叔,我又能和师姐、师妹同台唱戏了，我又能唱《夜宿花亭》了。"说着，郑家佑就哼唱了起来，"梅花篆字你我都会，文通比我们写得精。他模仿我的字体把家书改，咱俩谁也分不清。"

看着郑家佑和梅鼎华，葵花在心里感叹着，师伯到现在还相信他们。如果不是上级有令，自己早就对他们下了杀手。想起张瑞麟的死，葵花就将他们恨得牙根痒。真是人生如戏啊！白师伯要重振吉成社，他们又聚到了一块。葵花想，也好，先利用一下他们，等时机到了就将他们除掉。每当静下来的时候她就会想，是什么使她这颗柔软的心变得如此坚硬了呢？想起和郑家佑当年的往事，她实在想象不出他怎么会变成今天这个样子。那个给她挑水送她头油给她猞猁皮的家佑去哪了？她越发认定，他就是那个叛党、出卖自己同志的"大黄蜂"。

唱罢，郑家佑喝了一口茶水，说："嫂子、和卓，最近有事没事少上街，警察局和保安局正在抓捕女共党呢！"

"女共党？什么女共党？"葵花问。

"就是抗联！最近他们潜伏在哈尔滨的地下组织活动极其猖獗，还有国民党的东北抗战机构、真勇社什么的，我在警察局天天听得耳朵都起膙子了。"梅鼎华插话说。

梅鼎华说："葵花、和卓，大舞台的事，就交给你们俩了。对了，哪天有时间去家里看看吧。你师婶也是一个戏迷，只是登不了台面。不过她做得一手好菜，你们一定得去尝尝！我和你师婶没儿没女，拿家佑当亲儿子。"

白晓华说："鼎华啊，咱们同出一门，本来就是一家人嘛！你这话说得俺眼泪巴巴的。"

白晓华这番话感动得葵花的眼睛湿润起来。她看了看郑家佑，郑家佑也在拭泪。

从白晓华的住处出来，和卓说："想不到梅鼎华竟说出这样的话来。"

葵花说："既然人家请咱们了，那咱们抽空去看看，说不定从咱们那位没见过面的师妯身上,能找到对咱们有价值的东西。"

"嫂子,你这是在利用一切可以利用的资源啊。"

"别掉以轻心,我看家佑和我说话的时候,眼神里有一种试探的意味。"

"不会吧,他怎么知道我们就是他们要找的人?"

"别小觑了他们。狼在捕杀猎物前,都是嗅着气味进行试探的。"

"嫂子,他们可不是狼,充其量就是日本人胯下的走狗。"

葵花就笑。和卓突然想起,梅鼎华并没有将他家的具体地址告诉她们。

葵花说:"放心,他既然话已出口,一定会邀请咱们去他家的。我对大舞台那儿很熟,咱们不妨把工作地点搬到大舞台来,给他们来个灯下黑,回去后我就向上级申请,通过后咱们就搬。"和卓说:"嫂子,这主意不错。"

天空中飘起了细雨,葵花突然想起潘有静来。一个在商店的雨搭下避雨的瘦弱报童,扬着手里的报纸喊:"号外!号外!新加印的报纸啊,快看看,郎局长的管家和下人邹妈被杀,凶手逍遥法外!"

葵花一惊,跑过去买了一份。果然,在《午报》的头版位置,刊登了沈老八和邹妈被杀的消息。看来是她连累了潘有静啊!可又会是谁对他们下了杀手?

跟和卓分手后,雨也停了。葵花去了沈老八家住的那个胡同里。透过门缝,她看到了在院子里晾衣服的潘有静。雨后的阳光映在她苗条的身体上。她一边抻着衣服上的褶皱,一边开心地哼着歌儿。看来,她还不知道丈夫的死讯。

"也是个苦命的女人啊。"葵花叹息一声,心里连说对不起。

这时,有警察开着车停在了胡同口儿,葵花忙冲着门鞠了三躬,抹把眼泪,匆匆走出了这条门牌上标注着"裕海湧"三个字的老胡同。

很快,上级通过"螳螂",将批复意见传达下来了。

上级对他们近阶段取得的成绩表示肯定，对牺牲的同志表示极大的哀悼，并同意他们搬至大舞台，以唱戏为掩护，杀更多的鬼子汉奸。上级还要求他们，一定要想办法营救一个叫亚历克斯的波兰工程师，这个人参与了虎头要塞的图纸设计。一位打入敌人内部、代号叫"黄雀"的同志提供情报说，这个波兰工程师患了白喉，正在中东铁路中央医院接受治疗。

葵花他们一边收拾大舞台，一边着手营救亚历克斯。出去踩点的毕小虎和刘老邺回来报告说，医院内外有乔装的警察二十四小时不间断看守，凭他们现在这几个人硬冲进去救人很困难。葵花也化装成护士，看到了病重中的亚历克斯。的确如刘老邺和毕小虎说的那样，亚历克斯的病房外也有便衣警察在守着。

就在大家绞尽脑汁琢磨着如何营救亚历克斯的时候，正在置办一批药品的荀慧生顺便赶来看望他们，并带来了一部从日本人那儿缴获来的旧电台，让他们和他单线联系，叮嘱他们不到万不得已不能用，以防敌人监听。

葵花说："太好了，有了它有如神助啊！"荀慧生说："葵花同志，你一定要教会和卓同志如何使用电台。这个东西往往在关键的时候，能起到不可估量的作用。"

葵花点了点头，几句话过后，荀慧生又提起了虎头要塞。

荀慧生说，用不了多久，苏联军队和抗联教导旅就会实施前后夹击，彻底摧毁盘踞在东北的日本关东军。狡猾的日本人早就对苏联红军有所防备，所以在中苏边境上秘密修建了许多攻守兼备的军事要塞，虎头要塞是其中最具威胁的一个。它位于虎林虎头镇周边的完达山余脉中，战略地位极为重要，恰好又位于伯力和海参崴的中心点，是扼制苏联远东乌苏里铁路的咽喉，同时又是远东苏联红军进入东北腹地的捷径通道。由于虎头要塞的分布范围广、工事规模大、军事设施全、防御坚固、攻击力强，日本关东军将其吹嘘为永久要塞、东方的"马奇诺防线"。日本关东军为修建如此巨大规模的军事工程耗资数亿，征用劳工十多万，耗时六年。在修筑要塞期间，无数的中国劳工和战俘遭到奴役和杀害。

"苏联的远东情报部门发来紧急电报，要求一定要救出波兰工程师亚历克斯，因为他就是一张虎头要塞的活图纸。"离开的时候，荀慧生说，"必要时，'黄雀'会给你们提供必要的帮助。"

葵花问："'黄雀'是谁？"

荀慧生说："他是我们打入敌人内部的一把尖刀，不到万不得已是绝不会动用的。至于他现在的身份是干什么的，如同我们对'螳螂'的了解一样，不知道。"

荀慧生还告诉大家另外一个天大的秘密，日本为了尽快结束战争，早在一九三二年就偷偷组建了细菌战秘密部队，在哈尔滨和黑河等地进行细菌战和毒气战等实验，并多次在各地秘密投放细菌武器。日本当局对外称这支部队为石井部队或加茂部队，侵华日军以疾病防治与饮水净化为名，实则使用中国人、朝鲜人及联军战俘进行生物武器与化学武器的效果实验。实际上这就是一个灭绝人性的细菌战研究中心。

"丧心病狂的日本人！"毕小虎气得直拍桌子，"教导员，下命令吧，什么时候把这个部队给拔了？"

荀慧生说："我们只知道他们在哈尔滨平房区和黑河附近，具体位置在哪儿，目前还确定不了。不过这个任务不在你们负责的范围之内，你们只要把亚历克斯救出来就行了。"

梅鼎华觉得今年是当上伪满哈尔滨警察局长以来身心最累的一年，从未有过的压力像一座座小山接连压在他的身上，让他喘不过气来。

他属羊，今年是他的本命年。年三十晚上，他新娶的二房老婆给他换上了一套红内衣，说避邪。大半年过去了，这套驱邪的内衣似乎没起到什么作用，坏事情反倒接踵而至。虽说他是伪满洲国哈尔滨警察局局长，实际上是在给日本人当差。日本人不好对付，专门在鸡蛋里挑骨头。现在更让他感到心烦意乱的，是他的另一重身份。他在东北陆军讲武堂的时候，就已经悄悄加入了国民党,并经过专门训练,成为国民党潜伏在东北的特工。现在,他终日游走在日伪和国民政府之间,手里掌握着军统特工人员名单以及东北抗战机构和真勇社在东北各地的成员名单。这些名单既是保他性命的免死牌,也是要他命的催命符。上峰下达秘密指令,侵华日军现在已经处于劣势,用不了多久,战争就会结束,到那时候争夺天下的会是共产党。所以,要利用他手里的权力,对抗联和共产党下死手,为将来接收东北扫清障碍。

现在令他提心吊胆、心惊肉跳的仍然是这些名单。他老觉得他办公室内的保险柜有被人打开过的痕迹。如果是这样,那他的生命就随时会在这个地球上终结。想到这儿,他就不寒而栗。每当这个时候,他又会自我安慰般地转念一想,也许这只是错觉而已。人在很大压力的情况下,产生错觉是正常的。

常常在夜深人静时,他也会想起在奉天大观茶园唱戏的那段时光,更多的是想起秦月竹来。他的头婚妻子几年前得痨病过世了,去年刚娶的二婚妻子叫唐婉芸,是哈尔滨工业大学的学生。他当时带人去哈尔滨工业大学去抓捕共青团满洲省委的杨波和刘明佛时在走廊里撞到了唐婉芸,当时就惊呆了,以至于杨波和刘明佛跳窗逃走,他的目光才从唐婉芸身上移开。接下来,四十七岁的梅鼎华就对形神俱似秦月竹的唐婉芸发起了疯狂的追求,最后竟然把关系动用到大学里直接影响唐婉芸命运的一位副校长那里;虽然错过了抓捕校园内的共产党,却抱得美人归。

不过,唐婉芸却在婚前提出了一个让他哭笑不得的要求,她在师祖庙内求过签,那就是,三年内不许碰她的身体。如果不答应她,她只有一死。他纠结了许久,最后咬着牙答应了。唐婉芸这才上了他的婚车。

谁让他最喜欢的就是这高清冷傲的姑娘呢?

近来,多名政界要员被杀,关东军宪兵队士兵和日本商人时常遭到不名身份人员的枪杀。"新京"方面、日本人和国民政府都向他施压,让他苦不堪言。他就像在好几只鸡蛋上跳舞,提着裤子绷着神经,生怕踩碎了其中一只。再这样下去,他头上的这项官帽保不住不说,性命也着实堪忧。那些人能暗杀多名军政要员,也就能在暗处打他的冷枪。每天上下班,他都提心吊胆,如芒在背,生怕从哪儿飞来一颗子弹,落下一枚炸弹。赵志杰说他们内部有内奸,越发使他感到害怕。赵志杰说的也不无道理,是谁赶在他们调查前杀了沈老八和邹妈?如果那个内奸就藏在他的人里面,那他就时刻面临着被枪杀的危险。想起这些,他就不寒而栗。眼下最重要的事,就是把藏在身边的内奸挖出来。现在他觉得谁都不可靠,他甚至疑心起冯建孜来。

他把他的想法说给开车的郑家佑听。

郑家佑说:"师叔,你想多了!他爹被暗杀,他怎么可能是共产党呢?"

私下里,郑家佑和梅鼎华是以叔侄相称的。梅鼎华想,郑家佑说的也对。这天刚一上班,特务科科长川野英一来向他汇报工作。自从他当上这个局长,川野英一向他汇报工作的次数屈指可数,对日本人瞒着他另搞一套,他心知肚明,装聋作哑。对侦办暗杀事件一向走在前面且有自己独到见解的特务科,最近似乎也收敛了许多,也许他们的目光投向了别的地方。不知为什么,郎霁鸿被杀后,副局长今川嘉高和特务科科长川野英一到他办公室的次数较以往多了起来。川野英一说,他们已经抓到了一个叫李欣苹的女子,通过她就可以顺藤摸瓜,找到杀害郎霁鸿的真凶。可这个女人硬得像石头,所有的刑具都已用遍,仍然撬不开她的嘴,最后只好把她扔到死囚牢里,任其自生自灭。

川野英一说:"梅局长,我怀疑警察局里有内奸,干脆我们就行动起来挖出内奸。"梅鼎华说:"川野科长,你说怎么动?"

川野英一说:"梅局长,波兰人被抓,共产党和国民党方面一定早就获悉了这个情报。我们的人二十四小时寸步不离地看守着那个波兰人,哈尔滨的地下组织绝不会轻举妄动。赵代局长也说咱们的人里面有奸细,不如咱们就利用这个波兰人作诱饵,来他个一箭双雕。咱们假意枪毙波兰人,然后放出风去,不管是共产党还是国民党的人来救,都给他来个一网打尽。这样,那个内奸也就无处藏身了。"梅鼎华点了点头,川野英一拿了一张照片,递给梅鼎华:"梅局长,还有一个喜讯,我们已经发现了郎宅的那个厨娘了。"梅鼎华接过细看,这只是一张年轻女人的侧影。不知为什么,他觉得这个影像很熟悉,似乎在哪儿见过。

川野英一说:"被害死的邹妈是我们潜伏在郎霁鸿身边的特工,是她悄悄拍下了那个厨娘的照片。郎霁鸿被杀后,她才将这张照片的胶卷寄给了特务机关,特务机关将这一情况和照片传给了我们。可惜的是,这张照片拍的只是一个侧影。只要找到了照片中的这个人,所有的真相就会浮出水面。不过,根据我们之前潜伏在抗联内部的特工老影发来的情报分析,这些人必是共产党的抗联无疑。"

梅鼎华出了一身冷汗,日本特工可谓无孔不入,不好好给日本人卖命,稍有不慎就会像只蚂蚁一样被弄死。怪不得郎霁鸿被认定为三重间谍"三头鹰",一定是被安插在身边的邹妈发现了破绽。不知为什么,他的眼前突然闪现了一下唐婉芸的影子。

川野英一走后,梅鼎华看着这张照片发呆。他猛然觉得,照片上那人的侧影有点像葵花。他没有将这件事告诉郑家佑。他想,明天是礼拜天,让郑家佑安排一下,明天上午十点请和卓和葵花到家里来。川野英一的话让梅鼎华的心越发敏感起来,现在就连郑家佑在内,他也不敢完全相信了。

其实,凭着职业的敏感,梅鼎华早就对葵花和和卓产生了怀疑。他悄悄派出和自己单线联系的暗探,对她们进行了调查和跟踪。梅鼎华知道,这两个人都离开哈尔滨多年,现在又像两只突然破土而出的春笋冒了出来,不能不让人心生疑窦。和卓在余声魁的船上演出,没发现什么端倪;葵花具体在哪儿,暗探们没跟踪到。暗探们跟踪多次,似乎都被她有意甩开了。能甩掉跟踪的特务,警惕性和技能绝不一般,梅鼎华心想。

中午,郑家佑开着车到大舞台找到了正在忙碌的葵花和和卓,说明天是礼拜天,梅师叔请她们到家里坐坐。上午十时,梅师叔准时在家恭候。

郑家佑开车走后,葵花对和卓说:"你看,梅鼎华请咱们去家里做客了吧!"

和卓说:"嫂子,你说得真对。不过他们这么快就请咱们,是不是发现什么了?"

葵花就笑:"真让他们发现了什么,他们早就对咱们下手了,还请咱们去做客?"

和卓说:"也许就是个鸿门宴呢?"

葵花说:"如果我们推托不去,才会让他们起疑心呢!他们就算发现了什么,也只是在试探。他们试探咱们,咱们也试探他们,正好从那位没见过面的师婶身上,看看有没有咱们要找的东西。只要沉住气,没什么大不了的。"她们找到了刘老邶、五更和毕小虎,将此行的目的说了,并嘱咐他们,如果她们遇到不测,就马上回老部队去,等候新任务。

经过多年的磨炼锤打,当年吉成社的当家花旦"尚巧云""小婵娟",已经变得像在戏台上唱着戏文一样从容了。

第二十八章

早上九点过后,葵花和和卓身着旗袍,走在方石铺地的果戈里大街上。这条大街的规模丝毫不比中国大街逊色,路两旁绿树成荫,繁花似锦,操着各种语言的外国人掺杂在如潮的人流中。

果戈里大街始建于光绪二十七年(1901),随着中东铁路的修筑和新城市规划的实施,围绕市中心喇嘛台广场拉起了街基,果戈里大街出现了雏形。一九〇二年,俄国商人伊万·雅阔列维奇开办的秋林公司为扩大经营,将位于香坊的分公司迁至南岗大直街与果戈里大街交汇处,并盖起了楼房，从此，围绕秋林公司左右兴起了多家俄国人的商号、药店等。果戈里大街也逐渐开始成形，繁华起来。由于特殊的地理位置和便利的交通，住在这里的多是一些富庶人家和外国人。

姐妹俩去一家花店买了两个康乃馨花篮，拿着郑家佑给的名片，按响了在果戈里大街一百二十八号梅公馆的门铃。这是一幢三层的哥特式建筑，院门外围着高高的铁栅栏，早先这里住的据说是一位俄国的铁路总办。日本人占领哈尔滨后，俄国人举家搬走，这幢府邸就空了下来。梅鼎华从"新京"过来就任伪满哈尔滨警察局局长，简单翻修后就将这里作为他的官邸了。墙上爬满了绿色的爬山虎，铁栅栏上开着粉红色的喇叭花，楼里隐隐传出悦耳的钢琴声，让这座看似静谧的院落充满了生机和活力。

郑家佑早就发现了她们，打开铁门将她们迎了进去。室内窗明几净，并没有想象的那般豪华，最显眼的就是檀木桌上那只白色瓷瓶里散发着阵阵馨香的紫罗兰。琴声戛然而止，梅鼎华带着太太唐婉芸从里间走了出来。

梅鼎华将双方互相介绍完毕，说："葵花、和卓，早该请你们来，只是我公务繁忙，多多见谅吧！"

唐婉芸二十几岁的样子，一袭白色长裙裹在她修长的躯体上，浑身上下透着一股书香气。葵花和和卓惊呆了。

梅鼎华说："是不是觉得你们的这位小师婶和你们的师娘秦月竹长得有些相像？"

葵花说："是有那么一点。"

梅鼎华说："我也不瞒着你们几个，当年我看上了你们的师娘，可你们的师娘心里没有我，跟着你师父由沈阳跑回了哈尔滨。想不到这辈子能遇见婉芸，也算了却了我当年的夙愿。"

唐婉芸笑道："原来我成了替代品啊！"

梅鼎华忙说："不是，不是，你有你的味道。"

唐婉芸这才笑了，给葵花和和卓端茶倒水。

听了梅鼎华这番话，葵花这才知道当年梅鼎华对婆婆的态度。他不帮忙救公公，反将婆婆好一顿羞辱奚落，事后婆婆病重，又虚情假意地来探望，原来积怨缘于此啊。

葵花说："师叔，我婆婆泉下有知，也会高兴的。"

唐婉芸说："老爷，想不到你心里恋着的人是你的师妹，我只不过是她的替身和影子罢了。"

梅鼎华就说："又来了！我刚刚不是说过了嘛，你有你的味道。"

郑家佑说："看不出师叔如此痴情。"

梅鼎华说："如果当初我真和你们的师娘成了婚，也不一定就幸福。我现在的心里啊，只有婉芸。"

唐婉芸就红了脸儿："老爷，你们聊，我去让厨房做几个好菜。"

"不用了，我已经在五香居订了一桌上好的酒菜了，一会儿就到。"梅鼎华说着，眼睛在葵花和和卓脸上扫了一下，"五香居，听说过吗？"

和卓说："听说过，但没去过，那可是个大饭店。"

葵花说："哈尔滨的人差不多都知道那个地方，听说前段日子那儿发生了一桩血案，一名政府高官被打死了。师叔，你怎么从那儿订餐？"

梅鼎华说："这都过去多长时间了啊！你们不知道，那儿的臭鳜鱼和金陵盐水鸭可是一绝，别的地方绝对做不出那个味儿来。"

郑家佑说："嫂子、和卓，师叔对你们俩是真好，早早就给五香居打了订餐电话了。"说话间，五香居送餐的伙计来了，大家围坐就餐。

梅鼎华说："婉芸，把你的相机拿来，给我们大家拍几张照吧！"

唐婉芸说好，起身进内室拿出了一部小巧玲珑的照相机来。

葵花说："太好了，我都快二十年没照过相了。上次还是在我结婚的时候，三友照相馆的孙绪年师傅给照的呢！"

唐婉芸给他们叔侄四人拍了张合影，又分别给大家拍了单身照："等我找到专业人士将照片洗好后，就让家佑送给你们。"

吃完了饭，梅鼎华说："婉芸，拍一回照也不容易，女人们都爱美，你再给葵花和和卓多拍一些吧。"唐婉芸就从不同的角度，分别给葵花和和卓拍了些照。

回去的路上，葵花说："和卓，你不觉得梅鼎华让他太太给咱们照相有些奇怪吗？"

"他可能是想炫耀一下吧。"

"可我总觉得有什么地方不太对劲。"

"看他今天的样子还真有点师叔的样子，哪像一个恶贯满盈的汉奸？"

"真正的汉奸往往都道貌岸然，实际上却是衣冠禽兽。"

照片很快就洗出来了，梅鼎华悄悄将照片交给川野英一，现在他最信得过的人就是这位日本"部下"了。川野英一将照片拿去让日本专家作技术鉴定，结果是葵花的侧影照与邹妈提供的厨娘照片，吻合度在百分之九十以上。

梅鼎华压抑住内心的狂喜，想不到他苦寻不得的暗杀团伙成员竟然是他熟悉的人。鉴定结果让他既感到害怕，又感到震惊。共产党简直是无孔不入，实在太可怕了。现在除了日本人，他看谁都有嫌疑。他没将照片鉴定这件事向郑家佑和冯建孜透露，说不定也有可能会走漏消息。当下，遇到事还是和川野英一一个人沟通稳当。想到这儿，梅鼎华说："川野科长，几乎可以确定，这个女人就是那个厨娘，我马上下令立即抓捕！"川野英一说："梅局长，你才是我们大日本帝国真正的朋友啊！关东军军部一定会大大嘉奖你的。抓捕这个女人，最好能拔出萝卜带出泥，既抓捕了她，也挖出我们内部的奸细，然后联合保安局赵代局长，把他们来个一网打尽。这件事情要做到绝密，知道的人越少越好，最好由你突然下达命令，这样即便有人想将消息传递出去也来不及了……"

哈尔滨的夜晚，云遮月隐，灯影昏暗，显得十分神秘。

监狱的两扇铁门缓缓打开，一辆雪佛兰警车和一辆带篷的卡车从里边开了出来。警车里，两个荷枪实弹的警察押着五花大绑的波兰工程师亚历克斯，后边的卡车里是十几个警察和日军宪兵队的士兵。几天前，亚历克斯已经由中东铁路中央医院被秘密关押到了这里。

二十年前，亚历克斯毕业于华沙大学土木工程系，随同父辈们到了中俄边境。起初他参与了中东铁路建设，后来成为哈尔滨市政建设和规划的高级工程师，并秘密加入了苏联共产党。日本人占领哈尔滨不久就着手秘密修建中苏边境的军事要塞，因为亚历克斯是建筑方面的高级工程师，日本军方征用他参与虎头要塞的工程图纸设计。苏军远东情报部门抓住这一有利时机，让亚历克斯借机打入虎头要塞，待时机成熟后将图纸秘密送达苏联远东地区。

亚历克斯忍辱负重，博得了日本军方的信任，参与了大部分图纸的绘制和工程建设。一个月前，准备多日的亚历克斯随同几位中国劳工一起逃出了虎头要塞。就在他准备越过乌苏里江潜入远东时却不幸得了白喉，只好秘密潜回中东铁路中央医院接受治疗，被伪满警察局特务科日本特务抓捕。日本军方确定，他就是那位从虎头要塞中逃跑的波兰工程师。日本军方并没有过分为难他，反而积极给他治疗。他很着急，恨不得插上翅膀从医院的窗口飞出去。

最近这两天，特务科的人像疯狗一样，天天在逼问他到底和谁联系，他硬是咬牙扛了下来。在花样百出的酷刑前，他不知道他还能撑多久，说不定明天，他理智的堤坝就会崩塌。

晚上，他闭着眼睛刚刚睡着，听到有钥匙插入锁孔的声音。他睁开眼睛，三个警察走了进来。为首的警察说："带你到一个更好的去处，怎么样？"

亚历克斯坐起来，用不流利的中文十分紧张地问："你们要带我去哪儿？"

"到地方就知道了！"

一旁的警察走过来，一个将他的嘴堵上，另一个将一个黑色的头套罩在他头上，捆住了他的双手。

车子一路颠簸，跑了半个钟头后停了下来。亚历克斯被推到一个早就挖好的土坑前。在他的不远处就是咆哮的松花江。亚历克斯被警察踹倒跪在坑沿上，他挣扎着滚到了一边。

那个为首的警察说："妈的，临死前还不老实！"

警察们又将亚历克斯踢回到坑前。

为首的警察扯起亚历克斯的衣领说："听说你是个波兰人，没想到今天会死在中国这块土地上吧！我不想杀你，可是上峰有令，不得不执行。预备！"

两个警察拉开枪栓，将枪口对准亚历克斯。

"砰！砰！"有人栽到坑里，倒下的不是亚历克斯，而是持枪向他射击的两个警察。那个为首的警察见状，撒腿就跑。刘老邺和毕小虎从一边的树丛里冲了过来。

刘老邺说："快走！"

毕小虎拉起亚历克斯就走，刘老邺打开车门。毕小虎将亚历克斯推进车内，随后坐在亚历克斯身边。毕小虎拿掉亚历克斯的头罩和嘴里的毛巾，一下子惊呆了！这人不是亚历克斯，只是个身形酷似亚历克斯的中国人。刚才，车子开到监狱门口的阴暗处时，梅鼎华秘密换上了这位身形和亚历克斯有些相似的抗日分子。

毕小虎说："我们中计了！"

刘老邺回身，看了看那个人。

刘老邺说："你是什么人？"

那人晃着头，他的嘴角流着鲜血，没说话。

十几只手电筒照进车内，晃得他们睁不开眼。十几名警察和日本宪兵围过来，将枪口对准了他们。赵志杰从人群中走出来，看着一旁的梅鼎华，笑道："梅局长真是料事如神啊，这件事差点把我也蒙住了。"

跟在梅鼎华身后的川野英一得意地笑了。

赵志杰大喊："车内的人听着，把枪扔出来，然后抱头出来。反抗，就把你们打成筛子！"

毕小虎看着刘老邺说："怎么办？"

刘老邺说："下车。"

刘老邺和毕小虎将枪扔出。车外，两人抱着头下车了，那个说不出话的人被一个警察拉出车来。警察踢了他一脚，那人怒目而视，突然扑向一旁的郑家佑，狠狠掐住了他的脖子。冯建孜和一个警察冲过来，将他从郑家佑的身上拽下来。

赵志杰过来看了看刘老邺和毕小虎，随后笑了起来，看着梅鼎华说："还是梅局长高明啊，中途来了个偷梁换柱。"

梅鼎华说："赵局长，对付这些人永远得多个心眼。要不然，你我都没法向日本人交代啊！"

赵志杰说："这件事情，是我们和日本人三方面通力合作的结果。只有挖出共产党在哈尔滨的地下组织，你我才能睡个踏实觉。"

远处的草丛中，露出葵花和和卓的脸。

灯光昏暗，刑具满墙，刘老邺和毕小虎被绑在行刑桩上，浑身鞭痕。

郑家佑说："再不说，就别想活着出去！"

川野英一说："梅局长，本来这样的案件由我和郑科长审问就可以了，想不到梅局长如此敬业，亲自审问，让卑职等深感汗颜。"

"川野科长，我们共同的目的就是揪出抗联在哈尔滨的地下组织，柳田圆三机关长和于省长分别给我打电话，要我趁热打铁，无论如何也要撬开他们的嘴巴。要说功劳，川野科长功不可没啊！"

梅鼎华知道川野英一在假作姿态，真实目的是监审。他感觉到了给日本人做事的无奈，可谁让他利欲熏心上了这条贼船了呢，事情做不好，日本人随时都可能将他撤掉，甚至要了他的命。川野英一和今川嘉高就像是日本人架在他头上的两把寒气逼人的战刀，随时都可能劈下他的头颅。

川野英一不屑地笑了。

梅鼎华说:"别打了,让他们开口还得攻心。来人!"

外边进来两个警察,押着一个被反捆双手的犯人进来,将一条粗绳子套在他的脖子上。刘老邨和毕小虎看得清楚,他就是那个不能说话的人。梅鼎华使了一下眼色,两个警察会意,一按按钮,犯人脚下的地板突然分开,犯人整个身子坠了下去。警察再次按动电钮,犯人又被徐徐拉起来悬荡在空中,头耷拉着,舌头伸出老长,人已经死了。

梅鼎华说:"想当英雄其实很简单!再给你们时间考虑考虑,明天这个时候咱们还在这儿见面,就看你们能不能把握住当英雄的机会。带下去,把他们跟那个波兰人关一块。老子这几天啥也不干,就在这儿当狱长!"

刘老邨、毕小虎被推进了关押着亚历克斯的那间牢房中,随后狱警将门锁上。刘老邨和毕小虎打量着亚历克斯。亚历克斯说:"我叫亚历克斯,波兰人。你们受伤了?"刘老邨和毕小虎点了点头,眼前浮现出刚才被吊死的那个人的身影,泪水充满了双眼,他们在心底默默祈祷着:"一路走好,同志。"

昨晚,葵花接到荀慧生发来的情报,远东情报部门发来电报说,打入敌人内部的同志了解到,波兰工程师亚历克斯被转移到了伪满东省特别区监狱,因为他拒不承认自己和苏联远东方面的关系,日本人决定让"警察局"和"保安局"在明天晚上十点半,在松花江边将他秘密处决。

以往都是"螳螂"在砖墙后留下指令,这次是荀慧生直接指挥,葵花的心里突然掠过一丝不安。几天前,"螳螂"曾经留下过指令,让他们听候他的消息随时准备营救亚历克斯。除了五更在透笼街接应外,他们只有四个人四把枪,弄不好救不出亚历克斯不说,自己还得搭上性命,可上级的命令必须执行。深思熟虑后,葵花决定由毕小虎和刘老邨潜伏在行刑地点附近,她和和卓埋伏在不远处接应,以防不测。对此次行动,葵花起初有些担心。刘老邨说:"处决一个犯人,他们不会兴师动众,再说他们在明处,咱们在暗处,准打他个措手不及。不行咱们就撤。"没想到,还是中了日伪警特的埋伏。

第二天一早，一个老狱警将盛着几个窝头和几块咸菜的破碗放在栅栏前，敲打了几下栅栏，轻轻地咳嗽了几声，推着饭车去了另一间狱舍。三人睁开眼睛，毕小虎将碗拿了进来，把窝头分别递给亚历克斯和刘老邺。

毕小虎打开窝头，惊呆了，里面竟有一张纸条。他缓缓展开纸条，上面写着："晚上十点行动，走廊尽头左拐是看守休息室，室内上方有天窗，跳下天窗，是监狱的厨房，厨房烟囱下有下水道，直通外面，有人接应。"

毕小虎将纸条递给刘老邺，面露惊喜，低音说："咱们的人！"

刘老邺接过看了看，狱警杂乱的脚步声传来，刘老邺忙将纸条捏成团放进嘴里。几个狱警走过来，透过栅栏，见三人正在吃窝头，就走开了。刘老邺悄声说："这里面有咱们的同志。这个人会是谁呢？"毕小虎说："我哪知道？眼下最要紧的是眯一觉，保存体力。"刘老邺说："我最关心的是我们怎么才能打开手铐。"是啊，如果打不开手铐，无论如何也是出不去的。怎么办？这时候，亚历克斯突然叫了起来，在他的窝头里，吃出了一小根钢丝来。毕小虎笑了。

晚上，梅鼎华翘着腿坐在审讯室的椅子上，后面是穿着警服的郑家佑。冯建孜推门走了进来，将一杯茶递到梅鼎华的手中："局长，开不开始？"

梅鼎华抬腕看了看手表："我说话算话，昨晚十点我跟他们说的，今天的这个时间给他们当英雄的机会。还差五分钟，等我把这杯茶喝下去，时间就到了。"

牢房里静悄悄的，一个狱警背着枪在走廊里巡视着，挨个窗口查看一番，见囚犯们大都进入了梦乡，这才掏出烟点燃起来。突然，他身后传来一个微弱的声音："长官，能不能给我一支烟。"看守站了下来："大半夜的，也不消停！"毕小虎说："日本人给我扎了吗啡，我实在挺不过去了。我看你长得特像我哥，就想让你给我一根烟。"看守眼睛一瞪，说："谁像你哥？让老子办事，行啊，有啥好处？"毕小虎说："我在银行里有存款，你只要帮我搞到吗啡，我就把存单告诉你。"看守蹲了下来，看样子这种事他经历过不是一次两次了。就在他将烟递给毕小虎时，毕小虎猛地伸出手来，一手将他的手拽住，一手捂住他的嘴。一旁的刘老邺迅速解下看守腰上的钥匙，打开了牢门，将看守拖了进去。

这一切都发生在瞬间，又有两个看守先后听到动静赶了过来，毕小虎和刘老邺打开牢门将他们拖了进来。看着毕小虎和刘老邺麻利的身手，亚历克斯的眼睛里透出光来。

在审讯室里，梅鼎华的手指在桌上得意地弹着。他抬腕看了看手表，表针指向十点。他将茶杯放在桌上，看了看郑家佑："时间到了，把他们给我带上来！"

"是！"郑家佑带几个警察走进监区，脚步声在空旷的走廊里显得更加清晰，"都给我精神点儿，这几个案犯可把老子折腾得够呛。"

此刻，换上警服的刘老邺、亚历克斯和毕小虎迎面走来。

刘老邺低声说："别怕！"

三个人和郑家佑他们走了个脸对脸。因为灯光昏暗，几个警察并未留意，和他们擦肩而过。

看守室内，一个日本看守和一个中国看守在掷骰子。门被轻轻推开，刘老邺和毕小虎悄悄摸了进来，亚历克斯在门边望风。毕小虎和刘老邺蓦地扑过来，一人扼住一个看守的脖子，很快两个看守的胳膊就垂了下来。高高的休息室上方果然有一个天窗。刘老邺在室内四处寻找可攀之物，看到墙角堆着一捆绳子，将绳子展开抛向了天窗。

几个警察推开牢门，郑家佑说："起来吧，当英雄的时间到了！"没有人回应。郑家佑扬起手电筒，灯柱里三个人仍在梦中。郑家佑挥了挥手，几个警察上前拽起三人，顿时惊呆了，地上躺着的不是他们要提的案犯，而是被扒了制服的看守。

一个警察说："郑科长，他们越狱了！"

另一警察说："一定是刚才和咱们打照面儿的那三个人！"

郑家佑说："还愣着干什么，追啊！"

郑家佑开枪报警，喊道："有人越狱了！"

顿时，牢房内乱作一团，几十个看守从睡梦中惊醒，提枪冲了出来。几个警察推开看守室的房门，那两个看守的死尸栽倒在门口。天窗上，刘老邺的一条腿已经伸到了天窗外。郑家佑冲进来举枪射击，子弹在天窗旁的墙壁上钻了个洞，刘老邺猛一使劲便跳了下去。郑家佑指挥警察向外追去，自己跑着去向梅鼎华报告。

刘老邺跳下来时，下水道井盖早被掀开。毕小虎和亚历克斯在井里等着，刘老邺进来后便将井盖复位。下水道内，三个人忍着刺鼻的怪味和污水浸在伤口上的刺疼，向外边摸索着走去。

审讯室里，郑家佑喘着气向梅鼎华报告："局长，他们越狱了！"梅鼎华说："慌什么？他们没插翅膀，肯定从地下溜了。命令全部警力，堵住监狱外下水管道的出口。快！"

冯建孜和郑家佑双腿并拢："是！"

刘老邺、亚历克斯、毕小虎一身污浊，喘着粗气，咳嗽着从下水道里相继爬出。让他们没想到的是，管道外，有三个警察拉动枪栓，将枪口对准了他们。三个人正思考着如何对付这三个警察，突然三声枪响，在他们惊讶的目光中，三个警察倒了下去。

"快走！"树丛里，葵花和和卓冲了出来。

白天，葵花和和卓在大舞台一边收拾，一边琢磨营救办法。昨晚，葵花启用电台向荀慧生报告行动失败了。荀慧生回复，他们正想办法和哈尔滨其他的地下组织取得联系，设法将他们营救出来。

一个报童在卖报，边走边喊："号外！号外！两名共产党在江边遭逮捕！"

葵花冲报童摆了摆手，报童走了过来。

"来份报纸。"

报童将报纸递到她的手里，蹦跳着走开了。

在报纸的第一版，葵花看到了被审讯的刘老邺和毕小虎的照片，他们的眼神里透着愤怒和不屈。葵花心里一酸，长出了一口气。突然，葵花在这篇消息的旁边，看到一行熟悉的手写字体："今晚十点，监狱后面下水道出口处设伏，准备营救。"落款："螳螂。"

上次，他们准备去呼兰施医院抢母亲的尸体，"螳螂"就是以这种方式及时阻止了他们。这次，"螳螂"一定是怕情报传递不及时，便再次用了这个直接的办法。葵花看着街上往来的人流，在心底默默地说："亲爱的同志，谢谢你。"

按照"螳螂"提供的情报，葵花、和卓早早潜伏在指定位置。她们刚刚埋伏好，三个警察就到了离她们不远的下水道出口处的草丛中埋伏下来。果然，十点左右，刘老邺、毕小虎带着一个男子从下水道钻了出来。月光下，葵花看得清楚，这个人就是他们要营救的亚历克斯。三个警察准备动手，她们就抢先开了枪。

几个人绕到了监狱后面不远处的中国大街与上游街的交汇处，葵花发现，刘老邺和毕小虎都有伤，加上越狱时体力消耗极大，如不迅速离开，后果不堪设想。很快，他们听到了远处传来的枪声。

和卓说："嫂子，他们追上来了，怎么办？"

葵花说："快拦车，回大舞台。"

街上冷冷清清的，突然从一旁的巷子里驶来一辆黑色轿车，在他们身边停了下来。车窗摇下，现出一张熟悉的脸，开车的人竟是梅鼎华的太太唐婉芸！葵花和和卓稍稍迟疑了一下，唐婉芸急急说："快上车，晚了就来不及了！"

葵花说："快上车！"

众人挤上了车，葵花坐在副驾驶上，将枪口对准了唐婉芸："快，滨江大舞台！"

葵花说："你是什么人？"

唐婉芸目视前方："你们不是早知道了吗？我是梅鼎华的太太。"

葵花说："为什么要帮我们？"

唐婉芸说:"因为我们都是中国人。"

唐婉芸这样说,葵花和和卓禁不住仔细打量起她来。刚刚见到唐婉芸的时候,葵花就觉得这个年轻女人不简单。车子开到了滨江大舞台前,众人正要下车,葵花突然说:"等等!"众人不解地看着葵花,葵花说:"我怎么觉得有点不对劲?"和卓说:"哪里不对劲了?"

"说不太好,就是觉得有点不对劲。"葵花想了想说,"和卓,你带着三位同志赶快到透笼街暂避。如果没有意外,我再和你们联系。"

"嫂子,那你……"

"我进去,你们快走!"葵花边说边看着唐婉芸:"拜托了!"

葵花说着下了车,唐婉芸掉转车头,很快车子融入夜色里不见了。

葵花下楼之前将窗子关得紧紧的,可现在窗子是开的。多年和敌人斗争的经历,使她养成了一种本能的敏感。她握着枪推门走了进去。楼道里漆黑一片,白师伯的房门关得紧紧的,老人家看来是睡着了。大舞台收拾好后,老爷子就搬过来了。

她推开房门,将门口的开关拉开,灯亮了。让她无论如何也想不到的是,她的床上盘膝坐着一个白白净净、身穿警服的男子,在他前面的椅子上,竟然绑着师伯白晓华。白晓华的嘴里堵着一块布,发不出声来。在男子的身后站着四个彪形大汉,他们手里端着的冲锋枪对准了她。而在她身后,也出现了四个同样拿着冲锋枪的壮汉。

"绮霞小姐姗姗来迟,我们已经等候多时了。"那个坐在床上的男子说道。

"你们是什么人?"葵花说着,任凭身后的那个壮汉下了自己的枪。

葵花知道自己今天是走不掉了,她暗自为同志们捏了一把汗,如果不是临时决定让他们离开,后果不堪设想。

"我们是警察局特务科的,我是川野英一,特意在此恭候绮霞小姐。"男人从床上蹦了下来,"告诉我,他们现在去了哪里?"

"我不知道你在说些什么。"

"绮霞小姐,我希望你不要再跟我兜圈子了。如果你不想让这位老人家在暮年受苦,你就好好配合我们的工作。"

"无可奉告!"

川野英一向身边的壮汉使了一下眼色,两个壮汉过来,其中的一个将白晓华嘴里的破布扯了出来,另外一个将老人身上的绳索解开了。

川野英一说:"白老先生,劝劝你的门人吧。跟我们大日本帝国作对,是没有好下场的。共产党的抗联部队早就被我们消灭了,就凭他们这些虾兵蟹将,还能掀起什么大浪吗?"

"诚既勇兮又以武,终刚强兮不可凌。身既死兮神以灵,魂魄毅兮为鬼雄。"白晓华捋了一下花白的胡须,看着葵花挑起了大拇指,"孩子,你不愧为我刘门之后,上对得起国家,下对得起祖宗。师叔我不知道你是干什么的,但我知道你能跟日本鬼子对着干,就是好样的!"

"师叔,对不起了!"葵花感动得眼睛湿润了,她扑了过来,被两个壮汉拦住了。

"孩子,石可破,而不可夺其坚;丹可磨,不可夺其赤。师叔先走一步了!"白晓华说着,刀子似的目光扫着川野英一,突然扑过去,紧紧掐住了川野英一的脖子。

"砰!"一声枪响,白晓华缓缓地倒在地上,脑门上的鲜血汩汩流出。

川野英一吹着枪口,大声道:"带走!"

梅鼎华说出了对葵花的怀疑后,川野英一就派暗探租下滨江大舞台对面的旅馆,对葵花他们进行二十四小时监控。起初,他们并未发觉有什么异样,及至毕小虎和刘老邨现身去救亚历克斯,川野英一心中窃喜,共产党抗联的地下暗杀团伙就在滨江大舞台。不过他并没有轻举妄动,而是让特工们继续监视。葵花和和卓离开滨江大舞台后,川野英一料定,今晚她们肯定要去救监狱里的亚历克斯及其同伙。他没和梅鼎华商量,自己率人进入滨江大舞台,绑了白晓华后埋伏下来,只待葵花他们回来。

果然,葵花他们回来了。可让他没想到的是,机警的葵花似乎发现了什么，果断地让车子开走了。更让他想不到的是，白晓华为了不拖累葵花，竟选择了死亡。

葵花被带进了阴暗的特务科审讯室里，等待她的，是惨无人道的折磨。鬼子几乎用遍了审讯室中所有的刑具，灌辣椒水、上大挂、坐电椅、钉竹签……最后用烧红的烙铁烙在她的脊背上，随着"刺啦"一声，刺鼻的焦糊味弥漫在审讯室的每个角落里。

撕心裂肺的惨叫声过后，等待川野英一的仍是满面的不屑，甚至是轻蔑的微笑。他不明白，这个女人的身体究竟是不是肉长的。如果能撬开她的嘴巴让她说出心里的秘密，他真想将脚下的铁筷子插进她的嘴里。可女人的目光已经告诉他，他这样做是徒劳的。也许，让中国人对付她，才是最好的办法。

葵花被悬吊在行刑柱上，身上没有一处完整的肌肤。一个身穿警服的男人走了进来，笑着对她说："你这样硬扛下去没什么好处，忠贞往往在一念之间。一个人来到世上，首先保证的就是自己的生命，如果命都没有了，任何东西也就完全失去了意义。"

"你是什么人？"葵花冷冷地打量着来人。

"说了你也许不信，我就是你们苦苦寻找的'大黄蜂'！"男人叼着一根烟卷，得意地笑了。

"你就是'大黄蜂'？"葵花觉得这个男人似乎在哪儿见过，她想起来了，他就是伪满警察局刑侦科的冯建孜，他的父亲就是死在自己的手里。

"如假包换！谁没有理想？谁没有信仰？当初我和你一样，也是一个热血青年，我参加过五四运动，进京请过愿，后来加入了共产党。可是共产党又给我带来了什么？作为过来人，我曾经的同志，我还是奉劝你，把知道的都说了吧，日本人绝不会亏待你。你看看我，现在不就在警察局刑侦科当副科长吗？"

"作为一个中国人，我为你感到羞耻！我们党怎么出了你这样的败类！虽然我不能活着出去了，看不到鬼子投降的那一天，可你却绝不会得到善终！即便你会伪装，瞒过我们同志的眼睛，但你放不过你自己，你的良心会化为一把利刃，随时都会把自己的心刺穿！那些因为你而惨遭屠杀的同志，他们的冤魂也不会放过你！这其中，当然也包括我。"

葵花说完，闭上了眼睛。她觉得自己的身体像一片羽毛，在空中悬浮着，慢慢地飞了起来。很快，她看到了梅鼎华、赵世杰、郑家佑，面对他们的诱降，她直接将唾沫吐在他们的脸上。

日子一天天过去，审问从未停止。葵花的身体已经严重透支，除了昏迷还是昏迷。她知道，自己的生命快到终点了。在临刑前的头一天晚上，陷入昏迷的她似乎听到有人在她的耳边说："放心去吧！同志们都已经转移到了安全地带。用不了多久，我们的人就打回来了。"

这声音听起来是那么的熟悉，那么的清晰。她拼命地想睁开眼睛，可她的眼睛已经被鬼子的辣椒水辣瞎了。她想抓住这个人的手，那个人却已经不见了，她听到了走廊内回荡的铿锵有力的皮鞋声。

他是自己的同志。他是谁？葵花知道，今生今世她再也无缘和他相见了。也许，没有人知道她在这个世界上逗留过，她却不会因此而感到遗憾。因为有一种叫作信仰的东西，会将她化为天空中闪烁的流星，虽然只是短短的一瞬，却足以让她闪耀天地。

就在葵花努力回味这句话的时候，在另外一个无人的角落，有个人潸然泪落："……葵花同志，安心地走吧，我们一定为你报仇，一定……"

又不知过了多长时间，她突然闻到了一种久违的馨香。她似乎置身在葵花地里，大朵大朵的葵花正喷香吐蕊。阳光暖暖地照在葵花地里，她突然看到，德本和怀韬向她走了过来。她这才知道，他们从未离去，就在她的身边。他们微笑着，满面的幸福，向她扑了过来。

"德本！"

"怀韬！"

第二十九章

　　一九四五年八月九日，苏联红军对虎头要塞发动了攻击，日军关东军凭借坚固的工事负隅顽抗。战斗异常惨烈，苏军最终攻克虎头要塞。八月十五日，日本裕仁天皇通过广播发布《终战诏书》宣布无条件投降。

　　在进攻日本关东军的参战部队中，除了苏联红军，更有抗联教导旅官兵们矫健的身影。在苏联对日宣战之前，抗联教导旅已经开始了行动。抗联教导旅的作战任务包括：挑选二百九十人组成一支空降侦察部队，携带电台，执行侦察任务；派出三百四十人作为先遣支队，分派到苏军先头部队，担任向导和突击队；教导旅大部队跟随苏军主力解放东北，维持战后秩序。

　　由抗联战士组成的空降侦察部队，分成五十多个侦察小组，在七月，乘着夜色相继在牡丹江、佳木斯、哈尔滨、长春、沈阳等地空降，进行战前侦察。侦察员用各种方式接近或潜入日军数百个营区、工事、弹药库、军事谍报指挥机关等要害设施，将日本关东军的十七个战略地堡及中苏边境上三道防线的情况，无一遗漏地标注成空袭目标并制成图表，通过电台传送给苏联红军，为苏联红军迅速摧毁日军防御体系提供了可靠的保证。

　　和卓就是在地面为伞兵导航的时候，被日军包围而壮烈牺牲的。

　　一九四六年初春时节，冰消雪融。

　　在江边一片隆起的坟茔前，唐婉芸找到了《滨江时报》记者李欣苹。这些坟没有墓碑，只有坟头上的荒草在风中抖动着。日本鬼子投降当天，李欣苹被自己的同志救了出来。而李欣苹之所以能幸存下来，得益于阳太，那个小时候的玩伴。在一番挣扎过后，他冒着生命危险，将她保护了下来。

唐婉芸说:"想他们吗?"

李欣苹说:"想。想他们中的每一个人。"

"有一个人,你一定认识。"

"谁?"

"你的师哥郑家佑。他是我们的同志,代号'螳螂'。当年我在中共哈尔滨工委,但我不知道,他竟然是我们的同志。他接到上级的命令除掉了你的师叔梅鼎华,却在抗战胜利前的一个月,被日本特务机关逮捕,英勇就义。"

"林彩媚,你究竟是什么人?"李欣苹冷冷地打量着唐婉芸,黑洞洞的枪口对准了她。

唐婉芸没有害怕,只是轻轻地笑了笑,继续说:"你已经知道了我是谁。"

"你就不怕我对你采取行动?"李欣苹说。

"我当然不怕,因为你不会!"唐婉芸自信地笑了笑。

李欣苹惊呆了,她万万也没想到,在汉奸梅鼎华身边的四师哥郑家佑,竟然也是共产党。

"还有一个人,你或许也不陌生。"

"谁?"

"赵志杰!他是我们党安插在郎霁鸿身边的地下工作者,他的代号叫'黄雀'。"

"你是说,郎霁鸿死在了他的手上?"李欣苹震惊不已。

有关郎霁鸿的死因众说纷纭,但都是各种猜测和传闻而已,并无真凭实据。想不到,在共产党这边终于得到了证实。

唐婉芸:"没错。在苏联红军进攻哈尔滨的前夕,他查出了让我们党遭受巨大损失的叛徒大黄蜂——那个在警察局和郑家佑同志在一起的刑侦科探长冯建孜。后来苏军进攻哈尔滨,日伪当局要枪杀关押在狱中的同志,在最关键时刻,赵志杰冒死送出情报被敌人发现,牺牲在了敌人的枪口下。还有,经过调查,我们意外发现你没有死,而是加入了国民党的地下党组织东北抗战机构。上级告诉我们,你出狱后,仍然在《滨江时报》从事记者的工作。"

"你就不怕暴露自己吗?"李欣苹的手有些哆嗦起来。

唐婉芸眼睛看着不远处的江水,说:"不怕!虽然我们是两个党派的,但在共同抗日的阵营里,我们曾经是同志。"

"可现在,我们是敌人!"李欣苹的目光变得冰冷起来。

唐婉芸说:"以前没有组织上的许可,我们私下里是不可以见面的,更不可以暴露自己的身份。可今天情况特殊,受组织上的委托,我是专程找你来的。"

"特意来找我?"

"是的!你想知道关锦城的真实身份和牺牲真相吗?"

"他不是被残余的鬼子打死的吗?"

"不!他是死在你们潜伏的特务手里。哈尔滨光复前夜,关锦城同志在道外遭到国民党特工的暗枪袭击,光荣牺牲。他是我们的同志!"

一九四〇年在克山和鬼子鏖战后,关锦城辗转多地,回到哈尔滨,在三棵树矿机厂当了工人。他一边当工人,一边对日伪当局展开刺杀,为佟云报仇。一九四三年初,中共山东胶东区北海地委派胡铁桥、李秀山来哈尔滨从事地下工作,发展了一批党员,组建了三棵树矿机厂、鸡鸭公司、江北造船所三个支部,并于当年九月组建了中共哈尔滨工作委员会,隶属于中共山东胶东区北海地委。关锦城就是这批党员之一。这时,关锦城又意外遇到了已是中共党员的林彩媚,两人成了战友。

一九四五年日本战败投降,在组织的安排下,关锦城以哈尔滨三棵树矿机厂工人的身份和李欣苹见面了。不过,关锦城并未暴露自己的真实身份,而是通过李欣苹搞到了为我党顺利接收哈尔滨的情报。刺杀曾汝明的时候,暗杀队员们遭到鬼子和伪满警察追击,危急之中,关锦城出现将敌人引开。

李欣苹惊得睁大眼睛:"这怎么可能?这怎么可能?"

"当然可能!为了能从鬼子手里接收东北,国民党早就唤醒了潜伏在东北的地下人员,对我们党的地下组织进行破坏,大肆暗杀我们的同志。还记得李兆麟将军的牺牲吗?他就是在半个月前的三月九日,被国民党特务暗杀于水道街九号。在去年十二月,国民党接收大员从长春抵达哈尔滨,为了顾全大局,表明我们党致力于和平、民主、团结的诚意,李兆麟同志在省府会议上按照我党的决定宣布辞去副省长一职,专任哈尔滨中苏友好协会会长,期待与国民党接收大员合作。可即便带着这样的诚意,仍然没有逃过国民党的暗杀!多少同志没有死在日本人的手里,却牺牲在同胞的枪口下。"

唐婉芸的泪光在眼睛里闪烁。

李欣苹长长地出了一口气,此时的她似乎受到了感染,将手枪放回手提包里,叹息说:"我们现在是各为其主,我们之间不是个人恩怨,而是两个不同政党间的较量。为了将日本人赶出中国,我们毕竟合作过,用你们的话来说,我们也是同志。我知道,有很多很多人牺牲在了胜利的前夜。他们就像这江水里的一朵浪花,转瞬间就不见了。"

唐婉芸说:"这些战友,我们会永远记住他们。我这次来找你,就是想让你靠拢到我们这一边,成为我们的同志。"

"你是说,让我加入共产党?"

"如果你有这个诚意,我们当然欢迎。现在,驻东北的苏联红军参谋长柯里琴科中将宣布开始由南至北陆续撤军。"九一八"事变后,抗联浴血奋战十四年,始得有今日之解放。因此,最有资格、最有权利代表国家和国民政府接收该地区政权的,理应是中国共产党及其领导下的人民武装。中共北满分局为此决定进军哈尔滨,哈尔滨的天就要彻底亮了。"

"我能做什么?"

"你能做的事情很多。苏联红军撤出沈阳、佳木斯、长春、哈尔滨、齐齐哈尔等国民党控制的城市后,会出现一段时间的权力真空,届时社会动荡、秩序混乱在所难免。我们希望你能在《滨江时报》上多刊载一些对时局有利，能稳定民心的文章。"

李欣苹没有表态，只是说："我想家了。"

她们打了辆人力车，去了佟家大院。此时，太阳暖暖地照在街头，马车和电车行驶在霁虹桥上。三三两两的青年男女手挽着手，悠闲地逛着街。江水、栈桥、帆影，生活似乎恢复了多年前的平静。和卓家的院子里长满了蒿草，再也等不到它原来的主人了；日军宪兵队的牌子已经摘了下来，佟家大院门前的那棵老柳树在风中摇曳，似乎在欢迎她们的到来。

她们没有进去，只是远远地看着。李欣苹和唐婉芸的泪水流了下来，她们知道，她们现在的身份还没有公开，马上又会面临着新的战斗。

李欣苹似乎听到，院子里传来阿玛的咳嗽声，额涅的漱口声以及师兄弟、师姐妹们在一起的欢笑声。她知道，除了父母和哥哥外，在这个家里，葵花嫂子最亲最不容易。

她似乎觉得，有一股力量在推动着她，要让她成为共产党的一员。

"我那命犯伤官的嫂子啊！"她在心底说。

一个年轻俊秀的女人走出门外，将一盆水泼在门口，冲着她笑了笑。

"嫂子！"

一队高呼胜利口号的游行队伍走了过来。她揉了揉眼睛，那个身影不见了。

她似乎听到，耳边有人唱起了她熟悉的《穆桂英挂帅》：

> 大炮三声如雷震，
> 摆绣甲跨金鞍整顿乾坤。
> 辕门外层层甲士列成阵，
> 虎帐前片片鱼鳞耀眼明。
> 见夫君气宇轩昂军前站定，
> 全不减少年时勇冠三军。

> 金花女换戎装婀娜刚劲，
> 好一似当年的穆桂英
> ……

那是嫂子十六岁时在舞台上的成名唱段。

李欣苹的泪水止不住地滚了下来。

经过思考，最终，李欣苹加入了中国共产党，辗转在哈尔滨、长春和沈阳之间，为解放东北全境做出了贡献。新中国成立后，她又邂逅了嫂子当年的战友五更。因为在透笼街接应战友们，五更在解救亚历克斯的那场战斗中幸免于难。当她把嫂子生前的行李箱交给李欣苹时，李欣苹泪如雨下。后来，她服从组织分配，来到了莫尔道嘎地区从事林业工作，默默无闻地走到生命的终点。

每到葵花盛开的时候，李欣苹都会到松花江边静静地伫立沉思；有时候，她也会站在铁路桥上当年她纵身一跃的位置向远处遥望。活着的、死去的，她都会和他们唠上几句。

在李欣苹远眺的时候，在大洋彼岸的岛国日本，有一个叫宫崎阳太的老人也在回望在中国的那段童年生活。后来，他也知道了父母的死因，义无反顾地走上了反对军国主义的道路。他一遍遍地看着和佟云在一起的合影，满是皱纹的双眼闪着晶莹的泪光。

透过李欣苹老人的泪光，一眼望不到边的葵花随风摇曳，松花江水滚滚东流，似乎在诉说着远去的如歌岁月。

跋

对哈尔滨的兴趣，来源于我那一百零三岁高龄的太姥姥。

小学毕业前，我并不知道哈尔滨这个地方。上初中学了地理，才知道东北三省，最北面的那个省的省会就叫哈尔滨。

那个时候，我的太姥姥就跟着我的老舅爷生活在那个我想象不出来的省会城市了。在去哈尔滨之前，那个将近九十岁的小脚老人来奶奶这儿住过几天。这是我最后一次看见她，那时候我刚刚上初中。

哈尔滨是一个什么样的城市？我的老师谭广香告诉我，它在北方的北方，离苏联挺近，街上到处是中俄混血。我不知道混血长什么样，也许像谭广香老师介绍的那样，聪明、漂亮，长着蓝眼睛和高鼻子。如果满大街都是这样的混血，哈尔滨可真是一个谜一样的城市。不久，我在邻居家的收音机里听到了王刚播讲的《夜幕下的哈尔滨》，那时候王刚也就三十多岁吧，通过王刚，我对哈尔滨又有了点矇眬的认知。

那时候，我还没有对文学创作产生兴趣，甚至不知道什么叫写作。没想到，二十世纪九十年代初，我竟然迷恋上了文学，更没想到，这一辈子竟然和它有了不可分割的联系。二〇一六年一月，我出版了人生中的第一部长篇小说《响窑》。这部书的写作背景是我的辽西老家，写的是满族地主关家的生活场景以及他们在抗战中所表现出来的铁骨和担当，有相当一部分故事取材于我奶奶给我讲述的土匪和地主的故事。

这部书被辽宁人民广播电台《大地书场》栏目录成了有声评书，尔后又获得了第十四届辽宁省曹雪芹长篇小说优秀作品奖。它的出现，引发了我对下一部作品的思考。那时，我正在《鸭绿江》杂志社当编辑，编校稿件之余，开始思考下一部长篇的定位。在《鸭绿江》的那几年，是我人生中收获最为丰厚的一段时光，很多文学方面的朋友都鼓励我创作下一部作品。

二〇一六年六月二十九日至七月二日，我随省作协的领导和几位作家赴长春参加辽吉两省作家暨东北地域文化与新东北作家群交流研讨会，生平第一次来到了长春。在吉林作协的安排下，我们参观了长春电影制片厂和伪满皇宫。让我震撼的是伪满皇宫，走在里面，阴暗和压抑扑面而来。不过，我竟然在那一刹那产生了要写点什么的灵感。

东北作家还得写东北，写国恨家仇。抗日战争的硝烟早已远去，十四年的抗争和屈辱却不能忘。东北是打响抗日战争第一枪的地方，虽然这方面的文学作品不少，但反映蹦蹦戏演员和北方大都市女性抗战题材的并不多。

那一年的秋天，我又去了一趟哈尔滨，游览了美丽的松花江。古朴典雅的索菲亚大教堂，中央大街的松浦洋行和马迭尔宾馆，无一不在刺激着我敏感的神经。这座位于绥满（中东铁路）经济带中心、素有"东方莫斯科""东方小巴黎"之称的城市，在二十世纪初就已成为北满经济中心和国际都市、商埠。这是一座在一百多年前用火车拉来的城市，二十世纪初，先后有三十三个国家的十六万侨民聚集这里，十九个国家在此设领事馆。与此同时，中国民族资本也有了较大发展，建立起哈尔滨的北满经济中心和国际都市地位。

在哈尔滨，除了偶尔闪现一下我那逝去多年的曾外祖母外，更多的就是哈尔滨中西合璧、中外合资、中西交融的历史。哈尔滨地处东北亚中心地带，被誉为欧亚大陆桥的明珠，是第一条欧亚大陆桥和空中走廊的重要枢纽,是国家战略定位的沿边开发开放中心城市、东北亚区域中心城市、对俄合作中心城市。同时,也是中国马克思主义思想传播较早、工人和学生运动比较活跃的城市。

一九二三年,哈尔滨成立东北地区第一个中共党组织。一九二七年,在哈尔滨召开了东北地区第一次党代会,成立中共满洲临时省委,哈尔滨成为党领导东北人民进行革命斗争和抗日斗争的指挥中心。"九一八"事变后,东北人民进行了艰苦卓绝的斗争,先后涌现出杨靖宇、赵尚志、李兆麟、赵一曼等革命烈士。一九四五年,哈尔滨从日伪统治下解放。一九四六年四月二十八日,哈尔滨正式建立人民政权,成为全国解放最早的大城市。我想,何不将我的小说背景设在这座在一百多年前已经足够繁华足够开放足够英雄的城市?那些在党的领导下,为了国家的利益和民族的解放将生死置之度外的普通市民更值得大书特写,于是就有了创作这部小说的冲动。

这期间,我想起了那本脍炙人口的《夜幕下的哈尔滨》,我发现,这本书的作者竟然是我省的老作家陈玙。陈老本身就是有着丰富革命经历的老一辈,我有限的人生阅历和文史储备无法和陈老相提并论,但创作的激情和严谨的态度是一致的。陈老的那本书我没看过,印象也只是停留在王刚播出的几讲;定位和导向相同,内容并不雷同。于是,我就安心搜集材料,研究伪满期间哈尔滨的历史。为了研究哈尔滨在伪满时的每一条街道,我甚至在网上花高价购买了一张日伪统治下哈尔滨的市区地图。

后来,我在莫尔道嘎林区,认识了当地的作家老邢,通过老邢结识了在林业站工作的关泽林。他那位蹦蹦戏演员出身的满族奶奶李欣苹和师姐妹们悲欢离合、心系家国的传奇经历,将我带进了哈尔滨那个风雨飘摇的年代,走进了那些消逝的或残存的记忆中。蹦蹦戏(二人转)现已纳入了第一批国家级非物质文化遗产名录,当年的李欣苹们定感欣慰。

故事可以虚构,但历史不能。小说中的人物和情节虽然是虚构的,但对当时的抗联、地下党组织和日伪的一些重要部门,还是花了大量精力反复考证核实，力图接近准确，贴近时代背景。为了避免对历史产生不必要的混淆，书中并未使用历史人物的真实姓名，少数模糊的部门采用了近似的名称，请读者甄别对待。

　　感谢出版人李文波先生，是他的仁厚之心，使小说得以常规出版。感谢我的责编姜辉先生为此书付出的辛劳，正是在他的指导下，创作瓶颈才得以打破，书稿数次修改、精校，直至定稿。感谢我的鲁院同学、著名文史作家郑连根先生的引荐，如果没有他的热肠，就没有这部书稿的问世。感谢著名水墨大家刘长年先生精心绘制的墨宝为本书增色。长年先生是国画大师李宝瑞先生的高足，少年时潜心习画，几十年根植乡土，沉醉在他的水墨世界，一代"鬼才"黄永玉、艺术大师黄苗子对他的画都赞不绝口。还有我在《鸭绿江》的同事、忘年挚友姜三甲先生，老人家七十多岁高龄为我校稿，殷殷期望，不敢有忘。还有诸多好友，都曾在我创作这部书稿时给予莫大的支持和鼓励，在此一并表示衷心的感谢。

二〇二一年农历三月